Sandra Triname

Salem

(Roman)

« Dans certaines religions, la réincarnation, c'est la migration de l'âme, qui, au moment de la mort, passe dans un autre corps.». LAROUSSE

« Si j'avais le pouvoir d'oublier, j'oublierais.
Toute mémoire humaine est chargée
de chagrins et de troubles »
CHARLES DICKENS.

Note de l'auteur

Le procès de Salem a fait couler beaucoup d'encre depuis qu'il a eu lieu en 1692. Cependant, il faut savoir que beaucoup de ce que l'on en dit est en réalité issu des romans parus depuis. Je vous propose donc un petit cours d'Histoire avant de vous livrer ma version de cet évènement, romancée, cela va sans dire.

Salem a été fondée en 1629 par une société de pêcheurs et quelques groupes marchands qui commerçaient avec l'Angleterre. À la tête de ces derniers, des puritains Calvinistes radicaux avec pour objectif de fonder une société nouvelle ; « Société des saints ». Pourquoi ? Parce que certains hiéroglyphes découverts en Égypte tendraient à démontrer que Jérusalem se serait d'abord nommée Shalem, en référence au dieu portant ce nom. Les puritains ont donc vu dans cette ville une terre promise, un nouvel Israël, et pour cause, elle jouissait de la Charte de la baie du Massachusetts, lui laissant une indépendance dont beaucoup de colonies ne disposaient pas et, avec elle, de belles promesses d'expansions. De plus, la majorité de sa population était composée de pasteurs diplômés de Cambridge ou de membres de la petite noblesse anglaise ; des gens lettrés et socialement « stables ».

À présent, venons-en au procès lui-même. Il faut d'abord savoir que, contrairement à certaines idées reçues, les premières accusations de sorcellerie ou de possession n'ont pas été lancées à Salem même (Salem Town), mais à Salem Village (aujourd'hui nommée Danvers). Seul le procès s'est déroulé dans la ville aujourd'hui tristement célèbre.

Beaucoup de théories ont circulé et circulent toujours à propos de la folie qui a saisi la population de la région du Massachusetts en 1692. L'une d'entre elles fait même état d'une épidémie d'ergotisme, intoxication à l'ergot de seigle, une substance proche du LSD. En ce qui me concerne et après avoir lu de nombreux articles à propos de l'histoire de la ville, je pense que les réactions excessives des habitants ont été le résultat d'une somme de facteurs politiques et religieux ayant fragilisé le moral de la population et créé une sorte de psychose collective.

Pour comprendre ces facteurs, il faut remonter quelques années en arrière. La Charte du Massachusetts, conférant presque une autogérance à la colonie, est suspendue pendant la Glorieuse révolution en Angleterre. En 1685, un Roi Catholique monte sur le trône, Jacques II, ce qui inquiète beaucoup les puritains. Leur commerce ainsi que leur foi sont menacés. Il faudra attendre trois ans pour qu'il soit remplacé par Guillaume III d'Orange. Cependant, ce fut bien plus long pour que la colonie, à l'autre bout du monde, obtienne des garanties solides concernant son avenir économique.

Quelques années plus tard, ce sont les quakers qui viennent s'installer dans le Massachusetts. Ces derniers ne sont pas puritains, ni même croyants pour la plupart, et sont très mal vus par la population locale qui vit ces arrivées comme une véritable invasion. Une loi sera même votée pour condamner à mort les quakers, dont certains se convertiront, mais sans véritablement embrasser la religion et ses préceptes. Résultat, les puritains ne peuvent plus persécuter, emprisonner ou tuer ces nouveaux arrivants et la suspicion ne cesse d'augmenter entre les habitants du Massachusetts ; ajoutez à cela des guerres qui éclatent en 1690. Des assauts sont menés, même sur les grandes villes, par les Amérindiens, provoquant de véritables massacres. Un puritain sur dix aurait été tué pendant cette période.

Apeurés, ne pouvant pas compter sur le soutien des autorités britanniques, les puritains se tournent vers ce qu'ils connaissent le mieux, la religion. Malheureusement, ce rapprochement ne va pas apporter le réconfort tant attendu, bien au contraire. Pendant cette période, déjà sombre et inquiétante, les pasteurs basent leurs prédications sur l'Apocalypse selon Saint-Jean, persuadés que la fin du monde est proche. Dans ce contexte, dès les premières accusations de possession, il n'est pas difficile de comprendre que, naturellement, la population ait songé à une attaque de Satan contre leur sainte communauté.

À présent, retournons à notre histoire et surtout dans le lieu où tout a commencé : Salem village. À l'époque, ce petit bourg n'est composé que de quelques fermes éparses et d'une route centrale au bord de laquelle trône une modeste *meeting house* (église) de bois. À la tête de cette église, Samuel Parris, un homme froid et aigri, devenu pasteur sur le tard et qui voit d'un mauvais œil l'expansion de Salem Town. Selon lui, Salem Village doit se détacher de Salem Town afin de devenir une cité à part entière. Bien sûr, la plupart des paysans sont d'accord sur ce point, tandis que les plus lettrés des habitants, eux, estiment qu'il serait fou de s'éloigner de Salem Town et de ses flux commerciaux. Afin de montrer leur désapprobation, certains commencent à s'urbaniser et à aller prier, le dimanche, à Salem Town avant de refuser catégoriquement d'entretenir la famille Parris. À partir de ce moment, deux groupes s'opposent dans le village. Rapidement, Samuel Parris se met à parler de conspiration, contre lui et son église, soufflée par Satan. Bien sûr, ce fut chez lui que le Diable se manifesta en premier par le biais de sa fille et de sa nièce.

Je tiens aussi particulièrement à vous parler d'un personnage central de l'histoire du procès : Tituba. Contrairement à ce que l'on pourrait croire, elle n'était pas une esclave noire, mais une Indienne arawak capturée enfant, puis vendue en tant qu'esclave à la Barbade au révérend Parris. Elle fut l'une des premières à avouer avoir vu le Diable. Toutefois, si certains documents disent qu'elle n'a pas été molestée devant les villageois, le révérend l'aurait battue chez lui afin qu'elle avoue avant de la trainer devant ses concitoyens. Autant dire qu'elle ne semble pas avoir eu beaucoup le choix. Cependant, elle se rétractera quelques mois plus tard, ce qui lui vaudra d'être condamnée à plusieurs mois de prison supplémentaires. Ensuite, un mystérieux bienfaiteur paya sa caution et plus personne n'entendit parler de la jeune femme, plus aucun registre n'en fit mention. Cela est sans doute dû au fait que, de par sa couleur, les historiens de l'époque n'en ont pas fait cas.

Voilà, vous savez tout, ou presque. Politique, religion, obscurantisme, manipulation, conspiration et ambition… un cocktail détonnant menant tout droit à l'hystérie collective et capable de réveiller le côté le plus sombre de l'être humain.

L'histoire que vous vous apprêtez à lire contient des noms de lieux ou de personnes ayant réellement existé, mais il s'agit bel et bien d'une fiction.

Bienvenue dans mon Salem !

Prologue

Salem Village, 1690

La jeune femme termina de brûler les linges qu'elle venait d'utiliser pour panser les plaies, multiples et sanguinolentes, du pauvre homme, allongé sur sa table. Il avait reçu une fameuse correction, et encore, le mot était faible. Ses bourreaux s'étaient acharnés sur le malheureux et avaient cessé uniquement parce qu'ils l'avaient sans doute cru mort. Il devait avoir près de soixante-dix ans et était, manifestement, seul au moment des faits. Il n'avait certainement rien pu faire d'autre que de se protéger des coups, espérant que l'orage passe avant que la faucheuse ne commence sa funeste moisson. Battre un vieillard, quelle belle preuve de courage !

Avec un soupir, elle considéra une seconde ses mains, si pleines de sang que l'on aurait pu penser qu'elle portait des gants, avant de les laver rapidement dans une bassine qui se trouvait là. C'était la troisième fois qu'elle soignait ce genre de blessure depuis le début de la semaine, tous camps confondus. La folie des Hommes ne connaissait décidément aucune limite !

— Merci, lui dit l'Amérindien qui se tenait derrière elle.

Sans doute le fils de son patient. Ses traits étaient défaits et la peur suintait par tous les pores de sa peau. Elle pouvait le comprendre, le vieux n'était pas passé loin ce soir. La jeune femme discernait autre chose de familier chez lui, mais sans parvenir à définir de quoi il s'agissait et elle préférait ne pas s'y attarder trop longtemps. Elle n'avait aucun intérêt à fraterniser avec des membres des deux camps. Plus elle resterait loin de ce conflit stérile et mieux elle se porterait.

— De rien, il va sans doute lui falloir un peu de temps, mais il se remettra. Fais-lui avaler ce mélange en infusion, deux fois par jour et pendant huit jours, expliqua-t-elle en lui tendant un petit sac de toile contenant des herbes. Bientôt, il sera de nouveau sur pied. S'il a de la fièvre, reviens, je te donnerai ce dont il aura besoin. Il est, de toute façon, indispensable que je le revoie d'ici une quinzaine de jours afin que j'ôte les fils dont je me suis servie pour refermer les plaies. Certaines étaient trop profondes pour cicatriser d'elles-mêmes. Il gardera quelques marques, mais au moins sera-t-il du côté des vivants.

L'Indien hocha la tête avec sérieux.

— Mon père est un guerrier. Les cicatrices à venir ou celles qu'il porte déjà ne sont que des preuves de son courage au combat. Jamais il n'a renoncé sans se battre, c'est un homme brave et fier.

— La fierté équivaut parfois à la bêtise, grommela Kanda. Se soumettre sans discuter peut, dans certains cas, sauver une vie.

L'Indien plissa les yeux, les flammes de la cheminée y faisant danser des éclats mordorés.

— Pour ce que cela vaut, rétorqua-t-il, il n'a commis aucun méfait. Les blancs s'en sont pris à lui alors qu'il se trouvait dans son bon droit, tenta-t-il d'expliquer. Nous chassions sur nos terres, pas sur les leurs.

— Je ne veux rien savoir, coupa la jeune femme, vos querelles avec les habitants de la région ne me concernent pas.

Elle s'était montrée sans doute plus sèche qu'elle ne l'aurait souhaité, mais elle ne désirait en aucun cas être mêlée à toutes ces histoires entre puritains et Indiens. C'était d'ailleurs l'une des raisons pour lesquelles elle vivait seule et en retrait des deux villes ; aux abords de la forêt longeant la route qui les reliait. Tous se revendiquaient pacifistes, victimes ou dans leur bon droit, mais au final, les coups étaient rendus avec application des deux côtés, quoi que chacun en dise. Ah ! L'Être Humain et sa manie d'imposer sa façon de vivre, ou de penser, à ses frères, sans jamais accepter d'en apprendre quoi que ce soit, et soi-disant, pour son bien ! Car il est bien connu qu'inculquer une leçon se révèle toujours plus efficace à grand renfort de combats, d'humiliations, ou pire.

— Pourquoi l'aider dans ce cas ? demanda l'Indien, surpris.

— Parce qu'il s'agit d'un Homme comme les autres. Qui serais-je pour décider qui doit vivre ou mourir ? Je possède un savoir dont il a besoin, je le lui offre, à lui d'en faire ensuite bon usage.

— Les blancs se méfient de toi, souffla-t-il en baissant le regard.

— Vous aussi, rétorqua-t-elle du tac au tac.

Il sourit, amusé, son visage soudain illuminé par l'éclat de ses dents immaculées. Avec sa mâchoire carrée, ses yeux noirs taillés en amande, sa peau cuivrée et ses cheveux rappelant le plumage d'un corbeau, qui lui tombaient sur les épaules, il était beau. Pourtant, quelque chose de particulier se dégageait de lui, évoquant un grand fauve. Il incarnait la force tranquille propre à ceux qui ont conscience qu'ils n'ont aucunement besoin de démonstration de violence pour impressionner ou mettre à terre leur adversaire. S'il avait eu peur quelques minutes plus tôt, le sentiment s'était vite dissipé. « Toujours se méfier de l'eau qui dort, » songea Kanda sans détacher son regard de l'Indien.

— Peut-être est-ce parce que tu refuses de livrer tes secrets. Qui t'a enseigné la magie des plantes et de la nature ? demanda-t-il encore, les yeux plissés. Je ne connais personne qui sache les utiliser comme toi. Celui qui t'a formé doit posséder un grand savoir et il ne s'agit sûrement pas d'un blanc.

Elle haussa les épaules sans briser une seule seconde cette joute visuelle.

— Peu importe. Tu désirais que je soigne ton père, c'est chose faite. J'agirais de la même façon si l'on m'amenait l'un des leurs. Je te le répète, vos petites querelles de territoire ne m'intéressent pas. Maintenant, partez avant que le jour se lève, je ne veux pas m'attirer d'ennuis.

— Tu as sans doute raison, mais sois certaine que nous saurons nous souvenir de ce que nous te devons. Nous honorons toujours nos dettes et à présent que tu as sauvé la vie de l'un des nôtres, nous n'hésiterons pas à sauver la tienne si cela s'avérait nécessaire. Tu auras droit à notre reconnaissance éternelle.

Elle hocha la tête en signe d'assentiment. Cependant, Kanda songea que jamais elle n'irait leur demander de l'aide, ni à eux, ni à personne. La seule façon de se préserver était de demeurer loin de tout et de tout le monde. De cette manière, personne ne pourrait découvrir ses secrets et elle n'aurait pas à souffrir de s'être attachée à quelqu'un. Sa condition réclamait quelques sacrifices, mais c'était le prix à payer pour rester en vie…

— Je te remercie, mais je n'exige jamais rien en échange des soins que je prodigue. Disons que le bien que je dispense autour de moi soigne mon âme, sourit la jeune femme. D'ailleurs, ce soir, je suis d'humeur généreuse, alors je vais vous donner un conseil à toi et aux tiens ; évitez de traîner dans la forêt la nuit. Les environs ne sont pas sûrs et pas seulement à cause des puritains. Certaines… bêtes, n'aiment pas que l'on trouble leur repos ou qu'on les dérange pendant qu'elles chassent. Il serait dommage que l'un de vous soit blessé une nouvelle fois.

— Je suis un guerrier et un excellent chasseur, je n'ai peur de rien ni de personne, répliqua l'Indien avec un air pincé.

Elle sourit en secouant la tête. Qu'ils naissent puritains, quakers ou Indiens, les hommes restaient les mêmes ; persuadés que leur simple nature de mâle les mettait à l'abri du danger et trop fiers pour avouer que, malheureusement, cela ne suffisait jamais à déjouer la mort.

— Tu devrais pourtant. La peur se révèle parfois un remarquable moyen de conservation, dit-elle en ouvrant la porte pour les inviter à sortir. Les blancs ont raison sur un point ; prudence est mère de sureté.

Il haussa les épaules, puis souleva doucement son père, encore inconscient, dans ses bras en reniflant, l'air suffisant. Lorsqu'il passa devant elle, il stoppa une seconde pour la fixer dans les yeux avec défi. Avec une autre personne, en d'autres lieux, cela aurait fini en bain de sang, mais Kanda se contenta de soutenir son regard en commençant à refermer la porte, le poussant à quitter la maisonnette. Elle ne capitulerait jamais, ni devant lui, ni devant personne et en cet instant, elle le congédiait, purement et simplement. Il pourrait revoir cette scène des dizaines de fois dans son esprit, en changer le plus infime détail, elle venait de prendre le dessus dans leur petit affrontement muet.

Ne joue pas au jeu de la dominance qui veut, cette dernière ne s'apprend pas, elle est innée, ou pas. Dans la nature, n'importe quel animal le savait. Ne restaient bien que les humains pour ne pas en avoir conscience. Toutes les richesses du monde ne parviendraient pas à la dompter, elle. En revanche, sans le moindre sou ou sans la moindre difficulté, elle pourrait exterminer cet insignifiant mammifère nommé Homme.

Une fois seule, la jeune femme se contenta de s'allonger sur sa paillasse, devant le feu, au chaud dans sa petite cabane. Il s'agissait d'une habitation plus que modeste, faite de bois brute qu'elle traitait avec des huiles afin qu'il ne pourrisse pas, mal isolée et dont les vitres de récupération étaient rayées pour la plupart, mais elle était à elle. La forêt n'appartenant à personne, pour le moment, les habitants n'avaient pas vu d'inconvénient à ce qu'elle s'installe ici. D'ailleurs, la majorité d'entre eux ne semblaient jamais la remarquer, sauf lorsqu'ils avaient besoin de ses services, bien entendu.

Kanda s'étira en soupirant. La journée qui s'annonçait serait longue, elle aurait d'autres personnes à aider, d'autres enfants à mettre au monde, d'autres blessures à panser. Elle devrait aussi chercher des plantes avant le grand froid pour les faire sécher. L'hiver risquait d'être rude cette année et les querelles de voisinage ne cesseraient pas de sitôt.

Avec un sourire, elle songea que tant qu'il n'y avait que cela, ce n'était finalement pas si grave. Pendant qu'ils étaient occupés à s'entre-tuer, ils ne se préoccupaient pas du reste et c'était très bien ainsi.

I

Danver, de nos jours

Griggs sifflotait gaiement en déambulant dans les allées les plus anciennes du cimetière. La nuit, associée à la brume épaisse et les stèles de pierre, ornées d'ossements entrecroisés ou de crâne aux yeux béants, pour la plupart de guingois, conféraient au lieu une atmosphère encore plus lugubre que d'habitude. Cependant, il n'en avait cure, après tout, l'être le plus dangereux ici, c'était lui.

Il était venu rendre une petite visite de courtoisie aux éminents notables de Salem. Pas ceux restés dans l'Histoire, aucune chance ! Eux n'avaient représenté que de ridicules marionnettes. Pauvres bougres sans cervelle s'imaginant capables de préserver la ville de l'influence du Malin... Non, décidément, ces derniers s'étaient montrés trop moralisateurs et timorés pour qu'il les regrette. D'ailleurs, les autres ne lui manquaient pas vraiment non plus. Il avait juste profité de son retour pour venir faire un tour, à l'instar des membres d'une famille banale qui se recueillent sur les sépultures alors même qu'ils n'ont pas connu eux-mêmes le défunt. Une sorte de devoir de mémoire quoi !

Dans le cas de Griggs, il s'agissait davantage d'amusement malsain que d'un quelconque respect. Il désirait narguer ceux qui lui avaient permis d'être encore là aujourd'hui, trois cents ans après... Les hommes qui avaient participé au véritable procès, celui qui s'était déroulé à huis clos, dans le plus grand secret, tandis que les bouseux de ce patelin sans intérêt se précipitaient pour voir les *sorcières* au tribunal. Un simulacre ridicule qu'ils avaient pris le soin de mettre en place, pièce par pièce, tel un écran de fumée.

« Heureusement qu'ils n'ont pas connu ce siècle ! Parce que si boire un peu trop ou consommer avant le mariage représentait une preuve de la pratique en sorcellerie, ils auraient demandé l'arrestation de la moitié de la population de ce pays ! »

Dans le cas qui les avait occupés, ils n'avaient pas eu à se soucier de trouver des éléments à charge, plus idiots les uns que les autres, pour prouver que l'accusée pratiquait la sorcellerie. Dès le début des audiences, ils connaissaient le verdict. Il avait alors suffi de faire un peu trainer les choses en prétextant qu'ils devaient de nouveau écouter le témoignage de cette fille afin de la convaincre d'avouer et de sauver son âme, comme les ordres l'exigeaient, avant de la déclarer coupable -quoiqu'il arrive- sans éveiller les soupçons du personnel du tribunal ou de la prison, bien entendu. Un simulacre de justice pour assouvir une vengeance, terrible et radicale, monstrueuse même, mais ils n'avaient pas vraiment eu l'opportunité de refuser ; soit ils obéissaient, soit ils mouraient. Et puis cette maudite femme avait bien failli lui coûter sa carrière et le ridiculiser par la même occasion ! Le dilemme n'avait donc pas duré très longtemps. La mort représentait le meilleur moyen de la faire taire et de lui permettre, à lui, de rester en vie.

Cela dit, il avait réussi à obtenir bien mieux. L'immortalité et la jeunesse éternelle ! Ses comparses auraient pu, comme lui, tirer parti de la situation, mais la plupart d'entre eux étaient trop croyants, ou trouillards, pour conspirer avec le Mal. Ils s'étaient contentés de réclamer l'immunité pour leur famille ou quelques terres. La belle affaire ! Une vie de misère et de privation pour terminer en festin pour les asticots ! Ils pouvaient bien s'imaginer que l'Éden leur serait ouvert, en attendant, personne n'en était revenu pour dire s'il existait bel et bien ! Vivre pour toujours, sur Terre, et jouir de tous les plaisirs que pouvait offrir l'existence, ça, au moins, c'était du concret.

Finalement, ils n'avaient été que trois à tenter le grand saut pour l'éternité. Betty Parris, par qui tout avait commencé, ou presque, et qui s'était chargée de convaincre Ann Putman et Abigail Williams de l'appuyer dans son mensonge, afin de « s'amuser un peu ». Seulement onze ans à l'époque et déjà tout d'une garce de haut vole ! Elle avait dû attendre sa dix-huitième année pour être transformée, mais elle avait mis ce temps à contribution, soit en rabattant des mortels vers le nid, soit en pourrissant la vie de ces derniers par mille petits tours empreints de méchanceté pure. Elle n'avait pas son pareil pour ourdir des complots et lancer des rumeurs tout en se faisant passer pour une jeune femme naïve et choquée de l'attitude de ses semblables. À côté d'elle, Machiavel n'avait qu'à bien se tenir !

Malheureusement, cela n'avait pas suffi, elle avait été tuée il y avait de ça quelques semaines, dans de sombres circonstances. Après avoir passé la soirée à hypnotiser des humains afin de les saigner comme des poulets, dans un bar du coin, elle avait, selon les dires de ceux présents ce soir-là, décidé de rentrer, car elle ne s'amusait pas assez. Personne ne l'avait revue ensuite. Elle aurait pu prendre le parti de quitter la ville malgré les ordres, cela aurait été stupide, mais pas impossible. Cependant, son manteau de vison, en lambeaux, ainsi que l'une de ses chaussures et son sac à main avaient été retrouvés, couverts de sang, non loin de la route menant à Salem. Tout laissait donc à penser qu'elle avait été soit piégée, soit poursuivie par son assassin avant d'être massacrée. Cela dit, une peste pareille n'avait que peu ou pas de véritable ami. Betty incarnait l'une de ces personnes profondément habitées par le mal. La méchanceté gratuite représentait son leitmotiv, alors pour peu que cela lui rapporte un peu, il ne fallait pas la forcer pour qu'elle en abuse. Elle avait, selon toute vraie semblance, fini par trouver son maitre ou le diable l'avait-il considéré comme une concurrente trop importante et décidé que le moment était venu de mettre fin à la partie. Paix à son âme.

Le second larron à avoir vendu la sienne était Danford Bell, qui même s'il ne l'avait jamais avoué, était par trop effrayé à l'idée de vieillir et de mourir un jour pour refuser une telle opportunité. Trop peureux pour exprimer tout haut ce qu'il pensait tout bas, il s'était tout de même chargé de créer la psychose sans en avoir l'air. Chacune de ses conversations avec ses voisins ou amis à propos des autres habitants se terminait par un ; étrange, inquiétant, pas chrétien, et enfin, histoire de faire bonne mesure, satanique. Il avait ainsi attisé la suspicion des uns et des autres tout en tirant sa propre épingle du jeu. Rapide et efficace. Aux yeux du monde, il s'était retrouvé du côté des honnêtes puritains tandis que toutes ces personnes étaient conduites à la prison de Boston. Si certains avaient eu des doutes, la possibilité de récupérer des biens ou des terres les avait dissuadés de les émettre publiquement.

Et bien entendu, le troisième et dernier comparse ; lui-même. Il s'était chargé de mettre la machine en branle en diagnostiquant les premiers cas de possession. Comme cela avait été difficile de se retenir de rire devant les mines effarées de ces grenouilles de bénitier ! Ce simple mot ; Malin, suffisait à les plonger dans un état de terreur indescriptible.

Les choses étaient ensuite allées très vite. La fille avait été arrêtée, torturée, comme exigé, puis tuée. Il avait rempli son contrat et touché sa récompense. Leurs petites manigances avaient bien sûr entraîné quelques dommages collatéraux, mais au final, cela avait vraiment valu le coup ! Que représentaient quelques paysans ou vagabonds en comparaison de la vie éternelle ? Depuis et malgré ses craintes, il était toujours très bien parvenu à s'arranger avec sa conscience. Après tout, si les rôles avaient été inversés, eux auraient-ils hésité ? Pas sûr…

Il avait finalement dû quitter la région, afin que personne ne se rende compte qu'il ne vieillissait pas et ne se pose de question. De plus, une fois transformé, il était tombé sous le joug de son initiateur et il n'avait disposé d'autre choix que de le suivre. Il n'y avait jamais remis les pieds et n'en avait d'ailleurs jamais ressenti ne serait-ce que l'envie. Cependant, il y avait quelques mois, pour une raison qu'il ne s'expliquait pas, les maîtres avaient voulu se réinstaller ici. Il avait bien tenté d'échapper à cette corvée, mais Conrad ne plaisantait pas et le contrarier revenait à signer son arrêt de mort. Bah ! Finalement, rentrer chez soi ne s'avérait pas si désagréable. C'était même amusant de constater les changements opérés dans cette ville et les réactions des gens face au procès. Aujourd'hui, le stratagème employé n'aurait jamais fonctionné. En fin de compte, cette époque avait comporté ses bons côtés et ses avantages, en tout cas en ce qui le concernait.

Un vent glacial s'était levé, il enfonça les mains dans les poches de sa redingote, une touche de petite coquetterie à l'ancienne, après avoir adressé un signe à l'une des stèles sur laquelle on pouvait lire :

Burton Griggs 1656-1701

Son frère aine, un simple d'esprit, qui tout à son adoration pour son cadet, n'avait cessé de soutenir la version de celui-ci en répétant que le Malin évoluait parmi les membres de la congrégation, qu'il l'avait vu de ses yeux. Ce qui était totalement faux puisqu'il ne sortait quasiment jamais de la demeure familiale. Il le lui avait formellement interdit, de peur qu'il ne gaffe à propos de ses réelles compétences en médecine.

En effet, Griggs avait bien suivi des études, mais jamais il n'était parvenu à obtenir son diplôme. Son goût pour la fête, les femmes et l'alcool n'avait pas vraiment participé à le rendre studieux. Après deux essais infructueux et la mort prématurée de ses parents dans un accident de charriot, il avait décidé d'exercer tout de même, mais très loin de leur ville natale, Alberta. Ils avaient alors pris la route, allant de cité en cité, Griggs offrant ses services de soi-disant spécialiste et dépensant l'argent presque plus vite qu'il ne le gagnait. Puis un jour, il avait fait la connaissance d'un couple de puritains. La crédulité de ces derniers et leur crainte du Tout-Puissant l'avaient presque ébloui. Il le tenait enfin le moyen de recommencer à zéro et de faire fortune. Il avait étudié cette religion assidument, avant de se mettre en quête d'une communauté. Le plus difficile avait été de faire rentrer dans le crâne de piaf de son frère qu'ils étaient eux aussi puritains. Ayant été élevé dans le plus strict culte anglican, Burton avait eu du mal à comprendre pourquoi il devait bouleverser ses habitudes. Il lui avait expliqué qu'en grandissant, on devait également changer sa façon de pratiquer et -Dieu merci !- cette explication était passée comme une lettre à la poste ! Burton ne devait pas avoir plus de cinq ans d'âge mental et donc, la plupart du temps, il se contentait de suivre docilement les ordres de son frère, pourtant plus jeune que lui. Sans le savoir, il avait été l'instrument de ce dernier qui, pas une minute, n'avait envisagé de négocier avec les maitres en sa faveur. Dès que le procès avait été terminé, le médecin l'avait placé en institution spécialisée, prétextant que l'agitation causée par celui-ci l'avait rendu incontrôlable. Afin que les symptômes correspondent, il n'avait pas hésité à le bourrer de psychotropes. Burton avait fini sa vie là-bas, totalement dévasté par l'abandon de son frère qu'il avait admiré des années durant. De toute façon, il fallait voir les choses telles qu'elles étaient : jamais Conrad ne l'aurait converti, le retard de Burton aurait représenté un danger trop grand pour le reste du nid. Quant à lui, il en avait plus qu'assez de traîner ce boulet ! Le placement avait donc incarné la meilleure solution pour tout le monde… en tous cas pour lui.

— À plus frangin ! Et merci encore pour le service rendu ! Si tu croises les vieux, salue-les de ma part.

Il s'apprêtait à quitter le cimetière pour regagner la ville lorsque quelque chose le frôla si vite qu'il faillit perdre l'équilibre. Surpris, il regarda autour de lui, à la recherche de l'un de ses congénères qui auraient voulu lui faire une farce, mais il ne vit rien. Son odorat ne trahit aucune autre présence. Griggs secoua la tête en souriant, sûrement un simple coup de vent, plus fort qu'à l'accoutumée, et égaré dans ses rêveries, il avait dû buter sur un caillou. Décidément, cet endroit le rendait parano ! Il était temps qu'il quitte cette ville pour de bon ! Il reprit sa progression vers la sortie et allait atteindre les grilles lorsque, cette fois, quelque chose le percuta, délivrant une douleur fulgurante dans son bras gauche et l'envoyant valser face contre terre. En voulant se relever, il découvrit que son membre avait disparu et hurla. Il scruta les environs, paniqué, tout en listant mentalement les créatures capables de le blesser si gravement. Malheureusement, comme à l'époque du procès, les immortels avaient de nouveau envahi Salem et il avait trop d'ennemis dans chaque camp pour en dresser un inventaire aussi rapidement. Il inspecta frénétiquement le sol à la recherche de son bras. S'il parvenait à le remettre en place, il se ressouderait au corps de lui-même.

— Qui est là ? s'égosilla-t-il, tandis que ses griffes remplaçaient déjà les ongles de sa main restante. Qu'est-ce que vous me voulez ?

Pour toute réponse, un nouveau choc et la perte de son bras droit. À genoux sur le gravier froid, tétanisé de peur et de douleur, Griggs implora :

— Pitié ! Pourquoi vous acharnez-vous sur moi ? Qui êtes-vous ?

Face à lui, il perçut des bruits de pas. Cependant, à cause de la brume environnante, il ne distingua pas immédiatement la créature qui se rapprochait et qui était indubitablement un quadrupède. Ce fut alors qu'il aperçut les yeux mordorés émerger de la nuit et du brouillard, il comprit qu'il avait affaire à un loup. Malgré tout, ce ne fut que lorsqu'il reconnut l'animal, grâce à son pelage si particulier, que la peur se mua en terreur.

— C'est impossible, impossible... balbutia-t-il. Comment…

Il n'eut pas le temps de hurler de nouveau que son corps était déjà éparpillé aux quatre coins du cimetière.

II

Boston, de nos jours

Assise dans le bureau du docteur Russel, Max attendait patiemment. Une fois de plus, son regard fut attiré par le nombre impressionnant de cadres qui se trouvaient accrochés aux murs de la pièce. Tous abritaient des diplômes des plus éminentes universités comme Yale, Harvard, Columbia et bien d'autres encore. Le docteur Russel était un as dans sa branche si l'on en croyait le personnel infirmier, les patients ainsi que toutes les récompenses ici présentes. L'un des plus réputés neurologues des États-Unis.

Au bout d'un instant, qui lui parut durer des heures, le médecin daigna enfin lever la tête vers elle.

— Alors Mademoiselle Connors, comment vous sentez vous aujourd'hui ? demanda-t-il de sa voix de baryton.

Toujours la même question au début de chaque entretien et, bien entendu, toujours la même réponse. Max avait souvent pensé, depuis son arrivée, qu'en réalité, cette phrase n'était qu'une sorte de rituel censé mettre à l'aise le patient, amorcer la discussion. Elle n'aimait pas parler d'elle, ni de ce qu'elle ressentait et il le savait pertinemment. De toute façon, il n'était pas son psy et ses états d'âme n'influenceraient en rien son diagnostic. Soudain, une petite lumière s'alluma dans son cerveau. Ses médecins n'échangeaient pas d'infos, si ? Le secret professionnel fonctionnait-il entre collègues ou est-ce que faire partie de la grande secte des blouses blanches offrait des passe-droits ?

— Bien, je me sens bien, lâcha-t-elle finalement.

Il resta un instant à l'observer sans un mot, puis il se laissa aller contre le dossier de son fauteuil à mille dollars, les mains croisées sur son ventre rebondi. Ses yeux, bleu pâle, semblaient dire : *« Je n'en suis pas convaincu »*, mais il le garda pour lui. *« De toute façon quoiqu'ils pensent, les médecins ne donnent jamais clairement le fond de leurs pensées. Fais ce que je dis, pas ce que je fais ! »*

— Prête à affronter le monde extérieur ? À reprendre enfin votre vie ? Pas trop stressée ?

Si elle s'était montrée totalement franche, Max aurait répondu qu'elle ne pouvait pas se sentir prête à reprendre quelque chose dont elle ne se souvenait absolument pas et, encore moins, en être effrayée. C'est vrai, comment peut-on craindre quelque chose que l'on ne connait pas ? Dont on n'a même pas la moindre idée ? Mais, elle se contenta de sourire et de hocher la tête. Il lui tardait de quitter cet endroit, ne serait-ce que pour échapper à la nourriture infecte et au torrent de questions, toujours identiques, auxquelles elle n'avait aucune réponse à fournir. La promiscuité avec les autres patients aussi commençait à lui peser. Elle avait hâte de savoir à quoi pouvait bien ressembler le monde extérieur et s'il allait l'aider à guérir finalement.

— Oui, je suis prête. Il faut bien que je me décide à me jeter à l'eau de toute façon. Je ne vais pas rester cacher ici indéfiniment.

— C'est vrai et c'est courageux de votre part d'admettre que vous devez faire face. J'aurais souhaité vous être plus utile, vous aider davantage. Néanmoins, si vous en ressentez le besoin, vous pouvez m'appeler à n'importe quelle heure du jour et de la nuit, je ferai tout ce qui est en mon pouvoir pour vous être agréable. Vous vous apprêtez à franchir un grand pas et ce ne sera sans doute pas facile au début.

— Merci beaucoup docteur, mais je vais tâcher de m'en sortir seule. Je dois apprendre, c'est impératif.

Le médecin sourit faiblement, mais n'ajouta rien. Ils avaient souvent évoqué, lors de leurs séances, la soif, quasi vitale, d'indépendance de Max. Selon lui, cela pouvait présenter autant d'aspects positifs que de négatifs. Pour elle, ils avaient cent fois fait le tour des questions que posait son amnésie et il n'en était rien ressorti, donc les réponses ne se trouvaient pas ici.

— Je vous laisse tout de même ma carte, dit-il en lui tendant un petit carton. Prenez soin de vous mademoiselle Connors et ne forcez pas, les choses reviendront à la normale naturellement, avec le temps.

— Merci, répondit-elle en se faisant violence pour ne pas lever les yeux au ciel.

Les gens l'agaçaient particulièrement lorsqu'ils paraissaient penser que son amnésie n'était pas si grave, qu'elle finirait bien par s'y habituer. Elle n'avait pas perdu un trousseau de clefs, mais sa vie nom de Dieu ! Alors oui, c'était grave !

Elle quitta le bureau et retourna dans sa chambre après avoir salué madame Tanny, la secrétaire. Elle ramassa sa valise, qui l'attendait au pied du lit, et considéra, une ultime fois, la petite pièce qui avait été son seul point d'ancrage ces derniers mois. Les murs, blanc cassé, la table de nuit en formica, les stores beiges accrochés aux fenêtres qui donnaient sur le parc. Une chambre d'hôpital comme tant d'autres, mais qui avait fini par devenir sa maison.

Après avoir soufflé un bon coup, elle tourna les talons et se dirigea vers le hall d'entrée de la clinique. Des patients, déjà en soins, discutaient entre eux ou avec de la famille venue leur rendre visite, d'autres se faisaient enregistrer au comptoir des admissions. Elle était la seule à sortir ce jour-là, elle le savait parce qu'on le lui avait dit. Nombre d'entre eux attendaient leur tour avec impatience. Leur passe-temps préféré consistait à prendre les paris, chaque début de semaine, sur qui serait le prochain à obtenir son passeport pour la liberté. Son jour était enfin arrivé !

Sur le seuil, elle resta une seconde à regarder autour d'elle, ne sachant pas vraiment quoi faire, puis elle aperçut un taxi tenant une pancarte avec son nom inscrit. Elle se dirigea vers la voiture, un peu hésitante. Depuis son réveil du coma, c'était la première personne à qui elle allait adresser la parole et qui ne faisait pas partie du paysage hospitalier ou policier.

— Bonjour, vous êtes mademoiselle Connors ? demanda l'homme avec un sourire aimable.

Il devait avoir dans les soixante ans, on devinait ses cheveux gris sous sa casquette à carreaux bleus. Il semblait gentil et honnête. Sans doute devait-elle cette délicate attention au docteur Russel. Max se promit de lui envoyer des fleurs un de ces jours… ou une bonne boîte de cigares.

— Bonjour. Oui, c'est moi, confirma-t-elle, d'une voix mal assurée.

— Dans ce cas, je suis votre chauffeur !

Il chargea son sac dans le coffre de la voiture pendant qu'elle prenait place à l'arrière du véhicule.

— Il parait que je dois vous ramener directement chez vous. Alors, où est-ce ce fameux « chez vous » ma petite dame ? demanda-t-il encore en lui jetant une œillade rieuse dans le rétroviseur.

— Je… euh… bredouilla Max en fourrageant dans la poche de sa doudoune.

Elle en sortit un papier où on lui avait noté l'adresse à laquelle elle était censée résider.

— 125, Temple Street, récita-t-elle enfin.

Il la considéra un instant avec ce regard qu'elle ne connaissait que trop. Celui qui signifie : elle ne sait donc pas où elle habite ? Elle doit être sacrément atteinte, celle-là !

Si Max rencontrait des difficultés concernant sa mémoire, elle était, par contre, tout à fait capable de déchiffrer le langage corporel. Elle avait eu tout le temps de s'entraîner pendant son hospitalisation et avait à chaque fois su, avec certitude, si le docteur Russel était, ou non, satisfait de ses progrès, quoi qu'il dise. Ce n'était pas vraiment que les gens étaient faciles à lire, non, en réalité, il s'agissait d'autre chose. D'une sorte de sixième sens qui lui soufflait ; un tel ment, un tel hésite ou est troublé, un tel semble calme, mais il bouillonne intérieurement.

Le long du trajet, le chauffeur lui jeta plusieurs regards inquiets. Sans doute n'était-il pas très rassuré qu'elle se trouve derrière lui. Elle pouvait le comprendre, la clinique privée d'où elle sortait traitait toutes sortes de cas. Elle avait d'ailleurs été souvent mal à l'aise en présence d'autres patients. Certains souffraient de pathologies psychiatriques lourdes et pouvaient parfois se montrer agressifs. Pour Max, rien de si désastreux, si bien sûr l'on faisait abstraction du blackout complet dans sa tête. Elle avait intégré la clinique dans le cadre de recherches concernant la mémoire et son fonctionnement après un choc violent. En ce qui la concernait, les résultats ne s'étaient pas révélés probants… Le parcours ne dura pas plus de vingt minutes et son anxiété était à son comble. Qu'allait-elle trouver dans ce lieu censé être chez elle ?

Le taxi s'arrêta devant une demeure de briques rouges, typique de la nouvelle Angleterre. Max descendit de la voiture après avoir réglé la course et resta plantée là, sur le trottoir, sa valise à la main.

Donc il s'agissait de sa maison, on le lui avait assuré. D'ailleurs, l'adresse correspondait à celle indiquée sur tous ses papiers. Pourtant, l'endroit lui semblait totalement inconnu. Voilà le hic lorsque l'on est totalement amnésique, on ne dispose pas d'autre choix que de se fier aux autres et c'était sans doute la chose que la jeune femme détestait le plus. Elle ne supportait pas de se sentir dépendante.

Elle toucha, instinctivement, le trousseau dans sa poche, ne sachant que faire. Elle avait tant compté sur le fait que rentrer chez elle aiderait sa mémoire récalcitrante, ne restait plus qu'à espérer que ses espoirs n'aient pas été vains.

Un gosse, âgé d'une dizaine d'années, passa alors en vélo, la tirant de ses pensées.

— Bonjour Mademoiselle Connors ! lança-t-il.

— Bon… bonjour.

Le gamin continua sa route sans même ralentir. Il la connaissait donc, mais pour elle, rien. Il n'était personne. Elle sortit enfin ses clefs et se décida à entrer.

Une fois dans le hall, elle déposa une nouvelle fois sa valise au sol puis regarda autour d'elle avec curiosité. Sur sa droite, un escalier menait à l'étage, en face, une porte vitrée de petits carreaux jaunes et derrière, ce qui devait être un salon. Sur la gauche, une porte. Elle avança et y passa la tête avec précaution. Elle était censée vivre seule puisqu'elle n'avait pas reçu la moindre visite à l'hôpital, pourtant, elle ressentait l'étrange impression de violer un territoire qui ne lui appartenait pas.

La cuisine, tout comme le reste de la maison apparemment, arborait des murs blancs et complètement nus. Comme si personne n'avait jamais vu l'intérêt d'apporter de la couleur et un peu de gaieté à cet endroit. Pas un seul tableau ou bibelot pour égayer le tout non plus. L'électroménager semblait du dernier cri et tout était impeccablement rangé.

Perplexe, Max se dirigea vers le comptoir et fit couler du café, après avoir dû ouvrir tous les placards pour en trouver. Elle jeta également un œil au congélateur et remercia le ciel de ne pas être obligé de sortir pour faire des courses. Elle continua ensuite son exploration par le salon, même chose, murs blancs et ordre quasi militaire. Il y avait plusieurs photos, posées sur un meuble à gauche de la porte, de différents endroits dans le monde, Europe, Afrique, Asie. Elle le savait, pourtant, elle ne se rappelait pas avoir visité un seul de ces lieux. Sur certains clichés, une femme noire se tenait à ses côtés. Une fois de plus, elle essaya de toutes ses forces de se souvenir, mais le gouffre, installé quelque part dans son cerveau, refusait obstinément d'être comblé.

Elle monta à l'étage où elle découvrit deux grandes chambres meublées simplement. Un lit, une table de nuit et une armoire composaient le mobilier des deux pièces quasi identiques. Seule la couleur des couvre-lits différait, un rouge pour l'une, un bleu pour l'autre. Les couchages étaient au carré et rien ne dépassait. Incroyable ! Se pourrait-il qu'elle aimât faire le ménage avant son accident ? Parce que depuis son réveil du coma, elle ne pouvait pas dire que cette tâche la passionnait. Ce travers lui avait d'ailleurs valu nombre de regards désapprobateurs du personnel de la clinique. Un peu déboussolée, elle continua son périple par la troisième et dernière pièce du palier hormis la salle de bain.

En poussant la porte, elle resta sans voix. L'espace représentait quasiment la surface des deux chambres réunies et tous les murs étaient recouverts de livres du sol au plafond. Au centre de cette bibliothèque trônaient un large bureau en ébène et un ordinateur. Il y avait aussi une chaîne hi-fi et une énorme pile de CD, posée à même le sol, qui menaçait de s'écrouler d'un moment à l'autre. Elle avança lentement, presque avec déférence, comme dans un lieu saint. Cette pièce lui parut importante, même si elle ne s'expliqua pas pourquoi. La lumière avait beau y entrer en abondance, les deux grandes fenêtres à vitraux lui conféraient une ambiance austère.

Un coup d'œil lui laissa apercevoir la corbeille à papier. Des gobelets, des emballages, des serviettes en papier chiffonnées. Le seul endroit de la maison permettant de deviner qu'elle était habitée, le seul semblant vivre. Max en déduisit qu'elle avait dû y passer beaucoup de temps. Elle ouvrit la croisée afin d'aérer un peu puis se posta devant la bibliothèque pour regarder les livres.

Certains étaient manifestement très anciens, mais il y avait de tout : des romans classiques, des essais sur la psychologie, beaucoup d'albums sur les plantes. Peut-être aimait-elle jardiner ? Où entretenait-elle une passion toute particulière pour la botanique ? Elle tomba finalement sur une autre étagère sur laquelle étaient disposés des ouvrages qui semblaient non seulement très vieux, mais volumineux. Sa curiosité fut surtout piquée par le fait qu'ils se trouvaient enfermés dans des vitrines contrairement aux autres. Sans doute y tenait-elle particulièrement, ou valaient-ils très cher. Elle ouvrit la porte avec précaution afin de les observer de plus près. Elle se décida à en sortir quelques-uns. Peut-être que les manipuler ferait remonter un souvenir ? Grand mal lui en prit.

Les titres sur les tranches étaient effacés par le temps pour la majorité d'entre eux, mais ce qu'elle déchiffra sur les autres lui glaça le sang. *Traité de magie noire, rouge et blanche*, *Usage des plantes dans la magie*, *Manuel de démonologie*. Elle lâcha ce dernier comme s'il venait de lui brûler les doigts. Il tomba sur le sol dans un bruit sourd, la faisant sursauter une nouvelle fois dans un léger mouvement de recul.

Max considéra la pièce avec cette sensation de malaise qui l'avait étreinte plus tôt, cette impression qu'elle n'était pas chez elle et qu'elle s'immisçait dans l'intimité d'une autre personne. Qui avait-elle été avant ? Pourquoi possédait-elle ce genre de bouquins ? Était-elle une sorte d'illuminée qui attendait la pleine lune pour prier un obscur Dieu païen ? Ou membre d'une secte ?

Max quitta la bibliothèque en courant pour rejoindre le rez-de-chaussée. Une fois dans la cuisine, elle ouvrit de nouveau tous les placards pour trouver une tasse et se servit un café, les mains tremblantes. Il fallait qu'elle se calme. Peut-être ne possédait-elle ces livres étranges que parce qu'elle collectionnait les ouvrages rares ? Après tout, pourquoi pas ? Car elle avait beau ne pas se souvenir de son passé, la simple idée de se lancer dans une séance de spiritisme, un soir de pleine lune, lui faisait froid dans le dos.

Elle gagna le salon puis alluma la télévision. Elle n'avait aucune envie de remonter pour le moment. Un documentaire passait, sur le 11 septembre 2001. Comment pouvait-elle se souvenir que deux avions avaient frappé les tours jumelles l'une après l'autre, que cet attentat était l'œuvre d'un groupe terroriste nommé Al Qaida, que cela avait engendré une guerre avec l'Irak, fait des milliers de morts et ne pas avoir conservé le moindre souvenir de sa vie à elle ? Elle savait encore manger, marcher ainsi que tous les gestes de la vie quotidienne. Elle connaissait le nom du président, celui du présumé assassin de Kennedy et la date du premier pas sur la Lune. Seules toutes les petites choses qui constituaient son existence avaient disparu. Elle se souvenait de sa date d'anniversaire juste parce qu'elle l'avait lu sur ses papiers d'identité, mais était incapable de se rappeler dans quelle ville elle avait séjourné avant Boston. Avait-elle des amis ? Si oui, ils ne se souciaient pas beaucoup d'elle puisque personne n'avait signalé sa disparition. Dans ce cas, pouvait-elle vraiment les considérer comme des amis ? Quelle était sa couleur préférée ? Avait-elle déjà eu un petit ami et si oui, comment s'appelait-il ? Le moins que l'on pouvait dire, c'est que le cerveau humain demeurait une bien étrange machine. Épuisée autant que désemparée, elle ferma les yeux et se laissa aller contre le dossier du canapé. Une minute après, elle dormait profondément.

Il faisait nuit et il était tard ce soir-là. Max se tenait au volant de sa voiture et roulait prudemment, même si elle ne ressentait aucune appréhension à conduire par ce temps de chien. Elle avait de nombreuses fois emprunté cette route et la connaissait par cœur. La radio diffusait une chanson de Nickelback qu'elle adorait : Remind me, *et elle chantonnait doucement, au rythme de la musique. La fatigue commençait à se faire sentir, car sa journée avait été chargée, mais après une bonne nuit de sommeil, il n'y paraitrait plus.*

La pluie redoubla, même si cela semblait impossible avec ce qui tombait déjà, l'obligeant à se concentrer davantage sur sa conduite. Soudain, elle aperçut une ombre sur la route. Un homme se tenait là, debout, au milieu de la chaussée. Elle klaxonna, mais il ne bougea pas, se contentant de la fixer dans les yeux, comme s'il attendait la collision. Elle pila et fit une embardée l'évitant de justesse. Instinctivement, elle regarda dans le rétro pour voir s'il allait bien, mais rien, il avait disparu. L'horrible pensée qu'il ait pu se jeter sous ses roues arrière lui traversa l'esprit. Cependant, elle aurait sûrement senti le choc, non ? Elle reporta son attention sur la route, prête à faire demi-tour, mais pas assez vite pour apercevoir à temps le camion qui lui fonçait droit dessus à son tour. D'où sortait-il celui-là ? Éblouie par les phares du mastodonte, elle cilla avant de donner un nouveau coup de volant, mais il suivit le mouvement, accélérant encore dans un vrombissement lugubre. Elle tourna le volant dans l'autre sens, puis comprenant que c'était peine perdue, elle plaça ses mains devant son visage pour se protéger tandis qu'un hurlement montait dans sa gorge. L'impact fut terrible et le bruit de la voiture qui se disloqua sous le choc vrilla ses tympans. Elle eut juste le temps d'apercevoir des étincelles et de sentir l'odeur âcre de la fumée avant de sombrer dans le noir, le silence, le néant.

Max se réveilla en sursaut, tremblante, un voile de sueur glacée lui couvrant le corps. Depuis qu'elle était revenue à elle, à l'hôpital, après près de deux mois de coma, ce cauchemar l'avait hanté quasiment toutes les nuits. Selon le docteur Russel et la police, c'était de cette façon que s'était déroulé l'accident, mais elle n'avait pas heurté un camion, seulement un platane, de l'autre côté de la route. Les flics avaient pensé qu'il s'agissait d'une simple hallucination, mais elle n'avait rien bu ce soir-là. La prise de sang, effectuée à son arrivée aux urgences, avait confirmé qu'elle était totalement clean. Ils avaient donc mis ça sur le compte de la fatigue et elle avait fini par les croire. Cela dit, elle faisait aussi régulièrement ce rêve étrange ou elle se voyait dans une autre époque, manifestement emprisonnée, maltraitée et le seul sentiment qui l'étreignait à son réveil était une colère proche de la rage. Max avait gardé ce dernier pour elle, de toute façon il n'avait aucun rapport avec sa mémoire. Sans doute possédait-il un sens caché, mais rien qui puisse la guider clairement sur le chemin de son ancienne vie.

Cependant, pour la première fois, Max ressentit la quasi-certitude que son accident n'en était pas un. Elle était intimement persuadée qu'elle n'avait rien imaginé et qu'un homme, vêtu entièrement de noir, se tenait au milieu de la route ce soir-là et qu'un semi-remorque lui avait volontairement fait quitter sa trajectoire. Si seulement elle pouvait se souvenir ! Ne serait-ce que d'un petit détail, ce serait déjà énorme.

Elle éprouvait de plus en plus la sensation d'être une étrangère pour elle-même. Lorsqu'elle s'était levée la première fois de son lit d'hôpital, à la grande surprise des médecins qui ne s'expliquaient toujours pas comment elle avait pu s'en sortir vivante, même les traits de cette fille brune au teint mat et aux grands yeux verts ne lui avaient rien dit. Elle avait contemplé ce visage et ce corps avec autant de curiosité que d'étonnement. Comme un bébé qui prend conscience pour la première fois que l'image que lui renvoie le miroir est la sienne. Le peu de choses qu'elle savait d'elle-même, c'était les autres qui les lui avaient apprises. Ils l'avaient également affublé d'un surnom pour le moins sarcastique : Trompe-la-mort. Cela dit, à bien y réfléchir, elle avait plus de points communs avec cette dernière qu'avec Maxine

Connors, car si elle avait eu une vie avant l'accident, elle lui était totalement inconnue. Il lui semblait parfois être née le jour de son réveil dans cette chambre lugubre d'hôpital. Lorsqu'elle avait ouvert les yeux, un visage féminin, fendu d'un large sourire était penché au-dessus d'elle.

— Notre jolie Trompe-la-mort se décide enfin à revenir parmi les vivants, s'était-elle amusée. Bienvenue !

Il s'agissait du docteur Clearson. Une femme joviale, drôle, intelligente et sans prétention malgré sa réputation d'experte en chirurgie. Ses boucles rousses paraissaient dotées d'une volonté propre, car à chaque fois qu'elle refaisait son chignon, il suffisait de quelques minutes pour que plusieurs d'entre-elles parviennent à échapper à la grosse pince crabe qui les retenait. Cela lui donnait un air plus jeune, moins conventionnel, qui rassurait Max. Au moins se montrait-elle humaine et douée d'empathie pour les malheurs de ses patients.

— Maxine, tranquillisez-vous, j'ai demandé à ce que l'on augmente les doses de morphine pour la nuit. Le nombre de fractures dont vous souffriez à votre arrivée était impressionnant, je n'ai jamais vu ça. Cependant, et même si c'est encore très douloureux, votre corps cicatrise incroyablement vite. Vous ne devriez garder aucune séquelle physique de l'accident. Vous pourriez faire de la concurrence à Bruce Willis vous savez ? L'incassable contre Trompe-la-mort, cela ferait un excellent titre de film ! avait-elle lancé pour détendre l'atmosphère.

Maxine s'était forcée à sourire, en d'autres circonstances, peut-être même aurait-elle ri, mais ce jour-là, elle n'en avait pas eu le cœur. Chaque muscle, chaque os, chaque tendon composant son corps semblaient s'être ligués contre elle afin de la torturer malgré les médicaments qu'on lui injectait sans cesse. Mais la pire des douleurs n'était pas physique. Lorsque le médecin lui avait demandé si elle savait comment elle avait atterri là, et pourquoi, Max s'était rendu compte avec horreur que non seulement elle ne pouvait pas répondre à cette question, mais à aucune autre non plus. Elle n'était plus qu'une coquille vide et incroyablement douloureuse.

La police avait dû faire des recherches afin de découvrir s'il y avait de la famille à prévenir et manifestement, Max était orpheline depuis l'âge de trois ans. C'était Amalia Barnes, sa nourrice et la meilleure amie de sa mère, qui s'était chargée de l'élever. Elle attrapa le cadre sur le guéridon à côté du canapé et regarda plus attentivement le portrait de la femme noire. Elle était décédée depuis plus d'un an déjà et ne pouvait donc rien pour elle. Elle était seule au monde…

Max avait également appris qu'elle était une enfant précoce et qu'elle avait réussi à obtenir son Bac à seulement quatorze ans. Elle avait ensuite entrepris des études d'Histoire, mais de ça non plus il ne lui restait aucun souvenir. Lorsque le docteur Russel lui avait proposé spontanément d'être suivi à la clinique des Cèdres Blancs, elle lui avait demandé s'il savait qu'elle était sa profession. Étrangement, la seule chose qui l'avait effrayée avait été de ne pas pouvoir régler ses frais médicaux. Il lui avait alors confié qu'elle était historienne et qu'elle travaillait en freelance comme consultante pour les musées les plus célèbres du pays. Au moins n'aurait-elle pas à expliquer à son employeur pourquoi elle avait disparu pendant si longtemps. De toute façon, ses frais avaient été pris en charge à partir du moment où elle avait accepté de faire partie du programme que menait le médecin. Il lui avait semblé que Max incarnerait un bon sujet d'étude. Elle avait songé que, peut-être, il l'aiderait à retrouver plus vite la mémoire.

Finalement, après trois mois d'exercices en tout genre, pas un seul souvenir n'avait refait surface à part ce fichu cauchemar, l'hypnose non plus n'avait rien donné. Certaines personnes n'y étaient pas du tout réceptives et, selon lui, Max devait en faire partie. Un jour, il lui avait même confié qu'il se pourrait qu'elle ne retrouve jamais la moindre bribe de son passé. Il ne lui resterait alors pas d'autre choix que de recommencer sa vie à zéro sans plus se soucier de ce qui avait eu lieu avant l'accident. Pas réjouissant comme perspective, mais au moins s'était-il montré honnête.

Max se leva en soupirant et retourna vers la cuisine. Elle se servit une nouvelle tasse de café et resta là, debout contre l'évier, les yeux dans le vague. Elle n'avait pas la moindre idée de comment s'occuper dans ce nouvel endroit. À la clinique, les journées étaient bien réglées. Le levé, la toilette, les repas, les visites avec le docteur Russel, les balades dans le parc et le retour dans sa chambre. Toujours dans le même ordre, à la même heure, immuable et rassurante routine, mais ici ? Que faisait-elle de son temps libre avant ? Elle aurait pu sortir de cette maison, mais pour aller où ? Cette ville lui était devenue étrangère et la perspective de se retrouver seule, dans cet environnement trop grand et au milieu de parfaits inconnus, lui paraissait insurmontable pour le moment. Avant d'affronter le monde extérieur, elle devait d'abord se familiariser avec sa nouvelle vie.

Elle respira un bon coup et décida de remonter à l'étage, dans la bibliothèque. Une pièce où elle semblait avoir passé beaucoup de temps, donc c'était sûrement là qu'elle trouverait le plus d'informations. Elle fouilla partout, ouvrant les tiroirs un à un et étudiant chaque document avec attention. Au bout d'une heure, à part quelques paperasses habituelles, comme les déclarations d'impôts ou les factures, elle n'en avait pas appris davantage. Enfin si, elle était atrocement bien payée pour ce qu'elle faisait ! Assise en tailleur à même le sol, elle contempla le bazar qui l'entourait avec lassitude. Manifestement, son retour ici ne lui offrait pas plus de perspectives que son séjour à la clinique !

Soudain, elle leva les yeux vers le bureau. Mais oui ! L'ordinateur devait forcément contenir des données un peu plus personnelles ! Max se releva d'un bond et mit sous tension la machine qui commença à ronronner comme un gros chat. L'écran s'alluma et… non, cette saleté de PC exigeait un mot de passe ! De dépit autant que de colère et de frustration, elle abattit son poing sur le bureau. Elle aurait dû se douter que cela ne serait pas si facile ! Si elle travaillait réellement pour d'éminents musées, elle n'aurait pas risqué que l'on puisse accéder à certains documents trop facilement. La poisse ! Comment allait-elle atteindre les informations qui se trouvaient dans ce petit bijou de technologie ? En premier lieu, il fallait qu'elle garde mon calme. Elle mit donc en pratique les exercices de respirations appris à la clinique. Elle se lança avec sa date de naissance : mot de passe refusé. Amalia, le prénom de sa seule famille : refusé. Elle combina les deux : refusé. Elle avait portant lu quelque part que les gens utilisaient souvent les dates de naissance ou les prénoms de leurs proches comme mot de passe ! Après s'être torturée mentalement pendant plusieurs minutes, elle décida de tenter sa chance avec son numéro de compte bancaire, qu'elle avait d'ailleurs pris soin d'apprendre par cœur avant sa sortie, ainsi que celui de sécurité sociale, mais nouveaux échecs.

Dans un soupir, elle se laissa aller contre le dossier du magnifique fauteuil de cuir. Elle savait pourtant depuis le départ que retrouver la mémoire ne serait pas chose facile. Elle avait même envisagé la possibilité que cela n'arrive peut-être jamais, qu'elle serait alors dans l'obligation de recommencer sa vie à zéro, sans ne jamais rien connaitre de l'ancienne. Pour certaines personnes, cela aurait sans aucun doute été une aubaine, mais pour Max, plus le temps passait et plus le besoin de savoir devenait pressant. Au fond d'elle, elle sentait qu'il était question de bien plus que cela.

Elle éprouvait le sentiment d'être menacée depuis son réveil. Au début, elle avait mis cette sensation sur le compte de son amnésie. Tout étant nouveau, elle s'était retrouvée sans défense, comme un nouveau-né, dans un environnement qui pouvait paraître hostile. Mais au fil des mois, cette impression ne l'avait pas quitté, elle s'était même renforcée et Max demeurait persuadée que quelque chose d'important lui échappait. Non, en réalité tout lui échappait ! Son identité, son histoire, sa mémoire, sa vie ! Bien sûr, elle avait gardé ce détail pour elle, n'ayant aucune envie que les médecins la croient cinglée en plus d'amnésique. Elle avait donc fait l'impasse sur la paranoïa et tout mis en œuvre pour sortir au plus vite de la clinique. Si la femme qu'elle avait incarnée restait une étrangère, Max s'était au moins découvert un talent certain pour jouer la comédie et dissimuler ses sentiments. Mais que faire maintenant qu'elle se retrouvait dehors et totalement seule ?

Elle éteignit l'ordinateur avant de se précipiter vers la première chambre, celle au-dessus de lit rouge. Là, elle ouvrit l'armoire pour en étudier le contenu. Pas un seul vêtement là-dedans, juste des boîtes en carton et des cahiers. Sans même y toucher, elle fila vers la seconde. Cette fois, l'armoire était pleine à craquer de linge, Max en déduisit donc naturellement qu'il s'agissait de sa chambre habituelle. Elle fit demi-tour et retourna dans la première.

Elle attrapa le premier carton et l'ouvrit, curieuse. Il contenait des dessins étranges, composés de signes et de hiéroglyphes qu'elle ne connaissait pas, ou du moins qu'elle ne *reconnaissait* pas. Elle se demanda si ces esquisses avaient un rapport avec les livres bizarres trouvés dans la bibliothèque. La seconde boîte abritait des objets encore plus insolites. Des pierres, de toutes les formes et de toutes les couleurs, des ossements – elle espéra de tout cœur qu'il s'agisse de ceux d'un animal- un bol avec une sorte de pilon en pierre ainsi que des sachets renfermant des plantes séchées. Elle en ouvrit un et le porta à son nez avant de s'écarter vivement.

— Nom de Dieu ! jura-t-elle au bord de la nausée.

Cette herbe sentait atrocement fort. Cela ressemblait à un mélange d'humus, de terre brûlée et d'autre chose que Max n'arriva pas à identifier clairement. À quoi tous ces machins pouvaient-ils bien servir ? Puis elle se souvint qu'elle avait suivi des études d'Histoire. Peut-être ces objets étaient-ils anciens et qu'ils lui permettaient d'étayer ses thèses ? Elle ferma les paupières, et une fois de plus, essaya de se rappeler.

Des larmes de frustrations lui montèrent aux yeux sans qu'elle ne tente rien pour les retenir. À l'hôpital, elle s'était fait violence pour ne pas craquer devant tous ces étrangers, mais maintenant, elle n'avait qu'une envie : hurler ! Elle voulait savoir, elle crevait de savoir !

III

Boston, de nos jours

Attablée au comptoir de la cuisine, Max mâchouillait une pizza trois fromages sans grand enthousiasme. *« Pas terrible ».* Cependant, elle avait rapidement découvert que cuisiner n'était pas son domaine de prédilection. La simple cuisson d'une poignée de nouilles avait tourné à la catastrophe. Avec la bouillie blanchâtre qu'elle avait obtenue, elle aurait pu, sans aucun problème, faire du papier mâché. Le banal réchauffement d'un plat de lasagnes surgelées ne s'était pas non plus révélé une réussite puisqu'elle l'avait oublié dans le four et manqué de mettre le feu à la maison. Face à ces deux cuisants échecs, elle avait fini par se dire que l'électroménager, aussi moderne fût-il, ne faisait en réalité office que de décoration. Seule la cafetière ne montrait aucun signe d'animosité à son égard. Dieu merci ! Par contre, elle avait trouvé dans un tiroir de la cuisine, notés sur un petit calepin, tous les numéros des meilleurs traiteurs et pizzerias de la ville. Ceci expliquait donc cela. À raison de deux repas par jour, étant donné qu'elle ne se contentait que de quelques tasses de café le matin, elle avait dû cruellement leur manquer ! Malheureusement, le livreur qui était venu ce soir était nouveau et bien entendu, il ne se souvenait absolument pas d'elle. Poisse, quand tu nous tiens !

Elle avait aussi dégoté quelques coordonnées de gens censés la connaître puisqu'ils avaient manifestement travaillé ensemble, les noms associés à « muséum de » l'avaient renseigné à ce sujet, mais à chaque fois qu'elle s'était juré d'appeler, elle s'était lamentablement dégonflée. Qu'aurait-elle pu leur dire ? « *Salut, c'est Max. Me connaîtriez-vous par hasard ? Parce que tous mes souvenirs ont été zappés et j'aurais bien besoin d'un petit coup de main. » ou bien « Bonjour, ici Maxine. J'ai eu un léger accident et totalement perdu la mémoire, ce serait sympa de passer à la maison pour me faire un petit résumé de mon existence passée. J'offre le café et ma gratitude éternelle ! ».* Comme ça, elle serait définitivement certaine de ne jamais retrouver de travail si un jour la mémoire finissait par lui revenir. Hyper réjouissant comme perspective d'avenir ! Elle préférait encore demeurer amnésique plutôt que de perdre le peu d'estime d'elle-même qu'il lui restait. Sans compter qu'elle ne disposait d'aucun moyen pour connaitre la nature exacte de ses relations avec ces personnes. Avec sa chance légendaire, le premier numéro qu'elle composerait appartiendrait à un ex dont elle avait mis six mois à se débarrasser. Non, décidément, il existait des risques qui ne valaient vraiment pas la peine qu'on les prennent, même pour tous les souvenirs du monde !

Oh, elle avait bien appris par sa voisine, Madame Graam, une Irlandaise étant donné son accent à couper au couteau, qu'elle s'absentait souvent et pour de longues périodes, mais rien de passionnant. Elle recevait parfois quelques visites, mais cela restait rare. Selon elle, Max faisait montre d'un tempérament quelque peu sauvage. Sans rire ? La jeune femme, elle, pressentait qu'elle avait gardé sa voisine à distance, car celle-ci devait avoir tendance à se montrer envahissante et elle ne devait pas tenir à la voir sans arrêt débarquer sous le prétexte de lui emprunter du sel ou du sucre. Prudente, elle avait donc enfoncé une nouvelle fois le clou en admettant qu'elle aimait la solitude. Deux précautions valaient mieux qu'une. La vieille dame semblait d'ailleurs perdre un peu la tête et parlait souvent à son chat, Filibert, avant d'opiner d'un air entendu, comme si ce dernier lui avait répondu. Dans ces circonstances, Max préférait ne pas se fier à elle pour pécher des renseignements. Il ne lui aurait pas déplu qu'on lui prête une liaison avec un bel acteur, mais dans ce cas il s'agissait d'un fantasme, pas d'un souvenir. Pour dire la vérité, retrouver son passé ressemblait fort à une chasse au trésor dont les indices étaient soit particulièrement bien cachés, soit trop difficiles à déchiffrer. Cependant, elle n'avait pas vraiment le choix et elle allait devoir redoubler d'efforts si elle voulait atteindre son but.

Elle soupira bruyamment, balança le reste de la pizza dans la poubelle, puis remonta dans son bureau.

Elle passait le plus clair de son temps dans cette pièce depuis son retour. Malheureusement, elle n'avait pas réussi à craquer le mot de passe de l'ordinateur. Elle avait malgré tout été rassurée en fouillant plus avant la bibliothèque. Celle-ci abritait des livres bizarres, soit, mais aussi des recueils de poèmes, des ouvrages sur diverses ethnies, leurs histoires respectives, leurs cultes religieux et leurs légendes. Elle avait également mis la main sur des notes dont elle s'était servie pour certaines de ses conférences. Cela tendait donc à prouver qu'elle n'était pas complètement timbrée, ce qui s'avérait, il fallait l'admettre, rassurant.

Selon ces dernières et les différents documents qu'elle avait rassemblés, elle était spécialisée dans les croyances anciennes, comme la magie, les créatures mythologiques et la peur qu'elles inspirent, ce genre de chose. Cela expliquait les voyages à répétition. Sans doute effectuait-elle des recherches à la source, la même créature étant définie de multiples manières dans différentes cultures, idem pour les cultes magiques.

Aujourd'hui, elle avait décidé de trier un carton de photos, trouvé au grenier. Elles retraçaient les époques de sa vie et les endroits qu'elle avait visités, ceux où elle avait vécu. Cela pouvait paraitre n'être que des peccadilles, mais à ses yeux, elles représentaient de véritables pépites. Une façon de récupérer une partie de son identité, aussi infime soit-elle. Elle avait toujours eu les cheveux longs, à peu près jusqu'à la taille, elle ne se maquillait que rarement et semblait heureuse. Elle avait l'air d'avoir pas mal d'amis, même si tous les visages imprimés sur papier glacé lui restaient étrangers.

Elle fourragea une nouvelle fois dans le carton et sortit une autre photo. Dessus, elle se tenait en compagnie de la dame noire qui devait être Amalia. Son intuition fut confirmée lorsqu'elle la retourna pour lire : M*ax et Amalia, Nouvelle Orléans*, et, en plus petit, il était marqué : *la renaissance.* En temps normal, on écrivait l'endroit, le nom des personnes sur le cliché, et au pire, la date à laquelle il avait été prit. Qu'avait-elle voulu dire en inscrivant *la renaissance* ? Comptait-elle s'offrir un quelconque nouveau départ ? Si tel avait été le cas, elle avait plus qu'atteint son objectif !

Elle étudia la photo plus attentivement. Rien de particulier. Elle se tenait un bras autour des épaules de la vieille dame, toutes deux souriaient franchement, paraissaient satisfaites, comme une mère et sa fille passant de bonnes vacances ensemble. Malheureusement, l'image était cadrée de telle façon qu'on ne voyait pas ce qui se trouvait autour. Max passa un doigt sur le cliché et caressa le visage de celle qui avait fait office de nourrice pour la petite orpheline qu'elle était. Même si elle ne s'en souvenait pas, elle lui était reconnaissante de l'avoir élevée et d'avoir pris soin d'elle à la suite de la mort de ses parents. Après tout, rien ne l'y obligeait. Se retrouver avec un enfant en bas âge sur les bras, du jour au lendemain, n'avait pas dû se révéler facile, pourtant, elle n'avait pas hésité puisque Max n'était jamais passée par la case foyer. Amalia Barnes devait être une sainte femme, l'une de ces personnes altruiste et désintéressée dont le monde avait cruellement besoin. Il faudrait qu'elle se renseigne sur l'endroit où se trouvait sa sépulture pour lui apporter des fleurs. Il s'agissait d'un maigre remerciement, mais malheureusement, aujourd'hui, elle ne pouvait guère faire plus pour elle.

Soudain, une chose se produisit dans sa tête. Une sorte de décharge électrique, mais à faible voltage. Des images défilèrent très rapidement dans son cerveau. Puis elles ralentirent jusqu'à ce que Max se rappelle clairement une scène.

Amalia, allongée sur un lit, son teint était cendreux et elle paraissait très affaiblie. Elle tendit la main, Max se vit approcher pour s'asseoir sur le bord du lit avec précaution, des larmes plein les yeux. Ce fut une sensation plus qu'étrange que d'être spectatrice de sa propre vie.

— *Maxine, ma douce,* susurra la vieille dame. *Ne pleure pas ma chérie, tu sais comme je déteste te voir triste.*

Le simple fait de parler semblait lui être douloureux. Dans son visage émacié, ces iris noirs paraissaient disproportionnés. Le mot « malade » s'imposa dans l'esprit de la jeune femme.

— *Je suis désolée, pardonne-moi,* répondit Max en essuyant ses joues ruisselantes du revers de la main.

— *Allez, ce n'est rien, nous avons déjà discuté de ce moment, il fait partie du cycle de la vie. Il n'y a rien de plus normal que la mort, elle remet les pendules à l'heure en quelque sorte. Riche, pauvre, noir, blanc, petit ou géant, la Faucheuse ne fait pas de discrimination quand vient le temps de la moisson.*

— *Sauf pour moi…*

Amalia lui tapota doucement la main, en signe de réconfort.

— *Les décisions que tu as prises à une époque étaient justifiées et, contrairement à ce que tu penses, je ne te juge pas, ma douce. Je ne t'aurais pas élevée comme ma propre fille si tel avait été le cas.*

— *Je sais, mais j'aurais tellement voulu faire la même chose pour toi !*

— *Non. Je m'y serais opposée. Pas parce que je ne te comprends pas, mais parce que pour moi, l'heure est venue. J'ai accompli la mission pour laquelle on m'a envoyée sur cette terre. La tienne ne fait que commencer. À présent, tu dois retrouver les tiens, mais d'ici là, ne te fie à personne. Tu as bien saisi, Max ? Ne fais confiance à personne avant d'avoir rejoint les tiens…*

La scène prit fin avant que la jeune femme n'ait eu le temps d'entendre sa propre réponse. Elle haletait et la tête lui tournait comme si elle avait fait un tour de grand huit à vitesse maximum. Déboussolée et un peu nauséeuse, elle fixa de nouveau la photographie.

Un souvenir ! Elle venait de retrouver son premier souvenir ! D'accord, pas le plus gai, mais tout de même ! Par contre, que voulait dire Amalia en lui enjoignant de rejoindre *les siens* ? Avait-elle encore de la famille quelque part ? Et à quoi faisait-elle référence en parlant de renaissance ? En quoi pouvait consister cette mission censée commencer ? Et cette histoire de mort qui remettait les pendules à l'heure, sauf pour elle ? Elle ne venait pas de mettre la main sur de simples images du passé, elle avait également déniché un jeu d'énigme grandeur nature !

Max redescendit à la cuisine et se servit une tasse de café, elle avait bien besoin d'un remontant.

Cette menace qu'elle ressentait depuis son réveil du coma, Amalia l'avait confirmée par l'intermédiaire de ce souvenir étrange. La vieille femme lui avait prodigué deux conseils, pour ne pas dire deux ordres, avant de la quitter : rejoindre les siens et ne se fier à personne. Elle songeait donc que d'éventuels alliés devraient la protéger, mais de quoi ou de qui ? Pourquoi lui voudrait-on du mal ? Les flics avaient pourtant effectué des recherches et paraissaient persuadés qu'elle n'avait plus aucun parent en ce bas monde. Qui étaient ces gens qu'elle était censée retrouver ? D'ailleurs, si elle était aussi menacée que sa nourrice semblait le penser, y avait-il des chances pour que son accident en soit réellement un ? À bien y réfléchir, elle n'était peut-être pas si parano que ça.

Si l'on suivait une certaine logique, à cette époque, elle cherchait donc à localiser des membres de sa famille. Des personnes qui manifestement n'avaient pas levé le petit doigt pour la récupérer ou même faire sa simple connaissance lorsque ses parents avaient quitté ce monde et qui devaient, naturellement, se fichent comme d'une guigne de ce qui pouvait bien lui arriver. Pourquoi souhaiteraient-ils la protéger ? Après tout, elle ne représentait rien pour eux et réciproquement. Du reste, lui offrir une protection quelconque reviendrait à faire peser cette mystérieuse menace sur eux également. Qu'auraient-ils à y gagner ?

Néanmoins, Max sentait aux tréfonds de son être que jamais Amalia n'aurait insisté autant s'il ne lui avait pas semblé que c'était impératif. OK, elle ferait donc en sorte de retrouver sa soi-disant famille. Après tout qu'avait-elle à perdre de plus ? Au mieux, ils la protégeraient et disposeraient de quelques informations sur elle-même, au pire, ils l'enverraient sur les roses, mais cela ne la vexerait pas plus que ça de la part de simples étrangers.

Forte de ses bonnes résolutions, elle fila à la salle de bain prendre une douche. Elle fit chauffer l'eau pendant qu'elle se déshabillait et attendit que la pièce soit remplie de vapeur pour enfin se glisser sous le jet. Les bras tendus, les mains posées à plat sur le carrelage, elle laissa le liquide chaud détendre ses muscles noués et douloureux.

Depuis plusieurs jours, les courbatures avaient investi son corps, de la même manière que si elle avait fait du sport pendant de longues heures.

Lorsqu'elle se décida à sortir, elle sécha énergiquement ses longs cheveux de jais avec une serviette qu'elle avait pris soin de déposer sur le radiateur puis enfila un pantalon de survêtement et un t-shirt. Pour finir, elle s'approcha du lavabo pour se brosser les dents et rencontra son propre regard dans le miroir. Elle se pencha en avant pour observer ses yeux de plus près. Ils possédaient une teinte légèrement dorée, comme si de petites pépites d'ambre s'étaient incrustées dans ses iris émeraude. Elle n'avait jamais remarqué ce détail auparavant. Avec un haussement d'épaules, elle saisit sa brosse à dents pour l'enduire de dentifrice. Sans doute ne s'agissait-il que d'une simple question d'éclairage et, depuis son réveil, elle s'arrangeait pour croiser le moins possible le reflet de cette fille inconnue dans la glace. Elle trouvait l'exercice par trop déstabilisant. Elle ouvrit la bouche quand autre chose attira son attention, ses gencives étaient atrocement rouges et enflées. Elle passa le doigt dessus avec précaution, mais ne ressentit aucune douleur, juste une légère gêne.

— Allez, Max, arrête de te regarder à la loupe, tu vas virer schizo en plus de parano, se morigéna-t-elle à haute voix. Tu as une gingivite, la belle affaire !

Après s'être rincé la bouche, elle gagna sa chambre et se glissa dans son lit en se disant qu'elle prendrait rendez-vous chez un dentiste lorsqu'elle aurait le temps. Si ce n'était pas douloureux, ce n'était pas non plus vraiment urgent et la perspective de repasser par la case médecin ne la tentait pas plus que ça. Elle se retourna sur le ventre, la tête sur ses bras croisés et inspira profondément avant de balancer son oreiller au loin. Beurk ! Il sentait le chien mouillé, elle avait sans doute transpiré la nuit précédente. Elle se réinstalla confortablement puis ferma les yeux dans un soupir de satisfaction.

La chambre était baignée d'une lueur blafarde, comme par un coup de baguette magique, toute sa tension disparue. La pleine lune était levée.

Max ouvrit un œil et le referma aussitôt, aveuglée par le Soleil. Elle passa la couette par-dessus sa tête puis laissa ses paupières se clore de nouveau. Elle avait bien encore cinq minutes, non ? Personne ne risquait de la tirer du lit de toute façon. Elle s'apprêtait à se rendormir lorsque la sonnette de l'entrée retentit. Elle avait parlé trop vite. Poisseuse un jour, poisseuse toujours ! Qui cela pouvait-il être ?

Angoissée par l'identité de son visiteur impromptu autant que contrariée de ne pas avoir pu retourner dans les bras de Morphée, elle se leva en traînant les pieds pour gagner le rez-de-chaussée. Pour une fois que ce satané cauchemar -ou ce rêve bizarre- n'était pas venu troubler son sommeil !

À présent, l'invité-surprise insistait et tenait carrément enfoncé le bouton de la sonnette, provoquant un vacarme atroce dans la maison. Max n'était pas vraiment du matin et ne prononçait, en règle générale, pas un mot avant d'avoir avalé un café. Celui qui se trouvait sur son perron avait tout intérêt à ne pas l'avoir dérangée sans raison valable ! Dans le cas contraire, elle espérait que la déesse de l'arabica le frapperait de son courroux en le foudroyant sur place !

— Ça va ! J'ai entendu ! brailla-t-elle à l'adresse de son mystérieux visiteur.

Elle ouvrit la porte et plissa une nouvelle fois les paupières face à l'astre du jour. Lorsque la gêne disparut enfin, la jeune femme aperçut le bourreau de sonnette innocente. Pas très grand, peut-être un mètre soixante-dix-sept, les cheveux mi-longs et blonds, des yeux gris acier et une barbe de trois jours, il devait avoir entre vingt-cinq et trente ans. Il portait une chemise à carreaux rouges et blancs, un jean troué et des santiags qui avaient dû connaître des jours plus glorieux. Il la fixa, impassible, mais son regard exprimait une colère sans nom. D'instinct, Max recula d'un pas. Erreur, puisqu'il en profita pour entrer comme un cyclone. Il claqua la porte, la faisant trembler sur ses gonds et balança le sac, qu'il tenait d'un doigt sur son épaule, sur le sol. Il la jaugea un moment encore avant de gronder d'une voix sourde :

— Tu comptes m'expliquer ?

Max ne sut que riposter, se contentant de rester tétanisée, incapable de prononcer le moindre mot. Qui donc était ce fou furieux ?

— Mais dis quelque chose enfin ! Tu me dois bien ça après m'avoir collé la trouille de ma vie ! Où étais-tu Max ?

Devant son manque de réaction, il s'énerva :

— Tu disparais pendant des mois, tu ne réponds pas au téléphone, ni aux messages et tu n'as rien à dire ? reprit-il, toujours aussi hors de lui. Il ne t'est pas venu à l'idée que, peut-être, je pouvais m'inquiéter ? Je te préviens que ton excuse a intérêt à tenir la route parce que tu vas te faire souffler dans les bronches comme jamais, ma grande ! J'ai cru devenir dingue moi, tu t'en rends compte au moins ?

— Je… euh… qui êtes-vous ?

L'homme la fixa une seconde dans les yeux, sans un mot, puis l'incompréhension remplaça la colère.

— Comment ça : qui je suis ?

Max se reprit et se redressa, essayant de paraitre le plus digne possible malgré ses cheveux en bataille et son pyjama on ne peut moins glamour.

— C'est exactement ce que je vous demande, oui. Qui êtes-vous ? répéta-t-elle en détachant chaque syllabe.

— Tu ne te souviens plus de moi ? poursuivit-il plus doucement en tendant une main vers elle.

Elle l'esquiva et recula contre la porte, les doigts sur la poignée, prête à s'enfuir ou à appeler à l'aide le cas échéant. Parce qu'il fallait se rendre à l'évidence, elle n'irait pas bien loin affublée de ses chaussons en forme de tête de lapin. Piquer un sprint avec ces trucs revenait à marcher pieds nus sur des braises. Impressionnant, sans doute, mais surtout incroyablement stupide !

— Non.

— Non ? Tu plaisantes ? S'il s'agit d'une blague, elle n'est vraiment pas drôle.

— J'ai l'air de me bidonner là ?

Il dut estimer que ce n'était pas le cas, car il jura :

— Bordel de merde ! Que t'est-il arrivé ? Raconte-moi.

— Dites-moi d'abord qui vous êtes, puisque vous débarquez chez moi en terrain conquis et en me hurlant dessus.

Il soupira puis plaça ses mains devant lui en signe d'apaisement.

— Ok, excuse-moi. Je m'appelle Jared. Nous sommes amis depuis le lycée toi et moi et nous vivons ensemble lorsque nous ne sommes pas en expédition. Nous avons aussi travaillé en duo de nombreuses fois. J'étais en Égypte depuis plusieurs mois. Comme tu ne répondais pas à mes mails ni à mes appels, j'ai pensé que tu étais également en déplacement, même si, je dois l'admettre, tu n'es jamais partie sans me prévenir de ta destination. À mon retour, il y a environ trois semaines, j'ai foncé directement ici, mais je n'ai trouvé personne. Cela m'a beaucoup inquiété, je t'ai cherché partout. J'ai appelé toutes les personnes que tu connais, amis, relations, boulot, mais personne ne savait où tu étais. Certains m'ont dit qu'il y avait plusieurs mois qu'ils ne t'avaient pas vu. Je suis même retourné à La Nouvelle-Orléans, au cas où… C'est la voisine qui m'a téléphoné hier soir pour me prévenir que tu étais enfin rentrée, alors j'ai repris le premier avion et me voilà. Que s'est-il passé, chaton ? Où étais-tu pendant tout ce temps ? Je me suis fait un sang d'encre, tu sais.

Max se détendit un peu et avança d'un pas. Quelque chose, au fond d'elle, lui soufflait que Jared ne lui voulait pas de mal. Cela dit, madame Graam aurait pu l'avertir que quelqu'un avait cherché après elle et qu'elle était censée avoir un colocataire ! Vieille folle !

— J'ai eu un accident et…

— Quoi ? Comment ça un accident ? Tu n'as pas été blessée au moins ? s'enquit-il, paniqué.

— Si, mais je vais bien maintenant, enfin… presque.

— Qu'entends-tu par presque ? demanda-t-il encore en fronçant les sourcils.

— Ma mémoire a été totalement effacée et je ne me souviens absolument de rien avant mon réveil du coma, expliqua la jeune femme. Ni de vous, ni du reste.

— Alors là, ça craint, souffla Jared.

Elle n'aurait sans doute pas dit mieux.

Assis sur le canapé du salon, Jared analysait les explications de son amie. Il reposa, sur la table basse, la tasse de café qu'elle venait de lui servir et se passa une main dans les cheveux.

— Lorsque tu affirmes que tu ne te souviens de rien, cela signifie de rien du tout ? demanda-t-il finalement.

— Rien, que dalle ! Dans ma tête, c'est Bagdad ! lui confia-t-elle. Je ne sais que ce que les médecins et les flics m'ont appris, autant dire : pas grand-chose. Pour moi, ma vie n'a commencé que le jour de mon réveil du coma, tout ce qui a eu lieu avant cette date a été perdu, ajouta la jeune femme, la voix enrouée.

Jared la dévisagea avec tristesse. Il s'agissait d'une première pour Max, qui avait toujours eu l'impression que les gens la considéraient soit comme une fêlée, soit avec pitié, ce qui, à ses yeux, ne valait pas mieux. Elle n'avait plus de souvenirs, ok, mais elle n'était pas pour autant une petite chose fragile. Quant à ses capacités mentales, elles étaient restées totalement intactes, Dieu merci !

— Mais pourquoi les flics ne m'ont-ils pas appelé ? Je suis le premier numéro préenregistré dans ton portable normalement !

— Il parait que mon téléphone était trop endommagé pour en tirer quoi que ce soit. Ils m'ont assuré avoir fait tout ce qui était en leur pouvoir en tout cas.

— Ah oui ? Et ils n'ont pas non plus regardé dans ton portefeuille ou sur ta police d'assurance le nom de la personne à contacter en cas d'urgence ?

Max haussa les sourcils, en effet, elle n'avait pas songé à ce genre de détail… Mais, c'était exactement le style d'information qui aurait dû être vérifié en premier.

— Eh bien, il faut croire que non. Mais peut-être qu'ils n'ont pas réussi à te joindre parce que tu te trouvais en Égypte ?

— J'ai un forfait international, tout comme toi d'ailleurs !

— Oh, j'avoue que je ne comprends pas. Les policiers qui sont venus m'interroger avaient pourtant l'air gentil et compétent…

Jared se leva et commença à arpenter la pièce de long en large. Il serrait les poings à intervalles réguliers, tentant de maitriser sa colère. Pour le coup, Max devait bien admettre qu'elle aussi était exaspérée de constater que la police avait bâclé le travail. Cela lui fit alors songer que, comme elle le pressentait, son accident n'en était sans doute pas un… retrouver Jared ne devait pas être si difficile et ils avaient échoué. Elle pouvait toujours rêver pour qu'ils mettent la main sur les responsables de la collision ! Enfin, chaque chose en son temps ; d'abord la mémoire, ensuite, les responsables de cette panade.

— Tu parles ! Ils n'ont pas non plus pris la peine de contacter les gens que tu étais censé avoir connus, comme les musées dans lesquels tu as travaillé, par exemple. Il ne leur est pas venu à l'idée que, peut-être, l'une de ces personnes aurait dû être mise au courant ? Je ne sais pas moi, merde ! Une vraie bande d'incapables ! Si ça se trouve, ils n'ont même pas essayé, voilà tout ! Attends un peu que je joigne mon avocat, cette histoire ne va pas en rester là, crois-moi ! Non, mais sans rire ? Ils ont été formés dans une école de police ou dans un club pour amateurs de Cluedo ? Crétins !

Max regarda Jared avec étonnement, il paraissait beaucoup tenir à elle. Face à ce constat, la jeune femme ressentit une immense vague de réconfort, au moins existait-il une personne en ce bas monde qui se souciait d'elle. C'était rassurant de se rendre compte qu'elle n'avait pas traversé sa vie d'avant comme une ombre que nul n'avait remarquée ou que nul ne semblait regretter.

— Calme-toi, je vais bien maintenant.

Il stoppa net ses allées et venues puis se pencha vers elle pour la serrer contre lui avec une sorte de désespoir qui n'échappa pas à Max. Il avait peur de la perdre, cela ne souffrait aucun doute. Cependant, surprise par cette réaction, elle resta là, les bras ballants, sans savoir comment réagir. Elle avait perdu l'habitude de ce genre de contact. Dans le fond, interagir avec son entourage faisait également partie de l'apprentissage des êtres humains… apprentissage dont Max n'avait aucun souvenir.

— Raconte-moi, dit-il finalement. Où étais-tu pendant tout ce temps ?

— J'ai d'abord été admise au *Machassusset's hospital* où j'ai fait un mois et demi de coma. Quelques semaines après mon réveil, j'ai été hospitalisée à la clinique des Cèdres Blancs où j'ai suivi une rééducation physique et psychologique. J'étais dans une unité spécialisée pour les patients présentant des troubles importants de la mémoire, mais cela n'a rien donné. Tu veux bien m'aider ? implora-t-elle.

— Évidemment, tu peux toujours compter sur moi. Mais, qu'entends-tu par rééducation physique ? Tu as été grièvement blessé ?

— J'ai subi plusieurs opérations, je souffrais de multiples fractures. Ma colonne vertébrale a été touchée et j'ai dû réapprendre à marcher. Selon les médecins, je suis une miraculée. La vitesse à laquelle je me suis remise les a également laissés perplexes, mais malheureusement, ma mémoire, elle, refuse obstinément de me revenir.

Jared tiqua, puis reprit comme si de rien n'était :

— Alors, dis-moi, que désires-tu savoir en priorité ?

Tout ! Eut-elle envie de répondre, mais elle ne voulait pas non plus passer pour une surexcitée ou une hystérique aux yeux de celui qui semblait incarner son unique ami. Il représentait sa seule chance de retrouver la mémoire et elle ne comptait pas le laisser filer si facilement ! Il fallait qu'elle en apprenne un maximum sans le brusquer ou l'exaspérer. Elle pressentait que l'exercice ne serait pas si facile, car la patience n'était pas vraiment son fort.

— Euh… je ne sais pas moi… qu'est-ce que j'aime le plus, par exemple ?

Question bateau, mais qui avait le mérite de ne pas attaquer trop fort. Jared sourit, clairement amusé. Visiblement, il n'était pas dupe.

— Voilà qui est nouveau, notre petite Max qui devient patiente. Ce pourrait-il que l'amnésie possède quelques aspects bénéfiques finalement ? la taquina-t-il. La Max que je connais aurait répondu : tout ! Je veux absolument tout savoir et tout de suite !

Cette dernière baissa les yeux, comme prise en faute. Jared la connaissait manifestement bien et il semblait lire en elle comme dans un livre ouvert. Ne restait plus qu'à espérer qu'il ne prenne pas peur devant sa soif de connaissance et qu'il ne perçoive pas ses doutes quant à son accident avant qu'elle n'en ait appris suffisamment sur elle-même pour pouvoir démêler cette histoire. La police ne l'avait pas crue, avait imaginé qu'elle avait halluciné ou que sa version des faits était tronquée à cause du choc causé par la collision. Jared en ferait surement de même…

— Ne fais pas cette tête, chaton ! rit-il franchement cette fois. La patience n'a jamais été ton fort et tu es curieuse comme un vieux chat ! De plus, il est naturel que tu aies envie de savoir. À ta place, n'importe qui réagirait de la même façon. Commence déjà par me dire ce que les flics t'ont raconté, inutile que je te le répète.

Max releva les yeux et sourit. Jared lui plaisait bien, pas étonnant qu'ils soient amis depuis si longtemps. Il se montrait franc, direct et elle appréciait ces traits de caractère.

— Eh bien, je sais que je suis née en 1987 à New York, que je suis une enfant précoce, et que mes parents sont morts lorsque j'avais trois ans. Je sais qu'Amalia était la meilleure amie de ma mère, que c'est elle qui m'a élevée et que nous avons vécu ensemble jusqu'à sa mort, il y a un an. J'ai également appris que je suis rentière et que je bosse de temps en temps pour des musées en donnant des conférences en Histoire. Si j'ai bien compris, cette matière est ma spécialité ; d'où les livres étranges et les accessoires bizarres que j'ai retrouvés ici. Sinon, mis à part mon accident lui-même, que dalle !

Jared avait écouté sans prononcer un mot, l'air très concentré. Il avait hoché la tête à plusieurs reprises ou bien froncé les sourcils, mais rien d'autre. De toute façon, vu le peu de choses que Max savait sur elle-même, son discours fut de courte durée.

— Je vois, lâcha-t-il enfin. Effectivement, voilà qui ne pèse pas bien lourd.

— C'est le moins que l'on puisse dire, renchérit-elle en grimaçant.

— Ne t'inquiète pas, je vais combler les blancs du mieux que je peux. Pour commencer, il est vrai que tu es précoce. Tu es capable de mémoriser une quantité industrielle d'informations en un temps record, aussitôt lu, aussitôt imprimé. Ce qui explique que les études se sont révélées pour toi un peu comme une promenade de santé. Ta passion pour l'Histoire t'es venue à cause ou plutôt grâce à Amalia. Elle t'a toujours conté les légendes de son peuple et, au fil du temps, tu as voulu en connaître les origines. Tu as donc étudié avec assiduité les croyances en tout genre, se rattachant à la magie ou au surnaturel, tout au long de l'Histoire. Deux de tes études sur le sujet ont d'ailleurs été publiées.

— Sérieux ?

— Eh oui ! Nous nous sommes rencontrés au lycée toi et moi. Nous nous sommes immédiatement entendus. Les bêtes curieuses du bahut créent des liens entre elles… Enfin bref ! Je te raconterai cela plus tard. Nous avons ensuite intégré *Brown*, section Histoire, bien sûr. Je suis moi-même archéologue. À cette époque, nous louions un petit appartement miteux près du campus, mais cela ne nous dérangeait pas, tant que nous étions ensemble. Le fait que nous ne séparions que rarement rassurait également Amalia. Elle était vraiment très fière de toi et de ta réussite, mais elle savait aussi que ton jeune âge n'attirait pas que les âmes charitables, alors, je jouais les gardes du corps, s'amusa-t-il.

— Ouais, j'imagine que je n'ai pas dû me faire que des amis en étant une tête d'ampoule, grimaça Max.

— Je ne vais pas te mentir, certains étaient jaloux de ta facilité d'apprentissage, et si je n'avais pas été dans les parages, tu serais sûrement passé par des bizutages idiots, voire méchants. Même les profs finissaient par se sentir mal à l'aise en ta présence. Tu en savais bientôt plus qu'eux sur les sujets qu'ils enseignaient ! Après ton diplôme de fin d'études, tu t'es spécialisé dans différents domaines et plusieurs musées t'ont contactée. Tu as commencé à travailler comme consultante à seulement vingt ans. Cela te permettait de continuer tes recherches sur les mythes anciens, les rites occultes et tout le reste.

— Quant à ma rente, elle m'offre la possibilité de bosser en dilettante, c'est ça ?

— Si on veut. Tu as toujours pris tes investigations très au sérieux et tu es considérée comme une experte dans ta branche. Cet argent t'a donné l'opportunité de monter plusieurs expéditions en Afrique, en Égypte et j'en passe !

— Une experte qui ne possède plus la moindre parcelle de son savoir d'antan, souffla la jeune femme. Autant dire un pot vide.

— Cela te reviendra. Ces souvenirs n'ont pas été effacés, juste un peu repoussés quelque part dans ton inconscient. J'ai des photos, des vidéos, cela te permettra peut-être de te souvenir avec plus de précisions. Parfois, un détail peut suffire à les raviver.

— J'espère. Quoi d'autre ?

— Hum… ta couleur préférée est le bleu, mais, étrangement, tu n'en portes que rarement. Tu raffoles des glaces au chocolat, tu détestes faire les boutiques et tu considères la Saint-Valentin comme une fête strictement commerciale. Tes fleurs favorites sont les orchidées blanches, tu ne regardes pas souvent la télé, mais tu adores la musique ; tous les styles de musique. Tu aimes les bêtes à poil, peu importe l'espèce ou la taille. Tu as d'ailleurs fait des dons importants à des associations de protections des animaux. Quant à tes parents, ils sont décédés dans un accident de la route.

— Ouah ! J'en apprends plus avec toi en une heure que depuis des mois avec les médecins censés m'aider.

Une fois de plus, Jared rit.

— Disons que j'ai un avantage sur eux, j'ai vécu les faits ! Rassure-toi, je ne te quitte plus et je compte bien combler tous les vides possibles.

— Justement, que sais-tu sur mes parents ? On m'a expliqué qu'ils sont morts lorsque j'étais petite, mais j'aimerais en apprendre davantage sur eux.

— Hum… je ne sais pas grand-chose en vérité. Juste que ton père était un mania de la finance. Sa famille a fait fortune en trente-six si ma mémoire est bonne et il gagnait très bien sa vie grâce à un flair incroyable concernant les fluctuations de la bourse. Selon Amalia, il a toujours fait passer le travail avant tout, jusqu'à ta naissance. Il était fou de toi et a appris le mot « déléguer » en même temps que « paternité ». À ses yeux, tu incarnais, et de loin, sa plus belle réussite. Elle s'amusait souvent à raconter qu'il dégainait des photos de toi dès que l'occasion se présentait, vantant ton moindre babillage comme s'il s'agissait d'un véritable exploit.

— Un papa gâteau en somme, dit la jeune femme en esquissant un sourire.

— Exactement. Ta mère, quant à elle, était artiste peintre. Tu dois sûrement avoir quelques-unes de ses toiles quelque part. Amalia n'en a jamais accroché aucune dans la maison, elle estimait que certains arts n'étaient pas faits pour rester à la vue de tous. Elle n'était pas seulement la meilleure amie de ta mère, elles avaient grandi ensemble. Amalia était également ta marraine. Elle a assisté à toutes les échographies et était présente à l'hôpital tout le temps qu'a duré l'accouchement. Après tes parents, elle a été la première personne à faire ta connaissance. Quand ta mère peignait, elle avait tendance à perdre toute notion du temps, alors, lorsque ton père était absent, Amalia prenait déjà le relai.

— Sympa… grogna Max, un peu décontenancée que sa mère l'oublie au détriment de son art.

— Ne la juge pas, continua Jared, ayant parfaitement suivi le cheminement des pensées de son amie. C'était une originale, soit, mais elle t'aimait. À partir du moment où elle a su qu'elle était enceinte de toi, la plupart de ses œuvres te concernaient ou décrivaient la joie de la maternité. Ces trois-là te considéraient comme une petite déesse. Leur vie tournait exclusivement autour de la tienne. Simplement, même les petites déesses ont besoin de manger. Elle a exposé dans les plus grandes galeries du globe, mais ce genre de réussite à toujours un prix. Ils ont fait en sorte de te protéger afin que tu ne manques jamais de rien.

Max fit la moue.

— C'est vrai, admit-elle enfin. Tu sais pourquoi les familles respectives de mes parents n'ont pas cherché à me récupérer après leur décès ? C'est un peu étrange de m'avoir laissée à une étrangère, non ? Même une amie proche.

— À ce que j'ai compris à l'époque, ni ta mère ni ton père n'avaient plus de famille, que ce soit proche ou éloigné. Ils étaient sûrement enfants uniques tous les deux.

Max tiqua. Si ses parents n'avaient plus de famille, cela la ramenait au point de départ. Qui étaient ces gens qu'elle devait à tout prix rejoindre ? Cependant, elle ne laissa rien paraitre de son trouble. Elle avait encore quelques questions méritant des réponses.

— Soit. Que sais-tu d'autre sur eux ?

— C'est tout, désolé.

Max fut un peu déçue, mais essaya de ne pas trop le montrer. Jared était gentil et il s'était suffisamment inquiété à son sujet pour rentrer d'Égypte alors qu'aucune de ses connaissances n'avait seulement signalé sa disparition.

Elle finit par se lever et lui demander :

— Ça te dirait d'aller manger au restaurant ? Je n'ai pas osé sortir d'ici depuis que je suis revenue, je me fais livrer à domicile, je ne me souviens pas de cette ville. J'avoue que me retrouver dehors, seule de surcroit, me fait un peu peur.

Il esquissa un sourire un peu triste. Jared se sentit-il responsable ne pas avoir été là plus tôt ?

— Si tu veux, qu'est-ce qui te ferait plaisir ?

— Euh… je n'en sais rien, des fruits de mer ? À l'hôpital, tous les aliments semblaient avoir le même gout alors...

Il grimaça, clairement écœuré par cette réponse manifestement.

— Tu n'aimes pas les fruits de mer ? demanda la jeune femme.

— Bof, j'en mange lorsque je n'ai pas le choix. En revanche, toi, tu détestes ça ! s'amusa-t-il.

— Oh, souffla-t-elle, dépitée de se rendre compte qu'elle ne rappelait même plus ce qu'elle aimait manger.

— Eh non, chaton, tu es une carnivore pure et dure ! la taquina son ami. File t'habiller et ensuite je te ferai redécouvrir tous tes endroits préférés dans cette ville. À la fin de cette journée, tu auras récupéré une bonne partie de ton vécu.

IV

Salem village, 1690

La neige était encore tombée en abondance cette nuit. « Il sera difficile de trouver les plantes dont j'ai besoin », *songea Kanda avec un certain agacement. Son amie, Tituba, avait bien raison lorsqu'elle affirmait que cet endroit n'était pas fait pour elles. Si elle n'avait pas été aussi pressée de fuir, sûrement aurait-elle réfléchi à un autre lieu d'exil, mais voilà, le temps lui avait manqué. Cruellement.*

— Faute de grives, on mange des merles, marmonna la jeune femme.

Si elle avait été un homme, personne ne se serait permis de choisir pour elle, de lui imposer une vie dont elle ne voulait pas. Elle n'aurait jamais eu à partir comme une voleuse en attirant la honte sur sa famille et sur elle-même. Son choix avait scellé son destin, jamais elle ne pourrait reprendre sa place parmi les siens. Ils ne lui pardonneraient jamais l'affront qu'elle leur avait infligé en refusant de plier à la volonté de leur chef, son grand-père.

Malheureusement pour Kanda, elle n'était pas née avec les bons attributs et les seules options dont elle avait disposé avaient été la fuite ou la soumission. Dans son cas, de par sa nature profonde, se soumettre revenait à mourir. Alors, une nuit, profitant de ce que le reste de la tribu dormait, elle avait pris le large. Un jour, peut-être, sa condition de femme ne représenterait plus un obstacle à une vie normale... enfin, elle l'espérait.

Elle déambulait maintenant au cœur de la forêt, bien loin des habitations, mais elle n'en était pas le moins du monde effrayée, au contraire. Au moins se trouvait-elle à l'écart de la bêtise humaine. Les affrontements n'avaient pas cessé entre puritains et Indiens et il devenait difficile de savoir quelle communauté avait perdu le plus de membres.

Les Indiens venaient régulièrement la voir pour qu'elle soigne certains d'entre eux. Cependant, elle leur faisait peur, elle en avait parfaitement conscience. Son savoir dépassait celui de leur chamane et donc, certains estimaient que cela était anormal, voire dangereux. Seul le fils de leur chef, Yuma, ne semblait pas effrayé. Elle le soupçonnait même d'éprouver une sorte de fascination à l'égard de sa science. Il ne cessait de l'observer à la dérobée et venait la trouver sous le couvert d'excuses qui ne tenaient pas la route une seconde. Kanda n'était pas dupe, mais s'il voulait apprendre, vraiment, alors il devrait faire l'effort de le demander. Elle ne livrerait pas ses secrets sans bénéficier du respect qui allait avec.

Quant aux puritains, ils se montraient méfiants, bien plus que d'habitude et ils commençaient à épier leurs voisins, ce qui ne présageait jamais rien de bon. Certains se méfiaient même d'elle tandis qu'elle les soignait le plus souvent sans rien exiger en échange et lui avait demandé si elle n'avait pas hérité ses longs cheveux aile de corbeau d'un parent indien. Kanda avait pris un air outré en assurant que non. « S'ils savaient ! », avait-elle songé ensuite.

Les gens la payaient avec des volailles, des œufs ou bien des légumes lorsqu'ils pouvaient se le permettre. La majorité de la population n'avait pas les moyens de s'offrir les services d'un « vrai » médecin. Si jamais il était venu à se savoir que son père était Indien, ils n'auraient pas remis un pied chez elle, ou pire. Les Blancs n'avaient pas hésité à l'abattre pour avoir aimé sa mère, ils agiraient sûrement de la même façon avec elle. Ensuite, pour se donner bonne conscience, ils mettraient cela sur le compte de la volonté divine. Ils la faisaient bien rire avec leurs bondieuseries !

Les récoltes étaient fichues ? La faute au Bon Dieu. Un enfant tombait malade ? La faute au Bon Dieu. On tuait ses semblables ou on les réduisait en esclavage pour une simple différence de couleur de peau ou de croyance ? Encore la volonté du Bon Dieu. Ce qui, au final, rendait ce personnage céleste et tout puissant quelque peu antipathique ! Les terres, l'argent et le pouvoir, voilà ce qui motivait l'espèce humaine depuis la nuit des temps. Leur Dieu n'incarnait qu'une excuse facile derrière laquelle ils se cachaient sans vergogne pour accomplir leurs petites bassesses. Une idole, bien entendu représentée à leur image, afin d'asseoir leur autorité sur les plus faibles et les plus ignorants. Tous enfants de Dieu, à condition de naître du bon côté de la barrière et blanc de préférence.

Malgré leur savoir et leur soi-disant foi, aucun de ces crétins ne se doutait qu'il saluait aimablement un widjigo, un gremlin ou une goule à chaque fois qu'il se rendait au marché ou même à l'église ! Salem et ses environs étaient infestés d'êtres surnaturels cherchant à acquérir de nouveaux territoires de chasse et tous faisaient partie de la très honnête bourgeoisie. Les humains n'incarnaient que de pauvres marionnettes entre leurs mains agiles. Parfois, ils faisaient également office de petit déjeuner ou de dîner, mais leur utilité s'arrêtait là.

Tout en soufflant sur ses doigts gelés, Kanda jugea d'un œil critique les plantes, dans le fond de sa besace, qu'elle avait réussi à dégoter en creusant sous la neige. Sans doute n'irait-elle pas bien loin avec si peu, mais cela lui permettrait de tenir les vampires à distance, quelque temps. De tous les êtres surnaturels, ils étaient, incontestablement, ceux qu'elle détestait le plus et pas seulement parce qu'ils représentaient un ennemi naturel. Certains se montraient plus qu'inconscients à Salem. Tuer et faire disparaître un corps était une chose, mais transformer des humains une tout autre ! À croire qu'ils n'avaient pas évolué depuis leur père, le Widjigò Sapa, une créature assoiffée de sang et de chair humaine, avec pour seul raisonnement son instinct de survie. Condamnés par les dieux à vivre éternellement, sans jamais revoir le soleil, le nombre de leurs victimes ne cessait pourtant d'augmenter !

Aujourd'hui, ils avaient délaissé la chair au profit du sang, ils étaient moins forts que leur ancêtre, la nature avait fait en sorte qu'ils ne se reproduisent pas aussi vite et autant que les Hommes, certes, mais le résultat restait le même : ils demeuraient des tueurs sans pitié, sans foi, ni loi ! S'ils avaient décidé d'installer leur nid dans cette ville et de le faire croitre… Salem ne serait bientôt plus qu'une légende. Cette simple pensée l'avait poussée à agir. Elle aurait pu partir, encore, mais elle n'avait pas pu s'y résoudre. Contrairement aux Widjigos, elle possédait une conscience. Que ces voisins soient stupides ou pas, ils ne méritaient pas de périr dans de telles conditions.

Cette semaine, une jeune fille avait été retrouvée morte dans son lit. Elle était à peine âgée d'une quinzaine d'années. Le médecin s'était contenté de déclarer officiellement le décès après avoir expliqué qu'elle était atteinte du « mauvais mal ». Terme, bien pratique, qui englobait une multitude de maladies sans pour autant faire planer le doute sur le grand savoir de ce cher docteur Griggs. Si les puritains condamnaient les sept péchés capitaux, cela n'empêchait pas celui-là d'être dévoré par l'orgueil. Cet homme incarnait le parfait exemple du misogyne arrogant. Il se croyait plus doué, plus intelligent et au-dessus de tous, seulement, Kanda n'était pas dupe. Ce n'était qu'un charlatan qui se souciait plus de se fournir en alcool de contrebande que de la santé ou du bien-être de son prochain. Il suffisait de voir comment il traitait son pauvre frère, déficient mental, en l'appelant l'abruti ou le simplet dès qu'il se pensait seul. Seulement, l'ouïe de Kanda lui avait permis de faire tomber le masque de ce personnage vil et mesquin. Elle n'était même pas certaine qu'il soit véritablement puritain. Elle plaignait de tout son cœur Burton, âgé de trente-cinq ans, mais qui dans sa tête n'avait pas dépassé les cinq, et qui vouait une adoration et une affection sans borne à ce cadet aux yeux duquel il ne représentait rien de plus qu'un encombrant fardeau. Lui au moins avait assurément l'âme pure.

La veillée mortuaire avait eu lieu chez ses parents -Kanda les connaissait bien- de pauvres paysans sans le sou, mais au cœur d'or. La mère avait convié la jeune femme, qu'elle considérait comme une amie parce qu'elle avait soigné son mari, l'hiver précédent, d'une toux résistante contre six œufs. Si les quelques femmes qui se tenaient dans la pièce n'avaient vu qu'un corps inerte allongé sur le lit entouré de chandelles, Kanda, elle, avait senti la signature du widjigo. Les petites traces dans son cou, pas plus grosses qu'une tête d'épingle, avaient confirmé ses craintes. La gamine n'était pas morte, du moins, pas au sens littéral du terme, elle mutait.

La nuit suivant les obsèques, Kanda n'avait pas disposé d'autre choix que de terminer le travail et d'éliminer définitivement la menace avant même son réveil à grand renfort d'un pieu planté en plein dans le cœur.

Aujourd'hui, elle se retrouvait dans l'obligation de protéger sa maison et sa personne. Ils ne tarderaient pas à découvrir qui les avait privés de leur nouveau jouet. Loin de sa terre et des siens, Kanda était plus vulnérable et elle le savait.

V

Boston, de nos jours

En fin de soirée, ils rentrèrent fourbus, mais ravis de la journée passée ensemble. Jared avait invité Max dans un restaurant en vogue, *L'Assiette Rouge,* où l'on servait uniquement des pièces de viande grillée. Emballée par le menu, l'ambiance feutrée du lieu autant que par sa première sortie dans le monde extérieur, elle avait avalé un énorme steak, une purée de pommes de terre et une glace au chocolat. Son ami s'était chargé patiemment de lui rappeler ses mets préférés. La note avait été salée, mais lorsque Max avait voulu payer sa part, Jared s'était contenté de dégainer sa carte bleue en souriant et assurant que la voir heureuse lui remboursait tous les repas de la terre. N'empêche, elle lui renverrait l'ascenseur dès que possible, parce que, sur ce coup-là, elle avait un peu l'impression d'avoir joué les affamées et non les gourmandes. Cela pouvait se comprendre puisqu'elle suivait le régime pizza depuis sa sortie de l'hôpital, mais tout de même.

Jared lui avait ensuite fait revisiter Boston. Les magasins de disques préférés de la jeune femme, les librairies, les monuments, les musées, tous ces endroits particuliers qui avaient représenté un facteur d'importance dans le choix de cette ville pour leur installation. Tous deux appréciaient la campagne et sa qualité de vie, mais seulement le temps des vacances. Une connexion Internet médiocre ou un aéroport trop éloigné était rédhibitoire vu leur profession. Il leur était arrivé, plus d'une fois, d'être prévenus à la dernière minute d'une expédition imminente ou de rentrer en pleine nuit, après plusieurs heures de voyage avec, en prime, un décalage horaire perturbant. Il était donc hors de question de supporter encore une longue route pour regagner la maison.

Sur le chemin du retour, Jared avait dégoté un fleuriste ouvert malgré l'heure tardive et lui avait offert un énorme bouquet d'orchidées blanches. En dépit de la sensation d'étourdissement parfois éprouvée, Max devait reconnaitre que cette journée lui avait fait un bien fou. Elle avait enfin eu l'impression d'un semblant de normalité dans son micmac quotidien. Aucun souvenir en vue, mais le début d'une nouvelle vie, la promesse d'un après, plus seulement conforté au fantasme, mais bel et bien réel. Elle se savait désormais capable de s'assumer, de sortir, de rencontrer des gens. En un mot : de vivre. Bien sûr, rien ne serait jamais plus comme avant, simplement parce que, pour Max, *« avant »* se dissimulait quelque part derrière un brouillard épais que rien ne semblait pouvoir dissoudre. Elle allait donc devoir faire sans jusqu'à ce que ce dernier se décide à se dissiper… s'il se dissipait un jour.

— Merci Jared, j'ai vraiment passé une journée agréable, dit la jeune femme en plongeant les fleurs dans l'eau avant de les arranger convenablement dans leur vase. Sortir m'a fait du bien, finalement. Cela dit, je ne pense pas que j'aurais tenté l'expérience seule. Tu as fait office de bouée de sauvetage aujourd'hui, s'amusa-t-elle en déposant le bouquet sur la table de la cuisine.

Cette image convenait d'ailleurs très bien puisqu'elle avait passé son après-midi accrochée à son bras, le plus souvent dépassée par le bruit, la foule et son agitation. Calmement, Jared avait posé sa main sur la sienne pour la rassurer ou avait marqué une pause devant une vitrine, feignant de s'intéresser au contenu le temps que la jeune femme reprenne ses esprits. Elle lui était reconnaissante de montrer autant de patience et de gentillesse à son égard.

— De rien, tout le plaisir était pour moi. Rentrer à la maison, près de toi, après une longue absence est toujours un soulagement, un peu comme un retour aux sources. C'est apaisant, rassurant de songer que l'on va retrouver des repaires familiers auxquels nous sommes attachés. La routine peut sembler barbante à certains, mais pour ma part, je la trouve plutôt reposante. Dis-moi, je peux récupérer ma chambre ou préfères-tu que j'aille à l'hôtel ? Je comprendrais, tu sais, si tu ne te souviens pas de moi…

Il lui avait également appris qu'Amalia n'avait jamais vécu ici. Max avait acheté cette maison peu après son décès, ne supportant plus d'habiter la demeure qui avait été *la leur,* mais aussi le témoin de son calvaire. Toutes les pièces contenaient un souvenir, heureux ou malheureux, mais qui ravivait à chaque seconde le chagrin provoqué par la perte de sa mère d'adoption. Jared avait parfaitement compris et encouragé cette décision. Vivre dans le passé ne s'avérait pas toujours bon et les écrins les plus précieux où le stocker restaient la mémoire et le cœur. Au moins, avec le temps, seuls les meilleurs moments finissaient par y demeurer gravés.

Après des semaines de recherche et d'innombrables visites, ils avaient craqué de concert pour cette demeure, certes ancienne, mais à laquelle cette sorte de charme désuet apportait un sentiment de confort et de sécurité. *Leur tanière*, voilà comment ils l'avaient surnommée.

Max avait pris soin de chercher une maison avec une chambre supplémentaire pour Jared et un vaste bureau lumineux qu'ils pouvaient partager sans problème quand il rentrait de voyage. En dehors de leurs déplacements, ils n'avaient jamais envisagé de vivre autrement qu'ensemble. Jared payait la moitié des charges et des travaux lorsque c'était nécessaire, Max l'autre. D'ailleurs, le manque de couleur qui avait tant choqué la jeune femme à son arrivée résultait de cette habitude de fonctionner en duo.

Ils venaient de terminer la restauration de la bâtisse, qui en avait eu grand besoin à leur entrée dans les lieux, et le choix de la peinture n'avait pas encore été arrêté. Jared avait dû partir et nul ne prenait de décision sans l'accord de l'autre. Cette tâche était donc restée en suspens le temps qu'ils se retrouvent.

Lui non plus n'avait plus de parents alors ils s'étaient toujours serré les coudes. Il lui avait montré des photos d'eux, lorsqu'ils étaient plus jeunes et des plus récentes, dont il ne se séparait jamais. À ses yeux, rejoindre Max signifiait rentrer au bercail. Peu importait le pays ou la ville dans laquelle elle se trouvait, elle représentait son point d'ancrage et lui, le sien.

— Non ! Reste, au contraire. Je suis vraiment heureuse que tu sois là. Cette chambre est à toi, pas de problème.

— Merci, sourit-il. Bon, je vais me coucher, je suis crevé. Tu montes ?

Max devint subitement nerveuse. Les battements de son cœur s'accélérèrent tandis qu'une perle de sueur glacée glissait le long de sa colonne vertébrale. Si elle faisait encore ce cauchemar à propos de son accident et qu'elle se mettait à hurler, que penserait Jared ? Est-ce qu'il la croirait, lui ? Les flics avaient toujours affirmé qu'elle avait halluciné alors, pourquoi envisagerait-il le contraire ? Elle ne disposait de rien d'autre que son ressenti et sa certitude pour étayer sa version des faits. Cela ne pesait pas lourd, il fallait bien le reconnaitre. Et puis ces deux éléments n'étaient pas recevables devant un tribunal de toute façon. Sans preuve rationnelle, rien de ce qu'elle pourrait dire ne serait pris en compte.

— Que se passe-t-il, chaton ?

Il la considérait, les sourcils froncés et l'air grave. Il déchiffrait parfaitement la moindre de ses émotions ou ses plus infimes changements de comportement. C'était comme s'il était connecté à elle par un fil invisible.

Au fur et à mesure que la journée s'était déroulée, elle s'était aperçue qu'elle agissait de la même façon avec lui. Elle en avait été déconcertée autant que rassurée. Pour la première fois depuis son réveil, ce terrible sentiment de solitude, qui l'écrasait presque parfois, l'avait quitté. Il lui semblait pouvoir respirer de nouveau normalement, mais la peur bleue de se retrouver seule encore une fois la tenaillait ferme à présent. On ne comprend la valeur de ce que l'on possède seulement une fois qu'on l'a perdu et Max ne voulait, pour rien au monde, être privée de Jared.

— Je… euh… j'ai du mal à dormir depuis mon accident, répondit-elle, évasive. Rien de grave, ne t'inquiète pas pour moi.

— C'est-à-dire ? Je te connais mieux que personne alors accouche. Tu n'es pas seulement insomniaque, tu me caches quelque chose. Ton incapacité à mentir a, d'ailleurs, toujours frôlé le ridicule. Pour une femme, cela doit se révéler particulièrement handicapant.

— Quoi ? Mais c'est quoi cette réflexion de macho à deux balles ! s'écria Max, les yeux écarquillés.

— Cherche pas, c'est scientifique. Les femmes mentent, sur leur âge en premier lieu, ensuite sur le nombre de leurs conquêtes, et pour finir, sur la taille de leur soutien-gorge, enfin à l'adolescence tout du moins. Et ne change pas de conversation !

— Je ne tente pas du tout de…

Il se planta devant elle, les bras croisés, et bien décidé à ne pas en rester là. Max soupira puis s'assit sur le comptoir. À quoi bon lui cacher la vérité ? De toute façon, si elle hurlait comme une damnée dans son sommeil, il s'en rendrait forcément compte et insisterait jusqu'à ce qu'elle lui dise ce qui n'allait pas.

— OK, tu as gagné. Je sais que cela va te paraître totalement dingue, mais depuis mon réveil, j'ai une drôle d'impression…

— Du style ?

Max baissa les yeux et commença à se tordre les mains, mal à l'aise. Comment exprimer ce genre de ressenti sans passer pour une folle ou une paranoïaque de haute voltige ? Même l'enquête menée par la police n'avait abouti à rien de probant à ce sujet. Enfin, s'il y avait eu de véritables investigations… Elle dut inspirer plusieurs fois avant de parvenir à affronter son regard et se lança :

— Je me sens menacée. Je sais que tu risques de penser que je suis parano, mais je te jure que c'est la stricte vérité. Toutes les nuits, ou presque, je refais le même cauchemar à propos de mon accident et même si les flics sont persuadés que j'ai eu une hallucination, j'ai l'intime conviction que ce n'est pas le cas. J'ai une certitude, une intuition, peu importe comment tu décideras d'appeler ça, mais pour moi, mon accident n'en était pas un. J'en mettrais ma main au feu.

Jared fronça une nouvelle fois les sourcils, puis tira une chaise jusqu'à lui pour s'y asseoir à califourchon, les bras croisés sur le dossier.

— Raconte-moi ça.

— Voilà, la scène se déroule toujours de façon identique. Il fait nuit et je suis dans ma voiture. Il pleut, alors je roule prudemment, j'ignore pourquoi, mais je sais que je dois me montrer vigilante. La pluie n'est pas ce qui me préoccupe le plus, enfin, il me semble.

— Tu as peur ? interrogea-t-il doucement.

Max haussa les épaules.

— Hum… disons plutôt que je suis méfiante, comme si je m'attendais à ce que quelque chose de désagréable se produise. Soudain, j'aperçois un homme dans la lumière de mes phares. Je fais une embardée pour l'éviter et regarde une seconde dans mon rétro pour vérifier qu'il n'a rien, mais il a disparu. Là, un camion sorti de nulle part me fonce droit dessus, j'essaie de l'esquiver lui aussi, mais il suit le mouvement pour se poster face à ma voiture et j'entends clairement le bruit de son moteur qui accélère. Je pile, mais la collision est inévitable. Ensuite, plus rien. Selon la police, j'ai heurté un platane, rien de plus. Il n'y avait ni semi-remorque, ni homme.

Jared la considéra d'abord avec horreur avant que la colère, ou la rage peut-être, ne vienne prendre place dans ses yeux gris. Ses mâchoires se serrèrent à l'extrême, Max aperçut leurs muscles tressaillir à intervalles réguliers. Elle crut même l'entendre grincer des dents. Finalement, il n'avait sans doute pas retrouvé la Max qu'il avait connue dans le passé. S'il se sentait déçu qu'il imagine un peu ce qu'elle ressentait, elle ! Il allait sûrement lui conseiller de retourner consulter l'un de ces médecins, soi-disant censé l'aider, et à part accepter, elle ne voyait pas quoi faire pour ne pas le perdre.

— Tu me crois folle toi aussi, c'est ça ? demanda-t-elle en baissant la tête. Je te jure portant que j'ai aperçu un homme sur la chaussée cette nuit-là et je suis quasiment certaine que ce camion m'a percuté sciemment. J'ignore comment ils ont fait pour déplacer la voiture de l'autre côté de la route, mais...

Des larmes de honte et de frustration envahirent ses yeux émeraude sans qu'elle ne tente rien pour les retenir. Sans attendre, Jared se leva pour la prendre dans ses bras. La tête enfouie dans son cou, Max renifla bruyamment pendant qu'il lui caressait les cheveux.

— Non, chaton, je sais pertinemment que tu n'es pas folle. Un homme se trouvait là ce soir-là, si tu le dis, c'est que c'est vrai. Je te le répète, tu es absolument incapable de mentir. Pourquoi les flics n'ont-ils pas creusé cette piste ? Et le chauffeur du camion n'a pas été retrouvé, lui non plus ?

Max se redressa puis s'essuya les yeux du revers de la main avant de sangloter :

— Non, ni lui, ni son engin de malheur, ni l'homme vêtu de noir et évidemment, il n'y a eu aucun témoin !

Soudain, l'attitude de son ami changea du tout au tout. Il se retourna, et d'un geste du bras, envoya valser dans la pièce tout ce qui se trouvait sur la table, constellant les murs de la terre des plantes vertes et de l'eau du vase tandis que le sol fut maculé des morceaux restants des petits pots de faïence et d'éclats de verre. Max sursauta, surprise, mais ne ressentit aucune peur. La colère de Jared n'était pas dirigée contre elle, elle pouvait le sentir.

— Fils de pute ! hurla-t-il, hors de lui. Quant aux flics, comment ont-ils pu laisser une piste pareille leur échapper ? Sans compter qu'il aurait suffi d'examiner ta voiture pour dénicher des preuves de la collision ou de vérifier les traces de freinage !

— Elle s'est embrasée, aucun prélèvement n'aurait été possible de toute manière.

— Comme par hasard hein ! Et on peut savoir comment tu es sortie de l'habitacle avant qu'elle ne brule totalement ?

— Des pompiers qui revenaient d'intervention sont passés par là, une chance. Eux aussi affirment qu'il n'y avait personne et que mon véhicule était encastré dans ce maudit platane. Il parait qu'il n'y avait même pas de trace de freinage sur le bitume.

— Bien sûr ! Tu te rends compte qu'un camion te fonce dessus, tu accélères, c'est bien connu ! Il ne s'agit pas d'un accident, mais bel et bien une tentative de meurtre !

Il se tourna dos à elle. Sa respiration s'était faite plus rapide, elle apercevait clairement ses épaules se soulever à un rythme régulier. Max arqua les sourcils.

— Alors, c'est vrai, tu me crois ?

Il inspira profondément, tentant sûrement de reprendre le contrôle de ses émotions, avant de faire de nouveau volte-face pour la regarder droit dans les yeux.

— Oh que oui je te crois ! Et si ces abrutis de flics avaient si bien fouillé ton passé, eux aussi t'auraient cru ! s'écria de nouveau le jeune homme en abattant son poing sur la table à côté de lui, fendant le plateau en deux.

Max ne s'inquiéta pas pour le mobilier, elle ne fut même pas surprise par la force, pour le moins inhabituelle, de son ami, la remarque de Jared venait d'éveiller sa curiosité.

— Pourquoi ? Quel rapport ?

— Le rapport ? Tes parents Max, le voilà le rapport ! S'ils avaient un peu creusé, ils auraient découvert que ce qui t'est arrivé ce soir-là leur est arrivé également !

— Quoi ?

— Tu as raison, ton accident n'en est sûrement pas un. La mise en scène est exactement la même que celle dans lequel tes parents ont trouvé la mort. À partir de maintenant, tu ne restes plus seule une seconde. Si quelqu'un a engagé des tueurs pour t'éliminer, ce qui semble être l'option la plus crédible vu les circonstances, il risque certainement de recommencer.

Max sauta du comptoir.

— Quoi ? Des tueurs ! Mais enfin, pourquoi ? Et quand bien même mes parents auraient eu des problèmes si graves qu'on aurait placé un contrat sur leur tête, en quoi cela me concernerait-il ? Je n'étais qu'un bébé lorsqu'ils sont décédés, même avant mon accident, je ne me souvenais sûrement pas d'eux !

— Je ne comprends pas plus que toi les motivations de la personne cachée derrière tout ça, mais ce dont je suis certain, c'est qu'elle est assez déterminée pour avoir attendu patiemment plus de vingt ans.

Sonnée, Max se laissa choir sur la chaise que Jared occupait quelques instants plus tôt. Seigneur ! Elle s'était dit qu'elle avait peut-être eu un différend avec quelqu'un de son entourage ou bien qu'elle avait repoussé un prétendant qui n'avait pas supporté d'être éconduit, mais là, c'était encore pire que tout ce qu'elle avait imaginé ! Quelqu'un la détestait tant qu'il était prêt à engager des tueurs et risquer de se retrouver en prison pour la voir morte. Quels méfaits ses parents avaient-ils bien pu commettre pour susciter une telle haine ?

Face à son désarroi, Jared vint s'accroupir devant elle. Il posa ses mains sur les genoux de la jeune avant de lui jurer d'une voix douce :

— Ça va aller. Je te fais le serment qu'il ne t'arrivera rien. Quoiqu'il advienne, tu n'es plus seule et je ne laisserai jamais personne s'en prendre à toi. Ok ?

Pour toute réponse, elle se jeta à son cou avant de se mettre à pleurer à chaudes larmes. Patiemment, Jared lui caressa le dos en la berçant doucement. Cette journée avait été longue et éprouvante pour son amie, cette histoire avait asséné le coup de grâce sur ses nerfs déjà fragilisés par les épreuves de ces derniers mois. Lorsqu'après d'interminables minutes ses sanglots se calmèrent enfin, il se contenta de la soulever dans ses bras pour l'entrainer à l'étage. Le repos, voilà ce dont elle avait vraiment besoin à présent.

Depuis que Jared avait débarqué dans sa vie, Max se sentait mieux. Il lui procurait un sentiment de confiance et d'apaisement, se montrait gentil et répondait à toutes ses questions sans jamais sembler se lasser. Il faisait preuve de patience aussi quand il s'agissait de lui expliquer en détail les événements qui lui échappaient encore. La nuit, lorsqu'elle se réveillait en hurlant, il venait la rejoindre pour la rassurer et restait à ses côtés jusqu'à ce que le sommeil lui revienne. Pour la première fois depuis son réveil, elle se sentait en parfaite sécurité.

— Dans l'autre sens la feuille chaton, dit-il avec un demi-sourire.

Max s'exécuta et continua à potasser le reste de ses notes avec perplexité. Elle n'avait pas la moindre idée de ce dont elles parlaient ou de ce qu'elles étaient censées étayer grâce à ces hiéroglyphes.

— C'est quoi ces machins ? demanda-t-elle en lui tendant le feuillet, une grimace sur le visage.

Il la prit puis jeta un coup d'œil avant d'expliquer :

— Il s'agit de symboles cabalistiques. Tu as étudié la cabale il y a quelques années, tu as dû te servir de ces notes pour l'une de tes conférences. Max et sa soif de connaissance, une grande histoire d'amour ! s'amusa-t-il.

Cette dernière reprit la feuille pour la mettre de côté en haussant les épaules. En matière de connaissance, la source était pour le moins tarie ces derniers temps et la seule soif qui persistait était celle de retrouver son passé pour assurer son avenir.

Jared s'installa de nouveau au bureau pour compulser d'autres documents, ses longues jambes allongées sur le meuble. Ils cherchaient si l'accident de Max et celui de ses parents pouvaient avoir un lien avec quelque chose de précis.

— Oh, et euh…

La jeune femme hésita une seconde, ne sachant pas comment aborder ce sujet, quelque peu embarrassant. Elle en mourait d'envie depuis plusieurs jours, mais réfléchissait à la meilleure façon d'amener ce qui allait suivre.

— Quoi ? finit par demander mon ami. Je te l'ai répété cent fois, si quelque chose te tracasse, tu dois me le dire. Je ne peux pas t'aider si tu ne me parles pas. Je possède de nombreux talents, mais entrer dans ton crâne de piaf n'en fait malheureusement pas partie.

Il avait raison, il était le seul capable de combler les vides. Il la connaissait comme sa poche, aucun doute. Il était apte à anticiper la moindre de ses réactions. Jared incarnait son seul allié.

La jeune femme ramena ses pieds sous elle pour se mettre à genoux avant de reprendre d'une voix hésitante :

— En fait, c'est une sensation difficile à expliquer. J'ai du mal à poser des mots précis dessus.

— Essaie quand même. Tu sais que tu peux tout me dire, non ? l'encouragea-t-il en revenant s'agenouiller devant elle. Et puis tu oublies que je parle le Max couramment, s'amusa-t-il. Alors, même si les termes ne sont pas bien choisis ou dans le bon ordre, je devrais m'en sortir.

— Je n'en doute pas, rétorqua-t-elle avec un sourire.

Elle respira profondément puis se lança enfin.

— Voilà, lorsque je suis rentrée de l'hôpital, j'ai revisité la maison. Je ne m'en souvenais absolument pas et je songeais que cela pourrait m'aider à me rappeler certains détails. Comme tu le sais, cela n'a finalement servi à rien.

— Cela finira par te revenir, arrête de te torturer. Plus tu forceras et moins tu obtiendras de résultats. Et puis, je suis là maintenant.

— Oui, mais pour te dire la vérité, j'ai retrouvé un souvenir, avoua-t-elle en baissant la tête. Du moins, une bribe de souvenir.

Jared leva un sourcil et se mit à quatre pattes, essayant de capter son regard.

— Quoi ? Mais c'est génial, Max ! De quoi te souviens-tu ?

— J'ai revu le dernier jour d'Amalia.

— Oh, souffla-t-il en se rasseyant. Je suis désolé de ne pas avoir été présent ce jour-là, chaton. J'aurais voulu pouvoir te soutenir dans cette épreuve, moi aussi j'aimais beaucoup Amalia.

— Je sais, assura-t-elle en lui prenant la main pour le consoler. Mais tu es revenu pour m'aider à organiser les obsèques, tu as pu lui dire au revoir, c'est le plus important au fond. Ce n'est pas cela qui me gêne. Dans ce souvenir, Amalia paraissait me mettre en garde.

— Contre quoi ?

Max haussa les épaules en secouant la tête, l'air désemparé.

— Voilà le problème, je n'en ai pas la moindre idée ! Elle ne cessait de répéter que je devais retrouver les miens. Que je ne devais faire confiance à personne avant d'être *parmi eux*. Que ces gens seraient les seuls à pouvoir m'aider. Je ne t'en aurais pas parlé des fois ? Avant ou après l'enterrement ?

Contre toute attente, Jared ne sourcilla même pas. Il se redressa pour se mettre à genoux, sortit son paquet de cigarettes de la poche de sa chemise et tira une longue bouffée avant de reprendre :

— Les tiens ? Non, tu ne m'as jamais parlé d'une éventuelle famille et Amalia a toujours affirmé que tu n'avais plus aucun parent. Peut-être qu'elle délirait à cause de la morphine. Cela arrive fréquemment, tu sais.

— Non, je n'ai pas eu cette impression. C'était bizarre, un peu comme si je n'étais plus que la spectatrice de ma propre vie, mais en gardant tout le ressentit. Je ne me montre pas très claire là, tu comprends ce que je veux dire ?

— Tout à fait. Lorsque l'on se souvient de quelque chose, les images ne sont pas les seuls détails qui nous reviennent, l'émotion qui nous a étreints à ce moment-là aussi. C'est pour cela que nous pouvons pleurer ou rire encore des années après.

— Tu aurais fait un excellent psy, s'amusa la jeune femme.

— Sûrement, mais je n'aurais pas eu la patience d'écouter les plaintes de tous ces gens toute la journée ! Je n'ai jamais été un grand fan de Caliméro !

— Vivre avec moi en ce moment doit être un calvaire alors, murmura Max en baissant la tête.

Il vint se placer à côté d'elle et passa un bras autour de ses épaules.

— Pas du tout ! Tu es la seule personne dont je supporte les jérémiades. J'adore incarner le rôle du chevalier blanc sauvant sa belle des méandres de la vie ! ajouta-t-il avec emphase, une main posée sur son cœur.

— Tu es bête ! s'esclaffa-t-elle en lui administrant un coup de coude dans les côtes. Alors, d'après toi, à qui Amalia faisait-elle référence ? Si je n'ai plus de parents, que voulait-elle dire par les miens ?

Il se leva pour déposer sa cendre dans un cendrier, sur le bureau, avant de secouer la tête.

— Aucune idée, mais je suis certain que tu m'en aurais parlé si tu avais retrouvé des membres de ta famille. Tu ne m'as jamais rien caché avant, pourquoi aurais-tu commencé ? Cela n'a vraiment aucun sens.

— C'est ce que je pense aussi, admit la jeune femme. En plus, pourquoi aurais-je voulu les rencontrer si longtemps après ? Ils ne se sont jamais souciés de moi, ni moi d'eux d'ailleurs, alors quoi ? Qui peuvent bien être ces gens que je suis censée joindre au plus vite ? Des membres d'une sombre confrérie ? D'un club d'échec visant en réalité à protéger l'identité de super héros ?

— Tu crois que tu pourrais obtenir un autographe de Batman ? Mieux ! M'arranger un rencard avec Catwoman !

— Tu sais, depuis que Wolverine lui a montré ce qu'étaient de véritables griffes, elle n'est plus tout à fait la même, mais je verrais ce que je peux faire, assura Max avec sérieux en hochant la tête.

— Trop gentil, ricana Jared. Mais plus sérieusement, pourquoi Amalia avait-elle l'air de penser que tu aurais besoin de leur aide ? Je n'aime pas du tout la tournure que prend cette affaire. Elle te dit de retrouver les tiens pour qu'ils te protègent d'on ne sait quelle menace, et ensuite quelqu'un tente de te tuer en reproduisant l'accident de tes parents. Quelque chose nous échappe forcément, il n'y a aucune coïncidence dans cette histoire. Amalia savait sûrement de quoi il retournait et elle aura gardé le silence pour te préserver. Malheureusement, cela n'a pas été suffisant…

— Je devrais appeler les flics selon toi ? Leur expliquer que je me suis souvenu d'un détail qui pourrait avoir son importance ?

Il s'attacha les cheveux avec l'élastique qui ne quittait jamais son poignet puis rétorqua :

— Vu la façon dont ils ont mené l'enquête, je ne pense pas qu'ils te croiront cette fois encore. Non, il faut que nous trouvions une piste pour démêler ce sac de nœuds. Lorsque nous disposerons d'assez d'indices alors, nous retournerons les voir.

Son amie soupira bruyamment avant de se lever.

— Tu as sans aucun doute raison. Tant que je n'aurai pas retrouvé la mémoire, tout ce que je pourrai dire restera à l'état de supposition. Allez viens, allons manger, nous nous occuperons de cela demain.

— OK, italien ?

— Ça me va !

Assis sur la commode de Max, ses pieds battant le vide, Jared l'observait dormir sans qu'elle se doute de sa présence. Ce soir, la Lune était pleine. Sa pâle clarté éclairait les rues désertes sans l'aide des lampadaires. Il faisait froid, mais cela ne le dérangeait en rien, au contraire. Il aurait même apprécié une course en plein air, sous la neige, histoire de se défouler un peu. La tension de ces derniers jours avait mis ses nerfs en pelote. Il ne supportait pas l'idée que quelqu'un veuille du mal à sa meilleure amie. Cette simple pensée lui fit de nouveau serrer les dents.

Max, quant à elle, devait rêver parce qu'elle fronçait les sourcils et geignait de temps en temps dans son sommeil. L'astre était braqué sur son lit, pareil à un projecteur sur une star. D'ailleurs, c'était ce qu'elle incarnait aux yeux de Jared : l'étoile de sa vie, celle qui avait guidé son retour vers la lumière après des années à errer dans les ténèbres. Il se demanda ce qu'il serait devenu s'il l'avait perdue dans cet accident. Aurait-il eu la force de continuer à vivre ? Il n'en était pas certain.

Avant elle, il n'avait jamais éprouvé l'envie de créer des liens avec qui que ce fût… après non plus, cela dit. Les gens comme lui devaient de toute façon éviter de s'attacher, il le savait pertinemment, mais elle avait débarqué dans son existence comme une tornade et chassé les nuages obscurcissant son horizon d'un simple sourire. Il avait alors immédiatement ressenti le besoin de la protéger et elle s'était réfugiée sous son aile sans discuter, le plus naturellement du monde. Ils ne partageaient aucun lien de sang, mais elle resterait à jamais sa petite sœur de cœur. Petite sœur qui semblait s'être fourrée dans un sacré bourbier…

Cette dernière rejeta ses couvertures qui atterrirent sur le sol. Un bruit d'os se fracturant le fit légèrement sursauter. Elle gémit de nouveau, mais par un miracle qu'il ne parvint pas à s'expliquer, elle ne se réveilla pas.

Elle avait pris toutes les précautions d'usage, instinctivement. Éteindre le chauffage, verrouiller les portes, mettre à l'abri tous les objets de valeur. Toutes ces choses qu'il valait mieux ne pas zapper si l'on voulait conserver un semblant de maison et de voisinage après la mutation. Elle s'était montrée plus nerveuse ces derniers jours, elle mangeait plus aussi, pourtant, elle restait au repos. Comment parvenait-elle à se contrôler ? En dormant qui plus est ! Comment pouvait-elle ignorer l'appel de la Lune alors qu'elle était si jeune ? En y réfléchissant, c'était peut-être mieux comme ça, pour le moment. Tant que sa mémoire ne serait pas totalement revenue, il était sans doute préférable de lui éviter de nouveaux chocs.

Il était inquiet pour elle, très inquiet. Il était rentré précipitamment parce qu'il avait entendu son appel. Un cri de détresse, inconscient bien sûr, mais si intense, qu'il avait tout lâché pour regagner le bercail, sans prévenir personne. Il s'occuperait plus tard des conséquences de cette décision. Pour le moment, il s'en voulait terriblement de ne pas avoir été présent pour la protéger. Il aurait sans doute pu l'aider à traverser les épreuves de sa nouvelle vie et tenir à distance ceux qui s'en étaient pris à elle.

Il soupira puis sortit son paquet de cigarettes. Il espérait que l'odeur ne la réveillerait pas, mais la pleine lune le rendait nerveux et il ne pouvait pas se permettre que la jeune femme découvre son secret… pas encore. Un jour, il lui confierait la vérité, lui montrerait, mais pour le moment, il devait la préserver.

Cette réflexion le mena à d'autres questions : qui avait infligé cela à son amie ? Comment avait-elle pu le lui cacher si longtemps ? Peu importait pour l'instant, ce problème n'était que secondaire. Les véritables interrogations qui le taraudaient étaient les suivantes : qui aurait pu souhaiter sa mort ? Et pourquoi ? D'accord, c'était une emmerdeuse de première, elle avait aussi une fâcheuse tendance à dire tout haut ce qu'elle pensait tout bas, elle ne prenait pas de gants pour émettre une opinion et ne se souciait guère de froisser son interlocuteur, mais de là à vouloir la tuer ! Peut-être ses recherches l'avaient-elles entrainée trop loin ? Les trafiquants d'antiquités ne faisaient pas dans la dentelle lorsqu'ils cherchaient à s'approprier un objet…

Un nouveau bruit d'os brisé, plus fort cette fois. Jared sauta sur ses pieds, aux aguets. Il pencha légèrement la tête, guettant les réactions de Max. La jeune femme se contorsionna sur son lit, son bassin se soulevant de façon exagérée tandis que ses épaules restèrent plaquées au matelas, puis retomba lourdement sur le dos pour replonger de suite dans un profond sommeil.

Colonne vertébrale, songea Jared avant de reprendre sa position initiale. *Le plus gros est donc passé. Eh bien ! On l'a échappé belle !*

Il ne savait pas comment elle parvenait à garder une telle maîtrise. Il espérait seulement qu'elle y arrive au moins jusqu'à ce que sa mémoire lui soit revenue. Ensuite, il aviserait et ferait en sorte qu'elle franchisse ce cap le plus facilement possible. Cela restait cependant toujours une épreuve, mais grâce à la participation des siens, elle souffrirait moins. De plus, elle ne pourrait pas partir en chasse pour tuer sauvagement tout ce qui passerait à sa portée. Protéger les autres de sa violence participait à l'épargner elle aussi. Faire le ménage après leur passage demeurait une option envisageable, malgré tout, personne ne pouvait porter le poids des actes d'autrui et ôter une vie s'avérait tout, sauf anodin. Il n'existait pas d'interrupteur de conscience, vivre avec ses choix était un prix dont chacun devait s'acquitter, tôt ou tard.

Il savait que Max était forte, endurante. Cependant, il se montrait également totalement objectif en ce qui concernait ses limites. À ses yeux, la peine de mort représentait déjà une pratique odieuse qui plaçait la justice au même rang que les criminels, alors si elle avait dû tuer un être humain hors légitime défense… Et encore, elle serait capable de s'en vouloir !

Le monde dans lequel elle avait fait récemment son entrée était empreint de violence et de quête de pouvoir. Il allait devoir rapidement lui enseigner certaines règles s'il désirait qu'elle ne termine pas l'année façon puzzle. Expliquer à Max qu'elle devait apprendre à se taire et à obéir ne serait pas une mince affaire… rien que d'y songer, il sentait déjà poindre une migraine magistrale.

Cependant, pour le moment, il devait à tout prix découvrir ce qui s'était réellement passé. Les gens qui avaient essayé de la tuer la connaissaient sans doute personnellement. S'ils avaient décidé d'agir tant d'années après, c'était parce qu'ils avaient sûrement imaginé qu'elle était dans le véhicule de ses parents le soir où ils avaient trouvé la mort… et n'avaient que récemment compris que ce n'était pas le cas. Il ne croyait pas au hasard et la mise en scène du carambolage était trop identique à celui ayant eu lieu plus de vingt ans auparavant. Une personne avait, avec une infinie patience, attendu son heure pour passer à l'acte, mais pourquoi spécialement maintenant ? Amalia se serait-elle résolue à lui dire la vérité concernant l'accident et Max aurait-elle commencé à fouiner ? Monsieur et Madame Connors auraient-ils trempé dans une histoire louche au point qu'on aurait voulu éliminer toute la lignée ?

Son père gagnait beaucoup de fric, suffisamment pour que sa fille en profite encore aujourd'hui. Sa famille s'était enrichie pendant la grande crise de trente-six. Le malheur des uns faisait le bonheur des autres. Cependant, il aurait fallu que les personnes concernées aient la mémoire longue et la rancune tenace ! Alors quoi ? Les suppositions paraissaient multiples, mais surtout il ne s'agissait que de simples hypothèses. Pour faire avancer les choses, il devait trouver des indices précis, se baser sur des faits réels, pas jouer les Sherlock Holmes du dimanche. Particulièrement lorsque la vie de Maxine en dépendait.

Il soupira. Ses yeux se posèrent sur la table de nuit et un détail le frappa, telle une gifle. Les flics avaient assuré avoir tout mis en œuvre pour retrouver des personnes qui auraient pu la connaitre. Or, personne n'avait été prévenu. Tous leurs amis communs avaient semblé étonnés qu'il la cherche, car ils ne se séparaient jamais, ou presque... Il songea alors que la première chose qu'ils avaient dû tenter, en toute logique, était la fouille de son domicile pour essayer de dénicher un calepin, un agenda, quelque chose de plus personnel que les numéros des traiteurs de la ville quoi ! Et s'ils n'avaient rien trouvé… C'était forcément parce que quelqu'un s'était chargé de faire le ménage ! Oui, quelqu'un était venu ici, pour s'assurer d'effacer ses traces ! Si Max était morte en laissant des indices derrière elle, si elle avait écrit quelque part qu'elle se sentait menacée, les flics auraient eu une piste à remonter, et lui aussi. Pourquoi n'avait-il pas remarqué cela ? La maison était rangée, trop rangée ! Max était incontestablement la plus grande bordélique que la Terre ait jamais portée ! Lorsqu'ils partageaient ce petit appartement miteux pendant leurs études, il avait arrêté de compter les fois où ses copains lui avaient tendu un string ou un soutien-gorge avec un sourire entendu. Et si aucun policier n'avait trouvé suspect ce manque de relation, c'était sans doute parce que celui chargé de mener les investigations était de mèche avec les agresseurs ! Dès demain, il appellerait un ami spécialisé dans le piratage informatique pour qu'il jette un coup d'œil au dossier concernant l'enquête. Cela faisait un moment qu'il n'avait pas mangé de volaille…

Son regard, à présent parsemé d'ambre, rencontra son reflet dans le miroir, à côté de la porte. Instinctivement, il retroussa les lèvres et observa ses dents avec attention. De véritables armes de destructions massives lorsque la mutation était achevée, armes dont il aurait besoin bientôt. Il devrait songer à prendre rendez-vous pour un détartrage ; entretenir le matériel faisait également partie des règles de base. D'ici peu, ceux qui avaient tenté d'éliminer Maxine, qu'ils soient humains ou non, allaient amèrement le regretter. S'en prendre aux siens ne menait qu'à une seule et unique destination : la mort.

VI

Boston, de nos jours

Max s'étira longuement ce matin-là. Elle se sentait courbaturée comme si elle avait passé la nuit sur une planche de fakir ou à s'infliger plusieurs parcours du combattant. Le moindre de ses membres était endolori. De plus, elle avait encore fait ce rêve étrange, venu d'un autre temps.

Vêtue d'une longue robe de laine grise et d'une cape noire à capuche, typique du dix-septième siècle, elle se promenait à travers une forêt enneigée. Parfois, elle se baissait pour gratter le tapis blanc de ses doigts rougis par le froid et manifestement abimés par un dur labeur. Lorsqu'elle trouvait des plantes, elle s'empressait de les ranger dans une petite besace de cuir, accrochée à sa ceinture comme s'il s'agissait de biens précieux. Soudain, des grognements de bêtes sauvages se faisaient entendre, ce son possédait quelque chose de terrifiant ! Puis, son regard se reportait sur le sol immaculé et à présent souillé de taches écarlates… du sang.

Les battements de son cœur avaient tellement accéléré que Max s'était réveillée en sursaut, persuadée qu'il allait sortir de sa poitrine.

C'était complètement dingue ! Pourquoi faisait-elle, encore et encore, ce rêve étrange ? Que pouvait-il bien signifier ? De plus, si l'époque ne différait jamais, elle se voyait dans des endroits différents, mais pour une obscure raison, il était toujours question de sang, de souffrance et de violence. Peut-être que son accident, ayant provoqué de multiples blessures, ajouté aux découvertes de la veille, y était pour quelque chose… en tout cas, pour cette nuit.

Cependant, à chaque fois qu'elle se réveillait, malgré la peur ressentie quelques minutes auparavant et le soulagement de se rendre compte qu'elle se trouvait bien à l'abri dans son lit, une frustration, qu'elle ne parvenait pas à s'expliquer l'étreignait, lui faisant presque monter les larmes aux yeux. Qui se sentirait frustré de sortir d'un tel décor d'horreur ?

Avec un soupir, elle posa son regard sur la fenêtre. La pluie était au rendez-vous, ce qui ne l'encouragea pas à quitter le confort douillet de sa couette. Malgré tout, elle devait à tout prix comprendre pourquoi on désirait l'éliminer si elle voulait éviter que cela arrive. Il s'agissait d'une motivation plus efficace qu'aucune autre pour se décider à émerger !

Après une douche rapide, elle s'habilla d'un jean, d'un t-shirt à l'effigie de *Betty Boop* et de sa paire de *Doc Martens* élimée, puis descendit à la cuisine d'où s'échappait une sublime odeur de bacon. Lorsqu'elle entra dans la pièce, elle ne fut pas étonnée de constater que Jared était déjà debout, s'affairant autour du petit déjeuner. La table avait été dressée pour deux et il s'y étalait des pots de confitures, du beurre, du pain grillé ainsi qu'un grand pichet de jus d'orange frais.

— Salut, lança-t-elle mollement, avant de bailler à s'en décrocher la mâchoire. Eh bien, tu ne plaisantes pas avec le premier repas de la journée, toi !

— Bonjour, chaton, répondit-il sur le même ton, sans se retourner. Il faut que tu t'alimentes mieux. Les pizzas, c'est parfait pour dépanner de temps en temps, mais c'est bien tout. Quant au café, tu en bois bien trop si tu veux mon avis et ça ne nourrit pas son homme. Tu dois reprendre des forces et te remplumer un peu et pour ça, manger équilibré m'apparait indispensable.

Lorsqu'il délaissa ses fourneaux pour lui faire face, elle constata que de grands cernes noirs marquaient ses yeux. Il ne semblait pas en meilleure forme qu'elle.

— Toi aussi tu as eu des difficultés à t'endormir ? lui demanda-t-elle en s'asseyant.

— Pas terrible, en effet.

Max attrapa un toast et le beurra généreusement tout en expliquant :

— C'est certainement la pleine lune, il parait que cela joue sur le sommeil. En tout cas, depuis mon réveil du coma, je dors toujours mal à cette période.

Jared la fixa une seconde, le visage impassible.

— C'est sûrement cela oui, finit-il par dire. Tu veux des pancakes ? Tu adores ça d'habitude. J'ai fait des crêpes aussi, du bacon et des œufs brouillés. Au fait, sympa le t-shirt.

Max tira dessus et baissa les yeux pour le regarder à son tour. Elle affectionnait particulièrement les vêtements à l'effigie de héros de dessins animés. Elle en avait trouvé des tas à son retour de l'hôpital et avait immédiatement craqué, ou plutôt recraqué, sur chacun d'eux.

— Merci ! Va pour les pancakes et les œufs, je prendrais bien également un peu de bacon. Dis-moi, tu ne manges pas autant d'habitude. Tes insomnies te creusent l'estomac ? le taquina-t-elle.

Un demi-sourire naquit au coin de la bouche du jeune homme, si furtif que Max pensa l'avoir rêvé. De plus, il lui sembla que quelque chose avait changé chez Jared, mais elle ne parvint pas à déterminer ce dont il s'agissait. Son instinct lui souffla qu'il n'était pas question de quelque chose de négatif, alors, elle prit le parti de ne plus y songer. Après tout, il était humain, il avait donc le droit de ne pas toujours être au mieux de sa forme. Elle ne se permettrait pas de le juger, encore moins ce matin, alors qu'elle aurait pu tourner dans un remake de *Resident Evil* sans passer par la case maquillage.

— Nous avons du pain sur la planche aujourd'hui, nous allons avoir besoin d'énergie, annonça-t-il.

— Tu as prévu quelque chose de particulier ?

— Pas vraiment, mais nous devons trouver ce qui effrayait tant Amalia si nous voulons éliminer la menace qui pèse sur toi. Il y a fort à parier que ceux qui ont tenté de te tuer se sont renseignés pour savoir si tu t'en étais sortie, et dès qu'ils auront leur réponse, ils essaieront de nouveau de te mettre la main dessus. D'ailleurs, ce serait étonnant qu'ils ne soient pas déjà au courant. Avec un peu de chance, ton transfert d'un hôpital à un autre, ainsi que la débâcle qui règne habituellement dans l'Administration joueront en notre faveur, ajouta-t-il en enfournant dans sa bouche la moitié d'un pancake.

Max se creusa une fois de plus la tête pour se rappeler qui ses parents -ou elle-même- avaient pu contrarier au point qu'on veuille l'éliminer, mais sa mémoire demeurait récalcitrante. À chaque fois qu'elle tentait de forcer les choses, elle avait l'impression de se heurter à un mur et à part une bonne migraine, elle n'y gagnait jamais rien. Jared et le docteur Russel avaient raison : il fallait que les images du passé reviennent d'elles-mêmes. Elle espérait seulement qu'elles ne tarderaient pas trop.

— Et comment comptes-tu mettre hors-jeu des types capables d'assassiner des gens en déguisant ça en accident et sans laisser la moindre trace de leur présence sur les lieux ? Parce que, selon toute vraisemblance, ils semblent plutôt bien organisés et entrainés. Quant à leur commanditaire, il doit disposer de solides moyens financiers. Ce genre de service doit valoir une petite fortune ! Même si nous nous débarrassons de la première équipe, combien de temps lui sera-t-il nécessaire pour en recruter une nouvelle ? Franchement, cette histoire nous dépasse Jared, il faut nous rendre à l'évidence.

— Ne t'inquiète pas, nous trouverons une solution. D'abord légale, mais si ça ne suffit pas et bien… nous aviserons.

— Comment ? En quittant le pays ?

— Pourquoi pas ? Nous gagnons suffisamment nos vies pour nous offrir de nouvelles identités.

Max ouvrit des yeux ronds comme des soucoupes.

— Tu plaisantes, j'espère ?

— Non, continua Jared en se servant une tasse de café. De toute façon, si ta mémoire ne revient pas, tu devras recommencer à zéro alors, autant le faire à fond, non ?

— Moi peut-être, mais toi ? Tu as une vie, des amis, un travail qui te passionne. Tu ne peux pas abandonner tout ça enfin !

Jared se contenta de hausser les épaules avant de boire une gorgée de breuvage noir.

— Je possède un tas de connaissances, mais de vrais amis, à part toi, aucun, expliqua-t-il ensuite. Mon quotidien n'est constitué que de voyages perpétuels, si l'on y réfléchit, l'existence de fugitif ne me semble pas si différente. Quant à mon job, je pourrai très bien en faire un autre, cela ne m'empêchera pas de toujours aimer profondément l'Histoire. Tant que je dispose d'un lit pour pioncer et que tu es près de moi, je n'ai besoin de rien d'autre.

Max secoua la tête, désespérée. Il ne servait à rien qu'elle tente de le convaincre. Si Jared avait arrêté sa décision, rien ne le ferait revenir dessus. Elle avait beau ne pas cautionner qu'il abandonne tout pour elle, elle dut cependant reconnaitre que cette marque d'affection la touchait profondément.

— Eh bien ! Prions pour que les moyens légaux suffisent à me protéger ! Sinon, on pourra se faire un remake de Bonnie and Clyde[1] !

Une fois leur petit déjeuner terminé, ils retournèrent à l'étage et s'installèrent de nouveau dans le bureau.

— Tu penses vraiment que toute cette histoire pourrait avoir un rapport avec mes parents ? interrogea Max en ouvrant la croisée pour aérer. Parce que leur décès remonte à plus de vingt ans, ça date tout de même !

— Je ne peux pas en être certain, mais c'est la seule piste plausible pour le moment.

— Dans ce cas, tu n'aurais pas une idée en ce qui concerne le mot de passe de cette satanée machine, par hasard ? demanda Max en désignant le PC du menton. J'y ai peut-être pris des notes.

Jared la considéra avec stupéfaction.

— Parce que tu ne l'as pas allumé depuis ton retour ?

— J'ai bien essayé, se justifia son amie, mais pas de mot de passe, pas d'ordinateur et pas de souvenirs, pas de mot de passe donc…

[1] *Bonnie Parker et Clyde Barrow, célèbre couple de braqueurs de banque qui perpétra ses méfaits aux États-Unis dans les années 30*

— Pousse-toi de là, ordonna-t-il. Bon sang ! J'étais persuadé que tu l'avais fouillé ! Pourquoi ne me l'as-tu pas dit plus tôt ?

— Cela ne m'est pas venu à l'idée, tout simplement. Tu penses qu'on pourrait dénicher quelque chose là-dedans ?

— Eh comment ! Je pourrais au moins découvrir sur quoi portaient tes recherches récentes.

Il mit l'appareil sous tension et comme la dernière fois, elle exigea son fameux code secret.

— J'ai déjà tenté ma date de naissance, le prénom d'Amalia et mes numéros de sécurité sociale et de comptes, averti Max.

— Te connaissant, tu n'aurais jamais utilisé un mot de passe aussi facile, encore moins si tu estimais que tu étais menacée à cause de ce qui se trouverait dans cette machine, répondit Jared tout en réfléchissant.

— Bon, eh bien pendant que tu te tortures les méninges, moi je vais essayer de fouiner dans tous ces bouquins, encore une fois.

— Avec un peu de chance, l'un d'eux te reviendra en mémoire.

— Ne rêve pas trop tout de même, souffla-t-elle.

Jared lui jeta un bref coup d'œil, mais ne releva pas. Max se concentra donc sur sa tâche. Elle passa droit devant les ouvrages de psychologie, les romans et autres pour se focaliser sur ceux d'Histoire, de légendes et de sciences occultes. Si elle s'était souvent servie de livres pour son travail, il s'agissait sûrement de ceux-là. Malheureusement, au bout de presque deux heures, ni Jared ni Max n'avaient avancé.

Elle revint vers son ami pour lui demander s'il voulait un café lorsqu'elle aperçut quelque chose. Il avait remonté les manches de sa chemise assez haut aujourd'hui, et pour la première fois, elle put découvrir le tatouage ornant son avant-bras droit. Un loup noir. Ses yeux semblaient différents de ceux des canidés habituels. Ils étaient d'un jaune doré, rappelant la couleur de l'ambre, comme c'était souvent le cas, mais ils possédaient quelque chose… d'humain. Elle s'approcha doucement, son cœur s'emballant sans qu'elle sache pourquoi. Jared, la sentant venir, lui fit face et la considéra avec inquiétude.

— Quoi ? Qu'est-ce que tu as ?

Max ne répondit pas et resta à fixer le dessin sur le bras de son ami, comme hypnotisée par l'animal. Elle tendit la main et le toucha du bout des doigts. Une nouvelle fois, une légère décharge électrique se fit dans son cerveau et une scène lui apparue, mais très différente de sa dernière expérience. Elle eut l'impression de se tenir en retrait dans ses propres souvenirs, comme si elle n'avait pas le contrôle de la situation. D'un côté, elle savait qui étaient les personnes présentes et elle les aimait, mais d'un autre, elle éprouvait une envie furieuse de les écharper.

— *Tout va bien, ma belle, tout va bien,* disait une voix. *Calme-toi, tu n'as rien à craindre.*

— *Le temps est venu Maxine, tu dois maintenant retrouver les tiens, enchaîna cette fois une intonation familière.*

Amalia. La vieille dame se tenait appuyée sur une canne et son visage était tiré par la fatigue. Sans doute était-elle déjà malade à ce moment-là. Mais pourquoi aurait-elle désiré lui faire du mal alors qu'elle l'avait élevé comme une mère ?

— *Ils t'aideront et te protégeront. Suis ton instinct, il te guidera à eux,* continua sa nourrice. *Au train où vont les choses, bientôt je ne serai plus en position de le faire. Il faut agir vite, ma douce. Nous avons d'ailleurs attendu bien trop longtemps.*

Max se sentit avide de mettre en pratique les conseils de la vieille femme, mais d'un autre côté, elle avait peur. Il lui sembla aussi que son corps était différent dans sa façon d'occuper l'espace, mais il s'agissait d'une sensation trop fugace pour qu'elle y prête vraiment attention. Soudain, une bête hurla à la mort : un loup. Ce cri, ressemblant presque à un chant mystique, était trop reconnaissable pour qu'elle puisse se tromper.

— Max ! Max ! Qu'est-ce que tu as ? Dis-moi, tu as mal quelque part ? Max ! cria Jared à son tour en l'attrapant par les épaules.

Lorsque Max reprit enfin pied dans la réalité, elle se raccrocha de toutes ses forces à Jared. La tête lui tournait, bien plus encore que la dernière fois. Avec précaution, il la fit asseoir dans le grand fauteuil avant de s'agenouiller devant elle.

— Ça va ? Tu veux un verre d'eau ? demanda-t-il.

— Non, non, ça va.

— Qu'est-ce qui s'est passé ? Pourquoi as-tu hurlé comme ça ?

Il était blanc comme un linge et ses mains tremblaient légèrement, signe qu'elle lui avait sans doute fait une peur bleue.

— Je… j'ai eu un nouveau souvenir, je crois, lâcha-t-elle en frissonnant.

— De quoi t'es-tu rappelée ? Qu'as-tu vu ?

— Je… euh… Amalia et une autre personne, mais je n'ai perçu que la voix de la seconde. Elles semblaient vouloir me rassurer, mais je n'ai pas saisi à quel sujet exactement.

— Que disaient-elles précisément ? interrogea le jeune homme.

— Que le moment était venu, que je devais retrouver les miens afin qu'ils me protègent parce que bientôt Amalia ne serait plus en mesure de s'en charger. Elles affirmaient que mon simple instinct suffirait à les localiser. Puis j'ai entendu…

Elle marqua un nouveau temps d'arrêt, hésitant, une fois de plus, à se confier à Jared. Tout ça, ces souvenirs bizarres, ces rêves sans queue ni tête, ne pouvaient révéler qu'une chose : elle était cinglée !

— Quoi ? Dis-moi, chaton.

— J'ai entendu un loup hurler à la mort, répondit-elle dans un souffle.

Jared devint encore plus livide qu'il ne l'était une seconde plus tôt. Il se releva et alla à la fenêtre avant de s'allumer une autre cigarette.

— Donc la menace qui pèse sur toi date de bien plus longtemps que nous ne l'envisagions, constata-t-il avec un calme que Max devina factice.

Il ne souligna même pas la présence d'un animal sauvage, ce qui était pourtant inquiétant !

— Je pense que oui. Cependant, ce souvenir m'a semblé différent du précédent.

— C'est-à-dire ?

— Je ne sais pas… comme si c'était bien à moi qu'elles s'adressaient, mais sans que ce soit vraiment le cas. J'ai eu l'impression d'être plus… grande et plus forte, je crois. J'ai ressenti comme une bouffée de violence incontrôlée. Je suis en train de devenir complètement maboule ! s'écria-t-elle en se prenant la tête dans les mains.

— Mais non, ne dis pas des choses pareilles, la consola Jared en venant une nouvelle fois la serrer dans ses bras. Nous finirons bien par comprendre le fin mot de cette histoire.

— Mais comment expliques-tu l'étrange angle de vue, ou encore la sensation d'être bien plus grande et forte ? L'envie de tuer ? Quelque chose cloche, Jared. Amalia ne mesurait qu'un ou deux centimètres de moins que moi si je me fie aux photos et je l'adorais, tu l'as dit toi-même. Pourquoi aurais-je ressenti le désir de lui faire du mal ?

— Peut-être étais-tu perchée sur un escabeau ? Ou encore que vous vous étiez disputées ? Les possibilités sont multiples ! Sortis de leur contexte, les souvenirs sont comme les passages d'un livre : incompréhensibles.

Max leva un sourcil.

— Non, mais tu plaisantes ? Sur un escabeau, en pleine nuit, en pleine forêt, avec des loups à proximité ? Si tu penses qu'il y a la moindre normalité dans tout cela, alors c'est toi qui dérailles !

— Je veux juste dire par là qu'il doit exister une logique à tout ça et qu'elle nous échappe. Nous sommes des scientifiques et donc des cartésiens. Nous allons procéder par élimination. Vu que tous tes souvenirs se rattachent à Amalia, commençons par ça.

— C'est à dire ?

— Nous allons ressortir tout ce qui la concerne, ses affaires, ses photos, tout. Elles sont encore emballées au grenier normalement, viens.

Max s'apprêtait à suivre le mouvement lorsqu'un éclair la fit cligner des yeux. Elle leva la tête pour chercher du regard ce qui provoquait ce phénomène et se rendit compte qu'il s'agissait d'un reflet du soleil sur la vitrine où étaient entreposés les livres étranges qui l'avaient tant effrayée à son retour. Elle s'approcha et l'ouvrit avec précaution quand Jared l'interrompit :

— Qu'est-ce que tu fabriques encore ?

— Attend une seconde, répondit-elle en restant plantée devant les rangées d'ouvrage.

Quelque chose l'avait attirée devant ces étagères comme une sorte d'aimant. Une espèce de sixième sens qui lui soufflait d'aller voir de quoi il retournait, que certaines réponses se trouvaient non loin.

— Quoi ? Quelque chose te revient ? demanda son ami en la rejoignant.

— Je ne sais pas, j'ai trouvé ces livres lorsque je suis rentrée et ils me font une impression étrange. Presque dérangeante.

Jared se saisit de l'un d'eux et le feuilleta rapidement, les sourcils froncés.

— Ces bouquins ne sont pas à toi, chaton. J'ignore à qui ils appartiennent, mais tu n'as jamais possédé ce genre d'ouvrage.

La jeune femme resta abasourdie. Voilà que maintenant, elle avait en sa possession des choses qui n'étaient pas censées lui appartenir ! Décidément, sa vie était un vrai micmac !

— Mais à qui sont-ils alors ? Tu crois que j'aurais pu les voler à quelqu'un et que c'est pour cela qu'on m'en voudrait ?

Jared la considéra avec étonnement avant de s'esclaffer.

— Tu es dotée de bien des qualités, chérie, mais de là à jouer les James Bond girl pour un bouquin, il ne faut pas exagérer ! Ces livres devaient être à Amalia, elle a dû te les offrir avant de mourir, d'ailleurs cela vient de me donner une idée.

Il retourna vers l'ordinateur et le remit sous tension. Une fois de plus, il demanda un mot de passe, mais cette fois, Jared tapa quelque chose et miracle ! L'écran d'accueil apparu. Il s'agissait d'une photo d'eux, en maillot de bain, sur une plage que Max savait être du pacifique. Ils portaient des colliers de fleurs, des chapeaux de paille et souriaient de toutes leurs dents.

— Tu n'as pas choisi la plus flatteuse, s'amusa-t-il.

— De quoi te plains-tu ? On voit tes abdos parfaits sur celle-là, je suis certaine que tu ferais des ravages en mettant ce cliché sur un site de rencontre.

— En tenant à mon bras un mannequin ? Cela m'étonnerait. Enfin bref, le sujet n'est pas là, voyons voir ce que cache cette bébête.

— Qu'est-ce que tu as tapé comme mot ?

— Obeath, expliqua-t-il.

— Obeath ? C'est quoi, ça ?

Jared se tourna de nouveau vers elle, un sourcil arqué.

— Ton cerveau a zappé bien plus de choses que je ne le pensais, constata-t-il sans humour. L'Obeath est une science occulte de la culture des Indiens arawak dont tu es issue toi aussi, d'ailleurs.

— Sérieux ?

— Sérieux. Amalia parlait souvent des coutumes de chez elle à La Nouvelle-Orléans et elle ne se cachait pas d'avoir été initiée au vaudou. Sans doute a-t-elle également étudié l'Obeath pour faire en sorte que tu n'oublies pas ton héritage. Elle aimait ta mère comme une sœur, elles ont surement partagé leurs sciences. Allez, au boulot maintenant !

Il cliqua sur l'icône document, mais le fichier était vide manifestement. Jared fronça les sourcils en grommelant :

— Qu'est-ce que c'est que ce délire ? Il n'y a rien, même pas une lettre.

Il fit de même avec l'icône image, puis vidéo et enfin musique, mais rien. C'était à se demander si Max avait déjà utilisé cette machine !

— J'ai peut-être tout effacé ? avança-t-elle.

— Hum… ou quelqu'un l'a fait pour toi.

— Comment ça ?

— Attends une seconde.

Il éteignit l'ordinateur puis débrancha l'unité centrale avant de sortir un couteau suisse de la poche de son jean.

— Qu'est-ce que tu fabriques ? le questionna la jeune femme, perplexe.

— Je vérifie une hypothèse qui ne me plaît pas du tout.

Il ôta, une à une, les visses, puis découvrit les entrailles de l'engin.

— C'est ce que je craignais, quelqu'un a volé le disque dur.

— Quoi ?

Max n'en revint pas. Cela signifiait donc qu'une personne lui en voulait suffisamment pour avoir pris le temps de fouiller son domicile afin d'effacer des preuves, peut-être compromettantes. La théorie de la tentative de meurtre se confirmait. Qu'avait-elle bien pu faire pour en arriver là ? Son désarroi se lisait si clairement sur ses traits que Jared ne put s'empêcher de la rassurer.

— Ne panique pas. Tel que je te connais, si tu te savais menacée, tu as pris des dispositions. J'espère seulement que tu n'as pas également eu la bonne idée de changer tes habitudes avant ton accident.

Il s'approcha alors de la bibliothèque et sembla y chercher quelque chose. Soudain, son visage s'éclaira d'un sourire victorieux. Il attrapa une chaise afin d'atteindre un roman sur l'une des étagères. Ce dernier s'intitulait : *Livre rose contre les idées noires.*

— Voilà un titre prometteur, marmonna Max.

Il se mit à rire avant de lui expliquer :

— C'est l'un de tes collègues qui t'a offert ce bouquin alors que tu repoussais systématiquement ses avances. Il était tellement sûr de son charme qu'il s'est imaginé que tu devais avoir des problèmes relationnels pour ne pas vouloir lui céder, dit-il dans un nouvel accès de fou rire.

— Charmant, rétorqua-t-elle d'un ton pincé.

— N'est-ce pas ? Cependant, cette daube n'a pas été totalement inutile, regarde.

Lorsqu'il ouvrit le livre, Max resta bouche bée. Elle avait manifestement découpé le centre des pages pour en faire une cache ; dedans se trouvaient un disque dur externe et plusieurs clefs USB.

— Bingo ! s'écria Jared. Nous avons beaucoup ri en customisant ce truc ! Allez, la chasse aux infos continue.

Une fois le disque dur branché, ils lurent les titres des fichiers les uns après les autres, sans en consulter aucun, figés par ce qu'ils venaient de découvrir.

— La ville de Salem, son histoire, les plans de la ville, le procès bien entendu… Bon et bien, maintenant, nous savons sur quoi tu travaillais.

— Je ne vois pas en quoi cela nous aide, contra Max.

Jared continua de faire défiler la longue liste avant de s'arrêter encore.

— Regarde ça, dit-il en posant le doigt sur l'écran. Tu étudiais toi aussi l'Obeath, apparemment. Amalia a dû t'initier.

Max ne répondit pas, elle venait d'apercevoir un mot faisant enfin écho en elle. Elle contourna le bureau et attrapa le carton qu'elle avait fouillé quelques semaines auparavant. Elle en retira le portrait d'Amalia qui avait provoqué le premier souvenir.

— Quelque chose te revient ? demanda Jared, curieux.

— Si on veut, lis l'inscription à l'arrière de la photo et ça, dit-elle, en pointant également l'écran du doigt.

Jared obtempéra et son regard alla, à plusieurs reprises, de l'ordinateur au cliché comme s'il cherchait un rapport entre ces deux choses.

— Cette photo a été prise chez Suzanne, la sœur d'Amalia, expliqua-t-il en la retournant. Elle aussi t'aimait beaucoup, elle répétait souvent que tu étais le trésor de leur vie. C'est ce cliché qui t'a fait te souvenir la première fois ?

— Ouais.

— Bon, alors, voyons voir ce que nous cache *Renaissance*.

Il ouvrit le fichier et ils commencèrent à lire en silence ce qui semblait être une sorte de journal. Il n'y avait pas de date, juste un texte tapé au kilomètre.

Voilà, le moment de la renaissance s'est enfin produit, mais je ne suis pas plus avancée pour autant. Je contrôle parfaitement les changements maintenant. Malgré tout, je ne l'ai pas fait depuis plusieurs semaines. Avec le décès d'Amalia, j'ai eu d'autres préoccupations que celle-ci, même si j'ai conscience que mieux j'appréhenderais cette facette de ma nouvelle vie et moins je représenterais un danger pour mon entourage. Cependant, je n'ai pas envie de retenter l'expérience seule, je me sens trop désorientée ensuite. Je préfère attendre que Jared soit là. Lui, il sait gérer ce genre de chose, il a plus l'habitude que moi. Il me manque d'ailleurs cruellement, mon Jared. Il sait toujours quoi faire quand ça ne va pas. Je n'ai rien osé lui dire lorsqu'il est revenu pour les obsèques, je n'aurais même pas su par quoi commencer, et puis ce n'était pas le meilleur moment pour aborder ce sujet.

Jared lui prit la main et la serra doucement.

Depuis que nous nous sommes rencontrés, j'ai toujours eu l'impression que nous entretenions un lien privilégié. Pas comme une relation amoureuse, non, il s'agirait davantage d'un fil invisible qui nous garderait en contact même quand des milliers de kilomètres nous séparent. Avec lui, je n'ai pas besoin de parler ou de me justifier, il sait et il comprend, quelle que soit la situation. Aujourd'hui, je saisis mieux pourquoi nous sommes aussi bien ensemble : nous sommes identiques.

Malgré tout, j'ignore si je dois mêler mon grand frère adoré à toute cette histoire. Statistiquement, il y a peu de chance que je parvienne à localiser les miens, seule, avant que les autres finissent par me retrouver. Je crois que je préférerais mourir plutôt qu'il arrive quoi que ce soit à Jared. Ils n'ont pas hésité à s'en prendre à mes parents alors, pourquoi l'épargneraient-ils, lui ? J'aurais aimé lui dire toute la vérité, mais plus il en saura, plus sa vie sera menacée. D'un autre côté, nous pourrions être deux pour faire front. Il est tout sauf lâche, je suis persuadée qu'il m'aiderait sans réfléchir une seconde. Si cela se trouve, il y a belle lurette qu'il a senti que quelque chose avait changé chez moi. Il attendait peut-être que je fasse le premier pas, pour ne pas me brusquer. Qu'il soit au courant serait, de toute façon, bien moins choquant que la découverte de ma véritable nature. Rien ne pourrait me surprendre, me troubler ou me déstabiliser plus que cela...

Je dois me rendre à Salem. La clef de mon histoire se trouve dans cette ville. Ensuite, je ne sais pas, j'aviserai. Je vais faire un premier saut là-bas, histoire de voir de quoi il retourne exactement. Cela ne m'avancera peut-être à rien, mais je dois comprendre ce qui m'arrive. Pour Jared et moi, les choses se sont déroulées de manières différentes, mais finalement, nous en sommes au même point. Il est tout ce qu'il me reste et inversement, alors je ferai tout ce qui sera en mon pouvoir pour le protéger.

S'il devait m'arriver quelque chose, le connaissant, il essaierait de découvrir ce qui s'est passé, mais il y a peu de chance qu'il y parvienne. Je ne comprends déjà pas totalement moi-même. Il lira sûrement ce document après s'être torturé les méninges pour craquer le mot de passe -que j'ai pourtant pris soin de choisir relativement compliqué. Je vais donc m'adresser directement à lui dorénavant. Je lui dois bien ça. Même si les autres venaient ici et tentaient de voler l'unité centrale, ils se retrouveraient le bec dans l'eau. Amalia m'a appris quelques tours pour les berner. Malheureusement, je doute qu'ils s'avèrent suffisants pour me protéger éternellement. Ils ne l'ont déjà pas été la première fois...

Coucou cow-boy, si tu lis ce qui suit, c'est qu'il m'est arrivé quelque chose de suffisamment grave pour que je ne puisse t'en empêcher. Hier, lorsque tu m'as appelée, j'étais là. J'ai laissé le répondeur prendre l'appel à ma place parce que je savais que tu aurais détecté le mensonge dans ma voix à la seconde où je t'aurais dit que tout allait bien ici. Tu aurais débarqué même si je t'avais supplié de ne pas le faire et je n'aurais pas pu te protéger...

Jared alluma une nouvelle cigarette sans quitter l'écran des yeux, ses mâchoires étaient serrées et, cette fois encore, il était blanc comme un linge.

Quant à Max, tout son corps était couvert de chair de poule. Elle ne comprenait pas un traitre mot de ce qu'elle était censée avoir écrit. Cependant, elle était certaine qu'à cette époque, elle s'était sentie menacée, voire en danger de mort. Le plus étrange, c'est qu'elle ne semblait pas plus étonnée que ça de cette situation, comme si elle avait accepté son sort. Nom de Dieu ! Même cette lettre, pourtant écho de son état d'esprit, ne lui rappelait absolument rien ! Qu'est-ce que c'était que cette histoire de changements ? De nouvelle nature ? Qu'avait-elle voulu dire exactement et pourquoi imaginait-elle que Jared, lui, percuterait au premier coup d'œil ? L'impression d'être une étrangère à son propre monde, à sa propre vie, l'étreignit plus fort que jamais.

Le fait que tu me connaisses si bien est quelques fois très agaçant, tu sais ? Des choses sont arrivées ici et des bouleversements ont eu lieu, en plus de ma renaissance, bien sûr. Malheureusement, je ne peux pas t'en dire davantage. Je ne te demande qu'une faveur Jared, reste en dehors de ça. Ne cherche pas à comprendre et fiche le camp le plus loin possible. J'ai conscience que ce que j'exige peut sembler difficile, mais je t'en conjure, fais-le ! J'ai déclenché un engrenage sur lequel je n'ai plus aucun contrôle et les réactions en chaine ne vont pas tarder à pleuvoir. Je ne peux me résoudre à ce qu'il t'arrive quoi que ce soit par ma faute, je t'aime, tu sais ?

Jared l'attira alors à lui et embrassa son front. Ses yeux étaient emplis de larmes. Max lui rendit son étreinte, consciente que ces mots-là, elle les avait pensés et les pensait encore. Jared était son meilleur ami, son frère de cœur, et s'il y avait bien une chose à laquelle elle se refusait, c'était à lui faire du mal. Après quelques minutes, ils se détachèrent l'un de l'autre pour reprendre leur lecture.

Un jour, peut-être, tu comprendras pourquoi je ne veux pas que tu sois impliqué dans toute cette histoire, mais ne tente rien d'inconsidéré, je t'en supplie. Tu sais, tu vas trouver cela étrange, mais même si tu m'as affirmé que tu étais en Égypte pour des fouilles, j'ai pourtant l'impression que tu es tout prêt de moi. C'est sans doute ce que nous sommes qui produit ce phénomène et voilà un aspect qui me plaît bien, je dois l'admettre. Tu m'as toujours rassuré par ta simple présence. Amalia a lourdement insisté pour que je te prévienne, peut-être que ce serait la meilleure solution, mais peut-être aussi la pire. Tant de gens ont déjà souffert par ma faute… De toute façon, si tu lis ceci, c'est que je n'aurais pas eu le temps de vérifier ma théorie. Dans ce cas, ramasse tes affaires, arrange-toi pour récupérer mes livres et abandonne le reste. File le plus loin possible d'ici et ne reviens jamais. Je t'aime fort, cow-boy, quel que soit ce que tu as été, es ou sera.

À plus tard, du moins je l'espère.

Max.

Jared se laissa aller contre sur le dossier du fauteuil et se frotta le visage pendant un moment afin de cacher des larmes qui n'avaient pourtant pas échappé à son amie. Il avait été secoué par ce qu'il venait de lire et elle le comprenait parfaitement, même si elle n'avait aucun souvenir d'avoir écrit la moindre ligne. Assise à côté de lui, elle attendit sans rien dire qu'il se décide à parler.

— Tu aurais dû m'appeler, souffla-t-il.

— Je ne vais pas te mentir, je ne me souviens pas d'avoir rédigé cette lettre, ni de notre relation d'avant. Par contre, ce dont je suis certaine, c'est que je ne ferais rien qui puisse te mettre en danger. Tu es la seule personne, depuis mon réveil, avec qui je me sens parfaitement à l'aise et mon unique véritable ami. Mon cœur, lui, sait très bien que tu es son allié et je t'aime profondément, je peux te l'affirmer alors, ne m'en veux pas.

— Je sais, dit-il enfin, et je ne t'en veux pas. C'est juste que je ne comprends pas ce qui a pu se passer de si grave pour que tu désires me le cacher. De plus, dans cette lettre, tu sembles persuadée que ta vie est en danger.

— J'ai toujours cette impression et…

Elle n'osa pas poursuivre de peur de le blesser, encore. Manifestement, il était aussi perdu et déstabilisé qu'elle. Bon sang ! Même si elle avait été plus qu'heureuse de le retrouver, à présent, elle regrettait presque que Jared soit revenu.

— Et quoi ? insista celui-ci.

— Et si je songeais à l'époque qu'il valait sans doute mieux que tu restes en dehors de ça, alors peut-être… peut-être devrais-tu partir avant qu'il ne soit trop tard, lâcha-t-elle en baissant la tête.

— Hors de question ! s'écria-t-il en se levant d'un bond.

— Jared, je ne veux pas qu'il t'arrive quoi que ce soit par ma faute !

— Et moi, je préfère mille fois mourir que de te laisser livrée à toi-même avec des psychopathes à tes trousses ! Tu pourras hurler, pleurer, supplier, faire tout ce que bon te chantera, mais je ne te quitterais pas d'une semelle !

Il se pencha sur le bureau, débrancha le disque dur, attrapa les clefs USB, qu'il fourra dans la poche de poitrine de sa chemise, avant de gagner la porte sans même daigner la regarder.

— Qu'est-ce que tu fabriques ? demanda Max sans comprendre.

— Nous allons terminer ce que tu as commencé. Prépare ton sac, chaton, nous partons en voyage.

— Où allons-nous ?

— À Salem, la clef de cette histoire est là-bas.

VII

Salem village, 1691

Kanda considérait avec perplexité la peau d'ours que le fils du chef indien, qu'elle avait soigné trois mois plus tôt, venait de lui apporter en remerciement de ses services. Cela faisait des semaines qu'il passait son temps à venir lui demander des remèdes pour ensuite lui rapporter des fruits, des herbes ou de la graisse en gage de leur gratitude. Il avait même poussé la reconnaissance jusqu'à remplir sa réserve de bois sec pendant qu'elle était partie au marché. Ces attentions l'avaient d'abord fait sourire, cependant, là, elle devait avouer que ce présent dépassait de loin tous les autres réunis et qu'il valait largement plus cher que les potions qu'elle fabriquait puisqu'elle trouvait la matière première dans la nature.

Une peau comme celle-ci devait coûter une petite fortune ! Cela frôlait presque l'indécence. D'un côté, l'hiver était mordant et elle n'aurait pas été contre une couverture supplémentaire, surtout de cette qualité, mais d'un autre, le regard de son messager était empli d'une émotion qui n'avait rien de commun avec de la simple bienveillance.

Son odorat percevait l'effluve si particulier du désir. S'il avait été comme elle, il aurait détecté la même chose, mais c'était précisément ça le problème, il n'était pas comme elle… Ils ne pouvaient pas vivre ensemble, il ne fallait pas qu'ils cèdent à leurs pulsions ou à leurs sentiments, surtout pas. Rien de bon ne ressortirait d'une telle histoire, en tout cas, pour lui. Partager son existence aurait présenté des risques bien trop grands pour lui et elle avait eu l'occasion de constater les réactions des hommes face à son pouvoir.

— Je… euh… merci, commença Kanda. Mais je n'en demandais pas tant. Un peu de miel ou des œufs auraient largement suffi.

— Oh, mais c'est avec plaisir ! J'ai tué cet ours moi-même et il me semble que cette peau représente peu en comparaison de la vie de mon père. D'ailleurs, il a tenu à ce que je te l'apporte moi-même, en gage de sa gratitude, mais aussi de respect.

« Bien sûr… »

— J'avoue que je ne sais pas quoi dire, cela me parait bien trop, murmura-t-elle en se baissant pour caresser la fourrure, qu'il avait étalée sur le sol, du bout des doigts, émerveillée.

Il en fit autant, un grand sourire éclairant son visage parfait. Ses yeux étaient animés d'une lueur douce, presque enfantine, qui chavirait Kanda à chaque fois qu'elle croisait son regard. Cela faisait longtemps qu'elle n'avait pas rencontré quelqu'un comme lui. Il était gentil, calme, désintéressé ainsi que drôle. Il possédait également une vive intelligence et sa nature de femme ne l'empêchait pas de la traiter comme une égale.

Au début, il avait trouvé étrange qu'elle vive seule, mais n'avait pas insisté quand elle avait refusé de répondre à ses questions. Finalement, il avait décrété que cela ne le regardait pas et n'avait plus remis le sujet sur le tapis, mais il avait reconnu que son choix demandait beaucoup de courage. Kanda avait apprécié ce compliment, consciente qu'il ne devait rien à la flatterie.

— Alors ne dis rien ! s'amusa-t-il. Tu soignes nos malades, mais si le froid te terrasse, qui te soignera, toi ? Prendre soin de toi c'est un peu prendre soin de nous tous. Tu fais un travail et tu es payée pour ça, ce n'est que justice !

— Sans doute, convint Kanda avec un sourire timide. Mais dans le monde dans lequel nous vivons, ma seule qualité de femme suffit à ce que l'on minimise mon savoir.

Il haussa les épaules et secoua la tête.

— Tu devrais avoir davantage confiance en toi. Être une femme ne devrait en aucun cas être considéré comme une faiblesse, jamais. Vous possédez le plus grand pouvoir au monde, celui de donner la vie. Les hommes peuvent bien se croire plus forts, ou plus intelligents, il n'empêche que quoi qu'ils en disent, ils sont tous issus d'une femme. Mon père demande souvent l'avis de ma mère lorsqu'une décision doit être prise concernant la tribu et, jusqu'à ce jour, il n'a jamais eu à s'en plaindre.

— Les hommes ont une fâcheuse tendance à se laisser guider par leur orgueil et leurs coups de sang, je te l'accorde ! le taquina-t-elle.

Il la considéra d'un air grave, toute trace d'humour ayant déserté ses traits.

— Quoi ? l'interrogea Kanda, se rendant compte de son changement soudain d'attitude.

— Il y a des sentiments bien plus puissants que l'orgueil et tous aussi capables de guider un homme, tu sais ?

— Ah oui ? Lesquels ?

Cette fois, il piqua un far et baissa rapidement le regard avant de bégayer :

— Euh, je ne… je l'ignore, je suppose, c'est tout.

Kanda pencha la tête et plissa les yeux. La fragrance du désir saturait à présent sa cabane. Elle se retint de rire face à la gêne flagrante du beau chef algonquin. Parfois, elle songeait que Yuma était, en réalité, un petit garçon, un peu maladroit, coincé dans un puissant corps d'homme avec ses envies et ses besoins. Il ne savait pas forcément comment les contrôler, mais au final, c'était sans doute ce qui faisait son charme.

Elle se laissa tomber à quatre pattes et avança vers lui, lentement, jusqu'à presque pouvoir le toucher. D'un doigt, elle lui releva le menton. Surpris, il se figea, cessant même de respirer. Doucement, elle approcha son visage du sien et pressa ses lèvres contre les siennes. D'abord pétrifié, il ne tarda pas à réagir, forçant sa bouche de sa langue. Un gémissement de plaisir échappa à Kanda et, pour toute réponse, Yuma se pencha davantage vers elle, la faisant basculer sur la peau d'ours sans pour autant lâcher sa bouche. Ce corps d'homme, pesant sur elle, parut familier et rassurant à la jeune femme qui vivait pourtant seule depuis si longtemps.

Alors, même si elle s'était dit quelques minutes plus tôt qu'elle n'aurait pas dû céder, qu'elle le regretterait, elle se laissa aller à son désir. Ses deux natures vibraient au diapason. Quoi qu'il arrive, qu'elle lutte ou pas, ce serait lui, et personne d'autre.

VIII

Quelque part dans le Massachusetts, de nos jours

Max étudiait avec perplexité l'habitacle de l'énorme 4X4 de Jared. Ce monstre était digne de *Dallas*, la série, et aurait fait pâlir JR en personne. Un poste Pionner, dernière génération, diffusait un morceau de jazz que la jeune femme ne connaissait pas, mais qui possédait quelque chose d'envoutant, d'hypnotique. Au moins échappait-elle à la country ! Décidément, son grand frère aimait vraiment jouer les cow-boys. Elle espérait seulement que sa passion se limitait aux voitures et aux fringues. Elle n'avait rien contre ce métier, bien au contraire, il demandait du courage et de l'endurance, seulement… Eh bien, elle trouvait le folklore qui se greffait autour incroyablement kitch ! Pendant une seconde, elle tenta de s'imaginer Jared lancé dans un quadrille enflammé. Trop étrange, même pour elle. Elle secoua la tête pour chasser ces images comico-tragiques de son esprit.

— Selon toi, qu'allons-nous découvrir à Salem ?

Jared conduisait sans prononcer un mot depuis qu'ils avaient quitté précipitamment Boston et la jeune femme commençait à trouver l'ambiance pesante. Elle sentait qu'il était tendu, distant, presque mal à l'aise, mais elle ne comprenait pas vraiment pourquoi. Sûrement était-il inquiet de se retrouver avec des tueurs à ses trousses. Cependant, c'était lui qui avait insisté pour venir ! De plus, ils étaient partis très, trop, rapidement au goût de Max. Ils auraient dû prendre le temps de se préparer un minimum à ce qui les attendait là-bas, aux conséquences éventuelles qu'entrainerait leur venue à Salem.

— Je l'ignore, mais c'est la seule piste dont nous disposons, donc hors de question de la laisser passer. Je ne sais pas pourquoi tu étais si obsédée par cette ville, mais en revanche, je te connais assez pour savoir que ce n'était pas sans raison. Tu as dû y trouver quelque chose d'important.

— Ok, mais imagine que la, ou les, personnes qui ont tenté de me tuer soient encore là-bas et me reconnaissent, que va-t-on faire ? Parce que je doute qu'une déclaration sous serment concernant mon amnésie suffise à les dissuader de terminer leur mission.

— Ne t'inquiète pas, tout ira bien. J'ai plus d'un tour dans mon sac.

Il continuait de fixer la route, sans même lui adresser un regard de temps en temps. Max soupira bruyamment, agacée qu'il prenne les choses tellement à la légère.

— Quoi ? s'enquit Jared.

— Je pense que nous aurions mieux fait d'attendre demain pour nous y rendre. Nous aurions pu réfléchir calmement avant de nous jeter dans la gueule du loup de notre plein gré. Parce que la première fois, j'ai dû faire preuve du même excès de confiance et regarde le résultat ! S'ils se rendent compte qu'ils m'ont manqué, la prochaine fois, ils prendront la peine de vérifier et de terminer le travail ! Alors, je t'aime, mais je ne te surestime tout de même pas au point d'imaginer qu'à toi seul, tu tiendrais tête à une bande de tueurs professionnels !

Jared se tourna enfin vers elle, une main sur la poitrine et une grimace outrée sur le visage.

— Quoi ? Je ne suis pas ton héros ? Tu viens de briser mon petit cœur, tu le sais ça ? Tu n'es qu'une vilaine !

Elle lui asséna un coup de poing sur l'épaule.

— Arrête, ce n'est pas le moment de plaisanter ! continua Max, de plus en plus énervée. On risque de se faire tuer avant même d'avoir eu le temps de prononcer le mot cercueil !

— Ok, admit-il en reposant son regard sur la route. C'est vrai, il n'y a rien de drôle, mais calme-toi, tu veux ? Je ne compte pas aller frapper à toutes les portes ou me balader dans les rues avec un porte-voix pour demander aux gens s'ils te connaissent. Je ne suis pas idiot à ce point. On va se trouver un hôtel en dehors de la ville et se faire le plus discrets possible.

— On ne sait même pas par où commencer !

— Nos métiers consistent à remonter le fil du passé, mener une enquête n'est pas si différent. Nous allons débuter par la visite de la ville, histoire de voir si quelque chose te revient. Nous étudierons la moindre de tes notes. Avec un peu de chance, tu auras noté noir sur blanc ce qui t'amenait à Salem. Ensuite, il nous suffira de suivre tes propres traces pour retracer ton itinéraire jusqu'au soir de l'accident. Si cela se trouve, tu auras carrément révélé le nom du commanditaire de ta tentative de meurtre. Dès que nous disposerons d'assez de preuves tangibles, nous retournerons voir les flics et ils termineront le travail. Enfin, si ce n'est pas trop demander, bien entendu.

En effet, ils n'avaient même pas pris le temps d'ouvrir les autres dossiers contenus sur le disque dur ou les clefs USB trouvées dans le bureau. Avec un peu de chance, ces supports abritaient les indices dont ils avaient besoin ou mieux, toutes les réponses aux questions qu'elle se posait depuis des semaines.

— Je n'avais pas songé à ça, convint la jeune femme.

— Tu es angoissée, on peut comprendre que tu ne penses pas à tout. Cela dit, tu pourrais avoir un peu plus confiance en moi tout de même !

— Je sais, désolée, mais je déteste avancer comme ça, à l'aveugle. Quant aux flics, j'espère vraiment qu'ils vont se bouger cette fois. Je n'en reviens pas qu'ils n'aient pas mieux fouillé la maison ! Ça sent le bâclage en règle !

— Oh, crois-moi, ils vont se secouer, je vais y veiller, personnellement ! Quant à cette foutue enquête, j'ai comme l'impression qu'elle a bien été bâclée et que ce sabotage était intentionnel.

Max sursauta sur son siège avant de se tourner vers lui. Son regard reflétait la surprise, mais aussi l'angoisse.

— Tu penses que l'un des policiers chargés de l'enquête pourrait être de mèche avec les tueurs censés m'éliminer ?

Jared prit le temps d'ouvrir la fenêtre et de s'allumer une cigarette avant de répondre d'une voix sourde :

— En effet. Ce ne serait pas la première fois qu'un flic passerait du côté obscur de la force pour quelques billets. La baraque a été à peine fouillée. En tout cas, pas à fond, ce qui nous arrange, je te l'accorde. Elle a été entièrement nettoyée, trop, pour que je ne m'en rende pas compte, même si sous le coup de l'angoisse je ne l'ai pas immédiatement remarqué. Ceux qui ont fait ça voulaient juste s'assurer qu'on ne remonte ni à eux, ni à aucune personne à qui tu aurais été susceptible de te confier, et ont effacé la moindre empreinte alors que la porte n'a même pas été fracturée. Et qui a pu avoir accès à tes clefs pendant que tu étais dans le coma ?

— La police, souffla Max. Je n'avais pas mon sac à main, ils me l'ont ramené plus tard. Les seuls effets personnels que j'avais sur moi étaient mon portefeuille et mes clefs.

— Eh bien voilà ! CQFD ! Finalement, quitter Boston était sûrement une bonne chose. Pour un flic, effectuer une ronde dans le quartier pour vérifier que tu es rentrée sans que cela ait l'air suspect est un jeu d'enfant. Si tu étais sous surveillance depuis un moment, ou s'ils ont simplement regardé tes factures, ils savent que tu as un colocataire. Un coup d'œil au fichier d'identité aura suffi à leur fournir ma photo et toutes mes coordonnées. Ce qui signifie qu'ils auraient pu me joindre, mais qu'ils ont sciemment décidé de ne pas le faire.

— Pour que tu ne reviennes pas et que je sois seule, à leur merci, souffla Max. Cela leur aurait donné l'opportunité d'agir sans avoir en plus un témoin dont il aurait eu à se débarrasser. Dans ce cas, ils savent que je suis en vie.

— Il y a des chances, en effet. Il est donc préférable de se mettre au vert quelque temps, renchérit-il en jetant sa cigarette au-dehors avant de refermer la vitre.

— Oui, mais ensuite ? enchaina Max. Les flics forment une grande famille, s'ils décident de se couvrir les uns les autres, la seule chose que je risque de gagner, c'est un enfermement prolongé au club des araignées au plafond !

Jared haussa les épaules avec cette sorte de nonchalance qui le caractérisait. Max ne put s'empêcher de se demander s'il existait, ne serait-ce qu'une chose, qui le fasse paniquer. À part elle, bien entendu.

— Pas forcément. Si l'on parvient à résoudre cette enquête, je ne compte pas remettre le dossier au péquin moyen du commissariat du coin. D'une, parce que comme tu l'as souligné, il ne fera sûrement rien si cela risque de nuire à ses collègues et, de deux, parce qu'il vaut mieux être en bon terme avec Dieu plutôt qu'avec ses saints.

— Qu'est ce que tu veux dire par là ?

Jared lui jeta un coup d'œil avant de soupirer.

— Ah oui, c'est vrai, pardonne-moi. J'ai parfois tendance à oublier ton amnésie, la fatigue sans doute. J'ai un ami qui travaille pour… le gouvernement dirons-nous. Je lui ai déjà téléphoné pour lui raconter ton histoire. Au début, il a pensé qu'Amalia t'avait décrit l'accident de tes parents et que ton cerveau avait fait une sorte de transfert. Contrairement à l'affaire qui nous concerne, il y avait eu un témoin à l'époque, un SDF. Malheureusement, son goût pour la bouteille a rendu son témoignage irrecevable.

— Ils ont mieux soigné les détails cette fois, gronda Max en serrant les poings.

— En effet, convint Jared. Cependant, il s'est tout de même renseigné et lui aussi trouve ça louche, car le dossier concernant l'enquête est vide, ou presque. Sans compter les points que nous venons d'énoncer. Si nous parvenons à réunir suffisamment de preuves étayant le fait qu'il s'agissait d'une tentative de meurtre et non d'un accident, il transmettra directement le dossier au FBI afin de faire également tomber les ripoux.

— Je constate que tu as pensé à tout.

Max soupira en secouant la tête. Jared devait ajouter du concentré d'optimisme dans son café au petit déjeuner. Quant à elle, malgré la terrible angoisse qui l'étreignait, un affreux coup de fatigue la menaçait, elle bâillait toutes les cinq minutes. Après la nuit et la journée qu'elle venait de passer, cela n'avait rien de vraiment surprenant et quelque chose lui disait que ce n'était que le début. Les jours et les nuits à venir ne seraient sans doute pas plus reposants ; la chasse à l'assassin était ouverte, le tout étant que Jared et elle-même ne deviennent pas les gibiers.

— En effet, j'ai passé beaucoup de temps à réfléchir à tout ça, rétorqua Jared. Comme je te l'ai promis, je ferai tout ce qui est en mon pouvoir pour te protéger. À présent, tu devrais dormir un peu, chaton, je te réveillerai lorsque nous serons arrivés.

— Si je dors, je ne serai pas d'une compagnie très agréable, remarqua-t-elle avant de bâiller une nouvelle fois.

— Salem se trouve à quelques kilomètres seulement, pas à l'autre bout des États-Unis et puis, tu me seras totalement inutile si tu es épuisée une fois sur place. Tiens, prends ça, ajouta-t-il en se tortillant pour ôter sa veste en jean avant de la lui donner.

Max s'en saisit avec un sourire. Le vêtement sentait l'odeur de Jared. Une fragrance rassurante, douce et boisée comme la forêt après la pluie.

— Dors maintenant, je veille sur toi. Parce que, malgré ton scepticisme, je te rappelle qu'au premier abord, Spiderman est un homme comme les autres et cela ne l'empêche pas de botter le train du Bouffon vert, s'amusa-t-il.

Max ne put se retenir de sourire.

— Très bien, mon héros.

Sans résistance, elle ferma les yeux et glissa dans un sommeil profond.

Lorsque Max ouvrit les paupières, elle aperçut immédiatement le profil de Jared. Il paraissait concentré sur la route, pourtant, sans même tourner la tête vers elle, il lui demanda :

— Bien dormi ?

Elle se redressa, s'étira et se frotta les yeux avant de répondre :

— Comme un loir.

Ce qui était un mensonge. Elle avait encore fait ce rêve bizarre où elle se retrouvait emprisonnée dans une cellule crasseuse et infestée de rats, mais dans une autre époque ! Les images demeuraient floues dans son esprit, mais il lui semblait qu'il avait été question de procès, ou de quelque chose comme ça. Ce détail était sans doute une conséquence de leur destination. Tout le monde avait entendu parler du procès de Salem. Nombre de livres et de films avaient également repris le sujet -avec plus ou moins de pertinence.

Pourtant, à chaque fois que ce songe venait la hanter, une étrange sensation l'envahissait ensuite. Une impression de malaise, d'inachevé et d'amertume qu'elle ne parvenait pas à s'expliquer, mais qui la rendait à chaque fois plus morose. Une profonde tristesse avait fini par se substituer à la frustration ressentie jusque-là. Mais pourquoi ? D'accord, ce rêve était parfois précis au point de paraitre réel, mais ce qui s'y déroulait la plupart du temps n'était pas vraiment plaisant et se réveiller aurait dû la soulager ! Malgré tout, pour une raison qui lui échappait, elle avait envie qu'il se poursuive. Une avidité, presque morbide, la poussait à vouloir connaitre la suite, alors que son instinct lui soufflait que son histoire chimérique ne se terminerait pas sur un *happy end.*

— Où sommes-nous ? demanda-t-elle en regardant par la fenêtre pour cacher son trouble.

— Plus très loin de Salem, une dizaine de bornes, à peine.

Max hocha la tête et se pencha en avant pour attraper son sac à dos qui se trouvait à ses pieds. Elle en sortit un paquet de petits gâteaux au chocolat et en proposa un à son ami. Le chocolat restait définitivement le meilleur remède contre la déprime.

— Tu en veux ?

— Non merci, je n'ai pas très faim, rétorqua celui-ci.

Max tiqua, Jared semblait tendu soudain. Ses mains enserraient le volant avec une telle force que ses jointures étaient blanches. Elle l'observa une seconde à la dérobée, puis haussa les épaules avant de croquer son biscuit avec gourmandise, tout en continuant à fixer la nuit noire. Sans doute l'anxiété de son ami montait-elle au fur et à mesure qu'ils approchaient de Salem. Elle aussi se posait un million de questions et elle avait hâte de découvrir le fin mot de cette histoire de fou.

Elle leva les yeux vers le ciel. Ce soir, les nuages avaient déserté la voute céleste. Elle reporta donc son attention sur le paysage. Ils longeaient un bois ou une forêt. Les longues branches de sapins s'entrelaçant, telles des lianes, l'empêchaient de percer les secrets dissimulés sous le couvert des conifères. Lorsqu'il y eut enfin une trouée dans la végétation, ce qu'elle aperçut la fit violemment sursauter.

— Qu'est-ce que tu as ? interrogea Jared sans quitter la route du regard.

— Tu as vu ça ? demanda Max d'une voix tremblante.

— Quoi ?

— Il y a des bêtes, elles suivent la voiture ! Elles se déplacent presque aussi vite que nous !

— En forêt, la plupart des animaux ne sortent que la nuit, c'est bien connu. Ça doit pulluler dans le coin, observa-t-il sans perdre son calme.

— Non, j'ai aperçu des yeux qui nous regardaient !

Il lui jeta un regard oblique, un sourire moqueur sur son visage hâlé par le Soleil.

— Hein ? Je ne sais pas ce que contiennent ces gâteaux, mais je vais devoir te les confisquer ! la taquina-t-il.

Sans se soucier de ce qu'il pouvait penser, Max mit ses mains en couronne contre la vitre pour fixer de nouveau la pénombre. Quatre billes dorées se déplaçaient, parallèlement à la voiture. Elle ne les apercevait que par intermittence, lorsqu'elles se tournaient vers le véhicule, comme pour vérifier qu'il suivait bien le mouvement.

— Regarde ! Ils nous suivent, ne me dis pas que tu ne vois pas les deux paires d'yeux jaunes qui brillent comme des lucioles !

— Au cas où tu n'aurais pas remarqué, je conduis là. Je pense qu'il est préférable que je regarde la route. Tu auras vu un hibou ou un sanglier, pas la peine d'en faire un plat. Reprends un gâteau et détends-toi.

— Les hiboux restent en hauteur en général, quant aux sangliers, ils n'ont pas les yeux jaunes que je sache ! Et quel animal pourrait courir à quatre-vingts kilomètres-heure dans le coin ?

Cette fois, Max ouvrit carrément la fenêtre pour ne pas être gênée par le reflet, et tenta de discerner avec précision quel genre de créature les suivait. Comme si elle avait compris ce que l'on attendait d'elle, l'une des créatures pivota distinctement la tête vers la voiture tout en continuant de courir. Max sursauta et se tourna vers son ami. Elle était au bord de l'hystérie.

— Ah, tu as vu ! Tu as vu ! C'est bien trop gros pour être un sanglier et encore plus pour être un hibou ! Mais regarde bon sang ! s'agaça-t-elle en constatant que Jared ne réagissait pas plus que ça.

— Ok, plus tôt ou plus tard de toute façon, souffla ce dernier en commençant à ralentir pour se garer sur le bas côté.

— Qu'est-ce que tu fais ? Tu es dingue ! On ne sait même pas ce que c'est ! s'exclama Max en refermant sa fenêtre précipitamment.

Il ne l'écouta pas et descendit de voiture. Il s'approcha du couvert des arbres alors, Max se décida à sortir elle aussi. Hors de question qu'elle reste seule, enfermée dans cette bagnole, avec des bestioles non identifiées qui rodaient dans le coin. Elle se rapprochait de lui quand deux paires d'yeux dorés apparurent à la lisière du bois. Lorsque l'astre des ténèbres lui révéla de quoi il retournait véritablement, la jeune femme recula d'un pas, terrifiée et incapable d'émettre le moindre son.

Lentement, les animaux avancèrent vers eux. Il s'agissait de deux canidés, mais d'une taille surdimensionnée ! Ils étaient encore plus imposants qu'un Mastiff adulte dopé aux amphétamines et devaient, au bas mot, peser cent vingt kilos. L'un était gris bleuté avec une encolure noire, tandis que l'autre, marron foncé, avait une tache blanche sur le museau. Ils auraient pu sembler mignons, si leurs gueules ouvertes n'avaient pas découvert leurs crocs acérés frôlant allégrement les dix centimètres !

— Jared ! couina Max en tentant de ne pas paniquer. Recule. Ne fais pas de geste brusque surtout.

— Salut les gars, se contenta-t-il de répondre en approchant davantage des animaux.

Max le regarda, éberluée. *« Salut les gars ? Quel gars ? »* Parlait-il à ces monstres sortis tout droit de l'enfer ? Si tel était le cas et qu'ils survivaient à cette soirée, elle lui demanderait gentiment, mais sûrement, de vite aller consulter un psy. Aimer les bêtes : ok, mais être prêt à adopter Cerbère dénotait un problème psychologique évident !

— Jared, remonte dans cette voiture ! insista la jeune femme en reculant d'un pas.

Les loups se tournèrent alors vers elle, comme s'ils n'avaient pas remarqué sa présence jusque-là. Ils l'étudièrent, la tête penchée, les oreilles dressées, mais reportèrent finalement leur attention sur Jared. Venaient-ils de choisir leur plat de résistance, laissant, un instant, le dessert de côté ?

— Recule Jared, souffla-t-elle sans lâcher les canidés du regard.

— Calme-toi, chaton, tout va bien, rétorqua celui-ci. Ils ne te feront aucun mal.

Puis il pivota vers elle à son tour, faisant stopper net les battements de son cœur. Ses iris, d'habitude d'un gris profond, étaient à présent aussi jaunes que ceux des deux mastodontes qui se tenaient derrière lui.

— Je suis désolé, j'aurais voulu pouvoir faire autrement, dit-il avant que Max ne s'effondre, évanouie.

Lorsque la jeune femme ouvrit les yeux, elle aperçut immédiatement Jared. Assis dans un fauteuil en osier, les pieds posés sur une petite commode, il fumait une cigarette en regardant par la fenêtre. Ses traits étaient tirés et il portait encore ses vêtements de la veille, signe qu'il n'avait pas dormi. Max pouvait clairement sentir son angoisse.

Il faisait jour à présent. Cependant, la lumière extérieure lui indiqua qu'il ne devait pas être très tard. Malgré ce qu'elle avait vu et la découverte du terrible secret de son ami, elle n'arrivait pas à avoir peur de lui. Par contre, elle parvenait très bien à être furieuse ! Il allait entendre parler du pays, ce sale menteur ! Sans bouger, Max regarda autour d'elle, plus curieuse qu'inquiète. Avec son cow-boy dans le coin, elle se savait en totale sécurité.

Elle se trouvait dans une chambre dont le lit était plus que confortable -il fallait le reconnaître- et le décor luxueux. Les murs étaient parés de vieux rose et de blanc, avec deux grandes baies vitrées qui donnaient sur un balcon longeant toute la pièce. Il s'agissait d'une chambre de femme, aucun doute. La coiffeuse en merisier, où s'étalaient des flacons de parfum en cristal, et le miroir sur pied le confirmaient. Elle n'eut toutefois pas le temps d'approfondir son examen ; des voix, dans le couloir, lui apprirent que quelqu'un approchait, elle fit donc semblant de dormir lorsque la porte s'ouvrit.

— Comment va-t-elle ? demanda un homme.

— Elle est toujours inconsciente, répondit Jared d'une voix qui trahissait la fatigue qu'il ressentait.

— Elle a eu peur, cela peut se comprendre, mais il s'agit d'un moindre mal.

— Sans rire ! J'aurais dû lui avouer la vérité dès le départ ! J'ai toujours détesté avoir à lui mentir !

— Lui dire la vérité n'aurait fait qu'aggraver la situation et on courait droit à la catastrophe, tu as fait ce qu'il y avait de mieux. J'ai prévenu Jack, il arrive. Par contre, il risque de ne pas apprécier que tu aies réquisitionné cette chambre, surtout après ta désertion. Je ne…

— Merci, le coupa sèchement Jared. Et je me charge de Jack. Qu'il pète un câble si bon lui semble, à ce stade, je m'en balance !

Désertion ? Qu'est-ce que c'était encore que cette histoire ? Son ami faisait-il partie d'une quelconque organisation militaire ? Elle ignorait qui était ce Jack, sans doute un supérieur, mais hors de question qu'il tue Jared avant elle ! Si la chasse au loup était ouverte, elle se réservait la première cartouche !

— Il pense que tu as bien agi. Si elle ne se souvient de rien, elle va devoir tout réapprendre depuis le début, pauvre gamine.

Réapprendre ? Elle aussi aurait fait partie de cette organisation ? Cette fois, elle se sentait complètement perdue. Si elle avait été une militaire, ou quelque chose comme ça, et que ses supérieurs avaient pris sa disparition pour une désertion, pourquoi ne l'avaient-ils pas recherchée ? En règle générale, l'armée ne se montrait pas magnanime avec les soldats déserteurs.

— Crois-moi, Max est tout sauf une pauvre gamine, contra Jared. Elle est forte, bien plus que la majorité des gens que je connais. Par contre, elle va me tuer pour lui avoir caché la vérité sur mon compte.

Ça, il pouvait en être sûr ! Finalement, la jeune femme se décida à ouvrir les yeux. De toute façon, elle n'allait pas faire semblant de dormir éternellement. De plus, une vilaine migraine commençait à pointer le bout de son nez et une aspirine serait la bienvenue.

— Max ! s'écria Jared en se précipitant.

— J'ai mal au crâne, grogna cette dernière.

— Je vais lui chercher ce qu'il faut, dit l'autre homme.

Il était de taille moyenne, mais possédait une musculature impressionnante qui ne devait rien à la gonflette. Ses cheveux bruns, coupés très courts, son treillis et son t-shirt noirs laissaient penser qu'il devait bien être militaire. Au moins, ses yeux étaient normaux, ce qui était rassurant.

— Comment te sens-tu ? demanda de nouveau Jared.

— Donne-moi un fusil et tu verras, grommela la jeune femme.

— Je suis désolé, j'aurais souhaité que tu l'apprennes autrement, souffla-t-il en baissant la tête. Seulement, à présent, le temps presse et j'ai dû faire un choix entre t'épargner psychologiquement ou sauver ta vie, clairement et simplement.

Et c'était vrai, cent fois Jared avait voulu lui dire la vérité, cent fois il s'était imaginé l'instant où il prononcerait ces mots qui lui pesaient sur le cœur depuis si longtemps… Mais, il n'avait jamais trouvé le bon moment, le bon discourt, ni même le courage pour se lancer. Si bien qu'hier soir, il s'était retrouvé au pied du mur.

Il comprenait sa réaction. Qui n'aurait pas eu la même face à des loups de la taille d'un veau ? Pour la plupart des gens, ils ne représentaient que des monstres issus de la mythologie, des légendes, ou, dans le meilleur des cas, des contes pour enfants. Réaliser subitement que tous ces soi-disant boniments étaient en fait réels aurait sûrement fait perdre la tête à majorité d'entre eux.

Toujours silencieuse, Max prit le verre ainsi que le comprimé que l'autre homme lui tendait. Elle étudia le cachet avec attention puis avala finalement le tout avant de demander :

— Où sommes-nous ?

— À Wenham, expliqua Jared. Je t'ai amené ici pour te mettre en sécurité.

— Bah voyons ! En servant de petit dèj' à tes potes ? Désolée, mais je n'ai jamais brigué le rôle du Petit Chaperon rouge dans la pièce *« Mon ami le loup est un sale mytho ! »*

— Nous ne mangeons pas d'humains, enfin, en règle générale, dit l'autre avec un sourire moqueur, sauf les petites filles capricieuses. Celles-ci y ont droit à tous les coups ! Un conseil : sois sage. Et je me présente, Mike, ajouta-t-il en lui tendant la main.

Max lui lança un regard assassin sans daigner bouger. Du coin de l'œil, Jared surveilla les réactions de ce dernier, mais il paraissait plus amusé qu'offensé par le comportement de la jeune femme.

— Très drôle ! Je suis prisonnière ?

— Bien sûr que non ! s'emporta Jared en se levant. Tu es seulement sous notre protection, nous ne sommes pas des criminels !

— Parfait, alors je me tire ! Après tout, j'ai le droit de décliner l'invitation louche d'inconnus encore plus louches !

Sans perdre une seconde, Max sauta sur ses pieds et fonça vers la porte sans même prendre le temps de récupérer ses chaussures. Elle l'ouvrit à la volée puis se dirigea vers l'escalier, à sa gauche, Jared sur les talons.

— Max, laisse-moi t'expliquer !

— Quoi ? Que tu n'es qu'un sale manipulateur ? Ça, je m'en suis rendu compte, merci ! rétorqua-t-elle en dévalant les marches.

— J'ai fait ça pour ton bien, tu es en danger, laisse-nous te protéger ! implora-t-il encore. Les enjeux de cette histoire te dépassent. Tu as déjà failli te faire tuer une fois, preuve en est que tu ne fais pas le poids contre les malades qui sont à tes trousses ! Nous, par contre, nous les arrêterons sans problème ! J'ai toujours fait en sorte de te préserver et il me semble que je ne suis pas un inconnu !

Arrivée au rez-de-chaussée, Max lui fit face, ignorant les regards des personnes qui se trouvaient dans le salon et qui n'en perdaient pas une miette. Qu'ils se régalent des derniers cancans jusqu'à l'écœurement si cela pouvait leur faire plaisir ! Pour sa part, son dégoût était d'une tout autre nature. Que Jared soit un loup-garou ne la dérangeait pas, cela la déstabilisait, voire la choquait, certes, mais il ne lui avait jamais fait de mal, même les soirs de pleine lune, alors qu'elle se trouvait à sa merci. En revanche, il lui avait menti pendant toutes ces années et même si ces dernières avaient disparu de sa mémoire, cela ne rendait pas son acte plus pardonnable pour autant. Il ne l'avait pas jugé digne de partager son secret, de connaître son autre facette, son autre famille. Il s'était sans doute imaginé qu'elle était comme les autres, qu'elle le repousserait et n'avait donc rien compris à ce qu'il représentait pour elle. Comment envisager qu'il l'aimait réellement dans ces conditions ?

— Ok, tu as été un ami exemplaire et tu as pris soin de moi au moment où j'en avais le plus besoin, mais ta niche a beau être sympa, je n'ai pas envie d'y vivre !

— Arrête ça, gronda Jared. Tu fais un caprice de gamine trop gâtée ! Tout ce que je désire, c'est t'aider !

— Tu m'as menti, tu m'as manipulée pour me faire venir ici et me mettre au pied du mur, alors que souhaiterais-tu au juste ? Que je te fasse une gratouille derrière l'oreille ? Qu'on joue à la baballe ? Que je t'offre un nouveau collier antipuce peut-être ?

Des grognements sinistres s'élevèrent derrière elle, mais Max n'y prêta pas attention tant elle était en colère.

— Prends-le comme tu veux, mais si tu estimes que nous ne nous devons rien mutuellement, j'ai une dette envers Amalia. Je préfèrerais que les choses se déroulent sans heurt et de ton plein gré, mais crois-moi, si je dois t'enfermer ici de force afin de te garder en vie, je n'hésiterais pas une seconde ! Tant que la mémoire ne te sera pas totalement revenue et que tu ne comprendras pas tout ce qui t'attend en dehors de cette maison, psychopathes compris, tu ne quitteras pas cet endroit, ma grande !

— Tu sais quoi ? Va te faire foutre Jared ! hurla-t-elle en tournant les talons et en ouvrant la porte.

Elle allait sortir lorsqu'elle heurta de plein fouet l'homme qui se tenait derrière et tomba, les quatre fers en l'air. Elle leva la tête et écarta les cheveux qui lui tombaient sur le visage pour mieux le regarder et lui dire sa façon de penser, mais quelque chose l'arrêta. Lui aussi semblait la considérer avec ébahissement, comme s'il ne s'attendait pas à la trouver là, ce qui d'ailleurs, devait être le cas.

Les grognements redoublèrent, mais Max était comme électrisée par l'inconnu qui se trouvait devant elle, incapable de réfléchir, de détacher ses yeux de lui. Un Amérindien, grand, fin, mais dont les muscles saillaient sous son t-shirt noir, une mâchoire carrée, un nez légèrement épaté et des yeux noirs à couper le souffle. Ses cheveux lui arrivaient à l'épaule, mais il les avait attachés en demi-queue. Il était beau et encore, le mot était faible. Il lui tendit la main pour l'aider à se relever.

— Ça suffit, dit-il calmement sans la quitter du regard.

Les grognements cessèrent immédiatement. Max tourna enfin la tête vers les autres pour voir à qui il s'était adressé. Il y avait trois hommes et une femme. Leurs yeux à tous étaient dorés, comme ceux de Jared et des deux loups d'hier soir. *« Nom de Dieu ! Mais combien sont-ils au juste ? »*

Ils semblaient craindre le nouvel arrivant parce qu'ils baissèrent tous la tête sans broncher et se tassèrent sur eux même, comme s'ils voulaient se rapprocher du sol. Max eut un léger mouvement de recul malgré tout.

L'homme sourit et lui prit la main, feignant de ne pas avoir remarqué sa réaction.

— Jared, tu ne fais pas les présentations ? demanda-t-il en aidant Max à se remettre debout.

— Si, bien sûr, répondit celui-ci en soupirant. Jack, je te présente Max, ma plus vieille amie.

— Plus maintenant, contra cette dernière, boudeuse, en enfonçant ses mains dans les poches de son jean.

L'Amérindien la regarda, franchement amusé par sa réaction. Il lui tendit de nouveau la main, qu'elle serra, et se présenta lui-même :

— Jack Newman, enchanté de faire ta connaissance, Max.

Il garda les doigts de la jeune femme prisonniers des siens plus longtemps que la bienséance l'exigeait, cependant, elle ne s'en offusqua pas. Elle continuait de l'observer, scrutant son visage avec insistance. Une étrange sensation de déjà vu la saisit avant de laisser la place à une nouvelle décharge dans son cerveau. La douleur dans sa tête s'intensifia au point qu'elle tomba à genoux, les mains plaquées sur ses tempes. Jared se précipita.

— Max ! Que se passe-t-il ? De quoi te souviens-tu ? Max !

— Que lui arrive-t-il ? s'enquit l'Indien avec stupéfaction.

— Des souvenirs doivent lui revenir, la dernière fois aussi elle a eu l'air de beaucoup souffrir, expliqua Jared. Max, je t'en supplie, réponds !

Cependant, les images n'avaient jamais été si nettes. Max se vit, vêtue d'une tenue du dix-septième siècle, face à un loup au pelage aussi noir que la nuit elle-même. Ses yeux ambrés la fixaient sagement. Elle tendit la main vers l'animal qui se contenta de fermer les paupières et de se laisser caresser docilement. Elle n'avait pas peur, non, elle était satisfaite du comportement du molosse, elle… tenait à lui.

Lorsque Max revint à elle, elle tomba à quatre pattes, tentant de retrouver son souffle autant que ses esprits. Ces souvenirs ne pouvaient pas lui appartenir, car cette fois, il ne s'agissait plus d'un simple rêve. Cependant, l'époque ne correspondait pas et qui pourrait avoir envie de cajoler un monstre pareil ? Il fallait être cinglé pour oser s'en approcher !

Jared voulut l'aider à se relever, mais elle le repoussa sans ménagement.

— Laisse-moi tranquille, ne me touche pas ! Je veux m'en aller, et tout de suite !

— Cela ne va pas être possible, déclara calmement Jack.

Elle se redressa avec difficulté pour le fusiller, lui aussi, du regard. Qu'est-ce que c'était que cette nouvelle manie de tenter de la retenir contre son gré ?

Pour Jared, passait encore, il avait toujours joué les grands frères surprotecteurs, mais ce type, elle ne le connaissait même pas ! Qu'est-ce que cela pouvait bien lui faire qu'une bande de fous furieux veuille lui faire la peau ?

— Tiens donc ! Il me semblait pourtant que je n'étais pas votre prisonnière.

— En effet, Jared ne t'a pas kidnappée. D'ailleurs, il est venu ici pour te placer sous notre protection, la nuance me parait de taille. Sans lui pour te protéger, tu serais peut-être déjà morte.

— Vous jouez sur les mots ! s'énerva Max. Je ne savais absolument pas de quoi il retournait en le suivant, alors que lui, si ! Il aurait dû me dire ce qui m'attendait dans cette maison ! Ou devrais-je dire tanière ?

— Peu importe comment tu choisiras de la nommer, elle est à présent ton chez-toi, rétorqua-t-il calmement. Que cela te convienne ou non. Je suis l'alpha de cette meute et aucun loup ne la quitte sans ma permission. Encore moins ceux qui risquent le dérapage.

— Meute ? Loup ? Quel rapport avec moi ? demanda Max sans comprendre.

Il se contenta de se placer face à elle et de la saisir par les épaules pour la relever et la faire pivoter sur elle-même.

Elle se retrouva face au miroir de l'entrée où un choc bien plus violent que son dernier souvenir l'attendait. Elle avança d'un pas et toucha la glace du bout de ses doigts tremblants, avant de revenir vers son visage, comme pour vérifier que ce reflet était bien le sien. Ses yeux, d'habitude émeraude, étaient à présent couleur d'or en fusion.

— C'est comme cela que nous nommons notre famille, nous, les loups garous.

IX

Salem, 1691

Kanda suivait les traces depuis près d'une heure à présent. Ses pieds étaient glacés et elle aurait tout donné pour être au coin du feu avec son amour. Elle l'avait attendu hier soir, ceux d'avant aussi, en vain. Elle savait qu'aimer un homme marié signifiait passer toujours en seconde position. De nombreuses fois, elle avait voulu lui dire qu'elle ne le verrait plus, que cette histoire devait se terminer avant que l'un des deux ne finisse par trop souffrir, mais le courage lui avait manqué. Dans cet endroit qu'elle détestait, il représentait son seul réconfort, son unique source de bonheur et tout le sens moral, la logique ou le regard des autres n'y changeraient rien, elle l'aimait.

Lui aussi pâtissait de cette situation. Il lui répétait souvent qu'elle était son seul véritable amour et qu'il désirait par-dessus tout vivre pour toujours avec elle. Il lui promettait qu'un jour ils s'enfuiraient tous les deux et Kanda faisait semblant d'y croire. Elle savait parfaitement qu'il ne pourrait pas quitter les siens. Il était le fils du chef et avait des obligations envers sa tribu. Voilà trois semaines qu'il n'était pas venu la voir, ni en tant qu'amant, ni pour se procurer des remèdes afin de soigner les siens. Peut-être avait-il fini par faire un choix définitif cette fois.

Des larmes inondèrent les yeux de Kanda avant de couler sur ses joues, amères et brûlantes. D'un geste rageur, elle les essuya. Elle devait d'abord débusquer celui qu'elle cherchait, avant qu'il ne la prenne de vitesse, sinon, quoi qu'il arrive, elle ne reverrait plus Yuma.

Des grognements lui parvinrent, elle touchait au but. Kanda pressa le pas lorsqu'un nouveau son se fit entendre, un feulement rappelant celui d'un félin. Ce simple bruit la glaça jusqu'aux os. Bien plus encore que les traces de sang qui souillaient la neige immaculée. Elle se mit à courir tout en se débarrassant de ses vêtements, il fallait agir vite !

Une seconde plus tard, une énorme louve, si blanche qu'elle se confondait sans problème avec le manteau qui recouvrait Dame Nature, déchiquetait, de ses crocs acérés, le vampire qui s'apprêtait à asséner le coup de grâce à un autre canidé gisant au sol.

Il était noir comme la nuit, le parfait opposé de sa sauveuse et du sang s'écoulait de son museau. Il ne s'agissait pas de celui qu'elle traquait, l'odeur avait suffi à la renseigner à ce sujet. Elle s'approcha de lui pour le secouer doucement du bout de la truffe, il ne réagit pas. Son cœur battait faiblement, il était sacrément amoché, mais la Lune l'aiderait à cicatriser. L'astre de la nuit était bonne mère et soignait toujours ses enfants.

Il ne fallait pas rester là. Les widjigo allaient bientôt chercher celui qui manquerait désormais définitivement à l'appel. Ils n'avaient pas lancé de représailles suite à la perte de leur dernière acquisition, mais cette fois, ils risquaient de ne pas apprécier et faire le rapprochement. Après avoir arraché et broyé le cœur de la créature afin d'être certaine qu'elle ne se relèverait jamais, la louve passa la tête sous le corps du blessé pour le charger sur son dos avant de commencer à pister sa meute. Rapidement, elle atteignit le campement indien. Elle s'apprêtait à faire demi-tour. Quelque chose avait dû fausser son odorat, la neige sans doute, quand soudain, la présence d'autres loups se fit sentir. Plusieurs Indiens vinrent à sa rencontre. Ils semblaient calmes, pas le moins du monde inquiétés par la présence de ces monstres autour de leurs habitations. Les lycanthropes ne tardèrent pas à faire leur apparition et tous se montrèrent soumis, baissant la tête et fixant le sol, nuque à portée de crocs.

Elle songea d'abord, naturellement, que cette attitude s'adressait à elle, avant de comprendre qu'elle venait simplement de sauver la vie de leur alpha. Tous les Indiens étaient présents maintenant et instinctivement, la louve immaculée chercha un regard familier dans la foule, mais ne le trouva pas. Saisissant enfin de quoi il retournait, elle déposa précipitamment son fardeau à terre et s'enfuit à travers les bois. L'alpha noir ne devait pas savoir qui était sa sauveuse, jamais !

X

Wenham, de nos jours

Jared discutait, dans le salon, avec Mike, Miranda, Ludwig et Jack, des membres de la meute que l'alpha avait jugé suffisamment capables de se maitriser pour pouvoir rester. Miranda était une femme intelligente et énergique. Ingénieure en aéronautique, elle était également l'une des rares louves dominantes de leur monde. Elle aurait fait un excellent lieutenant… si elle était née mâle. Car, chez les loups, aucune femelle n'occupait de poste à responsabilité. Comme pour la plupart des animaux vivant en groupe, les luttes de pouvoir étaient réservées à la gent masculine. De ce fait, leur place était définie par rapport au rang de leur compagnon. Dans le cas présent, Miranda était l'épouse de Ludwig, un individu des plus soumis et discipliné. C'était d'ailleurs ce dernier point qui lui avait permis de rester en vie si longtemps. Il finissait par se faire oublier, ce qui était une bonne chose dans son cas. Quant à Mike, il était relativement dominant, mais militaire de carrière, il n'aurait rien fait sans que son alpha en ait donné l'ordre. De plus, Jared, étant second et donc plus dominant que lui, l'aurait tué sans hésitation s'il avait tenté quoique ce fût. Malgré tout, Jack avait préféré limiter le nombre de participants à ce débriefing pour le moins atypique. Les loups-garous ne sachant pas ce qu'ils sont ne courent pas les rues.

Les autres avaient été congédiés et avaient interdiction de revenir avant que Jack n'ait donné son autorisation. Intégrer un nouveau membre à la meute n'était jamais facile. Selon son degré de dominance, il bouleversait l'ordre établi dans la hiérarchie et certains loups ne supportaient que difficilement de trouver plus dominants qu'eux. En règle générale, ce genre de situation se terminait en affrontement sanglant. Le dominant remettait le dominé à sa place et les choses en restaient là. Cependant, dans le cas présent, Max aurait sans doute été tuée rapidement. Elle n'était pas habituée à ce mode de vie, ni formée au combat, Jared ignorait même si elle savait muter d'elle-même. Cela serait revenu à la condamner à mort. Cette simple pensée lui souleva le cœur. Incapable de détacher son regard d'elle, il soupira profondément. Elle boudait toujours, assise sur la pelouse de l'immense maison fédérale qui servait de QG à la meute. Après la scène survenue tout à l'heure, elle avait eu besoin de prendre l'air ainsi que du recul par rapport aux… loups-garous. Malheureusement, même à cette distance, Jared savait qu'elle parviendrait à tout entendre, aussi bien que si elle avait été avec eux. Il s'en voulait terriblement de ne pas l'avoir protégée plus que cela. Le temps leur avait manqué et pour préserver le plus grand nombre, humains et loups confondus, il avait dû brader le cœur de Max et par la même le sien. Jamais il ne se pardonnerait de l'avoir ainsi blessée. Cependant, jamais elle ne lui aurait pardonné qu'il la laisse tuer des gens sans intervenir.

L'heure n'était plus aux regrets, mais aux questions auxquelles il fallait apporter rapidement des réponses pour aider, du mieux possible, son amie.

— Heureusement que tu as finalement décidé de l'amener ici, dit Mike. Si elle avait changé en ville, bonjour les dégâts !

Cette simple pensée fit frissonner Jared. Manifestement, Max avait déjà muté seule. Était-elle parvenue à se contrôler ou s'était-elle contentée de partir en chasse, comme n'importe quel prédateur affamé ? Il espérait de tout cœur qu'elle n'avait fait de mal à personne, parce qu'il avait conscience qu'elle ne le supporterait pas si ces souvenirs-là devaient lui revenir.

— Je sais. Au début, lorsque j'ai compris qu'elle ne se souvenait vraiment de rien, je me suis dit que j'allais prendre le temps de lui faire retrouver la mémoire. Ensuite, elle m'a raconté son accident, son séjour à l'hosto et le reste… J'ai alors pensé qu'après la mort d'Amalia, j'avais fait erreur, que Max n'était pas une lycanthrope finalement et que le chagrin avait affecté ma perception. Jamais elle n'aurait pu se contenir si longtemps et son loup l'aurait normalement aidé à guérir plus rapidement que la moyenne.

— Tu n'as pas du tout senti son loup ? s'étonna Miranda.

— Non, pas les premiers jours. C'est lorsque nous avons commencé à fouiner dans son passé que j'ai compris. En réalité, Amalia savait depuis le début ce qu'était Max et sans aucun doute était-elle au courant pour moi aussi. Max a dû effectuer son premier changement avec elle. Je suis resté à son chevet lors de la dernière lune, elle s'est montrée plus nerveuse et ses yeux commençaient à changer, j'ai également détecté la présence de son loup, à la lisière de sa conscience, un début de mutation s'est enclenché, mais rien de plus. Elle parvient à le contrôler sans aucune difficulté, ce qui me semble encore plus étonnant que le reste d'ailleurs.

— Amalia était la dame chez qui tu vivais parmi les humains et la nourrice de Max, c'est ça ?

— Oui, elle était aussi une prêtresse vaudou. Les loups-garous font partie des légendes de son île. Ce qui m'inquiète, c'est que les seuls souvenirs qui sont revenus à Max sont les messages d'avertissement d'Amalia. Lorsqu'elle a touché mon tatouage et qu'elle a retrouvé son dernier souvenir, j'ai compris qu'elle venait de se rappeler son premier changement sans s'en douter une seule seconde. J'ai donc décidé de l'amener ici le plus rapidement possible avant qu'il n'arrive une catastrophe.

En jetant un regard à son amie, qui leur tournait le dos, il la vit se raidir. Max venait d'apprendre qu'elle avait déjà muté dans le passé et qu'il le savait. Le ton moqueur qu'il avait utilisé pour lui répondre lorsqu'elle lui avait confié se sentir différente dans ce souvenir ne risquait pas d'arranger son humeur. Il allait en prendre pour son grade ! Enfin, si elle acceptait de rester son amie... Cette simple pensée déchira le cœur de Jared. Il ignorait ce qu'il adviendrait de lui s'il devait perdre Max.

— C'était ce qu'il y avait de mieux à faire. D'après toi, qui pourrait lui vouloir du mal ? interrogea de nouveau Mike. Parce que, comme je te l'ai dit au téléphone, le dossier concernant son accident et quasiment vide. Que les flics ne l'aient pas baptisé Jane Doe relève du miracle d'ailleurs.

— Je ne sais pas, soupira Jared en s'allumant une nouvelle cigarette. Mais la mise en scène de la collision dans lequel sont morts ses parents a été parfaitement reproduite. L'homme au milieu de la chaussée et qui disparaît comme par magie, le camion qui la percute intentionnellement et qui s'évapore, lui aussi. Le seul détail qui diffère, c'est que cette fois, la voiture semble avoir été déplacée pour faire croire qu'elle avait heurté un platane. En la ramenant ici, nous sommes passés sur le lieu de l'accident. Impossible qu'elle se soit plantée là. Il s'agit d'une ligne droite et comme par hasard, c'est le seul arbre en bordure de route. Ce sont des pros qui ont fait ça.

— Effectivement, si son loup était en éveil, elle aurait bénéficié d'assez de réflexes pour éviter ça. Ils ont sans doute déplacé la voiture parce qu'aujourd'hui, les avancées de la police judiciaire compliquent la vie des malfaiteurs, ajouta Miranda.

— De toute façon, certains flics sont sûrement de mèche avec eux, dit Jared. Ils n'ont déplacé la voiture que pour ne pas éveiller les soupçons de ceux restés clean.

— Ok, donc ta copine a dû fourrer son joli nez dans des affaires pas claires peu de temps après son changement, constata calmement Ludwig. Des affaires qui semblent suffisamment importantes aux yeux de quelqu'un pour qu'il ait tenté de la faire taire ainsi que ses parents.

— Ouais et dans la lettre que j'ai trouvée sur son disque dur externe, elle pensait que seule la meute pourrait la protéger, ajouta Jared.

— Hum… nous le ferons avec plaisir, comme l'a dit Jack, elle fait partie des nôtres. Cependant, la vraie question demeure ; comment a-t-elle réussi à garder son loup en sommeil si longtemps ?

— Aucune idée, peut-être que dans l'accident lui aussi a oublié ? Après tout, il n'a même pas eu le réflexe de la soigner puisqu'elle a fait plusieurs mois de coma.

— D'autres détails ne collent pas. Tu ne t'es pas demandé comment elle était devenue ce qu'elle est ? continua Ludwig.

Jared se leva et marcha dans la pièce. Oh que oui ! Il se l'était posée cette question ! Des centaines de fois même ! Mais aucune réponse logique ne lui était venue à l'esprit.

— Dans sa lettre, elle dit que des changements ont eu lieu, sur lesquels elle n'avait plus aucun contrôle. Il est possible que ce soit de son attaque dont elle parlait.

— Possible, concéda-t-il, mais fort improbable. Peu de personnes survivent à l'attaque de l'un des nôtres et elle vivait déjà à Boston. Si notre territoire avait été violé, nous l'aurions senti immédiatement. De plus, son loup me semble étrangement fort. Il parait âgé de plusieurs années, voir siècles. Comment aurait-elle pu le renforcer à ce point et le contrôler de la sorte en seulement quelques mois ? Et surtout, comment sa nourrice en serait-elle sortie vivante ? À peine une minorité d'entre nous parvient à maîtriser son instinct au premier changement, sans compter que, jusqu'à aujourd'hui, elle ne se souvenait pas de sa véritable nature. Son loup aurait normalement dû sauter sur l'occasion pour prendre le contrôle, même s'il n'est pas forcément dominant. C'est instinctif chez n'importe quel garou.

— C'est simplement parce que Max n'est pas n'importe quel loup-garou, elle n'a jamais été transformée, expliqua Jack, calmement. Elle est loup par hérédité.

La meute se tourna de concert vers son alpha qui continua de fixer Max à travers la fenêtre. La jeune femme semblait le fasciner.

— Pardon ? demanda Ludwig, interloqué.

— Je suppose que vous avez tous entendu les légendes concernant ces loups d'exception ?

— Vaguement, répondit Jared.

— Les lycanthropes mutent habituellement après l'attaque de l'un des leurs, du moins lorsqu'ils y survivent. Mais certaines légendes indiennes affirment que dans des temps immémoriaux, il existait une branche parallèle. Certains garous auraient donc été capables de se transformer à volonté, depuis leur naissance et sans être esclave de la pleine lune. Selon les plus anciens d'entre nous, cette branche a disparu depuis longtemps, pourtant, j'en ai rencontré un, une seule fois, à l'époque où j'étais encore humain.

— Tu veux dire que l'un des parents de Max était un loup ? interrogea Jared apparemment sous le choc.

« Et si, comme l'affirme Jack, elle avait été capable de muter depuis sa naissance, Amalia le savait forcément ! Cependant, comment est-elle parvenue à me le cacher pendant toutes ces années ? De plus, d'après sa lettre, elle n'a muté pour la première fois que peu de temps avant son accident. Amalia a-t-elle utilisé le vaudou pour l'empêcher de changer ? Mais dans ce cas, pourquoi ne m'a-t-elle pas confié le secret de Max avant de rejoindre l'autre monde ? Elle savait pourtant combien je tiens à elle ! J'aurais fait en sorte de l'aider de mon mieux et de la protéger ! »

— C'est possible, mais pas obligatoire. Le gène a très bien pu sauter plusieurs générations. Que sais-tu de ses parents ? demanda Jack, toujours aussi calme.

— Pas grand-chose. Je sais que son père était un mania de la finance. Max vit d'ailleurs très largement de sa rente, même si elle s'entête à bosser pour gagner elle-même sa vie. Sa mère était artiste peintre. J'ai également découvert qu'elle pratiquait l'Obeath ; elle était une Amérindienne arawak.

Quelqu'un grinça des dents. Jack ? Mais pourquoi serait-il contrarié d'apprendre ce dernier détail ?

— Bonjour tout le monde ! lança soudain Stacey de sa voix haut perchée.

Stacey, la louve la plus soumise, mais surtout la plus agaçante de la meute. Elle ne se déplaçait, le plus souvent, que sur des talons de dix bons centimètres et tournait, sans discontinuer, en agitant sa crinière blond platine, autour de Jack qui ne semblait jamais remarquer sa présence. L'intrusion d'une nouvelle femelle, jolie de surcroît, ne serait pas du goût de cette dernière. Non pas que Stacey n'était pas jolie, elle devait d'ailleurs incarner le fantasme de beaucoup d'hommes. Non, chez elle, le bug se situait ailleurs, quelque part dans l'espace vide entre ses oreilles... De plus, n'étant pas dominante de nature, elle savait parfaitement que le seul moyen de prendre du galon dans la meute était de mettre la main sur l'alpha. Car, bien entendu, elle briguait le rôle de reine, se considérant, sans doute, comme trop importante pour celui de simple princesse.

— Salut, répondit mollement Miranda. Donc, si elle est lycanthrope par hérédité et qu'elle peut contrôler ses changements, ses réactions pourraient indiquer…

— Que son loup, lui, se souvient parfaitement, la coupa Jack. Je dois entrer en contact avec lui, mais pour ça, il faut expliquer les choses à Max et qu'elle mute.

« Alors là, c'est une autre paire de manches, Max refuse systématiquement tout ce qui ressemble, de près ou de loin, à un ordre. Elle a toujours détesté les manteaux de fourrure en plus ! » songea Jared.

— C'est qui Max ? demanda Stacey.

Elles ne s'étaient pas encore croisées, mais Jared se doutait déjà que le courant ne passerait pas entre ces deux-là.

Max n'appréciait que peu ces filles aimant jouer les femmes enfants, aillant toujours besoin d'être surprotégées, et qui se faisaient, bien souvent, plus bêtes qu'elles ne l'étaient dans le seul but de flatter l'égo de leur publique masculin. À ses yeux, être une femme n'avait jamais été synonyme de faiblesse, au contraire ! À l'époque de ses études, certains avaient tenté de jouer les petits malins en essayant de la rabaisser par des réflexions sexistes. Elle les avait vite remis à leur place, les écrasant d'un simple regard ou d'une phrase assassine. Rapidement, tous avaient compris qu'elle n'était pas du genre à se laisser marcher sur les pieds et l'avaient respecté pour son intelligence et son travail.

Comme à son habitude, Jack ne sembla pas se rendre compte de la présence de la bimbo et ne répondit pas. Il quitta la pièce pour rejoindre la pelouse.

Max, qui n'avait pas perdu une miette de la conversation de la meute, n'eut pas besoin de se retourner pour l'entendre approcher. Étrangement, le bruit des pas de l'alpha lui parut familier, mais elle chassa hâtivement cette idée saugrenue. Elle avait bien d'autres chats à fouetter pour le moment !

Les bras autour de ses genoux, elle regardait droit devant. Elle ne ressentait aucune peur, seulement de la colère, de la frustration, et aussi, une bonne dose d'incompréhension.

— Je peux te tenir compagnie ? demanda Jack, doucement, en arrivant à sa hauteur.

— Nous sommes chez vous, il serait mal venu que je vous en empêche, rétorqua-t-elle, froidement.

— C'est vrai, mais je ne force jamais la main des dames.

Il s'assit en tailleur à côté d'elle et laissa passer quelques secondes avant de reprendre :

— Commençons déjà par nous tutoyer, si tu veux bien.

Pour toute réponse, Max se contenta de hausser les épaules. Les codes de bienséances se trouvaient à mille lieues de ses préoccupations en ce moment.

— Je sais à quel point ce qui t'arrive peut sembler difficile, incroyable, dément même, mais crois-moi, nous allons tout mettre en œuvre pour t'aider. Tu n'es plus seule désormais.

— Je n'ai jamais été seule, j'avais Amalia et j'ai Jared.

Sans même avoir à se retourner, Max sentit le soulagement envahir son ami au moment où elle avoua, implicitement, lui avoir déjà pardonné. Il avait beaucoup souffert de lui mentir et elle était mal placée pour lui en vouloir étant donné qu'elle avait manifestement fait la même chose en lui cachant qu'elle était un loup-garou elle aussi.

— Tu as raison, Jared est quelqu'un de confiance. Il est d'ailleurs mon second et je lui confierais ma meute ainsi que ma vie sans la moindre hésitation. Il est très inquiet pour toi, tu sais ? Il souhaitait te laisser du temps, faire en sorte que tu te retrouves avant de rejoindre notre monde, mais ton loup ne semble pas d'accord.

La jeune femme lui lança un regard suspicieux.

— C'est-à-dire ?

— Je pense que, contrairement à toi, lui a déjà recouvré la mémoire. Il sait que tu es en danger et qui représente une menace. C'est pour cette raison qu'il essaie de reprendre le contrôle. Il veut être en mesure de vous protéger tous les deux.

— Donc, je suis bel et bien un loup-garou, constata Max avec tristesse.

Malgré les preuves qui s'accumulaient, elle avait souhaité se convaincre jusqu'au bout qu'il s'agissait, peut-être, d'une erreur. À présent, la certitude que plus jamais elle ne vivrait normalement la frappait de plein fouet, telle une gifle. Non seulement elle devrait se terrer à chaque pleine lune, mais en plus, elle léguerait cette malédiction à ses futurs enfants. Parce que c'était de cela qu'il était question, d'une malédiction familiale. Pourquoi elle ? Qu'avait-elle pu faire de si terrible pour mériter cela ?

— Oui.

— Le pire, continua Max avec un sourire désabusé, c'est que je ne sais même pas comment je le suis devenu ou si je suis comme ça depuis ma naissance. Je me doutais qu'en retrouvant la mémoire, je risquais de ne pas me souvenir que des choses agréables, mais ça…

Jack hocha la tête en pinçant les lèvres. Il semblait vraiment triste pour elle, pourtant, il ne la connaissait pas. Les loups étaient-ils toujours si solidaires ? Dans un sens, cela était plutôt rassurant, elle aurait pu tout aussi bien se retrouver dans un groupe d'anthropophages, à bien y réfléchir, se transformer en gros chien représentait un moindre mal.

— J'imagine très bien que l'épreuve que tu traverses est difficile, nous sommes tous passés par là, mais je te l'ai dit, nous t'aiderons. Cela prendra sans doute un peu de temps, mais tu parviendras à t'habituer à ta nouvelle vie. Commençons par le début, d'accord ?

— J'ai le choix ? ironisa-t-elle.

— Pas vraiment, non. En réalité, tu n'es pas un loup-garou tout à fait comme les autres. Tu fais partie d'une branche parallèle qui te permet de muter à volonté et sans être esclave de la pleine lune. Tu n'as jamais été attaquée par l'un des nôtres, tu es née comme ça.

— Parce qu'il existe différentes races de loup-garou ?

— Deux en vérité. Je n'ai rencontré qu'une seule fois, dans ma longue existence, un loup comme toi, souffla-t-il tristement.

Max lui jeta un regard curieux, mais décida que le temps n'était pas venu de jouer les concierges. Elle devait savoir ce qu'elle était exactement et quelles conséquences en découlaient.

— Donc, je suis une bizarrerie encore plus bizarre que les autres ?

Il la considéra sans tenter de cacher sa contrariété. Sa question ne paraissait pas beaucoup lui plaire.

— Tu n'es absolument pas une bizarrerie, au contraire ! asséna-t-il durement. Si l'on y réfléchit, tu es issue d'une espèce supérieure. Pour toi, être loup est totalement naturel.

— Ça, c'est toi qui le dis ! s'agaça Max.

— Aujourd'hui, cela te semble étrange, voire impossible, mais lorsque la mémoire te reviendra, tu verras que j'ai raison. Dans ton cas, la simple volonté suffit à muter en quelques secondes et ce n'est en aucun cas douloureux, contrairement à nous.

Une fois de plus, Max le regarda avec étonnement. Jared souffrait-il le martyre à chaque pleine lune ? Mais comment se faisait-il qu'elle ne l'ait jamais remarqué dans ce cas ? Soudain, elle ressentit une bouffée de tristesse pour son ami, qui pendant des années durant avait pris sur lui pour ne pas l'inquiéter ou l'effrayer alors qu'il devait traverser un véritable calvaire chaque mois. Les femmes avaient beau se plaindre de leurs douleurs menstruelles, ces dernières restaient de la roupie de sansonnet à côté de celle que devait représenter la mutation en bête féroce. Quoique certaines ne fussent pas loin de devenir des bêtes sauvages prêtes à attaquer quiconque leur adressait la parole à cette période du mois… Les membres devaient s'allonger ou rapetisser selon l'endroit du corps, les os se façonner et pour cela, se fracturer… Max frissonna rien que d'y penser.

Remarquant le malaise de la jeune femme, Jack préféra ne pas insister pour cette fois. Elle avait subi suffisamment de chocs pour aujourd'hui.

— Allez viens ! Tu vas manger un peu et nous allons tout mettre en œuvre pour démêler cette histoire.

Elle suivit le mouvement sans broncher. De toute façon, elle ne disposait pas d'autres options pour le moment. Jack ne voulait pas se montrer désagréable, elle en avait conscience, mais il ne pouvait pas non plus se permettre de lui laisser la bride sur le cou. Cela aurait sapé son autorité devant les siens et elle comprenait qu'il s'y refuse. Mieux valait donc pour eux deux qu'elle se tienne tranquille et obéisse aux ordres. Du moins, pour l'instant.

Sur le pas de la porte, Jared attendait, le visage déformé par la tristesse. Sans un mot, Max se réfugia dans ses bras. Il la serra contre lui, non sans jeter un coup d'œil à Jack, ce qui n'échappa pas à la jeune femme. Se pourrait-il aussi que l'alpha décide des relations au sein de sa meute ? Il n'avait pourtant rien d'une vieille marieuse. Il faudrait tout de même que Jared lui explique le fonctionnement interne de la vie en meute, histoire de ne pas commettre de gaffe. Lorsqu'ils se séparèrent enfin, ils suivirent Jack jusqu'au salon où se trouvaient les autres. L'alpha prit alors la parole :

— Comme nous n'avons pas vraiment eu l'occasion de procéder aux présentations, voici Max. Max, je te présente Mike, Ludwig, Miranda et Stacey.

Il ne les avait, bien sûr, pas énumérés en commençant par les femmes, comme l'aurait exigé la bienséance, mais par ordre hiérarchique dans la meute. La galanterie n'avait pas de place chez les lycanthropes. Ils appliquaient les mêmes règles que les loups, les alphas étaient d'ailleurs toujours des mâles, comme les seconds. Autrement dit, lycanthropie rimait avec misogynie.

— Bonjour, souffla timidement Max.

— Bienvenue parmi nous, dit gentiment Miranda.

Elle était grande, très mince et portait court ses cheveux cuivrés. Elle respirait la simplicité et la franchise, des traits de caractères que Max appréciait. Elle sut immédiatement qu'elles s'entendraient bien.

— Merci, répondit-elle en souriant à mon tour.

— Maintenant que nous avons fait connaissance, Stacey, va préparer quelque chose à manger pour notre invitée, s'il te plaît.

Une blonde, perchée sur dix bons centimètres de talon, se leva et la détailla de la tête aux pieds avec dédain. Jack émit un grognement sourd. Max ne sut pas s'il était dû au comportement de Stacey ou au fait qu'elle traîne à s'exécuter, mais cette dernière gagna la cuisine d'une démarche chaloupée, ses longs cheveux ondulant à chacun de ses pas, tel un châle de fils d'or. Elle était jolie, il fallait lui reconnaître ça. Cependant, mieux valait éviter qu'elle ne parle trop, la voix de crécelle qu'elle avait entendue en épiant la conversation de la meute à son sujet, lui appartenait.

— Pendant ce temps, asseyons-nous pour discuter, proposa Jack en souriant.

Max obtempéra et prit place dans le canapé, face à la cheminée de pierres, avant de regarder autour d'elle. La pièce était spacieuse et la large baie vitrée permettait au soleil d'y entrer à profusion. Une magnifique bibliothèque recouvrait tout le mur du fond tandis que des aquarelles aux teintes douces ornaient les autres. Les meubles étaient anciens, imposants, probablement chinés chez des antiquaires du coin. En vérité, cette demeure était superbe, elle ne souffrait pas de la moindre faute de gout.

— Bien. J'ai étudié le disque dur que Jared a ramené, annonça Mike. La plupart des fichiers concernent Salem, comme il nous l'avait dit. Je vais essayer d'en apprendre davantage en faisant en sorte de récupérer ceux qui ont été effacés. Pour les clefs USB, Max les ouvrira elle-même avant de me les confier. Après tout, il s'agit de sa vie privée.

— Ok Mike, merci. Je ne comprends toujours pas en quoi cette ville pouvait autant t'intéresser, dit Jared en se tournant vers son amie.

Max haussa les épaules.

— Aucune idée, mais au moins je sais pourquoi j'avais un angle de vue bizarre lors de mon dernier souvenir. Un escabeau, hein ?

Jared arbora un air penaud.

— Sur le moment, j'avoue que je n'ai rien trouvé de mieux à te servir. Je suis vraiment désolé, chaton.

— Ça va. En ce qui concerne les clefs USB, il serait préférable que tu te charges d'étudier leur contenu vu que je ne me souviens absolument pas de ma vie d'avant, tu seras sûrement plus utile que moi.

— Fais de ton mieux, Mike, reprit Jack. Le reste de la meute n'étant pas là, je vais les convoquer en cas de besoin. À partir de maintenant, tout le monde revient ici après sa journée, au moins jusqu'à ce que nous sachions qui en veut à Max et pourquoi. Nous devons rester vigilants. S'ils ont tenté de l'éliminer une fois, il y a fort à parier qu'ils retenteront leur chance tôt ou tard et s'ils connaissent sa véritable nature, c'est qu'ils ne sont certainement pas humains.

La jeune femme se figea. *« Comment ça sans doute pas humains ? »*

Après s'être restaurée, Max était montée dans la chambre où elle avait repris connaissance. Jared lui avait expliqué que, dorénavant, elle serait la sienne. Chaque membre de la meute en avait une à sa disposition dans la maison et Jack, contre toute attente, tenait à ce qu'elle prenne celle-ci. Il s'agissait de l'une des plus belles et personne ne l'avait jamais utilisé avant, selon lui. Max fut touchée de cette attention.

— Question idiote, comment vais-je faire pour m'habiller ? demanda-t-elle à son ami qui l'avait suivi. Nous sommes parties si vite que je n'ai quasiment rien emporté, à part un jean et deux T-shirts.

— Ne t'en fais pas pour ça, chaton, nous trouverons ce qu'il te faut. Pour le moment, nous avons à parler.

Max prit place dans l'un des fauteuils d'osier du balcon et croisa les jambes avec nonchalance. Elle était fatiguée, soit, mais aussi dans un état de nerf jamais atteint depuis son réveil. Ces dernières semaines, elle s'était monté tout un film à propos de sa vie avant l'accident, mais même avec un effort surhumain d'imagination, elle n'aurait jamais soupçonné qu'elle pouvait être un loup-garou ! D'ailleurs, à part un malade mental ou les loups-garous eux-mêmes, qui auraient seulement envisagé une telle possibilité ?

Jared resta planté devant la porte-fenêtre, les mains dans les poches de son jean. Il ne se sentait pas vraiment à son aise lui non plus. Non seulement il avait menti à Max, mais à présent, il allait devoir lui parler des côtés embarrassants de la vie de lycanthrope. Le choc qu'elle avait subi précédemment était déjà important, il devait donc faire en sorte d'y mettre les formes cette fois et il n'avait jamais fait montre d'un grand talent d'orateur.

— Tu dois savoir certaines choses sur le fonctionnement de la meute pour ne pas t'attirer d'ennuis, commença-t-il.

— Lesquelles ?

— D'abord, même si je suis très heureux que tu ne m'en veuilles pas, tu ne dois pas me prendre dans tes bras comme tu l'as fait tout à l'heure. Ce genre de geste pourrait être mal... interprété. Tu comprends où je veux en venir ?

Max le dévisagea un moment, impassible, puis un sourire malicieux naquit au coin de ses lèvres.

— On pourrait penser que tu es le grand méchant loup et moi l'un des sept biquets, c'est ça ?

— Très drôle ! Je ne plaisante pas, le langage corporel est très important pour les nôtres. Évite aussi de les fixer dans les yeux. Certains d'entre nous sont très dominants et tu pourrais te faire tuer.

— Comme toi, par exemple ? Je suppose que le fait que tu sois second n'est pas le simple fruit du hasard, hein ? Tu as toujours eu un petit côté macho, j'aime assez d'ailleurs.

Jared sourit de toutes ses dents, comprenant qu'elle n'avait nullement peur de lui. Elle restait sa petite sœur et elle l'aimait tel quel. Malgré les conseils qu'il venait de lui prodiguer, il eut du mal à se retenir de la prendre dans ses bras.

— Effectivement, tu as saisi comment cela fonctionne. Je suis le loup le plus dominant, après Jack, bien entendu.

— Bien entendu, répéta-t-elle en exagérant le sérieux de sa réplique.

Jared fit comme s'il n'avait pas remarqué. S'il entrait dans son jeu, cela se terminerait en bataille de polochon et, ce qu'ils se permettaient lorsqu'ils étaient chez eux, à Boston, n'avait plus cours ici.

— Parfait. Tu dois également savoir qu'il est difficile d'avoir de l'intimité lorsque l'on vit en meute. Nos sens sont bien plus développés que la normale.

— Je sais, j'ai entendu toute votre conversation tout à l'heure. C'est… déstabilisant, souffla-t-elle, sérieuse cette fois.

— Tu vas t'y faire, ne t'inquiète pas.

— Peut-être.

Jared soupira avant de prendre place dans un fauteuil lui aussi. Il ne ressentait pas le besoin de dominer en présence de son amie. Ce qui était une bonne chose parce que loup ou pas, elle ne se serait, de toute façon, pas gênée pour lui dire le fond de ma pensée s'il avait essayé. Penché en avant, les coudes posés sur ses genoux, il reprit :

— Je ferai tout ce qu'il faut pour que la cohabitation se passe au mieux. Maintenant, dis-moi, tu dois avoir des tonnes de questions, non ?

— En effet, j'en ai quelques-unes. D'abord, depuis quand es-tu… comme ça ?

Jared se redressa et gigota sur son siège, pas franchement à l'aise. Il aurait voulu trouver les mots justes pour expliquer les choses, mais existaient-ils seulement ? Cette situation semblait bien trop irréaliste pour un discours préfabriqué. Il alluma une nouvelle cigarette, pour se donner une contenance, puis se lança :

— Pour être tout à fait franc, j'étais comme ça bien avant ta naissance. J'ai été attaqué pendant une reconnaissance avec mon escouade lorsque je faisais partie de l'armée américaine.

Max ne broncha pas, demeura même calme. Elle avait lu quelque part que les loups sentaient la peur et que cela déclenchait leur instinct de chasseur. Il valait donc mieux faire en sorte de rester détachée…

— Quelle guerre ? finit-elle par demander tout de même.

— Sécession, lâcha Jared. Je faisais partie de ces jeunes hommes qui voulaient un monde meilleur. Je souhaitais participer à ce que chaque personne de ce pays puisse accéder aux mêmes privilèges, aux mêmes droits fondamentaux. J'estimais qu'une couleur de peau ou une religion ne devait pas représenter une cause de discrimination. Je pensais combattre un monstre, sans me douter que ces derniers, les vrais monstres, se promenaient librement et à la vue de tous.

— Je ne comprends pas, tu m'as expliqué que nous nous étions rencontrés au lycée, dit-elle, en fronçant les sourcils. Tu m'as menti ?

— Non. Je suis devenue loup au printemps de ma vingt-deuxième année, il ne m'a pas été très difficile de paraître plus jeune. Nous avions, toi et moi, les meilleures notes, toi parce que tu es un petit génie, moi parce que j'étais déjà passé par là. Au début, je n'avais repris le chemin du lycée que pour m'amuser, passer le temps et me remettre à niveau, je n'ai pas été très longtemps à l'école avant ma mutation, puis j'ai fait ta connaissance. Tu étais brillante et drôle, à cent lieues de toutes ces pimbêches sans intérêt. Nos échanges sur l'Histoire, la politique, la vie elle-même me plaisaient et représentaient un intermède agréable dans ma longue existence. Finalement, je me suis attaché à toi et toi à moi. J'ai eu l'impression d'avoir à nouveau une véritable famille, en dehors de la meute.

— C'est parce que tu avais senti mon loup ?

— Non. Je n'ai soupçonné que tu étais peut-être comme moi qu'il y a seulement quelques mois. Lorsque je suis revenu pour l'enterrement d'Amalia, quelque chose avait changé chez toi. Mon instinct animal se réveillait à ton contact, mais tu n'as pas muté en ma présence.

— C'est pour ça que tu as pensé t'être trompé ensuite ?

— Oui, parce que nous avons toujours eu un lien fort toi et moi, un peu comme des jumeaux. J'ai donc cru que c'était cela qui m'avait induit en erreur, mais lors de la dernière lune, j'ai bien senti que c'était ton loup qui m'avait appelé au secours. Tu avais raison, quand tu as eu cet accident, je n'étais pas en Égypte, mais ici.

La jeune femme se pencha et attrapa le paquet de cigarettes dans la poche de sa chemise. Elle en alluma une et tira une longue bouffée avant de reprendre :

— Au moins, toute cette histoire aura-t-elle eu un aspect positif.

— Lequel ?

— Nous n'aurons plus jamais à nous mentir ou à nous cacher des choses.

— C'est vrai. Il y a longtemps que je désirais tout te dire, mais je ne savais pas comment m'y prendre. Je crois que j'étais effrayé à l'idée que tu me rejettes.

Max sourit, mais ne bougea pas.

— Tu es mon grand frère de cœur, je t'aimerai toujours, quoiqu'il puisse arriver et tu le sais bien. Je t'avoue que j'ai peur pour la suite, mais même si c'est difficile, je suis persuadée que tout ira bien si tu es là.

Jared sourit de nouveau lorsqu'elle lui envoya un baiser.

— J'aurais préféré être présent pour te protéger le soir de l'accident. Ceux qui t'ont fait ça seraient déjà morts à l'heure qu'il est.

Max esquissa un sourire triste puis hocha la tête. Elle aussi était un loup à cette époque et pourtant, elle n'avait rien pu faire. Mieux avait-il fallu que Jared ne soit pas là, peut-être était-ce toujours le cas d'ailleurs. Cependant, elle garda cette réflexion pour elle, sachant que de toute façon, il ne l'écouterait pas.

— Tu m'as recherchée ? Après l'accident je veux dire.

— Bien sûr, mais je pense que lorsque j'ai appelé les hôpitaux, ils ne t'avaient pas encore identifié. Je suis revenu à Boston, mais tu n'étais pas là. J'ai ensuite essayé de localiser ton loup, mais si tu étais dans le coma, lui aussi, il ne pouvait donc pas répondre à mon appel. J'ai contacté toutes les personnes que tu étais censée connaître, mais aucune n'a pu me renseigner. C'est pour ça que j'étais en colère le jour où je t'ai retrouvée, j'ai cru que tu avais pris la tangente sans prévenir.

Elle se passa une main sur le visage, parler de cette époque restait difficile.

— Ou alors j'étais encore en salle d'opération, souffla-t-elle, plus pour elle que pour son ami.

— Comment ça en salle d'opération ? demanda Jared, inquiet.

— Lorsque je me suis réveillée, tout n'était que douleur. J'avais l'impression d'être passée sous un rouleau compresseur. Les médecins m'ont expliqué que je souffrais de multiples fractures, fêlures osseuses, traumatisme crânien et tout le toutim. J'ai été opérée huit fois pour remettre tout en place.

Elle se remit debout et pivota sur elle-même avant de lever mon pull. Jared émit un hoquet de surprise lorsqu'il aperçut la longue cicatrice qui partait de son épaule jusqu'au milieu de son dos.

— Bordel ! jura-t-il.

— Un morceau de verre à ce que l'on m'a dit, lui confia Max. Et encore, j'ai eu de la chance que la voiture ne s'enflamme pas totalement avant que les pompiers ne passent par là et me portent secours.

Les yeux de Jared prirent une teinte mordorée tandis qu'il lâchait un grondement sourd en serrant les poings.

— Calme-toi, c'est fini et je vais bien à présent. Allez, maintenant dis-moi, de quelle couleur tu es lorsque tu es sous forme animale ? demanda la jeune femme sur le ton d'une conspiratrice en se rasseyant.

— Couleur sable, un peu comme mes cheveux, répondit Jared en reprenant le contrôle de son loup.

— Cela doit être joli.

Il partit alors d'un grand rire clair.

— Tu me diras ça quand tu me verras !

— Je vais devoir attendre la prochaine lune, c'est ça ? interrogea-t-elle de nouveau, ignorant son hilarité.

— Non, seuls les individus les plus jeunes ou les moins dominants sont totalement esclaves des cycles lunaires. Il est très difficile de résister à son appel, ou de se transformer sans elle, mais c'est faisable avec du temps et de l'entraînement. Tu apprendras également que notre humeur influence la mutation.

— Sauf pour moi, si j'en crois ce que Jack m'a dit.

— Effectivement, tu es très différente. Dans ton cas, la simple volonté suffit à enclencher le processus qui est quasi instantané alors que pour nous, il prend plusieurs minutes. En règle générale, les loups ont aussi beaucoup de difficultés à procréer. Les hommes peuvent en avoir avec des femmes humaines, mais la plupart du temps les grossesses se soldent par des fausses couches et même si ce n'est pas le cas, l'enfant reste définitivement humain. Pour les louves, par contre, impossible de tomber enceinte. De toute façon, elles perdraient le bébé à la première Lune, le fœtus ne supporterait pas la mutation et serait incapable de résister à l'appel de l'astre.

— Ce qui n'est pas non plus mon cas ?

— Pas selon les légendes. Ta lignée serait tout à fait en mesure de se reproduire. Le fœtus hériterait automatiquement du gène Lycanthrope, même si celui-ci vient de sa mère, il se contenterait de muter en même temps qu'elle. Vous seriez donc capable de vous transformer dès votre naissance et sans aucune difficulté.

Max se leva et commença à arpenter le balcon de long en large.

— Ce qui signifie que mes parents étaient des lycanthropes ou du moins des descendants de ces derniers et Amalia le savait. Jack m'a confié qu'il avait déjà rencontré un loup comme moi une fois, tu penses qu'il était de ma famille ?

— Possible.

— De quelle tribu vient-il ?

— Des Algonquins, je crois.

— Il a une compagne ? Des enfants ?

Jared sourit, visiblement très amusé. Attitude que Max ne comprit pas.

— Quoi ?

— Jack te plairait-il par hasard ?

— Hein ? Mais non gros bêta, j'essaie juste d'en apprendre plus sur la meute ! Ludwig et Miranda sont ensemble, pas de doute. Mike, lui, a tout du célibataire endurci, toi, je sais que tu n'es qu'un coureur de jupons. Je demande parce qu'il est le seul que je n'ai pas cerné, il ne semble pas s'intéresser à Stacey qui, pourtant, met tout en œuvre pour qu'il la remarque, donc…

— Donc comme d'habitude, ton analyse est parfaite, chaton. Tu as cerné le groupe très rapidement, même s'ils n'étaient pas tous présents ce soir. Pour répondre à ta question, non, Jack n'a pas de compagne, ni d'enfant. Aucun membre de la meute n'a jamais eu de rejeton d'ailleurs. Mais je t'expliquerai tout ça en détail demain, pour le moment, tu dois te reposer, mon petit loup, la taquina-t-il.

Il se leva pour se diriger vers la sortie lorsque son amie l'arrêta.

— Encore une chose Jared.

— Oui ?

Elle le fixa droit dans les yeux avant de demander froidement :

— Tu crois à la réincarnation ?

Il fronça les sourcils, troublé par cette question pour le moins inattendue, mais répondit tout de même :

— Je crois en un tas de choses, j'ai vu des tas de choses, alors je pense que oui, je pourrais croire en cela aussi. Pourquoi ?

— Pour rien, juste comme ça, pour savoir, dit-elle en haussant les épaules. Bonne nuit, petit frère.

— Bonne nuit, chaton.

Jared regagna le rez-de-chaussée, l'air soucieux, les mots de Max tournant en boucle dans son esprit. L'intérêt soudain de son amie pour la réincarnation n'était pas un hasard, il en était persuadé. Elle avait dû analyser certaines choses, des détails à leurs yeux, mais suffisamment importants pour que son résonnement l'entraine jusque-là. Cependant, il se demandait qui était censé s'être réincarné ? Comment ? En quoi ? Et surtout, pourquoi ?

XI

Wenham, de nos jours

Cette fois, la meute se trouvait réunie, dans le salon de l'immense maison fédérale. La pluie s'était invitée, les forçant à se partager l'espace intérieur qui, bien que spacieux en temps normal, semblait soudain presque étouffant. L'atmosphère était également plus pesante à présent qu'elle était au complet, les dominances des uns sur les autres apparaissant plus distinctement. Certains regardaient la télévision, d'autres allaient et venaient entre la cuisine et le salon avec des plateaux chargés de boissons ou de victuailles. La jeune femme avait été surprise de la quantité de nourriture qu'ingurgitaient chaque jour les loups-garous, même les louves. Pantagruel serait passé pour un anorexique à côté d'eux ! Depuis que son loup s'était manifesté, Max avait constaté qu'elle aussi mangeait plus. Sans doute que la lycanthropie avait des conséquences directes sur le métabolisme humain, cependant, pour le moment, elle préférait ignorer en quoi elles consistaient exactement. En attendant, nourrir tout ce petit monde devait coûter une véritable fortune ! Elle se demanda alors comment s'organisait l'intendance ; hors de question qu'elle se fasse entretenir. Jack faisait déjà preuve de gentillesse en la laissant évoluer parmi eux, elle n'allait pas en plus jouer les pics assiettes.

Assise au bout de la grande table autour de laquelle étaient servis les repas, Max observait cette routine en feignant de lire. Le groupe se composait de quinze individus : quatre femmes, sans compter Max, et onze hommes. Ce déséquilibre entre homme et femme s'expliquait par le fait que ces dernières survivaient plus rarement à la férocité des attaques. De plus, celles qui parvenaient à déjouer la mort en mutant se faisaient souvent tuer lors de combats. Jouer les féministes était une chose sous forme humaine, mais au cœur de la meute, seule la hiérarchie prévalait. Quoiqu'il advienne, la louve la plus dominante ne venait qu'après le loup le plus soumis et si celui-ci avait une compagne, elle prenait automatiquement le poste le plus élevé de la hiérarchie féminine, sauf la femelle de l'alpha, qui avait autant de pouvoir que lui sur la meute. Cela signifiait donc que si une louve était dominante et célibataire, elle ne pouvait de toute façon pas revendiquer son rang. Il arrivait d'ailleurs souvent qu'elle soit martyrisée par des mâles n'hésitant pas à se venger sur elle des petites humiliations subies de la part de leurs congénères masculins. Dans le monde lycanthrope, comme dans la nature elle-même, l'équité et la galanterie n'avaient pas leur place et ne l'auraient sans doute jamais. Lorsqu'un dominant montrait des signes de faiblesses, on tentait de l'éliminer pour prendre sa place, sans remords. *« Le pouvoir est synonyme de survie et pour survivre, on prend le pouvoir là ou il se trouve, point. »*

Contrairement à ce que Max avait imaginé, tous l'avaient accueilli sans problème. La plupart des loups ne lui prêtant aucune attention, sauf Stacey, qui la détestait ouvertement, mais la jeune femme s'en moquait comme d'une guigne. Dominante ou non, elle ne se gênerait pas pour lui clouer le bec si elle lui cherchait des noises et, si elle persistait, Jared s'occuperait de son cas. Cela avait des avantages d'être la chouchoute du second. Elle n'était arrivée que depuis quelques jours, mais cela lui avait suffi à cerner le personnage. Stacey était du genre *« sois belle et tais-toi »*. Sa conversation se limitait aux marques de produits cosmétiques et son seul but dans la vie semblait se résumer à charmer tous les individus mâles de son entourage, mais surtout, à mettre la main sur l'alpha. Son trente-six fillette et son quatre-vingt-cinq C auraient sûrement dû représenter des alliés de taille, cependant, Jack paraissait totalement immunisé contre son manège. La plupart du temps, il passait devant elle sans même sembler la remarquer. Cet état de fait agaçait clairement Stacey, qui ne devait pas être loin d'avoir épuisé sa réserve de subterfuges typiquement féminins pour l'alpaguer. Avec un QI frôlant le deux, en trouver des nouveaux devait lui coûter des efforts équivalents au supplice de Tantale, même si Max doutait qu'elle sache seulement de quoi il s'agissait. Quelques fois, cette indifférence énervait tant la bimbo qu'elle serrait les poings à s'en faire craquer les jointures ou tapait discrètement du pied pendant que ses yeux prenaient une teinte jaune. Max l'avouait sans honte, rien ne l'amusait plus que de constater la contrariété et le désappointement de la blonde. Elle avait beau être jolie, personne n'avait jamais vu qui que ce soit chasser le loup en mini-jupe, perché sur des talons aiguilles. Stacey et ses déboires représentaient donc une récréation divertissante pour Max.

Depuis son arrivée et la révélation de sa véritable nature, cette dernière avait passé le plus clair de son temps à observer, écouter et analyser afin d'appréhender au mieux les mécanismes, parfois complexes, de la vie en meute. Si au premier abord cela pouvait s'apparenter à une sorte de grande colocation, elle avait vite compris qu'en réalité, il n'en était rien. Si les loups faisaient preuve de bienséance, ce n'était que parce qu'ils n'avaient pas le choix. S'ils l'avaient eu, sûrement que la journée ne se serait composée que de combats ou de tentatives de dominance et de brimades.

Dès qu'une friction entre deux membres apparaissait, que cela leur conviennent ou pas, un mot de Jack ou de Jared suffisait à mettre fin au conflit, qu'une solution satisfaisante ou non ait été trouvée. Ils décidaient qui avait le droit d'intervenir, de demander réparation, jugeaient si oui ou non les duels étaient justifiés et si un loup leur désobéissait, la punition ne se faisait pas attendre et allait de l'isolement à la mort. Ce genre de révélation avait poussé Max à poser un regard nouveau sur son ami.

Le Jared lycanthrope n'avait rien de commun avec le grand frère qu'elle avait toujours connu. S'il protégeait les membres les plus faibles de la meute pour éviter qu'ils soient décimés sans raison, il se montrait aussi dur et intransigeant avec les plus dominants, leur faisant bien comprendre qu'en cas de mutinerie ou d'abus de pouvoir, il n'hésiterait pas à les éliminer sans sommation. Elle avait alors réalisé l'incroyable grand écart que représentait ses deux vies : celle avec elle et celle ici, en tant que second. Elle saisissait mieux ce qu'il avait voulu dire lorsqu'il lui avait expliqué que rentrer auprès d'elle le reposait. Même s'il était le plus dominant après Jack et que les autres le craignaient, avoir la responsabilité d'autres individus ne devait pas être facile. Surtout quand lesdits individus se transformaient régulièrement en molosse de plus de cent kilos et doté de crocs de dix centimètres ! Cependant, elle ne parvenait pas à s'imaginer Jared en meurtrier.

Elle n'était pas naïve, elle se doutait qu'il n'avait pas traversé les siècles sans tuer personne, que ce soit dans l'armée ou chez les loups. Malgré tout, il s'était toujours montré si gentil et attentionné avec elle que cette réalité avait bien du mal à s'imposer dans l'esprit de Max. Le plus souvent, elle tentait de lui trouver des excuses comme, par exemple, le fait que sous sa forme animale, l'instinct sauvage devait reprendre le dessus. Il ne tuait donc pas par plaisir, mais parce que la nature le poussait à agir ainsi. Ou encore, elle se disait qu'il n'avait éliminé que des gens ou des loups qui auraient sûrement commis un tas de forfaits horribles si personne n'était intervenu pour les en empêcher. D'ailleurs, pendant la guerre de Sécession, il avait été du côté des gentils ! Son comportement pouvait paraitre immature, soit, mais la jeune femme n'avait aucune envie que l'on égratigne l'image de son héros. Jared représentait sa seule famille et, dans le fond, si l'on y réfléchit, aucune famille n'est parfaite.

Il lui avait caché sa véritable nature, un mensonge par omission qui avait d'abord blessé Max, cependant, à présent qu'elle se retrouvait dans la même situation que lui, elle comprenait ce qu'il avait pu ressentir pendant toutes ces années. La solitude qu'il avait dû éprouver avait sans doute été terrible. Ce genre de secret devait vous écraser aussi sûrement qu'une chape de plomb. Comment le partager sans que votre interlocuteur vous pense fou ? Et comment lui prouver vos dires sans engendrer sa terreur au point qu'il n'ait qu'une envie : vous fuir ?

Pour sa part, et malgré l'insistance de Jack, Max refusait de muter avant d'en apprendre davantage. Jared l'enjoignait également à franchir rapidement ce cap. Non seulement parce que son loup devait savoir ce qui s'était passé, mais aussi parce qu'ils ne pouvaient être certains de la place qu'elle occupait dans la hiérarchie de la meute avant sa mutation et cela perturbait certains membres, s'imaginant déjà avoir un loup moins dominant qu'eux sur qui se défouler. Sur ce coup, ils pouvaient toujours rêver ! Elle ne serait peut-être jamais un super loup dominant, mais elle ne jouerait jamais non plus les souffre-douleur pour gros chien névrosé ! S'il le fallait, elle prendrait des cours de tir. On verrait s'ils faisaient les malins face à un revolver chargé de balles en argent.

Max comprenait néanmoins leur point de vue, son arrivée avait chamboulé la vie du groupe, mais pour le moment, elle ne pouvait se résoudre à quitter sa forme humaine pour se tenir à quatre pattes. Elle ne se sentait pas prête à vivre une expérience qui devrait, sans doute, se révéler assez déstabilisante. Elle ignorait encore si elle avait réellement envie d'intégrer leur groupe, ni même d'être un loup. Du coup, elle se faisait la plus petite possible, histoire de ne pas trop interférer dans leurs habitudes.

Elle avait eu le plaisir de trouver un tas de livres traitant des loups-garous ici et passait le plus clair de son temps à les étudier. Étrange comme cette créature avait fasciné les foules et ce, des siècles durant. Aujourd'hui, ils passaient presque pour des héros, sexys, drôles et intelligents… le mec idéal, le système pileux hyper développé en plus quoi ! Sûrement que cet effet était lié aux films sortis récemment dans les salles obscures. Les réalisateurs avaient seulement oublié les côtés machos, territoriaux et bagarreurs des loups et quand ces derniers se battaient, il n'y avait plus d'amitié qui tienne et les coups de crocs échangés n'avaient rien à voir avec de petits pincements affectueux. Les blessures se révélaient souvent graves, pour ne pas dire mortelles… les loups-garous sont des créatures féroces, voilà la vérité.

— Tu veux boire quelque chose, Max ? demanda gentiment Miranda en posant un plateau avec des verres et une cruche d'orangeade sur la table.

— C'est gentil, merci, accepta celle-ci.

Elle aimait bien Miranda. Elle la trouvait franche, enjouée et simple. Cette dernière n'émettait que des remarques aussi intelligentes que pertinentes et semblait apprécier l'analyse, comme elle. De plus, elle ne jouait pas au petit jeu de la dominance lorsqu'elles étaient toutes les deux.

— Alors, qu'as-tu découvert de si intéressant sur les loups, dis-moi ?

— Hum… pas grand-chose que Jack ou Jared ne m'aient déjà expliqué, avoua-t-elle en grimaçant, et cela n'a rien de bien rassurant.

Miranda hocha la tête d'un air entendu.

— Ok. Écoute, peu importe ce qu'affirment certaines légendes, les loups n'attaquent jamais sans raison. Ce n'est pas un animal cruel, il ne tue que s'il y est obligé. Le reste du temps, il vit en parfaite entente avec ses voisins.

Miranda lui servit un verre avant de poser ses paumes à plat sur la table pour y prendre appui. Elle adressa à Max un regard plein de compassion et de gentillesse qui réchauffa le cœur de la jeune femme.

— Je comprends que tu aies peur, continua-t-elle doucement. La première fois que j'ai mutée, j'étais terrifiée. Pour toi, les choses seront différentes, la meute sera là pour t'aider en t'offrant de son énergie et Jack te guidera, c'est un excellent alpha. Le meilleur qu'il m'a été donné de rencontrer.

Cela, Max le savait déjà. Dès qu'elle se sentait stressée ou perdue, il suffisait que Jack la regarde pour que le sentiment disparaisse et qu'elle reprenne le contrôle de ses émotions. Jared lui avait expliqué qu'il était capable d'apaiser ou d'exciter la meute par son seul pouvoir d'alpha. Cette donnée lui avait paru aussi rassurante qu'effrayante. Cela signifiait que si un autre loup voulait la manger, il le calmerait immédiatement, mais également qu'il pouvait la forcer à faire des choses contre son gré… À cette simple pensée, tout le corps de Max sembla se révolter. Son cœur se mit à battre plus fort tandis que chacun de ses muscles se contractait, comme si elle se préparait à bondir. Miranda dut sentir son changement d'attitude, car elle intervint de nouveau :

— Rassure-toi, Jack n'est pas le genre d'homme à abuser de son pouvoir. Ses décisions ne sont guidées que par un seul objectif : le bien-être de la meute.

Max se sentit rassurée, elle n'avait jamais supporté qu'on lui force la main ou qu'on lui donne des ordres. Non pas qu'elle s'imaginait au-dessus des autres, mais pour une raison qu'elle ne s'expliquait pas elle-même, ce type de comportement lui donnait d'autant plus envie de se rebeller.

Pourtant, plus elle restait au contact de l'alpha et plus il lui semblait qu'il y avait autre chose. Sans vraiment parvenir à définir le sentiment qui l'étreignait, elle éprouvait le besoin de *graviter* autour de Jack. S'il bougeait, une envie presque irrépressible d'en faire autant la prenait. S'il était fatigué, elle aussi se sentait lasse, comme si elle incarnait le miroir des émotions de l'Amérindien. Sûrement ressentait-il la même chose, car il ne se tenait jamais très loin d'elle, même lorsque les autres ne montraient aucun signe d'agressivité à son égard. L'idée qu'il observait simplement sa manière de se comporter face aux autres loups lui avait effleuré l'esprit. Elle avait alors songé en parler à Jared, mais s'était finalement ravisée, pas vraiment certaine que ce comportement soit une simple conséquence de leur nature lycanthrope. De plus, d'autres points, plus importants, la tracassaient.

Le sens de son dernier souvenir lui échappait encore et elle avait esquivé lorsque son grand frère lui avait posé des questions. Comment expliquer à quelqu'un, même à son meilleur ami, que des souvenirs qui ne peuvent être les vôtres vous reviennent tout de même ? Elle avait d'abord cru qu'il s'agissait de rêves banals avant que les images ne lui traversent l'esprit tandis qu'elle était éveillée. Et comment lui avouer que votre instinct vous soufflait que l'alpha n'était pas étranger à ce phénomène alors qu'elle ne l'avait rencontré que quelques jours auparavant ? Elle ne pouvait faire autrement que de cacher certains détails si elle ne voulait pas passer pour une folle.

Jack s'était montré très clair en ce qui concernait le sort des lycanthropes instables. Ils étaient éliminés, sans sommation. Un prédateur incontrôlable représentait à la fois trop de risques pour la communauté et pour les humains. Révéler leur existence n'aurait conduit qu'à faire ouvrir une chasse sans merci pour l'éradication complète des leurs. Alors, quelques fois, un individu était tué pour préserver le plus grand nombre et Max ne tenait pas à être celui-là.

Elle répondit donc à sa nouvelle amie avec tout le naturel dont elle était capable. Ne restait plus qu'à espérer que Miranda ne la déchiffrerait pas aussi facilement que Jack.

— Il n'y a pas que ça, je crois qu'à présent que je me retrouve au pied du mur, j'ai finalement peur de me souvenir. Si l'on y réfléchit, je cours moins de risque en demeurant amnésique… et vous aussi par la même occasion. Si ceux qui ont cherché à m'éliminer se rendent compte que je ne me souviens de rien, ils n'auront plus de raison de s'intéresser à moi.

— Désolée de te décevoir, mais je doute que ce genre d'argument tienne la route pour des tueurs à gages. De plus, on ne sait pas encore s'ils voulaient éliminer la louve ou simplement l'humaine. Si c'est ta nature lycanthrope qui les motive, amnésique ou non, il y a peu de chance pour qu'ils en restent là. Ta forme animale t'offrira des moyens de défense plus importants, crois-moi.

Max soupira une nouvelle fois. Elle devait bien admettre que l'analyse de Miranda était d'une logique implacable. Dépasser le quintal et être dotée d'une mâchoire monstrueuse devait aider en cas d'agression.

— J'ai du mal à supporter l'idée de mettre d'autres personnes en danger. Je me demande parfois si je ne ferais pas mieux de partir avant de vous attirer des ennuis, avoua-t-elle alors.

— Ne t'inquiète pas pour nous, dit Jack en les rejoignant. Nous savons parfaitement nous défendre. Tu fais partie des nôtres et il n'y a aucune raison pour que tu t'en ailles. De plus, l'union fait la force.

L'alpha s'assit à la droite de Max tandis que Miranda baissait les yeux avant de déclarer :

— Je file, je vais demander aux autres s'ils veulent boire eux aussi.

Jack se contenta de hocher la tête sans lâcher Max du regard. C'était étrange cette façon de quitter la place dès qu'il arrivait. Il n'avait pourtant jamais exigé qu'on les laisse seuls. Et elle avait suivi tous les conseils de Jared en ce qui concernait le langage corporel, histoire que personne ne se fasse de fausses idées. Malgré tout, elle devait reconnaître qu'elle aimait leurs petits apartés. Jack était gentil et intelligent, leurs conversations se révélaient donc souvent intéressantes ou simplement agréables. Il ne jouait pas les machos comme certains autres mâles de la meute. Il faisait partie de ces hommes qui n'avaient pas besoin de ça parce qu'il savait ne rien avoir à prouver en ce qui concernait sa masculinité. La force tranquille, voilà ce qu'incarnait l'alpha.

— Nous ne pouvons pas tolérer que l'un des nôtres soit menacé par qui que ce soit. Cela équivaudrait à montrer des signes de faiblesses et nous ne pouvons nous le permettre. Nous avons des ennemis qui n'attendent que cela pour s'en prendre à nous. Quant à toi, il est mieux que tu restes parmi nous, au moins le temps que tu fasses de nouveau connaissance avec ton loup. Ensuite, tu pourras décider de vivre en solitaire si tu le souhaites vraiment, mais sache que cette meute est la tienne et qu'il y aura toujours une place pour toi ici, expliqua-t-il en lui attrapant la main.

Ce contact troubla la jeune femme. Un doux frisson parcourut son corps de la tête aux pieds tandis que les battements de son cœur s'emballèrent. Jack ressentait-il la même chose ? *« Détends-toi, Max ! On dirait une midinette devant une rock star ! Un peu de dignité, ma fille ! Pour le moment, tu as d'autres problèmes, plus importants, à régler. »*

Sans retirer sa main de celle de Jack, elle commença à réfléchir. Vivre en solitaire ? Voilà une option qu'elle n'avait jamais envisagée. Cela dit, elle doutait que cette dernière soit réalisable étant donné qu'elle passait le plus clair de son temps avec Jared. Est-ce que deux membres suffisaient à faire une meute ? Et si tel était le cas, même lorsqu'ils seraient seuls tous les deux, comme avant, les règles régissant une tanière normale seraient-elles de mise ? De plus, Jared avait-il le droit d'appartenir à deux meutes ? Parce qu'il était hors de question qu'elle renonce à lui, lycanthrope ou non !

Elle s'apprêtait à questionner l'alpha à ce sujet lorsqu'une décharge se fit dans son cerveau, la paralysant. En se penchant pour saisir ses tempes à deux mains, elle renversa les verres qui se trouvaient devant eux avant de tomber à genoux, entrainant sa chaise avec elle, dans un vacarme de tous les diables.

Des images envahirent son esprit, sans ordre logique, mais accompagnées d'une nouvelle vague de douleur à chaque fois. Max se retrouva au cœur d'un tourbillon de scènes en technicolor que rien ne pouvait arrêter. Tout son corps souffrait de ce trop-plein d'informations. Ses muscles étaient tendus comme des arcs. Certains souvenirs étaient *normaux* ou du moins bien à elle, mais les autres dataient, encore, d'un autre temps, d'une autre époque, trop éloignée de la sienne pour lui appartenir. Pourtant, c'était bien elle qu'elle voyait et c'était bien elle qui avait ressenti toutes ces émotions, elle le sentait.

Des cris mêlés de grognements lui échappaient sans qu'elle puisse les contrôler. La douleur était à présent trop intense.

— Max ! s'écria Jack en balançant la table contre le mur pour l'atteindre.

— Que se passe-t-il ? demanda Jared qui accourait déjà.

— Son loup se souvient, il faut qu'elle mute ! expliqua l'alpha en s'agenouillant près de la jeune femme.

Jared s'approcha de Max qui hurlait toujours en se tenant la tête, recroquevillée sur le sol.

— Max, laisse venir ton loup ! Laisse-le prendre le contrôle ! Je te promets que tu ne crains absolument rien. Cède-lui la place !

Elle ouvrit alors les yeux. Ils étaient à présent de la couleur de l'or en fusion tandis que le loup, à la frontière de son esprit, se fit plus présent. Ce dernier ne semblait d'ailleurs pas de charmante humeur.

— Recule Jared, gronda-t-elle d'une voix déjà plus tout à fait humaine.

Elle était plus sourde, ressemblant davantage à un grognement d'animal prêt à l'attaque qu'à une intonation féminine. Ses lèvres se retroussèrent, comme si elle montrait les dents.

— Non, je vais rester avec toi jusqu'au bout et Jack aussi. Nous allons te guider, laisse nous faire, fais nous confiance.

— Recule ! hurla-t-elle alors.

Jack, lui, se contenta de grogner, menaçant, et forçant Jared à obtempérer, mais d'une manière toute différente. Il ne désirait pas désavouer ou attaquer son second, simplement, son rôle de mâle dominant le poussait à protéger la femelle en état de faiblesse qu'incarnait Max à cet instant précis. La meute s'était regroupée autour d'eux, prête à offrir son énergie dès que la jeune femme en ressentirait le besoin. Jack se pencha sur elle et commença à lui caresser les cheveux afin de l'apaiser. Plus elle serait calme et en confiance et plus la mutation se passerait bien.

— Max, tu ne crains rien, je suis là. Laisse le loup qui est en toi prendre le contrôle. Je vais rester avec toi, et ensemble, nous allons faire en sorte qu'il prenne forme et se souvienne sans heurt.

— Non et ne me donne pas d'ordre, gronda la jeune femme avant qu'une nouvelle plainte de douleur ne lui échappe.

Jack tenta alors de faire agir son pouvoir d'alpha pour appeler son loup et ne plus lui laisser le choix. Mais contre toute attente, elle grogna de nouveau. Elle pivota lentement la tête pour le fixer droit dans les yeux avant de déclarer froidement :

— Laisse tomber Jack, tu n'es pas mon alpha. Tu ne l'as jamais été et ne le sera jamais !

Des grognements d'indignation s'élevèrent autour d'eux, mais un seul regard de l'Amérindien les fit cesser. Dans un craquement sinistre, la jeune femme s'arcbouta, signe que la mutation était amorcée.

Max n'eut cependant pas l'occasion d'assister au reste des festivités. Elle lutta si fort contre son entité animale, que son corps finit par les mettre d'accord. Elle perdit connaissance.

Jack la souleva dans ses bras tandis que la meute s'effaçait pour le laisser passer. La stupéfaction se lisait sur tous les visages alentour, mais il n'en avait cure. Il gagna l'étage puis se dirigea vers sa chambre.

— Qu'est-ce que tu fais ? demanda Jared qui l'avait suivi en constatant qu'il ne comptait pas aller dans celle de son amie.

L'alpha se tourna vers lui, la jeune femme toujours inconsciente dans ses bras. Son loup était là, prêt à attaquer cette fois. Il gronda d'une voix sourde :

— Que personne ne nous dérange jusqu'à nouvel ordre ! Elle est à moi !

Puis il ouvrit la porte d'une seule main et disparu avec elle, plantant un Jared horrifié dans le couloir.

Jared fumait cigarette sur cigarette depuis deux jours, ce qui ne le détendait d'ailleurs pas le moins du monde. Le banc de bois situé sous le grand chêne délimitant la pelouse de la propriété était maintenant entouré d'une couronne de mégots. Il était en rage et avait préféré s'éloigner un peu de la maison, autant pour éviter la meute et la tension qui en émanait, que la voix de Jack s'adressant à Max. Cela n'aurait pas aidé à améliorer son humeur.

Comme tous les grands frères, il n'avait jamais aimé les garçons qui tournaient autour d'elle. Il leur trouvait toujours un tas de défauts : trop petit, trop grand, trop bête, pas assez subtil, souriant ou attentionné. Quoi qu'ils disent ou fassent, ils ne parvenaient jamais à trouver grâce à ses yeux. Max méritait ce qu'il y avait de mieux et même plus ! Dieu merci, en règle générale, ils ne parvenaient pas non plus à trouver grâce aux yeux de Max elle-même et elle s'en débarrassait rapidement. Malgré tout, le fait que, cette fois, il s'agisse de son alpha ne changeait rien. Ou plutôt si, cela changeait tout, il ne pouvait pas jouer les gros bras pour le faire fuir ! Aucun loup ne s'élevait contre son alpha, à moins de le provoquer en duel dans un combat à mort et bien que Jared n'appréciait pas ce qui se passait en ce moment, il respectait Jack.

Sans même se retourner, il sentit approcher Ludwig. Celui-ci attendit patiemment qu'il lui adresse la parole. Il s'agissait d'une façon comme une autre de se soumettre.

— Viens t'asseoir, Ludwig.

Ce dernier obtempéra et prit calmement place à côté du second. Il garda tout de même une attitude soumise ; yeux baissés et nuque à portée de dents. Ludwig était très discipliné en ce qui concernait leur manière de vivre et les règles qui en découlaient. Il était d'ailleurs discipliné en tout. Si tous les lycanthropes s'étaient comportés comme lui, la vie en meute aurait été une partie de plaisir et les décès moins importants.

En effet, les combats de dominance étant fréquents, peu de loups-garous survivaient plus d'une dizaine d'années à leur mutation. Jared avait déjà perdu nombre de ses frères, pourtant, il n'était jamais vraiment parvenu à s'habituer à cette facette de sa vie. Dans leur monde, la moindre friction pouvait entrainer des conséquences fatales.

— Comment te sens-tu ? demanda doucement Ludwig.

— Je dois admettre que je ne sais pas comment réagir, avoua Jared. J'avais envisagé un tas de scénarios en décidant d'amener Max ici, mais sûrement pas celui qui prend forme en ce moment !

— Hum… j'imagine. C'est la première fois que je croise une femelle alpha, je ne savais même pas que cela existait.

Jared ne put s'empêcher de sourire.

— Ce n'est pas la première fois que Max fait une chose à l'encontre des idées reçues. D'ailleurs, elle a toujours détesté qu'on lui donne des ordres, mais ce n'est pas cela qui te tracasse.

— Je comprends et suis également inquiet, que va-t-il se passer, selon toi ? Je veux dire si elle mute enfin. Il ne peut pas y avoir deux alphas dans une meute et…

— Jack ne la tuera pas, en tout cas, pas immédiatement, le coupa Jared plus sèchement qu'il ne l'aurait souhaité.

Ludwig baissa de nouveau les yeux. Il sentait que le second se trouvait sur la corde raide et ne tenait pas un affrontement. Il avait déjà eu l'occasion de voir Jared se battre. Il avait conscience de ne pas faire le poids, sans compter que le second était bien plus dominant que lui. De plus et avant tout, il était son ami et il était rare, dans leur monde, de nouer de véritables liens affectifs. Il ne le respectait pas seulement en tant que second, mais aussi en tant qu'homme. Jared avait le sens des valeurs, de l'honnêteté et de l'équité ; il n'avait jamais profité de l'absence de Jack pour abuser de son pouvoir alors que d'autres n'auraient pas hésité une seule seconde. Ludwig savait qu'il devait faire preuve d'humilité afin de ne pas le brusquer et le faire sortir de ses gonds, mais surtout, pour ne pas le blesser inutilement.

— De quoi as-tu peur exactement dans ce cas ? s'enquit-il doucement.

— Il ne la tuera pas parce que… il l'a reconnue comme sa compagne, lâcha finalement Jared.

Ludwig sursauta et se redressa pour fixer Jared. Malgré les risques, la surprise avait pris le dessus sur les règles hiérarchiques. Jack avait reconnu Max comme sa compagne officielle avant même qu'elle ait accepté ! Cela ne ressemblait pas du tout à son alpha. Jack avait sans doute des défauts, comme tout à chacun, mais jamais il n'aurait forcé une femme à partager sa couche contre sa volonté. Que s'était-il donc passé dans la tête de l'Amérindien pour qu'il en vienne à de telles extrémités ?

Jared, lui, ne s'offusqua même pas du comportement du loup d'habitude si soumis. Il était bien trop occupé à ruminer sa colère. Il n'en revenait pas que Jack puisse lui faire ce coup-là, avec sa petite sœur en plus !

— Tu es sûr ? s'enquit Ludwig, encore abasourdi par la nouvelle.

— Absolument certain. Lorsqu'elle a fait son malaise et qu'il l'a emmené là-haut, il m'a clairement signifié qu'elle était à lui désormais avant de s'enfermer dans sa chambre avec Max. Son loup a fait comprendre au mien qu'elle était sienne. S'il doit tuer quelqu'un, ce sera seulement celui ou celle qui osera s'opposer à cette union.

— Bon sang, murmura Ludwig en se passant une main dans les cheveux. Tout le monde avait bien vu qu'elle lui plaisait, mais là…

— Comme tu dis ! En amenant Max ici, je pensais lui offrir une famille, pas… un mâle, souffla Jared en secouant la tête, totalement désarmé.

Ludwig baissa enfin les yeux pour se perdre dans la contemplation des mégots à leurs pieds.

— Surtout qu'elle lui a clairement signifié qu'elle ne le reconnaissait pas comme son alpha, reprit-il au bout de quelques minutes. Elle risque de le repousser ou de vouloir le dominer et…

— Je sais. Et connaissant Max et son fichu caractère, moi aussi j'ai peur de la façon dont va se terminer toute cette histoire.

XII

Salem, 1692

Dissimulée derrière la meeting house, Kanda observait la pieuse communauté de Salem village entrer dans l'église en poussant devant elle, avec virulence et force de coups, les femmes qui venaient d'être arrêtées. Les persécuteurs du fils de leur chère idole n'auraient pas fait mieux. Cependant, ce soir, les bons croyants semblaient tous avoir oublié le calvaire enduré par leur sauveur… Fais ce que je dis, pas ce que je fais. Incroyable comme la mémoire humaine pouvait se montrer sélective quand cela arrangeait son propriétaire. Les Indiens et les quakers ne suffisaient plus, ils persécutaient à présent leurs semblables sur de simples affabulations de gamines en manque de distraction. Kanda commençait sérieusement à songer que ce monde devenait totalement fou.

Sans doute serait-elle restée en dehors de ça si Tituba n'avait pas fait partie du lot. Le révérend Parris avait fini par trouver l'excuse parfaite pour prouver que l'absence de sympathie, d'un certain nombre des membres de la communauté, à son égard était le résultat d'une manipulation de Satan. Tout ça dans le seul but de se faire entretenir… Il se révélait encore plus répugnant qu'elle ne l'avait envisagé de prime abord.

— Sorcières !

— Suppôts de Satan !

— Qu'on pende ces impures sur la place !

— Non, qu'on les brûle !

Kanda constata qu'ils rechignaient à la payer, pour la plupart, mais que lorsqu'il s'agissait de gaspiller des légumes afin de les jeter sur de pauvres innocentes dans le seul but de les blesser ou de les humilier, la nourriture ne semblait pas manquer. Elle retint de justesse un grondement quand ce fut une pierre qui toucha le crâne de Sarah Good. Elle tomba, face contre terre, dans un bruit sourd, le visage dans une flaque de boue.

Sarah était une simple mendiante, déambulant sans but et dormant la plupart du temps sous des haies. Elle parlait parfois seule, ne disposait plus de tous ses esprits, malgré tout, elle n'avait rien d'une sorcière. Il s'agissait juste de l'une de ces malheureuses sur qui la vie s'était acharnée plus que de raison. Souvent, chagrinée par ce spectacle, Kanda lui avait offert un peu de soupe et un bout de pain. Elle aurait été bien incapable de jeter le moindre sortilège, Kanda doutait même qu'elle sache simplement lire.

Cependant, la ville abritait bel et bien des sorcières, puissantes de surcroit, mais elles ne manquaient de rien, ni elles, ni leur famille et Kanda nota dans un recoin de son esprit que pas une seule n'était présente au milieu de la foule. Seules deux options pouvaient expliquer cette absence : la première, elles craignaient que leurs voisins découvrent qui étaient les véritables sorcières, la seconde, elles se désintéressaient totalement du sort des trois femmes accusées en leurs lieux et places du moment que cela ne les atteignait pas. Malgré tout, la peur n'excusait pas tout. Un simple tour de passe-passe aurait suffi à mettre un terme à cette macabre mascarade et personne n'en aurait rien su.

— À mort ! tonna une voix qu'elle reconnut comme celle du vieux Phillips.

Tituba s'avança vers Sarah. Les vêtements de son amie étaient déchirés d'avoir été molestée, sa lèvre inférieure était ouverte et des bleues ornaient ses bras. Une fois encore, une vague de haine souleva le cœur de Kanda. Parris avait donc commencé le travail avant de prévenir sa chère congrégation. Il lui paierait cela, il pouvait en être certain. Tituba aida Sarah à se relever et ôta son fichu pour lui essayer le visage avec douceur. Elle lui enjoignait de rester calme, lui assurait que tout irait bien. La malheureuse porta la main à l'arrière de son crâne tout en fixant la foule déchainée de ses grands yeux apeurés et emplis de larmes avant de se réfugier dans les bras de sa compagne de calvaire. Elle ne comprenait absolument rien de ce qui lui arrivait.

— Qu'on brule, la tête en bas, ces démons envoyés par Satan !

Oui, à la lueur des torches, elles présentaient un tout autre visage, les bonnes âmes de Salem village, déformé par la folie et la rage. Envolés la charité, le pardon et le partage. Disparu le « tu ne feras pas aux autres ce que tu ne voudrais pas que l'on te fasse ». *Ce soir, leur esprit de cohésion ne tenait qu'à l'hystérie et à la peur : la pire combinaison qui puisse exister lorsqu'il s'agissait de réveiller l'instinct primal de l'être humain. Poussée par ses propres craintes, craintes attisées par d'autres, à l'instar d'un feu couvant sous les braises, sa raison était alors obscurcie à un tel point que seul l'instinct de survie parvenait encore à le guider. Résultat, plutôt que d'analyser correctement les choses afin d'en tirer des conclusions logiques, il se contentait d'éliminer, purement et simplement, la cause de son angoisse.*

— Silence ! lança Parris du haut des marches de la meeting house. Gardez votre calme s'il vous plait ! Nous allons entrer et interroger calmement ses femmes. Dans la maison de Dieu, elles ne pourront mentir.

Dieu, encore lui ! S'il existait bel et bien, il devait assister, comme elle, à ce navrant spectacle en se disant que l'invocation de son nom pour justifier de telles horreurs représentait sans doute le pire des blasphèmes. Kanda se surprit alors à espérer que ce soit le cas et qu'il foudroie Parris sur place, là, sur les marches de leur lieu de culte, afin de prouver à la foule que le seul démon ici, c'était lui. Ah ! Ils auraient eu l'air fin !

Cependant, elle dut admettre que cela aurait sûrement provoqué l'effet inverse. Vu l'état d'excitation des badauds, proche de la transe pour certains, ces idiots auraient certainement imaginé que cet éclair était un tour de Satan pour empêcher le bon révérend de leur livrer la vérité sur ses agissements et il en aurait été fini de Tituba et des autres. Il fallait se rendre à l'évidence, la machine était lancée et rien ne l'arrêterait.

Dans un brouhaha à réveiller les morts, les habitants se précipitèrent à l'intérieur de l'église. Prudente, Kanda patienta quelques minutes afin d'être certaine qu'ils soient installés puis se glissa jusqu'à l'une des fenêtres pour voir ce qui allait suivre.

Les trois malheureuses se tenaient debout devant l'autel où, bien entendu, trônait Parris. Soudain, Kanda fronça les sourcils. Le révérend essuyait son front, dégoulinant de sueur, à intervalles réguliers et son regard allait, sans discontinuer, des accusées au fond de la salle. La jeune femme inspira profondément. L'odeur âcre de la peur lui emplissait les narines, mais étant donné le nombre d'humains présents et apeurés, impossible de définir si elle émanait précisément de Parris.

Pendant que ce dernier déblatérait à propos de la présence du Malin parmi eux, elle se mit à observer l'assistance. Elle reconnut la majorité des visages, et si la plupart semblaient effrayés ou survoltés, un détail la frappa. Dans le fond de la salle, elle aperçut le médecin de la ville, Griggs. Elle ne l'avait jamais aimé, malgré tout, la nonchalance avec laquelle il était appuyé contre le mur, ses bras croisés sur sa poitrine et son air satisfait ne la choquèrent pas moins pour autant. Il était peut-être puritain, et encore elle en doutait profondément, mais il était avant tout un homme de science, quoique de ça aussi elle doutait fortement. Cependant, elle l'avait déjà vu avec des livres de médecine, alors, à moins de ne jamais les avoir ouverts, comment avait-il pu aboutir à la conclusion d'une quelconque possession ?

Son regard revint sur Parris, qui interrogeait Tituba à propos de cette histoire stupide de witchcake[2]. Comment avait-elle pu se montrer assez bête pour en arriver là ? Kanda lui avait pourtant répété maintes fois de ne pas s'attacher à la famille Parris, même pas aux enfants ! Qu'aucun d'eux ne pourrait les comprendre parce que dans leurs esprits étriqués, le simple fait de ne pas être né puritain représentait un pêché ! Tituba ne l'avait pas écoutée, prétextant que les enfants n'y étaient pour rien dans la façon de vivre de leurs parents, ce qui était sans doute vrai, cela dit, c'était bel et bien ces deux petites pestes de Betty et d'Abigail qui l'avaient mise dans cette situation impossible ! Combien de fois Tituba leur avait-elle conté les histoires de leur tribu ? Ou encore celle sur le vaudou auquel elle avait été initiée lorsqu'elle était arrivée à la Barbade après sa capture ? Pourtant, jamais les fillettes n'avaient pris peur, au contraire, elles se moquaient souvent de l'esclave et de sa crédulité, la prenant presque pour une une simple d'esprit.

Kanda constata que les mains du révérend tremblaient et qu'il écoutait à peine les

[2] *Gâteau de sorcière censé révéler l'identité de celui ayant jeté un sort par celui qui le mange*

réponses de son amie avant d'enchaîner sur une autre interrogation, comme si ce qu'elle disait ne l'intéressait pas véritablement. Kanda n'en fut pas véritablement étonnée, elle ne représentait qu'une simple esclave à ses yeux, un bien, au même titre qu'un animal domestique. Ce qui la perturbait, en revanche, était la rapidité avec laquelle il énumérait les questions, sans jamais rebondir sur les réponses, comme n'importe qui l'aurait fait pour tenter de confondre les accusées… Une certitude frappa alors la jeune femme : l'interrogatoire avait été orchestré de longue date. Tituba lui avait souvent dit que le révérend préparait ses sermons longtemps à l'avance, car il rencontrait des difficultés de mémorisation. Cette histoire était donc un coup monté, mais par qui et surtout, pourquoi ? D'accord, Parris estimait que ses concitoyens devaient l'entretenir, lui, le messager de Dieu, mais de là à prendre le risque que des gens soient lynchés… Non, elle ne pouvait imaginer que l'on pousse si loin le vice dans le seul but d'obtenir quelques stères de bois. Parris était trop trouillard pour risquer de s'exposer au courroux de la population si le pot aux roses venait à être découvert. Cette histoire n'était forcément que le sommet émergé de l'iceberg. Malgré tout, Kanda était si en colère qu'elle leur aurait bien offert ce qu'ils attendaient en écharpant elle-même leur meneur de ses crocs acérés. On aurait alors vu qui osait encore hurler avec les loups.

Naturellement, son regard retomba sur Griggs. Lui par contre, n'aurait pas hésité une seconde à sacrifier quelques femmes pour obtenir ce qu'il désirait. Il suffisait de voir comme il traitait son propre frère. Il était d'ailleurs surprenant qu'il ne s'en soit pas débarrassé depuis longtemps. Si Burton ne représentait rien à ses yeux alors qu'ils étaient issus du même sang, il était facile d'imaginer ce que valait pour lui une simple d'esprit, une vieille dame et une esclave indienne… Le problème était à présent de découvrir pourquoi Griggs et Parris s'étaient associés et l'identité du commanditaire de cette farce immonde.

Sa réponse vint se présenter d'elle-même. Un homme, richement vêtu d'une redingote de velours pourpre, d'un pantalon noir à la dernière mode ainsi que d'une chemise en soie immaculée entra discrètement dans l'église. Ses longs cheveux bruns étaient retenus sur sa nuque par un ruban de satin noir orné d'un rubis. La foule ne sembla même pas le remarquer, pourtant, il dénotait au milieu de cette masse échevelée, en sueur et rouge de hargne. Sans compter qu'il ne portait pas la tenue habituelle des puritains, taillé sobrement et de préférence dans des tons neutres. Il s'arrêta à côté du médecin, posa sa main sur son épaule comme il l'aurait fait avec un ami et jugea le spectacle en hochant la tête, la satisfaction clairement affichée sur son visage livide. Griggs se tourna vers lui, un sourire machiavélique étirant ses lèvres fines. Kanda, le souffle coupé, se plaqua contre le mur de bois en priant qu'il ne l'ait pas vu. Elle serra dans sa paume l'amulette qui pendait à son cou tout en se félicitant de l'avoir porté ce soir. Cet homme, ce Widgigo maudit, ne pourrait pas se douter de sa présence ici.

Elle comprenait mieux la terreur de Parris à présent. Le diable évoluait bel et bien au milieu de ses fidèles, il lui avait même ouvert en grand la porte de sa congrégation, sans s'en douter cependant. Eh oui ! Voilà pourquoi le Malin se nommait ainsi, parce qu'il était capable de tromper les yeux autant que les cœurs. Le temps était venu pour le révérend de payer son erreur…

Kanda jeta de nouveau un coup d'œil par la fenêtre et aperçut Griggs et le vampire sortir pendant que Parris s'occupait d'échauffer un peu plus les esprits. Les gens étaient debout maintenant, scandant des horreurs face auxquelles les mises à mort semblaient une menace bien douce en comparaison de ce qu'ils réclamaient. De la violence, de la souffrance et du sang, voilà ce qu'ils désiraient, leur côté animal prenant le dessus sur la raison et la morale.

La jeune femme fit le tour du bâtiment en prenant garde de rester dans l'ombre ainsi que sous le vent. Pour Griggs cela ne ferait aucune différence par contre, pour son interlocuteur, c'était autre chose.

Les deux hommes ne cherchèrent pas à se cacher, ils se contentèrent de descendre les marches de l'église afin de ne pas être dérangés par la foule devenue hystérique.

— Je vois que les résultats de notre petite opération vont au-delà de nos espérances, sourit le vampire.

Un long frisson de dégoût remonta le long de la colonne vertébrale de Kanda lorsqu'elle aperçut ses crocs briller sous la lumière de la Lune, tandis que Griggs, lui, ne sembla pas le remarquer alors même qu'il se trouvait à moins d'un mètre de la créature. Ces deux-là n'en étaient pas à leur première rencontre.

— En effet, s'amusa le médecin. Je vous l'avais dit, il suffit de prononcer le mot Malin pour les transformer en harpies et ce n'est que le début.

La Widgigo hocha la tête alors que son regard se reportait sur l'église.

— Je ne vois aucun inconvénient à ce que certains d'entre vous profitent de notre plan pour des raisons… plus personnelles. Cependant, n'oubliez pas, c'est elle que veut mon maitre. Peu importe combien de ces idiots devront être sacrifiés pour ça. Et je vous conseille fortement de réussir, car dans le cas contraire, une vilaine épidémie mortelle frappera Salem village.

Griggs se contenta de sourire, il ne semblait pas le moins du monde apeuré.

— Rassurez-vous, il ne s'agit plus que d'une question de temps. Mais, lorsque ce sera fait…

— Nous payons toujours nos dettes, vous obtiendrez ce que vous avez demandé, le coupa sèchement le vampire.

Alors c'était donc ça ? Toute cette mascarade était l'œuvre de ses pires ennemis. Depuis que Mary était venue la prévenir de ce qui se passait au village, elle n'avait eu de cesse de chercher le lien entre Tituba et les deux Sarah. Elle venait de comprendre, il n'en existait aucun… du moins aucun de concret. Pour l'atteindre elle, la forcer à sortir de sa tanière, ils avaient tapé là où cela faisait mal : sa seule amie. Sarah Good et Sarah Osborne ne représentaient que des dommages collatéraux. L'une était folle, l'autre avait spolié l'héritage de ses enfants pour l'offrir à son nouveau mari, elles faisaient désordre dans la petite congrégation bien ordonnée, c'était donc l'occasion rêvée de s'en débarrasser…

Kanda baissa les yeux en sentant une langue lui caresser les doigts. Elle plongea son regard dans celui, plein de sagesse, du loup gris qui se tenait à ses côtés. Elle lui caressa la tête, entre les deux oreilles tandis qu'il posait sa joue sur sa cuisse, en signe de compassion. Puis l'animal mit fin à son étreinte pour prendre sa main dans sa gueule, avec tant de douceur qu'elle sentit à peine le contact des crocs acérés. Il la tira doucement, comme s'il voulait qu'elle le suive. Kanda soupira avant d'obtempérer.

— Tu as raison, mon frère, il semblerait que la guerre soit déclarée et malheureusement, nous manquons cruellement de soldats… Je n'ai pas pu éviter de tuer le dernier, murmura Kanda avec tristesse tout en succédant au canidé à travers la forêt.

Celui-ci émit un grognement sourd en posant son regard sur la jeune femme.

— Je sais qu'il ne pouvait en être autrement après ce qu'il a fait, mais les autres… ils sont si inexpérimentés. Tu les as vus ? Pire que des chiots devant un raton laveur…

Le loup lui jeta un coup d'œil par-dessus son épaule, à présent ses prunelles étaient empreintes de malice. Sûrement avait-il eu l'occasion de les croiser lui aussi et sûrement qu'il avait également ri de leur inexpérience. Seulement, à l'heure actuelle, cette dernière risquait de leur coûter la vie.

Ils arrivèrent enfin à destination, une sorte de grotte faite de pierres empilée dont l'entrée était dissimulée par des feuillages touffus. Sans hésiter, Kanda se mit à quatre pattes et suivit son ami à l'intérieur. Elle y découvrit une louve, couchée sur le flanc, la respiration encore saccadée. Elle venait de mettre au monde quatre petits.

La jeune femme tendit la main pour lui caresser doucement la tête pendant que son mâle lui léchait la truffe.

— Tu as bien travaillé ma belle, félicitations !

Kanda se saisit de chacun des louveteaux pour les examiner sans que leurs parents tentent de l'attaquer. Ils avaient confiance en cette humaine un peu particulière.

— Enfin une bonne nouvelle ce soir ! Vos enfants sont en parfaite santé, déclara Kanda avec un grand sourire. Deux fils et deux filles, forts et robustes. Papa, la relève est assurée !

Le loup approcha de son amie et lui lécha la joue avant de poser un regard empli de fierté sur sa progéniture. Kanda sourit une nouvelle fois. Certains hommes n'étaient pas si heureux d'être pères. Elle farfouilla ensuite dans la besace de cuir qui ne la quittait jamais et en sortie des plantes qu'elle plaça devant la gueule de la louve.

— Tiens, mange. Elles vont faire en sorte que tu te remettes plus vite. Avec ta nouvelle famille, tu vas avoir besoin de forces.

L'animal fit ce qu'elle lui demandait sans broncher, mastiquant les herbes lentement, jusqu'à les avaler. Lorsque ce fut fait, Kanda sortit deux lièvres de sa besace, en les levant fièrement devant l'heureux papa.

— Et regarde ce que j'ai attrapé tout à l'heure. Avoue que ça ne pouvait pas mieux tomber ! Tenez, c'est mon cadeau de naissance pour les petits. Bon appétit les amoureux ! déclara Kanda.

Elle déposa les proies au sol, prodigua une caresse à ses amis puis s'apprêtait à quitter les lieux lorsque le mâle émit une sorte de couinement.

— Oui ? s'enquit Kanda en se retournant.

Le loup se glissa jusqu'à elle et lui lécha le visage tout en remuant la queue, comme s'il lui faisait fête.

— De rien mon frère, tout le plaisir est pour moi. Cela fait du bien d'avoir de vrais amis et vu les jours sombres qui se profilent, notre famille va devoir faire front ensemble. Malgré tout, si les évènements devaient mal tourner, promets-moi de ne rien tenter d'inconsidéré. Contente-toi de mettre ta meute à l'abri. Ces gens, dehors, ne sont pas comme nous. Si la nuance de notre pelage ne change rien à notre façon d'interagir entre nous, ce n'est pas leur cas. La seule chose sur laquelle ils sont d'accord c'est qu'importe la couleur du loup, il doit mourir. Peut-être qu'un jour viendra où l'on ne nous considérera plus comme un ennemi, mais pour le moment, vivre loin des Hommes demeure la solution la plus sûre pour rester en vie.

L'animal soupira puis colla son front à celui de Kanda tout en fermant les yeux. Ils étaient différents, ne parlaient pas tout à fait le même langage, pourtant, ils étaient capables de se comprendre et de s'apprécier. Kanda songea alors que l'Homme était l'être vivant à l'évolution la plus lente…

XIII

Wenham, de nos jours

Allongée sur le lit, Max délirait toujours, tandis qu'à son chevet, Jack continuait de se ronger les sangs. La fièvre ne baissait pas et il ne pouvait en aucun cas prévenir un médecin. De toute façon, ce dernier ne leur serait d'aucune aide. Max n'était pas malade au sens littéral du terme.

Rien ne s'était déroulé comme il l'avait prévu depuis qu'elle l'avait heurté sur le pas de sa porte. Ses grands yeux verts l'avaient cloué sur place et il avait caché son trouble sous son statut d'alpha, mais à son contact, la façade de la force tranquille n'avait pas tardé à s'effriter. Tout aurait été plus facile si elle avait accepté de muter, son loup se serait souvenu et tout serait rentré dans l'ordre.

— Pourquoi… geignit Max.

Puis elle se mit à parler en Arawak, ce qui n'empêcha pas Jack de comprendre parfaitement de quoi il retournait. Ses souvenirs propres et ceux de son loup se mélangeaient. Les fils de ses deux vies s'entrelaçaient enfin pour n'en former plus qu'un. Jack se pencha sur le lit et lui prit la main.

— Max, s'il te plaît, laisse venir ton loup, supplia-t-il pour la centième fois.

Pour toute réponse, elle retira sa main de la sienne et se cambra sur le matelas en hurlant, comme si son seul contact lui était intolérable. Son loup se manifesta lui aussi en grognant de colère, mais Jack ne sut pas si celle-ci était dirigée contre lui ou contre Max elle-même.

Il se mit à arpenter la chambre en essayant de garder son calme. Son loup restait en surface malgré le contrôle de Jack. Il avait même dû la changer. L'odeur de Jared partout sur elle le rendait fou. Il connaissait pourtant la véritable nature de leurs liens, mais l'idée qu'un autre puisse l'aimer, de quelque manière que ce fut, lui était insupportable. C'était d'ailleurs pour cela qu'il lui avait clairement signifié qu'elle était à lui. Son loup aussi la reconnaissait comme sienne, ses deux entités étaient parfaitement d'accord sur ce point. Elles l'avaient toujours été.

La tension qu'éprouvait la meute ne l'aidait pas. Tous se demandaient, et à juste titre, pourquoi il s'était enfermé avec Max. Ils savaient à présent qu'elle était une femelle alpha et ils craignaient sans doute qu'il ne la tue à peine sa mutation achevée. C'était certainement ce qui se serait passé en d'autres circonstances ou en d'autres lieux et avec une autre louve…

Il la contempla de nouveau avec inquiétude. De grosses gouttes de sueur coulaient le long de son visage déformé par la douleur. Il fit le tour du lit puis lui appliqua sur le front une nouvelle compresse d'eau froide, sans espoir de miracle. Si elle refusait de muter et qu'elle continuait de résister à son loup, il finirait par la dévorer de l'intérieur.

— Yuma… gémit-elle.

Jack sursauta violemment, renversant au passage la bassine où il trempait les linges et resta un moment hagard, cloué sur place.

Le bruit de la sonnette de la porte d'entrée le fit revenir à la réalité. Il tendit l'oreille et la voix de Jared lui parvint.

— Qu'est-ce que tu fiches ici ? demanda-t-il au visiteur.

Le ton de son second était agressif, Jack en déduisit qu'il n'était pas le bienvenu.

— Je suis venue en amie, je dois voir Jack.

— Jack est très occupé, je lui dirais que tu es passé.

Un rire, qu'il ne connaissait que trop bien, résonna, le poussant à grogner. Cette voix était, à n'en pas douter, celle des ennuis.

— Je n'ai rien contre toi, Jared, mais j'ai senti la louve et je suis là pour elle. Je peux l'aider.

Jared grogna, clairement menaçant cette fois. Jack se précipita jusqu'au rez-de-chaussée.

— Ça suffit ! Calme-toi Jared. Quant à toi, que fais-tu ici ?

— Moi aussi je suis ravie de te revoir, Jack, susurra Malika.

— C'est ça, je n'ai pas de temps à perdre alors soit tu me dis ce que tu attends réellement de moi, soit tu quittes cette maison.

L'autre sourit d'un air suffisant. Elle ressemblait à une bohémienne avec son châle à fleurs entourant ses épaules frêles et sa longue robe noire. Cela dit, son commerce n'aurait sans doute pas été si florissant si les touristes avaient appris qu'elle était une simple métisse indienne algonquienne. Les blancs avaient fini par oublier qu'en leur temps, les Indiens avaient été puissants, autant physiquement que spirituellement. Ils vénéraient la nature et la servaient avec dévotion. En contrepartie, elle leur avait livré une partie de ses secrets et révélé des choses que la plupart des humains d'aujourd'hui ne soupçonnaient pas. Ils préféraient donc le folklore à la réalité.

— Oui, Jared m'a expliqué que tu étais très occupé, avec ta louve, je suppose ? Il est rare de tomber sur une femelle alpha. Mais ce n'est pas comme si tu ne l'avais pas cherché, non ? demanda-t-elle, narquoise.

Voyant la surprise se peindre sur les traits de son second, Jack saisit, sans ménagement, la nouvelle venue par le bras pour la traîner jusqu'à la chambre. Elle ne sembla pas le moins du monde impressionnée par le comportement de son hôte, se payant même le luxe de rire. Il referma la porte derrière eux avant de reprendre :

— Comment sais-tu pour elle ?

Sans répondre, Malika approcha du lit tandis qu'un sourire satisfait se dessinait sur son visage émacié. Elle observa Max avec attention avant d'expliquer :

— Certaines d'entre nous te connaissent depuis que tu es loup, si l'on peut dire. L'aurais-tu oublié, Jack ? Elles se sont transmis ton histoire, de génération en génération, pour préserver la mémoire.

— Et alors ? demanda celui-ci, sur la défensive.

— Alors, alors… Jack, ne fais pas l'imbécile, tu sais que je suis la seule qui puisse lui venir en aide maintenant qu'Amalia a quitté ce monde.

— Tu connaissais Amalia ? interrogea Jack, abasourdi.

Malika caressa le front de Max et sourit de nouveau avant de répondre :

— Comme nous toutes. C'est sa mère qui l'a amenée dans notre cercle. Amalia était douée pour le vaudou, mais il fallait qu'elle soit formée à notre magie pour pouvoir aider la petite ensuite. Que s'est-il passé ? Nous ne sentons son loup que par intermittence depuis plusieurs mois alors que sa renaissance s'était déroulée sans encombre.

— Elle a eu un accident et perdu la mémoire. Apparemment, on aurait essayé de l'éliminer.

Il lui expliqua alors la situation dans ses moindres détails. Malika écouta sans détacher son regard de Max. Celle-ci continuait à délirer et la fièvre ne semblait pas descendre.

— Hum… grogna la femme lorsqu'il eut terminé. Donc elle refuse son loup, c'est ça ?

— Oui, je crois qu'elle préférerait retrouver la mémoire avant, concéda Jack.

— Je pense qu'au contraire elle se souvient déjà.

— Que veux-tu dire ?

Malika prit place dans l'un des fauteuils qui meublaient la chambre et soupira, excédée.

— Je veux dire que son loup a déjà dû lui faire comprendre qu'il entretenait un lien avec le tien. Il l'a sûrement prévenue. Les loups ne s'accouplent qu'une fois, Jack. Évidemment, s'ils perdent leur amour, ils se livrent à l'acte pour la survie de l'espèce, mais jamais plus ils ne tombent amoureux. Ce n'est pas à toi que je vais apprendre cela. Tu as espéré, puis douté et enfin tu as abandonné l'idée que la magie avait fait ce qu'il fallait pour elle et sa renaissance. Et aujourd'hui, tu as peur.

— C'est faux ! s'indigna Jack.

— Bien sûr que si ! J'aurais donné cher pour voir ta tête lorsque tu l'as reconnue ! s'amusa la femme. Quand Jared a appelé pour te dire qu'il allait amener sa chère petite sœur dont il nous rebat les oreilles à la première occasion, tu devais être à cent lieues d'imaginer qu'il s'agissait d'elle, non ?

D'un coup de poing rageur, l'alpha brisa le verre du cadre qui se trouvait derrière lui. La peinture qu'il était censé protéger représentait une cabane de bois, presque entièrement dissimulée sous le couvert des arbres. En y regardant de plus près, on pouvait apercevoir, par la fenêtre, une femme aux longs cheveux de jais. Il l'avait peint de mémoire il y avait des années de cela. Combien de fois avait-il observé Kanda de loin, caché dans les fourrés ? Il ne désirait pas jouer les voyeurs, non, seulement la contempler. Jamais la vue d'une femme ne l'avait troublé à ce point, jamais il n'avait imaginé que le simple fait de poser les yeux sur l'une d'entre elles pouvait suffire à faire son bonheur et pourtant… Kanda avait incarné le centre de sa vie tout le temps de leur liaison et encore aujourd'hui, il ne se passait pas une journée sans qu'il ne pense à elle.

— Ça suffit ! hurla-t-il en se tournant de nouveau vers Malika. Je n'ai pas à écouter les délires de la vieille folle que tu es ! Max lui ressemble, c'est vrai, mais rien ne prouve que c'est d'elle dont il s'agit ! Tout le monde a un sosie, le fruit du hasard, rien de plus !

— Le hasard ? Tu parles ! Mêmes yeux, mêmes cheveux, oh et j'oubliais, elle est une Arawak, sans compter sa lycanthropie, bien sûr. Tu crois réellement que sa mère aurait pris toutes ces précautions s'il ne s'agissait pas d'elle ? Tu penses qu'Amalia l'aurait laissée fréquenter Jared et qu'elle l'aurait enjoint à retrouver les siens ? L'histoire se répète Jack. Tu sais qui a essayé de l'éliminer, tu sais pourquoi et tu sais que je suis la seule qui acceptera de l'aider, insista Malika.

Jack, qui arpentait la pièce depuis un moment, s'arrêta enfin et ses yeux se posèrent de nouveau sur Max.

— Yuma… gémit-elle encore.

Malika gloussa avant de caresser les cheveux de la jeune femme.

— Oui, il est là. Alors, toujours persuadé qu'elle n'est pas celle que tu cherches depuis presque trois siècles ? persifla la sorcière en se tournant vers Jack.

Max se calma un peu, comme si elle avait compris ce que Malika venait de lui dire. Jack se passa une main sur le visage. S'il existait une chance, une toute petite chance qu'il s'agisse bien de celle qu'il avait si longtemps recherchée, alors il ne pouvait la laisser lui échapper. Combien de nuits sans sommeil avait-il endurées à se repasser mentalement les jours heureux qu'ils avaient partagés ? Combien de journées avait-il vécu, habité d'un seul regret : qu'elle ne soit pas à ses côtés ? Combien d'heures avaient-ils travaillé, avec pour unique motivation d'acheter tout ce dont elle avait rêvé en prévision de son retour ? Il devait essayer, autant pour elle que pour lui, il leur devait bien ça.

— Ok, fais ce qu'il faut, finit-il par dire. Mais je te préviens, s'il lui arrive quoi que ce soit, je te tuerai. Je vous traquerai, toi et tes amies, et je vous tuerai, toutes.

— Rassure-toi, nous n'aurons pas à en arriver là, ricana Malika. Je comprends que tu en veuilles à certaines d'entre nous et même à moi, mais notre rôle est de faire régner l'équilibre. Nos décisions peuvent parfois paraître injustes, mais elles sont néanmoins nécessaires, crois-moi.

L'alpha approcha de la vieille femme au point de la toucher puis murmura d'une voix faussement mielleuse :

— Alors conseil d'ami, arrange-toi pour que la balance penche en sa faveur cette fois, parce que, dans le cas contraire, votre magie ne vous sera d'aucune aide. Tu te souviens de ce que dit le proverbe, n'est-ce pas ? Le loup perd ses dents, mais pas la mémoire.

Il se pencha sur le lit et déposa un baiser sur le front de Max avant de quitter la chambre.

Il rejoignit le rez-de-chaussée comme un zombi, ne sachant même plus réellement où il se trouvait, ses jambes ne répondant qu'à un simple automatisme. Il ne vit pas Jared qui faisait le pied de grue au bas des escaliers, bien décidé à obtenir des explications sur la conversation qu'il venait d'entendre. Sans même se préoccuper de la meute ou de son second, Jack sortit et se dirigea vers le vieux chêne au bout de la pelouse impeccablement taillée qui s'étendait devant la maison. Là, il tomba à genoux exténué, perdu, et, pour la première fois de sa vie, il se mit à prier le Dieu des blancs.

— Qu'est-ce que c'est que ce merdier ? l'invectiva Jared, dans son dos.

Jack se redressa, sans pour autant faire face à son second.

— Pas maintenant, Jared.

— Justement si, maintenant ! Qu'est-ce que tout cela signifie ? J'ai entendu ce que l'autre sorcière a dit. Tu savais depuis le début qui menaçait Max et tu me l'as caché délibérément, pourquoi ?

Jack se retourna enfin, mais ne chercha pas à opérer une quelconque dominance. Il voulait expliquer les faits calmement à Jared afin qu'il comprenne au mieux ce qui était en train de se jouer à cet instant. Il n'avait jamais souhaité le tromper, le manipuler ou lui dissimuler des choses. Même lui avait du mal à croire à ce qui se passait à cet instant.

— Je n'étais sûr de rien et je ne pouvais déclarer une guerre sans savoir de quoi il était question exactement.

— Une guerre ? Pourquoi Malika a-t-elle sous-entendu que tu connaissais Max bien avant que je ne l'amène ici ?

Jack soupira bruyamment. Il n'avait pas envie de se lancer dans une longue explication aujourd'hui. À vrai dire, il ne s'en sentait pas le courage. Il ne souhaitait qu'une chose en cet instant ; que Malika ne se soit pas trompée.

— C'est compliqué.

Les yeux de Jared virèrent au jaune et son loup se manifesta plus clairement. Les poings serrés, il ne conservait le contrôle que difficilement.

Jack savait depuis le début que sa relation avec Max ne serait pas du goût de son second et il pouvait le comprendre. Elle était le seul être humain à qui il s'était attaché depuis sa transformation, enfin, pas tout à fait humaine, malgré les apparences, mais ils avaient créé un véritable lien. Le genre d'attachement qui ressemble de très près à celui offert par une famille génétique. Il la considérait comme sa petite sœur. Il se faisait un devoir de la protéger et de la soutenir en toutes circonstances. Jack aurait réagi exactement de la même façon à sa place.

— Compliqué ? demanda ce dernier. Tout ce que tu trouves à dire, c'est « c'est compliqué. » ? J'ai amené Max ici pour la protéger, et toi, tu sais qui la menace, tu ne dis rien, tu la laisses entre les mains d'une folle notoire et tout ce que tu trouves pour te justifier, c'est que la situation est compliquée ?

— Ce n'est sûrement pas une réponse satisfaisante pour toi, mais tu comprendras les choses en temps voulu. Malika est la seule qui puisse l'aider, crois-moi. Jamais je n'aurais pris le risque de la laisser seule avec Max sinon. Elle doit accepter son loup si nous ne désirons pas qu'il la dévore de l'intérieur. Toi comme moi savons qu'elle mourra dans d'atroces souffrances si elle ne cède pas un minimum de terrain à sa part animale. En la confiant à Malika, je fais en sorte de lui sauver la vie !

— Ah oui ? Pourquoi ? s'enquit Jared en plissant les yeux.

— Comment ça, pourquoi ? demanda Jack, surprit.

— Oui, pourquoi ? insista Jared, la tête penchée de côté. Pourquoi tiens-tu autant à elle alors que tu la connais que depuis seulement deux semaines ? Ce n'est pas ton genre de verser dans le sentimentalisme d'habitude. Dans un cas similaire, tu te serais contenté de décréter que le sujet ne supporterait jamais la lycanthropie et, dans le doute, tu l'aurais achevé toi-même. Ce qui est, je te l'accorde, une bonne règle puisqu'un garou qui n'accepte pas sa nature est une menace pour son entourage humain. Donc, je m'interroge : qu'est-ce que Max peut bien avoir de plus à tes yeux pour que tu prennes ses intérêts tellement à cœur ?

Cette fois, Jack commença à perdre son calme. Les questions insistantes de son second l'agaçaient. Il était l'alpha, le meneur, il n'avait pas à justifier ses décisions, jamais !

— Je crois que tu oublies qui je suis, gronda-t-il.

Jared ne baissa pourtant pas les yeux.

— Non, je pense qu'en réalité, je n'ai jamais su qui tu étais véritablement. Tu as fait comprendre à tous les autres qu'elle te plaisait avant de la reconnaitre comme ta compagne officielle, et ce, sans même lui demander son avis ! Jamais tu n'as porté autant d'intérêt à aucune femme, malgré tout, tu as fait aménager cette chambre, là-haut, que personne n'a jamais eu le droit d'occuper, comme si tu attendais… je ne sais quoi, ou qui. Alors, pourquoi lui octroyer à elle ? Pourquoi Malika a-t-elle dit que vous vous connaissiez ? Et si vous vous connaissiez, pourquoi ne m'avoir rien dit lorsque je l'ai ramenée ici ?

Cette fois, Jack était à deux doigts de perdre définitivement son calme, il sentait le loup à la surface de sa conscience. Il lui enjoignait de le laisser prendre le contrôle, de le laisser asseoir sa dominance.

— Ça suffit Jared ! Ma patience a des limites, je n'ai pas à répondre à ton interrogatoire ! Maintenant, tu vas rentrer chez toi et rester tranquille jusqu'à ce que je te rappelle.

— Tu me congédies, c'est ça ? demanda ce dernier, ne baissant toujours pas le regard.

— C'est exactement ça. Je comprends ton attachement pour Max, tu la connais depuis longtemps et tu la considères comme un membre de ta famille, mais les choses ont changé. Aujourd'hui, elle fait partie de cette meute et se retrouve donc sous ma responsabilité. Ton affection pour elle fausse ton jugement et risque de te faire faire ou dire des choses que tu regretterais ensuite. Tu as besoin de recul. Je te promets qu'il ne lui arrivera rien et que nous nous en occuperons bien.

Jack estima que la discussion était close. Jared dépassait les bornes et il devait le recadrer rapidement. Il avait beau l'apprécier, il ne pouvait pas lui permettre de discuter ses décisions. Montrer la moindre faiblesse risquerait de remettre en cause son statut dans la meute. Max était également un alpha, mais si elle était bien celle qu'il croyait, elle ne lui poserait pas de problème à ce niveau, elle ne l'avait jamais fait d'ailleurs.

Jared, lui, ne bougeait toujours pas, les poings serrés, il respirait de plus en plus fort et ne tarderait pas à muter s'il continuait dans ce sens.

— Hors de question, rétorqua-t-il froidement.

— Quoi ? demanda Jack aussi surpris qu'en colère.

— Tu as parfaitement saisi, je ne bougerai pas d'ici sans Max. Je n'ai jamais discuté la moindre de tes décisions, mais là, je dis non. Je ne te laisserai pas seul avec Maxine tant que je ne saurais pas qu'elles sont tes intentions exactes en ce qui la concerne.

Un grognement se fit alors entendre avant que deux énormes canidés ne se retrouvent face à face. L'un était de couleur sable, Jared. L'autre était noir comme la nuit, l'alpha, le mâle dominant, Jack.

Tous deux en position d'attaque, ils montraient les dents, prêts à s'entre-tuer. Ils commencèrent à tourner en rond en grognant, les oreilles baissées. Bientôt, ils furent rejoints par le reste de la meute. Les uns sous leur forme humaine, encore prisonniers des cycles lunaires, les autres, sous celle de loup. Ces derniers avaient réagi à la mutation de leur meneur, par pur instinct de préservation animale.

Jack fit agir son aura, mais Jared ne céda pas. Il souffrait, c'était certain, mais refusait de se soumettre. Jack allait devoir le faire plier et peut-être le briser, le rendant soumis à jamais, ou il devrait le tuer. À présent, rien ne pourrait stopper ce qui allait suivre.

Les commentaires fusaient, tous se demandaient pourquoi les deux hommes en étaient arrivés à de telles extrémités. Cependant, la majorité se doutait qu'il était, bien entendu, question de la nouvelle venue. Sous le poids mental de son alpha, Jared couina de douleur. Jack approcha, les oreilles baissées et les babines retroussées, il ne voulait le mordre que pour lui prouver sa dominance, mais il fut interrompu dans son geste. Un bruit de verre brisé suivi d'un grondement sourd fit tourner la tête de tous les protagonistes de la scène, les laissant cloués sur place.

Une louve blanche, absolument magnifique s'avançait vers eux, les oreilles baissées et les crocs découverts eux aussi. Elle s'arrêta une seconde pour s'ébrouer afin de débarrasser sa fourrure du verre puis reprit sa progression à pas lents. Son pouvoir d'alpha ne souffrait aucun doute et la puissance qu'elle dégageait était impressionnante, faisant courber l'échine des loups les plus dominants, alors même qu'il s'agissait d'une femelle. Elle était plus fine et se déplaçait avec plus de souplesse, de grâce, mais personne n'aurait risqué un affrontement avec elle.

Elle vint se placer devant Jared, en position de défense et fit face à Jack, prête à le défier. Un nouveau balai, aussi étrange que fascinant, débuta. Le loup noir et son parfait contraire, blanc comme la neige fraichement tombée. Le mâle et la femelle, le jour et la nuit, différents, et pourtant complémentaires.

Jared prit du recul, mais garda sa forme animale, au cas où. Jack ne semblait plus du tout en colère, il suivait le mouvement, rien de plus. Max, par contre, paraissait très remontée contre lui. Le reste de la meute ne savait plus comment réagir. C'était la première fois qu'ils se retrouvaient face à deux alphas qui appartenaient tous deux à leur groupe, car Jack l'ayant reconnu comme sa compagne, elle n'était plus une simple visiteuse et sa nature d'alpha n'avait pas été gagnée par cette alliance. Ils oscillaient donc entre défendre l'habituel ou se rallier au nouveau. Tous s'attendaient à un affrontement sanglant duquel ne ressortirait qu'un seul vainqueur, facilitant ainsi leur choix, mais contre toute attente, Jack reprit forme humaine. Cela aurait dû calmer Max, mais provoqua l'effet inverse. Elle gronda de plus belle et avança vers l'Amérindien, prête à le dépecer au moindre mouvement brusque. Nu devant elle, il était totalement à sa merci à ce moment précis.

— Tu es revenue… souffla-t-il.

Son visage reflétait toute une palette d'émotions, l'incrédulité, le bonheur, mais également le chagrin. Quant à ses yeux, ils s'emplirent de larmes. C'était la première fois que le reste de la meute le voyait dans un tel état. Pour toute réponse, la louve fit claquer ses mâchoires à quelques centimètres de son visage. Les autres canidés présents grognèrent, prêts à défendre leur meneur qui se trouvait en situation de faiblesse. Nullement impressionnée, elle se tourna vers eux et l'énergie qu'elle déploya leur fit courber l'échine aussi sûrement que si elle les avait attaqués. Ceux qui avaient gardé leur forme humaine reculèrent prudemment. Jared prit alors le parti de muter. Il devait parvenir à la calmer avant qu'elle ne commette un massacre et parler le Max n'était pas donné à tout le monde.

— Max, doucement chaton, lui dit-il. Je ne sais pas ce qui se passe, mais nous allons en discuter à tête reposée, d'accord ?

Elle pivota, délaissant Jack un instant, et approcha sa tête de son visage. Pendant une seconde, il retint son souffle. Elle pouvait le décapiter d'un seul coup de dents. Elle le renifla, puis frotta soudain son museau contre son nez. Un signe d'affection des louves envers leurs petits. Jared la pensa alors apaisée, mais elle se retourna vers Jack et reprit sa position d'attaque. Ok, elle n'était pas décidée à se calmer !

Celui-ci muta de nouveau, comprenant que le combat était maintenant inévitable. Jared fit de même. Sous forme humaine, il ne pourrait pas jouer les arbitres !

Max sauta sur l'alpha et le combat commença. Jack était fort et habitué à ce genre d'affrontement, mais Max n'était pas en reste, elle semblait déjà contrôler parfaitement son loup. Plusieurs morsures furent échangées et plusieurs couinements de douleur leur échappèrent. Aucun des deux ne parvenait à prendre véritablement le dessus. Ils se révélaient être de force égale, dominant l'autre à tour de rôle. Les choses s'inversèrent d'un seul coup, lorsque Jack se trouva la gorge offerte à la louve. Courant le risque de se faire écraser à défaut de dévorer, il muta de nouveau pour reprendre forme humaine et se retrouva nu, allongé entre les pattes avant de son adversaire. Comme un lapin prit au piège du carnivore sans pitié.

— Je comprends que tu m'en veuilles et si tu désires me tuer, je ne t'opposerai aucune résistance, déclara-t-il. Mais quoi que tu penses, je n'ai jamais cessé de t'attendre. Depuis toi, je n'ai jamais repris de compagne, tous ceux qui sont ici pourront en témoigner. Je n'ai jamais aimé une autre femme non plus. Tu as été et sera la seule à mes yeux.

Max grogna, tous crocs dehors.

— Il dit la vérité, ajouta Malika qui arrivait, les mains croisées dans le dos comme si de rien n'était.

La louve ne bougea pas, continuant de dévisager Jack pendant encore un long moment. Elle semblait hésiter entre le tuer ou l'épargner. Pourtant, celui-ci ne se soumettait pas puisqu'il la fixait toujours dans les yeux. Soudain, elle leva la tête et poussa un hurlement, comme si elle souffrait le martyre, avant de reculer, libérant enfin Jack. Elle muta de nouveau, puis, nue sur le sol, elle se prit la tête dans les mains et se mit à pleurer à gros sanglots.

— Ne restez pas là ! ordonna Jack en bondissant sur ses pieds. Rentrez ! Le spectacle est terminé !

Jared allait suivre le mouvement, mais d'un bond Max le rejoignit et s'accrocha à lui avec toute la force du désespoir. Le nez enfoui dans sa fourrure, elle continua de pleurer. Les yeux de Jack reprirent une teinte jaune, cependant, il ne bougea pas.

Jared recula un peu afin de ne pas blesser son amie puis retrouva forme humaine, lui aussi, avant de la serrer dans ses bras. Il se soucierait ensuite de ce que pensait son alpha de ce genre de démonstration d'affection. Malika lui tendit son châle afin qu'il l'enveloppe dedans.

— Elle va avoir besoin de son grand frère chéri, lui dit la vieille, bien plus qu'elle n'en a jamais eu besoin. Prenez soin d'elle tous les deux. Moi, mon travail est terminé.

Puis elle tourna les talons et repartit comme elle était venue. Jared continua de bercer Max pendant encore de longues minutes. Jamais il ne l'avait vu dans un tel état, même pas après le décès d'Amalia.

— Chut, chut, tout va bien. Tu vas t'habituer à tout ça, je te le promets, lui assura-t-il. Je vais t'aider et tout se passera au mieux.

Elle se redressa alors et le fixa dans les yeux. Elle ne cherchait pas à le dominer, juste à capter son regard.

— Je dois partir Jared, je dois partir loin d'ici.

Il allait rétorquer, mais Jack s'en chargea :

— Non ! C'est hors de question ! Tu cours beaucoup moins de risque à rester ici et tu le sais !

— Ah oui ? dit-elle en se tournant vers lui, nullement troublée par sa nudité. Pourtant tu ne m'as été d'aucune aide la dernière fois.

— Hein ? s'interposa Jared. Est-ce que quelqu'un va m'expliquer ce qui se passe à la fin ? Vous vous connaissez tous les deux ?

Max émit un rire teinté d'amertume.

— J'ai cru que je le connaissais, mais je me suis trompée. N'est-ce pas, Yuma ?

À présent, Jared était totalement perdu.

— Yuma ? C'est qui ça, Yuma ?

— C'est moi, du moins, c'était moi, lâcha Jack.

Ses yeux étaient emprunts de tristesse, quand ceux de Max l'étaient de colère.

— Je ne comprends plus rien là, de quoi parlez-vous ? Max, explique-toi, pourquoi es-tu si remontée contre Jack ?

— Parce qu'il m'a menti. Il m'a trahi de toutes les manières possibles ! Je l'ai aimé, je lui ai donné mon cœur, mon corps, mon âme et en échange, il ne m'a offert que destruction et chagrin, dit-elle froidement, sans quitter un instant l'alpha du regard.

Celui-ci semblait de plus en plus désemparé. Il fit un pas vers elle et lui tendit la main, mais elle recula d'un geste vif, comme dégoutée par son simple contact.

— Vous avez eu une liaison avant ton accident ? demanda Jared, les mâchoires serrées.

— Non, bien avant cela, tenta d'expliquer Jack, et il ne s'agissait pas d'une banale liaison, nous nous aimions.

— Tiens donc ! Tu m'aimais ? C'est pour cela que tu n'as pas bougé le petit doigt lorsqu'ils sont venus m'arrêter ? Et ensuite quand j'étais entre leurs mains, tu n'as rien fait pour m'aider ! hurla Max, hors d'elle.

— C'est faux ! s'indigna Jack. J'ai essayé !

— Tu mens ! Tu es retourné bien sagement auprès d'elle ! Bien content d'être débarrassé d'une maitresse trop encombrante ! Tu n'avais plus besoin de moi, alors tu m'as laissé tomber !

Cette fois, Jared en avait plus qu'assez de ce dialogue de sourds auquel il ne comprenait absolument rien. Il se plaça entre les deux comparses, les bras tendus, comme pour les empêcher de se sauter à la gorge.

— Tout le monde se calme, d'accord ? Pour commencer, vous allez me dire où et quand vous vous êtes rencontré.

— En 1690, à *Salem Village*, aujourd'hui Danver, expliqua Jack.

— Pardon ? croassa Jared, ahurie par cette nouvelle révélation.

— Tu as bien entendu, concéda Max en resserrant le châle autour de ses épaules.

Jared laissa tomber ses bras le long de son corps avant de se passer une main sur le visage, comme pour se convaincre qu'il ne rêvait pas tout éveillé.

— Ok. C'est pour ça que tu m'as demandé l'autre jour si je croyais aux vies antérieures ?

— En effet, convint Max. Des souvenirs que je pensais ne pas être les miens me sont revenus. J'ai ensuite compris. C'est la magie qui m'a fait renaître, mais je t'expliquerai cela plus tard.

— Donc tu as rencontré Jack quand il était encore humain ?

— Oui et j'en suis tombée amoureuse comme l'imbécile que j'étais ! Résultat, on m'a abattue comme une chienne pour l'avoir aidé et il n'a pas bougé le petit doigt.

— C'est vrai ? demanda Jared en se tournant vers Jack.

— Non ! Je t'aimais, Kanda ! J'ai essayé de venir te chercher !

— Pas assez apparemment, le coupa Max. Mais dis-moi, vous avez vécu heureux elle et toi ensuite ? Tu lui as fait de beaux enfants ? Tu l'as peut-être transformé, histoire d'être certain de l'avoir à jamais à tes côtés !

Jack recula d'un pas, comme touché en plein cœur par les paroles assassines. Jared put ressentir la douleur de son alpha, il ne simulait pas. Personne ne pouvait feindre une telle souffrance.

— Comment peux-tu dire des choses pareilles ? souffla-t-il. J'étais prêt à m'enfuir, à tourner le dos aux miens pour toujours pour vivre avec toi. Comment peux-tu penser que j'ai repris ma vie comme si de rien n'était alors que tu m'avais quitté ? Jamais je n'ai autant souffert que le jour de ta disparition.

Les yeux de Max virèrent à l'or avant qu'elle ne gronde :

— Oui, tu m'en as fait de belles promesses, mais tu n'as tenu aucune d'elles ! Contrairement à ta chère épouse qui a honoré les siennes avec application, cracha-t-elle. Tu ne voulais pas trahir les tiens pour moi, mais eux ne se sont pas gênés !

Jack fronça les sourcils et avança de nouveau.

— Quoi ? Que veux-tu dire ?

— Tu ne me feras pas croire que tu ne savais rien, c'est ta femme qui m'a vendue !

L'horreur se peignit sur le visage de Jack qui devint couleur de cendre.

— Non… souffla-t-il.

— Oh que si ! Les vampires, les Widjigo comme on les nommait à l'époque, me collaient au train depuis que j'avais tué l'un des leurs pour sauver ta peau et elle a sauté sur l'occasion, cette garce ! Elle a passé un marché et m'a offerte à eux sur un plateau. Sous le couvert de ce maudit procès, c'est moi qui étais visée. Les autres, Dieu ait leurs âmes, n'étaient que de pauvres bougres destinés à servir de couverture ! Elle s'est même payé le luxe de venir me rendre visite en prison avec l'aide de ses nouveaux amis.

— Elle n'a pas pu faire une chose pareille…

Jack semblait pétrifié par ce qu'il entendait et Jared ne l'était pas moins. Sa soi-disant petite sœur était en réalité âgée de plusieurs siècles ! Du moins, son loup avait-il plusieurs siècles. Ludwig avait donc vu juste à son sujet.

— Mais je croyais que les victimes de ce procès avaient été éliminées par pendaison, ajouta-t-il songeur. Cela ne t'aurait pas atteinte et je n'ai vu aucune… Kanda dans la liste des condamnés.

— Mon procès ainsi que mes interrogatoires se sont déroulés à huit clos, dans le plus grand secret. Pour mon exécution, j'ai aussi eu droit à un petit traitement de faveur. Trois balles en argent, en plein cœur.

— Nom de Dieu ! jura Jared.

— Elle t'en voulait, je ne vais pas le nier, mais elle n'aurait pas passé un pacte avec eux, dit alors Jack d'une voix mieux assurée. Elle avait des défauts, mais elle s'est toujours montrée loyale envers la tribu.

Max rit et s'avança vers Jack, les yeux étrécis et un sourire mauvais étirant ses lèvres.

— Tu as toujours voulu la voir comme la malheureuse victime de cette histoire, n'est-ce pas ? Mais la vérité est toute autre. La nuit où j'ai été arrêté, j'ai d'abord perçu la présence des vampires, puis l'odeur de ta femme est venue jusqu'à moi. Elle avait pris la précaution de rester sous le vent, mais cela n'a pas été suffisant. Je l'avais trop souvent senti sur toi pour la reconnaitre sans effort. Je lui ai alors ordonné de se montrer et d'avoir le courage d'assumer ses actes. Elle est sortie de l'ombre avec un air satisfait et m'a dit : *« Je t'avais dit de quitter cette ville et de t'éloigner de mon mari. J'aurais laissé passer si cela n'avait été qu'une simple amourette, mais tu l'as ensorcelé et je n'ai plus le choix. Une fois que tu auras disparu, il me reviendra et il t'oubliera. Tu ne manqueras à personne ».* Tu vois, je n'ai rien oublié, pas un seul mot ! Et si Sakarie était loin d'être une sainte, elle avait au moins vu juste en ce qui te concernait ! Tu m'as oublié aussi rapidement que si je n'avais représenté qu'un coup d'un soir !

— Je suis désolé, implora alors Jack en tentant de lui prendre les mains dans un geste qu'elle esquiva. Je ne savais rien de tout cela, sinon crois-moi, les choses auraient été différentes. Je te jure que je n'ai rien oublié de nous, pas une seule seconde et j'aurais tué Sakarie de mes mains si j'avais découvert ce qu'elle avait fait. Tu as raison, sans doute me sentais-je coupable au point que cela a faussé mon jugement. Pardonne-moi.

— Te pardonner quoi ? La faim ? Les humiliations ? Les tortures ? Les cellules infestées de rats ? Les viols à répétition ? cracha Max, les larmes aux yeux.

— Les… viols ? répéta Jack, une nouvelle fois horrifié.

— Bienvenue dans le monde réel, Jack ! Un séjour dans les geôles de Salem n'avait rien d'une promenade de santé et encore moins pour moi ! Le pire dans cette histoire, c'est que jusqu'au bout j'ai cru que tu m'aimais et que tu viendrais me chercher alors que tu n'avais fait que jouer avec moi ! Je n'étais sans doute pas parfaite, mais je ne méritais pas que l'on me traite de cette manière. Même un chien ne mérite pas qu'on le traite de cette façon !

Puis, elle s'enfuit à toutes jambes vers la maison, plantant les deux hommes sur la pelouse, toujours pas remis des horreurs qu'elle venait de leur confier.

XIV

Salem, 1692

Kanda considéra longuement les cinq hommes auxquels elle faisait face avec un mépris non feint. Ils l'avaient enchaîné comme du vulgaire bétail et avaient eu raison, elle les aurait tués sans aucun remord sinon. Comment osaient-ils la traiter de la sorte après tout ce qu'elle avait fait pour eux ?

— Je constate que j'ai droit à un traitement de faveur, des chaînes en argent ? Que me vaut cet honneur, messieurs ? ironisa-t-elle.

Le garde qui tenait sa chaîne comme s'il s'agissait d'une laisse la gifla violemment d'un revers. Le bruit qui se répercuta dans la pièce témoigna de la férocité du geste tandis qu'une perle de sang, échappée de sa lèvre éclatée, souillait le sol du même rouge que sa fureur.

— Silence ! Tu ne parleras que lorsque l'on te l'ordonnera ! tonna l'un des juges.

Kanda ferma les yeux une seconde pour masquer sa rage, puis les rouvrit avant de fixer les hommes droit dans les yeux, chacun leur tour. Même ici, elle ne capitulerait pas, jamais ! Plutôt mourir !

Ils n'imaginaient pas ce qu'elle leur réservait lorsqu'elle sortirait de cet enfer. Parce qu'elle trouverait un moyen de leur faire payer les coups et les humiliations. Ça, ils pouvaient en être certains. Même si elle n'était plus capable de se faire justice elle-même, les siens s'en chargeraient, sans aucun remords. Ils apprendraient alors le véritable sens du mot souffrance. Leur calvaire se révèlerait long et atrocement douloureux au point qu'ils supplieraient qu'on les achève !

— Kanda, vous êtes ici pour répondre des accusations suivantes : adoration du Malin, organisation de sabbat et sorcellerie. Qu'avez-vous à dire pour votre défense ?

La jeune femme leva les mains au niveau de son visage afin que ses juges puissent bien apercevoir ses poignets entravés.

— J'en dis que vous n'auriez pas pris la peine d'utiliser de l'argent pour fabriquer des chaînes si c'était bien de sorcellerie dont il est question, rétorqua Kanda, bravache. Si vous m'interrogiez plutôt sur ceux qui vous ont poussé à m'arrêter et le sort qu'ils vous réservent lorsque la besogne sera achevée ? Car pour les avoirs déjà vus à l'œuvre, je sais de quoi ils sont capables. Croyez bien qu'honorer les promesses faites à de pauvres bougres comme

vous ne fait sûrement pas partie de leurs priorités. Le Mal ment, trahit et manipule, il ne faut donc jamais lui prêter l'oreille, c'est bien cela que l'on enseigne à l'église, non ?

Les juges se lancèrent des regards apeurés, ce qui n'échappa pas à la jeune femme. Qu'imaginaient-ils exactement ? Qu'elle était trop stupide pour ne pas avoir compris leur manège ainsi que leurs véritables intentions ? Pauvres fous ! Ils n'avaient sans doute même pas conscience que l'engrenage dans lequel ils venaient de mettre leurs doigts si proprets allait les broyer, quoi qu'il advienne.

— Nous ne voyons pas de quoi vous voulez parler, ces chaînes ne représentent qu'une simple précaution d'usage, et maintenant, répondez à la question ! ordonna le président.

La jeune femme secoua la tête et soupira avant de rétorquer mollement :

— Je n'ai jamais organisé quoi que ce soit, ni pactisé avec qui que ce soit et je ne suis pas une sorcière.

— Comment expliquez-vous les plantes étranges que nous avons retrouvées chez vous dans ce cas ? demanda un autre de ses accusateurs qui n'était autre que le médecin de la ville.

— Il s'agit d'aneth, de bétel ou encore de fraisier, de simples plantes culinaires ainsi que médicinales donc. Elles poussent dans la forêt, à la sortie de la ville. N'importe qui pourrait s'en procurer. Je m'en serre pour soigner les gens, tout comme vous. Je connais les secrets de la nature et celle-ci est l'œuvre de Dieu si je ne m'abuse. Le créateur a mis à la disposition de ses enfants tout ce qu'il fallait pour les soigner et soulager leurs souffrances physiques. En imaginant qu'elles puissent être nocives, ne blasphémez-vous pas ? ironisa Kanda.

— Comment osez-vous ? hurla-t-il avant que le garde ne la gifle une fois encore.

Sous la force du choc, elle manqua de tomber à la renverse, mais il la retint en tirant d'un coup sec sur la chaine entravant ses poignets, blessant ses derniers au passage. Lorsque la pièce cessa de tourner sur elle-même, Kanda cracha un filet de sang et fixa un moment la dent qui avait atterri sur le sol avant de relever lentement la tête et de répondre, avec un calme que tous savaient de mauvaise augure :

— J'ose, monsieur, parce que j'ai eu l'occasion de sauver les vies de plusieurs personnes à Salem Village lorsque vous avez échoué. À commencer par le fils de l'homme qui se trouve à votre droite et qui parait avoir oublié sa dette envers moi. J'ose, monsieur, parce que je n'ai rien à me reprocher si ce n'est d'avoir aidé des gens qui, aujourd'hui, font preuve d'une mémoire élective. J'ose, monsieur, parce que ma conscience est intacte quoique vous en pensiez. Cependant, j'ignorais que secourir son prochain représentait un acte condamnable, sinon, croyez bien que je m'en serais abstenue, termina-t-elle, sarcastique.

Ses juges échangèrent des regards gênés et discutèrent un moment à voix basse, mais pas suffisamment pour que la conversation échappe à Kanda.

— C'est vrai, elle a soigné votre fils ? demanda le médecin sur un ton de reproche.

— Oui, elle a d'ailleurs sauvé nombre de membres de notre congrégation, ne vous en déplaise, mon cher Griggs. Nous ne trouverons personne pour oser témoigner contre elle, ils la craignent autant qu'ils la respectent. Si certains apprennent qu'elle a été jugée, ils ne comprendront même pas comment nous avons pu décider de l'arrêter et le plan risque d'être découvert. Sans compter que certains ne manqueront pas de se rebeller et nous avons d'autres problèmes plus graves que de gérer une révolte paysanne.

— Je vois.

— Alors, que faisons-nous ? s'enquit l'autre, inquiet.

— Ce qui doit être fait, déclara sèchement le médecin. Nous devons préserver la communauté de toute perversion. Les témoignages de la nièce et de la fille du révérend Parris suffiront amplement.

Kanda savait qu'il n'avait pas digéré qu'elle sauve la vie de ceux qu'il estimait perdus. Il aurait pu être doué, mais trop fainéant et arriviste pour pratiquer un métier aussi altruiste que la médecine, tandis qu'elle connaissait les secrets de la nature et ne refusait jamais les soins, quelle que soit la condition sociale de la personne qui lui demandait son aide. Il était même venu lui demander conseil, mais seulement le soir, à la nuit tombée. Pour rien au monde, il n'aurait reconnu qu'elle était meilleure que lui. D'une part parce qu'elle n'était pas issue de la bourgeoisie et, d'autre part, parce qu'elle était une femme, tout simplement. « Quels vilains défauts que la prétention et la misogynie », *songea Kanda avec amertume.*

Le verdict de ce procès avait été décidé à l'avance, elle aurait dû s'en douter. Toute cette histoire n'était qu'une vaste mascarade depuis le début. Elle aurait dû pressentir qu'ils ne se contenteraient pas de la persécuter pendant quelques semaines, ou mois. Ils voulaient sa mort, ni plus ni moins.

— Vous niez donc toutes ces accusations et refusez de faire pénitence ? demanda le plus vieux.

— Absolument, messieurs. D'ailleurs, pourquoi ferais-je pénitence ? Pour avoir aidé mon prochain ? En quoi cela est-il répréhensible ? Cependant, puis-je ajouter une chose ? interrogea-t-elle, faussement docile.

Il hésita une seconde, mais finit par dire :

— Allez-y, vous êtes ici pour ça.

Le médecin semblait mener la danse alors que les autres se tenaient en retrait, comme gênés d'être là. Ils avaient peur, elle pouvait le sentir de l'endroit où elle se trouvait, il ne lui restait donc qu'à jouer sur cette corde jusqu'au bout, sans espoir de miracle malgré tout. S'ils craignaient autant leur Dieu, pourtant censé n'être qu'amour et pardon, il était facile de deviner ce que défier le diable leur inspirait. Croyants fervents, mais seulement lorsque l'ennemie demeurait dans l'ombre. Ah, ils étaient beaux les soldats de l'Éternel !

Kanda ne savait pas lire, mais on lui avait conté la Bible, comme on raconte une belle histoire à un enfant. Si elle avait trouvé Lucifer orgueilleux et jaloux, aujourd'hui, elle le comprenait presque. Les hommes ne voyaient que leurs propres intérêts et n'étaient prêts à servir leur Père que s'ils n'avaient rien à y perdre. « Quel bel exemple de dévotion ! » songea Kanda avec amertume.

— Vous souhaitez que je vous livre la vérité ? Parfait, la voici donc. Les accusations portées par ces gamines ne sont que des affabulations, montées de toutes pièces par des enfants qui s'ennuient à mourir dans cette ville de tous les interdits. Tous ici, nous savons que si mon procès se déroule à huis clos et dans le plus grand secret, contrairement aux autres, c'est parce qu'en réalité il dissimule toute autre chose. Les seuls à avoir pactisé avec le diable ici, c'est vous, messieurs !

Les magistrats devinrent blancs comme la Mort elle-même. Ils se jetèrent entre eux des regards terrifiés. Ils venaient seulement de saisir ce que signifiait réellement leur prise de partie dans ce simulacre de justice.

— Il suffit ! Faites la sortir ! hurla le médecin.

Il écourtait la séance de peur que ses comparses ne se rétractent et pour cause, l'odeur âcre de leur peur emplissait à présent la salle.

— Et vous ne tarderez pas à regretter votre geste ! prévint la jeune femme pendant que le garde la traînait brutalement vers la sortie. Il viendra réclamer son dû, soyez-en assuré !

Son geôlier la ramena dans sa cellule crasseuse où il la jeta contre le mur sans ménagement après lui avoir ôté ses chaines. Elle se blessa au front, mais cela n'avait plus guère d'importance. La lourde porte claqua, le bruit se répercutant sans fin contre les parois de pierres. Kanda se laissa tomber au sol. Elle n'avait pas voulu le montrer devant ses juges, elle ne leur offrirait pas cette satisfaction, mais elle était éreintée. La faim, les coups et les humiliations avaient entamé ses nerfs ainsi que sa détermination. Le vacarme incessant, ainsi que les pleurs des femmes prisonnières n'aidaient pas. Tous ces gens se retrouvaient ici par sa faute. Ces pauvres âmes ne représentaient qu'une couverture pour ses bourreaux. Pour l'atteindre elle, ils n'hésiteraient pas à en sacrifier des dizaines d'autres.

Un grattement attira son attention, elle se releva pour rejoindre le mur d'en face. Elle en retira une pierre et la posa doucement pour ne pas éveiller les soupçons de ces ivrognes de geôliers.

— Comment cela s'est-il passé ? demanda son amie.

Elle ne fut même pas étonnée de voir que Kanda arborait de nouveaux stigmates de mauvais traitement. Cela était devenu habituel. À chaque entretien avec ses juges, la jeune femme revenait couverte de bleus, avec une lèvre fendue ou un œil au beurre noir. Son bourreau prenait-il vraiment plaisir à faire preuve d'autant de zèle ? Sans doute. Impuissant depuis des années, il se vengeait des femmes qu'il ne pouvait plus honorer en les frappant ou en les rabaissant. Il avait donc sauté sur ce poste de gardien comme la misère sur le pauvre. Ce dernier lui fournissait les souffre-douleurs dont il avait besoin pour se sentir encore un homme. Immonde !

— Mal, c'est ce que je craignais, ils veulent ma tête. Quoi que je dise, je serai condamnée.

— C'est injuste, tu n'as rien fait de mal, tu désirais protéger cette congrégation ! Ils seraient tous morts à l'heure qu'il est si tu n'avais pas réagi !

— Je sais, eux aussi sûrement, mais ils ont choisi d'autres protecteurs. Ils croient que, de cette façon, ils se mettent hors de danger pour un moment. Ses idiots viennent de se faire asservir par le diable en personne sans même s'en rendre compte, quelle ironie !

— Tu penses qu'ils sont au courant pour toi ?

— Je n'en suis pas certaine, ils ne font que suivre les ordres, je crois. S'ils décidaient de me laisser le bénéfice du doute, ils signeraient leur arrêt de mort. Ils ont dû passer un marché, ma vie contre celles de leurs proches et l'assurance d'être débarrassés des Indiens. Seul Griggs sait tout, j'en suis persuadée. Dans son cas, l'arrangement doit comprendre quelque chose de bien plus juteux.

— Que va-t-on faire ? demanda Tituba dont les grands yeux bruns trahissaient son angoisse.

— Tu vas t'en tenir à reconnaître tous les chefs d'accusations. Avec un peu de chance, ils se contenteront de te faire subir l'un de leurs fameux exorcismes, mais rien d'autre.

— Je veux dire pour toi.

— Rien, je vais mourir, souffla la jeune femme en baissant la tête, résignée. C'est le seul moyen d'arrêter ce massacre.

Tituba sursauta comme si elle venait de prendre un coup violent.

— Non ! Je ne vais pas te laisser être conduite au gibet sans rien faire !

— Tituba, je t'en supplie. Notre tribu est déjà bien petite et je vais quitter ce monde sans avoir donné le jour à une nouvelle génération. Tu as un devoir de préservation et de mémoire, ma belle. Jamais les nôtres ne doivent oublier qui est et qui a toujours été le véritable ennemi. Aucun de nous ne doit croire que nous n'étions qu'une misérable tribu de faibles. Tu seras la dernière gardienne de nos secrets.

Une larme coula sur la joue de l'esclave amérindienne. Elle savait aussi qu'il n'existait pas d'autre moyen d'arrêter cette hécatombe et, malgré la perte que cela lui causait, elle ne pouvait décemment pas laisser mourir des dizaines d'innocents pour n'en protéger qu'un seul. Kanda et elle appartenaient à la même tribu et cette dernière avait toujours fait en sorte de préserver l'équilibre de la nature. Si elles agissaient autrement, cela reviendrait à trahir leurs origines et à renier leur identité. Pourtant...

— Je connais l'un des gardes, j'ai aidé sa femme à avoir des enfants, expliqua-t-elle. Il ne croit pas à toutes ces histoires et il me donnera un coup de main. Je vais lui demander de me ramener certains ingrédients pour te fabriquer une amulette. Ne t'inquiète pas, je vais préparer ta renaissance. Ma grand-mère m'a appris cela avant ma capture.

Kanda la regarda avec incrédulité. Une renaissance ? Une chance de se venger de tous ceux responsables de sa perte ? Voilà une idée à laquelle elle n'aurait pas songé, mais qui se révélait bien alléchante. Elle allait mourir pour avoir aimé, ils la rejoindraient six pieds sous terre pour l'avoir trahi. Équitable retour des choses si l'on y réfléchissait.

— Merci ma belle, sourit Kanda en acquiesçant.

— Quand je pense que tout cela a commencé à cause de mon imprudence…

— Ne dis pas des choses pareilles, tu croyais bien faire. Ce sont eux qui n'ont rien compris et le reste leur a simplement servi de prétexte. Peu importe, cette histoire n'en restera pas là. Ils paieront pour ce qu'ils nous ont fait, je peux te l'assurer, gronda Kanda.

Des bruits de pas et de conversations se rapprochaient. Kanda replaça rapidement la brique dans le mur et fit semblant de dormir. Dehors, un loup hurla à la mort, puis un second et un troisième. Elle sourit dans l'obscurité de sa cellule, la chasse venait de commencer et, tôt ou tard, l'hallali serait sonné. S'en prendre à l'un des leurs ne menait qu'à une seule destination : la mort.

XV

Wenham, de nos jours

— Tu veux un café ? demanda Jared.

— Oui, merci.

Les deux hommes étaient maintenant rhabillés de pied en cape. Jack avait décidé, sur les conseils de son second, de congédier la meute. La curiosité des uns et des autres n'aiderait pas Max à se sentir mieux. De plus, certains semblaient trop désarçonnés par la présence de deux alphas. Il était donc préférable de faire en sorte que la pression soit redescendue avant de remplir de nouveau la maison de loups.

Ils burent leur café en silence, tendant l'oreille pour percevoir les bruits qui filtraient de la chambre de la jeune femme. Il y avait eu, en premier lieu, des sons d'objets brisés sur le sol, puis ceux de sanglots. Elle était folle de rage, de chagrin et de rancune, mais qui n'aurait pas ressenti la même chose à sa place ?

— Tu comptes m'expliquer maintenant ? demanda Jared, histoire de donner le change.

— Je devrais lui parler avant, je crois.

— Mauvaise idée. Laisse-la d'abord se calmer, ensuite, j'irai voir si elle accepte de discuter avec toi. Inutile de remettre de l'huile sur le feu pour le moment. La journée a déjà été longue et éprouvante pour elle, alors, sois patient.

— Tu as sans doute raison, souffla Jack en se passant une main sur le visage et dans les cheveux. C'est juste que ce n'est pas comme ça que j'avais imaginé nos retrouvailles.

Il semblait exténué et une ride profonde marquait son front, lui donnant l'air soucieux et bien plus âgé qu'habituellement.

— Elle se calmera. Maintenant, je veux tout savoir. Où as-tu rencontré Max ou devrais-je dire… Kanda, c'est ça ?

— C'est ça. Ce nom signifie *pouvoirs magiques*, en amérindien. J'ai fait sa connaissance en 1690, aux abords de Salem village. Elle vivait un peu en retrait de la ville, autant pour éviter les puritains que pour pouvoir exercer tranquillement sa magie. Nous avions entendu parler d'elle en épiant les blancs. Elle les soignait contre de la nourriture et parfois gratuitement, selon leurs moyens, mais jamais elle ne refusait les soins. La plupart d'entre eux la craignaient autant qu'ils la respectaient.

— C'est tout elle ça, sans arrêt à défendre la veuve et l'orphelin, sourit Jared.

— C'est vrai, convint Jack en hochant la tête, elle a toujours été généreuse. Un soir, mon père a été blessé ou plutôt battu à mort par des blancs. Il s'était aventuré trop loin du campement, même s'il se trouvait encore sur nos terres… En réalité, il voulait en savoir plus sur Kanda. Pour le coup, il s'est retrouvé sur la table de sa petite cabane, à moitié mort. Beaucoup de gens nous auraient fuis, mais pas elle.

— Elle est métisse amérindienne, je suppose que c'était déjà le cas à l'époque.

— En effet. C'est cela qui a intrigué mon père en premier lieu. Aucune Amérindienne n'aurait hérité de si magnifiques yeux verts. Les mariages entre nous et les blancs n'avaient pas lieu à l'époque. Il se demandait également pourquoi elle avait pris le risque de vivre si loin de sa tribu et seule.

— Pour faire court, elle incarnait un objet de curiosité, ajouta Jared.

— C'est à peu près ça, convint l'alpha. Lorsque j'ai retrouvé mon père, nous étions trop loin du campement et lui, trop mal-en-point pour que j'aie le temps de le ramener à bon port. J'avais entendu parler de la sorcière à moitié blanche qui vivait en lisière de la forêt, mais sans jamais l'avoir vue. J'ai songé que cela valait la peine de tenter ma chance et je me suis donc rendu chez elle, mon père dans les bras. Quand elle a ouvert la porte, j'ai été cloué sur place. Quelque chose s'est réveillé dans ma poitrine, mais je n'ai compris qu'ensuite de quoi il s'agissait.

— Le coup de foudre, commenta Jared en allumant une cigarette.

Jack sourit. Il se souvenait de ce jour comme si c'était hier.

— Exactement. Contre toute attente, elle nous a laissé entrer, sans un mot. J'ai déposé mon père sur la table et elle l'a soigné, toujours sans prononcer la moindre parole. D'autres auraient voulu savoir pourquoi il se trouvait dans cet état ou qui lui avait fait ça. Pas elle. J'ai tenté de lui expliquer, mais elle m'a rétorqué qu'elle ne voulait rien entendre, que nos divergences avec les puritains ne la concernaient pas. Elle a fini de soigner mon père puis nous sommes partis. Cependant, je n'arrivais pas à me la sortir de la tête. Je pensais sans cesse à elle, à ses yeux vert émeraude, à ses longs cheveux manteau de nuit… j'oubliais tout le reste. Lorsque mon père s'est remis, comme Kanda me l'avait promis, il a tenu à la remercier. J'ai sauté sur cette occasion pour la revoir. J'ai choisi le meilleur miel que nous avions et j'ai débarqué chez Kanda avec mon présent. J'ai presque sauté au plafond quand sa main a effleuré la mienne alors que je lui tendais mon cadeau.

Ce nouveau souvenir lui arracha un sourire empli de nostalgie.

— Mais tu étais marié si j'ai tout suivi, le coupa Jared, un rien désapprobateur.

Jack croisa son regard, il sembla au second y entrevoir de l'amertume, peut-être aussi de la honte.

— Effectivement, un mariage de convenance, comme il en existait chez les blancs. Nous avions passé une alliance avec sa tribu et cette union devait la sceller. Sakarie était gentille et bonne épouse, mais je n'en étais pas amoureux. Je n'avais jamais rien ressenti de tel avant Kanda. Je lui ai donc apporté ce premier cadeau, après ça, j'ai trouvé toutes les excuses possibles et imaginables pour aller la voir. Au début, elle se montrait méfiante, voire distante. Alors, pour ne pas la brusquer, je disais que j'avais besoin de remèdes ou je lui amenais nos malades.

— Et ensuite tu revenais la remercier, s'amusa Jared.

— Oui. Avec le temps, elle a fini par se détendre et nous sommes devenue amis, puis amants. Le besoin que j'avais d'être avec elle était quasi obsessionnel et je ne prenais que peu de précautions pour cacher notre liaison. Mes frères m'ont couvert un moment, mais mon père a fini par l'apprendre. Il m'a ordonné de laisser Kanda tranquille. À ses yeux, mon mariage et son amour pour moi ne seraient pour elle qu'une source de souffrance supplémentaire.

— Pourquoi supplémentaire ?

Jack se versa une nouvelle tasse de café avant de répondre.

— C'est vrai, tu ne sais toujours pas comment elle est arrivée à Salem, excuse-moi. En réalité, Kanda était le fruit d'une liaison entre un Indien arawak et une blanche issue de la bourgeoisie. Lorsque son grand-père a su que sa mère était enceinte d'un peau rouge, il l'a enfermé à l'abri des regards dans une résidence secondaire de la famille, avec la ferme intention de se débarrasser de l'enfant dès sa naissance. Son père a réussi à découvrir la cachette et avec quelques hommes il a tenté de délivrer la femme qu'il aimait. Mais les choses ne se sont pas déroulées comme prévu. Ils ont été abattus par les gardes avant même d'avoir atteint la maison.

— Salauds, tout ça pour une couleur de peau ! s'indigna son second.

— Oui, mais tu as assisté à ce genre de réactions pendant la sécession. Le racisme ne date pas d'hier. Grâce à des hommes comme toi, l'esclavage a été aboli, c'est déjà ça.

— Mouais… C'est vite dit ! Quand je regarde les infos, j'ai parfois l'impression de ne pas en avoir fait assez…

Jack lui administra une tape amicale sur l'épaule. Il comprenait ce que voulait dire Jared, mais malheureusement, pour véritablement changer les choses, il aurait fallu changer la nature humaine elle-même et aucun homme n'était capable d'un tel miracle.

— Tu as fait ce que tu pouvais quand l'occasion s'est présentée et tu as payé cher ta contribution à un monde meilleur, mon frère, déclara l'alpha. Enfin bref, lorsque Kanda est venue au monde, la sage femme n'a pas eu le courage de la tuer. Son mari, l'un des gardes, a alors décidé d'épargner la petite et l'a amenée aux abords du territoire arawak où la famille de son père l'a récupérée pour l'élever. Sa mère ne s'en était pas sortie et était morte en couche.

— Génial comme premier jour dans le monde, grinça Jared. Ils ont accepté sa différence sans problème ?

— Ne rêvons pas, certains d'entre eux lui ont bien fait comprendre qu'ils la tenaient pour responsable de la mort de son père et des autres guerriers qui avaient participé à l'attaque. Pour eux, c'était se donner trop de mal pour une blanche et une bâtarde sans intérêt. Sa grand-mère, elle, l'a prise sous son aile et lui a enseigné tout ce qu'il fallait savoir sur l'Obeath. En réalité, le père de Kanda était un homme-loup.

Jared reposa sa tasse sur le comptoir, abasourdie. Il resta une seconde à digérer l'information.

— Tu veux dire… comme dans la légende des premiers loups ? demanda-t-il finalement. Ces hommes capables de prendre la forme de l'animal rien qu'en revêtant la peau de ce dernier ?

— Exact, mais les hommes de la famille de Kanda avaient depuis bien longtemps trouvé le moyen de ne plus se servir de la peau de l'animal pour se transformer. À force, je suppose que cette particularité a fini par s'inscrire dans leur ADN et, au final, les enfants devinrent aptes à muter dès leur naissance. Ses oncles étant morts, Kanda était donc la dernière de la lignée.

Jared alla jusqu'à la porte-fenêtre de la cuisine, puis revint sur ses pas aussitôt, manifestement en colère.

— Nom de Dieu ! Mais comment a-t-elle fait pour me cacher son loup si longtemps ? J'ai vécu sous le même toit qu'elle et c'est encore le cas aujourd'hui, pourtant je n'ai jamais rien soupçonné… enfin, sauf depuis quelques mois. Si seulement elle m'avait dit, si seulement j'avais su ! Jamais je n'aurais laissé qui que ce soit s'en prendre à elle !

Il asséna un violent coup de poing sur le comptoir, hors de lui. L'angle de béton brut vola en éclat sous le choc.

Jack, lui, réfléchit à ce que venait de lui confier Jared. Il n'y avait pas songé jusque-là, trop occupé à découvrir si la ressemblance entre Kanda et Max était une simple affaire de hasard, ou si c'était bien celle qu'il attendait depuis si longtemps.

— Ouais, Max est forcément lycanthrope depuis sa naissance, et si tu as passé de longues périodes avec elle, tu aurais dû sentir son loup. Elle peut être capable de le dissimuler un temps, mais pas en permanence, comment…

— Tituba a pris certaines précautions sur ma demande.

La voix de Max avait claqué dans l'air comme un fouet. Jack et Jared se tournèrent et l'aperçurent au bas des marches. Ses yeux étaient gonflés et ses joues tuméfiées par les larmes. Elle portait l'une des chemises de Jared dont elle avait remonté les manches parce qu'elle était trop grande et un jean troué. Avec ses longs cheveux noirs et lisses qui lui tombaient jusqu'à la taille, elle était belle.

Jack grogna en sentant l'odeur de son second sur elle, rien d'agressif, juste une manifestation de l'instinct animal.

— Il va falloir t'y habituer si tu souhaites que je reste ici. Je n'ai pas pris assez de vêtements en partant et je ne peux plus rentrer chez moi, s'agaça Max, comprenant parfaitement le pourquoi de cette réaction.

— Simple réflexe, répondit-il calmement. Que veux-tu dire par Tituba a pris certaines précautions ?

— Vous préférez que je vous laisse seuls ? demanda Jared.

Max esquissa une sorte de sourire en coin qui lui donna à la fois l'air mystérieux et amer. Pour Jared c'était une première, Max n'était pas du genre aigri d'habitude.

— Non. Jack te racontait une belle histoire si je ne m'abuse et j'aimerais en connaitre la suite, rétorqua-t-elle, un rien perfide. Pour Tituba, tu le sauras en temps voulu, lorsque j'aurais décidé si oui ou non je peux te faire confiance, ajouta-t-elle à l'adresse de Jack. Tu vois, je mets de l'eau dans mon vin et suis prête à t'écouter plaider ta cause.

Jack soupira et, une fois de plus, Jared sentit la douleur de son alpha, mais pas seulement. Il détecta également celle de Max, tout aussi puissante, tout aussi écrasante, voire plus encore. Qu'avait-il pu arriver à ces deux-là pour qu'ils se retrouvent dans un tel état ?

— Où en étais-je ? demanda l'amérindien sans quitter Max des yeux.

Celle-ci se servit une tasse de café et s'installa un peu en retrait, laissant une chaise vide entre elle et les deux hommes.

— Tu me racontais l'histoire de Kan... de Max.

— Ah oui, son père était un homme-loup. Kanda a donc eu, dès son plus jeune âge, la capacité de muter à volonté et sans l'aide de la Lune. Son physique humain était singulier pour l'époque, mais pas seulement. Son loup, d'un blanc immaculé, comme tu as pu le constater tout à l'heure, avait quelque chose de fascinant.

— Ouais, magnifique, concéda Jared.

— Merci petit frère, je te retourne le compliment, s'amusa Max, continuant de fixer le jardin.

Jack serra les dents, mais poursuivit comme si de rien n'était.

— Effectivement, magnifique, le mot est on ne peut plus juste. Comme on peut s'en douter, elle ne laissait pas les hommes indifférents et un en particulier, un guerrier de sa tribu. Il avait toujours été fasciné par la capacité de Kanda à muter et défendre les siens. Il a alors songé qu'en l'épousant, il gagnerait un certain statut social dans la tribu. Il se serait arrangé pour lui faire un tas d'enfants et qui sait ? Devenir le chef puisque Kanda n'était autre que la petite fille de celui en place.

Jared tourna son regard vers Max, horrifié une fois de plus des traitements qu'on lui avait infligés. Celle-ci ne broncha pas, se contentant de siroter son café.

— C'est carrément immonde, grogna-t-il.

— Les hommes le sont souvent lorsqu'il est question de pouvoir, encore plus à cette époque où les femmes n'avaient, pour ainsi dire, aucun droit sinon ceux de se taire et d'enfanter. Le grand-père de Kanda a donné son aval pour ce mariage, malgré les supplications de sa petite fille et de son épouse. À ses yeux, il s'agissait d'une façon comme une autre d'intégrer une bonne fois pour toutes Kanda à la tribu et, surtout, une des seules chances de la marier un jour. Non seulement elle était métisse, mais ses pouvoirs effrayaient les autres. Il ne voulait pas que sa lignée s'éteigne. Kanda s'est alors enfuie. Elle a traversé les États-Unis, troquant ses services contre de la nourriture et gardant la plupart du temps sa forme animale pour se protéger des agressions avant d'atterrir à Salem.

— Pourquoi s'être installé dans cette ville particulièrement ? demanda Jared.

Jack se tourna vers la jeune femme, lui laissant la possibilité de répondre elle-même, mais elle n'en fit rien, elle ne le regarda même pas. Une fois de plus, il éprouva la sensation atroce d'être seul au monde.

— À l'époque, elle m'avait confié qu'au début, Salem lui avait semblé intéressante puisqu'en pleine expansion. Les puritains l'agaçaient, bien sûr, mais ils étaient trop occupés à adorer leur Dieu pour se soucier d'elle. Elle ne comptait pas rester indéfiniment dans cette ville, juste le temps de comprendre comment vivaient réellement les blancs, quelles étaient leurs coutumes. Elle n'avait jamais quitté sa tribu avant ça, puis elle a rencontré Tituba.

— Quand vous parlez de Tituba, vous faites allusion à celle des livres d'histoire ? demanda encore Jared.

— Oui, elle et Kanda étaient issues de la même tribu, mais Tituba avait été capturée étant enfant et vendue comme esclave. Celle-ci était curieuse et n'a pas tardé à repérer Kanda. À la nuit tombée, elle est venue la voir, heureuse de retrouver une personne de sa tribu d'origine. Toutes deux isolées des leurs, on peut comprendre qu'elles soient très vite devenues amies.

— Et pour finir, il y a eu toi.

— Exact. Deux raisons pour Kanda de rester, du moins c'est ce que j'ai toujours pensé, mais pas seulement. Les évènements se sont ensuite enchainés rapidement. D'abord Tituba, puis moi et enfin ma mutation. Mais je saute des étapes et m'éloigne du sujet. Donc, Kanda et moi entretenions une liaison et malgré les réticences de mon père, je refusais d'y mettre un terme. Ce dernier faisait de plus en plus souvent appel à elle pour soigner les nôtres lorsque l'homme médecine se trouvait dépassé. Kanda lui avait même appris certaines choses, comme l'utilisation des plantes pour les rages de dents. Elle soulageait aussi comme personne les douleurs de l'accouchement, ce qui, pour les femmes, n'était pas rien. Elles ont alors accueilli Kanda comme l'une des leurs et allaient lui rendre visite régulièrement. Dans ces conditions, notre liaison n'a pas tardé à s'ébruiter.

— Ton épouse a dû être folle de rage.

— Elle a essayé un tas de stratagèmes pour que j'arrête de voir Kanda. Les pleurs, les menaces, le chantage, mais rien de tout cela ne m'effrayait. Je comptais quitter la tribu et m'enfuir avec celle que j'aimais. Je ne voulais pas faire souffrir Sakarie, je la respectais, avais de l'affection pour elle, mais je n'étais pas amoureux. Je passais de plus en plus de temps avec Kanda, oubliant même de rentrer la nuit pour rester avec elle.

— Tu savais ce qu'elle était ? demanda Jared, fasciné malgré lui par le récit de son alpha.

— Non, à cette époque, je n'avais aucun moyen de le deviner puisqu'elle n'était pas esclave de la Lune.

— Comment as-tu fini par l'apprendre ? Elle te l'a dit ?

— J'y arrive. Un jour, l'un de mes frères est venu me chercher chez Kanda, cela faisait deux jours que je n'avais pas remis les pieds au campement. Il m'a expliqué qu'avec les autres chasseurs, ils avaient trouvé les traces d'une bête. Sûrement un loup, énorme, au vu de la taille des empreintes. Ils s'apprêtaient donc à prendre en chasse l'animal. Kanda se montrait nerveuse depuis plusieurs jours, mais là, elle est presque devenue hystérique et m'a supplié de ne pas participer à cette battue. Bien sûr, je ne l'ai pas écouté. J'ai mis sa réaction sur le compte de la peur qu'il ne m'arrive quelque chose.

— Il s'agissait de ses empreintes, souffla Jared en baissant les yeux.

Le regard de Jack se perdit dans le vague, fixant quelque chose dans l'espace qui n'existait pas. Il perdit pied dans ses propres souvenirs.

— Ce soir-là, nous étions plus d'une quinzaine d'hommes pour chercher la bête à travers la forêt. Nous pensions naïvement incarner les traqueurs, en vérité nous étions les proies. Elle n'a pas tardé à nous trouver et aucun de nous ne rentra indemne de cette rencontre. Cinq d'entre nous moururent, quant aux autres, s'ils survécurent, rien ne fut plus jamais pareil pour eux. Cette simple chasse a scellé nos destins, à jamais.

Un silence pesant s'installa. Jared ne se souvenait que trop bien de l'attaque qui avait fait de lui ce qu'il était aujourd'hui, Jack aussi manifestement. Quant à Max, même si elle n'avait pas traversé cette épreuve, elle n'avait pas besoin d'un dessin. Jared prit le temps d'allumer une cigarette avant de demander :

— Vous avez fait appel à Max pour vous soigner ? C'est là qu'elle a su pour toi ?

— Non. Inquiets de ne pas nous voir rentrer, les anciens sont partis à notre recherche. Ils ont ramené tout le monde au campement, y compris les défunts. Je suis resté dans une sorte de demi-conscience pendant deux semaines. La seule chose dont je me souvienne précisément est la douleur atroce de mon corps brisé. Bientôt, lorsque nos yeux ont viré au jaune incandescent, les anciens ont compris de quoi il retournait. Tous avaient entendu, au moins une fois, la légende concernant les hommes-loups. De ce fait, ils savaient à quoi s'attendre et comment nous arrêter. Ils se sont alors réunis pour statuer sur nos sorts, car ils craignaient que nous ne devenions un danger. Mon père a en effet voulu faire appel à Kanda, mais ils ont décrété que cette histoire ne concernait que la tribu. Leur décision était prise : si à la lune suivante nous nous montrions agressifs, ils n'auraient d'autres choix que de nous éliminer et ils avaient conscience que Kanda les en aurait empêchés. D'abord parce qu'elle m'aimait, ensuite parce que nous représentions ce qui lui manquait sans doute le plus, une famille. Les guerriers ont alors fabriqué des flèches avec des pointes en argent provenant d'une mine voisine… Ma première mutation a été un véritable calvaire, j'ai bien cru que j'allais y passer tellement je souffrais. Je pense même qu'à un moment, je l'ai souhaité.

— Tu m'étonnes, concéda Jared, aucune douleur n'est comparable à celle-là. L'impression atroce que le corps se disloque pour que les articulations prennent une forme improbable, c'est l'horreur.

— En effet, mon premier changement m'a pris près de six heures. Trois autres membres de la meute sont morts ce soir-là, ils ne l'ont pas supporté.

La voix de Jack s'était faite plus grave, le chagrin y résonnait clairement, malgré les années passées depuis. Du coin de l'œil, il aperçut Max baisser les yeux.

— Tes frères ?

— Oui, le plus jeune n'était âgé que de seize ans.

— Je suis désolé.

— Merci. Enfin bref, lorsque j'ai finalement pris ma forme de loup et que je suis sorti de mon wigwam[3], les autres étaient déjà là. Ils se sont tous soumis instinctivement, sans que j'aie à fournir d'effort particulier. J'ai alors compris : j'étais l'alpha. Notre perception du monde se révéla totalement différente. Les bruits, les couleurs, les odeurs, tout devint plus net, plus clair, plus puissant. Mais là, je ne t'apprends rien, sourit-il. L'instinct nous a poussés à nous dépenser et nous avons couru à travers la forêt, pendant près d'une heure, laissant libre court à l'animal dans un sentiment de liberté jamais atteint avant ça. Soudain, une fragrance inconnue lorsque nous étions humains nous est parvenue et a réveillé notre instinct le plus primal. Nous avons suivi la trace de l'intrus, prêt à le mettre en pièce sans même comprendre pourquoi nous le haïssions tant. Nous avons parcouru plusieurs kilomètres sans aucun effort et avons enfin trouvé la source de cette odeur si particulière ; des vampires.

— Une embuscade ?

— Non, ils recherchaient certainement celui qui nous avait attaqués. Tu sais à quel point les loups et les vampires se détestent.

— Ouais, ce sont des êtres ignobles et sanguinaires, je ne peux pas les sentir.

---

[3] Habitation circulaire utilisée par les Amérindiens semi-nomades tels que les Micmacs et les Algonquins

Jack rit du jeu de mots de son second. Pour les loups, l'odeur des vampires était insupportable et vice versa. Il s'agissait sans aucun doute de l'une des raisons qui faisaient qu'ils se haïssaient et se livraient une guerre sans merci depuis la nuit des temps.

— Le duel a donc eu lieu, inévitablement. Ils étaient trois. Le reste de la meute s'est uni pour en tuer deux, pendant que l'instinct m'a poussé à prendre en chasse le plus puissant. L'affrontement se révéla bien entendu inégal, ce vampire était ancien et rompu au combat de ce genre alors que je n'étais qu'un jeune louveteau avec pour seule arme sa hargne. Je n'ai pas tardé à me laisser entrainer loin de la meute et à me faire botter le train comme il se doit. Mes blessures furent presque plus graves que lors de mon attaque. Mes cotes étaient brisées en plusieurs morceaux… en vérité, tout mon corps était un monceau de fractures. Couché au sol, je ne pouvais plus rien pour me défendre. Le vampire s'apprêtait à m'asséner le coup de grâce lorsque le plus beau loup que j'ai jamais vu est sorti de nulle part. Il était si blanc, hormis ses iris, qu'il aurait pu se confondre avec la neige.

Jack marqua une pause tandis que ses yeux se posaient sur Max. Jared en fit autant, mais son amie resta de marbre, fixant obstinément le jardin. Jack poursuivit alors :

— Elle a mis le vampire en pièce en moins d'une seconde et avant que je ne perde totalement connaissance, je l'ai reconnue. Mon loup l'a reconnue.

Une fois de plus, les deux hommes coulèrent un regard vers la jeune femme. Celle-ci se leva et se servit une nouvelle tasse de café sans un mot avant de reprendre sa place.

— Qu'est-ce qui s'est passé ensuite ? demanda Jared, curieux.

— Elle m'a chargé sur son dos et m'a ramené au campement. Puis elle s'est enfuie.

— Quoi ? Mais pourquoi ? s'enquit Jared en haussant les sourcils.

— J'y arrive. La Lune m'a aidé à cicatriser et, au matin, le combat de la nuit n'était plus qu'un mauvais souvenir. J'étais un peu désorienté, mais ce dont j'étais certain, c'était que ce loup blanc qui m'avait sauvé la vie était Kanda. Ma certitude a été renforcée lorsque je suis sorti de mon wigwam. Les autres avaient eux aussi reconnu la louve immaculée. Bien entendu, ils avaient dit à qui voulait l'entendre que Kanda était une héroïne. J'ai foncé chez elle pour obtenir des explications, mais j'ai trouvé la petite cabane vide. Je l'ai attendue jusqu'à la nuit, caché dans un buisson, pour que les blancs ne me tombent pas dessus. Inquiet de ne pas la voir revenir, j'ai décidé de retourner au campement pour prévenir les miens. Tous les membres de la tribu étaient d'accord pour retrouver Kanda et lui offrir une place parmi nous. Une fois de plus, elle avait sauvé la vie de plusieurs d'entre nous.

— Ta femme n'a pas vu les choses sous cet angle, je suppose ?

— Elle est restée dans son coin. Sakarie n'était pas du genre à faire un esclandre en public. Je pouvais comprendre qu'elle ne saute pas de joie à l'idée que les siens veuillent octroyer à sa rivale une place au sein de la tribu. Les anciens se sont réunis de nouveau, mais cette fois, j'ai eu la permission d'assister à la réunion afin de témoigner de ce que j'avais vu. Certains ont tout de même avancé la théorie que c'était peut-être Kanda qui nous avait attaqués, mais cette hypothèse fut vite mise de côté. Lorsque nous sommes ressortis, après deux heures de délibérations, elle était là. Sous sa forme de loup, elle attendait patiemment, assise face au feu, ses grands yeux dorés fixant les flammes. Je me suis approché. À ses pieds gisait le cadavre ensanglanté d'un homme. Certains ont paniqué et commencé à s'armer. Non seulement ce n'était pas la pleine lune et elle avait malgré tout réussi à muter, mais en plus, elle avait tué un Être Humain. Kanda a alors changé et s'est retrouvée nue devant nous tous, digne et fière. J'ai cru défaillir devant cette vision, sourit Jack. *« Voici le responsable de votre attaque et de votre nouvelle condition »* a-t-elle dit. *« Après avoir ramené Yuma, je l'ai traqué et tué, il ne vous fera plus de mal »*. Mon père s'est approché calmement et lui a demandé à quelle famille de loups elle appartenait. Elle nous a tout raconté, sa naissance, sa fuite, tout. Elle nous a aussi expliqué qu'elle avait détecté la présence des vampires et d'autres créatures surnaturelles à Salem et qu'à partir de ce moment, la guerre était déclarée.

— Parce qu'il y en avait d'autres ? interrogea Jared, abasourdi encore une fois.

— Oui, des goules, des métamorphes et j'en passe. Quel meilleur endroit pour se cacher qu'une congrégation puritaine ? Kanda nous a également confié qu'elle avait empêché l'une des jeunes filles du village de se transformer après la morsure d'un vampire. Elle s'était rendue au cimetière pour lui planter un pieu dans le coeur et mettre le feu au corps avant que la mutation ne soit achevée. Par précaution, elle protégeait sa maison d'une éventuelle attaque, grâce à l'Obeath, mais ils n'avaient rien tenté contre elle depuis. Sûrement leur avait-elle rendu service en effaçant les preuves d'une erreur de débutant. Mais là, pour me sauver la vie, elle venait de tuer l'un de leurs meneurs. Ils risquaient de ne pas en rester là. Les représailles seraient inévitables et sanglantes.

— Un vrai merdier quoi, commenta Jared. Attends, je mets des pizzas au four.

Sans qu'ils s'en soient rendu compte, le Soleil avait commencé à descendre derrière les arbres, baignant la cuisine d'une douce lumière orangée. Jared enfourna donc les pizzas et revint prendre place en face de Jack.

— Donc, Kan… ou Max, comment je dois t'appeler ? Je suis largué là ! lança-t-il en se tournant vers la jeune femme.

Cette dernière pivota lentement son visage vers lui. Il n'exprimait rien de particulier, mais Jared la connaissait trop pour ne pas deviner qu'il ne s'agissait que d'une façade. À l'intérieur, elle bouillonnait, il en aurait mis ses deux mains à couper.

— Calme-toi cow-boy, pour toi et aux yeux de tous, j'ai toujours été Max dans ce monde. Il n'y a rien de changé, je reste ta petite sœur. Cette histoire m'est arrivée lorsque j'étais encore Kanda, mais Kanda est morte.

Sa réponse avait sonné comme un glas et une nouvelle fois la douleur de Jack écrasa Jared. C'était aussi cela faire partie d'une meute, on partageait tout, le pire comme le meilleur.

— Ok, donc Kanda avait réussi à se mettre à dos les vampires, continua Jared.

— Ouais, mais toujours dans l'optique de protéger les humains, quels qu'ils soient. De toute façon, si les vampires avaient été découverts, nous ainsi que tous les autres êtres surnaturels du coin étions en danger. La panique a d'abord pris le dessus. Les anciens avaient entendu parler de ces démons, mais n'en avaient jamais croisé et nous apprenions qu'en réalité, ils vivaient tout prêt de nous. Les disparitions d'hommes ou de têtes de bétail prirent tout leur sens, ainsi que l'horreur qui découlait de cette découverte. Kanda nous a ensuite expliqué qu'il fallait qu'elle nous forme rapidement en cas de combat contre eux, mais un problème de taille subsistait. Les vampires se réveillaient toutes les nuits, en totale possession de leurs pouvoirs, alors que nous pouvions nous défendre seulement lorsque la Lune était pleine. Comment ferions-nous s'ils nous attaquaient par surprise ? Elle nous a confié qu'avec de l'entrainement, il était envisageable de muter sans l'aide de la Lune. C'était douloureux certes, et cela demandait des efforts, mais c'était possible. Elle proposa aussi de faire appel à l'Obeath pour accélérer le processus. Il fallait faire vite pour ne pas être pris au dépourvu.

— Une formation en accéléré si je comprends bien ?

— C'est exactement ça, nous devions nous protéger si nous ne voulions pas être éliminés comme de pauvres insectes. Nos adversaires étaient plus vieux et plus entrainés, nous n'avions pas le droit à l'erreur. Mon père a déclaré que nous nous en remettions à elle et que nous ferions tout ce qu'elle exigerait sans discuter. Elle a ri, ce qui a horrifié toute la tribu sur le moment, s'amusa Jack. Elle a expliqué qu'avec tout le respect qu'elle avait pour lui, en ce qui concernait la meute, il n'avait pas son mot à dire. S'il incarnait le chef des hommes, j'étais celui des loups. Une fois sous leur forme animale, ils ne répondraient qu'à mon appel, qu'à mes ordres et qu'à mes lois.

Jared se leva, alla chercher les pizzas dans le four puis les déposa sur le comptoir avant de les découper.

— Votre transformation risquait de changer bien plus de choses qu'il ne pouvait le soupçonner, remarqua Jared tout en servant ses amis.

— Nous étions de simples novices, concéda Jack.

— L'entrainement n'a pas dû être une partie de plaisir avec une prof comme Kanda, glissa Jared, malicieux.

Celle-ci lui jeta un regard de biais, un petit sourire amusé sur les lèvres, mais n'ajouta rien, une fois encore. Jack aussi sourit, l'atmosphère sembla se détendre un peu.

— Disons qu'à l'époque, j'étais jeune et un peu naïf. Moi, le jeune homme timide et maladroit, je me suis imaginé que si la nature m'avait nommé alpha, c'était sans doute parce que j'étais le plus fort. Un excès de confiance vite remis à niveau par Kanda… La première fois que nous avons réussi à muter sans l'aide de la Lune, mon pouvoir a agi, comme d'habitude, sur les miens, mais pas sur elle. Les autres loups furent désarçonnés de se retrouver face à deux alphas. Aussi, ma position de mâle dominant m'a poussée à tenter de la soumettre également.

Jared ouvrit de grands yeux ronds, lâchant sa pizza qui atterrit par terre.

— Tu l'as provoqué en duel ?

— Grand mal m'en a pris ! s'esclaffa Jack. Pendant tout le temps où je lui ai tourné autour, faisant claquer mes dents à quelques centimètres seulement d'elle, elle est restée assise, tranquille, n'esquissant même pas un geste pour esquiver mes attaques. Toute la tribu était de nouveau là, tremblante à l'idée de l'issue d'un tel combat et abasourdie par ma réaction, puisque tous connaissaient la nature de notre relation. Puis en une seconde, elle m'a sauté dessus et plaqué à terre, la gueule sur ma gorge. Elle a serré, rien qu'un peu, puis s'est retirée et m'a léché la truffe avant de reprendre forme humaine. J'en ai fait autant, un peu honteux. J'ai alors demandé pourquoi je ne pouvais pas la soumettre étant donné que mon loup l'avait reconnu comme sa compagne et le sien aussi. J'étais le mâle, donc le plus dominant… Je n'ai pas eu le temps de terminer ma phrase qu'un murmure s'est élevé dans la foule. En me retournant pour voir ce qui se passait, j'ai aperçu Sakarie. Cette scène a marqué le début de la fin, je crois. Les rôles étaient inversés. Aux yeux de la tribu, Kanda devenait mon épouse et Sakarie une seconde concubine. Ce soir-là, j'ai eu droit à une scène mémorable.

— Ce moment a marqué le début de *ma* fin tu veux dire ? cracha Max qui avait enfin retrouvé l'usage de la parole.

— Elle n'a pas supporté que le loup de Jack t'aime lui aussi ?

Max déposa son morceau de pizza dans son assiette avant d'expliquer froidement :

— Non, tant que seul Jack m'aimait, il restait un espoir, mais elle savait que les loups, eux, n'offrent leur cœur qu'une fois. Si Jack n'avait pas réussi à résister à l'attirance qu'il avait pour moi, il y avait peu de chances que son entité animale y parvienne, mais c'était tout de même possible. Bien entendu, si son loup ne m'avait pas acceptée, cela aurait réglé le problème, nous n'aurions pu vivre ensemble sans nous entre-tuer. Elle a dû comprendre à ce moment-là que la seule option qui lui restait pour que je débarrasse le plancher était que je meure. Dans ce cas, par esprit de conservation de l'espèce, Jack aurait pu envisager de prendre une nouvelle compagne. Je suppose qu'elle a voulu que tu lui fasses un enfant et que tu la transformes après ma disparition ? dit-elle en se tournant vers Jack.

— J'ai toujours refusé et je l'aurais tué sans aucun remords si j'avais su qu'elle avait provoqué ta perte. Elle a fini par partir, comme ça, sans prévenir. Je pense que me voir errer comme une âme en peine depuis ta mort ne devait que lui rappeler davantage à quel point je t'aimais.

— Pourquoi ne pas être venu me délivrer si tu m'aimais tant que ça ? demanda Max, amère.

Jack se leva et se décala pour se positionner face à Max. Il tenta de lui attraper la main, mais elle esquiva, croisant ses bras sur sa poitrine, le visage fermé.

— J'ai essayé, je te jure que j'ai essayé ! À plusieurs reprises, nous avons entrepris de prendre la prison d'assaut, mais à chaque fois les vampires semblaient avoir été prévenus et nous étions obligés de battre en retraite. Le jour de ton exécution, nous avons décidé de monter une nouvelle expédition, en vain. Pour être certains que nous ne puissions agir, ils l'ont avancé d'une heure et changé l'endroit. Lorsque nous sommes arrivés, tout était fini, ma vie était finie…

La voix de Jack mourut sur ses lèvres, tandis que des larmes vinrent troubler sa vision. Jared en resta bouche bée, jamais il n'avait vu Jack verser la moindre larme et pourtant, ils en avaient affronté des moments difficiles depuis qu'ils se connaissaient. Max, elle, se leva et commença à tourner en rond dans la pièce, mais ne se montra pas agressive. Elle semblait chercher une solution à un problème récurrent.

— C'est elle qui a rencardé les vampires, sale garce ! hurla-t-elle soudain. J'aurais dû la tuer le jour où j'ai su que tu étais marié ! Tu voulais tant la voir comme une victime que tu ne t'es pas méfié une seconde. À chaque fois que vous montiez une expédition, elle avait le temps de les prévenir !

— Je n'ose même pas imaginer par quoi tu es passé, chaton, essaya de la calmer Jared, mais à présent c'est de l'histoire ancienne. Nous devons nous concentrer sur ceux qui ont tenté de te faire du mal aujourd'hui.

Max se tourna alors vers lui.

— De l'histoire ancienne ? Non, Jared. En réalité, l'histoire se répète ou plutôt, ce qui m'est arrivé dans cette époque n'est que la continuité de la première. Tout est lié.

Cette fois, les deux hommes restèrent interdits tandis que les iris émeraude de Max furent remplacés par deux pierres d'un jaune incandescent. Tous deux purent sentir son envie de tuer aussi bien que s'il s'agissait de la leur. Sa colère était sans doute justifiée, cependant, en tant qu'alpha, elle était capable d'exciter ou d'apaiser la meute à sa guise, il fallait absolument qu'elle se contrôle s'ils voulaient éviter que la ville ne se transforme en terrain de chasse.

— Zen, souffla Jared en prenant garde que son intonation ne sonne pas comme un ordre.

Comme tout alpha, Max refuserait de plier face à un autre loup, encore moins si celui-ci se révélait être moins dominant qu'elle. Il avait donc opté pour le ton qu'il utilisait habituellement pour la rassurer ou la réconforter. Dans le cas présent, il ne jouait pas les dominant, juste le grand frère tentant de calmer le jeu, avec un peu de chance, Max percevrait cette différence de taille.

Effectivement, cette dernière respira à fond et parvint à reprendre sans difficulté le contrôle de son loup. Sa maîtrise était vraiment impressionnante, il fallait le reconnaître.

— Qu'est-ce que tu veux dire par là ? demanda finalement Jared. Tous les protagonistes de cette histoire sont morts à l'heure qu'il est, alors comment pourrait-elle être liée à ce qui t'es arrivé dans cette vie ?

Max secoua la tête, dépitée et se rassit avant de se prendre la tête dans les mains. Elle semblait à bout de force. Elle ne broncha même pas quand Jack fit le tour du comptoir pour prendre place près d'elle.

— J'aurais tellement voulu faire en sorte de ne pas te mêler à tout ça, petit frère, souffla-t-elle, son visage toujours dissimulé. Si je n'avais pas tenté de retrouver Yuma, rien de tout cela ne se serait produit…

Max fut alors secouée de violents sanglots. Jared s'apprêtait à la prendre dans ses bras pour la réconforter, mais Jack se mit à grogner. Elle se redressa brusquement et lui administra un coup de poing dans le torse.

— Ne lui grogne pas dessus ! Je t'interdis de grogner sur lui ! cria-t-elle entre ses larmes. Il est ma seule famille, alors respecte-le !

Jack la regarda, surprit, les mains levées en signe d'apaisement.

— Ça va, calme-toi, c'est seulement l'instinct qui a repris le dessus une fraction de seconde, s'excusa-t-il avant de la serrer contre lui. Pardonne-moi Jared, ce n'était pas dirigé contre toi.

— Je le sais, ne t'inquiète pas, c'est juste que j'ai toujours surprotégé Max. C'est nouveau pour moi de la voir avec… toi, ajouta-t-il, gêné.

— Je ne suis pas avec lui ! s'agaça l'intéressée en se dégageant des bras de l'Amérindien. Il m'a reconnue comme sa compagne sans même me demander mon avis ! Si je le recherchais, ce n'était pas pour ça !

Une nouvelle fois, Jack grogna. Ses yeux prirent la couleur de l'ambre, Max l'imita, nullement impressionnée. Décidément, elle ne voulait vraiment pas le considérer comme son alpha !

— Détendez-vous tous les deux ! s'énerva Jared. Ce n'est pas le moment, quelqu'un a tenté de te tuer, Max !

Les ex-amants se tournèrent vers lui un instant, puis se calmèrent enfin.

— Il a raison, concéda Jack, réglons un problème après l'autre. Maintenant que tu as retrouvé la mémoire, raconte-nous ce qui s'est passé.

— Ouais, mais avant, je vais nous servir un verre, ajouta Jared en sortant d'un placard une bouteille de scotch.

Max prit le temps de boire une gorgée avant de reprendre :

— Pour comprendre les causes de mon accident, il faut retourner à Salem pour combler les vides que Jack a laissés.

— Vas-y, nous t'écoutons, l'encouragea ce dernier. Moi aussi j'ai besoin d'éclaircir certains points sur notre histoire.

Elle lui jeta un coup d'œil.

— Hum… Vous connaissez donc les circonstances de mon arrestation. Une fois là-bas, on m'a balancé dans un cachot immonde. Spécialement pour ma petite personne, ils avaient pris la peine de changer les barreaux pour en installer en argent.

— L'argent agit sur toi ? demanda Jared.

— Oui, j'ai beau posséder quelques plus, je reste un loup-garou comme les autres. Ils m'ont laissé croupir là pendant trois jours, sans boire ni manger.

Ils voulaient m'affaiblir le plus possible avant ma comparution. Lorsqu'ils sont enfin venus me chercher, ils ont pris soin de m'enchainer une nouvelle fois et le gardien a fait du zèle si je puis dire. Avant d'entrer dans la salle d'audience, j'avais déjà un poignet foulé et le nez cassé.

Jack respirait fort, il tentait de contrôler sa colère, ainsi que son loup. Cela lui semblait de plus en plus difficile et Max n'en était qu'au début de son récit.

— Là, ils m'ont notifié que j'étais accusé de sorcellerie, que la sale gamine du révérend Parris m'avait dénoncé comme adoratrice du démon. Bien entendu, je n'étais pas dupe et ne me gênais pas pour le faire savoir. Mes juges paraissaient mal à l'aise de se trouver là, comme apeurés, seul le médecin, Griggs, s'acharnait à vouloir m'arracher des aveux. Je leur ai aussi fait comprendre que le marché qu'ils avaient passé avec les vampires les mènerait à leur perte. Évidemment, ils ont agi comme si de rien n'était et j'ai été puni pour avoir osé insinuer de pareilles choses. Dès ma seconde comparution, j'ai pris conscience qu'il ne s'agissait aucunement d'un procès, mais d'une mise à mort en bon et due forme. J'ai alors naïvement songé que Yuma viendrait avant…

— J'ai essayé, souffla Jack.

— Patiemment et pendant un mois entier, ils m'ont fait comparaitre tous les jours, continua Max sans relever. J'ai subi tous les examens et tortures censés prouver ma nature de sorcière. Ils ont rasé la plus petite parcelle de mon corps, en prenant soin de faire déraper la lame à plusieurs reprises, pour trouver une soi-disant marque de naissance. Ils ont utilisé une balance, avec comme simple contrepoids l'une de leurs maudites bibles ! Ils ont avancé que les rats venaient me visiter la nuit et qu'ils étaient sans aucun doute des familiers. Tu parles ! Cette foutue prison en était infestée !

— Pourquoi s'acharner de la sorte ? Tu étais prisonnière d'une cage d'argent, non ? Il suffisait de t'abattre dès le premier jour et le tour était joué, commenta Jared.

Max lui taxa une cigarette avant de répondre :

— Oui, mais cela aurait été trop facile. Cela devait faire une quinzaine de jours que j'étais enfermé lorsque Sakarie est venue me rendre une petite visite. C'est seulement là que j'ai compris l'acharnement de mes bourreaux.

Max sembla alors se perdre dans ses souvenirs. Ses yeux, troubles et exorbités, fixaient le vide comme si la peur lui revenait en même temps que les images du passé.

— Elle avait soigneusement planifié sa vengeance, point par point. Rien n'avait été laissé au hasard…

XVI

Salem Town, 1692

Lorsque des bruits de pas résonnant dans le couloir indiquèrent à Kanda que quelqu'un approchait, elle eut à peine la force de lever la tête. Ce ne fut que quand la porte s'ouvrit et qu'elle reconnut son visiteur qu'elle prit sur elle pour se relever, malgré la douleur que cela lui causa.

— Te voilà moins fière, sale chienne que tu es ! Je t'avais juré que tu me le paierais et le moment est enfin venu, ricana Sakarie. Dis-moi, tu apprécies tes petites promenades en laisse d'argent ? Il s'agit de l'une de mes idées. Cependant, mes amis estiment également que tu mérites le meilleur, ajouta-t-elle perfide.

Elle était vêtue d'une longue cape noire en soie et d'une jupe de velours pourpre surmontée d'un corset de la même couleur, rehaussé de boutons de perles blanches sur la poitrine. Son cou était orné d'un collier en or ou pendait un rubis de belle taille. Des vêtements et des bijoux de blancs, riches qui plus est. Son arrestation avait dû lui valoir quelques compensations en plus de soigner son orgueil de femme bafouée. Décidément, la douce et effacée Sakarie avait bien caché son jeu. « Quand je pense que j'ai éprouvé des remords envers cette femme », *songea Kanda avec dégout.*

— Tu crois vraiment que Yuma te pardonnera cela ? La vérité finit toujours par éclater. Tôt ou tard, il apprendra que c'est toi qui m'as vendue. D'après toi, quelle sera alors sa réaction ?

— Rien, il ne fera rien, parce qu'il ne saura jamais. Tu vas mourir ici et il t'oubliera, je m'y emploierai. Les hommes oublient, irrémédiablement, c'est dans leur nature.

Kanda sourit en secouant la tête.

— Les hommes sûrement, les loups, jamais. Yuma est immortel, ou presque, à présent, pas toi. Tu vas vieillir, décrépir et retourner à la poussière, alors que lui restera toujours jeune et beau. Qu'imagines-tu au juste ? Tu crois que tu pourras le contenter encore longtemps ? Laisse-moi rire ! Tu n'y parviens déjà pas aujourd'hui ! Au lieu de me mettre tous tes malheurs sur le dos, pose-toi les bonnes questions. S'il était parfaitement heureux avec toi, pourquoi aurait-il tout mis en œuvre pour me séduire ? Parce que contrairement à ce que tu penses, c'est lui qui a tout fait pour que je le remarque, et non l'inverse. Pour-

quoi préfère-t-il passer ses soirées en ma compagnie plutôt qu'avec toi ? Pourquoi préfère-t-il partager ma couche plutôt que la tienne ? T'a-t-il seulement déjà dit je t'aime ? Et aujourd'hui, le fossé entre vous deux est plus profond qu'il ne l'a jamais été. Vous êtes issus de deux mondes bien trop différents. Yuma est désormais un fils de la Lune, tandis que tu n'incarnes qu'une simple humaine vouée à une mort prématurée. Si tu l'aimais autant que tu l'affirmes, tu lui accorderais une chance d'être heureux !

— Ferme-la, chienne ! gronda Sakari avant de la gifler violemment. Yuma et moi étions parfaitement heureux avant ton arrivée et tu as tout détruit ! Tu ne sais absolument rien, ni de notre vie d'avant, ni de l'amour en général !

Elle savait que l'argent l'affaiblissait. Elle venait d'ailleurs de lui confirmer qu'il s'agissait de son idée. Les vampires devaient avoir des doutes à ce sujet et elle avait dû leur expliquer que, malgré le fait qu'elle puisse enfanter et muter sans l'aide de la Lune, elle restait un garou ordinaire, ou presque. Depuis quelques jours, même sa nourriture était servie dans des couverts fondus de ce maudit métal. Elle avait sans doute attendu qu'il fasse son effet avant de venir lui rendre visite. Courageuse, mais pas téméraire ! Sous le couvert de la femme bafouée et éplorée, Sakarie était en réalité le diable en personne. Narcissique, manipulatrice, calculatrice et mauvaise. Seuls ses propres intérêts comptaient et peu importait le mal qu'elle pouvait infliger à autrui tant qu'elle parvenait à atteindre ses objectifs.

— Je sais beaucoup plus de choses que tu ne l'imagines, rétorqua Kanda en se levant de nouveau pour l'affronter. Par exemple, si le bonheur de Yuma en avait dépendu, j'aurais disparu depuis longtemps, mais l'un sans l'autre, nous ne sommes rien. Nous faisons partie intégrante d'un seul tout. Écoute, tends l'oreille, tu entends ce loup qui hurle ? Ce n'est pas n'importe lequel, c'est lui, c'est Yuma. Pour toi, il ne s'agit que d'un simple hurlement animal, mais moi, je le reconnaitrais entre mille ! Il tient à me faire savoir qu'il est là, près de moi et qu'il ne m'abandonnera jamais. Quoi que tu fasses ou dises, tu ne pourras jamais détruire ce lien. Ma mort ne changera rien, elle ne fera que le conduire plus vite à la sienne !

Le regard de Sakarie devint encore plus dur tandis qu'un rictus mauvais étirait sa bouche. Elle transpirait la haine.

— Eh bien soit ! s'exclama-t-elle finalement. De cette façon, il souffrira autant que j'ai souffert par sa faute. Quant à toi, murmura-t-elle doucereuse, je te destine un sort tout particulier. Tu as tout compris, j'ai passé un marché avec eux, et quel marché ! J'ai trahi les miens, mais je dois dire que cela vaut le coup ! Et puis, ce n'est qu'un juste retour des choses après ce qu'ils m'ont fait pour te soutenir, toi, une étrangère ! Si j'ai subi une humiliation, elle n'aura rien de comparable avec celle que je te réserve ! Même s'il parvient à te délivrer, jamais Yuma ne voudra te reprendre après ça.

Un homme sorti alors de l'ombre, un vampire. Kanda sursauta, elle ne l'avait pas senti venir, l'argent avait sans doute endommagé ses sens.

Vêtu d'une chemise à jabot blanche et d'une redingote de velours noir, il resta un moment à l'étudier sans un mot. Les traits figés, seuls ses yeux glissèrent, avec une lenteur calculée, sur Kanda, de la tête au pied. La jeune femme frissonna sous le regard empreint de sadisme et de concupiscence. Ce winjigo était le mal en personne, pas une once d'humanité n'avait survécu en lui. Elle comprit alors que la mort ne viendrait pas aussi vite qu'elle l'avait souhaité. Il était du genre à jouer longuement avec sa proie avant de l'achever, comme un chat joue avec une souris.

— Fais d'elle ce que bon te semble, dit Sakarie. Mais n'oublie pas notre marché. Je veux qu'elle souffre un maximum et qu'elle ne meure pas immédiatement. Son supplice doit durer, c'est tout ce que je te demande.

— J'honore toujours mes dettes, rétorqua le vampire. Particulièrement celles de ce genre, elles sont de loin les plus agréables à rembourser. Je m'applique, prends mon temps, profite, heureux d'être redevable, pour une fois. Il n'est pas dans mes habitudes de décevoir les jolies femmes.

Il possédait un accent étrange, guttural, que Kanda n'avait jamais entendu et qui la fit frissonner, la poussant à reculer. À présent, elle se retrouvait acculée contre le mur de pierres suintant d'humidité. Comme s'il n'attendait que ça, il se mit en branle.

La jeune femme avait beau en avoir croisé plusieurs, une fois de plus, la façon de se déplacer des vampires lui donna la nausée. Ils paraissaient ne pas toucher le sol, comme s'ils glissaient au lieu de marcher, rappelant davantage un reptile rampant sournoisement jusqu'à sa victime qu'à un homme.

Elle n'eut même pas le temps de la voir venir, qu'une gifle magistrale la fit décoller du sol pour l'envoyer contre le mur de droite où sa tête frappa avec violence. Il lui sembla que des milliers d'étoiles explosaient sous ses paupières. Lorsqu'elle parvint enfin à ouvrir de nouveau les yeux, une douleur lancinante vrillait ses tempes tandis que sa vision était brouillée par le sang. Malheureusement, ce ne fut que le début. Sans ménagement, il l'attrapa par le bras pour la soulever au-dessus du sol, telle une vulgaire poupée de chiffon avant de lui arracher ses vêtements de sa main libre. Réalisant quelles étaient les intentions du vampire, Kanda hurla et tenta de se débattre, lui envoya des coups de pied ainsi que des coups de poing, mais ne réussit qu'à se démettre l'épaule. Lorsqu'il la jeta au sol pour s'allonger sur elle, elle essaya de nouveau de lui échapper, griffant, mordant et se cabrant avec la force du désespoir. Cependant, ce réflexe n'était dû qu'à l'instinct de survie, car elle avait conscience d'avoir déjà perdu.

Ce soir, si la femme ne mourait pas physiquement, elle le serait psychologiquement et l'alpha, lui, serait définitivement brisé. Tout le long que dura son calvaire, elle n'entendit qu'une chose : le rire satisfait de sa rivale.

XVII

Wenham, de nos jours

Cette fois, Max éclata en sanglots. Ces pleurs, entrecoupés de spasmes et de gémissements, ressemblaient presque à ceux d'un animal blessé et implorant qu'on l'achève. La louve alpha et la femme fière jouaient à égalité. Leur volonté avait été brisée ce soir-là, dans une cellule sombre de la prison de Salem. Seules, affaiblies, abandonnées de tous, elles avaient capitulé face à l'horreur du monde et souhaité quitter celui-ci.

Sans un mot, Jack se leva pour gagner le salon d'où des bruits de choc, de vaisselle cassée et des grognements sourds ne tardèrent pas à leur parvenir.

Jared resta une seconde sans bouger, tiraillé entre son rôle d'ami et celui de second. Finalement, il prit Max dans ses bras, tant pis pour Jack et ses réactions de mâle dominant. Comme pour tout bon grand frère, réconforter sa petite sœur faisait partie de ses attributions. Il ne pouvait décemment pas la laisser dans cet état sans lever le petit doigt. C'était au-dessus de ses forces, surtout en de pareilles circonstances.

Elle n'avait pas eu besoin de terminer son histoire pour qu'ils comprennent ce qui s'était passé. Même si le corps dans lequel elle évoluait à présent était neuf, elle garderait à jamais cette souillure sur son âme.

— Ça va aller, ça va aller, chaton. Plus personne ne te fera de mal maintenant. Allez, bois ça, dit-il en lui servant un verre de scotch.

Elle se détacha doucement de lui, essuya ses yeux d'un revers de la main puis le vida d'un trait avant d'allumer une nouvelle cigarette de ses doigts tremblants. Se calmer lui demanda tout de même plusieurs minutes. Pendant ce temps, Jack, lui, finit de dévaster le salon avec application. Jared aurait bien cassé quelques objets aussi, histoire de laisser sortir sa colère, mais à ce prix-là, ils n'auraient plus de maison d'ici la fin de la nuit. De plus, il n'était pas vraiment persuadé que ce genre de réaction, certes justifiée, mais empreinte d'une certaine violence, aide véritablement Max à rester calme.

— Cette scène s'est reproduite à plusieurs reprises. Et à chaque fois, elle y assistait en y prenant un plaisir malsain, poursuivit cette dernière d'une voix éteinte.

— Comment un être humain peut-il se montrer capable d'une telle monstruosité ? Une femme qui plus est ! s'indigna Jared. Qu'elle ait été jalouse, malheureuse, qu'elle se soit sentie trahie, je peux le concevoir, mais faire preuve d'un tel machiavélisme ! Cette femme était ignoble !

Les yeux toujours dans le vide, Max hocha la tête avant de continuer. Comme si elle n'avait pas conscience de la présence de Jared, mais qu'elle avait besoin de laisser sortir toutes ces horreurs afin de les exorciser.

— Les termes de son marché avec les vampires étaient les suivants : elle m'avait livré contre la garantie que je souffrirais un maximum avant ma mise à mort. Pour eux, infliger la souffrance est une seconde nature, ils n'ont eu aucune difficulté à lui accorder ce petit plus. Elle a trouvé le moyen de briser l'alpha autant que la femme. Quant aux vampires, je pense qu'ils ne voulaient pas seulement m'éliminer parce que j'avais tué l'un des leurs, mais parce qu'ils connaissaient la véritable nature de mon loup. Que je puisse avoir des enfants les effrayait. Mes petits auraient été bien plus forts qu'un simple garou et donc cette espèce maudite pouvant les exterminer aurait de nouveau vu le jour. Ils ont cru ma lignée éteinte après le génocide qu'ils avaient infligé à ma famille. Mon retour a certainement causé des tensions dans leur hiérarchie, j'incarnais la preuve vivante de leur échec. Avant même de m'en rendre compte, je me suis retrouvé au cœur d'une équation sur laquelle je n'exerçais plus aucun contrôle.

— C'est-à-dire ? gronda Jack dans leur dos.

S'il semblait calme, mais ses yeux indiquaient clairement le contraire. S'il n'avait pas encore muté, c'était simplement qu'il était assez vieux et qu'il opérait suffisamment de maîtrise sur sa partie animale pour pouvoir l'empêcher. Un loup plus jeune aurait commis un carnage dans des circonstances similaires. Il contourna le comptoir et vint de nouveau prendre place face à eux, serrant et desserrant les poings à intervalle régulier.

— Les vampires ont offert l'immortalité à certains de mes juges. Pour les autres, ils se contenteraient d'épargner leur famille, à condition qu'ils me condamnent. Certains d'entre eux ont sauté sur l'opportunité de régler leurs comptes avec des voisins qui, selon eux, étaient trop proches de la doctrine Baptiste. En d'autres termes, j'ai été l'occasion qui a fait le larron, expliqua Max. Malgré tout, il fallait que Sakarie me livre à eux pour qu'ils puissent m'atteindre. Si j'avais été avec la meute, ils n'auraient sans doute pas pu m'approcher. Ta femme a senti que tu ne tarderais pas à la quitter définitivement pour moi, alors elle a été à leur rencontre. Elle leur a confié tout ce qu'elle avait entendu lorsque j'étais au campement. Les vampires qui cherchaient un moyen de me mettre la main dessus depuis un moment, mais ne voulant pas éveiller les soupçons, ont trouvé en elle la parade parfaite. Ils se sont servis de la foi omniprésente à Salem et dans ses environs. J'étais une sorcière, donc je devais mourir. Ils tenaient leur vengeance, s'assuraient que je n'avais pas de descendance. Les puritains eux, protégeaient leur foutue congrégation ou devenaient immortels. Quant à ta femme, elle se débarrassait enfin de la maitresse trop encombrante, ajouta-t-elle à l'adresse de Jack.

S'accrochant de toutes ses forces au comptoir de granite, il fixa Max avec une telle détresse que celle-ci baissa les yeux.

— Je suis désolé, tellement ! Comment a-t-elle réussi à donner si bien le change ? Comment ai-je fait pour ne jamais songer à cette éventualité ? Bêtement, je me suis dit que c'étaient tes relations avec Tituba qui t'avaient mené à ta perte, comment n'ai-je rien vu ? murmura-t-il au bord du désespoir.

— En réalité, Tituba a été arrêté à cause de moi. C'est moi qu'ils ont voulu atteindre à travers elle. Elle était attachée malgré elle à la famille Parris, mais eux n'ont fait que sacrifier l'esclave insignifiante qu'elle représentait à leurs yeux. Betty Parris a été transformée dès que son âge l'a permis, quant à Abigail Williams et Ann Putman, j'ignore ce qu'elles ont obtenu pour leur famille, mais leurs allégations sont tombées à pic. Dieu merci, Tituba n'a pas été abattue.

— Tout à l'heure, tu as dit qu'elle avait pris des précautions, de quoi parlais-tu ? demanda Jared.

Max soupira bruyamment puis se resservit un verre de scotch. Ses mains tremblaient moins à présent, cependant, sa détresse était encore palpable.

— Lorsque je suis revenue de ma seconde audience, j'ai su que j'allais mourir si Yuma ne venait pas me délivrer. Que j'avoue ou pas, le verdict aurait été le même. Coupable ou non, on accuse le loup, ironisa-t-elle. Alors, comme tout bon alpha, j'ai refusé d'abdiquer. Surtout devant de simples humains seulement guidés par leur peur, leur ambition ou leur jalousie pour ne pas dire leur folie.

— De simples humains peut-être, mais avec de sérieux alliés… bougonna Jared.

Max haussa les épaules avec dédain. Soit, ils s'étaient alliés à des monstres pour parvenir à l'éliminer, mais preuve en était qu'elle était la plus forte, malgré tout, puisqu'elle était encore là.

— Sans doute, maugréa-t-elle tout de même. Tituba connaissait bien l'un des gardes, il se montrait gentil avec nous et ne croyait pas une seconde à toutes ces histoires de sorcellerie, continua-t-elle. Elle lui a donc demandé de lui ramener certaines plantes. D'abord, elle me soignait comme elle le pouvait, sa cellule était située juste à côté de la mienne et il nous suffisait d'ôter une brique du mur pour pouvoir nous parler. Ensuite, nous avons fait en sorte que la mort n'atteigne que le corps et non l'esprit et le loup. Le jour de mon exécution, je portais une amulette censée me permettre de revenir, et me voilà.

— Tu peux faire ça ? demanda Jared, les yeux agrandis par la surprise.

— Pas seule et cela m'a vidé de mes dernières forces, lorsque j'ai été amenée au gibet, j'étais déjà à moitié morte, mais je voulais à tout prix revoir Yuma, lui dire au revoir. Quand je pense que j'étais accusée de sorcellerie pour une soi-disant séance de divination dans un blanc d'œuf alors que nous pratiquions l'Obeath sous leur nez sans qu'ils ne se soient jamais aperçus de rien ! Obeath qui, soit dit en passant, en a sauvé plus d'un ! Quelle idiote j'ai pu être ! s'écria-t-elle en secouant la tête de dépit.

— Ne dis pas des choses pareilles, intervint Jared en lui prenant la main. Tu as sauvé des innocents ainsi que des enfants et leur as permis de vivre une belle vie. Eux, n'y étaient pour rien dans la bêtise des adultes qui les entouraient.

Il ne se rendit compte de son geste que trop tard et s'empressa d'enlever sa main avant de jeter un coup d'œil à son alpha. Celui-ci ne paraissait même pas avoir remarqué. Le regard braqué sur le comptoir, une profonde ride barrant son front, il semblait réfléchir intensément. Lorsqu'il releva les yeux, ce fut pour les poser sur Max.

— Justement, lorsqu'elle a été libérée, Tituba est venue me rendre visite, dit-il. Elle a été choquée de me trouver à moitié mort. Je ne me nourrissais plus et me tenais le plus souvent à l'écart de la tribu. Pour dire vrai, je ne supportais plus rien ni personne. Sans toi à mes côtés, je ne voyais pas l'intérêt de continuer. Elle m'a alors insulté, estimant que je n'avais pas le droit de m'apitoyer sur mon sort après ce que tu avais enduré puis, elle m'a expliqué ce que vous aviez fait et semblait persuadé que cela avait marché. Je l'ai d'abord prise pour une folle, songeant que son incarcération avait entamé sa raison, puis devant son insistance, je me suis mis à espérer. J'ai attendu des années, des siècles entiers, avec l'espoir que tu reviendrais un jour. Pourquoi cela a-t-il été si long ?

— J'y arrive, dit Max avant de boire une gorgée de son verre. À l'époque, il y avait bel et bien des sorcières à Salem, la vieille taupe de tout à l'heure est l'une de leurs descendantes d'ailleurs. Elles n'ont rien tenté pour m'aider, ni moi, ni les pauvres bougres embarqués dans cette histoire alors que leur seul crime était d'être innocents. Elles pensaient que je risquais de bouleverser l'équilibre des choses en étant capable d'avoir des enfants, je suppose. De plus, pendant que les habitants de Salem s'occupaient de nous, ils leur fichaient la paix. Je voulais m'assurer que tous ceux au courant de mon histoire seraient morts lorsque je reviendrais. Personne ne se souvenant de moi, il m'aurait alors suffi de retrouver ceux encore en vie afin de me venger sans qu'ils s'y attendent. En ce qui te concerne, le choix de la vengeance ou de la reprise de ma place auprès de toi dépendait de ce que j'aurais appris, ajouta-t-elle en baissant les yeux.

— Je vois, cela fait plaisir de constater à quel point tu m'accordais ta confiance, gronda Jack.

— Je te rappelle que si tu avais trouvé le courage de quitter ta femme plus tôt, jamais je n'aurais été arrêtée ! s'emporta Max en se levant d'un bond. N'inverse pas les rôles, tu veux, la victime dans cette histoire, c'est moi ! Sakarie m'a même avoué qu'elle était enceinte, la nuit avant ma mise à mort !

— Quoi ? Jamais de la vie ! s'indigna Jack en bondissant à son tour sur ses pieds. Je n'ai jamais retouché Sakarie après toi !

— Comment aurais-je pu le savoir, enfermée dans ma geôle ? Essaie de te mettre à ma place. J'étais affamée, exténuée, blessée autant physiquement que psychologiquement.

Jack contourna le comptoir pour prendre Max dans ses bras. Il la serra si fort qu'on aurait pu croire qu'il avait peur qu'elle ne s'échappe. Contre toute attente, elle ne se désista pas, même si elle ne semblait pas très à l'aise.

— Tu imagines si j'étais mort avant de t'avoir retrouvé ? souffla-t-il, le visage enfoui dans ses cheveux.

— Le sort aurait alors été nul et non avenu, expliqua Max en se dégageant doucement. J'avais pris soin de le lier à toi. Quel intérêt aurais-je eu à revenir si tu n'étais plus là ? Je voulais des explications, je te rappelle.

— Et s'il avait repris une compagne ? avança Jared. C'est long trois cents ans, même pour un alpha amoureux.

Elle haussa les épaules.

— Je n'aurais pas pu lui en tenir rigueur. De toute façon, j'avais fini par me persuader qu'il m'avait laissée tomber. Je songeais aussi à me venger, vous avez oublié ? rétorqua-t-elle en se rasseyant.

Elle termina son verre et alluma une nouvelle cigarette. Jared, lui, alla appuyer sur l'interrupteur de la cuisine. La nuit était complète à présent, le temps avait passé sans même qu'ils s'en aperçoivent. Jack, pour sa part, ne s'encombra pas de détails, il attrapa la bouteille et but une longue rasade au goulot.

— Tu bois de l'alcool toi maintenant ? s'étonna Max en haussant les sourcils.

— Tu l'as dit toi même, les choses ont bien changé depuis notre dernière rencontre, rétorqua-t-il avant de récidiver.

— Quand je pense à quel point tu as été malade la première fois que je t'ai fait gouter du rhum ! gloussa-t-elle. J'ai bien cru que tu allais rendre tripes et boyaux !

Jack pencha la tête de côté puis sourit, heureux de retrouver un peu de leur complicité passée.

— Ne te moque pas, tu aurais pu me tuer avec ton poison pour les blancs, rétorqua-t-il, feignant d'être vexé. Depuis, j'ai appris que le meilleur moyen de résister au poison était d'en consommer régulièrement. À petite dose, bien évidemment, ajouta-t-il, malicieux.

— Bien sûr… répéta Max, pas dupe une seule seconde.

Jared les observait avec indulgence. Il pouvait sentir le soulagement de Jack autant que celui de Max. L'atmosphère se fit beaucoup moins pesante, mais malheureusement, il allait devoir jouer les troubles fête.

— Ravi que vous vous remémoriez d'agréables souvenirs de beuveries, mais je vous rappelle que nous avons à mettre la main sur un meurtrier, dit-il gentiment.

— C'est vrai, concéda Jack. Vas-y Kand… Max, se reprit-il, nous t'écoutons.

Max esquissa un léger sourire, manifestement amusée par la bourde que Jack avait failli commettre. Chacun avait vécu une nouvelle vie loin de l'autre et se retrouver faisait remonter tant de souvenirs enfouis. Bons ou mauvais, mais rien ne pourrait effacer ce bout de chemin parcouru ensemble.

— Donc, je suis morte et revenue. Jusque-là, vous suivez ?

— Oui, acquiesça Jared.

— C'est bon, ajouta Jack.

— Parfait. Étant la dernière de ma lignée dont le gène était actif, il valait mieux faire en sorte de ne pas me planter quant à ma résurrection. Imaginez des gens parfaitement normaux qui se retrouveraient avec un bébé qui passe sans arrêt du joli nourrisson tout rose au petit louveteau turbulent.

— Tu m'étonnes ! s'esclaffa Jared. Chérie, aujourd'hui on doit faire vacciner la petite, véto ou pédiatre selon toi ?

— C'est exactement ça ! s'amusa Max. Après ma mort, Tituba devait parvenir à localiser au moins l'un des membres de ma tribu d'origine. Peu importait qu'il ne mute pas tant qu'il connaissait mon histoire. Nous avons donc lié le sort à ce dernier aussi. Malheureusement, Tituba ne pouvait le lier à elle-même vu son implication dans l'affaire. Les vampires ont certainement surveillé de près sa famille, des fois qu'elle aurait eu des idées de vengeance. Si je suis là, je suppose qu'elle a réussi sa mission.

— D'où ma question suivante, l'interrompit Jared, les sourcils froncés. Qui, en dehors d'Amalia, était au courant de ton existence ? Je veux dire, ton accident est l'exacte retranscription de celui de tes parents. Je veux bien croire au hasard, mais dans le cas présent, c'est tout de même un peu gros !

Max lui ébouriffa les cheveux en souriant.

— C'est tout mon cow-boy ça, toujours à poser les bonnes questions et à chercher le pourquoi du comment. Je suppose que tu ne comptais pas un seul instant suivre les instructions données dans ma lettre ?

Jared secoua la tête en signe de dénégation.

— Même pas en rêve ! Si tu penses que je laisserais qui que ce soit s'en prendre à toi sans rien faire, tu te fourres le doigt dans l'œil ! Alors maintenant, arrête de tourner autour du pot et accouche une bonne fois pour toutes !

— Ok, ça va ! Voilà, ma mère avait formé Amalia à notre magie. Au début, c'était juste comme ça, pour partager leur savoir. Elles se connaissaient depuis l'enfance et avaient toutes les deux passé la plus grande partie de leur vie à La Nouvelle-Orléans. Ensuite, peu après ma naissance, elle l'a amenée dans le cercle, dont fait également partie la vieille chouette de tout à l'heure, afin qu'elle puisse me l'enseigner si besoin était. Le soir où mes parents sont morts, j'étais censée être dans la voiture.

Sous le coup de la surprise, Jack en laissa tomber la bouteille qui alla se briser sur le sol. Jared se mit à grogner sourdement, les poings serrés et les yeux jaunes.

— Tu veux dire que ceux qui ont fait ça te traquent depuis ta naissance ? demanda-t-il, les mâchoires si contractées qu'il était difficile de le comprendre.

— Tout juste, cow-boy, acquiesça Max sans se départir de son calme. Mais mon père avait senti la menace et il avait enjoint à ma mère de me confier à Amalia ce soir-là. Elle connaissait leur secret depuis le début. À peine une heure après être partis, la police sonnait chez Amalia. Les flics ont, bien sûrs, voulu m'emmener pour que les services sociaux se chargent de moi, mais elle avait en sa possession tous les documents prouvant que mes parents l'avaient nommée tutrice légale. Elle n'a même pas assisté aux funérailles et a pris la fuite avec moi. Elle est d'abord retournée à La Nouvelle-Orléans. Il fallait à tout prix qu'elle bride mon loup, qu'elle le mette en sommeil pour éviter que les autres ne me retrouvent. Ses sœurs l'ont aidé, ce genre de sort requière pas mal d'énergie.

— Mais comment les vampires pouvaient-ils savoir que tu l'avais jeté ? s'enquit de nouveau son ami. Tu penses que vous étiez espionnés en prison ?

— Le garde qui nous a aidés nous aura finalement vendu, ou alors, les vampires auront trouvé l'amulette sur mon corps. Je la portais lorsque tu m'as enterrée ? demanda-t-elle à Jack.

Ce dernier devint couleur de cendre tandis qu'il serrait les poings à en faire craquer les jointures.

— Non. Je me suis chargé moi-même de ta toilette mortuaire, ainsi que de te mettre en terre, tu ne portais aucune amulette… répondit-il d'une voix étranglée.

Max lui tapota la main en signe de réconfort puis reprit :

— Voilà qui éclaircit au moins un mystère. Enfin bref, jusqu'à il y a quelques mois, tout allait bien dans le meilleur des mondes, lorsque je me suis mise à faire des trucs bizarres, ricana-t-elle en se tortillant sur son tabouret.

Jack toussota pour se reprendre et demander :

— Quel genre de trucs ?

— Eh bien… par exemple, j'avais l'impression de savoir exactement où était Jared et ce qu'il ressentait à la minute près. J'ai commencé à lui piquer ses affaires, à porter ses vêtements…

— C'est pour ça que mes fringues sentaient la fille ! s'exclama Jared comme s'il venait de trouver la réponse à une question qu'il se posait depuis longtemps. Je suis sûr que tu pionçais dans mon pieu aussi, avoue !

— Désolée, s'excusa Max en rougissant. Je ne comprenais pas pourquoi, mais ta seule odeur me calmait. J'étais de plus en plus nerveuse et il me devenait de plus en plus difficile de mettre le nez dehors. J'étais prise de pulsions de violence sans comprendre pourquoi, mais il suffisait que je monte dans ta chambre pour que cette sensation se dissipe.

— L'effet de meute, expliqua Jack. Tu étais apaisée par la présence des tiens. En l'absence de Jared, tu te sentais vulnérable, d'où l'agressivité.

— Mais pourquoi Amalia ne m'a-t-elle pas prévenue immédiatement ? s'agaça ce dernier. Je serais rentré à la maison sans attendre, enfin !

— Au début, elle a juste pensé que j'avais le blues parce que tu étais absent depuis plus longtemps que d'habitude. Combien de fois m'a-t-elle dit de couper le cordon avec toi ? Elle m'a même demandé si je n'en pinçais pas pour toi, tu imagines ? Mais ensuite, lorsque les rêves ont commencé, elle a su que le moment était venu. Elle avait réussi à tenir en sommeil mon loup pendant toutes ces années, mais il était adulte et fort à présent et il réclamait vengeance.

— De quoi parlaient ces rêves ? interrogea doucement Jack.

Elle affronta son regard sans détour.

— De toi essentiellement, de ton loup et de ma détention à Salem.

— Pas des rêves, des souvenirs, contra-t-il avec un sourire.

Même s'il ne l'aurait jamais avoué, même pour tout l'or du monde, Jack fut ravi d'avoir peuplé les tout premiers souvenirs de Max. Cela tendait à prouver que malgré ses doutes quant à sa fidélité ou la colère qu'elle ressentait envers lui, il incarnait encore l'une de ses priorités dans cette vie. Un maigre réconfort, soit, mais après trois cents ans sans elle, il était prêt à se contenter de quasiment n'importe quoi, pourvu d'obtenir un peu d'attention de sa part.

— Tout juste. Lorsqu'elle m'a raconté toute l'histoire, j'ai d'abord cru qu'elle perdait la tête, puis, comme le jour de mon arrivée ici, un soir, devant le miroir, mon loup s'est manifesté. J'ai eu la trouille de ma vie ! ricana la jeune femme.

— Déjà que cela est effrayant lorsque tu sais, alors j'imagine quand ce n'est pas le cas, convint Jack en grimaçant.

— Si je n'avais pas été à jeun, je pense que j'aurai songé à une hallucination. Cependant, après cela, Amalia a refusé d'attendre davantage, de peur que je mute sans même m'en rendre compte. Je crois qu'elle avait peur de moi, souffla Max en baissant la tête.

— Ce qui aurait très bien pu se produire vu ce que j'ai constaté à Boston, observa Jared. La mutation s'est amorcée pendant ton sommeil et tu n'as même pas semblé en être dérangé ou en souffrir. Cela m'a perturbé, mais à présent, je comprends mieux ! Amalia n'aurait pas eu la force de te retenir si cela était arrivé. Elle avait certainement peur, oui, mais pas pour elle.

Max hocha la tête, un air triste sur son visage déjà marqué par la fatigue.

— Sans doute que tu as raison, admit-elle. Nous sommes alors retournés voir la famille d'Amalia pour inverser le sort. Elle était à la fois trop âgée et trop malade pour s'en charger elle-même. Après ma première mutation, ma renaissance, tous mes souvenirs concernant ma première vie me sont revenus. Lorsque nous sommes rentrées de nouveau à la maison, je ne savais plus ou j'en étais. J'étais tiraillée entre tristesse et envie de vengeance, entre espoir et peur. Devais-je tout te dire ? demanda-t-elle à l'adresse de Jared. Ou disparaitre de ton existence pour toujours ? Et puis Amalia avait beau avoir des doutes, rien ne certifiait que tu sois bel et bien comme moi. Si ce n'était pas le cas, me fuirais-tu ? Sans compter que j'aurais représenté un danger pour toi. Et si tu étais bel et bien un loup, aurions-nous pu vivre ensemble malgré tout ? Je suis un alpha, si tu faisais partie d'une autre meute, rien ne garantissait que je supporte que tu m'y intègres. Ma nature fait que je ne peux me soumettre sans combattre. Seul un entretien aurait levé le doute, mais dans ce cas, tu aurais de suite su… Tu es mon unique famille, je ne voulais pas te perdre et me retrouver seule dans ce monde de fou, mais je ne pouvais non plus tolérer d'incarner la cause de ta perte, murmura-t-elle enfin.

— Jamais je ne t'aurais abandonné, même si je n'avais pas été un loup-garou ! jura Jared avec ferveur. Je ne dis pas que je n'aurais pas flippé, quel humain réagirait autrement ? Mais nous aurions fait en sorte de trouver des solutions appropriées concernant ta nature de loup. J'étais même prêt à fuir toute ma vie avec toi et à changer d'identité pour garantir ta sécurité, alors trouver une maison en bordure de forêt, c'est une promenade de santé à côté de ça !

— Pardon ? intervint Jack, les yeux exorbités.

— Bien oui, avoua Jared en haussant les épaules. Il était hors de question que je laisse Max livrée à elle-même, seule au monde pour poursuivre ma vie. Je n'aurais jamais supporté de ne pas savoir où elle se trouvait ou si elle allait bien. S'il l'avait fallu, oui, j'aurais quitté la meute.

— Mouais… Nous verrons si tu diras toujours ça lorsque tu connaitras le fin mot de l'histoire, sourit Max.

Jack fonça les sourcils en regardant son second, mais il n'ajouta rien et se contenta de reporter son attention sur la jeune femme qui continua son récit sans sembler se rendre compte que cette dernière information avait secoué Jack.

— La maladie d'Amalia a ensuite rapidement gagné du terrain. J'ai mis pour un temps mes petits problèmes de côté pour ne me consacrer qu'à elle. Après son décès, j'ai compris que je ne pouvais plus reculer, que le moment d'affronter les fantômes du passé était venu. Les choses sont allées très vite. J'ai décidé de revenir à Salem, et j'ai senti que Yuma, enfin Jack, n'était pas loin. Ma louve n'avait qu'une envie : l'appeler, lui faire savoir qu'elle était de nouveau là, tout près.

— Pourquoi ne pas l'avoir fait ? l'interrogea ce dernier. Ton instinct t'aurait guidé jusqu'à moi sans problème.

— Je te l'ai dit, j'étais complètement déboussolée. Imagine-toi te réveiller après plusieurs siècles d'un long sommeil. D'un côté, je savais ce qu'étaient toutes ces choses étranges comme les avions par exemple, mais d'un autre, voler me semblait complètement dément ! Je rêvais de toi, j'étais attirée par toi, mais dans cette vie je ne t'avais jamais ne serait-ce que croisé ! Une partie de mon âme est restée coincée en 1692. Je voulais me préparer à t'affronter, savoir exactement ce que j'allais te dire.

— Je comprends, admit-il. Kanda n'a eu conscience d'être également Max qu'au moment de ta renaissance et inversement. Cela a dû se révéler très déstabilisant.

— Le mot est faible. Enfin bref, j'étais loin d'imaginer ce que je trouverai là-bas.

Max marqua une pause et une fois de plus, son regard se posa sur la porte-fenêtre. À présent, le jardin était plongé dans les ténèbres et la seule image que l'on pouvait apercevoir était celle de leur reflet, tous trois attablés au comptoir. La jeune femme sembla ne pas savoir comment poursuivre.

Jared lui prit la main, non sans avoir jeté un coup d'œil à Jack avant. Celui-ci garda son calme. Dans le fond, il connaissait la nature des sentiments de son second à l'égard de Max.

— Tu dois tout nous dire, chaton, insista-t-il.

Elle soupira tandis que son visage devenait soucieux, son genou droit tressaillait à intervalle régulier, signe qu'elle était également nerveuse.

— Si je vous révèle le fin mot de cette affaire, vous serez en danger vous aussi. La meute sera en danger. Je désire me venger, voilà une chose certaine, mais je ne veux pas vous entrainer dans ma perte. J'ai déjà trop de sang innocent sur les mains.

— Tu n'as absolument rien à te reprocher, contra Jack. Tu n'as été que la victime de la folie des hommes et de la soif de pouvoir des vampires. Je t'ai attendue trop longtemps pour risquer de te perdre encore, j'étais là au début de l'histoire, je la conclurai à tes côtés.

Max prit le temps d'étudier les deux hommes, l'un après l'autre, puis elle respira un grand coup avant de se lancer.

— Ok, puisque vous tenez tant à jouer les chevaliers blancs. Donc, je percevais la présence de Jack, mais pas seulement, les vampires eux aussi rôdaient. J'ai alors pris soin de me protéger, grâce à une amulette qui les empêchait de me localiser et de détecter mon loup. Ce qui m'a le plus choqué, ce fut d'en découvrir autant et au même endroit. D'habitude, ils sont du genre territorial. Ce constat m'a rappelé de mauvais souvenirs, je me suis dit que quelque chose clochait de nouveau dans cette ville et j'ai fouiné, de loin. Un soir, je suis entrée dans un bar parce que j'avais senti leur présence, mais avec mon amulette, je n'avais rien à craindre. À leurs yeux, je restais une simple humaine. Toutefois, une précaution valant mieux qu'une, j'ai pris soin de me grimer grâce à une perruque d'abord puis de grosses lunettes et des lentilles de couleur.

— J'aurais payé cher pour voir ça ! pouffa Jared.

Pour toute réponse, Max lui administra une tape sur le bras avant de continuer son récit.

— J'ai reconnu plusieurs vampires qui étaient déjà là à l'époque de ma détention et certaines personnes qui étaient devenues des leurs depuis. Ils parlaient d'une meute établie dans le coin et dont il fallait se méfier. Son alpha était non seulement très puissant, mais aussi entrainé à muter sans l'aide de la Lune. Il avait, selon eux, pris l'habitude d'apprendre cette technique à chacun de ses nouveaux loups. Cela faisait des années qu'il avait quitté Salem, mais il y revenait périodiquement et paraissait s'y être réinstallé définitivement depuis peu. Cette dernière réplique m'a, bien entendu, fait tendre l'oreille. C'est alors que j'ai entendu une intonation que je ne connaissais que trop.

Les iris de Max virèrent à l'or tandis qu'un grondement sourd montait de sa poitrine et que son souffle se faisait court. À ce rythme, elle muterait sans même s'en rendre compte.

— J'ai peur de comprendre, souffla Jared sans sembler remarquer les changements survenus chez son amie.

Max ferma les yeux puis respira lentement et profondément à plusieurs reprises. Lorsque ses paupières se levèrent de nouveau, ses prunelles avaient repris leur teinte humaine.

— Eh oui, notre chère Sakarie est maintenant un vampire. Mon loup a réagi aussi violemment que moi et j'ai dû partir avant de commettre un carnage...

Jack se mit debout et, sans un mot, alla jusqu'à la porte-fenêtre. Max et Jared le suivirent du regard, sans faire de commentaire. Sa respiration était saccadée et ses poings si serrés que les jointures étaient blanches. Il ne se contrôlait qu'avec difficulté depuis le début, cette annonce risquait donc fort d'être la goutte d'eau faisant déborder le vase.

— Alors elle est vivante, gronda-t-il. Cette garce de Sakarie est vivante ! Nous avons perdu des siècles, pendant que cette… pendant qu'elle vivait sa vie bien tranquillement ! Semant la mort et le chaos sans aucun remords !

— Oui, enfin si on veut, disons qu'elle est une non morte, expliqua Max en tentant un trait humour.

Jack se tourna vers elle, ses yeux étaient jaunes. Manifestement, sa tentative de détendre l'atmosphère avait lamentablement échoué. L'alpha n'était pas d'humeur à plaisanter. Reprenant tout son sérieux, elle poursuivit :

— Après ça, j'ai passé mes nuits à chasser le vampire et mes journées à chercher la meute. Je préférais faire en sorte de ne pas tuer uniquement mes anciennes connaissances pour ne pas éveiller les soupçons, mais j'ai croisé Griggs, puis cette petite teigne de Betty Parris, gronda Max.

— Tu les as pris en chasse, dit Jack froidement.

Il ne semblait pas en colère, il émettait un simple constat.

— Oui, et je les ai massacrés... avoua Max en baissant la tête. Après ça, je savais que la seule chance de m'en sortir cette fois, c'était de retourner parmi les miens. Peu importait que je t'en veuille, il s'agissait d'une question de survie. Je devais aussi te prévenir pour Sakarie. Le soir de l'accident, je revenais de Danver. Cela m'a fait une drôle d'impression de retrouver l'emplacement du campement et de ma petite cabane, ajouta-t-elle avec un sourire.

— L'homme sur la route, celui qui a provoqué la collision, c'était un vampire n'est-ce pas ? interrogea Jack sans relever sa dernière remarque.

— Oui, et maintenant, mon loup se souvient. Je sais que ce n'était pas n'importe lequel…

Jack fit un pas vers eux, les yeux toujours jaunes et les sourcils froncés.

— Ne me dit pas que… commença-t-il d'une voix déjà plus tout à fait humaine.

— Si Jack, il s'agissait de celui de ma détention, l'ami de ta femme. À ce que j'ai vu, ils sont bien plus qu'amis à présent. Deux monstres ensemble, je suppose que cela devait se terminer ainsi.

Elle haussa les épaules et sourit tristement. Comment faire autrement devant l'un des pires exemples de l'ironie de la vie ? Sakarie avait retrouvé l'amour et continué à vivre tranquillement, tandis qu'elle avait tout perdu pour avoir sauvé des dizaines de vies...

— Arrête de dire qu'elle est ma femme, d'accord ! Elle n'était déjà plus rien pour moi en 1692 ! Tu veux de nouvelles preuves de mon attachement pour toi, c'est ça ? Très bien, je vais convoquer la meute immédiatement, tu la tiens ta vengeance, et moi aussi ! D'ici le lever du jour, ils seront tous morts !

XVIII

Wenham, de nos jours

D'un bond, Max se leva pour le rejoindre. Elle se tenait si près qu'elle aurait presque pu le toucher, cependant, elle garda une certaine distance, une sorte de retenue. C'était étrange de les voir évoluer tous les deux, si proches, et en même temps si éloignés. Si différents et pourtant si complices, de la même manière que deux aimants dont la polarité a beau être opposée s'attirent inexorablement.

— Non, Yuma. Cette histoire ne concerne que nous. Trop de sang innocent a déjà coulé et je ne veux pas revivre cela. Aucun membre de ta meute n'a seulement connu cette époque, il serait donc injuste que, ne serait-ce que l'un d'eux, meurt pour une vengeance qui ne regarde que moi.

— Je suis aussi concerné que toi, répliqua Jack. Je te rappelle que moi aussi j'ai tout perdu en 1692. Jared est également impliqué. Si je meurs, il deviendra l'alpha et aura la charge de la meute, malheureusement, rien ne garantit que la passation de pouvoir se déroule sans heurts. Certains essayeront de prendre sa place, au prix de sa vie s'il le faut. Tu sais toutes ces choses aussi bien que moi. Le simple fait que les vampires soient de retour à Salem concerne la meute tout entière.

— Non, insista Max en secouant la tête. Il est vrai que les vampires sont de retour, mais ils n'ont rien tenté contre vous jusque-là. Il se pourrait même qu'ils vous réclament un traité de bonne entente. Le seul grain de sable dans cet engrenage, c'est moi. Depuis 1692, la vie a changé Yuma. Si une guerre était déclarée, les dégâts seraient bien plus importants encore qu'à l'époque, et mettraient en danger toute la communauté surnaturelle. Fini le temps où les croyances régissaient tout. Aujourd'hui, les humains sont capables de faire la part des choses, ils sont érudits, la science a fait d'énormes progrès, impossible de se cacher derrière l'excuse de l'hallucination collective ou du démon. L'unique chose que nous risquerions de déclencher, ce serait une guerre sans merci dont ils deviendraient les cibles principales. Tu as perdu ta première meute avec le temps parce que les pertes font malheureusement partie de notre façon de vivre. Certains sont morts, d'autres ont dû simplement suivre leur compagne dans d'autres meutes, je me trompe ?

— Non, en effet deux membres de ma première meute sont encore en vie, mais cela ne change rien ! Seule, tu ne pourras rien pour te défendre, tu le sais pertinemment et ton accident en est la preuve concrète. Pourquoi être revenue ici pour te mettre sous notre protection si ensuite tu refuses notre aide ? Tu n'es pas logique avec toi-même, termina l'alpha en secouant la tête.

Jared se leva lui aussi comme un diable sortant de sa boite et avança vers Max, les sourcils froncés. Effectivement, quelque chose clochait dans l'attitude de la jeune femme. La Max qu'il connaissait n'aurait pas hésité une seconde à se jeter dans la mêlée, alors qu'à cet instant, elle semblait presque fuir l'affrontement. Cependant, il ne détectait aucune peur chez elle, bizarre…

— Attend un peu, dit-il comme un père venant de se rendre compte que son enfant prépare sûrement une bêtise. Ils avaient la possibilité de t'éliminer définitivement le soir de l'accident. Pourquoi ne l'ont-ils pas fait ? Pourquoi ont-ils pris le risque que tu t'en sortes ? Tu nous caches quelque chose, de quoi s'agit-il ?

Un sourire amusé se dessina au coin de ses lèvres, un sourire que Jared ne connaissait que trop bien. Celui de la petite peste ravie de l'avoir emmené jouer sur son terrain.

— Quoi ? Qu'est-ce qui nous a échappé ? interrogea-t-il, saisissant parfaitement le message.

— Je ne sais pas, aucun de vous ne se demande pourquoi il y a soudain tant de vampires à Salem ? Et surtout, pourquoi les anciens protagonistes de ce foutu procès auraient-ils pris le risque de revenir alors que leur portrait s'étale dans toute la ville, ou presque ? Ou encore pourquoi surveillaient-ils de si près les allées et venues de Jack alors que, depuis cette histoire, de l'eau a coulé sous les ponts ?

Les deux hommes réfléchirent intensément. Aucun des deux ne lâchant Max des yeux une seconde.

— Alors messieurs, vous donnez votre langue au chat ? Ou au loup devrais-je dire, ajouta-t-elle, un rien moqueuse.

— Les vampires ont un doute, voire une certitude, quant à ton retour étant donné qu'ils t'auraient détecté tout bébé. Ils ont trouvé ton adresse et connaissent ton nom puisqu'ils ont pris soin de soudoyer un flic et de fouiller la maison. Cependant, il doit y avoir un paquet de Maxine Connors aux

États-Unis et si tu étais censée être dans la voiture le jour de l'accident de tes parents, ils auraient très bien pu se tromper. Malgré tout, tu les effraies encore suffisamment pour qu'ils ne veuillent pas laisser subsister la moindre incertitude. Ils imaginaient qu'au cas où tu t'en serais bel et bien sortie, Jack représenterait un appât ? avança Jared.

— Hum… tu chauffes, s'amusa Max. Je peux toujours vous dire que le soir de l'accident, je portais mon amulette ainsi que mon accoutrement, ce qui fait qu'ils n'ont pas détecté la présence de mon loup et pu effectivement penser qu'ils s'étaient trompés de cible. La voiture qui s'est embrasée a aussi dû les dissuader d'approcher pour vérifier de plus près.

— Donc, tu n'es pas censé être celle qu'ils croient, mais ils sont revenus tout de même, ajouta Jack très concentré. Tu ne serais pas la seule raison de leur retour à Salem ?

— Exacte. La chasse au loup blanc est belle et bien ouverte, elle n'a d'ailleurs jamais pris fin. Mais pourquoi y aurait-il une telle concentration de sangsues dans cette ville ? Et surtout, pourquoi celles-là ?

— Ils cherchent quelque chose. Et ils ont peur que tu ne le trouves avant eux, souffla-t-il.

— Tout juste ! Et le grand prix du résonnement vampirique est attribué à Jack ! applaudit-elle. Ouille !

Elle se tint alors le bas du dos en grimaçant, Jared se précipita une fois de plus avant son alpha. Il ne s'en rendit compte qu'ensuite, mais celui-ci ne semblait plus agressif du tout. Il ne considérait sans doute pas Jared comme une menace. Le jeune homme se promit tout de même de faire plus attention à l'avenir, parce que les autres finiraient par imaginer qu'il chassait sur les terres de leur meneur et cela risquait fort de créer des tensions au sein du groupe. Chose dont ils n'avaient absolument pas besoin en ce moment.

— Tu as mal ? demanda-t-il à son amie.

— Oui. Maintenant que mon loup est totalement actif, il entame le processus de cicatrisation.

— Ta cicatrice ?

— Ouais, mais pas seulement, les brulures sur mes jambes aussi !

— Viens, nous allons l'installer dans le salon, elle sera mieux confortablement étendue sur le canapé, ordonna Jack.

Jared aida donc Max à aller jusqu'au salon, précédé de l'alpha. Celui-ci s'accroupit devant la cheminée et s'activa un moment avant de réussir à l'allumer, mais bientôt un bon feu égayait l'âtre et réchauffait déjà la pièce. Max s'allongea sur le ventre, grimaçant à chaque mouvement.

— Tu veux une couverture ?

— Non, c'est gentil, merci. J'ai juste perdu l'habitude, c'est tout. Comme je te l'ai dit, j'ai eu pas mal de fractures et d'opérations et je souffre encore de certaines séquelles, la cicatrisation totale va prendre un peu de temps, je pense. Tu peux regarder où ça en est, s'il te plait ?

Une fois de plus, Jared lança un coup d'œil à Jack. Cette fois, il avança vers eux et n'eut pas besoin de parler, son regard fut tout à fait explicite. Jared n'eut d'autre choix que de s'effacer devant son alpha.

— Tu permets ? demanda-t-il à Max.

Celle-ci ne tenta même pas de dissimuler le sourire amusé qui vint de prendre place sur ses lèvres.

— Vas-y, monsieur l'alpha, fais-toi plaisir, accepta-t-elle en levant les yeux au ciel.

Celui-ci ne releva pas et se contenta de remonter délicatement la chemise de Max. À la vue de la peau dorée de son ex-amante, il déglutit bruyamment. La longue rayure boursoufflée qui la striait en partant de l'épaule droite jusqu'à la hanche gauche ne paraissait nullement le déranger, mais seulement le contrarier.

— Comment t'es-tu fait cela ? lui demanda-t-il, les sourcils froncés.

— Une vitre de la voiture a explosé et un morceau de verre s'est logé dans mon dos, à seulement quelques centimètres de la colonne vertébrale.

— Hum… d'ici demain matin, elle aura disparu, assura-t-il. Mais le nombre de tissus cicatriciels semble important, cela ne va pas être une partie de plaisir.

— J'ai connu pire.

Jack remit la chemise en place avec d'infinies précautions et alla s'asseoir sur le fauteuil qui se trouvait à la tête de Max. Jared, lui, s'installa dans celui en face de son alpha.

— Donc, les vampires chercheraient une chose en rapport avec le procès, constata-t-il. Mais de quoi pourrait-il s'agir pour qu'ils décident de revenir si longtemps après et de surveiller encore Jack ?

— Cela n'a pas forcement de rapport avec le procès, contra Max.

— Peut-être cherchaient-ils déjà cette chose à l'époque et l'arrivée de Kanda les aura empêchés de mettre la main dessus, avança Jack. Cela expliquerait l'acharnement des vampires contre elle. S'ils avaient voulu se venger de la mort de l'un des leurs, ils n'auraient pas pris la peine de mettre en scène le procès, trop long et trop compliqué. Ils ont manifestement fait en sorte de détourner à la fois l'attention de l'opinion publique et celle des sorcières.

— Ok, donc c'est forcément du lourd, ajouta Jared. Mais quoi ? Qu'est-ce qui aurait suffisamment d'importance pour qu'ils la cherchent depuis si longtemps ?

— Dixit le type qui fait des fouilles archéologiques ! s'amusa Max. Plus sérieusement, je donnerai cher pour trouver cette chose avant eux et voir cette chère Sakarie châtiée par sa nouvelle famille. Quelle punition serait pire pour cette garce que d'être reniée par ceux qu'elle a elle-même choisis ? grogna-t-elle en fixant les flammes. Ou alors, je l'enchainerai dans une cage et je jouerai avec elle pendant un long, un très long moment. Je lui offrirais un petit cours de torture de mon cru. Je ferai en sorte de taper là où cela fait mal. Oh oui ! Elle se souviendra longtemps de notre prochaine rencontre.

Jared et Jack se consultèrent du regard. Ils pouvaient sentir la haine et la colère de la jeune femme comme s'il s'agissait de la leur. D'une certaine façon, c'était bel et bien le cas. Jack comme Jared voulaient la mort de ceux qui avaient blessé Max. Ils craignaient simplement que son désir de vengeance ne finisse par non seulement lui faire commettre des imprudences, mais ne la détruise complètement. Elle avait déjà pris de gros risques qui avaient failli la mener à sa perte. Ils devraient la garder à l'œil, histoire qu'elle ne tente rien d'inconsidéré.

— Nous n'en sommes pas là, mais Sakarie subira le sort qu'elle mérite et son compagnon aussi, assura Jack. Je te le jure. La priorité pour l'instant et de savoir ce qui intéresse tant les sangsues.

— Jack, le coupa Jared avec un signe du menton indiquant Max.

Celle-ci n'avait pas entendu, elle dormait déjà. Sa tête reposait sur ses bras croisés, elle semblait plus détendue et apaisée. Son souffle était régulier.

Jack se leva pour aller chercher une couverture dans le placard de l'entrée qu'il déposa ensuite sur Max avec précaution. Il resta un moment à la contempler à la lumière des flammes, profitant de son sommeil pour se rassasier de cette image, pourtant familière, mais qui, avec le temps, avait fini par devenir moins nette.

— Tu l'as vraiment aimé, n'est-ce pas ? interrogea Jared, rompant le silence.

— Pourquoi parles-tu au passé ? répliqua Jack avec un sourire en se rasseyant. Je l'ai attendu pendant trois siècles, trois cent vingt et un ans pour être exact. Alors, je crois pouvoir affirmer qu'il s'agit encore d'amour, non ?

— Je suppose que oui, mais…

— Mais tu te demandes ce qui se passera si, pour elle, les choses ne sont plus ce qu'elles étaient, c'est ça ?

— Oui. Imagine qu'elle refuse de redevenir ta compagne ? Je sais que les loups ne s'accouplent qu'une seule fois, mais va savoir quelles conséquences a pu avoir sur *lui* sa réincarnation. Tu la laisseras évoluer dans notre meute quand même ?

Une fois de plus, Jack se tourna vers la cheminée. Pendant de longues minutes, son regard sembla se perdre dans la contemplation des flammes. Finalement, il poursuivit d'une voix parfaitement calme :

— Bien sûr que je la laisserai rester ici. Mais tu sais, elle n'a jamais eu besoin de meute pour survivre. Étant un alpha, elle est tout à fait capable de se défendre seule. Elle n'a rejoint la mienne que parce que je le lui ai demandé.

— Deux alphas dans une meute, cela a dû poser quelques problèmes, non ?

— Jamais. Kanda, enfin Max, se reprit-il, n'a jamais contredit aucun des ordres que je donnais à ma meute. Elle les suivait ou non, selon son humeur ou ce qui lui paraissait juste ou pas, mais n'a jamais rien tenté pour saper mon autorité aux yeux des miens. Nous avons d'ailleurs souvent pris les décisions ensemble, dans la meute comme dans la vie. C'est elle qui m'a appris à me comporter en véritable alpha.

— Mais si vous ne redevenez pas un couple, imagine que…

Jared suspendit sa phrase, n'osant pas laisser des mots blessants franchir ses lèvres. Jack avait espéré retrouver sa compagne pendant plus de trois cents ans et aujourd'hui qu'elle était enfin là, rien ne garantissait qu'il incarne de nouveau son choix. Il s'était interdit de vivre, ou presque, pendant toute cette période, avec pour unique objectif qu'elle reprenne sa place si elle le désirait, et ce, sans aucune certitude que ce serait le cas. En agissant de la sorte, il était, non seulement, fidèle et altruiste, mais oui, bel et bien amoureux comme seul un loup pouvait l'être. Entièrement, passionnément et surtout éternellement. Personne ne méritait d'être repoussé après avoir fait preuve d'une telle indéfectibilité. Pourtant, le Cœur a souvent ses raisons que la Raison ignore…

— Si elle choisit un autre compagnon ? Il suffira qu'elle le suive dans sa meute ou qu'ils en créent une ensemble. Si cela m'arrive à moi, eh bien, ce sera à elle de voir si oui ou non elle se sent capable de le supporter. Elle seule peut répondre à cette question. Pour ma part, j'ai rempli ma part du contrat et je suis en phase avec ma conscience à présent.

Jared se pencha en avant, les coudes sur ses genoux et les mains croisées sous son menton, il baissa les yeux avant de déclarer :

— Ne prend pas mal ce que je vais te dire, mais je doute que tu trouves une compagne avant elle. Tu en as eu le temps et l'occasion et tu ne l'as jamais fait. En réalité, je pense que tu n'as jamais eu l'intention de la remplacer, qu'elle revienne ou non.

Une fois de plus, Jack esquissa cet étrange sourire, un peu désabusé.

— Parce que je n'ai jamais voulu envisager ce qui se passerait si elle réapparaissait et qu'une autre avait pris sa place dans ma vie. J'aurais eu l'impression de la trahir, de nous trahir. Après tout ce que nous avons enduré, ne pas l'attendre serait revenu à renier notre attachement de l'époque, la raison qui nous a menés là où nous en sommes à présent et, dans ce cas, ce sont les vampires et Sakarie qui auraient gagné. Quelle meilleure preuve de mon amour aurais-je pu lui offrir que de l'avoir attendu si longtemps ? De plus, tu as raison ; après Kanda, aucune femme n'a jamais trouvé grâce à mes yeux. Elle a toujours été droite, honnête, simple et courageuse. Si je suis encore là aujourd'hui, c'est parce qu'elle m'a enseigné tout ce que je devais savoir pour être un bon alpha. Je serais mort dès mon premier combat si elle n'était pas intervenue. Mais dis-moi, toi qui la connais si bien, combien d'histoires a-t-elle eues dans sa nouvelle vie ?

— Ce n'est pas à moi de répondre à ce genre de question, Jack.

Il haussa les épaules.

— Elle ne me le dira sans doute pas et peut-être vaut-il mieux que je ne sache jamais.

— Elle ne se souvenait de rien jusqu'à il y a seulement quelques mois et même si elle avait su…

— Elle pensait que je l'avais trahi, je sais, le coupa Jack en hochant la tête. Je ne pourrais pas la blâmer, j'ai commis tellement d'erreurs moi aussi. J'ai eu des aventures d'un soir, mais jamais je n'en ai aimé une autre. D'une certaine façon, une partie de moi est morte à Salem, avec elle.

Il posa les yeux sur la jeune femme. Un regard plein d'amour et de chagrin mêlés.

— Max n'est jamais tombée amoureuse, lâcha Jared malgré lui. Beaucoup d'hommes se sont intéressés à elle, mais elle ne semblait pas s'en soucier. Elle estimait que les garçons de son âge ne désiraient qu'une chose et qu'elle, elle voulait plus. Jouer les godiches ne lui ressemble pas, comme tu as pu t'en rendre compte. Je devrais avoir honte de dire cela, mais comme tous les grands frères, je me suis réjoui de cette situation. Que ce soit avec toi ou avec un autre, tout ce que je souhaite c'est qu'elle soit heureuse.

— Tu t'es bien occupé d'elle pendant ces années et je suis content qu'elle t'ait choisie comme grand frère. Elle a toujours su s'entourer.

— Merci. Tu veux une cigarette ?

— Avec plaisir, sourit Jack en se servant dans le paquet que lui offrait son second.

Il l'alluma et tira une ou deux bouffées avant d'ajouter :

— Demain à la première heure, tu sonneras le ralliement. Je ne tolèrerai aucun désistement. Nous devons découvrir rapidement pourquoi les vampires sont revenus et ce qu'ils cherchent.

— Ok. Tu sais déjà comment nous allons nous organiser ?

— Je pense que le mieux est de constituer trois équipes. L'une tournera à Salem et Danver le jour, en feignant de se promener, de faire des courses ou peu importe. L'autre, la nuit. Quant à la dernière, elle restera ici pour protéger Max. Bien entendu, nous mettrons en place des roulements afin de ne pas éveiller les soupçons.

— Si tu veux mon avis, il vaut mieux que tu fasses partie de celle chargée de chaperonner Max. Parce que si elle décide de quitter la maison, elle n'hésitera pas à se servir de son pouvoir d'alpha pour parvenir à ses fins.

Jack esquissa un sourire en coin avant de répondre.

— Je n'en attendrais pas moins de sa part cela dit.

— Bon, je crois que je vais aller dormir un peu, dit-il en jetant un coup d'œil inquiet à Max.

— Vas-y, monte et repose-toi. Je vais rester avec elle cette nuit, ne t'inquiète pas.

Le jeune homme ne s'inquiétait pas. Il se doutait que son alpha allait passer une bonne partie de la nuit à couver Max du regard comme s'il s'agissait du saint Graal personnifié. Il n'espérait qu'une chose : qu'un jour, Max constate cette attitude et lui rende la pareille. Car, si ce n'était pas le cas, ce chagrin serait lourd à porter pour toute la meute.

— Très bien, bonne nuit Jack.

— Bonne nuit, Jared.

Une fois seul, Jack contempla une nouvelle fois la jeune femme. Elle semblait paisible, comme à l'époque où elle s'endormait dans ses bras, au coin du feu, après avoir fait l'amour, dans sa petite cabane.

S'il avait su alors ce qui se tramait et qui était en réalité celle qu'il avait épousé, tout aurait été si différent. Il l'aurait emmené à l'autre bout du monde s'il l'avait fallu. Ils auraient pu être heureux tous les deux, ils auraient connu trois cents années de bonheur complet, peut-être auraient-ils eu des enfants. Lorsqu'elle s'appelait Kanda, elle rêvait souvent à haute voix des petits qu'elle désirait lui donner.

Jack songea, avec une pointe d'amertume, que personne ne peut rattraper le temps perdu qui s'échappe à chaque seconde, comme une poignée de sable vous glisse entre les doigts. Toute cette histoire leur en avait fait perdre tellement ! Mais aujourd'hui, il avait une chance de réparer ses erreurs passées et il comptait bien la saisir. Il en était là de ses réflexions lorsqu'il constata, non sans un certain amusement, que malgré les siècles écoulés, Kanda et lui finissaient toujours leur journée de la même façon, au coin du feu.

Le lendemain matin lorsque Max ouvrit les yeux, elle perçut d'abord des bruits de conversation dans la cuisine. Elle reconnut, bien entendu, la voix de Jared, puis celle de Ludwig, de Miranda et celle, très agaçante, de Stacey, martelée en cadence par ses talons aiguilles.

— Tu as rappelé les troupes ? demanda-t-elle à Jack, sans même avoir besoin de tourner la tête pour détecter sa présence.

— Oui, nous devons découvrir ce qui se trame à Salem. Tu veux un café ?

— Merci, dit-elle en se redressant.

À son grand étonnement, un plateau chargé de tartines de confitures, de pancakes, de bacon, de café et de thé l'attendait sur la table basse. Elle leva les yeux vers son ancien amant. Debout devant la porte-fenêtre, portant un t-shirt noir sur un jean brut, il semblait auréolé de lumière. Les rayons du soleil conféraient à ses cheveux –qu'il avait laissés libres ce matin– des reflets bleutés qu'elle avait passé des heures à admirer autrefois. Une fois de plus, elle se surprit à se dire qu'il était, et de loin, le plus bel homme qu'elle ait jamais croisé.

— C'est pour moi toutes ces bonnes choses ? demanda-t-elle pour dissimuler son trouble.

— Oui, je ne savais pas ce que tu préférais, alors je t'ai préparé un peu de tout, lui expliqua-t-il, presque embarrassé.

— Le grand chef algonquin s'est donc mis à la cuisine, s'amusa-t-elle. Je vois que j'ai encore plein de choses à apprendre sur le nouveau toi.

— Je te retourne le compliment, rétorqua-t-il en s'approchant. Comment va ta cicatrice ?

— Bien, je n'ai plus mal en tout cas.

— Tu permets que je jette un coup d'œil ?

Elle sembla hésiter un moment, puis se leva et pivota sur elle-même, sans un mot. Il souleva la chemise avec précaution.

— Elle a disparu, dit-il la voix enrouée.

Le dos musclé et l'odeur de la jeune femme lui faisaient toujours autant d'effet. Ne pas l'enlacer pour la coucher sur le canapé avant de lui faire sauvagement l'amour lui demandait toute sa volonté. Il remit la chemise en place, caressant la peau soyeuse d'un doigt sans en avoir l'air.

Max, pas dupe, se retourna et alla jusqu'à la fenêtre avant de feindre d'observer le jardin avec intérêt.

— Merci d'avoir vérifié, dit-elle d'une petite voix.

Jack ne put s'empêcher d'éprouver une certaine satisfaction. Manifestement, elle n'était pas totalement indifférente à son charme. Ce simple contact avait semblé la troubler autant que lui.

— Au fait, je ne me suis pas excusée pour les dégâts que j'ai occasionnés hier, reprit-elle. Pardonne-moi, je paierai pour les réparations.

— Ne t'inquiète pas pour cela, ce n'est rien. D'ici ce soir, il n'y paraitra plus.

— Oh ? Tes hommes travaillent dans le bâtiment ?

— Certains d'entre eux, moi y compris.

Elle se tourna une nouvelle fois vers le jardin et resta là un moment, sans rien dire. Il sentit que quelque chose la tracassait, mais il préféra la laisser venir à lui. Elle n'avait jamais aimé qu'on la force, en rien. Après quelques minutes, elle reprit la parole, si doucement qu'il faillit ne pas l'entendre.

— Pourquoi spécialement cette maison, Yuma ?

— Parce que tu la voulais, répondit-il simplement.

Elle lui fit face et ses yeux verts le transpercèrent jusqu'à l'âme. Que pensait-elle à cet instant ? Jack aurait donné cher pour pouvoir lire dans ses pensées.

— Tu vas le leur dire ? demanda-t-elle encore. Je veux dire, pour nous, notre histoire.

— C'est toi qui m'as enseigné qu'un bon alpha ne cache rien à sa meute. Ils doivent savoir pour comprendre.

Elle hocha la tête en signe d'assentiment.

— C'est vrai, mais ce que je t'ai dit hier tient toujours. J'accepte de rester ici pour le moment, mais comme à l'époque, je ne te reconnaitrai pas comme mon alpha.

— J'avais saisi ! ricana-t-il. Allez viens, allons les rejoindre.

Ils se rendirent à la cuisine où un silence de plomb s'installa dès qu'ils passèrent la porte. Tous les regards se braquèrent sur Max. Comme tout bon dominant, elle fixa chaque loup dans les yeux. Tous baissèrent la tête en signe de soumission. Une fois ce détail tiré au clair, elle se dirigea vers Jared et l'embrassa sur la joue, se moquant des réactions alentour. De toute façon, personne n'aurait osé dire quoi que ce soit. Non seulement ils ne connaissaient pas son mode de fonctionnement en tant qu'alpha, mais en plus, Jack l'avait clairement reconnue comme sa compagne. Elle restait donc, quoi qu'il arrive, au plus haut dans la hiérarchie de la meute.

Cependant, sachant que les autres risquaient de se retrouver écrasés par le pouvoir de deux alphas, elle finit par mettre la sourdine. Il s'agissait de la meute de Jack et elle ne voulait pas interférer dans son bon fonctionnement. Il la remercia du regard.

— Salut petit frère, bien dormi ? demanda-t-elle au second.

— Très bien et toi ? Ton dos va mieux ?

— Oui, comme un bébé et ce matin, Yuma… enfin Jack, a regardé, elle a totalement disparu.

— Tant mieux ! Elle n'était pas jolie à voir de toute façon. Et les brulures ?

— Je vérifierai en prenant ma douche.

— Ok. Tu as pris ton petit déjeuner ?

— Oui merci, Jack s'en est chargé.

Les plus téméraires osèrent tout de même un regard vers leur chef, mais celui-ci n'eut pas l'air de s'en préoccuper. Il remplit deux tasses de café avant de revenir vers le comptoir.

— C'est bien. Bon, j'ai briffé tout le monde. Tu n'as plus qu'à donner les ordres, Jack.

— Ok, merci, Jared, dit celui-ci en prenant place entre son second et Max. Donc, nos chers vampires sont de retour à Salem. Ils cherchent quelque chose qui parait important. Jared vous l'a sans doute expliqué, s'ils mettent la main sur Max, elle sera leur cible privilégiée. Ils semblent penser qu'elle serait en mesure de les empêcher d'atteindre leur objectif ou qu'elle pourrait représenter une menace au bon déroulement de leur plan. Nous devons rester discrets pour qu'ils ne se doutent pas que nous aussi sommes sur les rangs. Peu importe ce qu'ils veulent, il y a peu de chance que cela ait des effets positifs sur le monde.

— Jared nous a dit que nous ne pouvons en tuer que certains, c'est-à-dire ? interrogea Ludwig.

Max et Jack se consultèrent du regard. D'un signe de tête, elle l'encouragea à continuer.

— Un mâle et une femelle, ces deux-là nous reviennent à Max et moi. Mais pour le moment, nous ne tuons personne et nous contentons de les surveiller de loin.

— Tu vas nous aider grâce à la… magie ? demanda Miranda avec hésitation.

Max lui adressa un grand sourire, marquant ainsi sa préférence à l'égard de la jeune femme

— J'y compte bien. Je vais devoir faire en sorte qu'ils ne nous détectent pas jusqu'à ce que nous trouvions ce qu'ils cachent.

— Justement, eux aussi doivent avoir des sorcières à leurs bottes pour nous avoir échappé si facilement. Tu crois que tu vas pouvoir passer entre les mailles du filet ?

— Je ne vais pas utiliser l'Obeath, mais le vaudou. De cette manière, ils ne sauront pas d'où vient la menace. Je vais tâcher de donner un peu de fil à retordre à nos ennemis, sourit Max.

— Encore une question, insista Miranda.

— Oui ?

— Comment vas-tu faire pour les approcher sans qu'ils te reconnaissent ? Qu'il s'agisse de ton loup ou de toi, vous possédez… des physiques peu communs, ajouta-t-elle en baissant les yeux.

Les autres attendirent la réaction de Max à cette dernière réplique, non sans une certaine appréhension. Certains alphas ne tenaient leur meute que par la violence et la peur. Max avait toujours été contre cette politique. Pour elle, le respect devait être mutuel. Cela dit, cette meute n'était pas la sienne, mais elle ne doutait pas que Jack avait suivi ce principe avec application.

— C'est vrai, concéda cette dernière pas le moins du monde vexée. Je vais devoir me montrer discrète. Ou alors me teindre en blonde.

Miranda rit, amusée, ainsi que le reste du groupe. Manifestement, ils appréciaient Max… sauf Stacey qui restait dans son coin. Appuyée contre le mur, les bras croisés sous sa poitrine, elle ressemblait à une petite fille boudant face au refus de ses parents. Elle venait de voir sa dernière chance de mettre le grappin sur Jack s'envoler.

— Le mieux serait que tu restes ici pour le moment, suggéra justement ce dernier. Au moins le temps que ton loup et toi refassiez connaissance.

Cette remarque n'avait pas sonné comme un ordre, mais une fois de plus, tous observèrent avec intérêt les réactions de Max. Pour tous, c'était la première fois qu'ils se retrouvaient simultanément face à deux dominants. Normalement, chacun d'eux aurait dû faire en sorte de prendre le contrôle de la meute, mais dans le cas présent, ils semblaient prendre les décisions ensemble, ce qui était d'autant plus déroutant !

— Tu as raison, mais dans ce cas, il va falloir que Jared se charge de faire quelques courses pour moi.

— Lesquelles ? demanda celui-ci.

— Comme tu le sais, je n'ai pas vraiment pris le temps de préparer ma valise en partant, j'ai besoin de vêtements, dit-elle en montrant Jack d'un coup de menton.

Elle avait fait ce geste délibérément, pour le taquiner. Les autres sourirent eux aussi, voyant qu'il n'y avait plus de tension entre eux deux.

— Ok, j'irai à Salem avec Miranda dans ce cas. Jean et T-shirt comme d'hab ?

— Ce sera parfait, acquiesça Max en souriant.

— J'en profiterais pour te racheter des Dr. Martens. Les tiennes n'en peuvent plus si tu veux mon avis.

Max lui tira la langue et tout le monde se détendit cette fois.

— Maintenant, que chacun retourne à ses occupations, ordonna Jack.

Tous s'exécutèrent sans broncher, discutant des travaux à finir ou des différentes choses à faire dans la journée, sauf Stacey. Elle continua d'observer Max et Jack, d'une façon qu'elle croyait discrète, mais qui n'échappa ni à l'un ni à l'autre.

— Un problème Stacey ? interrogea l'alpha, sans même lever les yeux du journal qu'il avait commencé à lire.

— Je euh… non. En fait, je me demandais si….

— Si quoi ?

S'il avait recueilli Stacey après son attaque, ce n'était que parce qu'il avait pour politique de ne jamais abandonner l'un des siens. Celui qui l'avait attaqué s'était enfui comme un voleur, la laissant pour morte, personne ne méritait un tel sort. De plus, il n'aurait pas pu prendre le risque qu'elle mute sur son territoire et parte en chasse ; cela aurait mis sa meute en péril. Cependant, si elle avait été celle qui avait connu le plus de difficultés lors de son apprentissage, elle possédait un don certain pour lui taper sur les nerfs. Jack n'avait rien contre la féminité, bien au contraire. En revanche, la futilité et l'idiotie l'agaçaient au plus haut point et malheureusement, Stacey avait une fâcheuse tendance à confondre les deux.

— Eh bien… vu que Max est maintenant ta compagne officielle…

Sa voix était si grinçante qu'on aurait pu croire qu'elle avait avalé une poignée de sable brulant. La pilule avait bien du mal à passer manifestement, mais l'alpha aurait préféré subir une lobotomie sans anesthésie plutôt que de vivre, ne serait-ce qu'une journée de sa vie, avec Stacey pour compagne. Quant à Max, contre toute attente, elle ne broncha pas et continua d'établir sa liste de courses.

— Oui, eh bien ?

— Je pourrais m'installer dans la chambre rose ? J'ai toujours adoré cette pièce et elle n'a pas besoin de deux chambres, je pense.

Jack leva la tête, cette fois ses yeux étaient d'un jaune profond. Constatant ce changement de comportement, pour le moins soudain, Max posa la main sur son avant-bras, prête à intervenir.

— Non, asséna-t-il. Personne n'a jamais occupé cette chambre, et personne ne l'occupera jamais. Elle est à Max, point barre ! Elle pourra la transformer en bureau, en boudoir ou en ce qu'elle voudra, mais elle est à elle seule !

Puis il se leva et monta à l'étage, clôturant là la discussion. Stacey quitta également la cuisine, tête basse.

— C'était moins une, souffla Jared, fixant toujours la porte par laquelle Jack et Stacey étaient sortis.

— J'ai vu. Même si je suis ravie qu'il me laisse garder ma chambre, pourquoi personne n'a eu le droit de la prendre avant ?

— Tu n'as pas bien regardé la pièce, je crois.

Max fronça les sourcils puis sembla se souvenir.

— La première fois que nous sommes venues ici, la maison venait juste d'être terminée. Les propriétaires ne vivaient même pas encore dedans. Nous sommes tombés dessus par hasard, en nous promenant. Je l'ai de suite trouvé sublime, imagine un peu le contraste avec ma minuscule cabane ! J'étais émerveillée, comme une petite fille. Yuma m'a alors juré qu'un jour, nous posséderions une maison tout aussi belle et qu'il m'aménagerait une chambre comme celle des princesses dans les contes blancs. Il disait qu'il m'offrirait de jolies robes et que nous mangerions dans de la belle vaisselle de porcelaine. J'ai ri, je crois, je ne pensais pas qu'il tiendrait sa promesse.

— Eh bien, tu vois, sourit Jared en se resservant une tasse de café. C'est d'ailleurs la première pièce qu'il a décorée lorsqu'il l'a rachetée. Je venais de rejoindre sa meute et je me demandais souvent pourquoi il tenait tant à ce que cette chambre soit parfaite puisqu'il refusait que qui que ce soit s'y installe. Il disait qu'elle était destinée à une vieille amie qui viendrait lui rendre visite un de ces jours, une amie très spéciale. Je comprends mieux maintenant.

— C'est vrai ? Personne n'a jamais utilisé cette chambre ? Vraiment ? s'étonna-t-elle encore.

— Personne, assura Jared. Il y faisait d'ailleurs le ménage lui-même, n'autorisant personne à y entrer sans son accord. C'est pour cela que les autres ont songé que j'allais avoir des problèmes en te l'attribuant malgré son interdiction et que j'ai été si surpris qu'il ne trouve rien à redire à cette décision. J'ai alors pensé qu'en réalité, il la réservait pour celle qui deviendrait sa compagne.

— Oui ou pour celle qui l'était déjà, ajouta Max plus pour elle que pour Jared. J'ignore encore où nous allons, lui et moi, mais je crois que je devrais tout de même le remercier pour cela.

— Tu l'aimes encore ? s'enquit Jared de but en blanc.

— Je ne sais pas, dit-elle avec un léger haussement d'épaules. Je suis resté en sommeil si longtemps. Et puis j'étais persuadée qu'il ne m'aimait pas alors… je ne sais pas. J'ai besoin de temps pour y voir plus clair.

— Hum, je comprends.

Elle lui embrassa une nouvelle fois la joue, puis quitta la cuisine.

XIX

Wenham, de nos jours

À l'étage, les ouvriers étaient déjà à l'ouvrage. Les coups de marteau et le bruit des perceuses résonnant contre les murs en devenaient assourdissants.

Max retrouva Jack dans la chambre qu'il lui avait attribuée, il aidait Mike à ramasser les morceaux de la baie vitrée brisée la veille. Elle s'approcha et considéra les dégâts qu'elle avait provoqués. Elle n'y était pas allée de main morte. Dans sa précipitation, elle avait même arraché une partie du montant de bois.

Les mains enfoncées dans les poches de son jean, elle se balança d'un pied sur l'autre. Elle se sentait honteuse d'avoir détérioré cette pièce à présent qu'elle savait que Jack s'était donné tant de mal à l'aménager spécialement en son honneur. Il avait commis des erreurs, tout comme elle, mais il avait également tout mis en œuvre pour tenir les promesses qu'il lui avait faites trois cents ans auparavant. Même s'il n'était sans doute pas parfait, combien d'hommes en auraient fait autant dans des circonstances similaires ? Sûrement très peu, pour ne pas dire aucun.

— Je suis désolée, murmura-t-elle en s'approchant. Je paierai pour tout ce que j'ai cassé, tu n'auras qu'à me dire combien je te dois.

Jack lui lança un regard surpris par-dessus son épaule puis se redressa pour la rejoindre.

— Viens, lui enjoignit-il en lui tendant la main.

Elle la prit. La proximité de l'alpha la troubla plus qu'elle ne l'aurait souhaité, mais elle ne voulait pas paraitre trop désagréable non plus. Après tout, il n'avait rien fait d'autre que de tenter de se rendre agréable. Il ne méritait pas qu'elle se montre agressive envers lui.

Il l'entraîna jusqu'au fond du jardin, à l'ombre d'un chêne immense dont les branches noueuses étaient si denses que le soleil peinait à se frayer un chemin au travers. Entre les feuilles, le peu de lumière qui passait donnait l'impression de milliers de petits diamants suspendus au-dessus de leur tête. Max se souvint alors qu'il était tout jeune lorsqu'ils étaient venus ici la première fois.

— Tu te souviens ? lui demanda Jack lorsqu'elle caressa l'écorce.

— Oui, il me semble que c'était hier et en même temps que cela fait des siècles, lui confia Max.

— C'est le cas, commenta Jack, non sans amertume, trois siècles pour être exact.

Max se tourna vers lui avant de se laisser glisser jusqu'au sol pour s'adosser au chêne, ses bras posés sur ses genoux repliés. Elle pivota légèrement la tête pour étudier la maison.

Les colonnes du porche soutenant les balcons de l'étage étaient toujours aussi jolies avec leurs stries, les allongeant encore, donnant l'impression qu'elles pourraient toucher le ciel sans effort et leurs lions, dressés sur leurs pattes arrière, sculptés à leur base comme s'ils protégeaient la demeure. Les balustrades en ferronnerie noire et brillante avaient toujours fière allure. Dans le parc autour, les arbrisseaux qu'elle avait connus étaient devenus de fiers végétaux déployant avec grâce leurs solides branches. Ils avaient dû en essuyer des tempêtes, mais, comme Yuma et elle, ils étaient encore là. Ils avaient plié certes, mais jamais rompu.

— Je voulais te remercier Yu… Jack, se reprit-elle. Excuse-moi, j'ai du mal à m'habituer à ton nouveau prénom.

Il prit place à côté d'elle et lui sourit.

— Je comprends, pour moi aussi t'appeler par un nom d'homme est étrange, lui avoua-t-il en souriant à demi.

— En vérité, mes parents m'ont baptisé Maxine, mais à part Amalia, personne n'a jamais utilisé mon prénom complet. Je comprendrais que tu préfères Kanda.

— Avec laquelle des deux te sens-tu la plus à l'aise ?

Max haussa les épaules.

— Je ne sais pas, les deux font partie de moi. Mais la plus complète est sans doute Kanda puisqu'elle est la seule à avoir toujours connu son loup. Max elle, n'a vécue qu'une infime partie de l'histoire.

— Je suis d'accord, approuva Jack. Tu pourras donc m'appeler Yuma et je t'appellerai Kanda, du moins lorsque nous serons seuls. La situation dépasse déjà la majorité de la meute, inutile d'en rajouter. Au fait, pourquoi voulais-tu me remercier ?

Max regarda une fois de plus la maison avant de reposer ses immenses yeux verts sur lui. À cet instant, Jack souhaita que le temps s'arrête. Il aurait pu la contempler des jours entiers sans jamais s'en lasser.

— Pour m'avoir laissé venir ici, pour m'avoir accueilli sous ton toit, pour ma jolie chambre, lui sourit-elle.

Il haussa les épaules à son tour.

— Choses promises, choses dues, non ? La maison, la jolie chambre, comme tu dis, tout ça, faisait partie de nos rêves. J'ai pensé que cela te ferait plaisir de voir que je n'avais rien oublié lorsque tu reviendrais.

— C'est le cas, mais…

Elle baissa les yeux et tritura ses mains, gênée. Elle ne voulait surtout pas le blesser, il méritait son respect, si ce n'était sa gratitude. Déchiffrant ses pensées, il soupira avant de reprendre pour elle :

— Mais tu as besoin de temps pour savoir si tu veux reprendre l'histoire là où nous l'avons laissée ou en entamer une nouvelle. Peut-être même en changer certains personnages.

Elle soupira puis posa sa main sur le bras de son ancien amant avec précaution.

— Je suis désolée Yuma, notre histoire nous a déjà tant coûté. Je ne t'en veux plus, j'ai compris que tu n'étais pas responsable de ce qui m'est arrivé en 1692 et que tu as autant souffert que moi à l'époque, mais je suis morte avant d'avoir eu le temps de m'en remettre, si bien que mon cœur doit encore cicatriser et mon loup ne peut rien pour moi dans ce cas de figure.

— Je comprends, dit-il avec un sourire triste en posant sa main sur la sienne. Les choses deviendront sans doute plus claires une fois que cette histoire sera terminée. L'envie de vengeance ne risquera plus de venir empoisonner notre relation, du moins je le souhaite.

Elle ôta sa main pour croiser les bras sous sa poitrine.

— Et puis tu n'as pas entièrement tenu ta promesse, ajouta-t-elle, faussement boudeuse.

— Ah oui ? Que te manque-t-il ?

— Les jolies robes pardi ! s'esclaffa-t-elle en lui enfonçant son coude dans les cotes.

Il rit de bon cœur avant de se lever et de lui tendre la main pour qu'elle fasse de même. Une fois qu'elle fut debout, il garda ses doigts emprisonnés dans les siens.

— Parfait, eh bien, puisqu'il a été décidé que je resterai avec toi tout le temps de notre enquête, je donnerai ma carte bleue à Jared pour qu'il te ramène une jolie robe. Qu'est-ce qui te ferait plaisir, dis-moi ? Une robe pour tous les jours ? De soirée ? En soie ? Il te suffit de demander et tu seras exaucé.

— Je plaisantais, monsieur le bon génie ! Je n'ai besoin de rien.

— Pas moi, dit-il en reprenant tout son sérieux. Je ferais tout ce qu'il faut pour te prouver à quel point je tiens à toi. Peu importe que tu m'aimes encore ou pas ensuite, mais au moins, ne pourras-tu pas me reprocher de ne pas avoir tout essayé.

La jeune femme sourit et se hissa sur la pointe des pieds pour déposer un baiser sur sa joue. Il la serra contre lui avant de souffler :

— Bienvenue chez toi, Kanda.

Jared regagna le QG, les bras chargés de sacs. Il était content de lui, il avait trouvé tout ce que Max lui avait demandé sans trop de difficulté. Il n'avait capitulé que pour la lingerie, là, il avait laissé Miranda se débrouiller seule. Pour le coup, il ne s'était pas senti très à l'aise.

Il rejoignit Jack et Ludwig dans la cuisine, en grande discussion à propos des repas de la semaine.

Afin de faciliter l'organisation de la maisonnée, ils avaient pris l'habitude de préparer les menus à l'avance lorsque la meute se trouvait au complet. L'air de rien, gérer quinze loups affamés, et dont les goûts étaient parfois très différents, se révélait un véritable tour de force. Sans compter qu'il fallait tout cuisiner en quantité quasi industrielle.

— Tu peux bannir le poisson, Max déteste ça, expliqua l'alpha.

— Ok, accepta Ludwig.

Ce dernier n'était pas de nature compliquée et faisait toujours en sorte que la cohabitation se passe au mieux. De plus, il était un grand champion de l'organisation en ce qui concernait l'intendance, être l'ainé d'une fratrie de huit enfants avait certainement aidé à développer ce don.

— Pendant que vous y êtes, oubliez aussi son tour de cuisine si vous ne voulez pas tous terminer à l'hosto, s'amusa Jared en déposant ses trouvailles sur le comptoir.

— Elle n'a toujours pas appris à cuisiner ? demanda Jack en grimaçant.

Il ne se rappelait que trop bien des expériences culinaires, très approximatives, de la jeune femme et l'idée de lui servir à nouveau de cobaye ne le tentait pas plus que cela. Il se souvenait encore d'un ragout de mouton qu'il avait pris soin de finir jusqu'à la dernière miette pour ne pas la vexer. Résultat, il avait eu des crampes d'estomac et des sueurs froides pendant près de trois jours. Bien entendue, Kanda s'en était rendu compte et l'avait soigné, mais afin qu'elle ne sache jamais quelle était la cause de son état, il avait menti et assuré qu'il avait abusé de baies sauvages pendant la chasse avec ses frères. Cependant, aujourd'hui, il ne pourrait pas user de ce genre de subterfuge, alors mieux valait s'organiser en conséquence.

— Disons qu'elle a une idée bien à elle du mot cuisine, gloussa Jared, mais je suis certain qu'elle n'aura rien contre deux tours de plonge. Max est facile à vivre dans l'ensemble, d'ailleurs où est-elle ?

— Là, dit Jack en lui indiquant la porte-fenêtre du menton.

Jared se retourna et aperçut la louve, blanche comme neige, derrière le carreau. Assise bien droite, elle le regardait sagement, attendant qu'il se tourne enfin vers elle. Elle avait dû muter de façon à se réhabituer lentement à sa forme animale.

— Je ne sais pas si je me ferais un jour à la voir comme ça, avoua-t-il. C'est vraiment trop bizarre.

Pour toute réponse, Max se mit à japper et à sautiller sur place sans le quitter des yeux.

— Je crois que la petite Max veut jouer avec son grand frère, s'amusa Ludwig.

Max commença à tourner sur elle-même, courant après sa queue, comme pour approuver. Elle donnait plus l'impression d'un jeune chiot fou que d'un alpha hyper puissant en cet instant.

— Ça va, j'arrive, céda Jared.

Il sortit et se déshabilla avant de plier ses vêtements avec soin pour les poser sur la table de jardin. Pour échapper au spectacle, Max s'allongea et se cacha les yeux de ses pattes. Jack et Ludwig observèrent cette scène qui avait quelque chose de comique. À peine le second eut-il pris sa forme animale qu'elle bondit en avant pour lui sauter dessus. Sous l'impact, ils roulèrent plusieurs fois avant de retrouver l'équilibre. Max fut tout de même plus rapide et eut presque le temps d'effectuer un tour complet de la pelouse avant que Jared ait repris ses esprits. Il s'ébroua et lui courut après, une fois de plus, ils roulèrent l'un sur l'autre, se pincèrent gentiment, se mordillèrent les oreilles, comme l'auraient fait n'importe quels louveteaux jouant entre eux. Ludwig et Jack considéraient le spectacle aussi amusés qu'attendris.

— Jared n'a pas exagéré lorsqu'il nous parlait de la relation qu'il entretenait avec sa fameuse petite sœur, commenta Ludwig. Il est vraiment très attaché à elle, comme s'ils avaient grandi ensemble.

— Oui, je suis rassuré de savoir qu'il a veillé sur elle pendant toutes ces années, convint Jack.

— Dommage qu'il ne nous l'ait pas amené avant. Sa renaissance n'a pas dû être une partie de rigolade, nous aurions pu l'aider.

— Sans doute, mais elle ignorait qu'elle était loup avant il y a seulement quelques mois. Jared mourait d'envie de lui faire découvrir son monde, mais il ne pouvait pas prendre le risque d'amener une humaine ici. Jamais il ne se le serait pardonné s'il lui était arrivé quoi que ce soit.

Les deux hommes n'avaient cessé de regarder les deux amis jouer le temps qu'avait duré leur conversation. Après une série de courses poursuites et une énième roulade, Jared venait d'effectuer un vol plané, atterrissant contre un arbre, la tête en bas. Max fut alors secouée d'une sorte de spasme, sa langue pendait sur le côté et ses crocs étaient découverts. Elle muta et son fou rire canin fut remplacé par un fou rire humain sans aucune mesure. Elle pointa Jared du doigt en se tordant en deux, pendant que le malheureux se remettait difficilement sur ses pattes, un peu sonné.

— Ah ! Ah ! Si tu voyais ta tête, cow-boy ! Tu imites très bien Rantanplan, tu sais ?

Elle fut prise d'une nouvelle crise de fou rire, pire que la précédente. Ludwig et Jack se joignirent d'ailleurs à son hilarité. Enfin consciente de leur présence, elle se tourna vers eux et son regard se planta dans celui de Jack. Le temps sembla soudain interrompre sa course pour figer cet ultime moment. Chez les loups, la nudité est quelque chose de totalement naturel, mais il se sentit troublé au point d'arrêter de respirer. Le souvenir de leurs nuits passées ensemble lui revint avec une netteté déconcertante. Max dut ressentir la même chose, parce qu'elle se cacha la poitrine et fila sous le porche pour se rhabiller. Jared muta à son tour et ne put s'empêcher de jeter un coup d'œil à son alpha en la rejoignant. Une fois vêtus, ils rentrèrent comme si de rien n'était, mais la jeune femme évita soigneusement le regard de Jack.

— Alors, fais-moi voir tes achats, dit-elle à Jared, l'air de rien.

Il lui tendit les sacs dans lesquels elle s'empressa de fouiller comme un enfant se précipite à déchiqueter les emballages de ses cadeaux de Noël. Elle en sortit un t-shirt avec un gros Mickey Mouse imprimé dessus.

— Oh, j'adore ! s'écria-t-elle comme une petite fille.

— Je sais, c'est bien pour cela que je l'ai acheté, sourit celui-ci. Il y en a un avec Donald aussi.

— Et tu as trouvé des Dr. Martens ! Génial ! Je t'adore, cow-boy ! s'exclama-t-elle en lui déposant un baiser sur la joue.

— Y a plutôt intérêt ! Par contre, pour les trucs de fille, j'ai laissé Miranda gérer, cela dépassait mes compétences.

— Tu t'es débrouillé comme un chef, merci petit frère ! Bon, je monte prendre une douche et enfiler des fringues qui ne sentent pas l'homme, s'amusa-t-elle en jetant un coup d'œil moqueur à l'alpha cette fois.

— Tu vas sentir les vingt personnes qui auront essayé ce t-shirt, rétorqua celui-ci en souriant. Si tu veux mon avis, ce ne sera pas mieux.

Max soupira, exaspérée.

— Ok, alors que proposes-tu en attendant que je lave ces vêtements ? Je me balade nue ?

— Non, mais tu peux te servir dans mon dressing. Je suis certain que tu trouveras bien quelque chose qui te satisfera.

— Ok ! dit-elle en levant les yeux et les bras au ciel. Je vais fouiner et voir ce que je peux trouver.

« Pas la peine de prendre le risque que Jack pète un câble pour si peu », songea-t-elle.

— Pendant ce temps, je vais laver ça, ajouta Jared.

— Merci. Je file prendre une douche !

— Le dîner sera prêt d'ici une heure, tu as le temps, sourit Ludwig.

Max se sentit troublée de se retrouver dans la chambre de Jack. Elle observa le grand lit, très grand pour dire la vérité et se demanda pourquoi il l'avait choisi alors qu'il n'avait jamais repris de compagne après elle. D'accord, Jack mesurait près d'un mètre quatre-vingt-dix, mais tout de même. Ce lit aurait pu en contenir trois comme lui. Cette image lui arracha un sourire malicieux. *« Trois Jack dans un même lit, voilà un spot publicitaire qui ferait sans doute exploser les ventes de n'importe quel produit ! »* La pièce était peinte dans des tons neutres, beige et blanc. Il s'agissait d'une belle chambre, spacieuse et lumineuse, à cent lieues de sa petite cabane d'autrefois. Elle songea alors qu'à l'époque, même s'ils ne possédaient pas grand-chose, cela leur suffisait à être heureux. La seule présence de l'autre les comblait.

Elle ouvrit le dressing, étudia un instant son contenu, n'osant pas y toucher. Cela lui faisait un drôle d'effet de s'immiscer ainsi dans l'intimité de Yuma si longtemps après. Combien de femmes avaient dormi ici ? Combien d'entre elles avait-il aimé ? En dépit du discours qu'elle avait tenu quelques heures avant concernant son besoin de cicatriser, elle sentit le vil poignard de la jalousie transpercer son cœur. Elle ne pouvait sans doute pas lui reprocher d'avoir continué à vivre pendant son absence, malgré tout, l'imaginer avec une autre la blessait profondément. Tant d'évènements avaient eu lieu depuis l'époque de leur rencontre, tant de choses avaient changé.

Depuis qu'elle se souvenait, Max se demandait souvent si elle avait réellement une place dans ce monde. Si ce n'était pas par désir de vengeance, aurait-elle vraiment choisi de revenir dans cette époque absurde ? Pas sûr. Si les siens n'étaient soi-disant plus persécutés aujourd'hui, les blancs ne les considéraient toujours pas comme leurs égaux, même s'ils s'en défendaient. Les Amérindiens vivaient encore, pour la plupart, dans des réserves tandis que le taux de chômage de la population explosait. Combien de fois avait-elle surpris les regards étonnés des gens bien pensants lorsqu'elle avait avoué être Amérindienne ? Comme s'ils étaient étonnés de constater qu'elle ait pu réussir ses études et obtenir un job sérieux. Ils imaginaient sans doute que la plupart d'entre eux étaient justes bons à vendre des grigris et autre artisanat folklorique. Si le génocide avait pris fin, le mépris avait bel et bien persisté, lui.

Elle tendit la main pour prendre la première chemise venue et l'enfila rapidement avant de chercher un bas. Elle regarda chaque vêtement de la pile lorsqu'elle dégota enfin un jogging. Elle souleva les habits qui se trouvaient au-dessus d'une main tandis que de l'autre, elle tirait sur le pantalon. Celui-ci résista un peu, elle tira donc plus fort et ce qui devait arriver arriva, toute la pile atterrit par terre.

— Merde ! jura-t-elle en se penchant pour réparer les dégâts.

Elle s'apprêtait à remettre la pile sur l'étagère, mais resta figée dans son élan. Là, derrière le linge, Max fit une découverte qui la toucha bien plus qu'elle ne l'aurait pensé. Elle reposa à terre la pile de vêtements et se saisit de sa trouvaille.

Tout au fond de la penderie, bien à l'abri dans un cadre, une tunique de peau, cousue de petites perles bleues et rouges, ornée de franges au niveau des manches. Elle avait passé des heures à la confectionner, en cachette, pour faire la surprise à Yuma. Son dernier cadeau.

Il l'avait donc gardée là toutes ces années, comme un précieux vestige du passé, de leur histoire. Max sourit en caressant du bout du doigt le verre protégeant la tunique. Elle avait, bien entendu, subi quelques injures du temps. Aux coudes, les manches étaient râpés d'avoir été trop souvent porté et certaines franges étaient élimées ou avaient simplement disparues, mais dans l'ensemble, elle était parfaitement conservée. Vu l'odeur, Jared lui avait fourni des produits de préservation dont se servaient les musées. Ce n'était pas terrible, mais bien plus efficace que l'antimite habituel.

Les autres s'activaient en bas, Max décida de tout remettre en place avant qu'ils ne se demandent où elle était passée. Elle enfila rapidement le fameux survêtement noir, un peu trop grand pour elle, et descendit les rejoindre. Elle aurait le temps de penser à cette histoire plus tard, lorsque tous ceux qui l'avaient blessé ou trahi seraient morts et enterrés.

Après le repas, chacun vaqua de nouveau à ses occupations. Les uns montèrent dans leur chambre pour se reposer, les autres regardèrent la télévision dans le salon. Jack, Ludwig et Mike avaient décidé d'aller à Salem pour observer les allers et venus des vampires et essayer d'en apprendre plus sur leurs éventuels alliés. Max, suivant l'avis de Jack, n'avait pas pris part à l'expédition, mais cela ne la contrariait pas plus que ça, elle savait que son moment approchait.

Elle avait pris place sous le porche devant la maison. Assise sur un rocking-chair, un pied replié sous elle, l'autre lui servant de balancier, elle fixait la nuit en pensant à ce jour qu'elle attendait depuis si longtemps. Celui où, enfin, elle solderait les comptes de son ancienne vie pour prendre un véritable nouveau départ.

— Tiens, chaton, je t'ai préparé du café, lui dit Jared en lui tendant une tasse.

— Merci.

Elle attrapa la tasse et retomba dans son mutisme pensif, une petite ride barrant son front.

— Max, confie-moi ce qui te tracasse, je sens que quelque chose ne va pas.

— Je réfléchis, rétorqua-t-elle avec un haussement d'épaules. Je cherche ce qui a bien pu m'échapper. Si les vampires avaient seulement peur que j'aie une descendance, ils auraient éliminé Jack depuis longtemps. Je pense qu'il n'a rien à voir avec tout ça, que le problème, c'est moi.

— On s'en doutait un peu, non ? sourit Jared.

— Non, ce que je veux dire, c'est que c'est moi à proprement parlé. Ils se foutent que j'ai des enfants, ils seraient capables de se reproduire bien plus vite que moi de toute façon. De plus, que je les aie avec Jack ou un autre loup, cela ne changerait rien. Le fait que je mute sans l'aide de la Lune n'a rien à voir là-dedans non plus. Contre une dizaine de vampires, je ne pourrais pas grand-chose. Vous êtes aptes à le faire vous aussi, cela vous demande plus de temps certes, mais c'est réalisable. Je ne suis pas un lycanthrope très original si on met de côté mon statut d'alpha. S'ils cherchaient quelque chose et que je les dérangeais simplement parce que j'étais un loup, pourquoi n'ont-ils pas éliminé immédiatement la meute de Jack après ma première mort ? Après tout, j'aurais très bien pu lui dire de quoi il s'agissait et où cette chose se trouvait.

Jared se redressa dans son fauteuil et posa ses coudes sur ses genoux écartés. Max avait raison. Apparemment, les vampires avaient quitté la ville peu après son décès et manifestement, ils n'auraient rien eu à craindre de la meute de Jack, trop jeune et inexpérimentée à l'époque. De plus, il revenait justement aujourd'hui, alors qu'ils semblaient persuadés qu'elle en avait fait autant.

— Vu comme ça… je ne sais pas moi, il doit sans doute y avoir un détail de ton passé qui t'échappe, mais qui doit avoir son importance. Une sorte de clé ou quelque chose comme ça.

— Je crois que cela a un lien avec le vampire que j'ai abattu, lui et ses acolytes devaient sûrement chercher cette fameuse chose lorsque Jack a débarqué avec sa meute. Celui que j'ai achevé était le plus vieux, c'est lui qui menait l'expédition. Je dois retourner là-bas, dit-elle avec détermination.

— Ok, tu penses retrouver sans trop de difficulté l'endroit où tu as tué ce vampire ?

— Je l'ai localisé sur une carte, dans mon disque dur.

— Allons regarder ça de plus près.

Les deux amis regagnèrent donc le salon où se trouvait toujours l'ordinateur commun. Le périphérique externe était encore branché dessus et cette fois, Max l'ouvrit sans hésiter une seconde concernant le fichier à consulter.

Une carte de Salem et de ses environs apparue sur l'écran.

— Je vois que tu as déjà repéré les lieux, remarqua Jared en lui jetant un coup d'œil inquisiteur.

— Je te l'ai dit, j'ai fait du repérage pour savoir exactement ou j'allais mettre les pieds. Je suis restée en sommeil près de trois siècles, il ne faut pas avoir intégré une grande école pour se douter que le coin risquait d'avoir changé.

— À quoi correspondent les points rouges ?

— Cimetières, immeubles abandonnés ou en construction, vieilles bicoques isolées, tout ce qui aurait pu servir d'abris à un nid de vampires, expliqua Max, les yeux résolument fixés sur l'écran.

— Hum… Ok, imprime tout ça, nous pourrons faire plus facilement des annotations sur papier.

La jeune femme lança l'impression. Tous les deux savaient que le temps leur était compté. Un nid de vampires provoquait toujours des dégâts dans une ville et ils n'étaient pas à New York ici, les disparitions ne passeraient pas inaperçues. Les loups ne pouvaient pas tolérer qu'ils fassent des vagues et attirent l'attention sur eux par la même occasion.

Une fois la carte imprimée, Jared se chargea de la reconstituer à grand renfort de *scotch* avant de l'étaler sur la table du salon. Les derniers occupants de la maison avaient fini par se résoudre à prendre du repos et ils se retrouvèrent seuls.

— J'ai tué le vampire ici, dans la forêt entre Salem village et Wenham, expliqua Max. Ma cabane se trouvait ici, plus au sud, et le camp de Yuma à cet endroit.

Jared nota ces détails au-dessus des points que lui montrait la jeune femme tout en cherchant un lien entre eux. À part Max elle-même, il n'en trouva aucun.

— Là, se tenait la prison et là le lieu des exécutions, ajouta-t-il.

— Je n'ai pas été abattue comme les autres sur la colline de Gasgow Hill, contra Max, mais ici, indiqua-t-elle en posant son doigt sur la carte.

Il s'agissait du sud de la forêt bordant la ville à l'époque, la partie appartenant aux puritains et totalement à l'opposé de Gasgow Hill. Voilà pourquoi Jack n'aurait pas pu arriver à temps, même s'il l'avait voulu. Le temps qu'il entende les détonations et qu'il fasse demi-tour Max était déjà passé de l'autre côté du miroir et les vampires bien loin. Jared ne put s'empêcher d'imaginer cette scène terrible ; Jack, découvrant sa bien-aimée, abattue comme un animal et gisant dans son sang. Sûrement l'avait-il pris dans ses bras, l'avait-il bercé un moment, pleurant et priant le ciel qu'il la lui rende. Puis, sans doute s'était-il levé, Max dans les bras, pour l'emmener jusqu'au campement afin de la préparer avant de lui offrir une sépulture décente. Il osait à peine concevoir le chagrin et la douleur qu'avait ressentie son alpha ce jour-là.

Pendant que Jared suivait le cours de ses sombres pensées, Max se leva d'un bond et fonça vers les cartons qui contenaient ses livres, dans un coin de la pièce. Elle les retourna sans ménagement, sans se soucier d'abîmer ces volumes qu'elle chérissait d'habitude. Jared sentit son excitation, la jeune femme était soudainement survoltée.

— Quoi ? Quelque chose te revient ? lui demanda-t-il.

— Je n'en suis pas certaine, aide moi à retrouver le traité de démonologie.

— Pourquoi ?

— Aide-moi, Jared !

Ce dernier s'exécuta, cherchant désespérément le fameux ouvrage.

— Mais où est-il ? s'agaça Max.

Jared se releva lui aussi et regarda les livres étalés tout autour d'eux. Il y en avait des dizaines, mais aucune trace de celui dont ils avaient besoin.

— Pourtant, je suis persuadé de l'avoir emmené lorsque nous sommes partis, murmura-t-il, songeur.

La présence d'autres loups sur la propriété les détourna une seconde de leur préoccupation première. Jared resta sur ses gardes, mais Max recommença à fouiller comme si de rien n'était.

— Yuma, déclara-t-elle simplement.

— Tu le reconnais à sa simple façon de marcher ? s'étonna Jared.

Max sourit et ouvrit l'un des livres au hasard. Plus pour se donner une contenance que par intérêt pour le sujet qu'il traitait.

— Je connais Yuma depuis bien plus longtemps que toi, cow-boy et nous avons été bien plus qu'amis, si tu vois ce que je veux dire.

— Très bien, admit celui-ci.

— D'ailleurs, tu me reconnais à ce genre de chose toi aussi, non ?

Jared s'apprêtait à répondre lorsque Jack fit éruption dans la pièce, suivi de Ludwig et de Mike. Les trois hommes avaient les yeux jaunes, signe que quelque chose les avait contrariés.

— Que s'est-il passé ? demanda Max, les sourcils froncés.

Jack la scruta un instant et son pouvoir d'alpha emplit soudain le salon, soumettant les autres, mais pas elle, une nouvelle fois. Elle soutint son regard d'une façon si intense qu'ils semblèrent converser par la pensée. La jeune femme gronda :

— Arrête, tu sais comment cela va finir.

Jack fit tout de même monter la pression d'un cran et se mit à grogner. Son loup était énervé et, bien sûr, dans ces moments-là, il ressentait le besoin de montrer sa dominance.

— Comme tu voudras, je m'en fiche, ce sont tes fringues ! lança-t-elle avant de se diriger vers la porte pour sortir.

Jack suivit le mouvement en commençant à enlever sa chemise. Jared se précipita à leur suite, Mike et Ludwig sur les talons.

— Qu'est-ce qui te prend ? demanda-t-il à Jack. Que s'est-il passé à Salem ?

Jack ne répondit pas et alla rejoindre une Max calme et stoïque sur la pelouse. Les bras croisés, elle attendait.

— Tu connais ton problème, Jack ? Tu n'es qu'un sale macho ! dit-elle en le pointant du doigt.

Pour toute réponse, celui-ci fit place à un loup aussi noir qu'énorme. Les oreilles baissées, les épaules rentrées, il commença à tourner autour de la jeune femme qui ne bougea pas d'un iota, nullement impressionnée par cette démonstration de virilité. Elle observa ses ongles, en retira des peaux imaginaires, ignorant l'alpha prêt à attaquer.

— Qu'est-ce que tu proposes, dis-moi ? Une petite démonstration de force, sachant que de la même façon qu'en 1692 je vais botter ton joli petit derrière d'alpha égocentrique ou alors carrément notre première sailli ici, sur la pelouse, devant tout le monde ? demanda-t-elle avec nonchalance. Tu as dû atteindre un sacré degré de frustration pendant ces trois siècles, je n'ai même plus besoin de te montrer ma lune pour te transformer en bête !

Sous la surprise d'une telle réflexion, Jack reprit forme humaine. Sa mâchoire ainsi que ses bras étaient encore trop longs et fins pour appartenir à un humain lorsqu'il s'écria d'une voix anormalement grave :

— Quoi ? Tu n'es pas bien ou quoi ! Tu me prends pour un animal lubrique !

— Ah parce que tu ne comptais pas me faire le numéro du mâle tout puissant comme la dernière fois ? demanda-t-elle, faussement surprise.

— Non ! Je…

Jack sembla ne plus savoir quoi répondre, pris au dépourvu par sa propre réaction. Il termina la mutation sans rien ajouter.

— Remarque, je dois avouer que tu n'as rien perdu de ta superbe, constata Max en le détaillant de la tête aux pieds, appréciatrice.

Jared, Ludwig et Mike ne purent s'empêcher de glousser, ce qui ne fit qu'agacer un peu plus Jack qui rougit tout de même.

— Je crois avoir deviné ce qui vous a mis dans cet état, continua Max, et je serais ravie de vérifier ma théorie dès que j'aurais retrouvé mon bouquin.

— Quel bouquin ? demanda Jack d'une voix plus calme en commençant à se rhabiller.

— Mon traité de démonologie.

— Dans ma chambre.

Max tourna les pages frénétiquement, avant de s'arrêter enfin et de lire attentivement. Pendant tout le temps que dura l'opération, un silence de plomb régna dans la pièce. Ils avaient beau ignorer ce que cherchait la jeune femme, ils se doutaient que cela devait avoir son importance pour la mettre dans un tel état d'excitation.

— C'est bien ce que je pensais, souffla-t-elle, si doucement qu'ils faillirent ne pas l'entendre.

Elle semblait sous le choc et cela ne leur disait rien qui vaille.

— C'est si grave que ça ? interrogea Jared.

Lorsque Max leva ses grands yeux émeraude vers lui, il y déchiffra clairement la peur. D'instinct, il alla s'agenouiller prêt d'elle, déclenchant le grognement de Jack et l'agacement de Max. Elle se leva à son tour pour se planter, bras croisés, devant l'Amérindien.

— Quoi encore ?

— Arrête de te frotter à lui, gronda-t-il.

Elle se pinça l'arête du nez en fermant les paupières.

— Laissez-nous une seconde s'il vous plait, dit-elle en se tournant vers les autres.

Ils obtempérèrent, préférant se réfugier dans la cuisine. Ils avaient conscience qu'entre ces deux-là, la conversation risquait de devenir houleuse et se retrouver entre deux alphas en colère était clairement suicidaire.

Jared, lui, ne comprenait plus les réactions de Jack. Il savait pourtant qu'il ne considérait Max que comme sa petite sœur et que jamais il n'aurait envisagé un autre genre de relation avec elle. Il referma tout de même la porte du salon derrière lui, en espérant qu'ils n'en arriveraient pas aux mains.

Max fixa Jack dans les yeux, bien décidée à ne rien lâcher. Si elle se laissait soumettre, ne serait-ce qu'une seule fois, il prendrait définitivement l'avantage et c'était hors de question !

— Je croyais que nous étions d'accord, commença-t-elle. Jared est comme un frère pour moi et tu le sais parfaitement !

— Vous n'êtes plus dans le monde extérieur ici, mais dans une meute ! Une meute dont je suis l'alpha, je te rappelle !

— Alors quoi ? Cela te donne le droit de t'autoproclamer mon compagnon, c'est ça ? Tu sembles oublier que je suis également un alpha et que de ce fait, tu n'as rien à m'imposer ! N'oublie jamais que c'est moi qui t'aie enseigné ce que tu devais savoir pour survivre en tant que loup, alors ne me défie pas, Yuma ! Je t'ai formé, construit pièce par pièce, je pourrais tout aussi bien te détruire si le cœur m'en disait !

Jack se détourna et donna un coup de poing rageur dans le mur juste derrière lui, y creusant un énorme trou. Elle avait gagné cette joute visuelle et verbale, mais il montrait tout de même son mécontentement, comme un enfant qui obéissait tout en tapant du pied. Au fond, les hommes restaient définitivement de grands gamins. Cependant, quelque chose n'allait pas, poussant Max à observer l'Amérindien de plus près. Elle connaissait les emportements de Yuma et bien souvent, ils n'étaient qu'une couverture pour cacher autre chose.

— Tu l'as vu, n'est-ce pas ? lui demanda-t-elle enfin.

Il garda le silence, lui tournant toujours le dos. Il respirait fort, ne gardant son self contrôle que grâce à des années d'expérience et d'entrainement.

— Réponds-moi, Yuma. Tu as vu Sakarie ? Tu sais, je comprendrais que cela t'ait causé un choc, après tout, elle a été ton épouse.

— Elle était avec lui, souffla-t-il.

Le son de sa voix fit à Max l'effet d'un coup de poignard en plein cœur. Elle qui s'était toujours crue au-dessus de ces femmes jalouses, elle se rendait compte à quel point elle s'était montrée vaniteuse à ce sujet. C'était la seconde fois aujourd'hui que ce sentiment venait obscurcir son horizon.

— Et… cela t'a blessé, c'est ça ? Je veux dire, de la voir avec un autre ?

Cette fois, il fit volte-face, les sourcils froncés.

— Quoi ?

— Tu as croisé ton ex-femme avec son nouveau compagnon et, malgré les années passées, cela t'a fait du mal, insista Max en s'efforçant d'affronter le regard noir de son ancien amant.

Elle redoutait tant sa réponse qu'elle aurait presque souhaité disparaitre, s'enfoncer dans le sol, pour ne jamais l'entendre.

— Depuis le temps et tout ce que je t'ai dit, tu persistes à penser que j'ai aimé Sakarie plus que toi ? Que je pourrais avoir des sentiments ou simplement du respect pour elle ? lui demanda-t-il tristement. Tu n'as donc pas encore compris que tu es la seule qui compte à mes yeux ? Que je t'ai toujours aimé et que je n'aimerai que toi ? Pourquoi crois-tu que je n'apprécie pas de te voir avec Jared ?

— Parce que tu es idiot ? le taquina-t-elle en se relaxant.

— Peut-être, admit-il avec sincérité, mais surtout parce que tu lui offres à lui ce que tu me refuses à moi. Ne me regarde pas comme ça, la coupa-t-il voyant qu'elle s'apprêtait à rétorquer. Je ne te parle pas de sexe ou de quoi que ce soit du même genre, mais de confiance, de complicité, de tendresse. Toutes ces choses que nous partagions avant et que tu m'as enlevées alors que je n'ai rien fait pour mériter cela. Je crève de chagrin depuis trois siècles et aujourd'hui encore, tu ne me regardes pas comme tu le devrais. Je ne te demande pas que nous redevenions amants immédiatement, non, ce que je veux, c'est faire disparaitre cette barrière entre nous. J'ai parfois l'impression d'être un étranger à tes yeux bien que je reste celui qui te connait le mieux ici bas.

Max demeura abasourdie, elle savait que son retour ne serait pas facile à gérer ni pour lui, ni pour elle, mais elle ne pensait pas faire autant souffrir Yuma.

— Pardon si je t'ai blessé, dit-elle, sincère.

— Avant que nous soyons amants, nous avons été amis, complices, voilà ce qui me manque. Quant à cette garce de Sakarie, la seule chose qui m'ait contrarié ce soir, c'est de ne pas avoir pu les tuer elle et sa sangsue ! Crois-moi, il ne perd rien pour attendre celui-là. Lorsque j'aurai mis la main sur ce salaud, il se mordra les doigts d'avoir osé poser ses sales pattes sur toi !

Il eut encore un mouvement d'humeur et cette fois, ce fut un joli tableau représentant la propriété qui en fit les frais.

— Calme-toi, mon cœur, souffla Max en approchant.

Il s'arrêta net à ces mots et lui fit de nouveau face.

— Comment m'as-tu appelé ?

Elle vint se planter devant lui, son regard rivé au sien. Ils étaient si proches qu'ils se touchaient presque.

— Yuma, je t'ai dit que j'avais besoin de temps pour remettre mes idées au clair. Cela ne signifie pas que j'ai gommé ce que je ressentais pour toi à l'époque de notre rencontre ou le moindre de nos souvenirs communs, bons comme moins bons. C'est juste que je ne sais plus très bien où j'en suis après trois siècles de sommeil. Même si notre histoire devait prendre fin, cela ne changerait rien au fait que tu as été mon seul et unique amour. Tu fais partie de moi et moi de toi, rien ne pourra effacer cela.

Elle posa une main sur la joue de Jack et se hissa sur la pointe des pieds pour déposer un baiser léger sur ses lèvres. Il n'essaya pas de prendre avantage de la situation, se contentant de fermer les paupières et de profiter de l'instant présent. Cela faisait tellement longtemps qu'il attendait un simple geste d'affection de sa part, que même ce chaste baiser lui parut incroyable. Lorsqu'elle s'écarta, il resta planté là, les bras le long du corps.

— Ça va mieux ? le questionna-t-elle devant son manque de réaction.

— Embrasser un homme n'est pas le meilleur moyen de calmer ses ardeurs ! s'amusa-t-il.

Elle leva les yeux au ciel.

— Ah ces mecs ! Jamais contents !

Il lui passa un bras autour des épaules et lui embrassa le front.

— Allez viens, rejoignons les autres.

Dans la cuisine, pas un son ne filtrait. Jack et Max se doutèrent qu'ils avaient du tendre l'oreille pour savoir ce qui se passait à côté.

— Alors cette fameuse théorie, Max ? lança Jack, l'air de rien.

— Zut, je retourne chercher mon livre, répondit celle-ci.

Jared, Ludwig et Mike s'échangèrent des coups d'œil perplexes. Décidément, il fallait les suivre ces deux-là !

La jeune femme revint et posa son livre sur le comptoir. Jack se pencha par-dessus son épaule pour lire lui aussi, mais renonça bien vite. La plupart de ces ouvrages étaient écrits en latin, une langue que Jack n'avait jamais étudiée, prétextant que les puritains lui en avaient suffisamment rebattu les oreilles dans sa prime jeunesse.

— En consultant de nouveau les plans de Salem, je me suis rendu compte que si l'on rejoint les lieux marquants de mon histoire dans cette ville, par exemple ma cabane, le campement, la prison et le reste, on obtient cinq lignes d'énergie distinctes.

— Je ne vois pas le rapport.

— Un pentagramme. Salem se trouve au cœur d'un pentagramme !

Jack fronça une seconde les sourcils.

— Donc, Salem serait construite au-dessus d'un point d'énergie terrestre. Et après ?

— Il arrive aussi qu'il soit question d'énergie magique ! Selon certaines légendes, le point de convergence de ces lignes marquerait une porte !

— Ok, admettons, mais une porte vers quoi ?

— Certains affirment qu'il s'agit de portes donnant sur l'enfer, d'autres sur des mondes parallèles, d'autres encore d'emplacement d'objets magiques... au fur et à mesure que le temps a passé, les histoires ce sont multipliées. Difficile dans ces conditions de savoir quelles versions sont vraies, les informa Jared. En revanche, toutes s'accordent à dire que la magie, bonne ou mauvaise, est amplifiée à ces endroits.

— Cela pourrait expliquer pourquoi les sorcières n'ont pas aidé Max à l'époque, poursuivit Mike. Cela faisait une de moins à pomper dans leur source.

Jared hocha la tête comme s'il tentait de résoudre une énigme qui le tracassait depuis un moment.

— Oui... et je ne serais pas étonné qu'elles soient mêlées à ça, encore aujourd'hui. L'homme sur la route et le camionneur jamais retrouvé, la maison vidée de l'indice le plus infime et pourtant, pas la moindre trace olfactive des vampires... des sorcières on dû jouer les nettoyeurs !

— Admettons que ce soit le cas et que cette porte soit ouverte, qu'est-ce qui pourrait en surgir ? voulut savoir Ludwig.

— Je l'ignore, répondit Max. En revanche, mon instinct me souffle que ce ne sera pas une bonne chose...

Jack sembla réfléchir intensément puis déclara :

— Très bien, nous allons donc rendre une petite visite de courtoisie à Malika.

— Mais cette fois, je suis de la partie et ce n'est pas négociable, prévint Max.

Jack hocha la tête, mais n'insista pas.

XX

Quelque part entre Wenham et Salem, de nos jours

Depuis qu'ils avaient quitté la propriété, Jack ne cessait de jeter à Max des regards en biais. Les lèvres pincées, il se retenait difficilement de pouffer, ce qui, bien sûr, n'avait pas échappé à sa compagne.

— Vas-y, balance ce que tu as sur le cœur, lança la jeune femme, n'y tenant plus.

Il lâcha prise et laissa libre court à son hilarité, au point que les larmes lui montèrent aux yeux. S'il n'avait pas été un loup-garou, sûrement se serait-elle inquiétée pour sa conduite, mais dans le cas présent, les réflexes dont il était doté les protégeaient d'une éventuelle collision.

— En blonde, tu es sérieuse ? demanda-t-il. Il ne s'agit plus d'un simple camouflage là, mais carrément d'Halloween !

Une nouvelle crise de fou rire le secoua, creusant les petites rides aux coins de ses yeux. Il semblait plus détendu maintenant qu'ils étaient seuls. Trop au goût de Max vu les circonstances.

— Ah ! Ah ! Très drôle ! grimaça-t-elle en croisant les bras sous sa poitrine, boudeuse. Je te rappelle que nous ne savons pas qui nous risquons de rencontrer à Salem. Si tu avais de meilleures idées, il suffisait de le dire avant de partir !

Pour être certain que personne ne la reconnaîtrait, Max avait enfilé une casquette des Lakers, empruntée à Jared, par-dessus une perruque blonde qui lui arrivait aux épaules ainsi que des lunettes noires. D'accord, sa peau dorée trahirait le fait que sa couleur n'était absolument pas naturelle, cependant, si être une fausse blonde représentait un quelconque crime, il aurait fallu exterminer la moitié de la population féminine de cette planète !

— En tous cas, c'est sûr, personne ne s'attend à voir revenir Marilyn Monroe d'entre les morts ! s'esclaffa-t-il de nouveau en donnant des tapes sur le volant comme il l'aurait fait sur ses genoux tant il riait.

Elle lui administra un coup de poing sur l'épaule.

— Ce que tu peux être bête ! s'esclaffa-t-elle à son tour. Je ne veux courir aucun risque, c'est tout.

— Il fait grand jour, continua Jack en lui montrant le ciel, aucun vampire ne sera de sortie. Même s'ils sentaient que des loups sont passés en ville, aucune chance qu'ils s'imaginent qu'il s'agit de toi. Ma meute est établie dans le coin depuis des années, ils le savent. Une louve de plus ou de moins, je doute qu'ils aient pris le temps de mémoriser nos traces olfactives. Rassure-toi, plus jamais personne ne te fera de mal, ajouta-t-il en reprenant un peu de son sérieux.

— Je n'ai jamais eu peur des vampires, même après ce qu'ils m'ont fait subir durant ma détention, je ne vais pas commencer aujourd'hui. Seulement, pour les détruire, en particulier Sakarie et son acolyte, je dois savoir ce qu'ils cherchent avec autant d'acharnement dans cette ville. Le fait que mon retour reste secret me laisse un meilleur champ de manœuvre.

Jack hocha la tête puis mit son clignotant avant de doubler la voiture qui se trainait devant eux.

— Lève le pied, dit Max. Ce n'est pas le moment de se faire arrêter et d'attirer l'attention sur nous.

Exaspéré, Jack leva les yeux au ciel.

— Hey, respire ok ? Arrête un peu ta parano !

— Ce ne serait pas la première fois que des humains travailleraient pour eux, contra Max. Personne ne doit savoir que je suis en vie, pas encore du moins. Le fait que Malika se retrouve dans la confidence me semble déjà trop, sans compter les flics qui ont manifestement bâclé cette enquête de façon délibérée. Si les ancêtres de cette vieille cinglée ne m'ont pas vendu à proprement parler, elles ne m'ont pas aidé non plus alors qu'elles en avaient les moyens. Je me méfie de Malika. Comme on dit ; les chiens ne font pas des chats.

— C'est vrai, sur ce point j'avoue que tu as raison, concéda-t-il alors qu'ils passaient les portes de la ville. Cependant, je ne pense pas qu'elle sera assez bête pour nous trahir. Elle est la seule à t'avoir vu de ses propres yeux, s'il devait y avoir une fuite à propos de ton retour ici, elle sait qu'elle serait ma première cible. De plus, elle n'aurait pas contribué à ta renaissance si c'était seulement pour te livrer aux vampires ensuite. Je te rappelle qu'ils ne participent pas vraiment à l'équilibre de ce monde, si précieux aux yeux des sorcières.

— Hum… elle et les siennes sont malignes, ne les sous-estiment pas, Yuma. Ce ne serait pas la première fois non plus qu'elles emprunteraient des chemins détournés pour parvenir à leur but.

Il lui jeta un regard oblique avant de grogner :

— Ce sont elles qui devraient faire en sorte de ne pas me sous-estimer. Je ne suis plus un jeune loup. Aujourd'hui, je ne tuerais plus sur un coup de tête, en achevant trop rapidement ma proie pour qu'elle ait seulement le temps de se rendre compte de ce qui lui arrive. Désormais, j'agis avec calcul et sang froid. Je ferais durer le plaisir en les traquant longuement. Elles auraient tout le loisir de sentir que je suis là, tout près, mais sans savoir quand je déciderais de frapper. Elles apprendraient à leurs dépens le sens du mot terreur. Je ferais en sorte de hanter leurs rêves, les transformerais en cauchemars sanglants jusqu'à ce qu'ils deviennent réalité.

Ses longs doigts fins enserraient le volant telles les serres d'un aigle. Max savait parfaitement que pendant qu'il avait déclamé son petit discourt, il s'était représenté la scène dans son esprit.

Contrairement à certains autres animaux, les loups chassaient avec intelligence. Ils pouvaient pourchasser une proie pendant des jours, parcourir des kilomètres, sans ressentir la moindre fatigue, tandis que leur victime approchait irrémédiablement de l'épuisement et par la même de la mort. Réveiller le loup de Yuma juste avant leur visite à la vieille chouette n'était clairement pas une très bonne idée. Elle posa une main sur son bras en signe d'apaisement. La surprise face à ce geste d'affection eut l'effet escompté, mais elle préféra ajouter :

— Détends-toi, je crois que j'ai saisi le concept. Il serait dommage de la tuer avant même de lui avoir parlé.

Cette fois, Yuma soupira avant de se calmer complètement. Elle sourit en remarquant qu'aujourd'hui, il était capable de faire montre d'autant de contrôle qu'elle sur son entité animale.

Le petit louveteau tempétueux avait bien grandi. Désormais, il n'avait plus besoin d'aide ou de conseil pour être un bon alpha. Même si le temps lui avait manqué à l'époque, il avait retenu les quelques leçons qu'elle lui avait enseignées et les avait mis en pratique avec application. Max ne l'aurait sans doute pas avouée, mais elle était fière de Yuma et de ce qu'il était devenu. En trois cents ans, il n'avait pas tant changé que cela et avait fait en sorte de suivre au mieux les lignes de conduite qu'il s'était fixées au moment de leur rencontre. Ce qui, si l'on y réfléchissait, relevait d'un petit miracle. La vie, les mentalités, les croyances ainsi que les mœurs évoluaient tellement en trois siècles que la plupart des leurs finissaient par sombrer dans la folie, dépassés par un monde dans lequel ils ne parvenaient plus à trouver leur place. Face à une telle éventualité, les options étaient limitées. Soit le loup atteint bénéficiait d'un instant de lucidité suffisant pour mettre fin à ses jours, soit sa meute n'avait d'autres choix que de l'éliminer. Acculé par les siens, il n'avait aucune chance de survie. S'il pliait immédiatement et acceptait son sort, l'alpha le tuait rapidement et proprement, le plus souvent en lui brisant la nuque. Malheureusement, s'il résistait, ses frères l'attaquaient sans merci, le dépeçant presque.

Lorsqu'elle se nommait encore Kanda, la jeune femme avait même vu un loup en dévorer un autre. Cette image l'avait marquée autant que choquée, au même titre qu'assister au repas d'un anthropophage aurait choqué un humain. Finalement, peu importait l'espèce à laquelle nous appartenions, manger l'un des siens restait définitivement tabou.

Max frissonna et remercia le ciel que Yuma ait tenu le coup jusqu'à son retour avant de reporter son attention sur l'extérieur.

Les touristes grouillaient déjà dans les rues, leurs appareils photo autour du cou, leurs cartes de la ville à la main, prêts à se plonger dans la fantastique, et pourtant tragique, histoire des lieux. Face à leurs sourires et leurs yeux émerveillés, Max ne put s'empêcher de serrer les poings et son humeur ne s'arrangea pas lorsqu'ils passèrent devant une statue représentant Samantha, l'héroïne de *Ma sorcière bien-aimée,* assise sur un balai avec derrière elle un croissant de lune. Ce genre de représentation grotesque était légion dans les rues de Salem qui avait fait du fameux procès son fonds de commerce. Des sorcières aux nez crochus, surmontés de verrues, les cheveux hirsutes rehaussés de chapeaux pointus ornaient la plupart des façades de maisons. Leurs tourments passés servaient aujourd'hui de folklore à touristes et permettaient à la ville de vivre décemment, quelle ironie !

— Il a beau faire grand jour, l'atmosphère est saturée par l'odeur des sangsues, c'est immonde ! s'agaça-t-elle. Et regarde-les prendre la pose, tout sourire, devant ce qui a été l'emplacement de notre calvaire... Quant à cette statue, si tu veux mon avis, il s'agit carrément d'un manque de respect envers celles et ceux condamnés lors de ce foutu procès ! Une parodie du plus mauvais goût !

Cette fois, ce fut au tour de Jack de poser une main réconfortante sur sa cuisse et de la serrer doucement. La jeune femme ne chercha pas à se dégager. Elle aussi se sentait mieux, libérée du poids des regards insistants de la meute. Pendant un bref instant, ils pouvaient redevenir Yuma et Kanda, parler de souvenirs communs qui ne relevaient que de faits constatés dans les livres d'Histoire pour les autres. Bien sûr, ils pouvaient se montrer compatissants face à l'horreur et la douleur provoquées par ces évènements, mais jamais ils ne parviendraient à comprendre totalement ce qu'ils avaient enduré.

— Tu ne peux pas leur en vouloir, ils n'y sont pour rien, ne savent rien. Certains iront même poser devant les tombes des éminents personnages de l'époque. Cela peut sembler absurde, mais c'est le monde moderne. Là où nous apercevons le théâtre de nos malheurs d'antan, eux ne voient qu'un endroit insolite où passer le week-end, c'est comme ça. Peu importe comment se perpétue la mémoire, tant que l'histoire ne se répète pas.

Max soupira et posa à son tour la main sur celle de Jack puis souffla :

— Tu as sans doute raison. Nous avons aussi été heureux ici, même si ce fut de courte durée. Peut-être qu'un jour, ce sera de nouveau le cas.

Il se tourna vers elle et sourit, ses dents immaculées et son regard presque enfantin éclairant son visage cuivré.

— J'espère bien ! Pour le moment, nous y sommes.

Max ouvrit des yeux ronds lorsqu'il gara la voiture devant un magasin d'ésotérisme. Dans la vitrine étaient étalés des jeux de tarot, des boules de cristal, des pendules de toutes les tailles et de toutes les formes. En bonne position, juste devant, trônait un livre, imitant les grimoires d'antan. Ce dernier traitait du spiritisme.

— C'est une blague ? demanda-t-elle.

— Pas le moins du monde, soupira Jack. Allez viens, plus vite nous poserons les questions et plus vite nous obtiendrons les réponses.

Max soupira à son tour et quitta l'habitacle pour le rejoindre sur le trottoir.

Lorsqu'ils entrèrent dans la boutique, l'obscurité qui y régnait les obligea à attendre quelques secondes que leurs yeux accommodent de nouveau correctement. Quand ce fut le cas, Max put se rendre compte que l'endroit collait tellement à l'idée que l'on pouvait s'en faire que cela tenait presque du stéréotype grotesque. Les murs, d'un bordeaux profond, étaient rehaussés de moulures représentant des ronces entrelacées desquelles perçaient, par endroits, des roses écloses. Les stores ainsi que le rideau dissimulant l'arrière-boutique étaient noirs. Contre la paroi du fond, un présentoir en bois supportait des sacs en toile de jute contenant des herbes séchées au-dessus desquels trônait un pentacle en ferronnerie noire, lui aussi. Sur leur droite se trouvait un comptoir vitré où étaient disposés toutes sortes de cristaux de différentes couleurs ainsi que des bijoux de style gothique.

L'odeur suave de l'encens agressa leurs narines hyper sensibles, ce qui obligea Max à se faire violence pour ne pas rebrousser immédiatement chemin. Puis, elle se rendit compte que ce dernier ne servait qu'à masquer un autre parfum, une fragrance qu'elle ne connaissait que trop et qui la dégoutait, plus encore que le patchouli, celle du vampire.

La trace était fraîche, elle datait au maximum de la nuit dernière. Discrètement, elle jeta un coup d'œil à Jack. Il l'avait senti lui aussi et se déplaça légèrement pour passer devant la jeune femme, prêt à la défendre. Elle l'écarta de son chemin sans ménagement et fronça les sourcils pour lui faire comprendre qu'elle n'avait nul besoin qu'il joue les gardes du corps. Elle était également un alpha et elle ne reculait pas devant l'ennemi.

Vêtue d'une robe en laine gris perle et d'un nouveau châle noir à fleurs, Malika sortie alors de l'arrière-boutique. Max se dit qu'elle aurait pu songer à lui rapporter celui qu'elle lui avait prêté pour se couvrir lorsqu'elle était venue au QG, même si elle avait eu d'autres préoccupations ces derniers jours. La vieille passa derrière son comptoir avant de lancer, sans même lever les yeux vers eux :

— Quelle charmante surprise, les amants maudits de Salem, chez moi. Que me vaut un tel honneur ?

Le ton était moqueur, cassant, en totale contradiction avec une attitude de commerçante aguerrie. Elle avait beau tenter de le dissimuler, leur présence la contrariait, pas de doute. Des vampires étaient venus ici récemment, ce qui laissait à penser qu'elle était probablement de mèche avec eux. Dans ce cas, pourquoi avait-elle aidé Max à accepter son loup ? Pourquoi avoir pris le risque de se retrouver coincée entre deux feux ? Les sangsues devenaient-elles trop gourmandes et Max serait-elle le parfait moyen de s'en débarrasser ? Ou Malika voulait-elle seulement détourner leur attention en leur offrant une nouvelle cible plus intéressante ?

Jack allait répliquer, mais une fois de plus, Max l'en empêcha d'un geste de la main.

— Petite visite de courtoisie. Il est normal que je me soucie de vous après l'aide que vous m'avez apportée, rétorqua-t-elle, mielleuse.

— Trop aimable, répondit Malika en farfouillant dans une boite posée sur le comptoir. Mais tout le plaisir était pour moi, pas la peine de me remercier.

Elle évitait d'affronter leur regard. Dans la majorité des cas, c'était encore ce qu'il y avait de plus intelligent à faire face à des loups-garous, surtout des alphas, cependant, dans le cas présent, il s'agissait d'autre chose puisqu'elle n'avait pas hésité à tenir tête à Jack et à Jared lors de sa dernière visite. Max se concentra sur les battements cardiaques de la vieille femme. Ils étaient trop rapides, elle avait peur, plus de doute.

— Vous possédez un très joli magasin, bien fourni, reprit Max sur le ton de la conversation. La décoration est également soignée et en parfaite adéquation avec l'ambiance que recherchent les férus d'ésotérisme. Les rideaux, les bougies noires, les pentacles de toutes tailles, l'encens, tout y est.

Tout en parlant, Max s'était avancée vers le comptoir avec grâce et nonchalance. Jack ne saisissait pas très bien où elle voulait en venir, mais il se doutait que son surjeu avait une raison d'être bien précise.

— Eh oui, le commerce est difficile de nos jours. Tout est bon pour se démarquer des autres, et ainsi, vendre plus. La présentation y est pour beaucoup, approuva Malika en rangeant sa boîte sous la caisse.

— Soit, soit, surtout dans cette ville, convint Max. Et vous avez beaucoup de vampires comme clients, dites-moi ?

Avec nonchalance, elle s'empara d'une boule de cristal qui trônait près de la caisse et commença à jongler avec comme s'il s'agissait d'une balle. Malika pâlit et tendit la main pour la reprendre, mais la jeune femme fut plus prompte à réagir et recula d'un pas, se retrouvant hors de sa portée.

— Je vous ai posé une question, insista-t-elle en continuant de lancer la boule en l'air, de plus en plus haut.

Malika se redressa avec dignité et la jaugea de la tête aux pieds avant de rétorquer :

— Les temps sont durs, un client est un client. Peu importe ce qu'il est, tant qu'il paye. Je travaille bien avec les loups-garous, pourquoi pas avec les vampires ? Leur argent vaut bien le vôtre.

Max cessa son manège pour fixer à son tour la vieille femme.

— Voilà qui a le mérite d'être clair, déclara-t-elle en hochant la tête. Stupide, irréfléchi, voire carrément déplacé lorsque l'on connaît votre opinion sur l'équilibre de la nature et sa préservation, mais clair.

Max lança de nouveau la boule, un peu plus haut cette fois, et feint de la manquer avant de la rattraper de justesse.

— Oups ! lâcha-t-elle en posant une main sur sa bouche, malicieuse.

— Vous êtes folles ! s'exclama Malika. Si vous cassez, vous payez !

Max esquissa son plus beau sourire, contrastant avec l'intonation sourde de sa voix lorsqu'elle répondit :

— Et si vous me mentez, vous mourez. Comme vous venez de le souligner, les règles sont d'une simplicité enfantine. Yuma, verrouille donc la porte et retourne la pancarte pour indiquer que la boutique est fermée, s'il te plaît. Je sens que nous allons en avoir pour un moment et je ne veux pas être dérangée.

Ce dernier obtempéra et baissa également le store. Le loup de Max appelait déjà le sien, lui proposant une alliance afin de se venger du mal qui leur avait été injustement infligé. Jack sourit. Malgré les siècles passés et la situation abstraite dans laquelle ils se trouvaient, leur côté animal, lui, était toujours sur la même longueur d'onde et continuait de fonctionner en duo.

— Je vais donc réitérer ma question, mais plus clairement cette fois, poursuivit froidement la jeune femme. Qui sont les vampires qui viennent vous rendre visite et pourquoi ?

La vieille haussa les épaules puis resserra son châle autour d'elle comme si elle avait froid.

— Certains d'entre-deux sont jeunes, transformés seulement depuis quelques mois ou quelques années, ils s'ennuient. Ils sont juste venus s'offrir quelques colifichets afin d'égayer leurs longues nuits d'errance. Ils sont privés à jamais de la douce lumière du soleil et de la gaieté dont cette dernière saupoudre le monde. À leur place, vous chercheriez également à vous distraire.

— Oh, soupira Max en portant une main à son cœur. Votre compassion à l'égard de ces assassins sanguinaires est si touchante ! Vous êtes une véritable sainte, ma chère Malika.

— La preuve, j'aime aussi les gros chiens, ironisa la vieille à son tour.

Jack sentit la pression chez Max monter d'un cran tandis qu'elle pinçait les lèvres en hochant la tête. Soudain, elle envoya la boule de cristal en plein sur la vitrine, à sa gauche, à la manière d'un lanceur de base-ball. Celle-ci vola en éclat sous l'impact. Malika émit une espèce de glapissement et se tassa sur elle-même. Malgré la peur manifeste de la femme, il n'éprouva aucune pitié pour elle. Si elle les avait trahis, il le lui ferait payer, avec ou sans l'aide de Max.

— Voyez-vous, mon sommeil, aussi forcé que prolongé, a quelque peu entamé mes nerfs, j'ai besoin d'exercice. Me faire perdre mon calme ne serait pas une très bonne idée. Nous allons donc faire en sorte d'écourter notre entretien en allant droit au but. À l'époque du procès, les vampires cherchaient quelque chose de précis dans cette ville. Je suis persuadée qu'ils m'ont traquée parce qu'ils pensaient que je savais de quoi il s'agissait et où cette chose se trouvait. Ils ne voulaient pas que je mette la main dessus avant eux. La question est donc : quelle est cette chose ?

— J'ignore de quoi vous parlez, persista la vielle en tentant de reprendre une contenance. Laissez-nous en dehors de vos histoires ! Je vous ai déjà trop aidé et risqué de m'attirer des problèmes.

Max approcha de nouveau du comptoir et se pencha au-dessus, rapprochant son visage de celui de Malika. Ses yeux virèrent à l'ambre lorsqu'elle gronda :

— Nos histoires, comme vous le dites si bien, vous êtes dedans jusqu'au cou, ma chère. En 1692, vous m'avez laissé être torturée avant de crever comme une chienne alors que je n'avais fait que vous protéger. J'ai servi à détourner l'attention de vos petites affaires le temps de vous mettre à l'abri, vous et votre descendance. Si je n'avais pas tenu ma langue, vous auriez terminé au gibet ou entre les mains des vampires. Et ne me parlez pas de votre fichu équilibre surtout, parce que vous n'avez pas hésité à le fouler au pied en laissant mourir des innocents à vos places ! Si l'équilibre devait véritablement être rétabli, je devrais toutes vous tuer !

Max asséna un violent coup de point sur le comptoir, brisant la vitre du dessus et se coupant au passage. Cependant, elle ne sembla pas ressentir la moindre douleur, elle se contenta d'extirper sa main des débris et de la lécher lentement, les yeux fous. Malgré cela, à cette simple vue, le loup de Yuma réagit à son tour en grondant. Il était partagé entre la colère que sa compagne soit blessée et le désir de lécher lui-même ses plaies afin de les aider à cicatriser. Dans la nature, toutes communions d'amour ne se terminaient-elles pas dans le sang ?

Lorsque Malika jeta un regard à l'Amérindien, espérant sans doute son aide pour maitriser Max, elle blêmit. La vieille femme n'avait aucun espoir de ce côté-là. Les poings serrés contre sa poitrine, se tassant sur elle-même, elle semblait vouloir s'enfoncer sous terre. Une autre femme sortit alors de l'arrière-boutique. Si Malika approchait, sans nul doute, des soixante-dix ans, il était difficile de donner un âge précis à celle-ci. Ses cheveux longs, attachés en un savant chignon étaient d'un blanc immaculé, tranchant avec sa robe noire. Elle portait des chaussures à semelle de crêpe, dénotant un besoin de confort plutôt que celui de plaire. Elle aurait pu passer pour plus vieille que sa consœur, pourtant, son visage ne paraissait pas avoir subi les offenses du temps et ses prunelles noires étaient aussi vives que ceux d'un aigle royal. Seules ses mains, déformées par l'arthrite, auraient pu trahir son âge avancé.

Max fit volte-face, tandis que Jack lâcha un grognement.

— Tout doux, dit-elle d'une voix ferme. Le voilà donc, enfin, le couple d'alpha que nous attendions tant.

Elle détailla lentement Max et Jack avant de les fixer tour à tour dans les yeux. *« Elle aurait fait un excellent alpha, si elle n'avait pas été humaine. »*

— Arrêtez donc ce petit jeu de dominance stupide. Il pourrait bien vous coûter la vie. Dites-nous ce que nous voulons savoir et restons en là. C'est de loin l'option la plus sage, pour vous.

La vieille opina puis rejoignit calmement Malika derrière le comptoir. Sa démarche était encore souple et son dos bien droit, ce qui, une fois de plus, était étonnant pour une femme si âgée. Elle avisa la vitrine, remplie de débris de verre, en hochant de nouveau la tête avec un rictus qui aurait pu passer pour un sourire si ses yeux n'avaient pas reflété la colère.

— Tu es trop intrépide, fille de Wayan, cela t'a déjà coûté cher dans le passé, rétorqua la vieille.

Max cilla, ce qui n'échappa pas à Jack.

Wayan... il connaissait ce nom, il en était persuadé. Soudain, une lumière s'alluma dans l'esprit de l'Amérindien. Il s'agissait du tout premier loup-garou, le sang pur, l'ancêtre de Max. Elle lui avait raconté son histoire, il y avait de cela très longtemps maintenant. Cependant, comment cette vieille chouette pouvait-elle le connaître ?

Max ricana méchamment et répliqua sur le même ton :

— Et vous lâche. Seulement, c'est aujourd'hui que cela pourrait vous coûter cher. Salem est bâtie sur cinq lignes d'énergie qui se croisent, que renferme le point de convergence ?

— Ne dis rien, souffla Malika en jetant un coup d'œil à sa voisine.

— Nous le devons, répondit la vieille sans quitter Max des yeux. Elle est la seule à pouvoir maintenir l'équilibre. Seulement, j'exige des garanties. Si je te livre le secret de Salem, tu devras me promettre qu'aucune de mes sœurs ne sera inquiétée.

Cette fois, Jack, qui était resté prêt de la porte, vint se poster à côté de Max. Si les sorcières souhaitaient passer un marché, c'est qu'elles avaient, de près ou de loin, trempées dans cette histoire et si tel était le cas, elles ne s'en sortiraient pas si facilement ! S'il s'était fixé une règle, en tant qu'alpha, sur laquelle il ne transigeait jamais c'était bien celle-ci : on ne parlemente pas avec les traitres.

— Dis-nous d'abord ce que tu sais. Ensuite, nous déciderons, si oui ou non, les tiennes doivent être épargnés, rétorqua la jeune femme.

— Ce point n'est pas négociable, insista Malika dans un sursaut de confiance. Nous voulons l'assurance qu'aucune de nous ne sera inquiétée. Réglez vos histoires avec les vampires, mais laissez-nous en dehors de ça. C'est valable pour eux aussi d'ailleurs.

L'intonation ainsi que la réflexion de la femme mirent la puce à l'oreille de Max. Elle attrapa la main de Jack avant de faire volte-face pour regarder vers l'arrière-boutique. Un clic sec lui parvint avant que ne résonne le son, étouffé, mais très reconnaissable, d'une détonation provenant d'une arme à silencieux. Sans réfléchir, elle se posta devant son ex-amant afin de le protéger. Une douleur terrible frappa son épaule gauche, tandis qu'une tache sombre souillait déjà son t-shirt en s'élargissant rapidement.

— Kanda ! cria ce dernier en la rattrapant avant qu'elle ne s'effondre.

— Les vampires, souffla-t-elle en se tenant le bras. Ils sont passés par les égouts...

En effet, le bruit de cavalcade qui suivit les avertit que, déjà, leurs ennemis prenaient la fuite. Sans doute la seconde femme leur avait-elle parlé en privé avant de les rejoindre. En baissant les stores, ils leur avaient permis d'approcher sans risquer de se faire bruler par les rayons du soleil. Quels idiots !

Jack gronda sa colère, puis sauta par dessus le comptoir, tandis que ses yeux virèrent à l'or. Il attrapa les deux sorcières à la gorge et les souleva du sol.

— Les négociations sont terminées. Que cherchent les vampires et qui travaille pour eux ? Si je n'ai pas de réponses dans les dix secondes qui suivent, je vous tue toutes les deux ainsi que toutes vos sœurs !

— La Tourmaline sacrée, coassa la vieille. Ils veulent ouvrir le tombeau de l'originel. Seule ta louve a le pouvoir de les en empêcher.

— Pourquoi ?

— Parce que c'est mon ancêtre qui a scellé ce tombeau, geignit Max derrière lui.

Il lui jeta un regard alors qu'elle s'était redressée tant bien que mal. Assise par terre, elle se tenait l'épaule en grimaçant, mais semblait encore capable de tenir le coup. De toute façon, c'était leur dernière chance d'obtenir des informations maintenant que les vampires savaient qu'elle était bel et bien de retour. À présent, la guerre était déclarée et pour la gagner et se venger, ils devaient d'abord identifier tous leurs ennemis ainsi que leurs motivations.

— Comment ont-ils su que nous étions là ? continua l'alpha. Certaines d'entre vous ont forcément retourné leurs vestes pour que les vampires aient appris que Kanda était revenue. Donnez-moi leurs noms !

— Comment pourrions-nous le deviner ? glapit Malika. Nous ne pouvons être au courant des moindres faits et gestes des nôtres ! Nous ne vivons pas en meute, nous, et possédons notre libre arbitre ! S'il n'était pas question de préserver l'équilibre des forces en ce monde, nous aurions pris le même parti qu'à l'époque du procès et serions restés en dehors de cette histoire ! La guerre entre les loups-garous et les vampires ne nous concerne en rien et certaines n'étaient pas d'accord avec sa renaissance ! Quoi que tu en dises ou penses, elle a bravé la mort, tout comme les vampires ! continua-t-elle en se tortillant pour se dégager de la prise de Jack.

Celui-ci grogna une nouvelle fois sa colère et approcha les deux femmes de son visage avant de retrousser ses lèvres sur ses dents, déjà en phase de se transformer en crocs.

— Boucle-la, bougre d'idiote ! s'agaça la vieille.

L'Indien les lâcha sans ménagement, si celle paraissant plus âgée se réceptionna sans mal, Malika se retrouva à terre, les quatre fers en l'air.

— Ah ! s'écria-t-elle en se tenant la hanche.

L'autre se baissa pour l'aider, mais Jack, nullement inquiet de la santé de Malika, l'imita avant de gronder d'une voix sourde :

— Oh que si elle vous concerne ! À l'époque du procès, Kanda n'avait rien fait de mal à part protéger la communauté et préserver votre putain d'équilibre, justement ! En la laissant mourir, vous avez permis que de nouveaux vampires voient le jour. Combien de vies humaines brisées ce choix a-t-il engendrées ? Alors, aujourd'hui, vous avez une dette, non seulement envers Kanda, mais envers l'Humanité. Vous allez donc me dire pourquoi les vampires veulent récupérer les restes de l'originel mort depuis des millénaires.

— Parce qu'il n'est pas mort, seulement en sommeil, asséna Malika.

Jack traversait la ville, pied au plancher. Sans se soucier de renverser quelqu'un ou de simplement se faire arrêter, il cala son portable entre son épaule et son oreille. Lorsque Jared décrocha, il ne lui laissa pas le temps d'en placer une.

— Jared, il y a eu un problème à Salem. Congédie tous les dominants de la meute, sauf Mike, vite ! Je serai à la maison d'ici un quart d'heure, ils doivent être partis d'ici là !

— Que se passe-t-il ? Max va bien ?

— Fais ce que je te demande et ne pose pas de question ! rétorqua Jack avant de raccrocher.

Il ne pouvait pas répondre sans courir le risque d'être entendu par les autres. Max se trouvait en situation de faiblesse à cet instant et les loups les plus dominants, même s'ils l'appréciaient en tant qu'humaine, risquaient de vouloir la défier ou de l'achever. C'était dans leur nature profonde et les sympathies n'avaient pas leur place dans le monde animal. Jack ne pourrait pas s'opposer à ce genre de comportement sans tuer directement celui ou celle qui tenterait de s'en prendre à Max.

Il jeta à la jeune femme un regard inquiet. Il lui avait ôté son déguisement, maintenant inutile. Elle était livide, un voile de sueur recouvrait son visage, collant ses cheveux d'ébène à son front. Son t-shirt blanc était à présent d'un rouge sombre sur toute la poitrine et elle tremblait. La balle devait être logée dans la clavicule. L'argent dont elle était forgée avait donc tout le loisir de se distiller dans son organisme. Il avait eu l'espoir qu'il s'agisse d'un projectile ordinaire, choisi par de jeunes recrues n'ayant encore jamais croisé de loup-garou, mais la brûlure marquant sa paume après qu'il est posé sa main pour compresser la plaie avait vite mis fin à ce dernier. Au moins, les coupures qu'elle s'était infligées en brisant la vitrine avaient totalement disparues. Cela ne représentait bien entendu qu'une faible consolation, mais c'était toujours autant de sang qu'elle ne perdait pas. Il passa son bras entre les deux sièges afin d'atteindre sa veste sur la banquette arrière. Avec précaution, il la déposa sur sa compagne.

— Décidément, Salem ne me réussit pas, hein ? tenta-t-elle de plaisanter.

— Ça va aller, nous sommes bientôt arrivés, assura Jack d'une voix ferme.

Max tenta de sourire, mais cela ressembla davantage à un rictus de douleur.

— Au moins, cette fois, tu es près de moi, souffla-t-elle.

Il posa une main, qu'il voulut rassurante, sur sa cuisse.

— Et je ne compte pas te laisser. Arrête de parler, ménage tes forces, tout va bien se passer.

Malgré tout, il enfonça davantage l'accélérateur, faisant rugir le moteur du Porsche Cayenne. Non, quoiqu'il advienne, il ne perdrait pas Kanda, pas cette fois, pas encore ! Il ne le permettrait pas.

Il avait attendu son retour trop longtemps pour survivre de nouveau à sa perte. À présent, il avait conscience que s'ils ne se remettaient pas ensemble, jamais il ne supporterait de la voir avec un autre. Et si elle devait mourir, cette fois, il irait la rejoindre de l'autre côté et sans aucun remords. Jared saurait s'occuper de la meute, il lui faisait toute confiance à ce sujet, mais lui, tirerait sa révérence. À quoi bon continuer à vivre dans ce monde si le seul espoir de revoir son amour s'était envolé ?

À l'entrée de Wenham, il croisa plusieurs véhicules des membres de la meute. Jared avait donc fait le nécessaire, il ne restait plus qu'à espérer qu'aucun d'eux ne tenterait de faire demi-tour, car il avait d'autres chats à fouetter que gérer les tentatives de dominance.

Lorsqu'il se gara enfin devant la maison, Jared et Ludwig l'attendaient sous le porche, la mine soucieuse. Il descendit et fit le tour de la voiture au pas de course pour soulever Max dans ses bras. Elle n'était plus en état de marcher. Quand Jared l'aperçut, ses yeux s'agrandirent de stupeur et il accourut vers son alpha.

— Que s'est-il passé ? s'écria-t-il. Qui lui a fait ça ?

— Ça va, cow-boy, je gère, articula son amie avec difficulté.

Jack passa devant lui et entra dans la maison. Il déposa Max sur le canapé du salon sans se soucier de souiller le meuble de sang. Malgré ses précautions, elle gémit de douleur.

— Maxine, dis-moi qui t'a tiré dessus, supplia Jared en se précipitant à son chevet.

— Un vampire, souffla cette dernière.

Jared fronça les sourcils et se tourna vers Jack, conscient que la jeune femme n'était pas en état de lui fournir les explications qu'il attendait.

— Nous étions chez Malika, les vampires sont passés par les égouts, ils allaient m'abattre, mais Max s'est placé devant moi et la balle l'a atteinte à la clavicule, je crois, expliqua Jack. Où est Mike ?

— Il n'était pas à la maison quand tu as appelé et je n'arrive pas à le joindre. Son portable sonne, mais il ne répond pas. J'ai déjà laissé trois messages en spécifiant qu'il s'agissait d'une urgence.

Jack eut alors l'impression que le sol s'ouvrait sous ses pieds. Mike était le seul à posséder une formation médicale et il était impossible d'amener Max aux urgences. Les blessures par balle étaient systématiquement signalées à la police, mais s'ils n'agissaient pas rapidement, elle allait se vider de son sang.

— Yuma... gémit la jeune femme.

Jared se leva pour lui laisser la place, une fois à genoux, l'alpha lui caressa les cheveux pour la rassurer.

— Là, chut ! Reste tranquille, ça va aller. Jared, rappelle Mike immédiatement ! S'il n'est pas là d'ici dix minutes, il va le regretter !

Jared dégaina aussitôt son portable et fila téléphoner dans la cuisine.

— Mike va bientôt rentrer et il va te soigner, dit-il doucement. Ne t'inquiète pas, d'ici quelques jours, tu seras sur pieds.

Cependant, il douta lui-même de ses propres paroles. Le t-shirt de la jeune femme virait au noir à présent et l'hémorragie semblait s'aggraver de minute en minute. Même si Mike arrivait dans les dix minutes suivantes, il soupçonnait que ce serait déjà trop tard. *« Pitié ! Ne me privez pas d'elle, pas une nouvelle fois ! Je vous en supplie, laissez la vivre et prenez-moi à sa place ! »*

— Nous n'avons plus le temps Yuma, continua faiblement Max comme si elle avait perçu ses pensées. Tu vas devoir extraire la balle toi-même.

L'alpha se pétrifia sur place.

— Je ne peux pas faire ça, je ne suis pas médecin !

— Non, mais... j'ai été guérisseuse. Fais ce que je te dis et tout ira bien.

— Non !

Max ferma les yeux et inspira avec difficulté. Sa respiration était sifflante à présent. La vie la quittait, doucement, mais sûrement. Lorsqu'elle les rouvrit et que son regard croisa celui de Jack, sa voix se fit pourtant plus ferme.

— Ludwig, rapporte un couteau, le plus pointu qui te tombera sous la main, ensuite brule et désinfecte la lame.

— Je ne suis pas sûr que ce soit…

— Fais ce qu'elle demande, continua Jack. Je vais le faire.

XXI

Wenham, de nos jours

Jared avait installé Max sur la table de la salle à manger afin que Jack puisse officier. Ce dernier se lavait les mains avec un antiseptique, au-dessus d'une bassine. Il avait attaché ses longs cheveux de jais en queue de cheval et une ride profonde barrait son front. Lorsque Ludwig revint du garage avec le chalumeau que Max avait exigé, Jared put entendre son alpha grincer des dents. Il devait admettre qu'il ne se sentait pas mieux vu les circonstances. Si jamais ils rataient leur coup, ils auraient la mort de Max sur la conscience et devraient vivre avec jusqu'à la fin de leur existence. Jared avait beau respecter Jack et lui faire entièrement confiance, ce dernier n'était pas médecin et extraire une balle n'était pas vraiment aussi facile que de soigner une morsure.

À présent, la pièce était saturée par l'odeur de la douleur, de l'angoisse, mais surtout par celle du sang. Pour leurs loups respectifs, cette combinaison s'avérait, en général, synonyme de chasse. Ils devaient donc faire en sorte de se contrôler afin de ne pas être tentés d'attaquer Max.

Dans une meute, lorsqu'un individu était malade ou trop gravement blessé, les autres l'achevaient. D'une part afin qu'il ne souffre pas plus que nécessaire et, d'autre part, parce qu'il représenterait un poids mort pour le groupe. On appelait cela la sélection naturelle.

— Ok, on y va, déclara Jack d'une voix qu'il espérait ferme.

— Tu es sûr de toi ? insista encore Jared, les yeux emplis d'angoisse. On pourrait...

— Eh, cow-boy, souffla Max d'une voix étouffée. Ça va aller.

Le teint de la jeune femme était à présent cendreux et ses lèvres violacées. Il avait beau vouloir se persuader du contraire, le temps de son amie était compté.

Il s'empara du ciseau posé sur la desserte, où Ludwig avait pris soin de préparer tout ce dont il aurait besoin. Avec délicatesse, il découpa le T-shirt de Max, de haut en bas, découvrant son soutien-gorge anciennement blanc et maintenant d'un rouge sombre. Il découpa également la bretelle gauche de la lingerie, en prenant garde de la maintenir entre son pouce et son index, de façon à ce qu'elle ne remonte pas précipitamment et blesse davantage Max.

— Tu es prête ? demanda Jack.

— Oui, rétorqua la jeune femme d'une voix faible. Tu vas aller chercher cette maudite balle en restant le plus prêt possible de la paroi de celle-ci afin de ne pas provoquer plus de dégâts sur les tissus autour. Ensuite, tu vas faire en sorte de passer en dessous et de la remonter à la surface de la plaie. Ça va aller ?

Jack pinça les lèvres avant de hocher la tête. Prêt ou pas, avait-il réellement le choix ? Soit il ne faisait rien et perdait Max, soit il tentait le tout pour le tout et la jouait à cinquante-cinquante. Cela n'avait rien de plus rassurant, mais au moins, s'il échouait il aurait conscience d'avoir tout essayé, même si, comme la première fois en 1692, cela ne soulagerait sans doute aucunement son chagrin.

— Alors on y va, souffla Max.

L'alpha lui embrassa le front avant de placer une cuillère en bois enroulée dans un torchon dans sa bouche. Ludwig se positionna de façon à entraver les jambes de la jeune femme tandis que Jared s'occupait du haut du corps.

Jack se saisit du couteau, sans trembler, puis avec des gestes aussi doux que possible, en plongea la lame dans la plaie de Max afin d'extraire la balle. Elle ferma les paupières, rejeta la tête en arrière et serra la main de Jared si fort qu'il crut qu'elle allait la lui briser. Il le souhaita presque, se disant que ce serait une façon de prendre un peu de la douleur de son amie.

Elle tenta de se débattre, mais Ludwig l'aida à la maitriser tandis qu'imperturbable, Jack ne cessait de malmener les chairs ensanglantées. Faire du mal à Max avait beau lui déchirer l'âme et le cœur, il devait retirer le projectile au plus vite, car l'argent qui se distillait, tel un poison mortel, dans son organisme, causait davantage de ravages que la perte importante de sang.

Au bout d'un temps, qui lui parut interminable, le bout de métal assassin bougea enfin, mais le craquement qui accompagna ce mouvement confirma qu'il était bel et bien logé dans l'os de la clavicule et qu'il venait d'en aggraver la fracture. Dieu merci, le loup de Max ferait en sorte de la soigner rapidement, mais en attendant, la douleur devait être intenable. Jack serra les dents.

Son entité animale souffrait au diapason de celle de sa compagne, tout comme l'être humain. C'était aussi cela être un loup ; vivre en supportant des sentiments contradictoires ou multipliés par deux, qu'ils soient bons ou mauvais.

À l'aide de la pointe du couteau, il remonta la balle à la surface de la plaie. Ludwig lâcha Max une seconde pour lui tendre une paire de pinces médicales. Leur mode de vie exigeait d'avoir toujours à disposition un minimum de matériel pour les premiers soins. Entre les combats intra et extra meute, les chasseurs, humains ou pas et les accidents domestiques inhérents à la vie en groupe, mieux valait prévenir que guérir.

Jack attrapa le projectile et le balança dans la bassine lui ayant servi à se rincer les mains quelques minutes plus tôt. Max haletait et tremblait, quant à son corps, il était couvert de sueur.

— Tu veux faire une pause ? lui demanda-t-il, de la compassion dans la voix.

Elle tenta de reprendre son souffle puis secoua la tête en signe de dénégation. Elle était incapable de parler à présent.

— Ok, alors je fais vite, lui assura-t-il.

Lorsqu'il commença à chauffer la pointe du couteau à l'aide du chalumeau, Jared ne put contenir le frisson qui lui remonta le long de la colonne vertébrale, tel un serpent glacé et mortel. La crainte qu'il lut dans le regard de celle qu'il considérait comme sa petite sœur n'arrangea pas son état. Il lui attrapa doucement le menton entre son pouce et son index pour la forcer à le regarder et détourner, une seconde, son attention de ce qui allait suivre. Comprenant ce qu'il tentait de faire, Jack hocha la tête en signe d'assentiment.

— Max, regarde-moi, chaton, murmura-t-il. Le plus dur est derrière toi, d'accord ?

Ce corps était peut-être plus jeune que celui de Jared, mais son esprit, lui, était bien plus vieux. Combien de fois avait-elle soigné ce genre de blessure à l'époque où elle se faisait appeler Kanda ? Dix, vingt, cent fois ? Et combien de blessures comme celle-là Jared avait-il vues lorsqu'il était militaire ? Tous deux savaient qu'il mentait, que la douleur serait effroyable, mais elle hocha tout de même la tête.

— Lorsque je te le dirai, tu prendras une grande inspiration et tu me serreras fermement la main. Tout sera terminé rapidement, ok ?

Max opina une fois encore, tandis que des larmes s'échappaient déjà de ses prunelles émeraude.

— On y va ma douce. Un, deux, trois, inspire à fond... bloc !

Jack ne traîna pas et apposa la lame, chauffée à blanc, sur la plaie afin de la cautériser. La jeune femme s'arc-bouta tandis que ses yeux se révulsaient et malgré la cuillère coincée entre ses lèvres, le cri qu'elle lâcha les glaça jusqu'aux os. L'odeur de la chair brûlée, de la douleur ainsi que de la peur, envahit l'espace au point de rendre l'air quasi irrespirable. Lorsque Jack retira enfin la lame, Max retomba lourdement sur la table, la respiration saccadée et le corps secoué de spasmes. Jack enleva la cuillère de sa bouche avant de s'emparer d'une compresse. Il se pencha sur la jeune femme puis lui essuya le front tout en murmurant à son oreille :

— Je suis désolé, mon cœur, je suis désolé. Pardon, pardon...

— Yuma...

— Oui, je suis là, je ne te laisse pas.

— Yuma...

— Oui ?

— Je t'aime, Yuma, je t'aime depuis... toujours.

Jack se raidit d'abord, pris au dépourvu par cette déclaration… Puis il se redressa pour mieux apercevoir le visage de Max. Elle avait perdu connaissance, mais un léger sourire flottait sur ses lèvres charnues qu'il aimait tant.

Lorsque Max ouvrit enfin les yeux, la douleur dans son épaule se raviva immédiatement, comme pour lui rappeler, avec force de précisions, les événements qui s'étaient produits à Salem. Une fois de plus, cette maudite ville avait failli lui coûter la vie. Elle qui avait suivi des études d'Histoire s'était toujours refusée à croire que des malédictions pesaient sur certains endroits du globe. À présent, elle était prête à revoir son jugement. À chaque fois qu'elle se rendait à Salem, la faucheuse paraissait l'attendre le pied ferme. N'avait-elle donc pas quelques moissons à terminer ailleurs ? Ou alors, le fait que Max parvenait systématiquement à lui échapper commençait à agacer dame la Mort… malgré tout, pourquoi cette dernière semblait-elle s'acharner à lui concocter des trépas violents ? C'est vrai quoi ! Si elle passait de l'autre côté pendant son sommeil, qu'est-ce que cela changerait ?

Max soupira bruyamment puis se redressa avec une grimace de douleur. Apparemment, on l'avait ramené dans sa chambre. Elle portait un t-shirt bleu marine, beaucoup trop large, sur un pantalon de survêtement, trop grand lui aussi. L'odeur lui confirma qu'ils appartenaient à Jack. Elle écarta le col de sa main libre pour regarder son décolleté. Sans doute lui avait-il prêté ce haut pour faire en sorte que son bras, maintenu contre son buste par une large bande, puisse rester en place. Elle pivota sur le côté et posa les pieds au sol avec précaution afin de vérifier si elle se sentait capable de se lever. Même si les loups-garous étaient résistants, l'argent qui composait la balle ralentissait le processus de guérison. Il lui faudrait donc quelques jours, au lieu de quelques heures, pour cicatriser totalement. Elle se mit debout lentement, sa main valide en suspens dans l'air, prête à parer une chute éventuelle. Ses jambes flageolèrent une seconde avant qu'elle ne retrouve un équilibre stable. Bon, elle n'irait pas courir un marathon, mais elle avait connu bien pire après son accident.

Elle cherchait des yeux ses baskets lorsqu'elle entendit un grondement sourd qu'elle reconnut immédiatement comme celui de Jack. Il ne semblait pas de charmante humeur et si elle ignorait à qui cet avertissement était destiné, en revanche, elle savait que celui ou celle qui avait déclenché sa colère allait en prendre pour son grade.

— Que se passe-t-il encore ? grommela la jeune femme en enfilant ses chaussures avant de gagner le couloir et d'emprunter l'escalier pour rejoindre les rez-de-chaussée.

La porte d'entrée était grande ouverte, offrant une vue imprenable sur le jardin. La meute se trouvait au complet sur la pelouse. Jack, sous sa forme animale, dardait un regard meurtrier sur un loup gris bleu à l'encolure noire, Mike. Celui-ci baissait la tête, laissant sa nuque à portée de crocs, en signe de soumission. Comprenant enfin de quoi il était question, Max pressa le pas.

— Laisse-le, Jack, dit la jeune femme.

Cependant, elle fit en sorte de tempérer son ton de façon à ce que cela ressemble davantage à une requête qu'à un ordre. Cette meute appartenait à Jack et elle ne voulait pas y semer la discorde. Tous se retournèrent vers elle. Si certains parurent soulagés de la voir sur ses pieds, d'autres, en revanche, dissimulèrent à peine leur déception.

— Il n'a pas répondu à l'appel de son alpha, répliqua Jared. On ne se soustrait pas à ses responsabilités envers la meute.

Max soupira bruyamment. Ah ces jeunes loups et leur soif de justice et de discipline !

— Dans le cas présent, il ne s'agit pas de la meute, mais de moi puisqu'étant un alpha, je suis la seule à pouvoir décider de l'intégrer ou pas, même en étant la compagne de Jack, expliqua-t-elle calmement. Mike ne me doit rien. Maintenant, si vous tenez vraiment à le sanctionner, j'estime qu'il me revient d'en décider étant donné que Jack n'est pas mon alpha.

Ce dernier tourna alors la tête vers elle. Aussitôt, son regard se fit plus doux. Il recula et inclina légèrement la tête, en signe d'invitation à agir. Max soupira de nouveau en levant les yeux au ciel. De toute façon, dans l'état où elle était, si elle consentait à punir Mike, elle ne pourrait s'en charger elle-même. Jack le savait parfaitement, c'était d'ailleurs pour cela qu'il n'avait pas encore muté. La jeune femme se tourna vers le loup bleu noir.

— Mike, pourrais-tu reprendre forme humaine, s'il te plaît ? Cela serait plus facile pour discuter.

Ce dernier obtempéra. Le changement lui prit néanmoins plus de temps qu'à Jack ou à elle-même. Max en profita pour taxer une cigarette à Jared.

— Tu ne devrais pas fumer, tu as fait une hémorragie.

— Je ne devrais pas être en vie aujourd'hui et pourtant, c'est le cas, alors donne-moi cette cigarette.

Il n'insista pas et lui tendit le paquet. Max tira une longue bouffée tout en observant les réactions de la meute alentour. Certains semblaient complètement indifférents à ce qui se passait –n'étant présents que parce que leur alpha l'avait exigé– d'autres, étaient manifestement contrariés par son intervention, d'autres encore étaient indignés par la conduite du loup en train de muter. L'un d'eux, un dénommé Tyler, avança d'un pas. Ses iris avaient pris cette teinte jaune, spécifique aux loups-garous, et il se léchait les lèvres avec gourmandise en fixant Mike d'un œil fou.

Pendant le changement, les lycanthropes étaient en position de faiblesse, coincés entre deux formes comme à la croisée de deux mondes. Cela poussait certains d'entre eux à dévorer leurs congénères pendant ce laps de temps. Une chose que Max n'avait jamais pu tolérer. Elle grogna tandis que son regard se paraît, lui aussi, d'ambre.

— Bouge seulement une oreille et tu es mort, menaça-t-elle.

Trop accaparé par Mike qui se trouvait à sa merci, Tyler ne s'était pas rendu compte que Max l'avait surpris. Instinctivement, il gronda pour protéger sa proie. La jeune femme laissa alors agir son pouvoir d'alpha, touchant l'autre d'une onde de choc invisible, le faisant se plier en deux sous l'impact.

— Ne t'avise plus jamais de me grogner après où je peux t'affirmer que je te botterai si bien le train que même ta mère ne pourra te reconnaître. Pigé ?

Tyler se contenta de courber l'échine et de présenter sa nuque, en signe de soumission, avant de reculer. Mike, qui venait de terminer la mutation, avança à son tour vers Max, tout en jetant un regard meurtrier à Tyler. Ces deux-là auraient sûrement des comptes à régler plus tard...

— Alors, raconte, pourquoi n'as-tu pas répondu aux appels de Jack ?

— J'aurai bien voulu ! Mais on m'a volé mon portable ! Et quand je suis revenu à ma voiture, les quatre pneus étaient crevés !

— Je ne parle pas des appels téléphoniques, rétorqua calmement Max, mais de la connexion de la meute. N'importe quel loup sent l'appel de son alpha.

Mike sembla aussi attristé que déboussolé.

— Max, je te jure que si j'avais senti que Jack avait besoin de moi, je serais rentré immédiatement. Je n'ai jamais déserté, même pas dans l'armée, alors que j'ai fait le Vietnam, imagine-toi !

Max fronça les sourcils et commença à réfléchir. Chaque émotion dégageait une odeur particulière et dans le cas présent, à part la peine que lui causait le manque de confiance de son alpha, Mike n'avait rien à se reprocher. Quelque chose avait donc interagi avec le lien de la meute pour le neutraliser pendant un temps.

— Ok, je te crois, rhabille-toi, conclut Max.

— Merci.

Il allait remettre ses vêtements lorsque Jared s'interposa :

— Attends ! Tu n'as pas pu ne pas entendre l'appel. Ce n'est jamais arrivé et Max le sait parfaitement. Il est hors de question que tu t'en sortes si facilement, elle aurait pu y passer !

— Il n'a pas entendu l'appel et dans la confusion, ni toi ni Jack ne vous êtes rendu compte que vous ne sentiez plus certains loups, intervint Max avec flegme.

Jared leva un sourcil, l'air perplexe.

— Quoi ? Mais qu'est ce que tu racontes ?

— Tu vas me dire que quand tu m'as vue couverte de sang avec une balle logée dans la clavicule, tu as pris le temps de vérifier ta connexion avec la meute peut-être ? Et toi, Jack ?

Ce dernier muta également. Stacey lui apporta immédiatement une serviette de bain afin qu'il puisse dissimuler son intimité. Max ne put se retenir de sourire face à ce geste. Elle avait vu Jack nu plus d'une fois et pas seulement parce qu'il venait de se transformer ! La blonde lorgnait une proie qui ne lui reviendrait jamais. Pauvre d'elle !

— Vu l'état dans lequel tu te trouvais, j'avoue que j'avais d'autres préoccupations que celle-là, concéda l'alpha.

— Nous sommes d'accord. Et quelle meilleure garantie de ma mort que de couper ton lien avec le seul loup de ta meute aillant des connaissances médicales ?

Jack fronça les sourcils et se plaça devant Max, si près qu'ils se touchaient presque et que la jeune femme dû lever les yeux pour le regarder. Il passa une mèche de ses cheveux derrière son oreille, déclenchant ses frissons. Au lieu de reculer, comme elle l'aurait fait quelques heures plus tôt, elle frotta sa joue contre sa main, tout en observant les réactions de Stacey du coin de l'œil. Cette dernière dardait sur eux un regard meurtrier. Le parfum aigre de la jalousie chatouilla les narines de Max. Elle entoura la taille de Jack de son bras valide et posa la joue sur son torse. En réponse, il appuya la sienne sur ses cheveux.

— Ok, quelqu'un a réussi à couper le lien de la meute, dit-il doucement. Sûrement une sorcière, mais comment pouvait-elle savoir que Mike n'était pas là ? Tu crois que nous sommes sous surveillance ? chuchota-t-il à son oreille afin qu'elle soit la seule à entendre.

Max jeta un nouveau coup d'œil à Stacey qui, obnubilée par Jack, ne s'était pas rendu compte qu'elle était observée. Elle serrait et desserrait les poings continuellement, comme si elle peinait à contenir sa rage.

Max ne connaissait que trop bien l'expression qu'elle affichait, elle l'avait lu à maintes reprises sur le visage de son ancienne rivale. Stacey la haïssait, purement et simplement. Même si elle n'avait pas assez de jugeote pour lui jouer un mauvais tour sans se faire prendre, la jeune femme se promit de la garder à l'œil. Elle ne ferait pas preuve d'excès de confiance comme cela avait été le cas trois siècles plus tôt.

— Je l'ignore, mon cœur, dit-elle en employant sciemment le surnom affectueux qu'elle avait autrefois utilisé pour s'adresser à son amant.

Jack recula un peu pour la regarder droit dans les yeux. Il semblait partagé entre incrédulité et bonheur intense. Max lui décocha un sourire éclatant. Elle ne jouait pas la comédie pour agacer Stacey. Elle aimait sincèrement Jack. Elle avait juste fait en sorte d'étouffer ce sentiment à son retour ici, de peur de souffrir à nouveau. Cependant, les récents évènements lui avaient fait prendre conscience qu'ils avaient déjà perdu trop de temps loin l'un de l'autre.

— Nous réglerons cela plus tard, déclara l'Amérindien sans cesser de la regarder. Pour le moment, rentrez chez vous, je vous appellerai si besoin est.

La meute s'éparpilla sans un mot. Mike partit le dernier, ne laissant pas l'occasion à Tyler de se trouver derrière lui. Lorsque celui-ci regagna sa voiture, l'ancien militaire en fit de même après avoir salué le couple d'alpha d'un signe de tête.

Max se détacha enfin de son compagnon puis interpella Miranda :

— Ludwig et toi restez dîner ? Il y a des côtes de bœuf au congélateur. J'aurai aussi besoin d'un coup de main pour effectuer un brin de toilette, dit-elle en désignant son bras.

— Euh... commença Miranda regardant Jack.

— Il s'agit d'une invitation amicale, précisa Max, pas d'un ordre. Si vous aviez d'autres projets pour ce soir, je comprendrais.

— Mais vous allez rater ma côte de bœuf aux échalotes, renchérit Jared en souriant.

Miranda se détendit et se tourna vers son compagnon.

— Qu'en penses-tu mon chéri ?

— Je n'ai jamais pu résister à la cuisine de Jared, s'amusa ce dernier.

Ils regagnèrent la maison en discutant gaiement et Max ne se désista pas quand Jack lui prit la main. Elle l'avait déjà perdu une fois, elle ne laisserait pas l'histoire se répéter. Elle se battrait de tout son être, de toute son âme, mais personne ne la séparerait plus de Yuma.

L'ambiance était plus détendue à présent que la meute n'était plus au complet. Les jeux de dominances et la vie en communauté n'étaient pas toujours faciles à gérer, surtout après une journée placée sous le signe du stress.

Ils avaient terminé de dîner et rejoint le salon pour prendre le café.

— C'était divin ! s'exclama Max, un sourire béat sur les lèvres.

— Max et son amour pour la viande rouge, s'amusa Jared.

— Quoi ? Je suis un loup et les loups sont carnivores, point. Il ne manquerait plus que je me mette au tofu ! Un loup, alpha qui plus est, et végétarien, je peux te garantir qu'il ne ferait pas long feu ! Et puis les protéines aident à cicatriser.

— Tu souffres ? s'enquit Jack avec anxiété.

Max sourit. Depuis leur retour de Salem, il ne la lâchait pas des yeux, exactement comme à l'époque de leur rencontre. Elle devait avouer que d'avoir frôlé une nouvelle fois la mort lui avait également remis les idées en place. Elle n'avait jamais cessé d'aimer Yuma et si elle avait bravé la nature et la mort, ce n'était pas seulement pour s'offrir une vengeance, mais surtout pour le retrouver, lui, son âme sœur aussi bien humaine que lycanthrope. Elle le savait à présent et ne ressentait plus le besoin de le nier, quelle que soit la façon dont se terminerait cette histoire, elle profiterait de chaque moment passé auprès de lui.

— Non, rassure-toi, c'est supportable, ça tire un peu et je suis fatiguée, mais rien de dramatique.

— Si tu es fatiguée, nous allons vous laisser, proposa Ludwig avec sa gentillesse habituelle.

— Non. Si je vous ai demandé de rester, ce n'était pas seulement pour dîner, avoua Max. J'ai quelque chose à vous confier, et vous êtes les seuls membres de la meute en qui j'ai entièrement confiance.

Un ange passa.

— De quoi s'agit-il ? interrogea Jack.

— Comme tu l'as deviné tout à l'heure, je pense effectivement que la meute se trouve sous surveillance. Simplement, l'espion est probablement à l'intérieur.

— Quoi ? s'écria l'alpha abasourdi.

— Même si c'est une sorcière qui a coupé le lien te reliant à tes loups, comment pouvait-elle être certaine que nous irions à Salem spécialement aujourd'hui ? De plus, qui pouvait savoir que Mike ne serait pas là ? Et comble de malchance, il se fait voler son portable et crever les pneus de sa voiture ! Quelqu'un voulait s'assurer que cette fois, je ne m'en sortirai pas. Ils t'abattaient et en faisaient autant avec moi pendant que je m'occupais de toi ou inversement. D'une pierre deux coups, avec la garantie de ne pas subir de représailles immédiates puisque la meute aurait dû nommer un nouvel alpha ainsi qu'un second. Certains membres, ne serait-ce que pour tenter le tout pour le tout, auraient défié Jared pour obtenir sa place, comme dans n'importe quelle meute d'ailleurs. Les vampires avaient donc le temps de trouver la Tourmaline sacrée.

— Oui, mais si j'ai bien compris, tu es la seule à pouvoir desceller ce foutu tombeau.

— Justement, depuis le démembrement de l'Originel, des millénaires ont passé, des alliances se sont créées. Certains vampires ne doivent pas considérer d'un bon œil le retour du big boss.

— Euh... je ne sais pas pour les autres, mais moi, je suis totalement largué, avoua Jared. C'est quoi ça la *Tourmaline sacrée* ? Et qu'est-ce que c'est que cette histoire de vampire originel ?

— Je te raconterai cela en détail plus tard, mais pour faire court, mon ancêtre, le premier loup, a démembré le premier vampire et a enterré ses restes aux quatre coins du monde. Il a scellé chaque tombeau grâce à la Tourmaline et à son sang. Résultat, pour ouvrir ces tombeaux et remonter le boss façon kit, il faut aux vampires la pierre et mon sang, expliqua succinctement Max. S'ils ne m'ont pas tuée sur la colline de Gallows Hill en 1692, c'est sûrement parce qu'ils s'imaginaient avoir trouvé celui dissimulé à Salem. Seulement, même si c'était bel et bien le cas, sans la pierre, mon sang s'est avéré totalement inutile.

Jared, Miranda et Ludwig échangèrent des regards interdits, mais entraînée par son raisonnement, la jeune femme ne s'en rendit pas compte.

— Tenter une sortie diurne a dû demander un minimum de préparation aux vampires. De plus, s'ils avaient un doute quant à ma mort dans l'accident, les sorcières, elles, savaient que je n'y étais pas restée puisqu'elles sentaient mon loup par intermittence…

— Malika a laissé entendre que certaines d'entre elles étaient contre ta renaissance, ajouta Jack.

Max fronça les sourcils en fixant les flammes qui dansaient dans la cheminée. La lueur rougeoyante de l'âtre conférait à son visage une aura inquiétante, presque irréelle.

— Pour que ces sorcières aient obtenu la certitude de mon retour, il faut que quelqu'un les ait prévenus. Je pense que lorsque Jared m'a ramené ici, l'un de tes loups a été contrarié et a averti les sorcières. Celles qui estiment que je n'aurais pas dû braver la mort ont dû conclure une alliance avec des vampires, qui eux, ne souhaitent pas que l'Originel soit ressuscité. Elles préservent leur foutu équilibre et ils retrouvent la Tourmaline sacrée pour la détruire !

— Si les vampires se sont alliés à des sorcières, cela ne va pas être simple, intervint Miranda. Pour ou contre le retour de l'Originel, ils sont tous contre toi.

— Et s'il y a bel et bien un traître au sein de la meute, nous allons devoir le débusquer et le mettre rapidement hors d'état de nuire, grogna Jack.

Max esquissa un sourire carnassier avant de répondre :

— Non, s'il y a une taupe, nous allons nous en servir à nos propres fins afin de creuser les tombes de nos ennemis. Cette fois, le bourreau, ce sera moi.

Après le départ de Ludwig et Miranda, Jared était monté se coucher, laissant Max et Jack seuls dans le salon.

L'Amérindien mit une nouvelle bûche dans l'âtre et revint prendre place sur le canapé, auprès de la jeune femme. Il passa un bras autour de ses épaules, prenant garde de ne pas effleurer sa blessure. Elle se laissa faire, se laissant aller contre lui. Au bout de quelques minutes, elle lâcha un petit rire amusé.

— Quoi ? lui demanda-t-il.

— Malgré les siècles écoulés, les épreuves traversées, il suffit que nous nous retrouvions pour reprendre immédiatement nos vieilles habitudes. Toi et moi, passant la soirée au coin du feu à discuter jusqu'à l'épuisement. Un vieux couple, voilà ce que nous sommes ! s'esclaffa-t-elle.

Il rit à son tour avant de lui embrasser les cheveux et de déclarer :

— Je me suis fait la même réflexion la nuit qui a suivi ta mutation. Si tu savais comme ces moments m'ont manqué, souffla-t-il ensuite. Si tu savais comme *tu* m'as manqué.

Il glissa son index sous le menton de la jeune femme afin de lever sa tête vers lui. Lentement, comme s'il lui laissait l'opportunité de se détourner, il inclina son visage vers le sien. Max ne bougea pas, se contentant de plonger son regard dans celui de l'Amérindien. Jack eut l'impression de sombrer dans un lac au fond duquel se trouvait son Graal, sa corne d'abondance, sa vie.

Il effleura sa bouche avec douceur d'abord, goûtant les lèvres charnues avec précaution, redoutant presque de rêver l'instant. Contre toute attente, ce fut Max qui se montra plus audacieuse. Elle passa sa main valide derrière la nuque de l'alpha pour l'attirer plus à elle. Elle entrouvrit ses lèvres de sa langue afin d'entraîner celle de Jack dans une danse chaude et humide. Ce dernier ne se fie pas prier pour approfondir ce baiser si longtemps attendu. Les grains du sablier du temps semblèrent rester en suspension. À cet instant précis, le monde aurait pu s'écrouler qu'ils ne s'en seraient pas aperçu. Leurs cœurs, leurs âmes, la moindre parcelle de leurs êtres, humaines ou animales, parurent se reconnaître et se lier de nouveau, comme si leur relation n'avait jamais cessé.

Ils se découvraient, se redécouvraient. Leurs corps, brûlants de désir, exigeaient plus que ce simple baiser. Max lâcha un faible grognement, déjà plus tout à fait humain.

Lorsqu'ils mirent fin à leur baiser et que leurs regards se croisèrent, ces derniers s'étaient également mis au diapason, plus de noir ou de vert, mais de l'or en fusion. Max s'attendait à ce que Jack tente d'aller plus loin, pour être honnête, elle le souhaitait, mais celui-ci recula un peu et ferma les yeux. Il inspira profondément et quand il releva les paupières, ses iris avaient retrouvé leur teinte humaine. Il posa sur elle un regard à la fois doux et inquiet. La jeune femme soupira. Elle le connaissait mieux que le fond de sa poche. Elle n'allait pas couper à une petite discussion. Avec un sourire, elle ferma également les yeux et reprit le contrôle de sa louve avant de reposer son regard d'émeraude sur l'alpha.

— Accouche, dit-elle seulement.

Jack secoua la tête en souriant.

— Je crois que même avec la meilleure volonté du monde, j'en serais totalement incapable. Par contre, mon statut de mâle me permet de discuter sans problème.

Max le regarda, feignant la surprise, et porta sa main sur sa poitrine.

— Sans rire ? Tu es vraiment capable d'irriguer tes deux cerveaux simultanément !

Cette fois, ce fut au tour de Jack d'afficher des yeux ronds comme des soucoupes.

— Quoi ? s'étrangla-t-il.

— Au temps pour moi, s'excusa-t-elle en posant sa main sur sa cuisse, c'est la feuille que tu as dure.

Jack poussa un soupir exaspéré.

— Ce serait trop te demander que d'être sérieuse deux minutes ?

— Je pense que je devrais y parvenir, je suis bien restée morte plus de trois cents ans.

Jack se raidit.

— Ne plaisante pas avec ça, avec n'importe quoi, mais pas avec ça.

Il sembla si malheureux tout à coup que Max ne put s'empêcher de s'en vouloir. Elle avait touché une corde trop sensible et en jouer ne ferait que blesser Jack.

— Ok, dit-elle. Pardonne-moi, j'ai été trop loin. De quoi désirais-tu parler ?

Il s'enfonça dans le canapé pour se caler contre le dossier. Les yeux posés sur l'âtre où crépitait le feu.

— De nous. J'aimerais comprendre le pourquoi de ce soudain revirement de situation. Il y a encore quelques jours, tu me demandais du temps pour t'habituer à notre nouvelle condition, savoir si tu souhaitais continuer ta route avec moi et aujourd'hui, tu me donnes du « mon cœur », tu m'embrasses et nous serions allés plus loin si je n'avais pas calmé le jeu. Qu'y a-t-il de différent ?

Le visage de la jeune femme devint grave et sa voix était froide lorsqu'elle répondit :

— J'ai failli mourir aujourd'hui, encore.

Jack soupira puis passa une main dans ses longs cheveux bruns. Il ne vit pas que sa compagne semblait complètement fascinée par ce simple geste.

— Je sais, j'y étais, rétorqua-t-il sans cesser de fixer les flammes. Je comprends que tu aies eu peur, que tu aies besoin de te sentir bien vivante, de réconfort, mais...

Il marqua une pause pour se tourner vers elle et plonger son regard dans le sien.

— Mais tu ne veux pas que je revienne juste par désespoir, termina Max à sa place.

Il se contenta de hocher la tête en signe d'assentiment.

— Eh bien tant mieux ! s'exclama-t-elle en lui assénant une tape sur la cuisse. Parce que ce n'est pas le cas. Je n'ai jamais cessé de t'aimer, que ce soit mon côté humain ou animal, mes sentiments à ton égard n'ont jamais changé. Je n'ai jamais aimé aucun homme avant toi et encore moins après. Dans cette vie, bien sûr, j'ai couché avec d'autres, deux pour dire la vérité. Tout comme tu as partagé ton lit avec d'autres femmes en trois siècles, mais si j'ai donné mon corps, mon âme et mon cœur n'ont jamais appartenu qu'à toi.

Il se mordit violemment la lèvre inférieure pour l'empêcher de trembler. Avec douceur, Max repoussa une mèche de ses cheveux derrière son oreille. Elle admira une seconde son profil, la courbe parfaite de sa mâchoire, ses lèvres pleines, son nez légèrement épaté... elle le connaissait par cœur pour l'avoir, il y avait de cela très longtemps, gravé dans sa mémoire. Du bout du pouce, elle caressa sa pommette.

— Yuma, si je suis revenue si rapidement vers toi, c'est seulement parce que j'ai compris que le temps nous était sans doute, encore une fois, compté. Je ne veux plus perdre une seule seconde avec toi, car si je dois de nouveau quitter ce monde, ce sera sans espoir de retour. Je ne pourrais pas esquiver la faucheuse éternellement. Peu importe le passé, ma plus grande vengeance c'est aujourd'hui. Nous pouvons être ensemble sans avoir à nous cacher, nous ne devons plus rien à personne, nous sommes enfin libres de nous aimer au grand jour. Je veux en profiter, tu comprends ?

Pour toute réponse, il attrapa son visage entre ses mains puissantes et souda leurs bouches. Presque violemment, il força ses lèvres pour trouver sa langue, puis la caressa de la sienne avec passion. Lorsqu'un nouveau gémissement de plaisir échappa à sa compagne, Jack feignit de calmer le jeu en lui mordillant gentiment la lèvre inférieure avant de revenir à l'assaut. Sans cesser de l'embrasser, il se pencha davantage sur elle afin de la contraindre à s'allonger, ce qu'elle fit sans se faire prier. Une main sur l'accoudoir du canapé pour ne pas risquer de lui faire mal à l'épaule, il glissa l'autre sous son t-shirt. Le simple contact de la peau de Max sous ses doigts le rendait fou. Il remonta lentement de sa hanche à sa poitrine, savourant ce chemin de chair comme on savoure celui du retour chez soi après une trop longue absence. Lorsqu'il effleura le fruit de son désir, il lâcha un grognement rauque en constatant que la pointe en était déjà dure.

Jack ne savait pas ce qui le grisait le plus ; le fait de retrouver enfin son grand amour ou que la jeune femme se montre si réactive à ses attouchements. Il taquina encore le bourgeon rose, le caressant et le pinçant tour à tour. Offerte, Max se cambra sous la caresse puis agrippa le bas de son pull pour le remonter. Comprenant ce qu'elle attendait de lui, il se releva et ôta le vêtement avec empressement pour le balancer sur le sol. Il s'apprêtait à se rallonger lorsqu'elle l'en empêcha en tendant la main devant elle. Elle se redressa à son tour et, comme fascinée par ce qu'elle voyait, elle admira une seconde son torse avant de l'effleurer du bout des doigts. Elle redessina chaque muscle, chaque courbe, descendant toujours plus bas et menant l'esprit de Jack au bord d'un précipice vertigineux. Elle lui ôta sa ceinture puis déboutonna son jean. Sachant qu'elle ne pouvait faire plus, Jack se leva et se débarrassa lui-même de son pantalon et de son caleçon pour libérer son érection. Debout, droit et fier devant sa compagne, il la laissa le contempler tout son saoul. Son regard plein de désir représentait une caresse à part entière, sans doute la plus douce et la plus existante de toutes. Elle attrapa soudain son sexe et lui intima de lents mouvements de va-et-vient. Jack balança sa tête en arrière, s'abandonnant au sensuel attouchement. Cependant, il ne souhaitait pas que les choses se terminent trop vite, désireux de faire durer ce moment, tant attendu, le plus longtemps possible. Lorsqu'il rouvrit les yeux pour les poser sur sa compagne, il constata que de minuscules particules d'or dansaient dans les prunelles d'émeraudes.

— Laisse venir ta louve, ordonna-t-il d'une voix plus animale qu'humaine avant que ses iris ne virent à l'ambre. Je veux assouvir vos désirs, à toutes les deux.

Elle esquissa un sourire avant de se lever pour se planter devant lui tandis qu'elle faisait ce qu'il avait demandé.

— Profite mon gentil louveteau, s'amusa-t-elle. Notre couche a toujours été l'unique endroit où tu pouvais jouer les dominants.

Jack grogna, menaçant, mais la jeune femme ne recula pas et continua de sourire.

— Déshabille-moi au lieu de râler, enchaîna-t-elle.

Il obtempéra avec empressement, déchirant son t-shirt ainsi que son soutien-gorge d'un geste sec. Cette manœuvre destinée à lui éviter des contorsions douloureuses, à cause de son bras, déclencha le rire de Max.

— Quel enthousiasme ! s'amusa-t-elle tandis qu'il lui ôtait son pantalon et son string.

— Crois-moi, ce n'est que le début, rétorqua-t-il, la voix rauque.

Il s'assit ensuite sur le canapé, attrapa sa partenaire par les hanches et l'aida à prendre place sur lui. Quand leurs corps se soudèrent, le râle de plaisir qui leur échappa fut si synchrone qu'il sembla n'être qu'une unique voix.

Max lui embrassait le cou sans cesser son va-et-vient, tandis que ses propres mains englobaient les fesses rondes et fermes de la jeune femme, l'encourageant à donner de l'ampleur à son mouvement. Le silence du petit salon n'était plus troublé que par les bruits humides de baisers et le claquement cadencé des peaux moites l'une contre l'autre. Lorsque l'orgasme les submergea, tel un ras de marré, ils se laissèrent couler à pic dans les profondeurs de la jouissance avec pour seule ancre le corps de l'autre.

XXII

Wenham, de nos jours

Ce matin-là, avant même que ses paupières ne se lèvent, un sourire langoureux étira les lèvres de Max. Le souffle régulier de Jack lui effleurait l'épaule, telle la plus sensuelle des caresses. Un peu à contrecœur, elle se décida enfin à ouvrir les yeux pour les faire glisser immédiatement sur la droite.

À côté d'elle, Jack dormait paisiblement, étendu, complètement nu. Il avait posé un bras sur la taille de la jeune femme, comme s'il avait peur qu'elle lui échappe pendant son sommeil. Une longue mèche de cheveux couvrait son visage. Avec précaution, elle se dégagea de son étreinte pour chasser l'importune et se délecter du spectacle. Elle avait toujours aimé le regarder dormir. Une habitude qu'elle avait prise trois siècles plus tôt, lorsqu'ils partageaient cette peau d'ours, à même le sol de sa petite cabane.

Au début, elle faisait cela de peur qu'il ne revienne plus jamais, qu'il se rende compte de son erreur et reste auprès de son épouse. Elle se disait que plus longtemps elle le contemplerait, et mieux elle se souviendrait du moindre détail, même le plus infime. Une sorte de réserve de bonheur pour les jours plus sombres. Ensuite, c'était devenu un rituel d'amour.

À cette heure de la journée, alors que le Soleil commençait tout juste à officier, hors du monde réel, ils n'étaient pas encore Kanda la sorcière ou la guérisseuse et Yuma, le fils du chef de la tribu algonquienne faisant trembler la région. Elle n'était pas encore Kanda, l'immonde maitresse d'un homme marié à une honorable épouse et lui le mari adultère dénué de morale. Ils étaient juste Kanda et Yuma, un couple fou amoureux l'un de l'autre, ayant passé une nuit torride à faire l'amour et à discuter jusqu'à ce que le sommeil les fauche enfin et les force à prendre un peu de repos.

Patiemment, elle grava de nouveau dans sa mémoire et son cœur tous les détails qui le rendaient à ses yeux si beau, si parfait, si fait pour elle, même dans cette vie nouvelle. L'ombre grise de sa barbe courant le long de sa mâchoire, son front large, fier et sans défaut, l'ourlet sensuel de ses lèvres pleines, les fines ridules aux coins de ses yeux ou de sa bouche, témoins incrustés dans sa chair de leurs rires et de leurs soucis. Puis, comme en 1692, son regard prit le chemin de son cou, s'arrêta là où les battements de son cœur étaient les plus perceptibles, endroit qu'elle aimait particulièrement embrasser, car ce simple contact faisait s'emballer le rythme de Yuma. Elle appréciait à sa juste valeur ce petit pouvoir sur lui, aussi anodin soit-il. Puis, elle continua son pèlerinage visuel vers son torse, où il lui plaisait tant de se nicher pour se réchauffer ou trouver du réconfort, son ventre plat et ferme, sa masculinité déjà à demi dressée vers elle alors qu'il n'avait pas encore quitté la couche de Morphée, ses jambes, musclées par d'interminables heures de marche et de travail physique. Elle contempla ses mains, larges, mais fines, ses longs doigts fuselés à eux seuls promesse de plaisir, ses bras, dont la simple étreinte, même la plus innocente, donnait naissance, dans son esprit, à des fantasmes beaucoup moins chastes avant de retomber sur son visage apaisé par le sommeil.

Elle avait passé sa soirée et s'était réveillée dans les bras de son grand amour. Avec un sourire, Max songea qu'il ne lui en fallait pas plus pour être heureuse. Les quelques rayons de soleil filtrants par les rideaux de la porte-fenêtre, située en face du canapé où ils avaient dormi, faisaient danser des reflets bleutés sur la chevelure d'ébène de son amant. Cette simple vue avait toujours fasciné la jeune femme. Yuma, fils de la Lune, ne brillait pourtant de mille feux que sous l'influence du Soleil. Yuma, son amour, sa contradiction à elle. Il incarnait tout ce qu'elle aurait dû éviter pour vivre en paix ; il était marié à l'époque de leur rencontre et elle s'était d'abord refusée à jouer les briseuses de ménage, malgré tout, face à lui, toutes ses résolutions s'étaient envolées aussi sûrement que les hirondelles gagnent le sud à l'approche de l'hiver. Il était un alpha, comme elle, et aucun alpha ne partageait son trône avec un autre, jamais ! La seule option dans ce cas de figure était le combat… à mort. Pourtant, elle n'avait pas ressenti le besoin de lui prendre sa meute. Elle l'avait même formé à être le meilleur meneur possible pour les siens. Elle n'obéissait pas à ses ordres, mais ne les contredisait pas non plus. Quant à lui, il suivait souvent ses conseils sans jouer les mâles dominants plus que de raison. Non, Yuma n'incarnait pas sa contradiction, il était une contradiction tout court. Un petit garçon, naïf, émotif et émerveillé de tout, donnant parfois l'impression d'être coincé dans un corps trop grand et trop fort, dont il semblait ne pas savoir quoi faire, pouvait laisser place à l'homme mature, quelques fois dur dans ses paroles autant que dans ses actes, à l'amant passionné et sûr de lui. À certains moments, il se montrait étourdi, maladroit, alors qu'à d'autres, il était méticuleux et concentré. Il était capable de perdre son calme pour des broutilles et malgré tout faire preuve d'une immense patience lorsqu'il se fixait un but précis. Jurer à qui voulait l'entendre qu'il aimait la liberté plus que tout, que les règles étaient faites pour être transgressées et pourtant ne jamais déroger à son code d'honneur en plus de l'avoir attendu, elle, près de trois cents ans avec un seul espoir, reprendre la vie commune. Elle sourit avec indulgence en secouant légèrement la tête. Dieu qu'elle aimait cet homme ! Aussi contradictoire et compliqué soit-il.

Désormais, la jeune femme savait que peu importait comment se terminerait cette histoire, elle avait récupéré le plus important : son grand amour. La vengeance ne représenterait que la cerise sur le gâteau. Avoir la certitude que Yuma n'avait jamais cessé de l'aimer symbolisait, à jamais, sa plus éclatante victoire que ce soit sur la vie et ses aléas, parfois cruels, ou sur cette chienne de Sakarie.

Forte de cette conviction, elle se redressa lentement, car la douleur dans son épaule se ravivait déjà, lui arrachant une grimace. Elle quitta le lit en prenant garde de ne pas le réveiller, enfila tant bien que mal son survêtement et son t-shirt, ce qui, avec une seule main, relevait de l'exploit, puis gagna la cuisine à pas de loup.

Assis au comptoir, Jared fumait une cigarette en lisant le journal. Il était vêtu d'un jean troué, de ses sempiternelles santiags élimées, d'une chemise à carreaux noir et blanc, dont il avait retroussé les manches jusqu'aux coudes, ses cheveux blonds et en bataille étaient détachés et lui tombaient au niveau des épaules. Max sourit, lui trouvant un petit air de Kurt Cobain. À son approche, un sourire plein de malice étira ses lèvres, mais il ne leva pas la tête.

— Salut, chaton. Je ne te demande pas si tu as passé une bonne nuit, dit-il d'une voix goguenarde.

Max sourit de plus belle puis fit le tour du comptoir afin de déposer un baiser sur sa joue avant de se servir un café et de prendre place à côté de son ami.

— La meilleure depuis des lustres, se contenta de répondre la jeune femme avec une satisfaction qu'elle ne fit rien pour dissimuler.

Jared leva enfin les yeux de son journal pour se tourner vers elle.

— Tu m'en vois ravi, autant pour Jack que pour toi. Je vous souhaite tout le bonheur possible, vous le méritez.

— Merci papa, c'est gentil, le taquina Max en lui jetant un regard moqueur par-dessus sa tasse.

Il secoua la tête en souriant, mais ne releva pas. Oui, il avait toujours eu tendance à surprotéger Max et, quoi qu'elle en dise, il n'avait pas l'attention de changer ses habitudes, qu'elle soit ou non avec Jack. De plus, vu le caractère de Max, ils ne seraient pas trop de deux à la garder à l'œil.

— Tu veux que je te prépare quelque chose à manger ? Tu cicatriserais plus vite avec de la viande rouge.

— Je…

— Laisse Jared, je m'en charge, déclara Jack en les rejoignant.

Seulement vêtu de son jean, ses longs cheveux emmêlés, lâchés sur les épaules, l'alpha semblait plus calme et décontracté que jamais. Il ne tentait rien pour cacher le bonheur qu'il ressentait d'avoir passé cette nuit dans les bras de sa compagne après trois cents ans d'attente. Cependant, l'apaisement total ne viendrait que lorsqu'il obtiendrait la certitude que cette dernière ne craignait plus rien dans ce monde. L'heure de la chasse était venue, ne restait plus qu'à traquer sa proie, qu'il connaissait cette fois, et à sonner l'hallali au moment opportun.

Ce matin, en ouvrant les yeux, il avait pris la décision la plus importante de son existence. Rien ni personne ne lui volerait de nouveau son bonheur, jamais ! La seule façon de le forcer à renoncer serait de le tuer, sinon, il se battrait jusqu'à son dernier souffle.

Quant à Max, elle regarda son amant avec stupéfaction, comme si elle le voyait pour la première fois, avant de déglutir avec difficulté. Jared fit claquer ses doigts à quelques centimètres de son visage.

— Allo, allo ! La Terre appelle Max, la Terre appelle Max ! la taquina-t-il.

Elle piqua un fard avant de repousser brusquement la main de devant son nez et de détacher ses yeux de Jack pour les plonger dans son café.

— Tu aurais pu t'habiller, grommela-t-elle. N'importe qui pourrait entrer.

Jack haussa un sourcil avant d'esquiver un sourire amusé. Il contourna à son tour le comptoir puis enlaça la jeune femme et déposa un baiser dans son cou.

— Ma louve adorée serait-elle jalouse par hasard ? s'enquit-il doucement.

— Absolument pas ! se défendit cette dernière. C'est juste que… c'est une question de bienséance, voilà tout !

— En tant que loup, on passe la moitié de notre temps à poil, et l'autre à moitié… ma foi à poils également ! s'esclaffa Jared. Et puis, rassure-toi, Jack n'est pas le moins du monde mon genre.

Max soupira en faisant la moue. Elle était bien consciente que sa jalousie était aussi stupide qu'infondée, cependant, elle ne pouvait pas s'en empêcher.

Surtout qu'elle avait parfaitement conscience que Stacey avait des vues sur Jack. Dieu merci, ils étaient seuls dans la maison ce matin. Elle n'aurait pas eu la patience de tolérer les regards insistants et pleins de désir de la louve sur son amant. Désormais, il était à elle et à elle uniquement ! Hors de question qu'elle le partage avec qui que ce soit ou qu'elle le perde encore à cause d'une autre femme. Ras le bol que les autres briguent ce qui lui appartenait, après tout, si elles voulaient un Jack, elles n'avaient qu'à s'en dégoter un !

— Allez, ne boude pas, murmura ce dernier en faisant pivoter le tabouret sur lequel elle était assise, vers lui. Promis juré, la prochaine fois je mettrai un t-shirt.

Il pressa son front contre celui de sa compagne avant de plonger son regard dans les deux lacs émeraude. L'amour qu'il y lut lui gonfla le cœur d'allégresse.

— Qu'est-ce qui te ferait plaisir, mon trésor ? Jared a raison, tu as besoin de force. D'ailleurs, comment va ton épaule ?

Max sourit puis déposa un baiser rapide sur son nez avant de répondre :

— De une, je ne boude pas. Cependant, lorsque ce n'est pas en prévision d'une mutation éminente, je préférerais que tu t'abstiennes de te promener à moitié nu, c'est vrai. Je ne suis pas d'une nature prêteuse, tu devrais le savoir depuis le temps. De deux, mon épaule est un peu douloureuse, mais je survivrai, rassurez-vous. Je pense que je vais tout de même prendre un antidouleur, histoire de ne pas incarner grincheux toute la journée. Enfin de trois, n'importe quoi pourvu que ce soit de la viande rouge, j'ai une faim de loup !

— Bien, chef ! Vos désirs sont des ordres ! s'esclaffa Jack avant de se mettre au fourneau.

Lorsque Jack se gara sur le parking du Old Burying point, le cimetière de Salem, il était aussi tendu qu'un arc. Ce pèlerinage, pour le moins saugrenu, ne lui plaisait guère. Cela possédait quelque chose de négatif, comme si Max se complaisait à se souvenir de cet épisode sombre et morbide et il le savait, un loup qui ne s'adaptait pas à son époque était un loup condamné…

— Tu es vraiment certaine de vouloir faire ça ? s'enquit-il. Franchement, cette démarche est tout à ton honneur, mais j'estime que tu n'as en aucun cas ta part de responsabilité dans la mort de ces personnes. Ce sont les vampires et ceux qui ont passé un pacte avec eux qui devraient se sentir coupable, pas toi !

Max posa les yeux sur lui puis expliqua avec calme :

— Je n'ai pas tenu à venir ici pour laver ma conscience ou quoi que ce soit du même genre. Si j'ai souhaité me recueillir sur les tombes des victimes du procès, c'est parce qu'à l'inverse des gens qui viennent dans ce cimetière aujourd'hui, je ne suis pas là pour assouvir ma curiosité, ou prendre des photos insolites, mais par respect. J'ai connu ces gens, j'ai partagé leur calvaire et tout comme eux, j'ai payé pour la folie des hommes. Contrairement à eux, une seconde chance m'est offerte, alors, j'estime que leur témoigner un peu de considération et de compassion est le moins que je puisse faire. Je suis là pour leur dire que je n'ai rien oublié et que justice leur sera rendue. Toi aussi tu as lu des livres sur l'histoire de cette ville. Combien d'informations sont fausses, voire totalement grotesques ? Il n'est quasiment question que des jeunes filles, mais qu'en est-il du vieux Giles Corey ? Combien ont oublié qu'il était mort dans d'affreuses souffrances écrasé sous des pierres ? Aujourd'hui, on nous parle de son caractère procédurier, d'hallucinations collectives dues à l'ergot de seigle ou encore d'hystérie provoquée par la religion, mais toi et moi savons qu'il n'en est rien. Nous avions tous conscience que les condamnations étaient courues d'avance. Il avait quatre-vingts ans, combien de temps aurait-il tenu en détention ? Ne pas répondre à ces accusations était une façon de leur démontrer qu'on ne peut rien rétorquer à de telles inepties, que cela aurait été leur donner une importance qu'elles n'auraient jamais dû avoir. Et Elizabeth Proctor ? À peine aura-t-elle eu le temps de voir son bébé avant d'être conduite au gibet… Cet enfant, mort lui aussi aujourd'hui, aura grandi sans sa mère juste pour satisfaire des monstres, des ambitieux et des jaloux ! Regarde cette ville, témoin et cause de leur calvaire et qui pourtant, n'hésite pas une seconde à en vivre à présent ! Ah oui, tu me diras qu'ensuite tout ce petit monde a fait pénitence, s'est excusé, mais cela n'a pas rendu la vie à ces malheureux, ni effacé le chagrin de leurs familles. Alors oui, je pense que je leur dois au moins ça, un peu de mon temps, ce n'est pas cher payer comparé aux conséquences que ce procès a engendrées.

Jack soupira. Il savait tout cela, il y avait assisté, constaté de ses yeux jusqu'où la folie et l'ambition humaine pouvaient mener. Il avait vu d'honnêtes gens dénoncer des amis de longue date, dans le seul espoir de récupérer des terres, d'autres simplement pour se débarrasser de témoins trop encombrants, d'autres encore juste comme ça, pour suivre le mouvement et se ranger du côté des « gentils ». La religion était devenue synonyme de délation, l'amitié celui de suspicion. Malheureusement, personne ne pouvait rien changer à ce qui s'était passé, peu importait la volonté qu'il y mettrait. Le passé ne s'efface pas, il s'analyse et se retient afin de ne pas répéter les mêmes erreurs.

« Certains retours aux sources ne sont pas bénéfiques, et celui-ci tout particulièrement. À part rouvrir de vieilles blessures douloureuses, cela ne nous apportera rien. »

— Je comprends ton point de vue, mais à quoi bon t'infliger ça ? Comme tu l'as dit, tu as largement payé ton tribut pour ce procès. Tu connais la vérité, mais tu ne pourras jamais la livrer, à personne. Tu dois regarder devant à présent, il s'agit d'une question de survie, personne ne vit dans le passé.

— Peut-être, convint Max. Mais sans passé, il n'existe pas d'avenir et contrairement à eux, mon trépas n'a pas été définitif. On m'a volé un chapitre de mon existence, eux, on les a spoliés de l'ouvrage complet ou presque. Je veux juste leur dire que moi, je ne les oublie pas et que bientôt, les responsables de leur malheur ne pourront plus sévir. Sans doute cela représente-t-il une mince consolation, mais j'estime qu'il faut qu'ils le sachent. Tout le monde se rend sur les tombes des membres de leur famille, eh bien, à mes yeux, ces gens sont une partie de la mienne. Je ne connais rien de leur meilleur, mais j'ai partagé le pire avec eux.

— Très bien, céda Jack. Alors, allons-y.

Sans un mot, il descendit pour ouvrir le coffre de la voiture et sortir l'imposante gerbe de fleurs que Max avait préparée le matin même pour l'occasion. Il avait imaginé un tas de scénarios concernant le lendemain de leur première nuit d'amour, mais il devait avouer que la visite du cimetière n'en avait jamais fait partie. Toujours sans prononcer la moindre parole, il suivit la jeune femme à travers les allées longées de sépultures. Certaines étaient toujours en bon état, mais d'autres avaient, par contre, subi les outrages, sans pitié du temps. De guingois, ou tout bonnement cassées, elles semblaient encore plus lugubres que les autres. De plus, les tombes de l'époque n'avaient rien de commun avec celles d'aujourd'hui, plus stylisées, plus soignées, plus... fantaisistes, comme si l'on tentait de rendre la mort plus belle, plus facile à accepter grâce à des monuments esthétiquement corrects.

Au dix-septième siècle, les stèles étaient en pierre taillée en arc de cercle, des crânes ou des ossements étaient gravés dessus, comme pour expliquer en image ce qui attendait la dépouille du défunt une fois enseveli. Lorsque cette pensée traversa son esprit, Jack ne put s'empêcher de frissonner. Il se revit ce matin pluvieux de 1692 creusant le sol et mêlant ses larmes à celles du ciel. Il se revit soulevant le corps inerte de Kanda, pesant à peine plus qu'une plume, pour l'enterrer dans son habit de cérémonie que les femmes de la tribu avaient confectionnée spécialement pour elle. Il avait recouvert le cadavre de terre jusqu'à ce qu'il ait totalement disparu, puis, lentement, il avait disposé autour de petites pierres blanches. Ensuite… plus rien. Des jours entiers avaient été effacés de sa mémoire, noyés sous le poids du chagrin.

Lorsqu'il avait trouvé Kanda et compris qu'il était trop tard, il avait eu l'impression qu'on lui avait, non seulement, arraché le cœur, mais aussi l'âme. L'envie de vivre l'avait quittée en même temps que sa compagne et il était en train d'organiser son suicide quand Tituba était venue le voir. Parris ne voulait plus d'elle à présent qu'elle s'était rétractée pour l'accuser, lui et sa famille, d'avoir monté cette histoire de toutes pièces pour cacher leur véritable lien avec le diable. Elle aurait dû passer de nombreux mois en prison, cependant, un anonyme avait payé sa caution. Ils ne surent jamais qui était cette personne, mais elle lui avait sauvé la vie sans même en avoir eu conscience. Malgré la peine et le scepticisme, il avait retrouvé le courage de vivre et de se bâtir un avenir dans l'attente du retour de son amour. Il était allé à l'école dès que les lois le lui avaient permis, il avait appris à lire, à écrire, il avait passé ses diplômes d'ingénieur et créé son entreprise. Tous les ans, il était revenu ici pour s'occuper de la tombe de Kanda. Lorsque la ville avait commencé à s'étendre, la forêt à disparaitre au profit du béton, il avait racheté le petit bois ou il l'avait enterré, puis plus tard, quand ses finances le lui avaient permis, il avait acheté la maison le bordant afin de l'offrir à sa bien-aimée, d'une certaine façon. Elle reposait sur la propriété, à l'abri des bulldozers et des curieux. Il aurait pu lui faire ériger une sépulture moderne, mais s'y était toujours refusé. Tous les ans, il revenait, nettoyait les pierres blanches, remplaçait celles qui étaient abimées, désherbait, puis revernissait la louve de bois qu'il avait lui-même sculpté en guise de stèle et où l'on pouvait lire :

Ici repose Kanda, gardienne de la communauté de Salem
et du cœur de son alpha 1667-1692

Aujourd'hui que son rêve s'était enfin réalisé, qu'elle était de nouveau près de lui, il n'avait aucune envie de regarder vers ce passé sanglant et douloureux. L'unique chose qui lui importait était de recommencer à vivre pleinement, main dans la main avec la seule femme qu'il n'ait jamais aimée. Il désirait mettre, enfin, en pratique tous les projets d'avenir qu'ils avaient pu faire ensemble, enfants et mariage compris, vivre l'existence tranquille et emplie d'amour à laquelle ils avaient toujours aspiré et, surtout, laisser derrière eux le malheur et la tristesse des jours passés.

— Allo Jack ! Ici Max, je répète, ici Max !

Ce dernier réalisa soudain que la jeune femme agitait sa main devant son visage.

— Désolé, j'étais perdu dans mes pensées, s'excusa-t-il.

Max fronça les sourcils.

— J'ai vu ça et à ta tête, pas dans les plus gaies. Bon, j'ai terminé, on y va ?

Jack constata alors qu'il n'avait plus de fleurs dans ses mains. Max avait fait le tour des tombes sans même qu'il s'en rende compte. Dans un sens, cela valait peut-être mieux. Il n'avait aucune envie de gâcher le plaisir de leurs retrouvailles.

— Oui. Dis-moi, maintenant que les vampires sont au courant et que la meute tourne en ville, ça te dirait de prendre un café ? Je voudrais passer plus de temps seul avec toi, profiter un peu.

— Un rencard ? Ma foi, il me semble que nous avons largement dépassé ce stade cette nuit, mais pourquoi pas ? Que penserais-tu de faire un tour sur le port, la dernière fois, je n'ai pas vraiment eu l'occasion de faire du tourisme et j'ai toujours adoré cette vue.

— Va pour le port ! s'amusa Jack en passant son bras autour des épaules de la jeune femme avec précaution pour l'entrainer vers la voiture.

Lorsque Jack gara le 4x4 devant le QG après une journée de balade en amoureux, la nuit était déjà tombée depuis un moment. Malgré tout, la joie d'avoir partagé ces quelques heures ensemble fut entachée quand ils comprirent que quelque chose de grave avait eu lieu en leur absence. La tension et l'envie de tuer étreignant les loups présents transpiraient jusqu'au dehors. Ils se jetèrent un regard inquiet puis quittèrent l'habitacle pour se précipiter vers la maison.

La majorité des membres de la meute était regroupée dans le salon, mais surtout, tous avaient les yeux jaunes, signe qu'ils n'avaient pas eu le temps de se calmer depuis que quelque chose les avait perturbés. Ils s'étaient groupés autour de la table, comme s'ils tenaient une réunion.

— Qu'est-ce qui se passe ? demanda immédiatement Jack.

Ils levèrent la tête vers lui pour la baisser de suite en signe de soumission. Lorsqu'ils s'écartèrent pour les laisser passer, Jack et Max constatèrent que Jared était assis et fixait une feuille de papier. Son teint était pâle, une ride soucieuse barrait son front et le cendrier devant lui débordait de mégots.

— Les vampires veulent un entretien avec Max, seule, asséna le second.

Sans se départir de son calme, Jack se saisit de la missive. Elle avait été rédigée sur du papier de qualité, dans une écriture impeccable, à l'ancienne, et un sceau de cire rouge avec les initiales CSJ parafait le tout.

Max se colla davantage à Jack pour lire par-dessus son épaule. Le message était clair, ce vampire souhaitait la rencontrer afin de s'entretenir de la tentative d'assassinat survenue la veille sur la personne de la jeune femme.

Max haussa un sourcil, étonnée que ce genre de terme soit employé par une créature pour qui le meurtre s'apparentait à une activité des plus naturelles au même titre que de respirer pour un humain. Il s'excusait au nom de ses frères de cet incident fâcheux, car tout comme elle, il ne désirait pas que l'Originel voie de nouveau le jour. Selon lui, cela aurait été à la fois trop dangereux pour les Hommes, mais également pour tous les autres êtres surnaturels peuplant la planète et Wayans avait fait ce qu'il avait à faire pour empêcher cela. Aussi, lui proposait-il un rendez-vous, dans un lieu neutre, dont le choix revenait à la jeune femme, afin de trouver des solutions évitant que cela n'arrive. Il suffirait d'envoyer un loup apporter sa réponse au bar se situant sur le port, Le Chaudron. Bien entendu, il garantissait qu'aucun mal ne serait fait ni au messager, ni à Max elle-même.

— En d'autres termes, ils nous suggèrent une alliance, marmonna Max une fois sa lecture achevée.

— On dirait bien, opina Jack. Malgré tout, ils peuvent toujours rêver s'ils croient que je vais accepter que tu te rendes seule à un entretien avec eux.

Max fixa une nouvelle fois la lettre tout en réfléchissant. En soit, la proposition aurait pu être intéressante, mais dans le cas présent, si ce vampire savait qu'elle était en vie et qu'il citait Wayan, c'est qu'il connaissait son histoire ou qu'il avait participé à sa traque, peut-être même avait-il fait partie de ceux ayant organisé le procès. Il connaissait aussi, certainement, les sorcières ayant juré sa perte. De plus, étant donné sa condition physique, elle serait vulnérable si une dizaine de vampires se pointaient sans prévenir. Si le côté sur protecteur de Jack l'agaçait parfois, elle devait avouer que cette fois, il avait parfaitement raison.

— Ce n'est pas ça qui me tracasse, les interrompit Jared, la mine grave. Nous avons trouvé l'enveloppe sur le perron, bien en évidence et empestant la sangsue, ce qui ne signifie qu'une chose : ils veulent nous faire comprendre que s'ils le souhaitent, ils peuvent atteindre la meute quand bon leur semble. C'est une menace à peine voilée et qui, selon moi, doit être prise très au sérieux.

— Ils sont entrés dans la propriété ? demanda Jack, incrédule.

— Oui et surtout sans qu'aucun de nous ne les sentent avant qu'ils ne soient repartis, confirma le second.

L'Amérindien se raidit puis grogna, retroussant perceptiblement sa lèvre supérieure tandis que ses pupilles se teintèrent d'or.

— Ils viennent de signer leur arrêt de mort. Personne ne viole notre territoire sans en payer le prix, gronda-t-il d'une voix sourde.

— Il y a un autre problème, plus grave selon moi, continua Jared sans sembler se soucier de contrarier davantage l'alpha. Dans cette lettre, il cite Wayan, l'ancêtre de Max, ce qui signifie qu'il est bien renseigné sur elle, puisqu'à l'époque, l'histoire n'a pu se transmettre qu'oralement, l'écriture n'excitant pas encore.

— Oui, j'ai noté aussi, convint Max, mais si l'on y réfléchit, il a très bien pu entendre la vieille cinglée de Malika ou son acolyte en parler. Puis je ne vois pas ce qui pourrait l'intéresser dans la légende de Wayan. Je pense surtout qu'il l'a cité pour se donner une certaine importance et éveiller notre curiosité.

Jared regarda de nouveau la missive en hochant la tête avant d'avouer :

— C'est réussi. Personnellement, je serais curieux d'en apprendre plus sur le premier d'entre nous et je ne crois pas être le seul dans ce cas. Même si la branche a muté ensuite, il s'agit d'une part de notre histoire.

— C'est vrai.

Calmement, Max prit place face à Jared et attendit que chaque membre de la meute en fasse autant avant de se lancer dans son récit. Même Stacey se joignit à eux.

— Il y a de ça très longtemps, les Indiens arawaks, dont je suis issue, ont mené l'une des guerres les plus importantes que ce monde ait connues. Personne n'en fait état aujourd'hui, l'Homme a oublié, mais elle fut certainement la plus sanguinaire de toutes puisque leurs ennemis n'étaient autres que les *widjigo sappa*. Ces créatures maudites, assoiffées de sang et de chair humaine, avaient été condamnées bien avant cela encore, par les dieux eux-mêmes, à vivre sans jamais revoir le Soleil après que certains aient commencé à se nourrir de leur propre progéniture. Sans doute s'imaginaient-ils que cela suffirait à protéger celui qui était devenu leur proie favorite : l'Humain. Malheureusement, cette punition n'a fait qu'exacerber la violence et la haine de ces monstres contre ce dernier. De plus, ils étaient cent fois plus puissants que ceux que nous connaissons aujourd'hui et bien plus cruels, réduits à l'état de bêtes, au sens littéral du terme. Leur existence se résumait à chasser pour se nourrir, décimant des tribus entières en une seule nuit, sans une once de remords, quitte à s'entre-tuer, ce qui vous laisse deviner ce dont ils étaient capables.

— En effet, murmura Miranda, assise à sa gauche. La perspective que ce genre de créature revienne à la vie n'a rien de bien réjouissant…

— C'est le moins que l'on puisse dire, opina Max, nullement offusquée par cette interruption. La domination de l'Originel sur le monde avait pris une telle ampleur que les humains se terraient comme des bêtes traquées, ayant parfaitement conscience que si l'astre du jour les protégeait, ces monstres n'auraient qu'à remonter leur piste pour les massacrer dès la nuit tombée.

« Au départ, Wayan était considéré comme une étrangeté par sa tribu, un fou. Il vivait le plus souvent en retrait, chassait seul et n'était pas d'une nature bavarde. Dès sa plus tendre enfance, il sembla posséder une sorte de don avec les animaux et parut préférer leur compagnie à celle des Hommes. Cela ne s'arrangea pas lorsqu'un jour, il recueillit un loup blessé en tentant d'échapper aux vampires. L'histoire raconte que, patiemment, il a prodigué des soins à l'animal, l'a nourri, veillé, a partagé avec lui sa ration quotidienne, pourtant parfois bien maigre. Quand la bête fut totalement remise. Contre toute attente, elle ne quitta pas son nouvel ami pour retrouver les siens. Elle le suivait partout, lui rapportait des proies pour améliorer le quotidien. Cette étrange relation ne cessait d'intriguer autant que d'inquiéter la tribu. Vivre avec un fauve imprévisible, alors même qu'ils cherchaient à échapper à d'autres, devait leur paraitre saugrenu, ce qui peut se comprendre. Cependant, les deux compères ne modifièrent pas leurs habitudes et unirent leur force, comme une équipe, pour la chasse d'abord, puis un soir, tandis que des vampires tentaient d'entrer dans la grotte servant d'abris à la tribu, le loup montra à Wayan comment les tenir à distance. Il prit un bout de bois dans sa gueule et l'approcha du feu. Lorsque celui-ci s'embrasa, il courut la déposer à l'entrée de la grotte. Les Widjigos reculèrent en se cachant les yeux. Constatant cela, les hommes s'empressèrent d'alimenter cette nouvelle barrière de fortune. À partir de ce jour, le regard de la tribu sur cette étrange relation se modifia.

— Tu m'étonnes ! s'exclama Jared. Pouvoir enfin dormir des nuits complètes, ou presque, a dû sacrément faire redescendre la pression au sein du groupe.

— Oui, intervint Mike, et l'avis concernant sa pseudo folie a dû également changer.

— En effet, continua Max, à partir de ce jour, Wayan et son loup furent traités avec le plus grand respect. Le chef de la tribu lui céda même sa place, pensant qu'il serait plus apte que lui à mener les hommes puisque la nature l'avait choisie à travers son loup.

À cette dernière remarque, Ludwig, assis à côté de sa compagne, leva timidement la main, toujours aussi discipliné.

— Oui ?

— Le fait que les Amérindiens évoquent souvent le loup comme l'un de leurs frères viendrait donc de là ? s'enquit-il.

— C'est une hypothèse tout à fait acceptable, en effet, admit Max qui n'y avait jamais songé avant ce soir. Les Indiens ont toujours mis un point d'honneur à conserver l'équilibre de la nature. Nous ne chassions que le gibier dont nous avions besoin, à l'instar des loups. Il se peut aussi que cette ressemblance dans la façon de vivre ait conduit à cette sorte de respect pour l'animal.

— Soit, convint Ludvig. Merci d'avoir répondu à ma question. Je te laisse continuer, j'ai hâte de connaitre la suite de ton récit, ajouta-t-il avec un sourire.

— Parfait, sourit Max en retour. Le loup de Wayan avait donc dû passer beaucoup de temps à observer les widgigo, parce qu'il poussa les hommes à creuser la terre pendant le jour, leur montrant alors où se cachaient en réalité les vampires pendant cette période. Forts de cette révélation, ces derniers montèrent bientôt des expéditions pour les exterminer pendant leur sommeil diurne. Des tribus alentour ne tardèrent pas à les rejoindre et à grossir les rangs de cette nouvelle armée. Beaucoup de vampires furent éliminés, malheureusement, ce qui devait arriver arriva. Leur meneur finit, bien entendu, par avoir vent des agissements de cette tribu maudite qui osait lui tenir tête. Pour une raison inconnue, sa part d'humanité ne s'était pas totalement éteinte et le Soleil ne représentait qu'une légère gêne pour lui, sa peau cloquait et sans doute était-ce très douloureux, mais il n'était pas réduit en cendre. Il était apte à résonner clairement, à l'instar de quelques autres de ses descendants. Comme si plus la créature était éloignée du sang premier, plus elle régressait.

— Voilà qui est étrange, grommela Jack. Leur première mutation aurait étouffé leur côté humain et leur seconde l'aurait, au contraire, comme qui dirait, remis en état de marche. Comment est ce possible ?

— Difficile à dire. La nature a peut-être fait en sorte qu'ils soient capables de réfléchir, de se réfréner et donc de moins tuer. Ou alors, des sorcières les y ont aidés. Comme tous les êtres surnaturels tirant leur pouvoir de la terre, elles étaient beaucoup plus puissantes à cette époque qu'aujourd'hui ou leur source d'énergie est à la fois pompée et souillée par le modernisme environnant.

— Ok, si je comprends bien, le schéma de 1692 et celui d'aujourd'hui ne sont pas si différents de celui qu'a vécu ton ancêtre ?

— L'Histoire n'est qu'un éternel recommencement mon cœur, s'amusa Max. Tu devrais le savoir mieux que personne, toi qui as repris la même femme qu'il y a trois siècles.

— On ne change pas une équipe qui gagne, rétorqua Jack avec un sourire avant de lui embrasser le front.

— Soit. Donc, avec ses plus proches serviteurs, les premières créatures qu'il avait transformées, il se mit en tête d'éliminer la menace, poursuivit Max. Cependant, lorsqu'il arriva devant la grotte, les hommes l'attendaient le pied ferme, bien décidés à ne plus vivre dans la terreur. Après avoir torturé l'une de ces bêtes pendant le jour, ils savaient que les autres tenaient directement de lui une partie de leur puissance. Une fois l'Originel mort, si les vampires restaient des ennemis redoutables, au moins auraient-ils quelques faiblesses autres que le Soleil. La source serait, en quelque sorte, tarie. La légende affirme que Wayan avait affiné son don de parler aux animaux avec le temps et qu'il avait trouvé le moyen de communiquer avec son loup par la télépathie ou quelque chose comme ça. Un jour où la tribu avait subi une lourde perte à cause des vampires, l'animal lui aurait rapporté une pierre étrange qui renfermait le secret de la perte de ceux que l'on appelait alors les widjigo.

— La Tourmaline sacrée, souffla Jared, j'ai lu de nombreux documents qui traitaient de cette pierre mystérieuse. Seulement, beaucoup d'entre eux sont contradictoires et personne ne semble savoir avec certitude si elle a seulement existé.

— Eh bien, tu vois, tu viens d'obtenir la réponse à une grande question historique, sourit Max. Cependant, personne ne sait ce qu'elle est devenue, même pas moi, mais passons. Donc, lorsque les vampires se pointèrent, le loup plaça la pierre dans la main de Wayan, mais sans la lâcher pour autant. Un éclair, à l'éclat plus vif encore que celui du Soleil, fit reculer les vampires autant que les hommes. Quand ils purent de nouveau ouvrir les yeux, Wayan avait disparu, ainsi que son loup. À sa place se tenait un énorme canidé au regard d'or. Les vampires, apeurés par cette mutation pour le moins inattendue, battirent en retraite, mais la bête se fichait d'eux. En revanche, elle prit en chasse leur meneur. Trop sûr de lui, ou simplement stupide, ce dernier estima qu'il n'allait pas reculer devant un loup, mais lorsque l'affrontement éclata pour de bon, il déchanta. L'animal infligea de très graves blessures à l'Originel, entamant sa chair comme s'il s'agissait de simple coton et bientôt, elle le démembra en moins de temps qu'il ne faut pour le dire. Le premier loup-garou venait de voir le jour et avec lui, la guerre ancestrale avec les vampires.

— Ça alors ! s'écria Ludwig. C'est pour cela que les vampires t'en voudraient finalement ?

— Pas tout à fait. Les écrits expliquent que le feu ne semblait pas agir sur celui-là. Ils décidèrent donc d'enterrer ses restes un peu partout dans le monde, pour que son corps ne puisse jamais être reconstitué. Chaque tombeau a été scellé par un sort. Seule la combinaison de la Tourmaline sacrée et du sang de Wayan pourrait les ouvrir. L'un et l'autre ont fait, en quelque sorte, office de sceau. Cependant, la légende ne fait pas mention du rituel utilisé.

Jack fronça les sourcils.

— Même si les sangsues connaissent ce détail, il faudrait des siècles pour tous les retrouver, commenta-t-il. Sans compter qu'ils ne sont même pas encore en possession de la pierre.

— Soit, mais un loup-garou dispose d'une espérance de vie un peu plus longue que celle d'un simple humain.

— Toute cette histoire vire au cauchemar, intervint Jared. Si les vampires désiraient ouvrir ce tombeau, ils ne t'auraient pas tué en 1692, nous sommes d'accord ?

— Disons que oui, répondit Max en fronçant les sourcils.

— Donc en toute logique, ce sont ceux qui ne souhaitaient pas que ce soit le cas qui ont monté le procès.

— Ou alors ils s'imaginaient que mon sang suffirait, ou ils ne voulaient pas prendre le risque, Originel ou pas, que j'aie des enfants et que l'armée maudite leur ayant couté leur maitre renaisse de ses cendres. Quand on y pense, avec vous ils jouent à armes égales en quelque sorte. Alors que si j'avais des petits, n'importe quel loup conviendrait à leur offrir une descendance. Mes filles ne feraient pas de fausse couche quant aux femmes de mes garçons, leurs bébés muteraient en même temps qu'elle. Autrement dit, d'ici quelques siècles, les vampires seraient mis à mal…

— Ouais, ou celui qui veut te voir fait aussi partie de ceux qui ont participé à ton assassinat à Salem, l'interrompit Jared. Apparemment, les vampires se sont scindés en plusieurs groupes, les pros Originels et les contres l'Originel et toi, tu es une cible pour les deux camps. Alors son entrevue de mes deux, ce sera ici, sous haute protection, ou rien du tout !

Max soupira puis se tourna vers Jack pour le consulter du regard. Fréquenter les vampires n'était jamais une bonne idée, encore moins avec une meute de loups prêts à les étriper au moindre mot de travers…

— J'approuve la décision de Jared, dit-il gravement. Nous pataugeons dans la semoule et nous risquons de perdre le contrôle de la situation. Je sais, la coupa-t-il alors que Max ouvrait la bouche pour répondre. Tu vas me dire que ce CSJ pourrait disposer d'informations intéressantes et c'est sûrement le cas, voilà pourquoi cet entretien doit avoir lieu, mais pas à n'importe quel prix. Pendant que Mike et Lee iront porter notre réponse au Chaudron, nous allons élaborer un plan en cas d'entourloupe de la part des vampires.

Max garda une seconde le regard rivé à ses mains, sagement croisées sur la table. Elle avait beau savoir que Jared et Jack tentaient de faire les choses dans son intérêt, son instinct continuait de lui souffler que les vampires ne devaient pas passer le seuil de cette maison. Connaitre l'endroit de leur quartier général était une chose, mais pouvoir obtenir un aperçu exact de la disposition des lieux en était une tout autre. Tôt ou tard, cet avantage donné dans le but de bien faire pourrait leur coûter très cher et ça, Max ne pouvait l'accepter. Elle avait déjà emmené trop de monde avec elle dans sa chute en 1692. D'abord, ce loup qui l'avait traqué et attaqué Yuma ainsi que les siens, dont la plupart ne s'étaient pas relevés, ensuite le procès. Non, elle ne supporterait pas d'avoir davantage de morts sur la conscience. Son fardeau actuel était bien assez lourd. Ce fut donc d'un ton ferme qu'elle reprit la parole.

— Non, je refuse que notre tanière soit souillée par les vampires. Je vais me rendre au Chaudron. Le soir, le lieu est bondé d'humains, ils ne pourront pas nous attaquer.

— Tu parles ! s'énerva Jared. Ils vont mettre tout le monde sous hypnose et te saigner à blanc sans que personne ne soit seulement étonné ! Oublie, c'est hors de question même si je dois t'attacher à cette foutue chaise moi-même grâce à une chaine en argent !

— Il a raison, insista Jack. De plus, contrairement à nous, ils n'ont pas besoin de muter pour agir et gagner en force. C'est beaucoup trop risqué.

Max se tourna vers lui et planta son regard dans le sien. Ce qu'il y lut le fit frissonner malgré lui. Dans les yeux émeraude dansaient de petites pépites d'or, signe qu'aucune des deux natures de Max n'avaient réellement pris le dessus, elles vibraient au diapason, étaient parfaitement en accord… Elle ne reviendrait pas sur sa décision, quitte à faire plier elle-même la meute.

— Yuma, dit-elle gravement, ceci est notre histoire, notre problème. Que t'ai-je enseigné en tout premier lieu ?

Ce dernier hocha la tête, conscient qu'à présent, les dés étaient jetés.

— Quoi qu'il arrive, un alpha fait toujours passer l'intérêt de sa meute au premier plan et il protège, envers et contre tout, le sanctuaire abritant sa famille.

Doucement, elle posa sa main sur celle de Jack.

— Exactement. Si cette soirée dégénère, ce qui, j'espère, ne sera pas le cas, ni cette maison ni ses habitants ne doivent tomber entre les griffes de nos ennemis. Il y a longtemps de cela, mon arrivée dans cette ville t'a coûté très cher, je me refuse à laisser l'histoire se répéter.

— C'est vrai ça, intervint soudain Stacey. Les vampires n'en ont qu'après elle ! Si nous nous en mêlons, cela nous retombera dessus. Nous vivions tranquilles avant sa venue, si elle reste, elle ne va nous apporter que des ennuis !

— Suffit ! gronda Jack en se levant d'un bond, les yeux jaunes.

Les autres se tournèrent vers Stacey de concert en grognant à l'unisson de leur alpha et prêt à châtier l'insolente sur un simple de ses ordres. La bimbo se tassa sur sa chaise, tête basse, consciente qu'elle venait de franchir la ligne rouge.

— Jamais Max ne quittera cette maison qui est avant tout la sienne. Elle est ma compagne et ton alpha ! Si cela ne te conviens pas Stacey, tu peux partir, je ne te retiens pas, mais je doute que tu survives seule en dehors de cette meute. Alors, de deux choses l'une, soit tu te tais, soit je te ferai taire moi-même. Suis-je assez clair ?

— Très clair, glapit cette dernière sans oser le regarder.

Jack se rassit lentement, sans lâcher la louve des yeux, l'écrasant presque sous son pouvoir. Il était à fleur de peau, sentiment qui se répercutait forcément sur la meute, ce qui conforta Max dans le fait que faire venir les vampires sur leur territoire n'était pas une bonne idée ; cela ne ferait qu'accentuer le côté territorial des loups et, par la même, leurs instincts meurtriers. La soirée ne pourrait alors se terminer que dans un bain de sang et les pertes seraient terribles, pour les deux camps.

— Mike, Lee, vous allez porter cette réponse au Chaudron. Je viendrai, mais accompagné de Jack et ce point n'est pas négociable. Que ce C.S.J vienne également avec un témoin s'il le souhaite. Quant au lieu de rendez-vous, ce sera le cimetière de Danver.

— Tu ne peux pas leur faire confiance ! s'exclama Jared. Il te dira oui à tout, mais une dizaine, peut-être plus, de vampires, se tiendra tapie dans l'ombre ! La trahison fait partie de leur nature, tu devrais pourtant le savoir depuis le temps ! En plus, avec ta blessure, tu ne pourras pas muter si jamais ils vous tombent dessus et Jack ne pourra pas se battre et te défendre à la fois !

— Je le sais mieux que personne, rétorqua calmement Max. C'est pourquoi il y aura également des loups dans l'ombre, seulement les volontaires, et, d'ici ce soir, je serai parfaitement capable de muter. La cuisine contient toutes les plantes dont j'ai besoin pour ça. Mon organisme a, à présent, éliminé tout l'argent de la balle, ce sera rapide et presque sans douleur. Pas de panique, je contrôle parfaitement la situation.

— Personnellement, j'en suis, mais ils nous sentiront à peine serons-nous sur place, contra gravement Mike.

— Justement non, et c'est ça le truc. Le cimetière est une terre consacrée. Le pouvoir du vaudou que j'utiliserai pour masquer votre présence en sera décuplé. Il est temps que les vampires apprennent qu'il y a eu quelques changements dans le coin depuis 1692. Aujourd'hui, la meute locale n'est plus dirigée par un jeune louveteau inexpérimenté, mais par un puissant alpha sachant s'entourer et se servir de toutes les armes à sa disposition. Désormais, la ville et sa région lui appartiennent.

XXII

Wenham, de nos jours

Max déposa sur la table de la salle à manger le plateau supportant une cruche de la potion qu'elle avait préparée et des verres. Toutes les pièces de la maison étaient à présent imprégnées de l'odeur entêtante et poivrée des plantes médicinales. Normalement, les ingrédients auraient dû être séchés et simplement portés en amulettes, le problème dans le cas présent était que, sous leur forme de loup, il aurait été difficile de trouver un collier pour chacun afin de la maintenir en place. Directement ingérée, l'effet serait le même, mais de plus courte durée. Ne restait qu'à espérer que ce rendez-vous ne s'éterniserait pas plus que nécessaire.

Contre toute attente, toute la meute avait répondu présente, lui prouvant, une fois encore, qu'ils l'appréciaient en tant que membre à part entière et pas seulement parce qu'elle était la compagne de leur alpha. Bien entendu, Stacey n'avait fait que suivre le mouvement pour ne pas sembler se désolidariser du reste du groupe, Max n'était pas dupe une seconde, surtout après son intervention plus tôt dans la soirée.

Une fois que cette histoire serait mise derrière eux, il faudrait qu'elle ait une conversation sérieuse avec elle. Recadrer les choses ne serait pas un luxe si Max voulait vivre sans regarder sans arrêt par-dessus son épaule ; tout le monde le savait, il n'y avait personne de plus déterminé qu'une femme jalouse. De plus, un traitre se terrait au sein de la meute. Elle avait espéré que ce dernier hésite et ainsi se dénonce, mais il n'en avait rien été. Celui ou celle qui jouait double jeu se montrait plus doué que prévu… Soit, Max aimait les défis. Elle mettrait la main dessus, tôt ou tard, simple question de temps.

Cependant, et malgré le fait qu'elle aurait dû être soulagée qu'ils soient bien plus nombreux en cas d'affrontement, elle ne pouvait s'empêcher de se sentir mal. Si jamais les vampires leur tendaient un piège, il ne resterait rien, ou presque, de la meute que Yuma avait patiemment reconstruite. De plus, elle appréciait la majorité de ces membres et ne voulait surtout pas qu'il leur arrive le moindre mal par sa faute. L'impression qu'un poids terrible lui écrasait les épaules l'assaillit, la poussant presque à se tasser sur elle-même. Si être un alpha montrant des signes de faiblesses ne lui avait pas fait courir le risque de se faire purement et simplement écharper, elle se serait laissée glisser à terre pour se coucher en position fœtale, attendant que le sol s'ouvre sous ses pieds pour l'engloutir. Que lui avait-il pris de revenir dans cette ville maudite ? Elle aurait mieux fait de se contenter d'appeler Yuma pour le prévenir de son retour afin qu'il vienne la rejoindre, loin d'ici. Sa colère, son besoin de vengeance et son orgueil risquaient, une fois encore, de provoquer des dégâts terribles dont elle ne serait pas l'unique victime.

— Je vais me charger du service, proposa gentiment Miranda. Profites-en pour aller prendre une douche et te reposer avant ce fichu rendez-vous si le cœur t'en dit.

— Merci, c'est gentil, accepta Max en lui rendant son sourire. Un verre par personne, ni plus, ni moins surtout. Ce n'est pas très bon, je vous l'accorde, mais nous n'avons pas d'autre solution à disposition. Si cela ne passe vraiment pas, ajoutez un peu de sucre, cela ne changera rien aux effets de la potion.

— Quand tu as gouté à la bouffe de l'armée, commenta Mike en grimaçant, tout te parait délicieux ensuite, crois-moi ! Et puis si cela marche vraiment, notre tâche va être considérablement facilitée. Les vampires vont peut-être même nous être reconnaissants de ne pas polluer leur oxygène. On devrait leur en offrir aussi, histoire de jouer à armes égales. Parce que franchement, à chaque fois que je les croise, mes narines mettent trois jours à s'en remettre !

Cette réplique déclencha un rire amusé de l'assemblée.

— Parfait, alors régale-toi. Quant aux vampires, je préfère les sentir venir, répondit Max sans se départir de son sourire.

Cependant, ce dernier s'effaça pour laisser place à un rictus soucieux à mesure qu'elle gravissait les marches menant à sa chambre. Une fois la porte refermée, elle se posta devant le miroir en pied, ôta tant bien que mal son t-shirt et le bandage maintenant son bras replié contre son torse.

Avec une grimace, elle considéra longuement la brûlure qui ornait désormais son épaule gauche. Celle-ci était à présent presque effacée. *« Oui, les bleus au corps finissent par disparaitre, seuls ceux de l'âme perdurent et ne cessent de nous torturer, songea Max. Les épreuves de la vie rouvrent les blessures enfouies, peu importe la profondeur à laquelle on tente de les enterrer. L'on peut se croire guérie, mais parfois, il suffit d'un acte, d'un mot, d'une musique ou d'une simple odeur pour raviver la douleur. La moindre réminiscence du passé a alors le même effet qu'une dose de vitriol… »*

Elle passa, avec précaution, un doigt sur la blessure. Décidément, ses rapports avec la faucheuse se constituaient d'une succession de rendez-vous manqués. Toujours avec armes à feu les rendez-vous d'ailleurs. Quelque chose lui disait que le Baron Samedi[4] avait un compte personnel à régler avec elle et que, lorsqu'il parviendrait enfin à lui mettre la main dessus, leur entretien ne serait pas des plus agréables… Cela dit, sa nature de loup l'aidait à le comprendre. Il n'y avait rien de plus frustrant que de voir une proie vous échapper.

Elle frissonna en songeant que si elle ne s'était pas placée devant Jack, elle serait en train de pleurer son amour perdu à cette heure. Cette pensée lui arracha un grognement de colère. À présent, ses iris trahissaient sans détour sa véritable nature et comme pour le confirmer, sa cicatrice s'estompa encore un peu plus.

Elle ignorait qui d'eux avait réellement été la cible des vampires ce jour-là, mais une chose demeurait certaine, elle allait leur faire payer le simple fait d'avoir mis la vie de son compagnon en danger. Comme s'il avait senti son angoisse autant que sa haine, Jack passa la tête par l'entrebâillement de la porte.

— Ça va ? s'enquit-il.

— Oui, ça va, mentit Max sans se retourner. Je m'apprêtais à prendre mon remède avant une bonne douche. Mon épaule est quasiment guérie, je serais fin prête pour ce soir.

Il s'avança dans la pièce après avoir refermé la porte derrière lui. Il se posta derrière elle puis l'enlaça avant d'embrasser son cou.

— Jared a raison, tu n'es vraiment pas douée pour l'art du mensonge, s'amusa-t-il en croisant son regard dans la psyché.

Une fois de plus, Max fut subjuguée par cet éclat mi-enfantin mi-sauvage qui brillait dans les yeux de l'alpha. Dans le fond, c'était sans doute cette contradiction qui lui avait sauvé la vie pendant ses trois siècles. Ses loups savaient que ses décisions n'étaient pas simplement motivées par la soif de pouvoir, mais par l'intérêt commun, même s'il se montrait parfois dur. Cependant, Jack avait eu ce regard avant même de devenir un Lycanthrope.

C'était lui qui avait, en premier lieu, frappé le cœur de Max. L'Amérindien lui avait souvent dit qu'il était convaincu que leur couple était une évidence, que quelque part, leur rencontre avait été écrite. Elle avait ri de sa naïveté autrefois, mais aujourd'hui, force était d'admettre que tout ce qu'ils avaient vécu ensemble ne pouvait être le fruit d'un simple concours de cir-

[4] Esprit de la mort et de la résurrection dans la culture vaudou

constances. Combien de chance y avait-il eu qu'elle tombe amoureuse d'un humain et que celui-ci se fasse ensuite attaquer par un loup, qui la traquait elle, d'en réchapper et de devenir ce qu'elle était ? Comme si la nature s'était chargée de façonner le seul homme dont elle était tombée amoureuse afin de perpétrer la lignée…

— Je ne vois pas de quoi tu parles. Je vais bien, je t'assure.

— Détends-toi, lui souffla-t-il à l'oreille. Comme tu l'as dit, je ne suis plus un louveteau. Mes loups sont courageux et formés au combat, nous nous en sortirons. Si cela se trouve, ce vampire ne veut vraiment que discuter et, si tel n'est pas le cas, il va être déçu d'avoir tenté de te trahir. Cette ville n'abrite plus un alpha, mais deux, aussi puissants que solidaires. Regarde cette meute, elle t'a suivi sans réfléchir. Tous tiennent à toi et te font entièrement confiance. Si ton instinct t'a soufflé que cet entretien devait avoir lieu dans ces conditions, c'est qu'il doit y avoir une bonne raison.

— Peut-être, murmura Max, les yeux rivés aux mains de Jack posées sur son ventre.

Elle ne semblait pas le moins du monde convaincue par cette affirmation. Il la fit alors pivoter sur elle-même puis plongea son regard dans le sien.

— Hey, qui m'a appris qu'un loup devait toujours suivre son instinct ? Qu'il était sans doute le meilleur conseiller qu'il puisse exister en matière de survie ?

— C'est moi, concéda-t-elle en hochant la tête.

— Exactement. Cela fait trois cents ans que je suis ton enseignement à la lettre et comme tu as pu le constater par toi-même, cela m'a plutôt pas mal réussi. Cependant, aujourd'hui, mon tour est venu de te donner un conseil.

— Lequel ? demanda la jeune femme en nouant ses bras autour du cou de l'Amérindien.

— Aie confiance en moi et en les miens, mais surtout, aie confiance en toi et en ton enseignement. Tu réfléchis trop avec ton côté humain, pourtant, si quelqu'un est capable de t'aider à t'en sortir dans ce genre de situation, c'est ton entité animale. Ce soir, nous rentrerons tous entiers et sans bobo et puis c'est la pleine lune et comme me l'a dit un jour une louve aussi adorable que sexy : « L'astre de la nuit est bonne mère, elle soigne toujours ses enfants ». Nous jouerons avec un avantage de taille, alors zen, tu veux ?

Max soupira en posant son front contre le torse de Jack. Son cœur battait à un rythme régulier. Il était serein, sûr de lui. Cela la rassura plus qu'elle ne l'aurait avoué. Sans doute était-elle beaucoup trop impliquée dans cette affaire pour prendre le recul nécessaire afin d'analyser correctement la situation. Son sommeil de trois siècles ne lui avait pas donné l'opportunité de véritablement digérer les évènements survenus en 1692.

Si elle avait recherché la meute avant son accident, c'était parce qu'elle avait parfaitement conscience que sans elle, elle ne s'en sortirait pas. Elle s'était inventé un tas d'excuses, comme la colère ressentit contre Yuma, alors qu'en réalité, elle s'était sentie incapable d'affronter ce monde sans lui à ses côtés. En couple ou pas, elle avait besoin de sa présence, comme la nature a besoin du Soleil pour s'épanouir.

Un second point la tracassait. La jalousie, la mesquinerie, la folie, la peur et bien d'autres choses encore l'avaient poussé dans les bras de la Faucheuse trois cents ans plus tôt, mais pas seulement. Max avait conscience que quelque chose d'important lui échappait. Il lui manquait une pièce au puzzle de son existence, la pièce maitresse pour dire la vérité et ce vampire la possédait peut-être. Pour aller de l'avant, elle devait clore les chapitres inachevés de son passé. C'était le seul moyen d'éviter que l'histoire ne se répète, encore et encore, dans un cycle sans fin.

— Tu as raison, admit la jeune femme en relevant la tête. Tant que nous ferons front ensemble, tout ira bien.

— Ravi que tu l'aies enfin compris ! s'amusa-t-il.

Pour toute réponse, elle lui tira la langue avant de froncer les sourcils, de reculer d'un pas et de le détailler de la tête aux pieds.

— Quoi ? lui demanda-t-il.

— C'est moi ou tu es plus grand qu'à l'époque de notre rencontre ?

Il se mit à rire en secouant la tête de gauche à droite, comme un père indulgent face à une énormité qu'aurait pu dire son enfant.

— Je crains que ta mémoire te joue des tours, ma chérie. La seule chose chez moi qui grandisse à ton contact, c'est ça, rit-il de nouveau en portant la main de la jeune femme à son entrejambe.

Celle-ci écarquilla les yeux de surprise.

— Ma mémoire me joue peut-être des tours, mais il est certain que le petit garçon timide est devenu un gros pervers ! Tu ne penses qu'à ça ma parole !

Une fois de plus, Jack rit à gorge déployée avant de la jeter sur son épaule pour se diriger vers la salle de bain.

— Qu'est-ce que tu fabriques encore ? lui demanda Max sans pour autant chercher à lui échapper.

— Tu es nulle question mensonge et je me débrouille en Pinocchio, en alliant nos forces, on devrait parvenir à une moyenne acceptable.

Cette fois, ce fut à Max de rire.

— Tu es cinglé ! s'esclaffa-t-elle.

— Bien sûr, c'est d'ailleurs pour ça que tu m'aimes !

Il passa la porte de la salle de bain en prenant garde de ne pas taper la tête de sa compagne contre le montant. Dès qu'elle fut de nouveau sur ses pieds, il alluma la douche pour faire chauffer l'eau puis revint s'occuper de Max. Il s'empara de son visage afin de poser ses lèvres sur les siennes. Lorsque leurs langues se trouvèrent, elles se mirent à se caresser mutuellement, comme habitées d'une volonté propre. Max lâcha un gémissement rauque tandis qu'elle empoignait les fesses de Jack pour le coller plus à elle. Sentir le membre déjà dur de son compagnon contre son ventre ne fit que redoubler son désir. Elle avait envie de lui, aimait qu'il soit en elle, ne se lasserait jamais de cette communion des cœurs et des corps. Quand Jack recula un peu, elle grogna son mécontentement.

— Doucement, nous avons un peu de temps devant nous, alors profitons-en, souffla-t-il en lui embrassant le cou avec sensualité.

Max se contenta de rejeter la tête en arrière et de se délecter pleinement du plaisir que lui procurait le contact des lèvres de son amant contre sa peau. Lentement, avec des gestes calculés, il lui ôta son t-shirt ainsi que son soutien-gorge. Lorsqu'il engloba l'un de ses seins de sa large paume chaude, la caresse fut presque douloureuse tant sa poitrine était déjà tendue de désir. Il titilla les mamelons de sa langue tandis que ses mains se chargeaient de la débarrasser du reste de ses vêtements. Une fois fait, il recula d'un pas pour admirer une seconde le corps de sa partenaire. Il eut l'impression de sentir le sang pulser dans son sexe au rythme de ses battements de cœur. Sans plus attendre, il se débarrassa à son tour de ses vêtements puis souleva Max dans ses bras pour la porter jusque sous le jet. Elle enroula ses jambes autour de sa taille et gémit lorsque leurs sexes se frôlèrent. L'eau était un peu tiède, mais cela ne suffit pas à calmer l'ardeur des deux amants. Max était prête, il le savait, l'avait senti, cependant, Jack voulait profiter de l'instant et faire durer le plaisir. Il la posa doucement à terre et tout en l'embrassant, insinua une main entre ses jambes. Lentement, à l'aide de son pouce, il caressa son clitoris en effectuant de petits cercles avant d'introduire un doigt, puis deux dans l'intimité de sa compagne. Elle ferma les yeux et lâcha un long gémissement rauque.

— Tu… n'es qu'un sadique, parvint-elle à articuler.

Jack se pencha pour titiller le lobe de son oreille de ses dents avant de murmurer :

— J'assume totalement.

Elle s'agrippa à ses épaules une seconde, un véritable incendie ravageait à présent son bas ventre. Puis, lorsque ses paupières s'ouvrirent à nouveau, il put constater que ses iris étaient mordorés. Avec un sourire, elle saisit d'une main le membre dur de Jack afin de lui intimer un lent mouvement de va-et-vient tandis que de la seconde, elle caressait lentement ses testicules. Il hoqueta sous la caresse avant qu'un sourire taquin ne se dessine également sur ses lèvres.

— Question sadisme, tu n'es pas en reste, s'amusa-t-il.

— En effet. Je préfère jouer à armes égales, rétorqua-t-elle en accélérant la cadence de ses mains.

S'en fut trop pour Jack. Il laissa son loup remonter à la surface de sa conscience, puis plaqua Max contre le mur avant de la soulever pour passer ses jambes autour de sa taille. Comprenant ce qu'il désirait, elle souleva légèrement le bassin afin de le faire venir en elle dans un cri rauque. Elle se sentait enfin totalement complète. Il lui semblait que de la lave incandescente parcourait ses veines tandis que son cœur battait de plus en plus vite. Chaque va-et-vient de Jack dans son ventre activait ce feu, pourtant, il était le seul capable de la soulager de cette douce torture. Comme s'il avait entendu sa prière muette, il accéléra le mouvement de ses hanches sveltes tout en pétrissant les fesses de la jeune femme qui haletait et gémissait de plus en plus fort.

— Laisse-toi aller, souffla-t-il.

Ses simples mots suffirent à déclencher l'orgasme de sa compagne qui cria son nom juste à l'instant où il la rejoignait dans les abîmes du plaisir.

Lorsque Max et Jack se garèrent sur le parking du cimetière, une brume épaisse s'était levée. Impossible de discerner qui ou quoi que ce soit à moins de trois mètres. L'ambiance était froide et lugubre, comme leur lieu de rendez-vous.

— Génial, marmonna la jeune femme. Même la météo joue contre nous.

— Comme tu dis, mais d'où sort-il ce fichu brouillard ? Il n'y en avait pas il y a seulement dix minutes.

— Tout droit du chapeau de ces maudites fourbes de sorcières !

— Elles commencent vraiment à me gonfler celles-là, bougonna Jack avant de quitter l'habitable de son énorme 4x4.

Max suivit le mouvement. Une fois dehors, elle scruta les alentours avec attention, du moins, autant que le lui permettaient les nappes de brumes, si épaisses que l'on aurait cru du coton en suspension dans l'air. Afin d'assurer un maximum ses arrières, elle laissa sa louve prendre le dessus.

— Ils sont déjà là, souffla Jack en la rejoignant de l'autre côté de la voiture.

En apercevant ses yeux, elle comprit qu'il avait lui aussi permis à son loup de remonter à la surface de sa conscience. Une fois de plus, ils avaient agi sans se concerter. Ce détail, pourtant insignifiant, fit sourire la jeune femme intérieurement.

Certaines personnes ne croyaient pas aux âmes sœurs. Selon elles, les relations se construisaient sur le long terme, brique par brique et se consolidaient seulement au fil du temps. Max, elle, était persuadée que, comme dans la nature, chaque être possédait quelque part son parfait alter ego, différent, mais tellement complémentaire que l'on avait l'impression d'avoir commencé à vivre réellement qu'une fois entre ses bras. Parfois, l'on avait la chance de la rencontrer rapidement et de cheminer avec sur le sentier, semé d'embuches, de la vie, parfois pas. Cependant, une chose demeurait certaine : Yuma était bel et bien son alter ego, son âme sœur, la seule personne en ce monde avec qui même les mots devenaient aussi inutiles qu'obsolètes. Il la regardait, savait et comprenait, tout comme elle.

— Oui, et ils sont plus de deux, ajouta la jeune femme en passant les grilles du cimetière.

— Désolé, lança une voix à leur droite. Simple précaution d'usage.

Un homme émergea de la brume. Une fois de plus, Max frissonna face à la façon si particulière de se déplacer des vampires. Vêtu d'une veste et d'un pantalon de style victorien ainsi que d'une chemise à jabot d'un blanc immaculé, il semblait flotter entre les tombes, au-dessus de l'herbe perlée de rosée, tel un spectre hantant les lieux aux heures les plus sombres de la nuit. Impression qui, si l'on considérait que les vampires n'étaient autre chose que des non morts, n'était pas si loin de la vérité.

Il s'immobilisa à peine à un mètre d'eux avant de plonger dans une profonde révérence, elle aussi coutume d'un autre âge.

— Je me présente : Cyrus Saint John, du clan Saint John. Croyez bien que mes soldats ne tenteront rien contre vous, mais, vu les circonstances, je ne sors jamais dans cette ville sans ma garde personnelle.

Max plissa les yeux et le détailla de la tête aux pieds. Il possédait des cheveux mi-longs, lui caressant les épaules, aux reflets auburn, si intenses, que même la nuit ne parvenait pas à les éteindre complètement. Sa main droite, aux ongles anormalement longs et recourbés pour un homme, arborait une chevalière ancienne surmontée de ses initiales. Sans doute s'en était-il servi afin d'apposer son sceau sur la lettre qu'ils avaient reçue. Sa stature fine, mais musclée, démontrait qu'il avait été féru d'exercice lorsqu'il était encore humain, tandis que sa façon de se tenir, de parler ainsi que ses vêtements prouvaient qu'il devait être issu de l'aristocratie.

— Vous avez parfaitement raison, on ne sait jamais, convint Jack d'une voix doucereuse. Parce que si vous vous avisez, ne serait-ce qu'une fois, d'entrer à nouveau sur ma propriété, je vous arrache le cœur sans sommation, ajouta-t-il avec un sourire des plus aimables.

Le vampire se tourna enfin vers lui, comme s'il n'avait pas remarqué sa présence jusque-là. Un éclair de haine farouche passa dans ses prunelles avant qu'il n'affiche à son tour un sourire de façade, empli de contrition.

— Je comprends que cela vous ai contrarié, Yuma, fils de Isha, chef de la grande tribu algonquienne du Massachusetts, mais je ne disposais malheureusement d'aucun autre moyen pour joindre Kanda, fille de Wayan, chef de la tribu Arawak du Venezuela et père de tous les loups. L'US Postal service[5] aurait été trop longue et un coursier s'avérait une option inenvisageable. Qui sait si ma lettre ne serait pas tombée entre de mauvaises mains. De nos jours, l'on ne peut se fier à personne.

Max leva les yeux au ciel. Il aurait pu contacter la meute d'un millier de façons différentes, par téléphone par exemple, mais il avait choisi celui-là en espérant les impressionner. Et puis que ce type se montrait pompeux à énumérer les titres et rangs des personnes à qui il s'adressait, comme si cela avait la moindre importance dans cette époque ! Pour qui se prenait-il au juste ? Ducan MacLéod[6] ? S'il avait été un loup, ce manque d'adaptation au monde dans lequel il évoluait lui aurait déjà couté la vie !

— Bon, arrêtons là les ronds de jambe. On a capté votre manège, répliqua Max, agacée. Vous vous êtes soit renseigné sur nous, soit vous faisiez partie des enfoirés qui se sont arrangés pour que je passe de vie à trépas en 1692. La belle affaire ! Si vous nous disiez maintenant ce que vous voulez exactement ? Cela nous éviterait à tous de perdre un temps précieux.

Le vampire se mit soudain à rire à gorge déployée, la tête basculée en arrière, à la manière d'une diva. Max regarda Jack, perplexe. Ce dernier haussa les épaules en signe d'incompréhension, mais se rapprocha subrepticement

[5] Poste américaine

[6] Personnage principal du film Highlander et qui se présente toujours de la façon suivante : *Je suis Duncan MacLéod, du clan MacLéod.*

de sa compagne. Du moins, ce fut ce qu'il crut, car le vampire arrêta de rire aussi soudainement qu'il avait commencé pour reprendre tout son sérieux avant de braquer son regard, dénué de la moindre émotion, sur la jeune femme.

— Quel langage fleuri pour une demoiselle aussi bien élevée que vous ! Amalia serait horrifiée de vous entendre parler de la sorte, elle qui détestait tellement la vulgarité ! Une femme comme l'on n'en fait plus, ajouta-t-il, un sourire perfide étirant ses lèvres pâles.

— Pardon ? demanda Max en avançant d'un pas malgré elle, se retrouvant ainsi à portée de dents du vampire.

Amalia ? Pourquoi cette sangsue parlait-elle de sa nourrice comme si elle la connaissait personnellement ? Se pouvait-il qu'Amalia ait frayé avec les vampires ? Non, impossible. Après sa renaissance, elle lui avait dit et répété de se méfier de ces créatures viles et fourbes. Pourtant, pour les connaitre si bien, elle avait forcément dû les approcher et…

La tête penchée de côté, les mains croisées dans le dos, Cyrus semblait observer sa réaction avec beaucoup d'intérêt.

— Ah, je constate que je viens d'éveiller suffisamment votre curiosité pour que vous me prêtiez une oreille attentive, constata-t-il. Vous m'en voyez ravi, parce que ce que je m'apprête à vous révéler est d'une importance capitale.

Après un coup d'œil à Jack, il recula d'un pas, comme si de rien n'était.

— D'où connaissiez-vous Amalia ? demanda Max, les poings serrés.

— Chaque chose en son temps si vous voulez bien. Commençons par le début. D'abord, sachez que lorsque vous êtes arrivés dans cette ville, il y a un peu plus de trois siècles, dieu comme le temps passe vite ! s'exclama-t-il en levant les yeux au ciel, deux clans de vampires, dont le mien, s'y affrontaient déjà. L'un d'eux espérait trouver le tombeau de l'Originel afin de le ramener à la vie et ainsi asseoir de nouveau leur pouvoir sur le monde. L'autre, dont j'étais déjà à la tête à l'époque, désirait trouver le moyen de le sceller à jamais ou, le cas échéant, de détruire définitivement l'Originel, qui comme vous le savez sûrement, est seulement en sommeil.

— Nous en avons effectivement entendu parler, convint Jack.

Une fois de plus, Cyrus parut contrarié que l'Amérindien lui adresse la parole directement avant de se reprendre presque immédiatement.

— Oui, autrement dit, j'étais de votre côté. Cela a créé des tensions au sein de notre peuple et des sorcières, mais que voulez-vous, à mon sens, réveiller ce monstre serait une grossière erreur qui nous coûterait à tous la vie…

— De mon côté ? Eh bien, laissez-moi vous dire que vous n'avez pas fait preuve d'une grande efficacité en tant que protecteur. Monstre ? Voilà une bien curieuse façon de parler de votre père à tous, le coupa Max, un rien ironique en croisant les bras sur sa poitrine. Cela dit, je partage totalement votre avis, le widgigo est une aberration de la nature.

Le vampire reporta son attention sur elle, lui dédiant un sourire qui aurait pu paraitre indulgent s'il n'avait découvert ses crocs luisants.

— Qu'est-ce qui vous fait croire que je parle du Grand Widgigo ? demanda-t-il sans relever la première remarque de la jeune femme.

— Eh bien vous-même. Vous venez de dire que vous ne vouliez pas que ce monstre soit tiré de son sommeil.

Cette fois, Cyrus fronça les sourcils et considéra Max pendant une longue minute.

— Oh, lâcha-t-il enfin.

Soudain, quelque chose se déplaçant à leur droite fit reculer Max et Jack dans un mouvement parfaitement synchronisé. Tous deux se mirent à grogner, menaçants, avant de se positionner dos à dos afin de parer à une éventuelle attaque.

— Du calme, reprit Cyrus en tendant les mains devant lui en signe d'apaisement. Il ne s'agit que de mes hommes. Ils tournent autour du cimetière afin de nous éviter d'être dérangés par une quelconque visite du clan s'opposant au mien. Le temps presse et votre présence dans cette ville ne fait que compliquer davantage la situation. De plus, je ne pense pas que se retrouver au milieu d'un affrontement entre deux clans de vampires soit une bonne chose pour deux loups-garous, aussi puissants soient-ils.

Le couple cessa de grogner, mais resta à une distance respectable de Cyrus, serrés l'un contre l'autre. Jack alla jusqu'à passer un bras autour des épaules de Max dans un mouvement de protection inconscient. Ce geste parut déplaire au vampire qui feula sans chercher à dissimuler son mécontentement cette fois. Aussitôt, cinq autres créatures se trouvèrent derrière lui, tous crocs dehors. Jack et Max se penchèrent en avant, leurs crocs parfaitement visibles également. Max eut tout de même le temps de noter que, comme leur maitre, ils étaient vêtus à la mode victorienne, tous, sans exception. Elle en déduisit que ces accoutrements d'un autre âge étaient soit le résultat d'une lubie de leur meneur, soit tous avaient été transformés à cette époque et que donc, ce clan était, en partie, constitué de vampires anciens et puissants. Elle se félicita intérieurement d'avoir fait en sorte qu'ils ne puissent percevoir la présence des loups de Jack, autant pour leur propre sécurité qu'en cas de piège éventuel. Au moins disposeraient-ils de l'avantage de la surprise si le besoin s'en faisait sentir.

— Suffit ! s'exclama Cyrus à l'adresse de ses hommes. Retournez à vos postes, tous va bien !

Une fois de plus, il retrouva son calme en l'espace d'une demi-seconde. *« Il est complètement schizo ce type !* songea Max. *Finalement, on dirait bien que le manque d'adaptation tape également sur le système des sangsues ! Qu'on en finisse vite. Ce dédoublement de personnalité façon docteur Jekyll et mister Hyde me file la chair de poule. »*

— Veuillez excuser ce léger débordement de mauvaise humeur. Ces derniers mois ont été assez difficiles à gérer, pour nous tous.

— Sans rire ? grinça Max en quittant sa position d'attaque, imitée par son compagnon. La fréquentation touristique de la région a baissé et vous en êtes réduit à vous ravitailler à la banque du sang comme les clodos à la soupe populaire ?

Il esquissa une sorte de mouvement de recul, comme si cette réplique l'avait touchée de plein fouet avant de sourire aimablement de nouveau.

— Vous goûtez manifestement à l'ironie autant qu'au cynisme, mademoiselle Connors. J'en suis moi-même féru, cependant, l'heure est trop grave pour que je me laisse aller à les utiliser ici. Vous devriez également prendre cette conversation très au sérieux si vous voulez mon avis.

— Oh, que Monsieur excuse mon travers, s'exclama Max en posant une main sur son cœur, feignant la contrition. Que Monsieur ne me tienne pas rigueur de mon manque de tact à son égard. Malgré tout, que Monsieur comprenne que je me suis pris une balle dans l'épaule, il y a à peine quelques jours, par l'un de ses congénères et que, bien que Monsieur affirme qu'il n'y soit pour rien, cela ne m'aide pas à garder l'esprit ouvert quant à ses semblables, continua Max sur le même ton.

— Je comprends parfaitement, convint le vampire. Et vous aussi allez également saisir toute la gravité de la situation lorsque je vous aurais livré la fin de mon histoire. Croyez-moi, cette blessure ne représentera pas grand-chose face à ce que les autres vous réservent s'ils parviennent à vous mettre la main dessus.

— Justement, intervint Jack d'une voix sourde. Si vous êtes du côté de Max et que les autres la veulent vivante, pourrait-on savoir qui lui a tiré dessus ?

Le vampire leva les yeux au ciel et balaya l'air de sa main dans un mouvement d'agacement.

— Deux jeunes recrues qui désiraient faire du zèle et mettre fin à la guerre opposant mon clan à celui de Conrad. D'ailleurs, cela n'a que peu d'importance puisque mademoiselle Connors se porte bien désormais et que ces deux idiots sont morts. Discutons plutôt du véritable sujet de notre présence ici si vous voulez bien.

Les tireurs faisaient donc partie du clan présent ce soir. Max n'eut pas besoin de regarder Jack pour savoir qu'il était à deux doigts de muter et d'arracher la tête de leur interlocuteur. Le ton désinvolte avec lequel s'était exprimé ce dernier ne risquait pas d'arranger l'humeur de l'alpha. Elle lui prit la main et la serra doucement. Déclencher un affrontement maintenant n'était pas une bonne idée. Celui-ci respira profondément et répondit à sa pression, lui faisant comprendre qu'il avait saisi et qu'il se tiendrait tranquille.

Cependant, Max ne doutait pas qu'il avait noté ce détail dans un coin de son esprit et que, tôt ou tard, il solderait les comptes. Jack était du genre à ne rien dire, mais surtout à ne rien oublier. Il pouvait faire montre d'une extrême patience concernant la chasse. En avouant avoir eu une responsabilité, aussi infime soit-elle, dans cette fusillade, Cyrus venait de s'inscrire lui-même sur la liste des proies de l'alpha.

— Parfait, je ne demande que ça. Je suis tout ouïe, rétorqua Max.

Elle tira de sa poche un paquet de cigarettes qu'elle avait taxé à Jared. Elle ne savait pas d'où lui sortait cette nouvelle manie, mais elle se promit de faire en sorte d'arrêter ça dès que ses nerfs le lui permettraient. Cependant, pas ce soir. Non, ce soir elle avait un entretien avec un vampire. « *Anne, grande déesse du vampire un chouya bipolaire, viens à mon aide !* » songea Max en se retenant de peu de pouffer.

— Votre réaction, tout à l'heure, lorsque j'ai parlé du monstre à ne pas réveiller m'a quelque peu perturbé. Je suppose que vous connaissez la légende de Wayan, du moins celle reléguée par votre tribu, mais connaissez-vous la version… complète ? s'enquit Cyrus sur le ton d'un professeur tentant de capter l'attention d'un élève récalcitrant.

— Wayan a démembré le Widgigo et est parti à travers le monde avec sa meute afin d'enterrer ses restes aux quatre coins de ce dernier. L'histoire s'arrête là, rétorqua Max. Il a dû simplement rentrer retrouver les siens une fois sa besogne achevée, qu'aurait-il pu faire d'autre ?

Le vampire secoua la tête avec indulgence.

— Il aurait pu se contenter de cela, c'est vrai et je suppose que c'était ainsi qu'il avait envisagé les choses. Cependant, lorsque l'on entre dans le monde du surnaturel, rares sont les situations qui se règlent avec tant de facilité. N'avez-vous donc tiré aucun enseignement de votre propre histoire, ma chère Kanda ?

Cette dernière plissa les yeux. Le ton, presque paternaliste, qu'utilisait cette sangsue pour s'adresser à elle commençait sérieusement à lui taper sur les nerfs.

— Où voulez-vous en venir ? demanda-t-elle sèchement.

Cette fois, le vampire afficha un sourire de totale satisfaction. Manifestement, il dissimulait dans sa manche plus de cartes que la jeune femme ne l'aurait présagée de prime abord et en avait parfaitement conscience, cela n'augurait rien de bon.

Cyrus se mit à contempler ses ongles avec beaucoup d'attention.

— Comme vous vous en doutez surement, créer sa meute engendre… quelques sacrifices. Cependant, ce ne fut pas le cas de Wayan, tous les hommes qu'il choisit pour devenir loup survécurent à la mutation. Absolument tous, asséna-t-il.

Il marqua une pause pour observer la réaction du couple. Ce dernier se consulta du regard une seconde.

— Je ne vois toujours pas ce qui cloche, reprit Max. Ils étaient issus du premier sang, donc plus puissants, à l'instar du Widgigo.

— Pas exactement, non. Si le Widgigo était devenu ce qu'il était par une punition des dieux, une malédiction, Wayan, au contraire, avait été leur… élu, si je puis m'exprimer ainsi.

— Élu ? répéta Max, perplexe.

— Croyez-vous sincèrement que ce loup lui est tombé du ciel comme par magie et que, bien sûr, un tel animal aurait su comment détruire le Grand Widgigo ? Sans compter le paradoxe de la Lune, pourtant astre de la nuit, seul moment où nous pouvons sortir, nous autres vampires, mais qui malgré cela se charge de soigner notre plus grand ennemi alors qu'en toute logique, c'est sur nous qu'elle devrait veiller puisqu'elle est l'opposé du Soleil. Pitié, ma chère, vous êtes bien plus intelligente que cela enfin !

— C'est pourtant ce que vous semblez affirmer, intervint Jack. Si un homme et un loup n'ont pu faire qu'un grâce à une simple pierre, alors de quoi s'agirait-il sinon de magie ?

— Je me suis sans doute mal exprimé, veuillez me pardonner, rétorqua Cyrus sans pour autant le regarder.

Ce détail frappa soudain Max. Pourquoi donc Cyrus évitait-il de regarder ou de parler à l'alpha ? Dans d'autres circonstances, elle aurait mis cela sur le compte de la haine farouche sévissant entre leurs deux espèces ou sur celui du mépris mutuel, mais dans le cas présent, il n'en était rien. Les loups sont aptes à sentir les émotions, au sens littéral du terme et à cet instant, aucune d'elle ne lui parvenait.

— La rencontre entre Wayan et son loup n'a rien eu de fortuit. Car non, il n'était pas fou, il possédait véritablement cette aptitude à communiquer avec les animaux, avec la Nature elle-même d'ailleurs. Je suppose que l'on a fait l'impasse sur ce détail dans la légende afin de se concentrer sur le loup. Cependant, il était capable de faire pousser un arbre rien qu'en parlant à une simple jeune pousse. Les Dieux l'ont choisi et ont juste influencé ses choix, parachevé son éducation et guidé ses pas jusqu'à cette fameuse rencontre. Malgré leur impossibilité à survivre au contact de l'astre du jour, les Widgigos devenaient toujours plus nombreux, toujours plus puissants, alors, les dieux ont dû se forger une arme à la hauteur : Wayan.

Max fronça les sourcils puis hocha la tête ce qui, une nouvelle fois, n'échappa pas à son interlocuteur.

— Je pense que vous commencez à comprendre où je veux en venir, mademoiselle Connors, je me trompe ?

— Pour chaque chose, son opposée. C'est le seul moyen de conserver un équilibre parfait. Cependant, chaque arme, qu'elle soit défensive ou offensive, connait ses limites, murmura la jeune femme. D'une façon ou d'une autre, Wayan a atteint les siennes.

Cyrus se mit alors à applaudir tout en sautillant sur place. Il plaça ensuite ses mains jointes sous son menton tandis qu'il affichait un sourire de fierté non feinte, tel un père ravi des progrès de sa progéniture. À quoi donc jouait-il au juste ?

— Vous brûlez ma chère, vous brûlez ! Mais je ne vais pas vous faire languir plus que de raison. Après le démembrement du Grand Widgigo, Wayan est parti à travers le monde, accompagné de sa meute, avec pour seul objectif : éloigner suffisamment les tombeaux les uns des autres pour que le corps de la créature ne soit jamais remonté, si je puis dire. Seulement, comme vous le savez, si l'on démembre l'un des nôtres et que l'on ne brûle pas immédiatement les morceaux, ceux-ci finissent par se rejoindre pour se ressouder et même s'ils se trouvent à bonne distance les un des autres. La… vie du vampire se disperse dans chacun de ses membres, qui devient alors doté d'une volonté propre, ou presque.

Ce phénomène, auquel il avait pourtant assisté à maintes reprises, arracha une grimace de dégout au couple qui ne fit rien pour la dissimuler. Voir une main se déplacer sur le bout des doigts, comme la Chose dans la famille

Adams, pour aller retrouver le bras lui correspondant ou une jambe cherchant le tronc en se tortillant au sol, tel un gros ver, restait toujours une manifestation déstabilisante et profondément contre nature. Cependant, Cyrus ne parut pas se rendre compte de la réaction de ses interlocuteurs face à l'évocation de ce genre de scène et continua son histoire.

— Les hommes n'eurent donc d'autre choix que de passer la majeure partie de leur temps sous forme de loup afin de résister à l'attraction des membres du Widgigo entre eux. Certains portaient un pied, un autre une main, un troisième une jambe. Malgré tout, vous vous doutez bien que cela se révélait éprouvant, surtout pour les porteurs de mains qui cherchaient à pincer, griffer étrangler sans discontinuer. Afin que ce voyage, déjà pénible, ne soit pas plus difficile, ils décidèrent naturellement d'effectuer des roulements dans leurs fardeaux. Sauf Wayan. Tout le long de ce pèlerinage funèbre, il conserva le même membre et lorsque son second se rendit enfin compte des changements survenus chez son alpha, il était trop tard…

— Le cœur, la seule faiblesse physique des vôtres. Le sang contenu dans celui du Widgigo a corrompu Wayan… souffla Max, les yeux perdus dans le vide.

L'image d'un loup-garou doté d'une puissance hors du commun, devenu complètement fou et assoiffé de sang autant que de chair humaine ne craignant même pas la Lune ou le Soleil, sans aucune limite, traversa l'esprit de la jeune femme. Un long frisson d'épouvante remonta le long de sa colonne vertébrale.

— En effet, vous avez vu juste, confirma gravement Cyrus. Son second tenta d'intervenir, de lui expliquer que le contact de ce cœur était toxique pour lui et le transformait peu à peu en un monstre plus terrible encore que son propriétaire, mais Wayan ne voulut rien entendre. Plus le sang du Widgigo envahissait son organisme et plus il attisait le côté sombre de l'alpha.

— Les loups ne peuvent pourtant pas être transformés en vampire, s'étonna Jack.

— C'est vrai, admit Cyrus, les lèvres pincées. Cependant, consommer régulièrement notre essence a forcément des conséquences, comme une drogue en a sur les humains, provoquant souvent des changements, au début à peine perceptibles, mais de plus en plus visibles, aussi bien concernant leur corps que leur personnalité. Doucement, mais sûrement, il délaissa la chair animale au profit de celle humaine. Je crois que ce fut ce dernier point qui poussa la meute à intervenir. Une nuit, pensant profiter de son sommeil, son second voulut le lui subtiliser, malheureusement, ce temps de veille indispensable aux loups, était déjà devenu obsolète pour l'alpha. Une bagarre, d'une violence effroyable, éclata. La meute, consciente que leur meneur n'était plus lui-même s'allia au second afin de le maitriser et de lui reprendre ce cœur damné. Wayan avait beau être le plus fort, il ne put rien faire lorsque les dieux se mirent de la partie en le privant de la protection de mère la Lune.

— Une éclipse, murmura Max. Il n'a pas pu guérir quasi instantanément des attaques de la meute… Wayan n'est pas mort en héros, il a été abattu par les siens, les nôtres.

Elle baissa la tête et se passa une main dans les cheveux. Cyrus venait de tuer l'un des plus grands héros de son enfance, de détruire l'un des piliers les plus importants de sa vie, son modèle de conduite. Wayan, l'homme-loup, le défenseur de l'humanité, avait en réalité terminé son existence dans la peau d'un monstre à l'égal de ceux qu'il était censé pourchasser et éliminer.

— Je suis désolé de vous causer de la peine, s'excusa Cyrus. Ce n'était pas le but de mes confidences, soyez-en assurée.

Max releva la tête pour fixer le vampire dans les yeux. Celui-ci affronta son regard, les sourcils légèrement froncés, comme s'il éprouvait véritablement des regrets à lui révéler cette partie de son histoire familiale. L'odeur qui émanait de lui confirma à Max que c'était bien le cas. Décidément, cette sangsue était des plus étranges. Depuis quand ces créatures étaient-elles capables de ressentir la moindre compassion ?

— Je ne sais pas si cela vous consolera, poursuivit-il en avançant d'un pas, mais d'une certaine façon, Wayan était un vrai héros. Il s'est sacrifié pour le groupe, pour le bien de tous. Sa meute ne l'a pas tuée, juste suffisamment affaiblie pour lui reprendre le cœur de Widgigo. Il était, bien entendu, blessé et cela lui aurait sans doute pris plus de temps que d'habitude pour s'en remettre, mais cela aurait été possible.

— Non de Dieu ! jura soudain Jack, faisant sursauter Max et Cyrus.

Il se tourna alors vers sa compagne, posant sur elle un regard si grave qu'elle dut se faire violence pour ne pas reculer d'un pas. Quoi ? Qu'est-ce qui lui avait échappé ?

— Wayan n'est pas mort, lâcha Jack. Il ne l'a jamais été, à l'instar du Widgigo, il est en sommeil. Les vampires font fausse route, ce n'est pas le tombeau de l'Originel qui se trouve à Salem, mais celui de ton ancêtre.

Cette fois, la jeune femme recula, comme si elle venait d'essuyer un coup violent.

— Quoi ? murmura-t-elle, hébétée.

Elle pivota alors lentement vers le vampire, son regard trahissant le choc et l'incompréhension. Cyrus soupira bruyamment en secouant la tête.

— Ce n'est pas exactement cela, dit-il. Cela fait des millénaires que les miens cherchent ce tombeau pendant que les loups s'en désintéressent totalement, se contentant de se transmettre l'histoire du brave Wayan. Pensez-vous vraiment que nous ferions une fixette sur cette ville juste pour mettre la main sur une créature qui pourrait exterminer notre espèce en moins d'un an si le cœur lui en prenait ?

— Ça suffit maintenant, gronda Max d'une voix sourde en avançant lentement vers Cyrus, les lèvres retroussées. Vous allez me dire ce qui se trame exactement et pas plus tard que tout de suite ou je vous étripe moi-même et croyez-moi, je ne laisserai pas l'occasion à vos restes de se ressouder.

Elle se trouvait à peine à un mètre de lui lorsque Jack perçut un mouvement sur sa droite. D'un bond, il se plaça entre le vampire et sa compagne. Un craquement sinistre et un bruit mouillé, pareil à celui d'une éponge que l'on presse, se firent entendre avant que l'assaillant ne s'effondre sur le sol et que l'Amérindien pivote de nouveau pour leur faire face.

Il tenait dans sa main droite le cœur fumant de la créature et n'en paraissait pas le moins du monde gêné. Avec dédain, il balança l'organe au pied de Cyrus, qui effectua un petit bon en arrière afin que son pantalon ne soit pas taché par les éclaboussures de sang. Il se baissa pour s'essuyer les mains, sur le cadavre, semblant se moquer complètement de la réaction que leur interlocuteur aurait pu avoir face à la mort de l'un de ses hommes. Heureusement, à l'instar de Max, Cyrus demeura figé, incrédule, devant le comportement de l'alpha. Il contempla une minute le cœur, à ses pieds, avant de reprendre calmement :

— Voilà ce qui arrive lorsque l'on ne respecte pas les ordres. Vous voyez ce qui vous attend si vous ne vous tenez pas tranquille ? claironna-t-il à l'adresse de ses soldats, dissimulés dans l'ombre. Je ne risque rien, alors contentez-vous de monter ma garde, bande de crétins !

Max, elle, resta bouche bée. D'accord, elle savait que Jack n'avait pas survécu si longtemps en jouant les enfants de chœur, mais depuis quand était-il devenu un tueur aussi froid ?

— Oui, contentez-vous d'obéir aux ordres, gronda celui-ci. Parce que votre simple présence et votre intrusion sur mon territoire sans mon autorisation m'agacent déjà au plus haut point. Dans ces conditions, si vous ne voulez pas rejoindre votre pote en enfer, je vous conseille vivement de ne pas approcher Max et de ne rien tenter d'inconsidéré contre elle. Les loups sont férus d'abats, gardez donc ce point en mémoire.

Cette dernière profita de cette diversion, quelque peu sanglante, pour retourner auprès de l'alpha.

Guidée par la colère, elle s'était trop rapprochée de Cyrus et cette erreur aurait pu lui coûter la vie. Il lui aurait fallu moins d'une fraction de seconde pour lui briser la nuque si le cœur lui en avait dit. Il fallait qu'elle et Jack se calment et restent sur leur garde, mais surtout, il était impératif que cette conversation se termine au plus vite. La cohabitation entre vampires et loup-garou ne pouvait jamais perdurer très longtemps sans que l'un ou l'autre soit pris d'une fulgurante envie d'éliminer son ennemi ancestral.

— Bon, à présent que les choses sont claires, terminez Monsieur Saint John, reprit Max d'une voix qu'elle espérait ferme.

En réalité, elle se sentait exténuée, autant nerveusement que physiquement. La présence de tant de sangsues lui mettait les nerfs en pelote et la patience n'avait jamais fait partie de ses qualités premières. La meute avait beau être restée tranquille jusque-là, patiemment dissimulée dans l'ombre, elle pouvait déjà percevoir la nervosité croissante des loups les plus jeunes ou des plus dominants. Leur instinct de chasseur était soumis à rude épreuve ce soir, mieux valait donc ne pas trop tirer sur la corde.

— Oui, je pense qu'il est plus sage d'écourter notre entretien, convint ce dernier en posant un regard las sur le corps sans vie de son soldat, gisant aux pieds de Jack, un énorme trou béant ornant sa poitrine. En réalité, Salem abrite bien l'un des tombeaux de l'Originel, mais pas n'importe lequel. Ce dernier renferme la pièce maitresse, celui contenant le cœur du Widgigo. Mais le plus gros problème n'est pas là…

Il marqua une pause et inspira à fond, avant de se lancer. Une pure mise en scène cela dit puisque respirer lui était parfaitement inutile.

— Voulant s'assurer que jamais l'Originel ne reverrait la lumière du jour, ou plutôt la nuit, continua Cyrus, les dieux décidèrent de lui attribuer un gardien. Cependant, seul un loup aurait pu tenir ce rôle et après le changement survenu chez Wayan, il était hors de question d'en sacrifier un second. Les fils du premier sang bénéficiant d'une force supérieure à celle de ceux qui viendraient ensuite, chacun d'entre eux représentait un trésor trop précieux pour les gaspiller ainsi.

Max et Jack, serrés l'un contre l'autre, écoutaient le dénouement de ce récit avec une attention frôlant la solennité. Comme Champollion lorsqu'il avait découvert la pierre de Rosette, ils avaient conscience que le secret qu'ils s'apprêtaient à recueillir changerait à jamais leur vision des choses.

— Conscients qu'à l'instar du Widgigo, le loup originel se trouvait à présent hors de contrôle, mais fiers de lui et reconnaissants de son sacrifice pour l'espèce humaine, les dieux décidèrent de ne pas tuer, purement et simplement, Wayan. Cela aurait été injuste si l'on considérait les massacres qu'avait commis son ennemi avant lui et que la Faucheuse ne pouvait tout de même pas mettre un terme à sa vie. Alors ils le plongèrent lui aussi dans un profond sommeil afin qu'il veille à jamais sur le tombeau.

À ses mots, les jambes de Max faillirent lâcher, elle ne dut qu'à Jack de ne pas s'effondrer sous le choc. Ainsi donc, c'était ça. Wayan n'avait pas seulement scellé le tombeau grâce à son sang, il se trouvait à l'intérieur ! Veillant depuis des millénaires à ce que personne ne puisse rendre sa liberté au Grand Widgigo. Pas mort, mais pas vivant non plus. Tout comme elle pendant trois cents ans. Voilà pourquoi Salem dégageait une telle énergie surnaturelle ! Pas un, mais deux Originaux y étaient enterrés, ensemble ! Elle comprenait mieux à présent pourquoi cette ville l'avait tant attiré et pourquoi elle n'avait pu se résoudre à la quitter, malgré les risques.

Oh, bien sûr, Yuma avait fait partie de l'équation, mais étant un alpha plus puissant que lui, elle aurait pu le contraindre à partir. Pourtant, quelque chose l'avait poussé non seulement à rester, mais à revenir près de trois siècles plus tard.

— Ça va ? lui demanda Jack en constatant son état.

— Oui, oui, ne t'inquiète pas, ça va aller.

— Je suis désolé que vous ayez dû apprendre la vérité de cette façon, mademoiselle Connors. Je me doute que cela doit vous occasionner un choc violent, cependant, il est absolument impératif qu'elle vous soit livrée, sans aucun détour. Je vous suis depuis votre enfance, car oui, vous avez été traquée, mais pas pour les raisons que vous imaginez. Amalia était parfaitement au courant d'ailleurs, ainsi que vos parents. Votre père a été prévenu de l'arrivée des autres, non pas grâce à son instinct, mais par moi. Un choix des plus tristes, je vous l'accorde, a dû être fait afin de vous garder en vie. Après leur accident, j'ai fait en sorte de tenir les autres à distance, de brouiller les pistes, jusqu'à ce qu'ils vous croient réellement morte, mais votre renaissance a provoqué une concentration d'énergie trop importante pour leur échapper. Comme vous le savez, ils ont des sorcières pour alliées. Ensuite, après votre second accident, je me suis arrangé pour qu'ils perdent de nouveau votre trace et envoyé des hommes chez vous pour faire le ménage. Cela a retardé votre retour de mémoire, cependant, je savais qu'il ne s'agissait que d'une question de temps avant que Jared vole à votre secours et vous ramène ici. Je n'aime pas les loups, comme tout vampire qui se respecte, mais je dois avouer que celui-ci possède quelque chose d'attachant. Son amour pour vous est totalement désintéressé et sincère. En bref, je désirais vous protéger et vous rendre ceci.

Il passa alors la main dans la poche intérieure de sa veste, Jack et Max restèrent sur leur garde, mais il n'en ressortit qu'une besace de cuir noir, élimée et fermée par une ficelle qui devait avoir connu des jours plus glorieux.

— Vous la reconnaissez, n'est-ce pas ? dit-il en la lui tendant.

Une nouvelle fois, Max eut l'impression qu'on lui administrait un uppercut dans l'estomac. Il lui fallut une seconde avant de respirer de nouveau normalement et de se décider à lâcher Jack pour avancer vers le vampire. Une fois devant lui, elle resta là, les bras ballants, contemplant le petit sac sans sembler vraiment le voir. Conscient de son trouble, Cyrus s'apprêta à lui attraper la main afin d'y déposer l'objet, mais Jack avança à son tour en grognant.

— Calmez-vous, mon cher, dit Cyrus en suspendant son geste. Je ne veux aucun mal à votre compagne. J'ai eu mille fois l'occasion de la tuer, pourtant, elle est ici aujourd'hui. J'ai autant à y gagner que vous dans le fait qu'elle reste en vie.

Il prit la main de Max, toujours silencieuse, et y posa la bourse avec douceur avant de replier les doigts de la jeune femme dessus.

— Je l'ai récupérée après votre exécution, lorsque j'ai été certain qu'elle avait fini d'officier, souffla Cyrus. Tituba ne pouvait pas s'en charger puisqu'elle était toujours en détention, quant à Yuma… l'avoir en sa possession l'aurait sans doute conduit à sa perte bien avant votre retour et je ne suis pas persuadé que vous auriez eu envie continuer à vivre s'il n'avait plus été de ce monde. Je me trompe ?

Max secoua la tête de gauche à droite en signe de dénégation, mais resta muette.

— C'est bien ce que je pensais, souffla le vampire en hochant la tête d'un air indulgent.

— Pour… pourquoi me rendez-vous cette amulette ? demanda doucement Max.

— Parce qu'il ne s'agit pas d'une simple amulette de renaissance, ma chère. Ouvrez donc cette besace. Tituba y a laissé un petit cadeau qui vous est destiné.

Max s'exécuta, les doigts tremblants. Curieux, Jack vint se poster derrière elle afin de voir lui aussi de quoi il retournait. À l'intérieur, il ne restait rien que des morceaux de branchage séchés, ainsi que des fragments de feuilles, du moins, c'est ce qu'ils en déduisirent vu l'état des restes. Max la secoua doucement afin que le contenu ne s'envole pas aux quatre vents découvrant ainsi une petite pierre blanche, à peine plus grosse qu'une bille.

— Qu'est ce que c'est ? demanda-t-elle en continuant de la fixer.

— Vous ne devinez pas ? s'amusa Cyrus. Il s'agit pourtant de la pièce maitresse de votre histoire. Cela dit, je dois avouer que moi aussi je la pensais plus impressionnante, mais sa modeste taille n'enlève rien à son pouvoir.

— La t...

— Chut ! ordonna Cyrus en jetant des regards suspicieux aux alentours. Certaines choses ne doivent pas être nommées. Mais oui, vous avez saisi de quoi il retourne. Tituba en était la gardienne, et par miracle, même après son enlèvement pour être vendue en tant qu'esclave, elle est parvenue à la garder en sa possession. Sans doute ses ravisseurs auront-ils eu plus pitié qu'autre chose d'une gamine s'étant prise d'affection pour un caillou. Pas certaine d'avoir des enfants, elle l'a mise là-dedans en se disant que personne n'aurait l'idée de fouiller votre tombe et sachant pertinemment que Conrad et sa bande ne prendraient pas le temps de s'occuper de votre dépouille... Tituba était habitée de bonnes intentions, mais elle se montrait surtout trop naïve. Ce procès aura au moins eu le mérite de lui ouvrir les yeux. Lorsque j'ai conclu ce petit arrangement avec elle, elle n'avait aucune garantie, pourtant, elle a tout de même accepté dans le seul but de vous sauver et…

Max relava soudainement la tête pour fixer le vampire dans les yeux.

— De quel arrangement parlez-vous ? le coupa-t-elle. Et pourquoi donc Tituba aurait-elle été la gardienne de… ce truc ? Elle n'était même pas porteuse du gène du loup !

Celui-ci soutint son regard sans ciller.

— Justement. Après l'épisode Wayan, le reste de la meute s'est mis d'accord. Afin qu'aucun ne soit tenté d'aller délivrer leur alpha, il fut décidé que ce serait la branche humaine de leur famille qui serait chargée de veiller sur le second sceau du tombeau. Leur sang n'aurait donc pas suffi. Cependant, vous étiez la dernière louve de votre lignée et étant donné les raisons pour lesquelles vous aviez quitté les vôtres, leur rapporter ceci n'aurait pas été leur rendre service. D'ailleurs, sans doute ont-ils reçu la visite des miens après votre mort. Elle ne devait surtout pas tomber entre de mauvaises mains avant votre retour et si vous aviez été enterrée avec elle, son énergie aurait rapidement guidé les sorcières jusqu'à votre sépulture. Conrad n'a déjà aucune conscience, alors vous pensez bien que jouer les pilleurs de tombe ne l'aurait pas dérangé plus que cela. Et puis, vous ne vous êtes jamais demandé comment Tituba avait appris ce tour de passe-passe ? Il y a tout de même un monde entre lire l'avenir dans un blanc d'œuf et permettre à une personne de braver la mort, non ?

Max serra les dents ainsi que les poings. Oh que oui, elle connaissait Conrad ! Oh que oui, elle savait ce dont il était capable. Elle en avait fait les frais, à plusieurs reprises et de multiples façons. Ce salaud ne perdait rien pour attendre… Quant au sort lui ayant permis de revenir à la vie, non, elle devait l'avouer… aveuglée par son propre malheur, jamais il ne lui était venu à l'idée de demander à son amie qui avait appris à sa grand-mère une telle chose, ni dans quel but. Il s'était donc transmis de génération en génération dans la branche humaine de sa famille. Cependant, une question restait en suspens : en prévision de quoi au juste ? Parce que léguer à ses enfants une technique pour évincer la mort n'était tout de même pas anodin, de plus, pourquoi aucun d'eux ne l'avait-il utilisé pour lui-même ? Les Indiens, peu importait la tribu à laquelle ils appartenaient, faisaient montre d'un immense respect pour la nature et son équilibre. Ils ne chassaient ni ne cueillaient plus que nécessaire et rendaient grâce à chaque animal tué par une prière de remerciement. Cependant, ils restaient humains et comme dans toute ethnie, il devait parfois y avoir des brebis galeuses dans le troupeau…

— En ce qui concerne notre arrangement, reprit Cyrus, sans se rendre compte du trouble de la jeune femme, ses termes ont été on ne peut plus simples : je permettais à Tituba de sortir de prison afin qu'elle puisse prévenir votre loup de votre renaissance à venir et, en échange, elle me confiait comment vous localiser avec précision dès votre retour en ce monde pour que vous puissiez sceller définitivement ce maudit tombeau. Elle aussi avait conscience des risques qu'il représentait.

Max plissa les yeux. Cela lui paraissait trop simple, beaucoup trop pour être honnête…

— Vous êtes septique, n'est-ce pas ? s'enquit Cyrus en souriant. Cela peut se comprendre. Cependant, saisissez que, bien que je ne tienne pas à perdre le pouvoir dont je dispose aujourd'hui, votre destitution me coûterait plus cher encore. Pensez-vous réellement que si Wayan se réveille, il se contentera de vous serrer contre son cœur en vous disant combien il est fier de vous ? Réfléchissez, vous êtes la dernière femelle de votre espèce, quel sort vous réservera-t-il selon vous ? Sans parler de ce qu'il infligera à votre compagnon. Vous êtes l'alpha parmi les alphas et cela me convient très bien. Vous restez une louve et vous sentez mauvais, soit, mais vous êtes capable de faire la part des choses. Pas lui. Vous ne ferez pas le poids face à Wayan, tout comme les plus anciens d'entre nous ne pourraient affronter le Grand Widgigo. Cependant, le tombeau ne renferme que le cœur de ce dernier et sans votre sang ou celui de Wayan, jamais ils ne pourront être ouverts.

Autrement dit, dans le cas qui nous intéresse, le danger imminent reste bel et bien le grand méchant loup. Il en va de notre avenir mutuel, mais aussi de celui de la terre entière. Libérer Wayan reviendrait à condamner à mort l'humanité et, à plus ou moins long terme, nous aussi.

— Ça me fait mal de l'avouer, murmura Jack, mais la sangsue a raison. Nous ne sommes plus à l'âge de pierre, les humains sont beaucoup plus nombreux, mieux armés et également capables de mieux raisonner. Si ce tombeau devait être ouvert, cela déclencherait une guerre sans précédent. Les pertes seraient terribles, dans tous les camps. Et même si nous parvenons à nous en sortir et à nous débarrasser de Wayan, notre secret sera dévoilé. Après ça, il sera impossible de leur faire croire que nous pouvons cohabiter. Que ce soit eux ou nous, plus personne ne connaitra la paix.

Max soupira bruyamment. D'accord, ils avaient raison, réveiller Wayan n'était pas une bonne idée et étant la dernière de sa lignée, la responsabilité de l'empêcher de nuire à nouveau lui revenait. Cependant, elle aurait été bien en peine de sceller quoi que ce soit étant donné qu'elle ne connaissait pas l'emplacement exact de cette tombe. D'ailleurs, même si elle l'avait su, elle ne l'aurait pas dit à Cyrus. Rien ne lui garantissait qu'il ne veuille pas se débarrasser de Wayan avant de réveiller son propre maitre. Il avait beau lui avoir servi tout un tas d'arguments pour tenter de la convaincre du contraire, elle avait appris à ses dépens combien le raisonnement des vampires pouvait se révéler tordu et perfide. Pensant qu'elle hésitait, Cyrus se crut obliger d'ajouter :

— D'ailleurs, sceller ce tombeau vous fera faire d'une pierre deux coups, ma chère. Vous l'ignorez peut-être, mais Conrad et sa compagne sont en sursis, susurra-t-il en affichant un air entendu.

— Comment ça ?

— Contrairement à ce que l'on pourrait imaginer, Conrad n'est pas à la tête d'un clan indépendant. En réalité, il n'est que le larbin docile de Vlad, un vampire ancien, puissant et complètement mégalomane si vous voulez mon avis, renchérit-il en ponctuant sa réplique d'un geste de la main.

« Un schizophrène, un mégalomane et un sociopathe… Eh bien ! Leurs repas de famille doivent valoir le détour ! »

— Enfin bref ! En 1692, Conrad a trouvé une magnifique tourmaline dans les environs et, bien évidemment, il en a déduit qu'il s'agissait de celle que tout le monde cherche.

Il lui décocha un clin d'œil entendu, la faisant grimacer. Ce type était vraiment, mais alors vraiment, très bizarre. Elle en avait pourtant croisé des allumés pendant son hospitalisation, mais celui-ci remportait la palme et toutes catégories confondues !

— Lorsque vous êtes arrivée en ville, il a passé des jours à vous observer afin d'obtenir la certitude que vous étiez bien une descendante de Wayan. La gamine que vous avez éliminée avant la fin de sa mutation n'était qu'un appât, mais comme vous n'aviez pas eu besoin de muter, il ne pouvait être certain de vos origines. Quand enfin il a eu sa confirmation, sans doute après que vous ayez tué cet imbécile de John, il n'a plus eu qu'une obsession : vous mettre la main dessus. Il était persuadé que faire couler votre sang sur ce pauvre caillou ouvrirait le tombeau. Malheureusement pour lui, il a commis plusieurs erreurs. La première, il ne s'agissait pas, absolument pas de la bonne pierre. La seconde, il a transformé Sakarie sans l'autorisation de Vlad. La troisième, il a fait monter ce procès et a ainsi attiré l'attention de la population sur cette ville. Faisant par la même perdre à Vlad des alliés précieux juste pour satisfaire les caprices de sa nouvelle compagne. Il a été banni presque deux siècles pour ça et n'a été repris que parce qu'il est un manipulateur hors pair. Cependant, à sa prochaine erreur, il en sera fini de lui, vous pouvez me croire. Vlad ne perdra pas la face une seconde fois. En empêchant Conrad de parvenir à ses fins, vous le condamnerez à mort de façon certaine.

— Non, s'opposa fermement Jack. Nous vous remercions de votre aide, mais j'ai un compte personnel à régler avec Conrad.

Cyrus fronça les sourcils tandis qu'un rictus mauvais déformait sa bouche.

— Oh, je vois. Vous préférez la traque à l'ancienne, c'est ça ? Je peux comprendre, je dois avouer y goûter également. Cela permet, non seulement, de faire de l'exercice, mais c'est aussi plus excitant que de se contenter de se baisser pour se servir. Si vous voulez mon avis, c'est ce qui manque aux jeunes générations. Ils choisissent systématiquement la facilité. Cela enlève tout plaisir au fait même de diner.

Il avait parlé sur le ton de la conversation. Comme si tuer était une chose banale, voire agréable. Jack dut se faire violence pour ne pas l'écharper. Cependant, il devait avouer que c'était exactement ce qu'il désirait. Traquer Conrad et Sakarie, leur faire sentir qu'il approchait, que leur fin était proche et que, malgré cela, ils n'avaient aucune possibilité de savoir où et quand il se déciderait à frapper.

— Appelez cela comme vous voudrez, répondit Jack. En attendant, vous avez l'assurance que nous allons réfléchir en ce qui concerne le tombeau.

— Réfléchir ? Vous comptez prendre le temps de la réflexion ? Vous n'avez donc rien écouté ?

— J'ai été très attentif, au contraire. Vous nous avez exposé les faits, à présent, le choix de suivre vos conseils ou pas nous revient. Maxine est fatiguée, je pense qu'il vaut mieux qu'elle prenne le temps de se reposer avant de trancher. Les décisions hâtives ne sont jamais une bonne chose.

— N'essayez pas de me doubler, gronda Cyrus, le regard noir. J'ai passé un pacte avec Tituba et sauvé la vie de votre louve à maintes reprises. J'ai plus que rempli ma part du marché.

Nullement impressionné, Jack se plaça entre lui et Max, avant de le jauger de toute sa hauteur, un bon mètre quatre-vingt-dix, ce qui força Cyrus à lever la tête pour affronter son regard.

— Oui, avec, et seulement, avec Tituba. En ce qui me concerne, je ne vous ai jamais rien promis concernant ce tombeau. En revanche, je vous donne ma parole sur un tout autre sujet. Ne remettez jamais les pieds sur ma propriété sans y avoir été expressément invité. Dans le cas contraire, que vous nous ayez aidés ou non, vous finirez comme votre larbin, précisa-t-il en pointant son pouce dans son dos pour désigner le vampire mort.

Le regard de Cyrus fit un rapide aller-retour entre le cadavre et l'alpha.

— Parfait. Je peux comprendre que notre conversation ait ébranlé Mademoiselle Connors. Cependant, qu'elle ne tarde pas à me donner une réponse. Comme pour ce soir, elle n'aura qu'à la faire porter au Chaudron. On y va ! s'écria-t-il soudain.

Jack et Max n'eurent pas le temps d'ajouter quoi que ce soit, les vampires avaient déjà quitté le cimetière.

XXIV

Wenham, de nos jours

Lorsque Max sortit de la salle de bain pour rejoindre sa chambre, elle ne fut pas étonnée de retrouver Jack, étendu sur le lit, dans son plus simple appareil. Elle se doutait qu'après leur dernière nuit, il n'accepterait sans doute jamais de faire chambre à part. D'ailleurs, elle n'en avait pas la moindre envie non plus. Elle était de nouveau considérée comme sa compagne, que ce soit aux yeux de la meute ou aux siens et cela lui convenait parfaitement. Un bras cachant ses yeux, elle crut une seconde qu'il s'était endormi avant qu'il ne lui lance, un grand sourire aux lèvres ;

— Alors, la vue est agréable ?

Max lui balança sa serviette de bain qui atterrit sur son torse sans même qu'il daigne la regarder. Il se contenta de l'attraper de son autre main et de la jeter loin du lit.

— Pas mal. L'industrie textile est en faillite pour que tu ne prennes même plus la peine de t'habiller ?

— Pourquoi devrais-je m'habiller ? Tu m'as dit que je n'avais à le faire qu'en public et si je ne comptais pas muter dans la seconde. Nous sommes seuls il me semble, à moins que tu ne veuilles inviter du monde dans notre tanière ? De plus, je ne pense pas m'offrir une autre ballade ce soir. Dans ces circonstances, mon habit de naissance suffit, non ? En plus, je sais que c'est ton préféré.

Il s'efforçait de plaisanter, cependant, Max sentit que le cœur n'y était pas. Elle le connaissait trop bien pour qu'il puisse donner le change.

— Ok, j'avoue, je t'aime à poil et à poils, satisfait ? Trêve de galéjades, qu'est-ce que tu as ? lui demanda-t-elle.

— Rien, je suis seulement un peu fatigué. J'ai dépensé une bonne partie de mon énergie à ne pas tuer Cyrus Le Répugnant tout à l'heure.

Max rit puis s'assit sur le bord du lit.

— Il n'est pas seulement répugnant, mais complètement à la masse. Non seulement il ne semble pas s'être intégré à cette époque, mais tu as vu à quelle vitesse il change d'humeur ? À mon avis, il lui manquait déjà des cases avant sa mutation.

Jack soupira avant de répondre, si doucement, qu'il s'agissait presque d'un murmure :

— Il arrive aussi que de passer trop de temps sur Terre finisse par user nos nerfs. Nous voyons les choses changer, évoluer ou disparaitre, mais nous, nous sommes figés sur le courant du temps. Pour les autres, il emporte la jeunesse, la mémoire, parfois même la santé, alors qu'il glisse sur nous à la matière d'une goutte d'eau, il s'évapore sans nous blesser. Nous accumulons les souvenirs, encore et encore, sans repos, sans fin, telle une banque de données qui ne connaîtrait aucune limite. Simplement, notre côté humain fait que nous ne pouvons les fractionner par ordre d'importance ou de préférence. Ils sont là, prêts à ressurgir à la moindre occasion afin de nous torturer. Parce que même les bons souvenirs finissent par devenir une torture, il ne faut pas s'y tromper. Ils ne font que nous rappeler que le bonheur qui a été nôtre un jour ne le sera plus jamais. Qu'un instant, qui nous a paru magique sur le moment, s'est évanoui pour toujours. Pour les humains, tout est éphémère. Bien entendu, ils souffrent autant que nous de certains faits ou mots qui ont été commis ou prononcés, seulement, contrairement à nous, ils ont conscience qu'un jour, la douleur cessera. Ce repos du corps et de l'âme ne nous concerne pas, or, nous étions tous mortels au départ, je suppose donc que cette impossibilité à couper le système doit avoir des incidences sur chacun d'entre nous, à plus ou moins long terme…

Sa voix mourut sur ses lèvres, mais il ne bougea pas, restant là, immobile, fuyant la lumière. Max crapahuta sur le lit pour prendre place au creux de son bras libre, la tête sur son épaule.

— Eh bien, tu te montres bien philosophe ce soir, le taquina-t-elle.

— Pas philosophe, réaliste, cruellement réaliste même. Pour les humains l'éternité demeure une notion abstraite, pour nous, il s'agit d'une fatalité. Pour eux, cela représente, dans la plupart des cas, une vie après la mort, un après dans un monde parfait fait de bonheur et de plénitude, loin de la folie des Hommes. Pour nous, ce n'est qu'une succession de combats sanglants et de lourdes pertes dont aucun ne peut ressortir totalement indemne.

— Je ne dis pas que cela est toujours facile, cependant, l'immortalité a tout de même quelques bons côtés. Tu noircis un peu le tableau là. À t'écouter, ma pause forcée de trois cents ans serait presque une bénédiction.

Il se raidit, mais garda le silence, ce qui signifiait qu'elle venait de toucher une corde sensible. Elle se redressa sur un coude pour pousser le bras de son amant de son visage afin de croiser son regard. Il persista à garder les paupières closes prenant soin de fuir cet affrontement. Cela devait lui coûter, car esquiver n'était pas dans la nature d'un alpha. Interdite, Max posa finalement la question qui la taraudait :

— Ôte-moi d'un doute là, tu ne penses tout de même pas que j'ai eu de la chance, si ?

Il soupira puis rouvrit lentement les yeux avant de les plonger dans les siens. Pour la première fois depuis qu'ils se connaissaient, Max eut du mal à déchiffrer les sentiments qui dansaient dans le regard noisette et cela lui provoqua un pincement au cœur auquel elle ne s'attendait pas.

— Ces trois cents dernières années, je n'ai vécu que pour une seule et unique chose : ton retour. Malheureusement, si la vie d'un humain, qui dure au mieux cent ans, n'est jamais un long fleuve tranquille et les brise parfois, imagine un peu quelles conséquences l'immortalité peut avoir. Tu as vécu, en tout et pour tout, à peine une moitié de siècle, tu ne peux pas savoir à quel point le temps nous change. Ce soir, j'ai vu ton regard quand j'ai arraché le cœur de ce vampire.

— Oh, je vois, murmura Max en quittant ses bras pour se rasseoir.

Cette fois, il se leva d'un bond pour la jauger de toute sa hauteur.

— Non, tu ne vois pas. Tu as cru que j'avais écourté l'entretien parce que la présence de tant de sangsues me tapait sur le système, il n'en était rien. J'ai plus de self contrôle que tu ne sembles l'imaginer, je ne suis plus le louveteau novice que tu as formé. Ce qui m'a le plus agacé ce soir, c'est ce fameux regard, celui qui paraissait dire : mais il est cinglé ! Ce malade n'est pas l'homme que j'ai connu !

— Je ne voulais pas…

— Laisse-moi finir ! s'écria-t-il. Or, tu te trompes, je suis bien celui que tu as toujours connu, simplement, les épreuves et les leçons de la vie m'ont fait évoluer, m'ont poussé à faire certains choix. Peut-être en bien, peut-être en mal. Malgré tout, ils m'ont permis d'être encore en vie aujourd'hui et de pouvoir t'accueillir au mieux. Tu as quitté un monde familier pour revenir dans un autre ou tu as eu tout le temps de t'adapter puisque le premier t'était inconnu. Pas moi. Alors oui, tu as souffert le martyre à Salem, oui, j'ai sans doute eu ma part de responsabilité dans cette affaire. J'ai d'ailleurs vécu avec le fardeau du chagrin, de la honte et de l'impuissance pendant toute cette période. Cependant, j'ai également enduré personnellement les injustices et les humiliations infligées à notre peuple, j'ai assisté au génocide ! J'ai vu les cheveux des miens devenir blancs, leur corps les trahir avant qu'ils ne me quittent et que je doive les rendre à la terre, comme je l'avais déjà fait avec toi ! Et tout ça, toutes ces choses, la perte de mes amis, de ma famille, la construction de ma nouvelle vie, j'ai dû les affronter seul ! Sans aucune épaule amicale pour me réconforter et m'aider à remonter la pente ! Tu dormais, Kanda ! Bien sûr, cela n'aurait pas dû se passer de cette manière, et bien sûr, tu n'y es pour rien, mais c'est un fait, tu dormais pendant que je faisais en sorte de survivre dans ce monde qui n'était pas fait pour moi ! Alors oui, j'ai sans doute changé, mais tu n'as pas le droit de me juger sans savoir ce qui m'a conduit à devenir celui que je suis aujourd'hui !

Max hocha la tête puis se releva lentement pour enfiler son jean et son t-shirt ainsi que ses Dr. Martens qu'elle ne prit même pas la peine de lasser.

— Qu'est-ce que tu fais ? demanda Jack, les sourcils froncés.

— Je vais prendre l'air, répondit-elle sèchement. Je ne voudrais pas que l'une de mes paroles ou l'un de mes actes soit de nouveau mal interprété.

— Non, attends, je souhaitais juste…

— Me souligner à quel point j'ai eu de la chance par rapport à toi ? Je te remercie, je pense avoir saisi le concept. C'est vrai, ta vie a basculé à mon arrivée à Salem. Celui qui a fait de toi ce que tu es aujourd'hui en avait après moi et tu as payé le prix fort ta rencontre avec lui. Il est également exact que je n'ai pas été présente pour toi pendant ces trois cents années, alors que tu n'aurais pas eu à les affronter si tu ne m'avais pas rencontré. Tu aurais vieilli auprès des tiens, aurais peut-être eu des enfants, puis tu aurais rejoint les Anciens dans l'autre monde. Tu aurais mené une vie normale, ou presque. Je sais tout ça et crois-moi, il n'y a pas eu un jour depuis ma renaissance où je ne me le suis pas reproché. Tout comme je me reproche aujourd'hui d'être revenue et de te mêler à ces histoires qui ne concernent que moi, une fois de plus, mais qui risquent de provoquer de nouvelles pertes pour toi.

— Attends, l'interrompit Jack en avançant vers elle les mains tendues en signe d'apaisement. Je ne te reproche rien et rien n'aurait pu me rendre plus heureux sur cette terre que ton retour. Je veux seulement que tu comprennes que…

— Pense seulement à une chose, Yuma, ajouta-t-elle sans lui permettre de finir, une main sur la poignée de la porte. Pendant que je « dormais », comme tu le dis si bien, tu as eu droit à des plaisirs simples dont j'étais totalement privé. Respirer, rire, danser, créer des liens avec d'autres êtres vivants. Juste pour info, combien de femmes as-tu tenues dans tes bras pendant ces trois siècles alors que je me contentais de « dormir » ? Une ? Deux ? Dix ?

Cent ? Davantage encore ? Combien de fois as-tu ri ? Combien de couchers de Soleil as-tu admirés ? Alors c'est vrai, tu as beaucoup souffert, mais la souffrance est une émotion qui nous permet de nous sentir vivant, tandis que pendant trois cents ans, j'ai été piégée dans le noir, pas morte, mais pas vivante non plus ! Et quand enfin je me suis souvenue, cela n'a été pour que pour me rendre compte que l'existence que je menais jusque-là n'était qu'un immense mensonge ! Mon ancêtre s'est sacrifié pour que tous, autant que vous êtes, puissiez voir le jour et vivre sans incarner des proies faciles pour les widgigos, mais cela n'a pas suffi. J'ai dû à mon tour payer de mon sang afin que ces derniers ne gagnent pas la bataille et peut-être que cela devra encore être le cas. Cependant, si ma perte représente une garantie pour que tu puisses vivre, rire, danser et aimer, même sans moi, alors crois bien que je referais les choses à l'identique Yuma.

Puis elle ouvrit la porte et quitta la pièce sans lui laisser l'opportunité de répondre.

XXV

La Nouvelle-Orléans, dix-huit mois plus tôt

Max observait Amalia, Suzanne, sa sœur cadette et les autres prêtresses vaudou psalmodier des formules en se balançant d'un pied sur l'autre, autour du feu, pendant qu'un peu plus loin, un groupe de jeunes filles jouait du djembé. Les yeux fermés, les femmes tendaient, à intervalles réguliers, les mains vers le ciel dans ce qui ressemblait à une supplication. Malgré la chaleur des flammes, Max frissonna. « Un loup-garou… Je suis un loup-garou ! Comment est-ce possible ? » Lorsque les rêves avaient commencé et qu'Amalia s'était décidée à lui avouer la vérité sur son histoire ainsi que sur sa véritable nature, Max avait d'abord songé que la maladie de la vieille dame lui faisait perdre la tête. La douleur ainsi que les médicaments à hautes doses causaient parfois des crises de délire ou d'hallucinations.

« — Je ne suis pas folle Maxine, avait calmement insisté sa nourrice. Tes rêves n'en sont pas, il s'agit de souvenirs ! Tes crises d'angoisse en l'absence de Jared, ton besoin de sentir son odeur, ta facilité à savoir où il se trouve, toutes ces choses sont des conséquences de ta véritable nature. La vie en meute, voilà ce qui te manque. Ton entité animale se réveille, le moment de la renaissance approche !

Assise dans son fauteuil attitré, Amalia l'avait fixé de ses yeux noirs pleins de mystère. La maladie avait beau gagner toujours plus de terrain, la prêtresse vaudou se tenait encore le dos bien droit, ses deux mains appuyées sur le pommeau en argent de sa canne.

— Des souvenirs ? Datant de plus de trois cents ans ? Car si j'analyse les scènes qui me sont apparues, les vêtements, les habitations, ce genre de chose, ces derniers remonteraient à la fin du XVIIe siècle. Amalia, voyons, tu sais bien que je ne pourrais pas être née à cette époque enfin !

— Le corps que tu occupes en ce moment est jeune, en effet, mais ton âme, elle, est bien plus ancienne. Tu as bravé la mort et le moment est venu de terminer ta mission et de tenir les promesses que tu t'étais faites à toi-même et aux tiens à l'époque.

Max avait secoué la tête en soupirant avant de se lever. Sa nourrice perdait définitivement l'esprit et elle avait peur que cette agitation qui l'habitait depuis quelques jours ne la fatigue plus que de raison.

— Je vais appeler le docteur Barnett.

— Tu ne feras rien ! Maxine, Joséphine, Andréa Connors, assieds-toi ! avait tonné la vieille en se levant à son tour.

Interdite face à cette réaction, presque violente, de la part d'Amalia qui n'avait seulement jamais haussé la voix sur elle, Max avait obtempérée lentement. Cependant, elle serrait les accoudoirs du fauteuil, si fort, que ses jointures étaient blanches, ce qui n'échappa pas à la vieille femme.

— Regarde, dit-elle en indiquant de sa cane ses doigts crispés sur le tissu. Tu meurs d'envie de me faire taire, de me pousser à plier, je me trompe ?

— Je…

— Tu es un alpha, voilà pourquoi ton esprit se rebelle à la simple idée d'obéir aux ordres. Jusqu'à présent, tu pensais avoir hérité d'un caractère indocile, comme tant d'autres, mais il n'en est rien. Mon esprit est aussi saint que le tient ma chérie, ajouta-t-elle en se radoucissant un peu avant de s'asseoir. Je t'ai raconté assez de légendes depuis ton enfance et montré le pouvoir du vaudou pour que tu saches que ce monde ne se résume pas à ce que l'on en voit. Tu as lu des témoignages de personnes se souvenant de leurs vies antérieurs et dont certains détails ne pouvaient être connus que par eux. Pourquoi t'est-il si difficile de croire qu'il t'arrive simplement la même chose ?

Max avait alors observé sa nourrice avec une grande attention. Elle disait vrai, elle avait lu ce témoignage de cette Française, attirée depuis l'enfance par l'Écosse et en particulier par l'un de ces châteaux du Moyen Âge. Parvenue à l'âge adulte, elle avait fini par le localiser et par s'y rendre. Lorsqu'elle avait confié au guide son sentiment de déjà vu, ce dernier avait ri, comme elle aujourd'hui, face aux allégations de sa nourrice. Cependant, il avait révisé son jugement lorsqu'elle lui avait décrit l'intérieur de la bâtisse, pièce par pièce, avant même d'y être entrée. Pour finir, elle avait déclaré qu'une jeune fille se trouvait emmurée dans l'aile ouest, dans un passage secret dont la porte s'activait lorsque l'on enfonçait une pierre de la cheminée qui le dissimulait. Par curiosité ou simple acquis de conscience, des archéologues avaient fait des fouilles, car, en effet, l'une des filles du Seigneur à qui appartenait ce château avait disparu un beau jour, sans laisser de trace. Il n'avait fallu que quelques jours pour retrouver ses ossements, dans le mur de l'aile ouest…

— Ok ! Je veux bien admettre que tu puisses avoir raison pour la réincarnation, mais en ce qui concerne le côté loup-garou, les vampires, etcétéra, désolée, mais mon ouverture d'esprit à ses limites.

Amalia s'était contentée de hocher la tête et de sourire avec indulgence.

— Peu importe, nous avançons. Mon histoire ne sera pas longue à être vérifiée, ce soir, c'est la pleine lune. »

Elle avait insisté pour qu'elle porte une amulette censée retenir son loup. Malgré ses réticences face aux allégations d'Amalia, Max avait estimé que si cette chose ne lui faisait pas de bien, elle ne lui ferait pas de mal non plus et elle rassurait sa nourrice. Cependant, plus les heures avaient passé, et plus la nervosité de Max s'était accrue, au point qu'elle avait eu des difficultés à rester en place plus de quelques minutes. C'est en faisant le ménage, à près de vingt heures, qu'elle avait croisé son regard dans le miroir de la salle de bain et manqué défaillir. Ses yeux, d'habitude vert émeraude, étaient devenus jaune incandescent, comme… ceux des loups ! Sous le choc, elle avait renversé les bouteilles qui se trouvaient sur la petite tablette au-dessus du lavabo et le bruit avait attiré sa nourrice. Lorsque Max s'était tournée vers elle, toujours horrifiée par sa propre image, Amalia n'avait même pas tressailli.

« — Nous y sommes, avait-elle déclaré. Ton loup s'éveille, il est temps de le libérer. Prépare ton sac, nous allons chez Suzanne. N'oublie pas tes lunettes noires. »

L'esprit embrumé par l'image que lui renvoyait à présent chaque miroir qu'elle croisait, incapable de prononcer le moindre mot, Max avait docilement obtempéré. Elle avait conduit jusqu'à La Nouvelle-Orléans sans même s'en rendre compte, plongée dans une sorte d'état second. Une fois sur place, il avait suffi qu'elle ôte ses lunettes de soleil pour que Suzanne comprenne de quoi il retournait. Après les avoir embrassés, elle avait attrapé le téléphone et joint les autres prêtresses de la région. Et maintenant… Maintenant, elle était là, devant ce feu, morte de froid et de peur.

Soudain, Amalia ouvrit les yeux, bientôt imitée par sa cadette. Elles contournèrent le foyer pour rejoindre Max tandis que les autres ne cessaient de prier. Suzanne lui tendit un bol contenant une mixture qu'elle avait préparée avec l'aide de son ainée.

— Bois ça, lui enjoignit-elle.

Max se saisit du récipient puis avisa le contenu avec circonspection.

— Ok. Et qu'est-il censé se passer ensuite ?

— Les souvenirs de ta première vie vont te revenir ainsi que ta nature profonde, expliqua sa nourrice. Ton loup et toi ne ferez plus qu'un. Il n'y aura plus de Max ou de Kanda, mais simplement deux noms pour une seule personne. Tu seras complète, enfin.

— C'est tout ? Et pour le… loup ?

Elle avait encore du mal à y croire. Malgré ce qu'elle avait vu, son esprit refusait d'intégrer cette donnée.

— Une fois libre, il voudra certainement prendre forme immédiatement. Laisse le faire, vous avez besoin de vous retrouver, expliqua calmement sa nourrice.

— Quoi ? s'écria Max. Mais je ne suis pas prête, je risque de vous tuer !

— Non, assura Amalia. Tu es parfaitement capable de le maitriser. Le cas échéant, nous le ferons plier, ne t'inquiète pas.

— Amalia…

— Écoute Maxine, la coupa la vieille femme. Le moment n'est plus aux hésitations. Le temps presse, nous en avons déjà parlé. Les signes tendent à prouver que ton loup est

en train de détruire les barrières censées le contenir. Si tu ne lui laisses pas du lest et qu'il parvient à se libérer seul, il refusera de te rendre le contrôle de peur que tu ne l'enfermes de nouveau. Dès qu'il sera libre, les vampires vont se servir de lui pour te localiser. Tu dois être en mesure de te défendre.

Même si elle crevait de trouille, Max savait au fond d'elle-même qu'Amalia avait raison. Elle détenait les armes pour s'en sortir et si elle hésitait à les utiliser, elle y perdrait la vie. Alors, elle avala la potion d'un trait.

D'abord âcre, le liquide sembla se transformer en lave à mesure qu'il descendait dans son œsophage. Max commença à étouffer, les battements de son cœur redoublèrent, puis elle tomba à genoux tandis qu'une douleur effroyable éclatait sous son crâne. Des images d'un autre temps, comme dans ses rêves, s'imposèrent dans son esprit. Une foule hurlante à la lueur des torches, une Indienne soignant son visage à travers un trou dans un mur, des gamines se roulant par terre, bavant et se contorsionnant devant une assemblée surexcitée. Elle, cueillant des plantes dans la neige ou se tenant debout, face à ses juges, tentant de rester digne alors que l'argent de ses chaines brulait la peau de ses poignets aussi surement que l'acide. Puis elle entendit le hurlement désespéré d'une bête à l'agonie avant que l'image d'un loup noir ne s'impose à elle. Une fois de plus, son cœur sembla sur le point d'exploser lorsqu'elle se revit dans les bras de cet Amérindien aux yeux enfantins. À présent, elle se souvenait de chaque visage, de chaque scène, de chaque nom. Sans qu'elle ne puisse le retenir, un cri, plus tout à fait humain monta dans sa gorge :

— Yuma !

Tandis que les deux fils de ses existences continuaient à se tresser l'un à l'autre, des craquements sinistres lui parvinrent. S'il provenait de son corps, elle n'en ressentait aucune douleur. À cet instant, la souffrance se situait ailleurs. Chaque réminiscence de sa première vie torturait son âme aussi bien qu'une lame chauffée à blanc. Les plaintes des femmes suppliant qu'on leur apporte de l'eau ou qu'on les épargne. Le cri d'un bébé venant au monde, mêlé aux pleurs de sa mère consciente qu'elle-même le quitterait bientôt et qu'elle ne serait pas là pour voir les premiers pas de cet enfant qu'elle chérissait. Mais pire que tout, ces trois mots qui revenaient la tourmenter encore et encore : C'est ta faute ! C'est ta faute ! Elle souffrait tant qu'elle n'entendit pas immédiatement Amalia lui chuchoter :

— Là, c'est fini, c'est fini, Max. Chut, tout va bien ma chérie, tu as réussi, calme-toi, tout va bien. Respire calmement, là…

Lorsque les paroles apaisantes de la vieille femme parvinrent finalement à se frayer un chemin jusqu'à son esprit, Max ouvrit enfin les yeux. À terre, la respiration saccadée, elle n'aperçut d'abord que les chaussures à semelles de crêpes de sa nourrice, puis derrière elle, une lueur orange, blessant ses rétines. Un bruit sourd, résonnant dans le sol, emplissait ses oreilles trop sensibles. Elle referma les paupières alors qu'un grondement grave monta dans sa gorge. Ce fut ce son qui la fit bondir sur ses pieds, ou plutôt… sur ses pattes.

Quelque chose avait changé, elle, avait changé. Sur la défensive, la louve se posta en position d'attaque. Les babines retroussées, elle observait les femmes qui l'encerclaient. Elles sentaient la magie, mais aussi la peur. « La peur est une odeur excitante… j'aime la chasse… je veux chasser… »

— Tout va bien, ma belle, tout va bien. Calme-toi, tout va très bien se passer, tu n'as rien à craindre, lui dit l'une des femmes qui se tenait devant elle.

La louve isola son odeur de celles des autres humaines.

« Suzanne, c'est Suzanne, lui souffla son instinct. Elle n'est pas une ennemie. »

La louve se calma puis reprit une position normale, plus détendue.

— Le temps est venu Maxine, tu dois maintenant retrouver les tiens, enchaîna celle qui se trouvait à ses côtés.

« Amalia. Je connais aussi les autres, Audrey, Julie, Dorine, Maëlys.»

— Ils t'aideront et te protégeront. Écoute ton instinct, il te guidera à eux, continua sa nourrice. Au train où vont les choses, bientôt je ne serais plus en position de le faire. Il faut agir vite, ma douce. Nous avons d'ailleurs attendu bien trop longtemps.

La louve fut attristée lorsque son odorat lui confirma que sa vieille amie la quitterait d'ici peu. « Malade ». *Puis, elle se sentit avide de suivre ses conseils, mais quelque chose la retenait. Elle… avait peur.* « Je connais ces gens, mais moi, qui suis-je ? Kanda… Maxine… » *Cette question la tarauda plusieurs minutes. Les vêtements de ses femmes lui semblaient normaux et pourtant totalement incongrus. Il en était de même pour leur façon de s'exprimer et ces choses, un peu plus loin, sur leur gauche. Une partie d'elle savait pertinemment qu'il s'agissait de voitures et que cela servait à se déplacer, mais une autre ne pouvait s'empêcher de se demander ce que pouvaient bien être ces monstres de fer. Perdue, déstabilisée, la louve leva la tête vers le ciel puis confia son désespoir à Mère Lune en un long hurlement. Lorsqu'elle cessa, son esprit était plus clair. Kanda avait bravé la mort et à présent, elle était Max. L'heure de la vengeance avait sonné.*

XXVI

Wenham, de nos jours

Cela faisait presque une heure que Max était assise, sous sa forme de loup, devant cette sépulture. Sa découverte l'avait saisie aussi sûrement qu'une main glacée vous enserre la gorge, vous faisant suffoquer. Ici, sous cette terre gelée, pourrissait une partie d'elle-même. Elle songea alors à ces livres d'horreur où les personnages découvraient leurs propres tombes, soit parce qu'ils allaient mourir et que leur assassin avait tout préparé, faisant monter d'un cran la pression avec ce symbole leur laissant comprendre qu'ils ne pourraient y échapper, soit parce qu'ils étaient devenus des spectres sans même le savoir. Elle ne rentrait même pas dans l'une de ses cases.

Cette sépulture, c'était son grand amour qui l'avait creusée avant d'y déposer son corps. Elle était bel et bien morte, au sens littéral du terme, puis revenue, bel et bien vivante aussi. Elle n'était pas un fantôme, pas morte, pas totalement humaine ni totalement louve… Avant ce soir, jamais elle ne s'était interrogée sur sa place en ce monde, mais cette découverte lui avait ouvert les yeux. Malika et ses consœurs n'avaient pas tort dans un sens, braver la mort comme elle l'avait fait était contre nature, peu importaient les intentions qui avaient motivé ce geste. Si l'on y réfléchissait, Yuma disait vrai. La mort ne présentait pas que des aspects délétères. Bien entendu, elle mettait un terme au positif, mais aussi au négatif. Plus de rire, de joie, de rêves et d'optimisme, mais également plus de rancune, de regrets, de remords, de chagrin ou de souffrances… Elle effaçait l'ardoise, remettait les compteurs à zéro. En tous cas, pour celui qui partait.

Elle aurait dû rentrer retrouver Yuma, oublier, blottie au creux de ses bras, mais ce soir, son passé et ses conséquences lui étaient revenus en pleine figure, telle une poignée de sable jetée à contre sens du vent. Elle se souvenait, avec une clarté déconcertante, de sa première vie, si tant est qu'elle puisse être dissociée de la seconde…

Elle devait être âgée de six ou sept ans, lorsque sa grand-mère, une femme douce et sage, lui avait expliqué, après une énième bagarre avec les autres enfants de la tribu, que si ces derniers la craignaient, ce n'était pas parce qu'elle était monstrueuse, mais parce que son pouvoir était un don du grand esprit et de la Nature elle-même. Personne ne pouvait l'en priver, et personne ne pourrait être plus fort, car elle était une élue. Elle l'avait prise sur ses genoux et lui avait dit qu'elle n'était pas monstrueuse, mais merveilleuse, nuance, et qu'un jour, les hommes ne disposeraient pas d'autres choix que de s'en rendre compte. Stupéfaite, l'enfant qu'elle était alors l'avait regardé sans comprendre et la vieille femme avait ri de son air perdu.

« — Tu verras Kanda, tu verras ce que je te dis. Tu seras capable de grandes choses, de miracles même, pour faire perdurer notre lignée à travers les âges. N'écoute pas les serpents qui rampent dans l'ombre et la fange en se contentant de distiller leur venin pour semer le trouble. Le loup est capable de s'en débarrasser d'un seul coup de croc et s'il vit en famille, le serpent, lui, est souvent rongé par sa propre solitude.

— Mais, grand-mère, je ne connais personne qui soit comme moi. Les autres m'ont dit qu'ils mourront tous un jour, et que je serais alors seule sur cette Terre parce que justement, le grand esprit ne voulait pas de moi auprès de lui. Que c'était pour cette raison que, contrairement à eux, je ne tombais jamais malade ou que je guérissais plus vite de mes blessures. Je ne veux pas être seule, j'ai peur ! s'était exclamée Kanda en se blottissant contre la vieille femme avec toute l'énergie du désespoir.

— Non, tu n'es pas seule, Kanda, tu ne le seras jamais. Le grand esprit a fait en sorte que tous les loups soient frères. Chacun de ceux que tu rencontreras dans la nature sera l'un des tiens. Tu fais partie de la plus grande famille que la Terre a jamais connue. Laisse parler les méchants et les ignorants, ils ne savent rien, ne comprennent rien. Ton cœur est pur, ma jolie, le leur est corrompu par la jalousie et la bêtise. Partout où tu iras, il suffira que tu penses à eux et ton instinct te guidera auprès des tiens. Ta simple volonté suffira à ce qu'ils te reconnaissent comme leur meneur et c'est ce que tu feras, tu les guideras afin de ne jamais laisser l'avantage aux Widgigos. Tu reprendras le flambeau de Wayan, ainsi que ta descendance, afin de protéger ce monde des monstres qui y rodent. Et lorsque le moment sera venu pour moi de rejoindre l'autre rive, je veillerai sur toi, comme je le fais aujourd'hui. Je serai seulement hors de ta vue, mais jamais je ne quitterai ta mémoire et ton cœur.

— Dehors, ils disent que si père et mère sont morts, ainsi que les autres, c'est par ma faute. Que ma naissance n'a engendré que des malheurs et que je suis une malédiction pour les gens que j'approche. Regarde, même toi tu te retrouves seule par ma faute. Je sais bien que les autres femmes de la tribu t'évitent parce que tu as insisté pour me garder près de toi et que grand-père m'en veut. Je l'ai déjà surpris à m'observer pendant qu'il pensait que je ne le voyais pas. Il a toujours l'air triste et soucieux dans ces moments-là.

La grand-mère avait émis un petit rire en la serrant un peu plus contre elle.

— Oh, ma chérie, tu peux difficilement imaginer à quel point ton grand-père t'aime. Ce qui l'inquiète, c'est justement que ce genre de méchanceté t'atteigne et te blesse. Un loup blessé, aussi doux soit-il, peut devenir agressif et dangereux. Ne perds jamais de vue que si physiquement tu ressembles à n'importe quel être humain, tu possèdes une force et un pouvoir qui te permettraient de mettre à terre n'importe lequel d'entre eux. N'abuse jamais de ce pouvoir Kanda, peu importe le mal que l'on pourra t'infliger, car si tu y cèdes, ta plus grande souffrance, ce sera toi qui te l'infligeras. Tu devras vivre à jamais avec ta conscience et ce n'est pas une chose que l'on peut éteindre à sa guide comme l'on jette de l'eau sur un feu ma douce. Chacun de nous doit vivre avec les conséquences de ses actes et de ses décisions, qu'elles soient bonnes ou mauvaises. Alors, si un jour la colère vient à t'envahir, prends une minute, assieds-toi dans un endroit calme et réfléchis bien à l'incidence d'éventuelles représailles. Car si tu n'agis que par esprit de vengeance, sans te soucier des conséquences pour toi ou pour ton entourage, tu ne vaudras alors pas mieux que celui qui t'a blessé. Quelques fois, ne pas répondre à un affront n'est pas un signe de faiblesse, mais d'intelligence. En ce qui concerne ton grand-père, s'il semble triste parfois, c'est juste parce que tu lui rappelles ton papa. Tu lui ressembles beaucoup. Courageuse, curieuse, frondeuse, téméraire et maligne. Il aurait été si fier de toi lui qui attendait ta venue au monde avec tellement d'impatience ! De plus, lui aussi était un loup, il aurait été plus apte à t'apprendre certaines choses… Bien entendu, nous faisons ce que nous pouvons, mais malheureusement, notre savoir reste limité. Tes parents s'aimaient profondément et je crois, finalement, qu'il a mieux valu qu'ils meurent ensemble ce jour-là, car l'un sans l'autre, ils n'auraient sans doute pas survécu très longtemps. Leurs âmes s'étaient reconnues et personne ne peut rien contre ça. Même si la perte de mon fils unique m'a brisé le cœur, j'ai compris le choix de ton papa, ainsi que d'autres dans la tribu, même s'ils semblent l'avoir oublié aujourd'hui. Tu n'aurais jamais pu grandir chez les humains et encore moins chez les blancs. Ta place est ici, auprès des tiens. Wayan n'aurait pas agi autrement. Je n'ai rencontré ta maman qu'une seule fois, mais dans ses yeux, j'ai pu lire une bonté, une générosité et une sincérité sans faille. Tous deux ont fait en sorte de te léguer ce qu'ils avaient de meilleur en eux. Tu n'as pas à en avoir honte, au contraire. Quant aux autres femmes de la tribu… comme je te l'ai dit, il ne s'agit que de jalousie. Tu es déjà plus forte que tous leurs fils réunis, plus intelligente et plus jolie que leurs filles. Ton pouvoir les effraie peut-être, mais tous l'envient, crois-moi. J'ai la chance de détenir un trésor qu'elles ne posséderont jamais.

— Merci grand-mère, avait dit Kanda avant de déposer un baiser mouillé sur la joue tannée de la vieille dame.

— Non, merci à toi ma chérie. Tu es le Soleil de ma vie et rien ne vit sans Soleil. »

À présent, Kanda était couchée, la tête sur ses pattes de devant. *« Tu t'es trompée grand-mère, on peut vivre sans Soleil, je l'ai fait pendant trois cents longues années. Je suppose que cela compte comme l'un des miracles auxquels tu faisais allusion alors, même si je ne suis pas certaine que l'on puisse considérer cela comme vivre. En attendant, je suis là, tandis que vous tous êtes partis dans l'autre monde. Je suis désolée de m'être enfuie sans même te dire au revoir, j'imagine que cela a dû te causer énormément de peine, peut-être même briser ton cœur déjà fragile à ce moment-là, mais je n'avais pas le choix. J'espère seulement que tu as compris pourquoi j'avais agi ainsi et que tu m'as pardonné avant de rejoindre le Grand Esprit. J'espère également que là où tu évolues à présent, tu as rejoint ton fils adoré ainsi que ma mère et que, tous les trois, êtes fiers de moi. Je pensais ne revenir que pour me venger du mal que l'on m'a injustement infligé, mais je viens de comprendre que mon retour va au-delà de ça. Je suis surtout revenue en ce monde pour éviter que l'on ne lui inflige à lui un mal qu'il ne mérite pas, aussi imparfait soit-il. »*

— Je me doutais que je te trouverais ici, dit calmement Jack dans son dos. Je suppose qu'il était inévitable que tu tombes dessus un jour.

Max tourna la tête vers lui. Il était de nouveau habillé de pied en cape, jean et t-shirt noir, ses longs cheveux, laissés libres, se confondant avec le tissu et la pénombre alentour. Il tenait un sac à dos à la main, sans doute lui avait-il apporté des vêtements. Elle soutint son regard une seconde, puis se perdit une nouvelle fois dans la contemplation de la sépulture. Elle se sentait totalement dépassée, inutile. Un goût métallique avait envahi sa gueule et elle devait se faire violence pour ne pas crier son désespoir à mère la Lune. Elle n'avait aucune envie d'un autre affrontement avec Yuma. Pas ce soir.

— Je ne cherche pas la dispute, Kanda. J'ai réfléchi à notre conversation de tout à l'heure. C'est vrai, tu as raison, j'ai changé et me suis endurci. C'était indispensable pour survivre si longtemps. J'ai dû choisir entre incarner le prédateur ou la proie, je n'ai pas eu d'autre choix. Cependant, j'aurais également dû comprendre que ce changement t'ait surprise ou tout du moins déstabilisée. Tu as quitté un jeune homme un peu timide, inexpérimenté, un louveteau tout feu tout flamme pour retrouver un alpha sûr de lui et sans pitié, capable de tuer de sang-froid. Tu n'as pas eu l'occasion d'assister à cette évolution. J'ai souffert, c'est vrai, mais malgré tout, j'ai eu l'opportunité de clôturer chacun des chapitres de mon existence, pas toi. Ta première vie a été difficile ; tu as dû fuir les tiens, te cacher et renoncer à une partie de ta nature profonde pour survivre, puis tu m'as rencontrée et tu as dû accepter de me partager avec ma tribu, mais aussi avec ma femme et une fois de plus, tu as été privée de vivre au grand jour et pleinement. Tu as aidé les hommes, sans rien demander en retour, malgré tout, ils t'ont trahi sans détour quand l'occasion s'est présentée et dans cette vie, tu as de nouveau perdu tes parents et Amalia puis apprit la vérité sur le tard. Tu m'as formé en tant qu'alpha, pourtant, toi, tu as dû te construire seule à chaque fois. Ce sentiment permanent d'inachevé doit avoir un goût amer et je ne sais pas quoi faire pour le forcer à disparaitre.

Une plainte, pleine de tristesse, échappa à la louve, faisant se serrer encore davantage le cœur de Jack.

— L'unique chose que je puisse faire aujourd'hui, c'est un serment. Je te promets de rester auprès de toi et de te soutenir jusqu'à ce que nous mettions fin à cette histoire. Ensuite, nous entamerons une nouvelle partie de notre livre, en écrirons la moindre ligne, en clôturerons chaque chapitre à quatre mains, et ce, jusqu'à ce que le grand esprit décide que le moment de l'épilogue est venu. Quand ce jour arrivera, peu importe lequel de nous partira le premier, l'autre devra lui jurer de vivre le plus pleinement possible, qu'il s'agisse de son existence humaine ou de celle de loup. De cette façon, lorsque nous nous retrouverons sur l'autre rive, nous aurons plein de choses à nous raconter avant de cheminer de nouveau ensemble.

Kanda soupira profondément avant de muter pour reprendre forme humaine. Une fois fait, elle s'assit en tailleur, tournant toujours le dos à son compagnon. Le sol était froid et humide rendant son contact plus désagréable pour sa peau que pour son épaisse fourrure, mais elle n'en avait cure.

— C'est toi qui as sculpté cette louve ? lui demanda-t-elle enfin.

Jack passa à côté d'elle, déposa le sac à dos à son côté puis s'accroupit devant la sépulture. Il ôta les quelques mauvaises herbes qui s'y trouvaient avant de répondre.

— Oui, je ne voulais pas d'une de ces croix représentant ce dieu que tu avais soi-disant offensé à leurs yeux et qui n'a rien tenté pour te sauver de la bêtise de ses enfants. Chaque année, je la revernis afin de la protéger du temps. Tout comme j'ai choisi cet endroit pour préserver ton repos. Il se situe loin de la folie des hommes et j'en suis le seul gardien. Pourquoi ? s'enquit-il en replaçant les petites pierres blanches autour de la tombe.

Kanda haussa les épaules.

— Comme ça, pour savoir. Merci, en tout cas, elle est très belle et l'endroit bien choisit.

— Merci, j'ai fait de mon mieux, mais j'aurais préféré ne jamais avoir eu à la sculpter, ni même à creuser cette sépulture.

Il se releva puis vint s'asseoir derrière elle de façon à ce qu'elle se retrouve entre ses jambes. Il passa ses bras autour d'elle, lui offrant une chaleur que la jeune femme apprécia à sa juste valeur. Voilà, le monde pouvait s'effondrer, plonger dans le chaos avant de rejoindre le néant, peu importait tant qu'on lui permettait de rester ici à jamais, dans les bras du seul homme qu'elle eut jamais aimé. Malheureusement, Max avait conscience que ce rêve était utopique. L'un comme l'autre avait trop de responsabilités que ce soit envers la meute ou l'humanité pour pouvoir se contenter de fuir pour vivre ensemble loin de toute contrainte. Quoi qu'ils fassent, ce qu'ils étaient ou avaient été les rattraperait toujours, c'était inévitable. Nulle n'échappait à son passé, même s'il datait de plusieurs siècles.

Ils restèrent de longues minutes l'un contre l'autre, à fixer la tombe, sans un mot.

— Quand je pense que Tituba savait tout, murmura finalement Kanda. Pourquoi donc ne m'a-t-elle rien dit ?

— Depuis Wayan, il a été entendu que seule la branche humaine de ta tribu avait le droit de posséder et de veiller sur la Tourmaline sacrée. Je suppose qu'elle a eu envie de t'en parler, mais que le serment fait aux vôtres comptait trop à ses yeux pour qu'elle le viole. Elle a peut-être également craint que ta solitude et la profusion de vampires dans le coin ne te poussent à aller réveiller Wayan…

— Dans ce cas, pourquoi l'avoir mise dans l'amulette ? Elle savait pertinemment que nous étions les derniers membres de notre tribu et que ma branche serait forcément lycanthrope.

— Parce que, comme l'a souligné l'autre sangsue, elle ne possédait aucune garantie d'avoir une descendance et il était impératif que la Tourmaline reste aux mains de votre tribu. Qui donc, à part vous, aurait pu comprendre tous les enjeux que représentait ce tombeau ?

— C'est illogique. Si mes parents ont vu le jour, c'est qu'elle a eu des enfants… Mon Dieu ! s'écria Kanda en bondissant sur ses pieds.

— Quoi ? s'enquit Jack, surpris.

— À l'époque, j'étais la dernière de ma lignée, nous sommes d'accord ?

— Oui.

— Donc, la branche lycanthrope est morte en même temps que moi, ok ?

Jack se leva à son tour, les sourcils froncés.

— En effet…

— À part le jour où elle est venue te dire que je renaitrai un jour, tu as revu Tituba ?

— Non, je l'ai cherché, quelques années plus tard, mais jamais je ne suis parvenu à retrouver sa trace. Rien non plus au niveau des registres. Impossible de savoir si elle a été mariée, si elle avait eu des enfants, connaitre sa date de décès ou quoi que ce soit d'autre. C'est comme si elle s'était volatilisée après sa sortie de prison. Je n'ai entendu parler d'elle que des décennies plus tard, lorsque les historiens se sont véritablement décidés à s'intéresser au procès et la moitié des informations données à son sujet sont totalement fausses.

La jeune femme commença alors à marcher de long en large, les mains dans le dos.

— C'est ce que je craignais, souffla Kanda, les yeux dans le vide. Le sacrifice de Tituba aura été bien au-delà du mien…

— D'accord, tu vas m'expliquer tout ça, mais avant, tu ne veux pas t'habiller ? Parce que pour le coup, j'ai beau me targuer d'être un type attentif aux besoins de sa chérie, je risque de rencontrer quelques difficultés à me concentrer.

Elle stoppa dans son élan pour le regarder sans sembler comprendre où était le problème. Jack leva les yeux au ciel et lui montra son corps de la main.

— Désolé, hein, mais je reste un homme. Un homme qui a été privé de son plus gros fantasme féminin pendant trois siècles de surcroit, alors fait un effort, par pitié ! Tu es la première à dire que se promener nu est inappropriée en plus.

Max haussa les sourcils puis baissa les yeux pour constater sa nudité, qu'elle avait fini par oublier, malgré le froid.

— Ah oui, pardon, au temps pour moi. Cela dit, je viens de muter, donc cela ne compte pas.

— Ben tiens ! s'amusa Jack en lui tendant le sac à dos qu'il avait apporté.

Elle en sortit un t-shirt et commença à se vêtir rapidement.

— Parfait, maintenant, je t'écoute, reprit Jack en enfonçant les mains dans les poches de son jean.

— Pour que je puisse revenir, Tituba a forcément violé son serment, elle n'a pas pu faire autrement. Et si elle m'a caché les conséquences qu'engendrerait ma renaissance, c'était simplement parce qu'elle savait que je m'y serais opposée et qu'elle se sentait coupable pour cette histoire de witchcake et de divination. J'ai eu beau lui expliquer, lors de notre détention, qu'elle avait été piégée et qu'elle ait refusé ou non de céder aux caprices de la nièce et de la fille de Parris, cela n'aurait rien changé, elle est toujours restée persuadée qu'elle avait eu sa part de responsabilité dans ma perte…

Sa voix se brisa tandis qu'elle se passait une main dans les cheveux avant d'essuyer une larme sur sa joue. Jack s'approcha et replaça, avec des gestes tendres, une mèche de ses derniers derrière son oreille.

— Elle t'aimait, d'une façon différente de la mienne, bien sûr, mais tout aussi sincère. Ta disparition aura été extrêmement douloureuse pour nous deux.

— Je sais, murmura Kanda. Tout comme je sais à présent qu'elle a forcément eu des enfants, sinon, étant les dernières de notre tribu, je ne serais pas là et pour que j'hérite du gène du loup…

— Elle a été dans l'obligation de sacrifier la branche humaine, asséna Jack, comprenant enfin de quoi il retournait.

— Si Tituba a disparu de la circulation après sa sortie de prison, c'est simplement parce qu'elle avait un plan bien précis en tête. À savoir : avoir des enfants et en faire des loups-garous de façon à ce que je puisse revenir dans une famille connaissant à la fois mon histoire et étant capable de m'élever. Ne possédant pas elle-même le gène du loup, certainement s'est-elle servie de l'Obeath, cette magie séculaire, tout droit issue de notre tribu, pour le transmettre à ses enfants… Ainsi, n'importe quel loup suffisait ensuite à faire voir le jour à la génération suivante, jusqu'à moi. Une fois la renaissance effectuée et mes parents morts, je fus de nouveau la dernière de la lignée, comme en 1692.

Sans doute rongée par la culpabilité, ou voulant simplement honorer son serment par tous les moyens, Tituba avait trouvé le moyen de remettre les choses exactement à la même qu'à l'époque. Voilà pourquoi elle avait laissé la Tourmaline Sacrée dans l'amulette, à part Kanda elle-même, il ne restait plus personne à qui la confier.

— Si elle a laissé la pierre dans l'amulette, ce n'était pas par manque de confiance, mais justement le contraire, murmura Jack en serrant Max contre son cœur. Elle savait que tu serais la seule à en faire bon usage. Personne d'autre que toi ne pouvait reprendre la responsabilité de garder le tombeau de Wayan. Son choix a certes dû se révéler difficile, mais il était le seul possible pour que vous puissiez toutes deux respecter vos engagements à travers les âges. Votre tribu peut être fière de vous, l'une comme l'autre, vous avez réussi.

Kanda se détacha de lui pour regarder une fois de plus la sépulture ou reposait son ancien corps.

— Elle a réussi, maintenant, mon tour est venu de remplir ma part du contrat et faire en sorte que tous ces sacrifices n'aient pas été vains. Peu importe que nous nous vengions ou pas, l'important à présent, est que le tombeau soit à jamais scellé.

Les yeux de Jack prirent alors une teinte d'or en fusion tandis qu'il rétorquait d'une fois sourde :

— Il s'agit là de « ta » part du contrat. En ce qui me concerne, l'heure de la chasse a sonné.

Kanda fronça les sourcils.

— Que veux-tu dire exactement ?

— Que tu le veuilles ou non, ta vengeance, notre vengeance, est indissociable du scellement du tombeau. Un traitre évolue dans la meute et sert d'indique à mon ex-femme ainsi qu'à son acolyte, qui ne sont autres que les personnes ayant précipité ta perte et qui n'ont qu'un seul objectif : ouvrir la tombe de Wayan. En les en empêchant, nous obtiendrons une partie de notre revanche, mais pas l'intégralité. Je suis l'alpha de cette ville et de la région entière, les vampires vont apprendre qu'on ne touche pas à ma louve ou à ma meute impunément.

— Si nous parvenons à sceller le tombeau, Sakarie et Conrad seront punis par leur maitre, nous l'aurons notre revanche.

— Non. Si je veux faire passer le message précisant que, dans le coin, le patron, c'est moi, je n'ai d'autre choix que de tuer Conrad moi-même. D'ailleurs, je ne choisirai pas une autre option même si j'en disposais.

Kanda soupira. Pour le coup, elle devait avouer que la logique de Jack se tenait. S'il laissait les vampires régler cette affaire en interne, les autres meutes imagineraient qu'il n'était pas capable de défendre lui-même les siens et tenteraient de l'attaquer. Les conséquences du dénouement de cette histoire allaient bien au-delà du simple règlement de compte entre vieux ennemis.

— Parfait, il ne nous reste alors plus qu'à établir un plan de bataille digne de ce nom.

— Sans doute, mais avant, nous allons rentrer et tu vas manger un peu avant de te reposer. Demain, je trouverai une excuse pour que seuls Jared, toi et moi quittions la maison. Hormis nous trois, personne ne doit savoir ce que nous préparons.

— Ça me va, convint Max. Tu crois qu'il reste de l'entrecôte ? Maintenant que tu me l'as souligné, j'ai une de ces faims !

Jack se mit à rire franchement. Il suffisait de parler viande rouge pour immédiatement capter l'attention de sa compagne. Elle ne changerait décidément jamais !

— Je pense que nous devrions parvenir à te dégoter ça, s'amusa-t-il. Et si tu demandes gentiment, je suis sûr que Jared se chargera même de te la réchauffer.

Elle lui lança un coup de coude dans les côtes.

— Hey ! Qu'est-ce que tu insinues ? Je suis toujours gentille !

— Mais bien sûr, jamais je n'oserais prétendre le contraire, répondit-il d'un ton amusé avant de lui prendre la main pour la ramener sur le sentier menant au QG.

Cela faisait des heures que Max étudiait avec assiduité ses livres de magie afin de trouver une manière de sceller définitivement le tombeau sans en trouver aucune. Elle avait beau retourner le problème dans tous les sens, elle ne voyait pas d'autres solutions que de l'ouvrir, de tuer Wayan et de déchiqueter le cœur du Widgigo façon puzzle miniature.

Malheureusement, elle ne pouvait pas non plus assurer avec certitude ce qui se passerait si ce dernier était ouvert. Wayan se réveillerait-il instantanément ? Que ferait-elle si le cœur l'avait encore renforcé ? Car même si la meute se joignait à elle dans le cas d'un éventuel combat, cela ne suffirait pas à l'arrêter. Le fait qu'il soit issu du premier sang faisait déjà de lui un loup beaucoup plus puissant que le modèle standard alors avec un régime sangsue depuis des millénaires, elle n'osait même pas imaginer ce dont il serait capable à présent… Elle devait aussi avouer que sa conscience la tracassait. D'accord, Wayan avait commis des erreurs, cependant, ce sommeil imposé, sous la terre, Max le percevait davantage comme une punition que comme une marque d'une quelconque confiance de la part des dieux. Il n'était pas mort, malgré tout, il vivait comme tel depuis des millénaires. Max se souvenait du moment de sa renaissance, lorsque les fils des souvenirs de sa première vie et ceux de la nouvelle s'étaient liés pour n'en former plus qu'un. La perplexité et l'angoisse se l'étaient disputé à l'émerveillement face à ce nouveau monde, que pourtant elle connaissait. En tous cas, Max le connaissait, mais Kanda, elle, s'était sentie profondément perdue et déstabilisée, ce qui avait provoqué une mutation rapide et une agressivité qui n'était pas dans ses habitudes. Comme tous les animaux sauvages, sa louve n'avait pas apprécié d'être prise au dépourvu. Les souvenirs de sa détention et de sa mise à mort n'avaient pas arrangé les choses. Il lui avait fallu plusieurs heures avant de se calmer et de muter de nouveau pour reprendre forme humaine. Cependant, même ensuite, plusieurs jours avaient été nécessaires afin qu'elle trouve un équilibre entre Max, la jeune femme moderne et Kanda, celle d'un autre âge. Des émotions contradictoires l'avaient assaillie, la laissant épuisée psychologiquement. Alors même qu'aujourd'hui elle savait tout, ou presque, elle avait encore du mal à déterminer laquelle de ses identités était réellement la sienne ou s'il lui serait à jamais impossible de les dissocier complètement. Wayan, lui, deviendrait certainement complètement fou et par la même incontrôlable. Le risque d'ouvrir le tombeau sans être certaine des conséquences que cela pourrait engendrer se révélait donc inenvisageable. *« Retournez à la case départ, ne touchez pas 200 dollars... toute l'histoire de ma vie pour dire la vérité. »*

Max referma l'ouvrage qu'elle consultait d'un coup sec puis se laissa aller contre le dossier de la chaise en rotin avec un profond soupir. Elle s'était installée sur le balcon de sa chambre afin de profiter un peu du soleil, mais le cœur n'y était décidément pas. Elle avait l'impression d'être aux prises avec un banc de méduses, peu importait la direction dans laquelle elle se tournerait, elle se ferait tout de même piquer, exactement comme en 1692. Elle avait eu beau faire tout son possible, elle n'était pas parvenue à se sortir de ce bourbier immonde.

« Eh bien, reste à espérer que cette fois tu t'en sortes mieux, ma petite Max. Parce que la dernière fois, tu as eu Tituba pour te filer un coup de main et malgré tout, ce maudit sort t'a laissé à moitié morte, alors aujourd'hui, si tu rates ton coup, c'est direction l'autre monde sans espoir de retour. Tu auras fait tout ça pour rien. »

Elle en était là de ses tristes pensées lorsque l'on frappa à sa porte.

— Entre Jared, lança Max.

Son ami obtempéra puis vint la rejoindre sur la terrasse. Il considéra un moment les livres étalés sur la table avant de reposer les yeux sur elle.

— Vu ta tête, je ne vais pas te demander si tu as trouvé quelque chose, grimaça-t-il.

— Rien, que dalle, nada ! s'agaça la jeune femme. Appartenant à la branche lycanthrope de la famille, on s'est toujours bien gardé de m'expliquer ce qu'avait, en réalité, fait le grand méchant loup et comment fonctionnait le sort scellant le tombeau. Résultat, aujourd'hui je suis la dernière membre de la tribu tout court, donc la dernière gardienne de celui-ci, mais sans aucun savoir ! Super ! Vraiment, comme trésor familial moisi on n'aurait pu faire mieux !

— J'avoue, grimaça Jared. Tu devrais t'accorder une pause, c'est encore ce qu'il y a de mieux à faire lorsque l'on bloque sur un problème. Allez viens, je connais un restaurant super sympa où l'on sert des hamburgers géants et le mieux, c'est que si tu parviens à le finir, le repas est gratos ! Elle est pas belle la vie ?

Max sourit en secouant la tête.

— Ce malheureux restaurateur sait-il qu'il a installé son établissement dans un patelin de loups-garous capables de manger un bœuf en guise d'apéritif ?

— Bien sûr que non, mais si tu voyais sa tête à chaque fois qu'on s'y rend avec Jack ! Nous n'avons pas encore commandé qu'il paraît déjà dépité. Alors quand il va voir ce que tu peux ingurgiter malgré ton gabarit, ça va être à hurler de rire.

Jared semblait aussi amusé qu'excité par cette perspective, ce qui eut au moins le mérite de dérider son amie. Il pourrait également en profiter pour lui expliquer ce qu'il comptait mettre en œuvre concernant le traitre chargé de surveiller la meute de l'intérieur.

— Très bien, j'en suis ! Tu as raison, prendre l'air me fera surement du bien parce que si je lis un chapitre de plus de ces maudits bouquins, je vais devenir complètement cinglée et finir par y mettre le feu.

— Avoue que ce serait tout de même dommage, renchérit Jared. Parce que certains affichent plusieurs siècles au compteur, autant dire que pour dégoter une nouvelle édition ce serait coton.

— Soit, laisse-moi une seconde pour me rafraichir et me changer, puis je te rejoins en bas.

— Parfait !

Jared tourna les talons et quitta la chambre tandis que Max empilait les ouvrages les uns sur les autres afin de les mettre en sécurité à l'intérieur. Elle les déposa avec précaution dans le bas de sa penderie avant d'y choisir un t-shirt à l'effigie de Cheshire, le chat adepte du narghilé dans *Alice au pays des merveilles*, et de se diriger vers la salle de bain. Elle ôta le haut qu'elle portait, se passa rapidement un coup de gant, mit un peu de déodorant puis enfila le vêtement propre. Elle passa ensuite un rapide coup de brosse dans ses cheveux avant de les attacher en une longue tresse retombant sur son épaule. Elle était fin prête !

Lorsqu'elle rejoignit le rez-de-chaussée, elle constata que la porte de la maison était ouverte et que Jack et Jared l'attendaient déjà sur le perron. Ils lui tournaient le dos et discutaient manifestement des travaux d'entretien à prévoir pour la propriété. Amusée de voir les deux hommes de sa vie échanger avec autant de facilité malgré leur caractère possessif, elle resta là, à les observer avec bienveillance.

— Le grand chêne devrait être un peu élagué, ainsi que le saule et quelques sapins alentour, mais cela ne va pas chercher loin, dit Jared. En tout cas, bien moins que si nous avons droit à une tempête et qu'ils se trouvent déracinés ou que des branches viennent à se briser pour s'écraser sur les véhicules ou la maison.

— En effet, convint Jack. Je pensais aussi à installer une petite serre quelque part par ici, expliqua-t-il en tendant son bras vers la droite. Pas trop près du garage, car il risque de cacher toute la lumière.

— Une serre ? Tu veux te mettre à la botanique ?

— Certainement pas ! Je n'ai jamais eu la main verte. Par contre, Max adore les orchidées et à moins de vivre sous les tropiques, il y a peu de chance qu'elle parvienne à en faire pousser en plein air. Sans compter ses plantes médicinales. Au moins, protégées par la serre, elles n'auront pas à pâtir des intempéries et nous n'en manquerons pas. Je peux t'assurer qu'elle est capable de soigner quantité de maux avec de simples racines.

Max aperçut Jared hocher la tête.

— Pourquoi pas ? Il suffirait d'installer un petit système de chauffage afin que la température reste correcte à l'intérieur. Il faudrait poser la question à Lee, mais je pense que cela devrait pouvoir se faire.

La jeune femme sourit à nouveau. Ils mettaient tout en œuvre pour la protéger et la rendre heureuse au quotidien, peu de gens avaient la chance de posséder ce genre de famille. Elle s'approcha puis passa ses bras sous ceux des deux hommes.

— Alors mes chevaliers servants, nous y allons ? J'ai tellement faim que je mangerai un cheval !

— Nous attendions plus que toi, sourit Jack en déposant un baiser sur ses cheveux.

Ils se dirigèrent vers le parking, Max s'apprêtait à monter dans la voiture de Jack lorsque celui-ci la retint par le coude.

— Nous allons prendre celle de Jared, la mienne a besoin d'une vidange, je m'en occuperai demain.

Max haussa un sourcil, mais obtempéra et grimpa à l'arrière du monstre de Jared tandis que Jack prenait place à l'avant, du côté passager. Personne ne prononça un mot avant qu'ils n'aient parcouru le premier kilomètre.

— Alors, c'est quoi le plan ? lança Jared de but en blanc.

— Max et moi avons réfléchi, expliqua l'alpha. Nous devons à tout prix mettre hors-jeu le traitre qui se planque au sein de la meute avant d'envisager quoi que ce soit pour le tombeau. Sinon, les vampires garderont systématiquement une longueur d'avance.

— Ouais, concept déjà testé et pas du tout approuvé, dit Max en grimaçant.

Jared lui jeta un regard amusé dans le rétroviseur avant de reprendre :

— Tu m'étonnes ! Je suppose donc que si tu as refusé de prendre ta voiture, c'est parce que tu l'as examinée à la loupe et que tu as trouvé un truc.

— En effet, on y a posé un émetteur. Ce qui signifie que l'on surveille mes moindres déplacements, ce qui n'est pas ton cas.

— Logique puisque depuis quelques jours Max passe la plupart de son temps avec toi. Cela dit, il faut avouer aussi que vous en avez un paquet à rattraper.

— Si peu… grinça Max.

— On se rattrapera, promit Jack. En attendant, notre taupe s'est donné les moyens de mettre son plan à exécution et nous devons faire en sorte de jouer à armes égales.

— Les sangsues lui ont probablement fourni le matériel et expliqué comment l'installer. Cela n'a vraiment rien de sorcier. Un boitier, un portable et roule ! Mais ce style de matos ne nous suffira pas pour confondre notre traitre. Ce qu'il nous faut, c'est du lourd.

— Genre ? s'enquit-il sans quitter la route des yeux.

— J'ai un ami qui a bossé un temps pour notre cher gouvernement. Il est spécialisé dans la surveillance. Discrète, la surveillance, hein, ajouta-t-il avec un clin d'œil. Caméra à intégrer dans des objets de la vie courante, micros indétectables ou presque. Le top du top quoi.

— D'accord, mais imagine que ton pote découvre ce que nous sommes grâce à ses joujoux, que faisons-nous de lui ?

— Il est déjà au courant, répondit Jared sans se départir de son calme. Son frère fait partie de la meute de Chicago. C'est le frangin de Cameron, tu vois de qui il s'agit Jack ?

— Oui. J'ai eu l'occasion de le croiser deux ou trois fois. Il me fait l'effet du type honnête et droit dans ses bottes. C'est un dominant, mais il est discipliné et fidèle à son alpha. Cela dit, je me trompe peut-être puisque, pas une seconde, je n'aurais pensé que l'un de mes loups aurait pu me trahir, gronda-t-il.

Max se pencha en avant afin de poser la main sur son épaule en signe de réconfort. Elle comprenait parfaitement sa déception. C'était la seconde fois qu'il était déçu par des personnes qu'il considérait au-dessus de tout soupçon. Jared, lui, soupira profondément.

— Ouais, j'avoue que moi aussi je suis tombé de haut sur ce coup-là. Depuis, je ne cesse d'observer tout le monde et au final, tous auraient une bonne raison de conspirer, la première étant bien entendu de prendre du galon dans la meute. L'arrivée de Max a bouleversé pas mal de choses. Non seulement elle est ta compagne, mais également un alpha à part entière, ce qui signifie que s'il t'arrivait quelque chose, elle deviendrait de toute façon la patronne. Ajoute à ça que je la considère comme ma sœur, donc que je n'hésiterai pas à m'allier à elle si besoin était. Les dominants en place resteraient donc au même rang quoiqu'il advienne et cela ne doit pas être du goût de tout le monde.

— Parfait, alors dans ce cas, il est temps de faire le ménage et d'ouvrir en grand la porte aux insatisfaits, gronda Jack tandis que ses yeux prenaient la teinte de l'ambre. Où vit ton ami exactement ?

— À Andover, c'est à quelques kilomètres à peine. On peut y faire un rapide détour.

— On ne devrait pas appeler avant ? s'enquit Max. Histoire de ne pas y aller pour rien.

— Oh, rassure-toi, il sera là. Il vit quasiment en ermite et se fait tout livrer à domicile, même ses courses.

— Dans ce cas, allons-y, décréta Jack. Il est temps d'en finir avec tout ça.

— Ok, c'est parti ! lança Jared en appuyant sur l'accélérateur.

Lorsqu'ils arrivèrent chez l'ami de Jared, Max ne fut pas surprise de se retrouver face à un portail en fer forgé de plusieurs mètres de hauteur orné de deux caméras et d'un interphone. De ce que Jared leur en avait dit, ce type incarnait le parfait stéréotype de l'adepte de la théorie du complot.

« Et un allumé de plus dans ma vie, un ! À force d'en fréquenter autant, ce sont les gens normaux que je vais finir par trouver louches. »

Lorsque Jared stoppa le 4X4 devant l'entrée pour sonner à l'interphone, les deux yeux électroniques se braquèrent sur l'intérieur du véhicule. Jared, qui avait déjà ouvert sa fenêtre, passa la tête en dehors de l'habitacle pour leur adresser un signe de la main avant d'appuyer sur le bouton de la sonnette.

— Salut, mon pote ! Mon alpha et moi avons besoin de tes lumières, tu m'ouvres ?

Il y eut une seconde de silence pendant laquelle Max vit la caméra zoomer sur elle particulièrement. L'envie de passer en mode louve affamée la démangea une seconde, mais elle se dit que ce type ne devait rien y entendre en taquinerie lycanthrope. Aussi s'abstint-elle.

— Qui est la minette avec vous ? demanda-t-il enfin.

Max se figea, se retenant de justesse de grogner. Ce parano se permettait de la comparer à l'un de ces félins idiots ? N'aimait-il pas la vie pour oser la qualifier ainsi ?

— C'est Max, tu sais, la fille dont je t'ai déjà parlé ? Celle avec qui je vis à Boston.

— Ah oui, l'humaine, elle est mignonne.

— Mignonne, mais pas sourde ! s'agaça l'intérressée. Et elle est prise, donc pas la peine de se monter le bourrichon ! De plus, non, elle n'est pas humaine et n'a rien de commun avec le moindre félin, gronda-t-elle en se tournant vers la caméra de façon à ce que leur hôte aperçoive parfaitement ses yeux jaunes. Alors maintenant, soit tu ouvres cette barrière, soit je la saute pour te trainer jusqu'ici par la peau du cou, pigé ?

— Je… j'ai… j'ai des balles en argent, répondit l'autre d'une voix chevrotante.

— Ah ouais ? Ben ma foi si tu es un adepte des suppôts de luxe ça me va. J'ai été soigneuse à mes heures perdues ! Et vous deux, arrêtez de rire ! s'énerva-t-elle en administrant un coup de poing sur l'épaule de Jack puis de Jared.

En effet, les deux hommes riaient à gorge déployée sans même prendre la peine de se cacher. Jack en avait les larmes aux yeux. Lorsque la barrière s'ouvrit enfin, Jared eut même des difficultés à démarrer.

— Je t'en foutrais des minettes moi, grommela Max en se calant dans le fond de son siège, la mine renfrognée.

— Seigneur ! s'exclama Jack en tentant de reprendre son sérieux. Suppos de luxe ? Mais où as-tu été chercher un truc pareil ?

— Il m'a énervé ! Ça ne m'étonne pas qu'il doive vivre en reclus s'il se montre aussi impoli avec les gens qu'il croise.

— Tu m'as tué ! rit de plus belle Jared. Ce que tu peux être soupe au lait !

Il gara la voiture devant le perron où les attendait le soi-disant pro de la sécurité. Max le foudroya du regard avant même de descendre du véhicule. Lorsque ce fut fait, Jack la prit par les épaules, le faisant se décomposer encore un peu plus.

— Salut Eddy, lança Jared en lui serrant la main. Je te présente Jack, l'alpha de la meute du Massachusetts et sa compagne, Max.

— Salut, répondit celui-ci en se contentant d'un signe de tête.

— Bonjour, le salua Jack à son tour.

Max le considéra sans cacher son mépris pour ce sale macho qui n'avait pourtant pas les moyens physiques de se permettre ce genre d'excentricité. Il était plus petit que Jared, portait un jean trop court laissant voir ses chaussettes blanches de sport et un pull à manches courtes vert par-dessus une chemise marron à carreaux. Ne lui manquaient plus que les grosses lunettes, façon cul de bouteille, pour avoir définitivement la bonne tête de vainqueur. *« Décidément, c'est quand on voit les jouets des autres que l'on se dit qu'on a de la chance d'avoir les siens ! Ce nain de jardin arrive à peine au torse de Jack et est aussi athlétique qu'une branche de céleri séchée ! Quant au charisme et à la classe, n'en parlons pas ! Bob l'éponge passerait pour un Don Juan face à ce type. »*

— Suivez-moi, déclara-t-il en pénétrant dans la maison.

L'intérieur de la demeure ressemblait à l'idée que l'on aurait pu se faire d'une bâtisse victorienne classique, composée de boiseries et de nombreuses baies vitrées laissant entrer la lumière à profusion. Le fameux Eddy les introduisit dans un superbe salon tout de blanc et de gris, dont les trois fenêtres formaient un arc de cercle donnant sur le jardin parfaitement entretenu. Son œil d'historienne lui fit immédiatement noter que tous les meubles de la pièce dataient de la même époque que la maison. Sans doute ne l'avaient-ils jamais quitté, car le bahut qui se trouvait près de la porte était trop large pour la passer. Sûrement avait-il été monté directement ici pour ne jamais en ressortir. Idem pour le parquet. Il possédait ce cachet, ce petit truc en plus, que n'auraient jamais les matériaux modernes. Décidément, la surveillance payait, et bien manifestement !

— Que puis-je faire pour vous ? attaqua-t-il dès qu'ils furent assis.

Max nota tout de même qu'il évitait consciencieusement son regard. Cela dit, mieux valait pour lui qu'il ne la titille pas aujourd'hui, elle ne se sentait pas vraiment d'humeur.

— Voilà, nous pensons que nous avons un traitre qui bosse pour les vampires au sein de la meute et nous voulons faire en sorte de le confondre sans aucune erreur possible.

— Ok, acquiesça l'autre. Et vos doutes se portent sur l'un des loups en particulier ?

Max nota qu'il n'avait même pas sourcillé à l'évocation de l'existence des vampires. Ce qui lui laissa penser que son frère l'avait mis au parfum. Elle ignorait si l'alpha de celui-ci était au courant, mais elle doutait qu'il apprécie le fait qu'un humain soit dans ce genre de confidence. Petit génie ou non. De plus, le fait de connaitre ce type de secret risquait davantage de le mettre en danger qu'autre chose.

— Justement non, intervint Jack. Et je ne peux accuser personne sans preuve, ton frère a dû t'expliquer le fonctionnement d'une meute.

— En effet, convint Eddy.

Il se pencha en avant, les coudes sur les genoux et les mains croisées sous le menton. Il demeura comme ça quelques secondes, fixant la table basse comme s'il s'apprêtait à ce qu'elle lui offre la solution qu'il cherchait.

— Que ce soit pour confondre un traître ou un voleur, le moyen le plus efficace reste les images. Une voix peut être confondue avec une autre pour peu qu'elle soit troublée par des interférences ou simplement que la personne qui parle la déguise. Mais en se voyant agir lui-même, n'importe qui ne peut qu'avouer, à moins d'avoir un parfait jumeau. Le top c'est d'obtenir les deux.

— Donc caméras et micros, constata Jared.

— Exactement. Placés à des endroits stratégiques, impossible d'y échapper. Il faut ensuite installer, dans une autre pièce, un écran avec des magnétos, un simple ordinateur peut suffire et le tour est joué, c'est dans la boîte.

— Combien de temps faut-il pour mettre en place ce genre de matos ? se renseigna le second.

— Une heure, deux grand max. Le mieux étant d'avoir un appât pour forcer la cible à se placer à un endroit précis où l'angle de vision sera parfaitement net.

— J'ai ma petite idée sur l'appât en question, grommela Max.

— Alors c'est parfait, répondit l'autre sans la regarder une nouvelle fois. Vous désirez que je vous prête le matériel ?

— Nous vous paierons la location, rétorqua Jack.

— Certainement pas ! Si c'est pour mettre les sangsues en échec, non seulement je vous le prête, mais je suis aussi prêt à venir l'installer moi-même.

— Ça ira, s'amusa Jared. Je vais m'en charger.

— Ok, je vais chercher ça et je te *brief* ensuite. Avec les joujoux que je vais te filer, impossible pour celui qui a retourné sa veste de vous échapper !

Il ne partit pas plus de trois minutes et revint avec une mallette noire à peine plus grande qu'un attaché-case. Il la déposa avec précaution sur la table basse puis l'ouvrit enfin. À l'intérieur se trouvaient de minuscules objets noirs pas plus gros que des composants électroniques.

— Voilà les derniers petits bijoux de la technologie moderne, annonça-t-il d'un ton cérémonieux. Même les sangsues ne peuvent échapper à ces merveilles. De plus, elles sont d'une simplicité enfantine à utiliser.

— Ok, alors je t'écoute, répondit le second.

XXVII

Quelque part entre Andover et Wenham, de nos jours

Max fixait la mallette posée à côté d'elle, sur la banquette arrière, depuis qu'ils avaient quitté le sanctuaire de Eddy l'Abruti. Ok, il leur avait rendu un fier service, mais le moins que l'on pouvait dire était que leur premier contact ne s'était pas passé de la façon la plus fraternelle qui soit. Elle avait toujours eu horreur de ce genre de type, parlant des femmes de manière peu respectueuse et qui plus est, semblant imaginer qu'elles incarnaient des sortes de plantes vertes incapables de réfléchir par elles-mêmes. *« Il n'y a plus qu'à espérer qu'il n'ait pas programmé ces machins pour pouvoir se rincer l'œil. En tous cas, hors de question que ces choses passent la porte de ma chambre ou de la salle de bain ! »*

— Bon, nous avons récupéré le matériel, et si on mangeait maintenant ? demanda soudain Jared.

— Oui, je ne serais pas contre un petit en-cas, convint Jack. Et toi Max, tu as faim ?

— Ouais, ouais, se contenta-t-elle de grommeler en reportant son regard sur la fenêtre.

Il faisait nuit à présent, mais sa condition de lycanthrope lui laissait apercevoir le paysage comme en pleine journée. Les bêtes sauvages telles que les sangliers, les lapins ou les biches étaient de sortie, enfin débarrassés de la présence de ces encombrants humains ayant la fâcheuse habitude d'envahir leur territoire, armes au poing, dès que l'occasion se présentait. Max songea, non sans amusement, que même s'ils n'avaient rien de commun avec les loups, Mère Lune était leur amie à eux aussi.

— Cache ta joie, lança Jared. On te propose de manger de la viande rouge, gratos en plus et c'est tout ce que cela te fait ? Moi qui aurais mis ma main au feu que cette nouvelle t'aurait fait le même effet que d'annoncer à un gosse qu'il va passer ses vacances à Disney world !

— Il n'y a pas de quoi rire et encore moins de choses à fêter. On prépare un piège qui mènera à la mort de l'un des nôtres. Même s'il s'agit d'un traitre, peu importe, bientôt, notre famille comptera un membre de moins, rétorqua froidement la jeune femme.

Jack lui lança un regard dans le rétroviseur avant de répondre :

— Tu n'y es absolument pour rien. Celui qui a trahi la meute l'a fait en son âme et conscience. À présent, il doit assumer les conséquences de ses actes.

— Bien sûr, je suis entièrement d'accord avec toi. Cependant, comme l'a souligné Jared tout à l'heure, mon retour a changé pas mal de choses.

— Peut-être. Mais cela n'excuse en rien cette attitude. La meute est notre famille et l'on ne trahit pas sa famille, encore moins en s'alliant avec l'ennemi qui désire le plus sa perte. Celui qui a retourné sa veste a juste saisi l'occasion de ton retour pour ce faire, c'est tout. Il n'éprouvait déjà pas ce sentiment de fraternité et attendait son heure pour agir.

— Admettons que tu aies raison, il n'empêche que je ne peux me résoudre à me réjouir de son sort. Une fois de plus, nous devons cette débandade aux sangsues, ce sont elles les véritables responsables de tout ce capharnaüm. En particulier Conrad et cette chienne de Sakarie qui, crois-moi, ne perd rien pour attendre. Elle a beau avoir refait sa vie, il faut tout de même qu'elle s'arrange pour pourrir la mienne ! Peu importe qu'elle ne soit pas la commanditaire directe. Elle est pire que le chiendent et revient, encore et encore alors même qu'on pense avoir détruit la racine !

— Nous sommes arrivés ! s'écria Jared, d'un ton joyeux en se garant sur le parking du restaurant. Respire, Maxou. On va être débarrassé d'eux très bientôt et tu connaitras l'existence tranquille que tu mérites avec ton chéri.

Max se contenta de hausser les épaules. Voyant qu'elle ne semblait pas convaincue, Jared coupa le moteur, ôta sa ceinture de sécurité puis se tourna vers elle afin de la regarder dans les yeux.

— Tu es stressée, je le conçois, et nous aussi, crois-moi. Nous nous sommes fait berner par l'un des membres de la meute et même aujourd'hui, je serais bien en mal de te dire qui aurait pu faire une chose pareille. J'ai toujours eu une confiance aveugle en chacun d'entre eux, sauf peut-être Stacey, je l'avoue, mais seulement parce que je doute que l'on puisse résonner clairement avec un demi-cerveau, ricana-t-il. Cependant, c'est un fait, il y a forcément une taupe qui te veut du mal, ou du moins qui n'hésiterait pas à te sacrifier pour parvenir à ses fins. Ce qui signifie qu'elle ne t'a pas prêté allégeance malgré ton statut. Nous n'avons donc pas d'autre alternative que de nous en débarrasser. Les règles sont claires : tu te plies aux lois de la meute, ou tu en sors. Si Jack laisse passer une chose pareille, il en sera fini de sa place d'alpha, tous penseront qu'il est un faible et qu'il ne la mérite pas. Aucun d'entre nous ne se réjouira jamais de la mort d'un frère, cependant, c'est la seule solution pour éviter une mutinerie. Tu sais tout cela puisque c'est toi qui l'as enseigné à Jack, et preuve en est que tu avais raison vu qu'il est encore là aujourd'hui alors que la majorité des loups ne vivent, en règle générale, pas plus que vingt ou trente ans.

Max soupira, jeta un coup d'œil à l'alpha puis reposa de nouveau son regard sur le second.

— Ok, ok, ça va, je capitule. Je sais que celui qui a trahi la meute doit mourir, c'est la règle. Et pas la peine de répéter sans cesse que c'est moi qui ai enseigné telle ou telle chose à Yuma, je le sais, j'y étais ! N'empêche que les jours à venir ne vont pas être d'une grande gaieté.

— Soit, mais étant donné que tu vas avoir besoin de toutes tes forces pour les affronter, il faut manger ! dit-il en ouvrant sa portière pour descendre, imité par l'alpha.

— D'accord, mais ils ont intérêt à être vraiment énormes vos hamburgers et délicieux en plus ! déclara Max en quittant à son tour l'habitacle. Et j'espère qu'il y a supplément de frites et de sauce, parce que sinon, c'est de l'arnaque !

— Ne t'inquiète pas, les portions sont plus qu'honorables, s'amusa Jack en passant son bras autour de ses épaules avant de lui embrasser les cheveux. Si tu es sage, tu auras même droit à un dessert, promit-il en lui ouvrant la porte et en s'effaçant pour la laisser entrer.

— J'y compte bien !

— Tu vas voir, les glaces au chocolat aussi sont une tuerie ! s'esclaffa Jared.

Max stoppa net en grimaçant.

— Tu sais quoi ? Évitons cette expression jusqu'à nouvel ordre. Pour le coup, elle est un peu trop d'actualité.

— Soit. Donc les glaces au chocolat sont sublimissimes.

— Ah, tu disposais d'un palais du burger et de la glace au chocolat gratos et tu me l'as caché si longtemps ? Et dire que j'avais imaginé que nous étions amis toi et moi, ajouta-t-elle avec emphase, feignant d'être attristée.

— Je sais, je suis un monstre ! ricana son ami en lui glissant un doigt entre les cotes.

Max se tortilla pour échapper aux chatouilles, ce qui eut pour résultat qu'elle manqua de percuter le serveur qui venait à leur rencontre. Celui-ci eut juste le temps de reculer sa tête afin d'éviter un coup de coude qui l'aurait surement défiguré pendant plusieurs semaines.

— Désolée, gloussa-t-elle.

— Une table pour trois ? demanda-t-il comme s'il n'avait rien remarqué.

— S'il vous plait, convint Jack sans daigner cacher son sourire amusé.

— Veuillez me suivre.

Ce qu'ils firent, Jack ouvrant la marche tandis que Jared et Max continuaient de se chamailler derrière lui.

— Regarde, c'est lui le patron, expliqua le second en lui indiquant un homme petit, brun et trapu avec un début de calvitie, se tenant dans le fond de la salle, les mains dans le dos, tel un surveillant de réfectoire. Trois, deux, un…

L'homme tourna la tête, les repéra enfin, et comme Jared le lui avait affirmé, il passa par toutes les couleurs de l'arc-en-ciel avant de devenir livide et de filer comme une balle vers les cuisines.

— Tu vois ! Je te l'avais dit ! s'esclaffa ce dernier. Nous incarnons son pire cauchemar !

— Finalement, cette soirée risque d'être drôle, ajouta Max en se joignant à son hilarité.

Lorsqu'ils furent installés à table, au fond de la salle, le serveur leur proposa un apéritif.

— Je prendrais un whisky, sans glace. Quant aux enfants, continua-t-il en regardant tour à tour sa compagne et son second, ils prendront des cocas. Nous poursuivrons par des burgers géants avec supplément de frites, de sauces et d'oignons frits. En ce qui concerne la cuisson de la viande, saignante pour les trois, termina-t-il en lui rendant la carte.

Celui-ci leur jeta un coup d'œil surpris, mais voyant que les intéressés ne protestaient pas, il regagna le bar.

— Tu es mignon quand tu fais ton chef, le taquina Max.

— Oui, je sais, c'est bien pour cela que je profite que tu sois présente pour en rajouter, répondit-il en lui adressant un clin d'œil.

— Hey ! Arrêtez ça ! Je suis là, je vous rappelle ! intervint Jared. Alors merci de ne pas me filer la nausée avant même que mon plat soit sur la table !

— On dirait que ta petite sœur a grandi, s'amusa Jack en posant sa main sur celle de sa compagne.

— Absolument pas ! Et garde tes mains dans tes poches en ma présence, beurk !

— Ok, quand vous aurez terminé votre imitation moisie de Eddy genre :

parlons d'elle comme si elle n'était pas là, vous me préviendrez, hein, grommela cette dernière.

Les deux hommes se tapèrent dans la main en riant, ravis d'avoir réussi à l'agacer.

— Allez ! Tu n'as plus d'autres perles comme celle de tout à l'heure en réserve ? Parce qu'elle valait le détour, celle-là ! rit de nouveau Jared.

— Ah ! Ah ! Mange au lieu de dire des idioties, rétorqua son amie en lui tendant le panier contenant des gressins.

Le second attrapa un petit pain juste au moment où le serveur revenait avec leurs verres. Dès qu'il eut disparu, Max enchaîna :

— Bon, alors c'est quoi le plan ? J'ai l'appât, mais comment on s'organise pour le reste ?

— Avant toute chose, tu peux nous confier ce qui, selon toi, pourrait servir d'appât ? s'enquit Jack sur le ton de la conversation.

Cependant, ses deux comparses sentirent qu'il était tendu.

— Facile, je vais faire croire aux vampires que je leur offre sur un plateau ce qu'ils désirent, c'est-à-dire la pierre et ensuite moi. La meute sait à quoi elle ressemble, j'ai fait exprès de la leur montrer dès notre retour de l'entretien. Certains ont émis la remarque qu'elle ressemblait à un pauvre caillou et c'est exactement par ça que je vais la remplacer.

— Oui, c'est parfait ça ! acquiesça Jared avec enthousiasme. Il suffira de faire en sorte que tu ailles faire un petit tour avec le traitre qui, j'en suis certain, te conduira direct aux sangsues, seulement, nous serons là.

— Tu penses à une embuscade ? interrogea Jack.

— C'est ça. Cela reste le moyen le plus simple et le plus rapide de mettre hors-jeu à la fois le traitre, mais aussi Sakarie et Conrad. Parce que ma main à couper qu'ils viendront seuls, et ce, dans l'unique but de ne pas partager la gloire de cette prise de choix.

— Oui, mais sera pris qui croyait prendre, grogna Max. Parce que pour Sakarie, la mort lui apparaitra comme une douce délivrance quand j'en aurai terminé avec elle.

— La cellule du sous-sol est à ton entière disposition, rétorqua Jack en croquant à son tour un gressin.

Jared regarda le couple tour à tour. Une fois de plus, ils semblaient sur la même longueur d'onde, mais dans le cas présent, c'était davantage pour le pire que pour le meilleur.

— Attendez là, une seconde. Vous êtes sérieux ? demanda-t-il. Vous comptez vraiment organiser une séance de torture dans le sous-sol du QG ?

— Et pourquoi pas ? répondit son amie après avoir avalé une gorgée de soda avec nonchalance. Qu'elle ne se plaigne pas, non seulement l'argent n'aura pas d'effet sur elle, mais en plus, cette séance sera toujours moins longue que celles qu'elle m'a infligées avec l'aide de Conrad pendant ma détention.

— Exactement, renchérit Jack. Sakarie a énormément de choses à expier avant son départ vers l'autre monde et nous allons l'aider à laver son âme de ses pêchés. Elle devrait nous en remercier, termina-t-il froidement. Même si je doute que cela suffise à lui éviter un aller simple pour l'enfer.

— Je comprends votre colère, elle est on ne peut plus justifiée. Malgré cela, ce genre de… séance, désolé, mais je ne vois pas d'autre mot, risque fort d'engendrer des représailles.

— De qui ? Vlad se fout de Conrad comme de sa première chaussette, il l'aurait de toute façon tué s'il n'avait pas réussi à mettre la main sur moi et la Tourmaline. Le reste du clan ? Tu parles ! Ils vont se carapater vite fait dès qu'ils sauront que leur meneur est mort et si tel n'est pas le cas, je suis persuadée que Cyrus me rendra bien ce petit service.

Jared fronça les sourcils avant de murmurer :

— Pas bête ça, pas bête du tout même… Pendant que nous monterons cette embuscade avec la meute, Cyrus pourrait lancer un assaut sur le reste du clan afin que nous soyons certains que nos deux proies n'obtiennent jamais de renfort.

— Bien voilà ! C'est réglé ! Et maintenant à table ! s'exclama Max en frottant ses mains l'une contre l'autre alors que leurs plats arrivaient.

En effet, comme l'avait souligné Jack à leur entrée dans le restaurant, les portions étaient bien plus que généreuses et le mot géant n'avait rien d'exagéré. Le burger contenait deux steaks qui devaient frôler les cinq cents grammes chacun, du fromage, de la tomate, des cornichons, des oignons ainsi que de la salade et le tout servit avec une montagne de frites. Le serveur déposa une assiette devant chacun des convives avant d'ajouter sur la table tous les suppléments que Jack avait commandés.

— Je vous souhaite un excellent appétit et vous rappelle que le repas n'est gratuit que si vous le terminez, entièrement, déclara-t-il avec un sourire à l'adresse de Max.

— Oh, rassurez-vous, il le sera, promit cette dernière. J'ai les crocs !

Lorsqu'ils regagnèrent le QG, les trois amis riaient encore de la mine déconfite du patron quand Max, ayant fini jusqu'au dernier morceau de salade de son assiette, avait commandé une énorme glace au chocolat accompagnée d'amandes grillées. Ils avaient bien cru que le pauvre homme allait se trouver mal.

— Je dois avouer que vous aviez raison, convint la jeune femme. Ce restaurant vaut vraiment le détour, la nourriture y est succulente. J'aurais bien repris un steak, mais j'ai eu peur que le patron voie cela comme une provocation.

— Oh, pourquoi donc aurait-il pensé une chose pareille ? demanda Jared, feignant l'étonnement. Tu n'as fait que dévorer la moitié de son frigo enfin ! ajouta-t-il en passant la porte.

Quelques membres de la meute se trouvaient dans le salon et regardaient la télévision, d'autres prenaient un café dans la cuisine, alors que certains étaient déjà couchés ou simplement pas encore rentré. Max lança un regard à Jack qui opina discrètement d'un signe de tête.

La jeune femme avait dissimulé la mallette sous la veste, bien trop grande pour elle, que Jack lui avait prêtée. Comme un seul homme, ils montèrent à l'étage pour s'enfermer dans la chambre du couple. Cependant, tous trois stoppèrent sur le pas de la porte avant d'entrer dans la pièce en regardant autour d'eux avec suspicion. Quelqu'un s'était introduit dans la chambre pendant leur absence. Max alla dans la salle de bain, puis revint en hochant la tête pour leur indiquer que cette pièce aussi avait été visitée. Malgré tout, celui qui s'était permis de s'immiscer dans l'intimité du couple alpha avait pris ses précautions en distillant l'odeur de chacun des membres partout dans l'espace. Sûrement s'était-il servi des vêtements sales, ils n'étaient pas difficiles à s'en procurer puisque chacun les mettait dans la panière à linge de la buanderie en attendant que le préposé au lavage les passe en machine avant de les redistribuer.

Max se saisit du bloc note, sur la table de nuit, pour écrire rapidement le fond de sa pensée avant de le tendre à ses compagnons qui lurent en silence. Elle estimait qu'ils devaient s'assurer qu'il n'y avait pas de micro ou de caméra dans la chambre. Les deux hommes hochèrent la tête en signe d'assentiment puis laissèrent leur loup remonter à la lisière de leur conscience tandis que leurs yeux devenaient d'un jaune profond, imité par Max.

Ils fouillèrent la pièce de fond en comble, déplaçant le moindre meuble, inspectant le plus infime recoin, mais ils ne trouvèrent rien. Soudain, Max nota que la porte de l'armoire était ouverte. Elle vérifia l'intérieure avec circonspection lorsqu'une lumière s'alluma dans son esprit. Elle reprit le bloc note et y inscrivit :

Je sais ce que cherchait notre visiteur. Il n'est pas venu installer du matériel d'espionnage.

Les deux hommes se consultèrent du regard puis reportèrent leur attention sur la jeune femme qui glissa sa main dans la poche de son jean avant d'en extirper la besace de cuir contenant la Tourmaline. Jack fronça les sourcils, lui prit le bloc des mains et écrivit à son tour :

Il ou elle doit se trouver dans l'urgence pour avoir osé fouiller la chambre malgré mon interdiction d'y mettre les pieds. Parce que même si nous pouvons déterminer avec précision qui il est, il doit se douter que cela va nous rendre d'autant plus méfiants. Il est temps d'agir. Demain, les festivités pour Halloween commencent en ville. Je vais donner congé à la meute pour la journée. Max et moi dirons que nous refusons d'y participer, car cela nous rappelle de mauvais souvenirs et que nous préférons rester ensemble en ce jour quelque peu particulier. Toi Jared, tu feindras de suivre les autres, mais tu t'arrangeras pour les semer afin de revenir ici. Pendant qu'ils s'amuseront, nous installerons le matériel. Il est grand temps d'en finir et je ne vais pas attendre d'être pris au dépourvu par les sangsues.

Une fois de plus, Max et Jared se contentèrent de hocher la tête. Ils ne pouvaient parler sans être certains de ne pas être entendus par l'un des membres de la meute. D'ailleurs, Jared tendit l'oreille près de la porte avant de les quitter en leur souhaitant bonne nuit de la main et de regagner sa chambre.

La jeune femme soupira, se débarrassa enfin de la mallette qu'elle dissimula sous le lit puis se laissa tomber dessus de tout son poids.

— Je déteste Halloween, bougonna-t-elle.

— Moi aussi, mais les caisses de la ville explosent ce jour-là, alors il y a peu de chance que l'on arrête de le fêter dans le coin, répondit Jack en enlevant son t-shirt, dévoilant ainsi sa musculature parfaite.

— Ouais, c'est Malika qui doit déjà se frotter les mains à l'heure qu'il est.

— Sans doute, mais pas seulement, expliqua Jack en s'asseyant à côté d'elle, les coudes sur les genoux. Les restaurants, les bars, les hôtels sont tous complets et parfois d'une année sur l'autre. Ici, à cause du procès, il ne s'agit plus seulement d'une simple fête nationale. Le lourd passé de la ville confère à cette soirée une ambiance aussi joyeuse qu'obscure que l'on ne rencontre nulle part ailleurs et dont les touristes raffolent. Je n'ai jamais particulièrement aimé le fait que l'on célèbre la mort. Je ne comprends pas que l'on puisse fêter la fin de la vie des siens, ni même qu'on s'amuse à imaginer qu'ils hantent encore ce monde plutôt que d'avoir trouvé le repos éternel, mais à Salem, la dimension que prend Halloween m'a toujours fait froid dans le dos.

— Pourquoi ça ? s'enquit Max en posant la tête sur son épaule.

— Parce que pendant ces festivités, des types qui se baladent en redingote et col à jabot avec des canines proéminentes et couverts de sang passent pour des mecs hyper cool et qui savent s'éclater. Les êtres surnaturels n'ont plus besoin de se cacher, ils se fondent dans la masse de la population grimée, tels des caméléons, et certains profitent de cette opportunité plus que de raison. Demain, tu verras des rues pleines de jeunes insouciants, complètement ivres, venus passer leur première Halloween entre copains dans l'une des villes les plus célèbres du pays. Certains feront des rencontres étranges, fascinantes et suivront ces gens à la beauté mystérieuse et farouche en se disant qu'ils ont eu de la chance de rencontrer des personnes qui connaissent bien la ville et qui sont assez sympas pour les guider dans les endroits les plus atypiques de celle-ci. Sans même qu'ils ne se doutent de ce qu'il va leur arriver, la visite se terminera dans un lieu, pour sûr atypique, mais surtout cauchemardesque : un nid. Une partie d'entre eux sera tuée rapidement et avant même de s'en rendre compte, tandis que l'autre sera hypnotisée et vidée de son sang lentement, mais sûrement. Ces deux catégories restent les plus chanceuses. La dernière, elle, aura tout le temps de se voir mourir après avoir dessoûlé plus vite que jamais lorsqu'ils auront compris de quoi il retourne exactement. Ces malheureux subiront des tortures qu'ils n'imaginaient pas dans leurs pires cauchemars. Dans quelques jours, les journaux parleront de disparitions mystérieuses, de corps retrouvés mutilés, flottants dans la baie ou encore carbonisés et l'on accusera l'alcool, la drogue ou les séances de spiritisme ayant dégénéré, l'inconscience de la jeunesse. Malgré cela, l'année suivante, rien n'aura changé. Les gens continueront d'affluer, encore et encore, ravi de toucher l'Histoire du bout des doigts sans en avoir véritablement saisi ni le sens, ni les conséquences.

Il passa son bras autour du cou de sa compagne pour l'attirer à lui et embrassa ses cheveux. Ils restèrent comme cela un moment, fixant le vide, sans échanger un seul mot. Dehors, le tonnerre se fit entendre avant qu'un éclair ne zèbre le ciel comme s'il allait le déchirer.

— Oui, demain le Diable hantera de nouveau Salem, murmura Max. Et comme en 1692, la population le trouvera si beau qu'elle lui ouvrira grand les bras sans s'imaginer une seconde qu'il ne pourra les conduire qu'à un endroit : l'enfer. S'il existe bien une force supérieure capable de régenter ce monde, alors qu'elle nous vienne en aide.

Ce fut une sorte de grincement insistant qui réveilla Max le matin suivant. Elle tendit un bras vers Jack, mais constata qu'il était déjà debout et ce, depuis un moment étant donné que les draps étaient froids. Lorsque le grincement se fit une nouvelle fois entendre, Max se décida enfin à ouvrir les paupières pour se tourner vers celui-ci. Là, elle se redressa lentement, les yeux écarquillés avant de se lever rapidement pour ouvrir la porte-fenêtre.

Sur le balcon, trempé et grelottant, se trouvait un petit chaton aussi blanc que la neige. La boule de poil entra dans la pièce d'une démarche hésitante puis s'ébroua avant de jeter à Max un regard suppliant accompagné d'un miaulement à fendre le cœur.

Elle se baissa pour le ramasser et, nullement dérangé par l'odeur de loup-garou, l'animal frotta son front contre le nez de Max avant d'éternuer, ce qui eut le mérite de faire sourire la jeune femme.

— Eh bien, tu n'as peur de rien toi ! T'inviter dans une maison de loups-garous ! Tu as de la chance d'avoir copiné en premier avec l'un des deux alphas, sinon, tu aurais probablement terminé ta nuit en amuse-gueule. Comment diable as-tu réussi à monter jusqu'ici ? s'étonna-t-elle. Décidément, vous, les félins, êtes vraiment d'étranges créatures.

Elle serra de nouveau la boule de poils contre elle, celle-ci se mit à ronronner en fermant les yeux.

— Pauvre cœur, tu as passé la nuit sous la pluie et dans le froid. Allez viens, je vais te faire chauffer un peu de lait et voir ce qu'il y aurait pour toi dans le réfrigérateur. Je me demande quand même où peut bien être ta maman, ajouta-t-elle avec une grimace.

Au rez-de-chaussée, elle retrouva Jack et Jared affairés dans le salon. Son ami était perché sur un escabeau et replaçait l'un des globes de verre du lustre ancien.

— C'est bon, la caméra est en place.

— Salut vous deux, lança Max.

Les deux hommes se tournèrent vers elle, tout sourire avant de lever un sourcil dans un mouvement synchrone.

— Où tu as trouvé ça ? interrogea Jared en regardant le chaton.

— Sur le balcon de la chambre, c'est lui qui m'a tiré des bras de Morphée.

Jack s'approcha puis se pencha sur l'animal qui le fixa de ses grands yeux bleus sans cesser de ronronner. Il lui gratta la tête en souriant.

— Il semblerait que la présence des loups-garous ne le dérange pas plus que ça, s'amusa l'alpha.

— Quand tu es affamé, tu deviens moins regardant, ricana le second en caressant à son tour le chaton. On lui sent les os, à mon avis, il y a un moment qu'il n'a rien avalé.

— Dans ce cas, nous allons lui trouver quelque chose.

Ils rejoignirent la cuisine et tandis que Max s'asseyait, le chat toujours contre sa poitrine, Jack et Jared s'occupèrent de son petit déjeuner et de celui de son nouvel ami. La boule de poils finit par s'endormir, mais elle fut prompte à ouvrir les yeux lorsque Jared lui passa une assiette de miettes de thon sous le nez. Elle se dégagea de l'étreinte de Max pour sauter sur le comptoir et se mettre à dévorer son repas sous l'œil attendri des trois garous.

— Alors, vous avez terminé d'installer le matériel ? s'enquit la jeune femme sans quitter des yeux le petit rescapé.

— Oui, la maison est truffée de micros et de caméra. Ne reste plus qu'à installer l'écran de surveillance dans le grenier, à tendre le piège et à attendre que notre taupe morde à l'hameçon, expliqua Jared.

— Ok, quant à moi, j'ai remarqué hier que les graviers blancs de l'allée pourraient tout à fait passer pour une mini tourmaline. Je vais cacher la vraie et la remplacer par l'un d'eux.

— Bien vu, déclara Jack. Alors il n'y a plus qu'à !

Il sourit en regardant le chaton terminer son assiette avec application avant de retourner se planter devant Max en miaulant.

— Allez, viens là, s'amusa la jeune femme en le replaçant dans le décolleté de son t-shirt.

Trente secondes plus tard, celui-ci dormait de nouveau.

— Moi vouloir être chat, ricana l'alpha. Tu comptes le garder ?

— Je ne sais pas. Notre côté canidé ne semble pas le perturber en tous cas. Pourquoi ? Tu es contre ?

— Non, si cela te fait plaisir, cela ne me dérange pas. D'ailleurs, je ne ferme jamais ma porte à un orphelin. Peu importe qu'il ait deux ou quatre pattes.

— Et je n'ai jamais vu aucun d'entre nous manger un chat. Un lapin encore, mais un chat… En plus, il faut bien avouer qu'il est mignon et sûrement débrouillard pour être parvenu à monter jusque sur la terrasse. Il a dû se servir du treillis contre la façade. Comment vas-tu l'appeler ?

Max réfléchit une seconde en regardant le chaton, dormant contre son cœur, plein de confiance en cette humaine dont l'odeur devait lui sembler étrange.

— Cheshire, je vais l'appeler Cheshire.

— Ce n'est pas le chat qui fume dans *Alice au pays des merveilles,* ça ? s'enquit Jared.

— Ouais, mais il faut bien reconnaitre que celui-là aussi doit être bien perché pour avoir choisi notre maison, s'amusa Max.

— Soit. Bon, ce n'est pas que je m'ennuie, hein, mais nous avons encore du pain sur la planche et je dois retrouver les autres avant qu'ils se demandent pourquoi je les ai plantés comme ça.

— Très bien, je prends une douche et je vous rejoins, déclara Max en se levant pour remonter à l'étage.

Une fois fait, elle gagna la salle de bain, sortit deux serviettes du placard, une pour elle et une autre pour installer son nouvel ami qui ne se réveilla même pas lorsqu'elle le déposa entre deux couches de tissus. Elle se lava rapidement, se sécha, mais renonça à l'utilisation du sèche-cheveux, ne voulant pas effrayer leur nouveau colocataire. Elle se brossa les dents, démêla sa chevelure puis reprit le chaton pour le remettre à sa place initiale.

— Eh bien, au moins, on sait que tu ne souffres pas d'insomnie toi, s'amusa-t-elle.

Elle monta au grenier ou Jared et Jack venaient de finir d'installer l'ordinateur portable qui servirait d'écran de contrôle. Ce dernier était divisé en plusieurs petits carrés, révélant chacun une pièce de la maison.

— Peu importe quelle pièce nous surveillons depuis l'écran, expliqua le second. Absolument tout est enregistré là-dessus, dit-il en indiquant une tour où l'on pouvait insérer une dizaine de DVD. Aucun des faits et gestes du traitre ne pourront nous échapper, en tous cas, à l'intérieur.

— Vous avez fait des tests au moins ? s'enquit Max.

— Bien entendu, la rassura Jack. Maintenant, à toi de jouer mon cœur.

— Très bien. J'ai ma petite idée en ce qui concerne l'excuse de faire un tour, grogna-t-elle d'une voix déjà plus tout à fait humaine.

Elle la tenait sa vengeance, elle allait enfin les solder ses comptes avec ses ennemis. Depuis le temps qu'elle attendait, le moment était venu. Sakarie allait mourir oui, mais pas avant d'avoir atrocement souffert, pas avant de l'avoir supplié de mettre un terme à son calvaire. Comme elle l'avait forcé à le faire en 1692, Max l'obligerait à se mettre à genoux pour implorer sa clémence, tout en sachant qu'elle ne l'obtiendrait jamais. Son instinct de prédateur se réveilla face à ce constat, sa louve aussi était pressée de sonner l'hallali. Il était temps que les pendules soient remises à l'heure.

Jared lui attrapa alors le poignet en douceur.

— Max, je sais ce que tu ressens, mais s'il te plait, quoi qu'il arrive, ne laisse pas la colère prendre le dessus. Il faut absolument que la taupe nous mène aux vampires pour prouver sa culpabilité et mettre la main sur Conrad et Sakarie. Même si c'est difficile, tu dois garder le contrôle de tes émotions, d'accord ?

La jeune femme posa sur lui son regard d'ambre, se dégagea doucement de la prise puis répondit froidement :

— Oh, n'aie aucune crainte, cow-boy. Je vais faire preuve d'un contrôle jamais atteint. Je chassais bien avant ta naissance, jamais une proie ne m'a échappé et je tiens particulièrement à celle-ci.

Puis elle regarda son chaton avec un sourire carnassier.

— Allez viens, Cheshire, il est temps que tu assistes à ta première leçon de chasse celle-ci s'intitulant : « acculer la souris puis jouer très très longtemps avec elle avant de l'achever ».

Des bruits de voitures entrant sur la propriété firent lever la tête de Max qui s'était installée dans le salon pour étudier une nouvelle fois ses livres avec l'aide de Jack. Ils avaient passé une bonne partie de la journée à chercher le moyen de sceller définitivement le tombeau, en vain. Systématiquement, une clef était mise en place et dans le cas présent, il s'agissait de Max et de sa future descendance. Il n'y avait aucun moyen de détruire le tombeau lui-même. La seule solution qui s'imposait était de l'ouvrir et d'éliminer ce qu'il contenait et ça, l'histoire avait prouvé que c'était également impossible…

L'Amérindien profita de cette diversion pour se redresser aussi avant de bâiller et de s'étirer, imité par Cheshire.

— Tu as raison, mon pote, on a assez bossé pour aujourd'hui, lança Jack à l'adresse du chat.

Ce dernier miaula avec enthousiasme avant de se réfugier dans les bras de Max lorsque la meute investit la maison.

— Oh ! Où as-tu trouvé ce petit ange ? demanda Miranda en les rejoignant, une citrouille en plastique pleine de bonbons emballés de papier coloré à la main.

— C'est lui qui m'a trouvé, ricana Max. N'est-ce pas, Cheshire ?

Le chaton miaula une nouvelle fois avant de lécher le nez de son amie. Amusée, Miranda approcha doucement sa main pour le caresser et celui-ci se laissa faire docilement, frottant sa tête à la paume offerte. Lorsque Ludwig les rejoignit à son tour, il rit de la scène, pour le moins insolite. En règle générale, les animaux avaient peur d'eux et les fuyaient, sentant que, sous leur apparence humaine, se dissimulait un prédateur bien plus dangereux que tout autre.

— Il est incroyablement sociable pour un chat sauvage, s'étonna-t-il.

— Oui, il est gentil, mais je crois qu'un séjour dehors, dans le froid ajouté à la faim a fait en sorte qu'il ne se montre pas trop sélectif, expliqua Max.

— Le pauvre, grimaça Miranda. Avec cet orage cette nuit il devait être gelé ! Je peux le prendre ?

— Bien sûr, tiens. Je dois lui préparer à manger de toute façon. Il aime le thon.

— Vu son état, je pense que tout ce qui est comestible fera l'affaire, renchérit son amie. Allez bonhomme, tu vas voir, nous allons te retaper en un rien de temps !

Alors que les femmes regagnaient la cuisine, Ludwig prit place face à l'alpha. Il regarda une minute les livres étalés sur la table puis fit la moue.

— Tu sembles fatigué, constata-t-il. Je suppose donc que vous n'avez pas avancé sur cette histoire de tombeau.

— Non, à croire que Cyrus Le Répugnant nous a raconté des cracks et qu'il est impossible de le sceller définitivement. Max est éreintée, elle passe ses journées à se torturer l'esprit à ce sujet, sans aucun résultat.

— Tu penses qu'il la manipule ? Mais dans quel but exactement ? Si l'on en croit ce qu'il a dit pendant l'entretien, il est prêt à tout pour faire en sorte de ne jamais perdre son pouvoir. Et si le Grand Widgigo devait revenir, sûr qu'il ne le garderait pas longtemps.

— Va savoir, rétorqua l'alpha en passant une main dans ses longs cheveux de jais. Avec les sangsues, difficile de découvrir une logique à suivre. On a retourné le problème dans tous les sens sans trouver une solution. Parce que si le Grand Widgigo venait à renaitre, le clan de Vlad aussi aurait du souci à se faire, pourtant cela ne semble pas leur traverser l'esprit.

— Oui, c'est vraiment bizarre… murmura Ludwig en secouant la tête.

— On a dépassé depuis longtemps le stade du bizarre. En attendant, je pense que Max devrait prendre l'air, sinon elle va devenir folle. Elle se sent responsable du tombeau à cause de Wayan et de ce qui pourrait se passer s'il se réveillait.

— Après le diner, nous voulions aller boire un verre tous ensemble en regardant les processions. Je sais que tu n'aimes pas Halloween, cela dit, cette soirée permettrait à Max de penser un peu à autre chose. Ses livres et le reste seront là à son retour.

— Bonne idée. Je vais essayer de la convaincre de sortir. Même s'il y a des sangsues en ville, ils ne tenteront rien contre nous au milieu de la foule, du moins j'espère.

— Il y a de toute façon fort à parier que le clan de Cyrus se balade également à Salem. Il n'y aura pas de casse ce soir, en tout cas ni chez les loups ni chez les vampires, grimaça-t-il. Allez, je vais préparer le repas, j'ai pris le tour de Max.

L'alpha sourit puis se leva à son tour pour suivre Ludwig dans la cuisine.

— Tu aurais dû me le dire, j'aurais pris son tour.

— Miranda a pris son tour de vaisselle. Vous avez d'autres choses auxquelles penser en ce moment qu'à l'intendance de la maison.

— Merci Ludwig, dit Jack en lui passant un bras autour des épaules.

— Allez Max ! Ne te fais pas prier, insista Miranda. Tu ne vas pas rester enfermée ici le restant de tes jours. Il faut que tu te changes un peu les idées sinon, tu resteras bloquée, tu le sais aussi bien que moi. Tu es sous pression depuis des jours, il faut absolument que tu décompresses ou tu vas finir par imploser.

Max feignit de jeter un coup d'œil coupable à ses livres et à la besace de cuir qui trônait au-dessus, besace censée contenir la Tourmaline Sacrée.

— J'ai encore du travail, soupira cette dernière.

— Oh, ne t'inquiète donc pas, pour ce qui est du travail, personne ne compte le faire à ta place, ricana Mike. Allez, une soirée de récrée, ce n'est pas la mort !

« Bien, bien, songea Max. *Exactement ce que je désirais ; que ce soit eux qui me supplient de sortir. Ah, mes petits loups, vous comblez vraiment le moindre de mes désirs… »*

— Ok ! lança-t-elle en levant les bras au ciel. Ça va, je viens avec vous faire la fête ! Vous avez gagné.

Max observa les réactions alentour, tous, à l'exception de Stacey, bien entendu, semblèrent heureux qu'elle passe la soirée en leur compagnie. Décidément, la taupe était également un excellent comédien, elle ne laissait rien paraitre de son trouble ou de son éventuelle peur de se faire démasquer… qu'elle profite bien de sa gloire dans ce cas, car, ce soir, elle jouerait son dernier acte.

— Ok, mais je vais enfermer Cheshire dans la cuisine. Je crains qu'il ne fasse des bêtises tout seul sinon.

— Oui tu devrais aussi lui donner l'un de tes vêtements, histoire qu'il n'est pas peur, convint Miranda en caressant une nouvelle fois le chaton qui s'évertuait à mâchouiller avec application les cheveux de sa maitresse.

Tous se levèrent pour regagner l'entrée, prendre leur manteau et quitter la maison pendant que Max et Miranda préparaient un nid douillet à leur petit protégé.

— Alors, chuchota cette dernière. Vous avez trouvé la taupe ?

— Malheureusement non, grimaça Max en déposant une gamelle d'eau sur le sol. Celui ou celle qui joue double jeu est plus malin que je ne l'avais envisagé. Jack en est malade. Jamais il n'aurait imaginé que l'un de ses loups puisse le trahir.

— Je comprends sa déception. Lud et moi ne cessons de nous repasser mentalement les évènements, pour voir qui aurait pu avoir un comportement étrange, ou seulement suspect, mais à part Stacey qui te déteste clairement, nous ne voyons vraiment pas qui aurait intérêt à agir de la sorte. Même avant ton arrivée, il ne s'est rien passé susceptible de provoquer ce genre de chose. Jack a toujours été un excellent alpha, droit et juste dans ses décisions. Il se montre disponible pour ses loups et à l'écoute de leurs besoins. J'ignore qui est ce traitre, en revanche, il méritera la sentence.

— Je sais, admit Max en caressant Cheshire qui dormait déjà, la tête enfouie dans son t-shirt Mickey. Comme je sais aussi que, même si c'est la règle, cela n'empêchera pas Jack de souffrir d'avoir à l'appliquer. Il aime chacun d'entre vous.

Miranda soupira avant d'attirer son amie contre elle pour la réconforter.

— Allez, oublions cela pour le moment, dit-elle en replaçant les cheveux de Max derrière ses oreilles. Nous devons tenir le coup pour que notre espion ne se doute de rien.

— Oui, tu as raison.

Les deux femmes gagnèrent à leur tour le parking pour rejoindre le reste de la meute. Max monta avec Jared et Jack tandis que Miranda retrouvait Ludwig, Mike et Lee. Elle aurait voulu lui parler de leur plan, mais malheureusement, elle ne pouvait pas avoir la certitude que ce n'était pas elle le traitre. Son instinct avait beau lui souffler que Miranda était du genre fidèle et honnête, elle demeurait sur ses gardes. Après tout, ce ne serait pas la première fois qu'elle aurait fait preuve d'un excès de confiance. En 1692, jamais elle n'aurait eu l'idée de soupçonner Sakarie d'être derrière son arrestation et pourtant, l'épouse discrète et effacée n'avait pas hésité à trahir les siens, juste pour l'atteindre; avant de lui faire subir les pires sévices alors que tous s'alliaient à dire qu'elle était aussi douce qu'un agneau. À ce stade, tout le monde restait suspect.

— Tous ont mordu à l'hameçon, constata Jared. Sachant que le champ est libre ce soir et que ce n'est pas prêt de se reproduire, notre taupe ne va pas avoir le choix que d'agir pendant notre absence.

— Que le ciel t'entende, car cette situation commence vraiment à me taper sur le système, répondit Max.

Puis elle se perdit dans la contemplation du paysage défilant sous ses yeux. Ce soir, les animaux sauvages étaient moins nombreux. Sans doute avaient-ils préféré rester à l'abri vu que le nombre d'humains dans le coin avait considérablement augmenté en seulement quelques jours. Ces derniers imaginaient certainement que le bruit de leur fête ne dépassait pas les portes de Salem alors qu'en réalité, il se répercutait à des kilomètres. Leur ouïe ne leur permettait pas de se rendre compte à quel point ils envahissaient l'espace vital d'autres créatures. Cela dit, même s'ils en avaient eu conscience, Max n'était pas certaine qu'ils se seraient gênés. L'Homme avait une fâcheuse tendance à croire que la planète n'appartenait qu'à lui et à lui seul et lorsque l'on constatait la façon dont il la traitait, l'on comprenait alors à quel point il n'était pas soigneux de ses biens…

Lorsqu'ils parvinrent aux portes de Salem, le cœur de Max se serra douloureusement à la vue des lumières accrochées partout, de la musique fusant de tous côtés, des gens grimés de façon ridicule, riant, s'amusant avec insouciance, certains trainant leurs enfants derrière eux, en espérant croiser les spectres de ceux qui avaient été ses compagnons de martyre. Combien d'entre eux ne rentreraient plus jamais chez eux après cette soirée ? Combien avaient déjà quitté la terre à cette heure ? Trop de toute façon, il serait toujours trop nombreux.

« Salem, la nouvelle Jérusalem, tu parles ! Salem la Maudite, oui ! Avant même que les premiers bâtiments ne soient sortis de terre, cette dernière avait été marquée au fer rouge par les dieux. Et puis, elle est belle la Jérusalem à fêter ainsi le soi-disant retour de ses défunts, plus blasphématoire que ça, tu meurs ! Sans rire ? Les gens sont débiles ou quoi ? Pourquoi donc les morts voudraient-ils remettre les pieds dans ce monde de malade alors que le leur est censé être empli de plénitude et d'amour ? Le paradis impose une journée annuelle de fermeture ? Complètement absurde et déplacé ce genre de festivité. »

Plus le temps passait et plus l'humeur de Max s'obscurcissait. Il y avait tant de monde que Jared tourna près de trente minutes avant de trouver une place de stationnement. Lorsque ce fut fait et qu'ils descendirent de voiture, un groupe de personnes, manifestement des parents accompagnant leurs progénitures à la chasse aux sucreries, les croisa sur le trottoir. L'un des petits, déguisé en diablotin, piqua le dos de Max, à l'aide de son trident, en grognant. Cette dernière se retourna, se pencha lentement sur l'enfant et laissa sa louve remonter à la lisière de sa psyché, ses pupilles animales remplaçant celles humaines. Le gosse eut un mouvement de recul puis ôta son masque, découvrant ainsi sa mine éberluée tandis que Jack observait la scène d'un air horrifié.

— Attention, le grand méchant loup mange au moins trois petits diablotins en guise de petit déjeuner.

— Trop fort tes lentilles ! s'écria le gamin en retrouvant l'usage de la parole. Tu les as eues où ? Je veux les mêmes pour l'année prochaine !

— Brian ! Qui t'as autorisé à tutoyer cette dame ? s'enquit sa mère. Reste poli, veux-tu ? Excusez-le, ajouta-t-elle à l'adresse de Max. Il est surexcité ce soir. Il attendait Halloween avec impatience pour enfin pouvoir porter le déguisement que sa grand-mère lui a offert.

Max se retint de grimacer de justesse.

— Ce n'est rien, dit-elle. Quant à mes lentilles, tu vas devoir patienter un peu avant qu'elles ne soient commercialisées, mon grand, s'amusa Max.

— Pourquoi ?

— Parce que ce n'est qu'un prototype pour le moment. Je travaille dans la conception d'objets d'effets spéciaux, tu sais ? Comme au cinéma.

Elle ne savait pas du tout d'où lui sortait cette excuse bidon, cependant, elle tombait à pic et le gosse sembla ébloui par cette réponse.

— Sans rire ? Trop fort ! Tu peux le refaire, juste une fois, dis ? Et je te donne l'un de mes bonbons, celui que tu veux.

Manifestement, que sa mère lui demande de ne pas la tutoyer lui passait au-dessus. Il ne cessait de la fixer dans les yeux, sans se douter que face à un autre loup, cela aurait pu lui coûter cher, enfant ou non. *« Ah, c'est mignon les gosses… »*

— Ok, pour un caramel, je le refais, accepta Max.

Il farfouilla dans son sac en plastique et en sortit un caramel qu'il lui tendit sans hésitation. Max le déballa, le fourra dans sa bouche puis se pencha de nouveau sur le gamin tandis que ses iris viraient au jaune. Le petit garçon écarquilla les yeux puis applaudit en sautillant sur place. L'on pouvait voir l'émerveillement irradier de son visage plein d'innocence.

— C'est vraiment trop génial ! s'écria-t-il.

— Merci, s'amusa Max. Allez, mes amis m'attendent et toi, tu as encore plein de bonbons à récupérer. Passe une bonne soirée !

— Toi aussi ! lança l'enfant en remettant son masque.

— Bonne soirée à vous et merci, sourit la mère.

— Merci, amusez-vous bien.

Lorsqu'ils se furent éloignés, Jack la regarda une seconde avant de lever les yeux au ciel en secouant la tête.

— Quoi ? lui demanda sa compagne. Ça valait le coup, il était super bon ce caramel ! Et pour une fois qu'on peut sortir sans se cacher, je ne vois pas pourquoi l'on s'en priverait. Les sangsues, elles, ne se gênent pas !

— C'est cela oui, se contenta-t-il de répondre en passant un bras autour de ses épaules.

— C'était cool, intervint Jared. Ce gosse était heureux comme un pape, il y aura au moins eu un bon moment dans la soirée qui s'annonce.

— Soit, convint Jack, mais sur le moment, j'ai cru qu'il allait se retrouver dans la peau du petit chaperon rouge, s'esclaffa-t-il.

Max lui fourra un coup de coude dans les côtes.

— N'importe quoi ! Tu l'as vu ? Il était tout maigrichon, il n'y avait rien à manger là-dessus, soyons sérieux !

Il la serra davantage contre lui en riant franchement. Max savoura d'autant plus ce rire que, comme l'avait souligné Jared une seconde plus tôt, il serait bientôt suivi de larmes amères. Elle serra les dents malgré elle. La seule chose qui l'avait toujours réellement touché était la peine que pouvait éprouver son compagnon et elle pressentait que celle à venir serait sans doute sans précédent…

— Tu peux arrêter ça, s'il te plait ? s'enquit Jared en lui lançant un regard dans le rétroviseur.

Max cessa immédiatement de taper du pied contre le plancher de la voiture.

— Désolée, c'est juste que je n'en peux plus d'attendre. Avec ce cirque de place de parking introuvable, impossible de savoir qui a bien mis du temps à se garer et qui est retourné à la maison en fourbe pour piquer la Tourmaline. Ça me rend dingue ! Jamais il ne passe au vert ce foutu feu ! s'agaça-t-elle en se penchant entre les deux sièges.

Comme si ce dernier avait entendu sa réplique, il passa au vert, autorisant Jared à redémarrer.

— Je te comprends, c'est pourquoi j'ai donné congé à la meute ce soir, expliqua Jack. Pour ça, et pour que demain on puisse leur raconter que nous sommes partis nous coucher directement. Comme ça, celui ou celle qui l'aura se pressera de te livrer avant d'être découvert.

— Amen ! rétorqua sa compagne. Allez, cow-boy, appuis sur le champignon.

Celui-ci obtempéra et il leur fallut moins de trente minutes pour rejoindre le QG. À peine la voiture dans le garage, ils sautèrent de concert en dehors de l'habitacle puis se précipitèrent sous le porche. Jack ouvrit la porte et ils s'engouffrèrent à l'intérieur comme s'ils avaient le diable à leur trousse pour gagner le grenier en quatrième vitesse.

— Nous y sommes, murmura Jared en s'installant devant l'ordinateur. Le moment de vérité a enfin sonné.

Il appuya sur un bouton et le salon apparut sur l'écran.

— Pas la peine de visionner toute la soirée, dit Jack qui se tenait debout derrière lui avec Max à son côté. Passe directement au moment où nous quittons la maison.

Le second obtempéra. Max elle, sentit les battements de son cœur s'emballer tandis qu'elle recommençait à se ronger les ongles avec application. Plus que quelques minutes et ils sauraient enfin qui était le traitre dissimulé sous l'apparence du bon soldat. Elle fixait l'écran dans l'attente de cette révélation comme si elle avait peur de rater un détail d'une importance vitale. Jared avançait la bande lentement, de façon à être certain de ne pas rater l'entrée de leur proie. Tous trois étaient tendus à l'extrême lorsque soudain, le salon, jusque-là plongé dans l'obscurité, s'illumina. Une seconde plus tard, ils perçurent enfin leur visiteur mystère et le reconnurent sans aucun doute possible. Jared enclencha les autres vues de la pièce au même instant, leur apportant une confirmation par acquit de conscience, mais parfaitement inutile.

— Non… murmura Max en portant la main à sa poitrine, les yeux écarquillés de stupeur.

Jack serra les mâchoires puis passa un bras autour des épaules de sa compagne.

— Ne tirons pas de conclusions hâtives, temporisa Jared. Il arrive à tout le monde d'oublier son portefeuille.

— Je crains que non, gronda Jared en montrant l'écran du doigt. Notre visiteur ne cherchait rien, mais venait récupérer quelque chose par contre.

Sous le choc, les jambes de Max manquèrent de se dérober sous elle. Jack eut juste le temps de la rattraper en passant un bras sous les siens. Constatant le malaise de son amie, Jared se leva pour lui céder sa place.

— Il sort son téléphone, espérons que les micros aient fonctionné, croassa Max.

Jack lui embrassa le dessus du crâne en passant un bras autour de son cou. En effet, sous leurs regards scrutateurs, l'intrus composa un numéro tout en fixant la besace censée contenir la Tourmaline.

— C'est bon, je l'ai.

Il y eut un blanc pendant lequel son interlocuteur dû lui répondre.

— Vous livrer Max va sans doute être plus compliqué que ce que nous avions envisagé. Jack ne la lâche pas d'une semelle, mais elle me fait confiance, je ne pense donc pas avoir trop de difficulté à ce qu'elle me suive. Le tout est de trouver une excuse et d'agir très vite. Cependant, elle n'a apparemment pas trouvé le moyen d'ouvrir le tombeau, je ne sais même pas si elle sait où il se trouve.

Nouveau blanc.

— Non, ce soir c'est impossible. La meute fête Halloween à Salem, je dois d'ailleurs la rejoindre rapidement si je ne veux pas qu'elle se doute de quelque chose.

Une nouvelle fois, l'interlocuteur parla, mais la conversation devait devenir houleuse, car les yeux du traitre prirent leur teinte lycanthrope.

— Bien sûr, mais si Jack découvre qui est la taupe dès ce soir, il me tuera sans sommation et vous n'aurez ni la fille, ni la pierre, réfléchissez donc à ça. Sans compter qu'il lancera immédiatement la traque et sans faire de quartier. Vous pensez le connaitre, mais vous faites fausse route, il a bien changé depuis l'époque de votre mariage.

À ces mots, le sang de Max se glaça tandis que Jack grognait de façon sinistre dans son dos en serrant les poings.

— C'est ça, à plus tard, termina le loup renégat avant de raccrocher.

Il ouvrit ensuite la besace, prit le caillou servant de leurre, le remplaça par un autre, d'à peu près la même taille et de la même couleur, puis quitta la maison après avoir pris soin de tout remettre en place et d'éteindre la lumière. Il s'était servi du même leurre que Max, exactement. N'y tenant plus, cette dernière se dégagea de l'étreinte de Jack pour se précipiter sur une corbeille à papier qui trainait là afin d'y vomir tout son soul. Jack lui tint patiemment les cheveux en attendant qu'elle termine d'évacuer son dégoût. Lorsque ce fut fait, il prit la corbeille puis redescendit à l'étage, suivi de Jared qui soutenait son amie sans mot dire. L'alpha entra dans la pièce qui avait été sa chambre avant le retour de Max, la traversa pour gagner la salle de bain où il se chargea de nettoyer la corbeille. Lorsqu'il eut terminé, il retrouva son second et sa compagne, blanche comme un linge, dans le couloir. Il prit le relai de Jared, enlevant Max dans ses bras pour redescendre au rez-de-chaussée. Elle ne résista pas, se contentant de se laisser aller contre son épaule. Une fois au salon, il la déposa, avec précaution, sur le canapé puis se dirigea vers le bar d'où il sortit trois verres et une bouteille de whisky. Il les posa sur la table basse avant de servir chacun et de se laisser tomber dans le fauteuil face à son second. Il jeta un regard oblique à Max qui fixait son verre comme si elle ne le voyait pas.

Elle avait placé le traitre au-dessus de tout soupçon, lui avait offert son amitié. Il pouvait être certain de payer son erreur au prix fort. Jack aurait pu pardonner, du moins assouplir la peine concernant une défection qui ne concernait que lui, mais dans le cas présent, la cible était Max et une seule punition pouvait être adaptée à la hauteur du crime : la mort.

— Bordel de Dieu, murmura soudain Jared après avoir vidé son verre d'un trait. J'aurais soupçonné n'importe qui, mais là, je tombe de nues ! C'est l'un de nos loups les plus disciplinés et même si Max, toi et moi disparaissions, jamais il ne serait alpha ! Alors pourquoi ?

— Je l'ignore, répondit Jack sans cesser de regarder Max. Mais une chose demeure certaine, c'est un loup mort.

— Tu m'étonnes !

— Sakarie, gronda Max d'une voix sourde sans quitter son verre des yeux. Une fois de plus, c'est elle qui tire les ficelles… Elle compte me faire subir une nouvelle fois les mêmes horreurs qu'en 1692. Elle se fout du tombeau, la vérité c'est que ma première mort n'a pas suffi à assouvir sa vengeance. Si elle veut que je lui sois livrée, c'est pour recommencer. Elle n'a jamais oublié Yuma.

La jeune femme semblait dans un état second, comme en transe. Jack et Jared, eux, restèrent muets une seconde en se rendant compte qu'elle avait parfaitement raison. Si le second avait d'abord été choqué par l'idée de torturer l'ex-femme de son alpha, à présent, il devait avouer qu'elle le méritait. Le temps que tous les tombeaux soient ouverts, elle aurait eu Max sous la main pendant de longs mois, voire des années, et en aurait usé et abusé. Elle aurait eu tout le temps d'inventer de nouveaux sévices avant de les mettre en application…

Max se leva alors d'un bond et balança la table basse contre la cheminée. Ses yeux étaient jaunes, elle respirait fort, ses poings étaient serrés à l'extrême. La mutation était imminente.

— Calme-toi, mon cœur, murmura Jack. Je sais ce que tu ressens et ce que tu penses, mais je me fous de Sakarie. Comme en 1692, mon choix c'est toi et ça le sera toujours.

Max tourna lentement la tête vers lui avant de l'incliner légèrement, comme si elle tentait de comprendre ses paroles. De la même manière qu'un animal aurait regardé un humain lui parlant de sa journée de travail.

— Je n'ai jamais aimé cette femme, alors que mon cœur t'a appartenu au moment même où j'ai posé les yeux sur toi, le soir où je t'ai amené mon père pour que tu le soignes. Pendant trois cents ans, si j'ai partagé le lit d'autres femmes, je n'ai jamais vu qu'un seul visage pendant l'amour : le tien. Je n'ai dit je t'aime qu'à une seule : toi. Tu es, et tu resteras la seule que j'aimerai, à jamais. Si elle n'a toujours pas compris que rien ne pourra changer cela, alors, c'est elle qui est à plaindre. Elle pourra te tuer cent fois, jamais je ne la choisirais. Jamais ! Ni elle, ni aucune autre. Alors, calme-toi.

Jared observait les réactions de son amie avec attention. Heureusement, plus Jack parlait et plus elle paraissait se détendre et reprendre le contrôle de sa louve. Dieu merci, elle ne semblait pas prendre les ordres d'un autre alpha comme une provocation, sinon cette soirée aurait fini en véritable carnage.

— Cette chienne n'est pas digne de t'aimer, grogna-t-elle. Elle n'a ni cœur, ni âme, ni conscience.

— Si elle aime souffrir, cela la regarde, rétorqua Jack en approchant doucement de sa compagne.

Il évitait tout geste brusque, sentant qu'elle pouvait reperdre le contrôle aussi vite qu'elle se maitrisait habituellement. Avec des mouvements doux, il l'a pris dans ses bras pour la serrer contre lui.

— Demain, la meute sera au complet et nous mettrons un terme à cette histoire.

— Oui, et si je peux me permettre une suggestion, ajouta Jared avec un sourire carnassier, je crois que je tiens la vengeance la plus parfaite qui soit.

Le couple se tourna vers lui de concert.

— Je prends ça pour un oui, s'amusa le second. Qu'est-ce qui serait pire pour Sakarie que de mordre la poussière exactement à l'endroit où son existence a basculé la première fois ? Comme un rappel que la vie n'est qu'une boucle sans fin ou un truc du genre.

— Oui, murmura Max en opinant, un rictus mauvais sur les lèvres. Jack et moi, main dans la main, alliés par amour pour sa mort… la voilà la vengeance parfaite.

— Qu'il en soit ainsi, grogna Jack en laissant agir son pouvoir d'alpha.

Comme pour répondre à un appel qu'eux seuls pouvaient entendre, les pupilles de chacun d'entre eux devinrent aussi jaunes que l'or en fusion.

XXVIII

Salem, de nos jours

Jared regarda une nouvelle fois, avec anxiété, la demeure de pierres grises. Sur la façade, des dizaines de gargouilles semblaient monter la garde, fixant de leurs yeux démoniaques les arrivants comme si elles s'apprêtaient à les foudroyer à la moindre occasion. Au centre de la cour trônait une fontaine de pierre, rehaussée d'un ange enveloppé dans ses propres ailes, comme pour se cacher aux regards indiscrets des passants. Derrière les fenêtres à vitraux, l'on devinait parfois une silhouette, mais la rapidité à laquelle celle-ci disparaissait aurait laissé penser à un humain banal qu'il avait sans doute rêvé. Cependant, il n'était pas un simple être humain et le nombre de créatures dissimulées à l'intérieur de la maison l'inquiétait. S'il leur prenait l'envie d'en découdre, ils ne feraient pas le poids, aussi déterminés et entrainés soient-ils. Cela faisait quarante minutes qu'ils surveillaient les allées et venues dans le nid. Les vampires sortaient, seuls ou par deux, puis revenaient avec des humains à qui ils contaient l'histoire ténébreuse, et sûrement totalement fausse, de la demeure avant de les inviter à y entrer pour une visite complète. Cependant, ils n'avaient pas encore aperçu Cyrus.

— Je reste persuadé que nous pointer ici sans prévenir, surtout ce soir, n'est pas une bonne idée, dit le second. Ils se goinfrent depuis leur réveil, ce qui inclut qu'ils sont dans une forme phénoménale. Nous aurions mieux fait de porter un message au Chaudron, comme la première fois et d'attendre la réponse, bien sagement. Cyrus n'est, de toute façon, pas le genre à supporter la foule dans les rues, il se sera fait livrer… enfin, si je peux m'exprimer ainsi.

— Et je te répète que c'était impossible, s'agaça Max. Nous ne savons pas si notre traitre est chez lui et ne pouvons pas nous en assurer sans que cela paraisse suspect. Nous aurions pu le croiser ou il aurait pu nous apercevoir rentrant dans le bar, il se serait douté que nous avions porté un message à Cyrus et se serait empressé de prévenir les autres. Alors désolée, mais ce soir nous allons devoir bosser sans filet. Depuis quand les sangsues te filent-elles les miquettes ?

Jared se retourna dans son siège pour la fixer d'un œil outré.

— Je n'ai pas les miquettes, comme tu dis ! Mais les vampires me dégoûtent déjà assez sans que j'aie envie d'assister à leur repas de fête, bougonna-t-il.

— Je ne crois pas qu'il y aura de problème, renchérit Jack. Il tient autant que nous à se débarrasser de Conrad et à faire en sorte de sceller ce tombeau. De plus, pour une raison qui m'échappe, j'ai l'impression qu'il tient à Max, vraiment. Il ne fera rien qui puisse la contrarier ou la blesser. Allez, nous n'avons pas toute la nuit.

— Ok, allons-y, soupira le second. Mais je persiste à dire que, quoi que vous en pensiez, une sangsue reste une sangsue. Ils n'aiment personne, sauf quand il s'agit de les ajouter à la carte du menu.

Ils descendirent de voiture puis traversèrent la rue pour se retrouver face à la haute grille de fer, forgée de roses entremêlées à des ronces aux épines acérées. Ne manquaient plus que les chauves-souris volant en cercle au-dessus de la résidence pour obtenir la parfaite réplique du repère de Dracula. Celle-ci s'ouvrit d'elle-même, dans un grincement sinistre, comme si les habitants de la maison attendaient leur visite et avaient guetté leur arrivée, renforçant encore l'impression des trois amis d'être les acteurs d'un film d'horreur.

Ils firent tout de même quelques pas en direction de la porte d'entrée lorsqu'un vampire sortit de l'ombre pour se placer devant eux et leur barrer la route. Il portait une redingote ainsi qu'un pantalon noir rehaussé par une chemise de soie écarlate. Ses cheveux blonds qui lui descendaient jusque dans le bas du dos étaient retenus en queue de cheval par un ruban de velours rouge, lui aussi. Il posa son regard, tour à tour, sur chacun des visiteurs, son visage ne reflétant aucune émotion particulière.

— Bonsoir, commença Max, je m'appelle…

— Maxine Connors, la descendante de Wayan, je sais qui vous êtes, la coupa-t-il sèchement. Et je sais qui vous désirez voir.

Son intérêt se reporta sur Jack, qu'il fixa dans les yeux de longues minutes. Malheureusement pour lui, vampire ou pas, alliance ou pas, l'alpha n'était pas du genre à plier. Ce dernier se livra donc à cette joute sans rien lâcher, même s'il ne montra aucun signe d'agressivité.

— Vous ne manquez pas de toupet de venir ici après ce que vous avez fait, gronda le vampire. Notre famille est en deuil à cause de vous, et malgré tout, vous osez venir dans notre maison, et ce, dans l'attention de demander un service, je suppose ?

— Un deuil qui ne vous affecte pas tant que ça si j'en crois les allées et venues depuis tout à l'heure. À ce que j'ai pu constater, la fête semble battre son plein et le chagrin ne parait pas vous couper l'appétit, répliqua froidement l'alpha.

— Il s'agit d'un repas douloureux, rétorqua le vampire, les lèvres pincées.

— Et vous n'aurez pas l'occasion d'assister aux suivants si je ne vois pas rapidement Cyrus, intervint Max. Alors, dans notre intérêt autant que dans le vôtre, allez le prévenir de notre présence ici.

Le ton de la jeune femme ne laissait pas de doute quant au fait qu'elle avait l'habitude de mener la danse et qu'on lui obéisse. Qu'elle revêtisse sa forme humaine ou animale, elle demeurait un alpha, un meneur dans l'âme. Le vampire la toisa de la tête aux pieds sans même prendre la peine de cacher son dédain.

— Je n'ai pas d'ordre à recevoir d'un gros chien, cracha-t-il. Quittez cette maison immédiatement ! Si vous désirez voir Cyrus, vous demanderez audience, comme tout à chacun.

— Je préfère être le gros chien puissant malgré les quelques parasites qui lui pourrissent la vie que ces derniers qui doivent se contenter de le pomper pour pouvoir continuer à vivre leur misérable existence, ironisa Max.

— Attention Maxine, je ne suis pas Cyrus, moi. Si vous vous entêtez à insister de la sorte, en me manquant qui plus est de respect, le pauvre parasite que je suis à vos yeux pourrait vous briser la nuque aussi facilement que s'il s'agissait d'un fétu de paille.

Max n'eut pas le temps de répliquer que son interlocuteur décolla du sol pour effectuer un vol plané au-dessus de la fontaine, avant de heurter la façade de la maison avec une telle violence que l'une des gargouilles surmontant la porte s'effondra pour aller se briser sur le sol.

Ameutés par le bruit, d'autres vampires sortirent pour voir ce qui se passait, puis haussèrent les épaules en apercevant le trio planté au milieu de l'allée. Ils s'en retournèrent à leurs affaires comme si de rien n'était. Manifestement, aucun d'eux ne paraissait étonné de trouver trois loups-garous sur leur territoire.

Abasourdis, ces derniers regardèrent Cyrus, qui époussetait sa veste avec nonchalance tandis que son intonation ne laissait aucun doute quant au fait qu'il était contrarié :

— Je constate que notre dernière conversation n'a pas eu les effets escomptés, gronda-t-il. Je reçois qui bon me semble sous mon toit, mon cher David. Ce n'est certainement pas à toi d'en décider. Je suis le seul maître à bord de ce navire, ne t'en déplaise. Quant à Ernest, il représentait un poids pour le nid depuis quelques années déjà. Si je ne t'ai pas privé de ton jouet pendant tout ce temps, c'était simplement par amitié pour toi. Cependant, il avait une fâcheuse tendance à ne pas suivre mes ordres à la lettre et je t'avais prévenu, à plusieurs reprises, de le garder à l'œil, car tôt ou tard, cela lui causerait des ennuis. Notre entretien de l'autre soir m'a donné raison, une fois de plus. S'il était resté à sa place et que tu l'avais gardé en laisse, il serait encore parmi nous ce soir, à faire la fête. Sa mort n'est que le résultat de ton incapacité à contrôler ta progéniture ! Car non, dit-il d'un ton badin en se tournant vers Max et ses amis, il ne s'agit en aucun cas d'un quelconque repas douloureux. Je suis d'ailleurs ravi que vous nous rendiez visite ! Voilà une très agréable surprise, ma chère Maxine. Dorian !

Un autre vampire sortit de nulle part pour rejoindre son maitre. Il devait mesurer dans les deux mètres et peser, au bas mot, cent dix kilos. Taillé tout en muscles, il avait davantage la silhouette d'une montagne que celle d'un homme. Cette impression était encore renforcée par sa chemise à manches bouffantes et son pantalon de cuir moulant ses jambes comme une seconde peau.

— Oui ? s'enquit-il d'une voix grave.

— Emmène donc David réfléchir dans l'une des cellules du sous-sol. Il y restera une petite dizaine de jours, le temps de se remettre les idées en place. Quant à toi, je te conseille de te tenir à carreau jusqu'à nouvel ordre ! dit-il à l'adresse de David en le menaçant du doigt.

— Bien, convint Dorian tandis que l'autre demeurait aussi muet qu'une carpe. Bonsoir messieurs, dame, lança-t-il ensuite à l'adresse des loups.

Sans attendre de réponse, il s'approcha de David avant de le saisir par le bras sans ménagement pour le trainer à sa suite. Celui-ci baissa la tête sans chercher à plaider sa cause. Max opina, approbatrice.

— J'avoue, vous menez votre nid d'une main de maitre, vous auriez fait un excellent alpha, dit-elle enfin.

Cyrus se mit à rire à gorge déployée, comme lors de leur entretien au cimetière. Cependant, cela ne perturba pas les trois comparses cette fois, ils avaient fini par se faire une raison quant à l'attitude de Cyrus. Celui-ci était instable, point.

— Je vais prendre cette remarque pour un compliment, s'amusa-t-il. Mais en effet, être le patron n'est pas toujours facile. Il faut ménager les uns et les autres tout en pensant au bien de tous, ce qui n'est pas évident à concilier au quotidien.

— À qui le dites-vous, grommela Jack.

Cyrus posa les yeux sur l'alpha puis fronça les sourcils.

— Je vous sens contrarié, Yuma. Ce serait-il passé quelque chose dont je devrais être mis au courant ? Hormis, bien entendu, le comportement pour le moins grossier de David. Je vous présente d'ailleurs mes excuses en ce qui concerne ce dernier. Il était très proche de l'individu dont vous avez arraché le cœur, comme vous l'avez certainement compris. De ce fait, il a mal accepté que je ne vous tienne pas rigueur de cette perte. Je dois même avouer que vous m'avez retiré une belle épine du pied.

— De rien, tout le plaisir a été pour moi, ironisa l'alpha. Si vous avez encore du ménage à faire, n'hésitez pas.

Une fois de plus, Cyrus sourit sans cacher son amusement. Halloween le mettait manifestement de charmante humeur… le buffet à volonté sans doute.

— Je pense que je devrais m'en sortir, s'amusa-t-il. Alors, dites-moi ce qui vous amène. Cela doit être relativement grave pour que vous n'ayez pu attendre, surtout en sachant ce que représente Halloween pour les vampires du coin.

— Si l'on veut, rétorqua Max.

Le vampire l'empêcha de continuer en levant son index en l'air.

— Je constate aussi que ce brave Jared fait partie de l'expédition, j'en déduis que vous, Maxine, êtes au centre des préoccupations. Cependant, pas d'autre loup, donc…

Il inspira profondément puis hocha la tête d'un air entendu.

— Je vois. Veuillez me suivre, nous serons mieux à l'intérieur pour discuter, dit-il enfin en leur tournant le dos pour regagner la demeure.

Les trois amis se consultèrent du regard. Pour que Cyrus fasse preuve d'un tel excès de confiance, il avait sans doute parfaitement conscience de ne rien avoir à craindre des trois loups. La maison devait abriter bien plus de vampires qu'ils ne l'avaient envisagé de prime abord.

Non sans une pointe d'appréhension, ils emboitèrent le pas à leur hôte. Celui-ci emprunta un dédale de couloirs agrémenté de tentures luxueuses et de dorures fines, le tout éclairé à la bougie, ce qui conférait à l'endroit une ambiance encore plus inquiétante et presque irréelle. Retrouver son chemin dans ce labyrinthe devait se révéler un véritable casse-tête. D'ailleurs, cela devait être l'une des principales volontés du propriétaire concernant la sécurité du nid. Si, par hasard, un humain venait à y entrer pendant le sommeil diurne de ses occupants, il avait moins de chances de tomber sur eux avant de réussir prendre la fuite que de leur servir de petit déjeuné. À cette pensée, Max frissonna et se serra d'instinct contre Jack qui passa un bras autour de ses épaules dans un geste protecteur. Dans l'absolue, ils étaient de force égale et possédaient le même statut d'origine, cependant, Jack irradiait de cette aura particulière, capable d'apaiser la moindre des angoisses de Max. Il suffisait d'un regard, d'un geste de son compagnon pour qu'elle se sente capable de soulever des montagnes.

Ils déambulèrent comme ça près de vingt minutes avant que Cyrus ne s'arrête finalement devant une porte. Il sortit une clef ancienne et ouvragée de la poche de son veston puis l'ouvrit et s'effaça pour les laisser entrer avant de refermer derrière eux.

— Nous serons plus tranquilles ici, dit-il enfin, rompant ainsi le silence pesant qui s'était installé depuis qu'ils avaient passé le seuil de la maison. Il s'agit de mes appartements privés. Qu'en pensez-vous ? Soyez francs surtout. J'envisage de faire refaire la décoration prochainement, mais j'avoue que je ne sais pas encore quel style choisir.

Max étudia le petit salon, non sans une certaine perplexité. Les murs étaient recouverts de toile de Jouy du même bleu roi que les rideaux ainsi que les fauteuils. Tout le mobilier était de style Louis XV, quant au plancher, il était incontestablement en chêne. Le plafond, lui, était orné d'une magnifique rosace à laquelle était suspendu un lustre ancien dont les pampilles de cristal renvoyaient la lumière dans les moindres recoins de la pièce. On se serait cru dans un château à la française. Un château où la confiance ne régnait pas étant donné que son propriétaire allait jusqu'à fermer sa propre porte à clef... Cela dit, elle ne pouvait pas le lui reprocher. La trahison qu'elle avait découverte aujourd'hui tendait, une fois de plus, à prouver que prudence était mère de sûreté.

— C'est superbe, convint Max. À votre place, je ne toucherais à rien. Aucun architecte ne sera capable de recréer ce style de façon aussi parfaite. Ne parlons même pas du mobilier original qui, quoi qu'on en pense, ne pourra jamais être remplacé, autant par sa qualité que par son esthétique, par ce qui se fait de nos jours. Ce salon colle parfaitement au style de la maison, le modifier reviendrait à la défigurer d'une certaine manière.

Cyrus eut une geste de la main dont seule une diva devait posséder le secret.

— Vous êtes véritablement adorable, ma chère, sourit ce dernier en frétillant presque. Et je dois admettre que vous avez parfaitement raison. Aujourd'hui, tout est froid, sans vie et d'un banal à pleurer. Les maisons ne sont plus que de pâles copies les unes des autres. Il me semble parfois que contrairement à cette époque, ajouta-t-il en englobant la pièce d'une geste de la main, les propriétaires ne ressentent plus le besoin d'apporter leur griffe, leur signature, à l'endroit qui abritera tout de même leur famille. C'est bien dommage lorsque l'on y songe. Mais je vous en prie, tous les trois, ne restez pas debout, asseyez-vous et refermons cette parenthèse décoration et nostalgie, elle peut attendre.

Ils obtempérèrent, prenant place dans les confortables fauteuils de velours. Cependant, Max se dit qu'ils devaient jurer dans un décor aussi luxueux. Elle-même portait un t-shirt Donald Duck sur un jean slim et des Dr. Martens. Jared était vêtu d'une de ses fameuses chemises de coton à carreau sur un jean clair troué aux genoux et de ses sempiternelles Santiags, quant à Jack, il arborait un jean large, des baskets ainsi qu'un t-shirt à l'effigie du groupe Green Day, dans sa période faste.

— Alors, que se passe-t-il ? enchaîna leur hôte. Qui a osé vous contrarier au point que vous preniez le risque de vous aventurer dans l'un des nids de vampires les plus puissants de cette ville ?

— Conrad et Sakarie, lâcha froidement Max.

Cyrus plissa les yeux et serra subrepticement ses mains sur ses genoux. Il était irrité, parfait !

— Tiens donc. Non pas que je sois véritablement étonné vu ce qu'il vous a déjà fait subir. Je ne suis pas non plus surpris qu'il ait pu trouver le moyen d'en remettre une couche. Conrad est pire qu'une épidémie de choléra. Il finit toujours par réapparaitre au moment où vous vous y attendez le moins et parvient systématiquement à faire grandir le nombre de ses victimes, gronda Cyrus.

— En effet, dit l'alpha, et, même si nous nous en doutions un peu, sa prochaine cible sera de nouveau Max si nous n'intervenons pas rapidement. C'est pourquoi nous pensons qu'il est temps de mettre au point un antidote efficace. D'ailleurs, nous l'avons, il nous faut juste un peu d'aide pour pouvoir lui inoculer.

Le vampire se pencha en avant, les coudes sur ses genoux, le menton appuyé sur l'arche de ses doigts, il esquissa un sourire carnassier.

— Croyez bien que vous venez d'obtenir toute mon attention, Yuma. Cependant, pourrais-je très exactement savoir ce que mijote cette hyène répugnante ?

— Sa compagne semble estimer que je n'ai pas encore assez payé pendant ma première détention, expliqua Max. Quant à lui, s'offrir de nouvelles séances de jeux ne parait pas une idée faite pour lui déplaire. Seulement cette fois, il ne s'agirait plus que de quelques semaines, mais de mois ou même d'années, car il ne se contentera pas d'ouvrir seulement le tombeau qui se trouve à Salem.

— Dois-je comprendre que Conrad compte vous… domestiquer ? Ou quelque chose de ce genre ? gronda Cyrus d'une voix sourde.

— Si vous estimez que devenir son esclave sexuelle personnelle ainsi que son défouloir quotidien est une forme de domestication alors oui, c'est ce qu'il veut faire d'elle.

La réplique de Jared avait claqué dans l'air tel un fouet. Leur hôte ainsi que son alpha et sa meilleure amie se tournèrent vers lui de concert. Il était resté muet jusque-là, mais la simple évocation des intentions de Conrad envers Max n'était pas loin de lui faire perdre le contrôle. Ses yeux avaient déjà revêtu leur parure mordorée.

Afin que l'entretien ne dégénère pas au carnage, Jack fit immédiatement agir son pouvoir d'alpha pour calmer son second. Cette soirée s'était avérée éprouvante pour tout le monde, cependant, elle était loin d'être terminée. Sans l'appui de Cyrus, leur plan risquait de tourner à la catastrophe. Sa contribution, en revanche, leur donnerait un avantage de taille et des résultats sur une période bien plus longue que quelques jours ou mois.

— J'avais parfaitement saisi de quoi il retournait, reprit calmement Cyrus. Je suis d'ailleurs tout aussi choqué que vous, Jared. Les miens le savent, s'ils se comportent de cette façon, je les tuerai de mes propres mains. Aucune femme, peu importe qu'elle soit humaine, vampire ou louve, ne devrait avoir à subir ce type de violence. Tuer pour nous nourrir est une chose, chasser pour nous divertir, une autre, après tout, nous demeurons tous des prédateurs, mais infliger ce genre de traitement relève d'une déviance aussi impardonnable qu'incurable et clairement abjecte. Quant à sa compagne, elle est encore plus immonde, non seulement d'accepter cela, mais de lui fournir les victimes dont il a besoin pour assouvir ses pulsions. Car n'imaginez pas que vous ayez été la première et la dernière Max. Il s'agit également de l'une des raisons pour lesquelles j'ai quitté ce clan pour monter le mien. Je ne pourrais jamais me résoudre à fermer les yeux là-dessus.

Celle-ci soutint son regard pendant plusieurs minutes sans mot dire. La simple évocation de ces pratiques ayant ravivé ses souvenirs les plus douloureux, vieux de trois cents ans et qui pourtant semblaient dater d'hier dans son esprit. Son corps avait beau être neuf et donc pur, son âme, elle, saignait de nouveau en abondance chaque fois qu'elle se souvenait de la douleur, de l'humiliation, des petites morts infligées à son être à coup de boutoir dans son ventre. Tout le temps du monde pourrait passer, jamais elle ne pourrait oublier ces nuits d'horreur, continuer à vivre oui, mais les effacer, jamais. Elle dut se faire violence pour ne pas se mettre à pleurer. Cyrus soutint son regard, aucune émotion particulière ne transparaissant sur son visage blême.

— Ils ont soudoyé l'un de nos membres pour qu'il me livre à eux directement, reprit-elle d'une voix presque inaudible. Je pense qu'ils ont compris qu'un enlèvement serait impossible à présent que je me trouvais au cœur de la meute, contrairement à la première fois.

Cyrus pinça les lèvres en hochant la tête.

— Autrement dit, ils n'ont jamais eu l'intention de vous livrer à Vlad, murmura-t-il. Soit Conrad souhaite ouvrir les tombeaux en espérant monter en grade s'il libère le Grand Widgigo, soit il veut disparaitre avec la Tourmaline pour faire la nique à son maitre tout en vous gardant sous la main. À ses yeux, vous représentez sans doute un fantasme plus grand que la loyauté qu'il doit à ce dernier. J'ignore ce que vous attendez de moi, mais quoi que ce soit, considérez que vous l'avez, termina-t-il.

— Merci, répondit Max. Cependant, je dois me montrer parfaitement franche avec vous. En ce qui concerne le tombeau, je n'ai pas la moindre idée de comment le sceller définitivement, ou même de comment le détruire. J'ai étudié tous les ouvrages en ma possession, en vain. Seule la branche humaine de la famille possédait ce secret manifestement. Si encore je savais où était passé Tituba après son départ de Salem, j'aurais pu me rendre sur sa tombe pour voir si elle ne m'avait pas laissé un indice, mais dans le cas présent, j'ignore totalement de quelle façon procéder. Je ne connais même pas son emplacement.

— Vous seriez donc décidé à nous débarrasser de cette tombe ? s'enquit calmement Cyrus.

— Oui. C'est l'unique chose à faire pour que jamais ni le Widgigo ni Wayan ne reviennent ou que mes enfants ne soient pas menacés. Si Wayan a accepté d'être enterré avec ce cœur, c'est qu'il avait également conscience qu'il représentait une menace, non seulement pour les siens, mais pour l'humanité tout entière. Sceller ce tombeau, c'est respecter le serment de ma tribu.

— Sage décision, ma chère. Commençons donc par mettre Conrad hors d'état de nuire. Une fois que lui et sa compagne ne traineront plus dans nos pattes, nous aurons tout le temps de localiser et de nous débarrasser du tombeau. J'ai déjà une idée, sans aucun danger pour vous, quant à la façon de procéder d'ailleurs. Cependant, je vous remercie de votre franchise. À présent, expliquez-moi ce que vous attendez de moi.

Jack prit le relai afin d'exposer en détail la stratégie qu'ils avaient élaborée. À savoir laisser le traitre penser qu'il avait réussi à attirer Max dans un piège alors qu'en réalité, serait pris qui croyait prendre.

— Parfait ! applaudit Cyrus. Voilà un plan fourbe et machiavélique comme je les aime ! Je ne peux que plussoyer avec enthousiasme. Cependant, je ne vois toujours pas ce que je viens faire dans cette histoire.

— J'y arrive, reprit Jack. Pendant que nous réglons nos comptes avec notre traitre, Conrad et Sakarie, nous souhaiterions que vous fassiez en sorte que jamais ils ne reçoivent de renfort.

Cyrus plissa les yeux avant de se tapoter la bouche de ses mains jointes.

— Si je vous suis bien, vous voudriez que j'attaque le nid de Conrad ? demanda-t-il.

— En effet, mais pas seulement. Une attaque ne ferait que les retarder un moment, rétorqua l'alpha.

Leur hôte se leva et se mit à arpenter la pièce, les mains croisées dans le dos.

— Il ne s'agissait que d'une simple question rhétorique mon cher Yuma, répondit-il sans cesser ses allées et venues. En effet, le nid devra être entièrement éliminé si nous voulons éviter d'éventuelles représailles, autant vous que moi, puisqu'ils savent pertinemment que je suis l'allié de Maxine. Vlad ne lèvera pas le petit doigt pour venger Conrad, certainement sera-t-il même ravi d'en être enfin débarrassé. Par contre, il sera absolument fou de rage de voir le tombeau lui échapper ! Oui… je trouve votre idée particulièrement bonne, pour ne pas dire excellente ! jubila-t-il.

Max ne put alors s'empêcher de se demander pourquoi Cyrus semblait si heureux de faire mordre la poussière à Vlad. Ils avaient sans doute eu des divergences d'opinions concernant le tombeau et les agissements de Conrad, mais quelque chose lui disait que leur différent allait bien au-delà de la banale anicroche familiale. Les vampires n'étaient pas connus pour être des êtres politiquement corrects et si Max avait appris à reconnaitre une émotion en particulier, c'était bien la haine. Cyrus en était pétri à l'égard de ces deux-là. Elle continua de l'observer tandis que celui-ci poursuivait sur sa lancée.

— Cependant, quand voudriez-vous agir ? demanda-t-il. Car je ne vous cache pas que ce soir est jour de fête pour nous, ce qui signifie que mes troupes seront au paroxysme de leurs forces ainsi que de leurs capacités extrasensorielles dans les jours à venir. Il ne faudrait donc pas trop tarder afin de conserver cet avantage qui ne sera pas de trop.

— Le clan de Conrad est plus puissant que le vôtre ? s'enquit Jared.

— Pas exactement, ils sont aussi nombreux, mais j'ai quelques cartes en plus dans ma manche, rassurez-vous. Je dis seulement que c'est le genre de tâche qu'il est préférable d'éviter de remettre à plus tard.

— Demain soir, asséna Max. Mon passé sera définitivement enterré, demain soir.

Cyrus cessa de marcher pour observer, une fois de plus, la jeune femme avec attention avant de hocher la tête.

— Je comprends votre besoin de mettre tout cela derrière vous. C'est même indispensable pour continuer à avancer et indissociable de votre tranquillité future. Que ce soit Conrad ou d'autres, tant que ce tombeau restera d'actualité, vous ne pourrez dormir sur vos deux oreilles. Malgré tout, tant que celui-ci ainsi que Sakarie seront en vie, vous ne connaitrez pas non plus le repos, ils n'auront de cesse de vous pourrir l'existence.

— Effectivement, j'en suis arrivée aux mêmes conclusions que vous. Alors, vous êtes d'accord ?

— Bien entendu ! s'exclama Cyrus. Ne vous ai-je pas assuré que j'accéderais à votre demande, quelle qu'elle soit ?

— Sans compter que vous deviendrez alors le dirigeant du plus puissant clan de vampires de la ville, nota Jared. Éliminer Conrad vous sera aussi utile qu'à nous.

Cyrus sourit tandis que son regard se portait sur le second. Il semblait véritablement apprécier Jared, ce qui était plutôt étonnant, il fallait l'admettre.

— Je dois bien reconnaitre que cette petite montée en grade va représenter la cerise sur le gâteau, convint le vampire. Et savoir que Conrad va mordre la poussière dans des souffrances atroces me donne presque envie de danser la gigue, ajouta-t-il en joignant le geste à la parole.

Il traversa la pièce en effectuant des pirouettes et des entrechats tout en riant comme un adolescent insouciant. S'ils avaient pris le parti d'ignorer les sautes d'humeur du vampire, cette fois, les loups en restèrent bouche bée. Puis, comme à l'accoutumée, il cessa son manège aussi brusquement qu'il ne l'avait commencé.

— Parfait ! Demain soir, je fais lever les troupes plus tôt, nous passerons par les égouts pour rejoindre le QG de Conrad. Ce n'est pas très prestigieux, mais aux grands maux les grands remèdes, n'est-ce pas ?

— En effet, convint Max.

— Dès que lui et Sakarie auront quitté le QG, nous donnerons l'assaut. Bien sûr, nous resterons en contact grâce à cela, ajouta-t-il en extirpant un smart phone dernier cri de la poche intérieure de son veston.

L'étonnement des loups face à cet appareil dans les mains de Cyrus dut se lire sur leurs visages, car celui-ci rit de nouveau.

— J'affectionne particulièrement l'époque dans laquelle j'ai vu le jour, je vous l'accorde. Les mœurs dans lesquelles j'ai été élevé étaient empreintes de valeur et de savoir-vivre, des choses en voie de disparition aujourd'hui si vous voulez mon avis. Cependant, un minimum d'adaptation est nécessaire pour survivre ! Tenez, voici ma carte, dit-il en tendant un petit carré de carton blanc à Jack. Allez, je vous raccompagne. Mes invités m'attendent, quant à vous, vous avez besoin de vous reposer avant le grand jour !

Les loups se levèrent pour le suivre jusqu'à l'entrée. Max s'étonna de ne pas croiser un seul vampire au détour d'un couloir ou d'un escalier, aucun son ne filtrait des pièces devant lesquelles ils passaient. Pour les avoir vus arriver, elle savait que la maison était pleine et de vampires et d'humains. Se pourrait-il que, même la nuit, les sangsues vivent dans les sous-sols ? Selon elle, cela aurait été un beau gâchis étant donné le faste de la demeure, mais si l'on considérait les fantaisies dont était capable le propriétaire, sans doute fallait-il s'attendre à tout. Cependant, quelque chose soufflait à Max que la folie de Cyrus n'en était peut-être simplement pas. Il pouvait faire preuve d'une violence dépassant l'entendement, signe d'une fureur qu'il avait du mal à contenir, pour ensuite laisser place à une joie frisant l'hystérie, comme s'il donnait dans la surenchère, mais dans le but de dissimuler quoi au juste ? Tout le long de leur périple, elle fixa le dos du vampire, tentant de percer ses pensées. Si celui-ci s'en aperçut, il n'en laissa rien paraitre. Parvenu à la porte, il l'ouvrit après les avoir salués.

— Rentrez bien et soyez prudents sur la route. Désirez-vous que je mette une escorte à votre disposition ?

— Non, nous sommes tout à fait capables de nous défendre, rétorqua Jack. Cependant, merci de votre aide et… amusez-vous bien, marmonna-t-il avant de sortir, suivi de Jared.

Max, elle, resta à observer Cyrus qui, une fois de plus, la laissa faire en soutenant son regard. Elle se demanda même s'il n'espérait pas qu'elle devine ce qu'il dissimulait sous ses airs de diva.

— Puis-je vous poser une question indiscrète ? s'enquit-elle enfin.

Cyrus esquissa un sourire triste.

— Elle s'appelait Anita, dit-il doucement. Car c'est bien cela que vous vouliez savoir, n'est-ce pas ?

Max se contenta de hocher la tête sans prononcer un mot. Certains silences n'avaient pas besoin d'être comblés. Le regard de la personne en face de vous suffisait à vous faire comprendre son chagrin et l'ampleur de sa douleur. Alors, la seule chose capable de l'apaiser était votre présence à ses côtés et la certitude de votre compréhension et de votre soutien.

— Eh oui, Conrad lui a fait subir la même chose qu'à vous avant de l'abattre. Elle a osé le repousser, cela a suffi à ce qu'elle devienne une proie. Elle était humaine, complètement humaine, renchérit-il. Son calvaire a donc été moins long que le vôtre.

— Mais pas moins douloureux pour autant, murmura Max avec compassion. Elle savait pour vous ?

— Oui, elle désirait que nous nous mariions avant que je ne la transforme. Un choix certes romantique, mais qui lui a coûté la vie. J'étais le meilleur soldat de Vlad, j'avais toujours mené la moindre de mes missions à bien, pourtant, il n'a pas daigné lever le petit doigt lorsque j'ai demandé réparation à Conrad. Pour eux, les humains ne valent pas mieux que des têtes de bétail, ils oublient seulement qu'ils ont incarné eux-mêmes ce bétail. Je pense que j'aurais réagi moins violemment s'il s'était contenté de la tuer proprement, si vous me permettez l'expression. Mais non, il a fallu qu'il l'humilie, qu'il la brise, corps et âme, qu'elle réclame d'en finir, pour qu'enfin il accède à sa demande. Je l'ai haïe et le hais encore pour cela, voilà pourquoi je comprends ce que ressent Yuma. Comme lui, je n'ai rien pu faire pour empêcher Conrad de faire subir ces atrocités à Anita et, comme lui, même si cela demeurera une maigre consolation, je veux qu'il souffre le martyre et se retrouve en lieu et place de ses victimes afin qu'il se rende compte de ce qu'elles ont pu éprouver.

Max hocha la tête, puis s'approcha pour serrer contre son cœur un Cyrus, si ébahi, qu'il resta figé tout le temps de cette étreinte et même après, lorsque Max lui jura :

— Je sais que cela ne diminuera pas votre peine, mais je peux vous assurer que demain, elle sera également vengée à la hauteur du préjudice qu'elle a subi. Son âme pourra ainsi trouver la paix et la vôtre aussi.

— Je n'en attendais pas moins de vous ma chère, répondit-il en s'inclinant dans une profonde révérence.

Max opina et quitta la maison en sentant à son tour le regard pesant du vampire sur son dos.

Max lisait et relisait le message que son compagnon lui avait envoyé quelques minutes plus tôt :

`Respire, reste calme. Surtout, garde le contrôle,`

`même si tu ne nous vois pas, nous serons là, tout près. Tu ne risques absolument rien, je te le promets. Je t'aime. Yuma.`

En soupirant, elle rangea son portable dans la poche de son jean. Il avait raison, elle menait la danse, à elle de ne pas se laisser emporter par la colère. Se montrer froide, pragmatique incarnait le meilleur moyen d'arriver à ses fins et d'enfin, obtenir sa vengeance ainsi que son billet pour l'avenir. Plus facile à dire qu'à faire quand votre loup s'évertuait à vous souffler d'étriper le traitre à la meute et de faire un festin de ses viscères avant de donner la chasse aux vampires. *« Ok Max, inspire, expire, inspire… voilà, tout va se passer comme sur des roulettes. Cela fait trois cents ans que tu attends cela, tu ne vas pas te dégonfler maintenant ! »*

Malgré tout, elle ne put s'empêcher de jeter un coup d'œil à Miranda, qui discutait avec son mari, près du chêne centenaire qui semblait servir de gardien à leur refuge. Ils riaient et paraissaient plus amoureux que jamais. Ludwig la serrait contre lui, l'embrassait dans le cou. Ils respiraient la complicité. Ce constat la poussa à se poser une question : L'un savait-il tout des agissements de l'autre ? Ou à l'instar de Jack et d'elle-même, n'aurait-il jamais pu soupçonner ce que tramait son conjoint tant il le plaçait au-dessus de tout et de tout le monde ?

Pour répondre à cette interrogation, il lui aurait suffi de tendre l'oreille, elle aurait alors su, sans difficulté, de quoi ils parlaient avec tant d'enthousiasme, mais elle s'en abstint. Ils n'en avaient pas conscience, mais ils vivaient en ce moment même leurs derniers instants avec la seule personne qu'ils aimeraient jamais. En ce qui concernait l'amour, il n'y avait pas de seconde chance pour les loups. Si leur côté humain pouvait envisager de refaire sa vie, le lycanthrope, lui, s'y opposait éternellement. Cependant, s'il s'avérait qu'ils avaient monté ce plan ensemble, ils ne tarderaient pas à se retrouver dans l'autre monde.

Une fois de plus, cette pensée attrista Max. Elle avait apprécié le couple, vraiment. Mais aujourd'hui, elle allait les perdre tous les deux, définitivement, et quoi qu'il advienne. Tout comme la meute perdrait deux membres. Que ce soit la sienne ou seulement celle de son conjoint, la mort les séparerait à jamais. Max le comprenait. Si elle avait été dans la même situation, elle non plus n'aurait pu tolérer de croiser tous les jours celui ou celle qui avait ôté la vie de son amour, peu importait les agissements de celui-ci. Elle aurait accepté la décision de la meute, mais elle n'aurait plus jamais eu le courage de supporter sa présence.

La jeune femme poussa, de nouveau, un profond soupir empli de lassitude et de chagrin, ce qui eut pour effet de faire réagir le couple, qui se tourna vers elle en fronçant les sourcils avant de venir la rejoindre.

— Eh bien Max, quelque chose ne va pas ? Depuis que tu as reçu ce message, tu soupires à fendre l'âme, s'inquiéta Miranda. Qu'est-ce que Jack t'a encore fait, raconte.

Max regarda son amie dans les yeux. Ceux-ci reflétaient une inquiétude qu'elle voulut de tout cœur croire sincère sous le couvert de la taquinerie. C'était donc le moment ou jamais de saisir cette perche providentielle afin que le piège qu'ils avaient mis en place se referme avec la précision d'une mâchoire acérée. *« Alors les choses vont réellement se dérouler aussi facilement ? songea Max avec une pointe d'amertume. Je vais conduire ces gens à la mort comme on m'a conduite au gibet il y a trois cents ans, sans que personne ne s'y oppose. J'ai espéré, souvent, me retrouver dans le rôle du bourreau, pourtant, aujourd'hui, jamais cette place ne m'aura semblé plus difficile à occuper. Si vous m'avez trahi tous les deux, alors vous rejoindrez l'autre monde et assumerez ensemble vos actes, main dans la main, comme dans cette vie. Cependant, s'il n'en est rien, que le ciel me pardonne d'ouvrir les yeux et de priver de sa raison de vivre l'innocent dont le seul crime aura été d'aimer. »*

— Oh rien, soupira Max en exagérant l'impression de déception qu'elle renvoyait déjà et qui n'était pas totalement factice. Aujourd'hui, je voulais me rendre à l'endroit où se trouvait autrefois ma cabane. D'une parce que j'ai besoin de retourner sur les traces de mon passé afin d'en clore les chapitres, et de deux, parce que je me demande si quelque chose ne m'aurait pas échappé. Je devais y aller avec Jack, mais son rendez-vous avec son client va sûrement s'éterniser. Résultat : la promenade dont je me faisais une joie tombe à l'eau.

Miranda fronça les sourcils puis s'approcha pour s'agenouiller auprès de son amie. Une main sur le genou de celle-ci, elle s'enquit doucement :

— Tu penses que tu pourrais trouver des indices concernant le tombeau là-bas, c'est ça ?

— Je ne sais pas, mais étant donné que je n'ai pas pu me résoudre à quitter cet endroit alors que je connaissais les risques d'y rester, il se pourrait bien que quelque chose m'ait retenu. Tu trouves cette théorie farfelue ?

— Absolument pas. Après tout, la magie implique que l'on doive repousser les limites de la logique. Tu m'as confié que l'endroit où tu as construit cette cabane t'a de suite attiré, alors en effet, il se pourrait que le tombeau ne soit pas loin, mais qu'au vu des évènements qui se sont enchainés pour toi en 1692, tu les aies manqués. Ou encore, que n'étant simplement pas au courant, tu n'y aies pas prêté attention.

— C'est ce que je me dis aussi et le temps joue contre nous, renchérit Max. Si les vampires le trouvent avant nous, ils donneront l'assaut pour récupérer la Tourmaline et même si nous faisons en sorte de rester sur nos gardes, ils auront l'effet de surprise pour eux et je n'aime pas naviguer à vue, surtout avec les sangsues.

Miranda soupira en hochant la tête.

— J'avoue que là, tu marques un point, grimaça-t-elle. De plus, ils ne se contenteront pas de la Tourmaline, ils tenteront de t'enlever, toi.

— Dans ce cas, pourquoi ne pas y aller ? proposa Ludwig, resté muet jusque-là. Il ne s'agit que d'un simple repérage, je ne pense pas que Jack aurait quoi que ce soit contre. Cependant, je préfèrerais lui demander la permission avant.

— C'est vrai ? Vous seriez partants pour venir avec moi ?

— Seulement si Jack est d'accord, tempéra Miranda, mais si c'est le cas, nous t'accompagnerons avec plaisir. Au mieux, nous trouverons quelque chose et au pire, tu pourras nous montrer tes souvenirs et cela nous fera faire une agréable promenade. Nous avons la chance d'avoir un peu de soleil aujourd'hui, autant en profiter.

— Génial ! s'exclama Max, faussement enjouée. J'appelle Jack immédiatement.

« C'est ça, mordez donc à l'hameçon que je vous tends si gentiment tout en continuant de jouer aux bons petits soldats parfaitement disciplinés. Ne craignez rien, Jack va le donner son aval, et plutôt deux fois qu'une, comme il achèvera sans remord celui de vous deux qui l'a trahi lorsque le moment sera venu. Vous avez raison, profitez bien de cette dernière journée passée sur Terre. »

Elle dégaina son portable puis composa le numéro de l'alpha. Celui-ci décrocha dès la seconde sonnerie.

— Oui mon cœur, un problème ?

— Non, aucun. J'ai parlé avec Miranda et Ludwig, ils sont d'accord pour m'accompagner en balade, cela te dérange vraiment si j'y vais avec eux plutôt qu'avec toi ? J'ai vraiment besoin de démêler cette histoire rapidement Jack, ou je crois que je vais finir par devenir folle. Promis, si nous trouvons quelque chose, nous ne ferons rien. Nous reviendrons ici et nous y retournerons tous ensemble.

Jack feignit de soupirer et de réfléchir quelques secondes avant de répondre :

— Bon, si cela te tient vraiment à cœur, d'accord, mais soyez prudents, car la nuit ne va pas tarder à tomber. Quant à toi, si tu trouves quelque chose, tu ne tentes rien d'inconsidéré. D'ailleurs, laisse la Tourmaline à la maison, je serais plus tranquille.

— Ah, eh bien merci ! s'insurgea Max. La confiance règne, cela fait plaisir !

— Je te connais mieux que si je t'avais fait, alors tu laisses cette pierre à la maison, ce point n'est pas négociable.

Max retira le portable de son oreille pour le fixer une seconde avant de lui tirer la langue, ce qui arracha un gloussement à Miranda et un sourire à Ludwig.

— Bien papa, je serais sage comme une image, promit Max.

— Ne fais pas de promesse que tu n'es pas sûre de tenir, ricana Jack. Je dois raccrocher à présent, mon client revient des toilettes. À ce soir, je t'aime.

— Je t'aime aussi, répondit Max avant de raccrocher. C'est parti ! lança-t-elle à l'adresse du couple.

— Tu veux qu'on prenne la voiture ? s'enquit Miranda.

— Non, comme tu l'as dit, autant profiter du soleil. Nous allons couper à travers la forêt.

— Ok, alors nous te suivons, madame la guide ! s'amusa Ludwig.

« Oui, suivez-moi, surtout ne me quittez pas des yeux. Être soumis reste dans vos natures, même inconsciemment, vous faites ce que l'on attend de vous et vous contentez de suivre le rythme sans jamais mener la danse. Rien que pour cela, changer de camp aura été parfaitement inutile, on ne peut rien contre sa nature profonde. Le chasseur incarne la proie à présent et il va apprendre la première des règles que j'ai enseignées à son alpha. Règle qu'il faut toujours suivre avec application, car son manquement ne peut se révéler que funeste. Trahir ou s'en prendre aux nôtres ne mène qu'à une seule destination : la mort. »

Appuyé contre un arbre, les mains dans les poches de son jean, Max contemplait la clairière qui avait autrefois été l'emplacement du campement de Yuma et de sa famille. Aujourd'hui, plus de forêt profonde peuplée de gibiers ou de fruits, juste un petit bois chétif, cerné de champs cultivés, eux-mêmes enclavés dans de vastes étendues de bitume. Petit à petit, l'homme avait repoussé les limites de son territoire au détriment de mère Nature, sans même avoir conscience qu'il se privait lui-même des bienfaits de cette dernière en agissant ainsi.

— C'est bizarre, grimaça Miranda. J'ai beau savoir que Jack et toi avez vécus à cette époque, je ne parviens pas à vous imaginer vivre comme ça, sans électricité, ni eau, ni le moindre confort.

— Disons que nous disposions seulement du confort nécessaire. Dans ce temps-là, les gens se contentaient de ce qu'ils possédaient et savaient se réjouir des plaisirs simples de la vie. Jack était un excellent chasseur, le meilleur que j'aie jamais rencontré. À l'époque, il entretenait déjà beaucoup de points communs avec les loups et était capable de suivre une proie pendant des jours avant de donner l'assaut final. Les siens l'admiraient et le respectaient pour cela, car, grâce à lui, ils n'ont jamais connu la faim. Les Amérindiens étaient très respectueux de la nature et n'y prélevaient que ce dont ils avaient réellement besoin, conservant avec elle un parfait équilibre. Si le monde avait suivi ce modèle, pourtant simple, aujourd'hui, les ressources de notre planète ne se seraient retrouvées en péril, répondit Max en reprenant sa route à travers la forêt.

La pénombre commençait déjà à tomber, mais ils y voyaient encore suffisamment clair pour continuer d'avancer seulement aidés de leur vision humaine. Cependant, le moment approchait, inexorablement.

Max observait le sol comme elle l'avait fait des siècles auparavant, au même endroit. Soudain, elle se baissa pour ramasser une plante qui serait passée pour une mauvaise herbe aux yeux de beaucoup. Elle la montra au couple en souriant.

— Vous voyez, aujourd'hui, les instituts pharmaceutiques se font des milliards sur le dos de la souffrance d'autrui, alors que cette simple plante, qui ne coûte rien, la nature nous l'offre gracieusement, suffit à elle seule à soigner des maladies comme les congestions pulmonaires.

Miranda se saisit de la plante pour l'observer avec attention. Elle était formée de petites branches, très fines, surmontées de minuscules fleurs blanches.

— Incroyable, souffla-t-elle. Comment se nomme-t-elle ?

— Osha, répondit Max. Il s'agit d'une plante de la famille du persil, bête comme chou donc. De plus, elle pousse dans quasiment tous les jardins, seulement ce savoir s'est perdu au fil du temps et à présent, son unique récompense est de se prendre un bon coup de désherbant.

— En fait, intervint Ludwig, à l'époque, vous disposiez de toutes les ressources nécessaires pour vivre, sans faire dans la surenchère.

— C'est à peu près ça, convint Max. Bien sûr, ce n'était pas drôle tous les jours, mais nous n'y pensions pas. Nous avions froid ? Il suffisait d'aller chercher du bois dans la forêt pour allumer un feu. Nous avions faim ? Nous posions des pièges et chassions ou cueillions ce dont nous avions besoin. Nous comprenions encore le sens de l'expression : ne rien avoir sans rien.

Aujourd'hui, si l'on a faim, il suffit de décrocher son téléphone pour se faire livrer une pizza, peu importe que l'on se soit levé à quinze heures, si l'on a froid, on augmente le chauffage. Bien entendu, ce genre de service est bien pratique et il est indispensable que le monde avance, cependant, tout a un prix. Et si l'on en croit les études publiées par des scientifiques, la note risque d'être élevée pour l'Homme s'il ne se décide pas à revoir ses priorités, grimaça la jeune femme en enjambant un tronc d'arbre gisant au sol et recouvert de lierre.

— Franchement, je dois avouer que je n'aurais jamais imaginé que cette forêt puisse abriter autant de merveilles, admit Miranda.

— Pour avoir conscience que l'on possède un trésor, faut-il encore pouvoir identifier ce dernier, rétorqua Max en s'arrêtant de nouveau devant un énorme tas de pierres.

Elle s'approcha davantage, puis avec des gestes lents, elle souleva les branches de lierre qui se trouvait dessus afin de découvrir une entrée.

— Ça alors ! s'écria Miranda. Qu'est-ce que c'est que ça ? On dirait une sorte de grotte.

— Pas une grotte, une tanière, rectifia Max avec un sourire. Celle de mes amis, murmura-t-elle en caressant les rochers du bout des doigts.

— Tes amis ? s'étonna Ludwig. Des gens vivaient ici ?

— Oui, un couple de loups pour être exacte. J'ai fait le voyage jusqu'ici en restant, le plus souvent, sous ma forme animale. Lorsque je suis enfin arrivée dans cette forêt, j'ai rencontré un loup, un mâle, alors que je chassais. Exactement comme ma grand-mère me l'avait affirmé, il a senti que nous étions frères. Il s'est soumis avant de se joindre à moi. Évidemment, j'étais capable d'attraper des proies bien plus importantes que les siennes, alors, je lui ai proposé de partager notre repas. C'est là qu'il m'a conduit auprès de sa compagne, ici. Tous les trois, nous avons mangé puis nous avons été nous dépenser avant qu'un violent orage n'éclate et qu'ils ne m'offrent l'hospitalité. Ils ne me connaissaient pas, ne savaient rien de moi, pourtant, ils m'ont accueilli sous leur toit, sans se poser de question, contrairement aux humains. Ensuite, lorsque j'ai rejoint ces derniers, je venais les voir régulièrement pour leur offrir des gibiers ou encore les soigner. Quelques jours avant mon arrestation, ils ont eu des petits. Sans doute que, comme moi, ils ont été traqués avant d'être tués ou qu'ils ont dû fuir…

Max poussa un profond soupir avant de continuer son périple à travers les arbres. La nuit était tombée maintenant, la forêt commençait à s'éveiller lentement, les animaux quittaient leurs abris pour profiter enfin de leur territoire sans risquer de faire de mauvaises rencontres. Cependant, Max n'y prêta pas attention et bascula sa vision en mode lycanthrope sans même en avoir conscience. Contrairement à la majorité des loups-garous, sa louve n'était pas une seconde identité avec laquelle elle devait cohabiter, mais une simple prolongation d'elle-même. Elles étaient nées ensemble, avaient tout partagé depuis le jour même de leur conception. Aujourd'hui, toutes deux avaient le cœur lourd de chagrin et de ressentiment.

Toutes les personnes ainsi que les petites choses auxquelles elles avaient tenu avaient fini par disparaitre doucement, sans bruit, dans l'indifférence générale, ou presque. Désormais, elles ne signifiaient plus rien pour personne, si ce n'était pour elles-mêmes, faisant encore davantage prendre conscience à Max de l'incongruité de sa situation. À présent, elle comprenait ce qu'avait voulu dire Yuma ainsi que la rancune qui l'animait parfois. Sa décision avait eu des conséquences qu'elle n'avait pas toutes assumées seule, mais qu'elle lui avait surtout imposées à lui. Aujourd'hui, elle ne pouvait que constater ces disparitions alors que lui y avait assisté de ses yeux, avait vécu les évènements sur le vif, les avait subis de plein fouet.

Lorsqu'elle arriva enfin à l'endroit où était censée se trouver sa cabane, son cœur se serra devant le même constat que celui qu'elle avait fait quelques semaines plus tôt. Rien, il ne restait pas la moindre trace de la maisonnette qu'elle avait construite de ses mains. La nature avait repris ses droits et un majestueux sapin trônait en lieu et place de sa modeste demeure. Le bois avait remplacé le bois.

Max avança entre les conifères presque avec déférence. Là, sur sa droite, se tenait autrefois le petit abri où elle entreposait le bois, tandis que sur sa gauche, elle s'était aménagé une sorte de minuscule potager, entouré de pierres. Tout ça, ce décor qui peuplait encore ses souvenirs avait disparu, comme si elle-même n'avait jamais existé. Ce constat lui fit l'effet d'une gifle, la forçant à prendre appui contre l'un des arbres.

— Ça va ? demanda Miranda d'un ton compatissant. Tu es toute blanche, tu veux rentrer ? Nous reviendrons plus tard si tu le souhaites.

— Rassure-toi, je vais bien. C'est seulement que cela me fait un drôle d'effet de me retrouver ici tant de temps après.

— C'est l'emplacement de ta cabane ?

— Oui, tu te trouves juste là où se situait la cheminée, sourit Max. Le lieu où j'ai certainement passé les plus belles heures de ma première vie.

Miranda et Ludwig regardèrent autour d'eux, perplexes, comme s'ils n'y croyaient pas, et pourtant. Elle avait bien vécu au cœur de cette forêt, seule.

Cependant, jamais elle n'avait eu peur, au contraire, elle avait été heureuse ici, loin de tout et de tous. Sous le couvert des arbres, hors de portée des regards indiscrets, elle avait rencontré Yuma, en était tombée amoureuse et avait profité de chaque minute passée entre ses bras.

« Pour vivre heureux, vivons cachés. Sûrement, que tout cela ne serait pas arrivé si nous avions suivit ce simple adage. Sakarie aurait fini par mourir et nous aurions ensuite eu tout le temps de nous aimer au grand jour, sans risque de représailles. Notre impatience s'est retournée contre nous. Pourtant, si les choses étaient à refaire, je n'échangerais pas une seule heure passée avec lui pour tout l'or du monde. »

— Oh, souffla Miranda. Effectivement, il ne reste pas grand-chose.

— Physiquement non, mais mon cœur et mon esprit sont emplis des bons souvenirs qui se sont déroulés dans ces lieux. Cet endroit a été peuplé de joie, de bonheur et de rires. Tu vois, la première fois que Yuma et moi nous sommes embrassés, c'était ici, dit-elle en pointant les pieds de son amie.

Miranda sourit avant de lui entourer les épaules d'un bras et de déposer un baiser sur sa joue.

— C'est vrai, personne ne pourra te voler ces instants. Ils seront à jamais gravés dans ton cœur et dans celui de Jack. Il suffit de voir comment vous vous regardez pour comprendre que ni le temps ni les épreuves n'ont réussi à altérer votre amour. Aujourd'hui, votre tanière est seulement un peu plus grande et plus classe ! s'amusa Miranda. L'avantage, c'est que vous pourrez avoir plein de bébés sans vous casser la tête pour les caser !

Max se joignit à l'hilarité de son amie tout en jetant un coup d'œil discret au mari de celle-ci. Il regardait autour de lui, mais ses yeux ne reflétaient aucune curiosité, seulement de l'impatience. Soudain, une voix féminine s'éleva derrière elle :

— Cette petite séance de nostalgie est si touchante ! Les chiens sont donc bien aussi fidèles qu'on le prétend et finissent toujours par rentrer à la maison. Ou les chiennes devrais-je dire ?

Tandis que Miranda se tournait immédiatement, Max, elle, esquissa un sourire de satisfaction avant de faire face à leur visiteuse.

— Ne bougez pas, ordonna-t-elle à l'adresse des loups. Eh bien, tu en as mis du temps, Sakarie. Je te pensais plus prompt à saisir l'occasion d'une nouvelle entrevue.

Les deux femmes se jaugèrent de longues minutes. La haine qu'elles éprouvaient l'une pour l'autre était presque palpable. Au loin, un cri perçant d'oiseau nocturne retentit. Il sonnait l'alarme. Ce soir, il valait mieux pour les habitants de la forêt qu'ils restent terrés chez eux. Cette nuit, les mauvaises rencontres seraient inévitables.

XXIX

Quelque part dans la forêt de Danver, de nos jours

— Je voulais te laisser tout le temps de comprendre que j'approchais, qu'une fois de plus, tu étais ma proie, sans possibilité de m'échapper, quoi que tu fasses, rétorqua l'ex-femme de Jack. Je désirais que l'angoisse pourrisse un maximum vos jours ainsi que vos nuits.

Nullement impressionnée, Max se contenta d'enfoncer les mains dans les poches de son jean avec nonchalance.

— Je pensais pourtant t'avoir suffisamment manqué pour que tu te précipites à l'annonce de mon retour. J'en serais presque vexée ! Nous avons partagé tellement de choses… Ah non, pardon, nous n'avions aucun point commun, hormis Yuma. Cela dit, ce petit retard m'a permis de profiter et de savourer à leurs justes valeurs mes retrouvailles avec lui. Crois-moi, lui n'a pas hésité à se montrer démonstratif pour me prouver à quel point mon absence lui avait pesée. Encore, et encore, et encore, ricana Max. Il est infatigable cet homme !

L'ex-femme de Jack tiqua, mais se reprit presque immédiatement. Conrad l'accompagnait et son regard fut traversé par une vague de lubricité pure lorsqu'il le posa sur Max. La jeune femme dû se faire violence pour ne pas se mettre à trembler de la tête aux pieds. Jack était là, quelque part, elle ne craignait rien, il ne laisserait personne lui faire du mal.

— Oh, mais non, laisse-moi réfléchir… C'est vrai ! Vous avez bien tenté de m'éliminer, mais une fois de plus, les incapables que vous êtes ont lamentablement échoué. La louve deux, les vampires zéro ! Enfin, la louve trois si on compte le fait que je t'ai piqué ton mari, ajouta-t-elle perfide, à l'adresse de Sakarie. Vlad va être affreusement déçu, encore, asséna la jeune femme en esquissant un sourire carnassier.

— Cette erreur va être réparée dès ce soir, gronda Sakarie. Et crois-moi, ton calvaire va être bien plus long et douloureux que celui que tu as subi à Salem.

Du coin de l'œil, Max aperçut Ludwig amorcer un mouvement de recul. Sûrement pensait-il s'enfuir rapidement à travers la forêt, mais surtout, sans Miranda. Cela signifiait donc qu'il se moquait de ce qu'il pourrait lui arriver. Cela ne fit qu'attiser un peu plus sa colère à son égard. Elle fit agir son pouvoir d'alpha pour le forcer à se soumettre et immédiatement, le loup se tassa sur lui-même pour venir la rejoindre, la nuque à portée de dents.

— Mais… commença Miranda, incrédule face à l'attitude de son amie.

— Où comptais-tu aller, Ludwig ? s'enquit Max sans pour autant lâcher Sakarie des yeux. C'est toi qui as organisé ce petit rendez-vous et tu ne veux plus y assister ?

Elle l'obligea à se mettre à genoux, ce qu'il fit sans tenter de s'opposer à l'ordre mental.

— De quoi tu parles ? demanda Miranda d'une voix sourde. Qu'est-ce que tu veux dire par il a organisé ce rendez-vous ?

— Aidez-moi ! lança-t-il à l'adresse des vampires en leur jetant un regard désespéré.

— J'ignore ce qu'ils t'ont promis, mais tu as vraiment imaginé qu'ils tiendraient parole ? demanda Max sur le ton de la conversation. Je suis désolée Miranda, mais la taupe que nous cherchions n'est autre que Ludwig. Je lui ai tendu un piège dans lequel il a foncé tête baissée.

— Quoi ? Non ! Il doit y avoir une erreur ! Ludwig, dis-lui ! s'écria-t-elle en s'agenouillant face à son mari.

— Jack n'a jamais su s'entourer, ricana Sakarie. Cela a toujours été son plus grand défaut, il accorde sa confiance trop facilement et à n'importe qui. Je me demande quand il se décidera à tirer des leçons de ses expériences, car, une fois de plus, cela va lui coûter très cher. Nous avons la Tourmaline, ne manque plus que ton sang coulant à flot.

— Vous n'avez pas la Tourmaline, seulement un pauvre caillou, que j'ai pris soin de choisir moi-même d'ailleurs. Cependant, tu peux le garder en souvenir, pas de soucis. Je le mettrai avec tes cendres quand je t'aurai tué si tu veux.

— Tu bluffes ! Le loup l'a récupéré dans tes affaires le soir d'Halloween alors que tu l'avais laissé trainer à portée de tous.

Miranda leva un regard effaré vers le couple. Elle venait de comprendre qu'il n'y avait aucune erreur. Le silence de Ludwig allié à la tirade de Sakarie avait confirmé ce que Max savait déjà. Abasourdie, la louve s'écarta de son compagnon en reculant, sans le quitter des yeux, pour se laisser tomber sur une souche.

— Je suis désolée Miranda, souffla Max, vraiment. Quant à vous deux, que vous me croyez ou non ne change strictement rien au fait que vous vous êtes fait berner. Vous pensiez être les traqueurs, or, vous étiez les traqués. Cette nuit, les seuls qui vont passer de vie à trépas, c'est vous, asséna-t-elle froidement.

Soudain, le couvert des végétaux fut animé d'un étrange phénomène. De prime abord, des dizaines de lucioles semblèrent y danser. Ce ne fut que lorsqu'elles se rapprochèrent doucement entre les arbres que tous purent constater qu'il s'agissait d'yeux. À l'approche de la meute et pour répondre à l'appel de son alpha, Miranda se laissa tomber à quatre pattes pour commencer à muter elle aussi. Ludwig, lui, se trouvait toujours sous l'emprise de Max.

— Va donc t'asseoir sur cette souche, lui intima la jeune femme. Jack décidera de ce qu'il adviendra de toi en temps voulu.

La tête basse et le regard rivé au sol, le traitre obtempéra, sachant pertinemment que son sort était désormais scellé. Il vivait ses derniers instants sur cette terre.

Conrad et Sakarie esquissèrent un mouvement de recul, ils s'apprêtaient à faire demi-tour pour s'enfuir lorsqu'ils se rendirent compte qu'ils étaient encerclés. La meute était au complet et, petit à petit, elle cernait les proies qu'elle s'était fixées. Un rire, machiavélique, échappa à Max. Elle sortit son portable puis consulta ses messages tandis qu'un sourire de satisfaction se dessinait sur ses lèvres.

— Eh oui, les choses ne vont pas tout à fait se dérouler comme vous l'aviez prévu. D'ailleurs, inutile d'attendre du renfort. À l'heure qu'il est, votre nid n'est plus qu'un tas de cendres. Plus rien ne trahira votre présence dans cette ville ou votre simple passage sur cette Terre. Nous allons vous effacer, purement et simplement.

Max se laissa alors tomber au sol à son tour, se retrouvant sous sa forme de loup avant même que ses genoux n'aient touché la terre. Elle leva la tête vers le ciel, puis comme pour saluer mère la Lune, elle poussa un hurlement, donnant l'assaut.

Un superbe loup noir la dépassa en courant pour se jeter sur Conrad. Ce dernier esquiva l'assaut d'un bond en arrière, mais inévitablement, le reste de la meute le repoussait vers leur alpha. Quoi qu'il tente, il était perdu.

— Tu nous as tendu un piège, chienne ! Tu vas me le payer ! gronda Sakarie avant de fondre sur Max.

Celle-ci ne chercha pas à éviter l'attaque, au contraire, elle bondit à la rencontre de Sakarie, lui attrapa l'épaule, qui émit un craquement sinistre lorsque ses mâchoires puissantes se refermèrent dessus, puis la plaqua au sol de tout son poids. L'ex-femme de Jack poussa un cri de douleur terrifiant. Max profita de l'instant pour descendre sa gueule le long de son bras et le lui arracher d'un geste sec, tirant de son ennemie un nouveau hurlement. Elle jeta le membre vers la meute, Lee le réceptionna à la volée. Ce fut alors que Sakarie donna un coup de reins tout en envoyant son poing dans le museau du loup blanc.

— Saloperie ! hurla-t-elle. Je vais te tuer !

Sonnée, Max recula et s'ébroua avant de se remettre en position d'attaque et de gronder tout en montrant les dents. Elle bondit en avant encore une fois, mais au lieu de sauter sur le vampire, elle fit un écart pour le dépasser. Sakarie hurla de nouveau en tombant à genoux. Elle venait de perdre son second bras. Max le déposa devant Jared qui s'occupa de le couper encore en deux avant de confier le biceps à Mike pendant que lui-même se chargeait de l'avant-bras. La louve fit demi-tour, bien décidée à achever sa besogne. Sakarie, elle, se retourna, toujours sur ses genoux. Ses yeux étaient exorbités tandis que le sang que contenait encore son organisme après son dernier repas s'échappait de son corps à grandes giclées, souillant le sol d'écarlate. Elle parvint à se remettre debout avec difficulté.

— Qu'est-ce que tu fous ? Pourquoi distribues-tu mes membres à tes loups ?

Kanda progressait lentement vers elle, prenant son temps, savourant l'instant à sa juste valeur. Soudain, le regard de Sakarie s'illumina d'une étincelle de terreur pure. Elle venait de comprendre quel sort lui réservait Max.

— Attends ! Attends ! implora-t-elle. On peut s'arranger, trouver un terrain d'entente !

Mais la louve continua d'avancer, tous crocs dehors.

— Laisse-moi partir et je te jure que tu n'entendras plus jamais parler de moi. Je te laisse Yuma. Je t'en supplie, Kanda !

« Oui, supplie Sakarie, mais crois-moi, ce n'est que le début. Tu vas souffrir, terriblement, indubitablement, mais pas assez longtemps. Cependant, je m'en contenterai et savourerai chaque seconde de ta déchéance comme s'il s'agissait du plus doux nectar qui existe. »

Un couinement de douleur lui parvint alors, détournant une seconde son attention de sa proie. Conrad venait de frapper Jack au museau, celui-ci saignait. Non pas qu'il soit réellement en difficulté, mais le vampire était plus vieux que Sakarie et avait maintes fois participé à des combats contre les loups, il connaissait leurs faiblesses. Comme elle quelques secondes plus tôt, Jack s'ébroua pour se remettre les idées en place. Max nota tout de même qu'il était essoufflé, ce qui n'était pas normal.

« Ok, il est temps de refermer la parenthèse Sakarie pour le moment. Dommage, je commençais seulement à m'amuser. »

Elle reporta son regard sur celle-ci en grognant, puis lui sauta dessus. Sous l'impact et privé de ses bras, Sakarie s'écroula sur le dos. Elle tenta de se dégager de la prise de la louve en lançant ses jambes dans tous les sens, mais cette dernière posa sa patte avant gauche sur son thorax, l'immobilisant au sol avant de se saisir de sa cuisse gauche. Ses crocs transpercèrent la chair sans difficulté, délivrant ainsi une douleur effroyable dans tout le corps du vampire, totalement à sa merci. Puis, ce fut la jambe droite. Quand l'ex-femme de Jack vit finalement la gueule béante de la louve se rapprocher de son visage, elle hurla à s'en exploser les cordes vocales, ce qui n'arrêta pas son bourreau pour autant. La louve attrapa la gorge entre ses mâchoires tandis qu'elle maintenait le torse grâce à ses pattes puis tira d'un coup sec, séparant enfin la tête du reste du corps. Deux autres loups la rejoignirent. Max reconnut Audrey et Phil. Chacun se saisit d'un morceau du cadavre puis regagna son poste.

La louve blanche se tourna alors vers les autres combattants. Il manquait une main à Conrad, ses vêtements étaient en lambeaux et ses cheveux, d'habitude impeccablement coiffés, en bataille. Quant à Jack, son museau était couvert de sang tandis qu'une longue estafilade écarlate courrait le long de son flanc droit. Max leva la tête vers le ciel, quelque chose clochait, pourquoi la mère Lune ne soignait-elle pas son fils ? Puis une légère étincelle frappa les pupilles de la louve. Conrad dissimulait quelque chose dans la manche de sa chemise. Une lame en argent !

— Eh bien, je m'attendais à mieux, ironisa le vampire. Quand je pense que tout le monde ne parle que de toi, le puissant alpha de Salem et de sa région. L'histoire du grand méchant loup n'est donc bien qu'une légende ! Tu as déjà été incapable de la sauver en 1692, tu ne le seras pas davantage aujourd'hui, sois réaliste ! C'est le genre de femelle à qui il faut un homme, un vrai, pas un louveteau aimant jouer les chefs scouts. Elle est belle, rebelle, mais crois-moi lorsque tu parviens à la dresser… hum, un délice sans nom. Je l'ai monté, encore et encore, sans jamais m'en lasser, jusqu'à ce qu'elle en crève. J'ai marqué ta louve, alpha de mes deux !

Jack gronda en montrant les dents, prêt à attaquer de nouveau, quand il vit Max arriver sans bruit derrière le vampire. D'un bond, elle le saisit par la nuque et se mit à le secouer en grognant, telle une poupée de son. Quelque chose tomba de la main du vampire et atterrit devant l'alpha. Un poignard en argent, c'était donc de ça qu'il s'était servi pour lui infliger ses blessures. *« Salopard, même pas capable de se battre à mains nues, comme un homme ! »*

Max balança alors son corps qui atterrit à quelques mètres d'elle. La tête, qu'elle avait quasiment arrachée et qui ne tenait plus que par quelques tendons sanguinolents, tombait sur le côté de façon ridicule tandis que la langue du vampire ne semblait plus pouvoir rester dans sa bouche. Comme celles de ces personnages de dessins animés grotesques. Il demeura une seconde à terre, puis sa main tâta le sol autour de lui avant de trouver enfin son crâne qu'il repoussa vers ses épaules afin que sa tête se ressoude à ses épaules. Ce qu'elle fit dans un mélange de bruits spongieux et de craquements abominables. Lentement, Conrad se remit debout pour faire, de nouveau, face aux loups. Seulement, cette fois, sans son arme, il paraissait beaucoup moins confiant.

Dans un grognement sinistre, le couple de canidés avança vers lui. Il formait un contraste étonnant, le blanc et le noir, le jour et la nuit, le bien et le mal, le mâle et la femelle, mais à la fois si beaux et si complémentaires que le vampire se figea une seconde, saisi par cette vision parfaite. Lorsqu'il se reprit, les canidés s'étaient trop rapprochés et ils étaient trop puissants pour qu'il puisse les affronter simultanément et sans arme. Il ne lui restait donc qu'une option, la fuite. En bondissant d'arbre en arbre, la meute ne pourrait le suivre, ni suivre sa trace. Il prit son élan et sauta par-dessus les loups afin de se retrouver perché dans l'un des conifères derrière eux.

Surpris, les animaux levèrent la tête, prêts à le prendre en chasse. Cependant, Conrad n'eut pas l'opportunité d'atteindre son but qu'une forme sombre le heurta de plein fouet, le plaquant au sol dans un bruit de tonnerre et dans un nuage de poussière. Lorsque celui-ci se dissipa enfin, le couple considéra le nouvel arrivant, une main sur la gorge et un genou sur le torse de Conrad, avec stupéfaction.

— Eh bien, eh bien, Conrad. Tu donnes des rendez-vous au clair de Lune à la plus jolie femme de cette ville et ne restes même pas jusqu'à la fin ? Ceci est d'une impolitesse impardonnable, mon cher. Jack, Max, lança-t-il à l'adresse des loups pour les saluer. Étant donné que vous vous êtes invité à ma petite fête d'hier, j'ai pensé que vous ne verriez pas d'inconvénient à ce que j'assiste à la vôtre.

Max muta afin de pouvoir lui répondre. Lorsqu'elle eut terminé, Cyrus détourna le regard, manifestement gêné par la nudité de la jeune femme.

Sans lâcher l'autre vampire qui tentait de se dégager de son emprise, il ôta sa redingote et la lui tendit.

— Couvrez-vous, ma chère, vous risqueriez une pneumonie.

Max s'exécuta en souriant.

— Merci de votre sollicitude Cyrus et surtout, ravie de vous voir. Notre fête n'est sans doute pas aussi fastueuse que la vôtre cependant, nous faisons en sorte d'en avoir pour tous les goûts.

Conrad essaya de se libérer d'une ruade, ce qui se révéla être une mauvaise idée. Jack, qui s'était rapproché, attrapa son bras encore valide pour le lui arracher avec hargne, lui soutirant par la même un hurlement terrible.

— Non, vraiment, je la trouve des plus charmantes, mais surtout des plus divertissantes ! s'amusa le vampire en se saisissant à son tour de l'autre bras de sa victime pour le lui arracher avant de le jeter plus loin. Oui ! Vraiment, vraiment divertissante ! Cependant, je connais un jeu plus amusant encore.

— Ah oui ? interrogea Max sur le ton de la conversation. Seriez-vous assez aimable pour nous l'enseigner ?

— Bien entendu !

— Tu t'allies avec les loups maintenant ? haleta Conrad. Tu as vraiment atteint le point de non-retour, mon pauvre ami. Attends que Vlad l'apprenne.

Cyrus se pencha sur lui, son visage touchant presque celui de l'autre.

— Je m'allie à qui bon me semble, gronda-t-il. Je ne suis pas le larbin de Vlad, moi. Je préfère de loin les loups aux hyènes puantes de ton espèce.

— Ah, je vois, ricana Conrad. Tu n'as toujours pas digéré que je t'ai volé ta poupée, c'est ça ? Oh, tu n'as rien perdu va, elle n'était bonne à rien, vraiment, à rien !

Cyrus se releva d'un bond sans lâcher le col de la veste de sa victime, la remettant ainsi sur ses jambes, elle aussi.

— Debout, vermine ! Pour une fois, la première et la dernière de ton existence, comporte-toi en homme ! Jack, pouvez-vous vous mettre derrière notre invité ?

Le loup obtempéra sans quitter les vampires des yeux tandis que Max reculait prudemment. Pour toute réponse, Conrad, lui, esquissa un sourire mauvais avant de lui cracher au visage. Cyrus inspira profondément, tira un mouchoir brodé de sa manche et s'essuya la joue lentement. Soudain, il ferma son poing sur le tissu immaculé et l'envoya, avec force, sur le nez de Conrad. Celui-ci recula de plusieurs pas sous l'impact, se retrouvant à portée de crocs de Jack qui le mordit avec férocité à l'épaule, arrachant un large morceau de chair avant de le renvoyer à Cyrus d'une bourrade de la tête. Le cri qu'il poussa déchira le silence de la forêt.

— Oui ! s'enthousiasma Cyrus, vous avez parfaitement compris ce que j'attendais de vous ! Je constate que nous partageons tous deux le goût du jeu, ricana-t-il en assénant un violent coup de pied dans le torse de l'autre vampire.

Une fois de plus, ce dernier atterrit presque dans la gueule de Jack qui lui infligea de nouvelles morsures profondes. Ce petit jeu dura de longues minutes. Cyrus et Jack se renvoyant Conrad comme s'il s'agissait d'une balle, si bien qu'à la fin, leur jouet n'était plus qu'un amas de chairs sanguinolentes. La moitié de son visage avait disparu, laissant apparaitre les os des pommettes, tandis que son œil droit pendait sur sa joue, simplement retenue par le nerf optique. Son organisme ne contenait plus assez de sang pour que la cicatrisation s'opère instantanément. Loin de la choquer, cette vision enchanta Max. Il devait souffrir le martyre et c'était précisément ce qu'elle désirait.

— Alors, que penses-tu du rôle de la victime impuissante ? demanda Cyrus en l'attrapant à la gorge. Le costume te sied à merveille en tous cas, même s'il est terrible à porter.

L'autre ne répondit pas, trop exténué pour pouvoir encore parler.

— Le monde ne sera que meilleur si tu ne foules plus son sol. Ce n'est que justice pour tous les anges à qui tu as arraché injustement la vie ! Anita, Kanda, Solène et j'en passe ! Te souviens-tu seulement de leurs noms, de leurs visages ? Chaque fois, tu as monté une marche de plus vers l'horreur, chaque fois, tu as passé un nouveau palier de l'immonde, sans que jamais personne ne t'arrête. Tu as même réussi à obtenir le soutien de certains qui, malgré la hauteur de ton crime, te cherchaient des excuses ou se contentaient de détourner le regard tout en te protégeant d'éventuelles représailles. Il ne s'agissait que de femmes, que d'humaines, que de proies ! Mais la vérité est plus terrible encore. Il m'a fallu des années pour comprendre tes motivations, ton fonctionnement. Chaque fois, afin d'être certain que la souffrance que tu infligeais ne se termine pas avec la mort de tes victimes, tu les choisissais soigneusement. Seulement des femmes amoureuses, qui avaient offert leur cœur. Ainsi, leur compagnon agonisait ensuite, décuplant ton plaisir et ton sentiment de vengeance pour n'avoir jamais été aimé de la sorte ! Même Sakarie, cette chienne sans âme, ne t'a jamais aimé ! Tu as tenté de t'en convaincre, cependant, au fond de toi, tu as toujours su la vérité. Tu n'as été que l'instrument de sa propre vengeance, le moyen d'éliminer sa rivale dans l'espoir de récupérer sa vie d'avant, car elle n'a jamais cessé d'aimer son mari. De la pire façon qui soit, certes, mais tout de même. Ce soir, c'est terminé !

Tu vas crever ! Et elle aussi ! Vous n'avez rien compris à l'amour, absolument rien ! Celui-ci ne se commande pas, ne se prévoit pas, il vous tombe dessus et vous transperce jusqu'à l'âme pour y graver le nom et le visage d'une seule personne. C'est donc pour ça que le tien ne te sert à rien, il est désespérément vide et glacé.

Alors, d'un coup précis et sec, Cyrus plongea son poing dans le sternum de Conrad puis opéra une légère rotation, provoquant un craquement d'os et de chair déchiquetée qui arracha un nouveau sourire à Max, afin d'en extirper l'organe. Une fois fait, il lâcha le corps mutilé qui s'effondra à terre dans une position de poupée désarticulée. Le vampire fixa une seconde le cœur fumant dans sa main ensanglantée puis le leva dans la direction du loup noir avant de s'incliner en une profonde révérence. Jack hocha lui aussi la tête en signe de remerciement. Si les deux hommes ne s'appréciaient pas forcément dans la vie de tous les jours, ce soir, ils avaient laissé de côté leurs différents pour s'allier dans l'une des motivations les plus puissantes et sombres : la vengeance.

« Les ennemis de mes ennemis sont mes amis, » songea Max avec une pointe d'amusement.

— Merci de votre aide, Cyrus, dit la jeune femme.

Le vampire se tourna vers elle, la considéra une seconde puis sourit franchement.

— De rien, ma chère, tout le plaisir a été pour moi. C'est moi qui vous remercie de m'avoir permis de rester. La redingote vous va à ravir, vous devriez en porter plus souvent.

— Voulez-vous la récupérer de suite ? J'ai encore du travail qui m'attend cette nuit, mais je la déposerai au teinturier demain si vous préférez.

Une fois de plus, il sourit avec indulgence.

— Gardez là, je vous l'offre. D'ailleurs, si vous avez besoin d'un coup de main pour l'autre vermine, j'ai encore quelques heures devant moi, n'hésitez pas. Enfin, si Jack est d'accord pour que je pénètre sur son territoire le temps d'une nuit, cela va sans dire, ajouta-t-il en se tournant vers l'alpha.

Celui-ci se contenta de hocher la tête en signe d'approbation.

— Parfait ! Alors je vous suis ! Max ?

Il offrit son bras à la jeune femme qui l'accepta sans sourciller. Après avoir brulé les restes de Conrad, le groupe qui s'enfonça ensuite dans la forêt aurait, sans doute, fait s'enfuir le plus téméraire des Hommes. Une meute de loups énormes, tenant dans leurs gueules des membres humains qui bougeaient encore, encerclant et poussant à coup de museau un homme qui pleurait, succédait à un couple habillé à la mode d'un autre siècle et couvert de sang et de viscères. Cette année, Halloween s'était prolongée à Salem. Les esprits démoniaques n'avaient pas tous regagné leur monde après la fête.

À présent, Max observait le corps de Sakari gisant dans l'une des cellules du sous-sol. Elle avait manqué de vomir lorsqu'ils avaient déposé ses membres en vrac sur le béton et qu'ils s'étaient mis à bouger tous seuls afin de retrouver leur place initiale sur le tronc de cette dernière. Écœurant, il n'y avait pas d'autre mot pour décrire une scène à ce point contre nature. Cependant, ils avaient tous eu le temps de se doucher et de se changer que Sakarie n'avait toujours pas ouvert les yeux.

— Pourquoi ne se réveille-t-elle pas ? s'agaça la jeune femme. C'est normal que ce soit si long ?

— Son organisme ne contient quasiment plus de sang, elle va donc être plus lente à se remettre de ses blessures, expliqua Cyrus. Cela dit, nous pouvons arranger ça tout en faisant en sorte qu'elle ne regagne pas la totalité de sa force. Ainsi, elle se retrouvera exactement dans la même condition physique que vous lors de votre détention.

Max détourna son regard de Sakarie pour le poser sur Cyrus. Ce dernier avait pris place sur l'une des chaises pliantes alignées contre le mur face à la cellule. Les jambes croisées avec nonchalance, il avait rattaché ses cheveux et alors même qu'il était couvert de sang, il faisait preuve d'une classe et d'une prestance peu commune.

— Ok, accepta Max.

Le vampire se leva, s'approcha de la cellule, passa sa main entre les barreaux en prenant garde de ne pas y toucher et se saisit sans douceur d'un des pieds de Sakari pour la tirer au plus près de lui. Là, il s'entailla le poignet d'un coup de dent puis déposa à peine quelques gouttes de sang sur ses lèvres.

— Vous devriez entrer là-dedans, le réveil ne va plus tarder, lui conseilla-t-il.

Max s'exécuta avant que Jack ne referme la porte derrière elle. Il récupéra la clé et la glissa dans la poche de son jean sans prononcer un mot. Il avait attaché ses cheveux de jais en queue de cheval, son visage demeurait grave tandis qu'il ne faisait rien pour masquer son dégoût à chaque fois que ses yeux se posaient sur son ex-femme.

— Vous êtes certains que c'est une bonne idée ? insista Jared.

— Rassurez-vous mon cher, il n'y aura aucunes représailles. Conrad était déjà en disgrâce et Vlad n'a jamais apprécié Sakarie. Il sera même sûrement soulagé de ne pas avoir eu à se salir les mains pour se débarrasser d'eux. Le seul qui risque sa tête pour avoir trempé dans cette histoire, c'est moi, termina Cyrus.

— Il ne vous arrivera rien, lâcha Jack sans quitter des yeux Sakarie. J'ai contacté d'autres meutes pour les prévenir, Vlad est un homme mort.

Cyrus ouvrit alors des yeux ronds comme des soucoupes.

— Pardon ?

— Vous avez parfaitement compris. Vlad est le commanditaire de la mort de Max par deux fois. Conrad et Sakarie n'ont fait que profiter de cet ordre pour assouvir leur… ignominie, gronda-t-il. Quant à vous, vous avez mis en œuvre tout ce qui était en votre pouvoir pour la protéger et lui permettre d'être de nouveau à mes côtés aujourd'hui. Je ne vous aime pas, je suis un loup, vous, un vampire, il ne peut en être autrement. Cependant, j'ai une dette envers vous et j'honore toujours mes dettes.

— Je… euh… merci, se contenta de répondre le vampire, trop abasourdi pour trouver autre chose à ajouter.

Ce fut alors que Sakarie ouvrit les yeux tout en prenant une profonde inspiration, comme si elle était en train d'étouffer.

— Allez ! Debout ! ordonna Max en lui envoyant un coup de pied dans le sternum. Pas la peine de faire semblant, tu n'as plus besoin de respirer depuis longtemps !

Cette dernière se redressa et rampa en arrière jusque dans le fond de la cellule. Là, elle regarda autour d'elle sans cacher la panique qui l'étreignait puis sourit avec suffisance avant de se détendre.

— Tu crois vraiment que ta pauvre cage va suffire à me contenir ? Comme tu l'as souligné toi-même, je ne suis plus humaine depuis bien longtemps ! dit-elle en se jetant sur les barreaux avant de reculer en hurlant de douleur.

Elle considéra ses mains fumantes avec horreur avant de tourner un regard plein de haine vers une Max satisfaite au plus haut point.

— Eh oui, ironisa celle-ci, l'argent est aux loups ce que l'eau bénite et la rose sauvage sont aux vampires. L'équilibre, Sakarie, la nature remet toujours la balance en équilibre. Voilà pourquoi tu vas mourir, il faut une fois de plus que ce dernier soit rétabli. La dernière fois, je suis morte et tu as continué ta vie, il est temps d'inverser les rôles à présent que je suis revenue. Mais avant, tu vas souffrir, beaucoup, susurra Max tandis que ses yeux se teintaient d'ambre. J'ai tout prévu, regarde, ajouta-t-elle en pointant du doigt des fûts de fer disposés près de la cellule.

— Qu'est-ce que c'est ? interrogea Sakarie, la voix tremblante.

— Un petit cadeau du confesseur de la meute, expliqua Max d'une voix mielleuse.

L'horreur se peignit sur les traits du vampire.

— Non ! Non ! Je t'en supplie, tue moi, mais pas ça ! Pitié !

— Je t'en supplie ? Pitié ? répéta Max en faisant semblant de réfléchir. Où donc ai-je entendu ces mots déjà ? Ah oui ! Lorsque tu as demandé à Conrad de me violer sous tes yeux, à plusieurs reprises, cela me revient à présent. Désolée ma chère, mais en ce qui te concerne, la pitié ne fait pas partie de mes prérogatives, grogna-t-elle avant de se saisir du tuyau que lui tendait Jack à travers les barreaux.

— Yuma ! Yuma ! Tu ne peux pas laisser faire ça ! Pas après ce que nous avons vécu ensemble ! Nous avons été mariés, tu es le premier homme que j'ai aimé, le dernier aussi ! Je t'aime ! Tu entends, je t'aime Yuma !

L'alpha la considéra une seconde, un rictus de dégoût déformant ses traits, puis il lui cracha au visage avec hargne.

— Rien, tu n'es absolument rien pour moi, si ce n'est la plus grosse erreur de mon existence. Je n'ai jamais ressenti pour toi ne serait-ce que le dixième de l'affection que j'ai eue pour Kanda à l'instant même où je l'ai aperçue. Tu m'as trahi, tu as trahi la tribu, ta famille, tes amis, tout le monde ! Pendant ces trois derniers siècles, tu as ôté la vie à des centaines d'êtres innocents, sans compter les victimes que tu livrais à Conrad ! Tu n'es qu'un monstre qui ne mérite pas de vivre !

— Voilà, la majorité l'emporte ! Tu vas mourir ! Que la fête commence ! lança Max d'un ton enjoué avant d'asperger le vampire d'eau bénite.

Le hurlement de Sakarie se répercuta dans toute la demeure, mais n'entama pas pour autant la détermination de son bourreau.

La meute patientait dans le salon que Max ait terminé sa petite séance privée avec Sakarie, le silence de la maison n'était d'ailleurs troublé que par les hurlements, effroyables, de douleur de celle-ci. Jack, lui, avait dû remonter afin d'éviter que les loups n'étripent Ludwig avant ce qui lui tiendrait lieu de procès. Il devrait répondre aux questions de ses pairs et tenter de se justifier avant que la sentence ne tombe.

Ce dernier était assis, ficelé et bâillonné sur une chaine, dans le fond de la pièce. Son visage était tuméfié et son arcade sourcilière ouverte, cependant, il avait cessé de se débattre, conscient que cela ne ferait qu'aggraver son cas. Quant à sa femme, Miranda, elle s'était isolée sur la terrasse, ne supportant pas de poser les yeux sur celui qu'elle avait aimé tant d'années, en qui elle avait placé toute sa confiance et qui l'avait trahie, elle, plus que tout autre.

Assis dans son fauteuil attitré, près de la cheminée, Jack jeta un regard à cette dernière. Il n'imaginait que trop ce qu'elle pouvait ressentir. Lui aussi avait eu confiance en Sakarie. Il ne l'avait pas aimé, certes, mais il l'avait respecté et s'était fait berner au point de prendre sa défense face à Kanda, qui, elle, avait vu juste. Jamais il ne pourrait se pardonner cela, car, s'il avait pris le temps de l'écouter au lieu de la croire simplement jalouse, rien de tout cela ne serait arrivé. Ils auraient fui ensemble loin de Salem et auraient vécu la vie à laquelle ils aspiraient alors.

— Avance ! entendit-il ordonner Max.

Elle remontait du sous-sol, suivi de Jared et de Cyrus. Ce dernier n'avait vu aucun inconvénient à conseiller Max sur la meilleure façon de faire souffrir un vampire. En revanche, il avait obstinément refusé de toucher à un seul cheveu de Sakarie. Fidèle à sa ligne de conduite, il ne s'en prenait ni aux femmes, ni aux enfants.

De là où il se trouvait, Jack aperçut Sakarie atterrir, face contre terre, devant la porte d'entrée. Son corps était un amas de chair sanguinolente et de lambeaux de tissus amalgamés à l'instar de celle des grands brûlés. Sa peau était gonflée comme si elle souffrait d'une forme d'œdème violent et généralisé tandis que, par endroits, elle portait les traces de profondes entailles. Ses lèvres étaient éclatées, ses deux yeux auréolés de noir, son nez était, à n'en pas douter, cassé et sa mâchoire formait un angle improbable. Des touffes de cheveux avaient disparu de son crâne, lui donnant l'air d'un épouvantail.

— Debout ! ordonna Max en entrant dans le champ de vision de son compagnon. J'ai dit debout ! Tu es sourde ?

Elle attrapa Sakarie par les cheveux pour la relever, sans ménagement, avant d'ouvrir la porte et de la tirer dans son sillage sans se soucier que le vampire suive ou pas. Cette dernière tenait à peine sur ses jambes à présent. Max ne s'était pas seulement vengée, elle s'était acharnée sur Sakarie, comme lui sur Conrad un peu plus tôt. Cela pouvait paraitre choquant, dépourvu du moindre sens logique, car rien n'effacerait les souffrances endurées dans le passé, malgré tout, oui, il se sentait rasséréné de le savoir mort et sans aucune possibilité de sévir à nouveau.

Lentement, l'alpha se leva pour rejoindre sa compagne.

— Lee, surveille Ludwig, ordonna-t-il. Il est le prochain sur la liste.

Les autres loups suivirent leur meneur jusque sur la pelouse pour assister à la seconde exécution de la nuit. À leur passage, Miranda se leva pour se joindre à eux. Max tenait toujours Sakarie par les cheveux pour la maintenir debout alors que les paupières de celle-ci parvenaient à peine à s'ouvrir à présent.

— Cyrus, le ciel commence à pâlir, vous devriez rentrer, dit Max.

— Je ne vais pas rater le clou du spectacle après avoir assisté à toute la représentation, s'amusa ce dernier. Je vais suivre les festivités du porche si vous n'y voyez pas d'inconvénient. Tant que les rayons du soleil ne me touchent pas directement, je ne ressentirais qu'une légère gêne qui sera largement supplantée par le plaisir de ce qui va advenir, ajouta-t-il en se frottant les mains de satisfaction. Je repartirai par les voies souterraines, dit-il en se dirigeant déjà vers la maison.

— À votre bon plaisir, ricana Max. Quant à toi, grogna-t-elle à l'oreille de Sakarie, ton règne s'achève ici. Et regarde, continua-t-elle en tirant sur sa tête pour que le vampire puisse voir Jack, c'est avec moi qu'il va finir sa vie, avec moi qu'il aura des enfants, parce que c'est moi qu'il a toujours aimé. Il n'y a eu personne avant, ni après. Moi et seulement moi ! Regarde le bien, car c'est la dernière fois que tu poseras ton regard sur lui, sans aucune possibilité de retour. Comment as-tu dit déjà à l'époque ? Ah oui ! Il t'oubliera et bientôt, tu ne représenteras pas plus qu'un mauvais souvenir, une simple erreur dans le parcours de sa vie. Toi, tu n'auras représenté qu'un arrangement, un contrat. Te souviens-tu de ce que je t'avais répondu à l'époque ? Je t'avais dit que je reviendrais, que je te tuerais s'il ne le faisait pas de ses mains et que je tenais toujours mes promesses. Tu vois, une fois de plus, je ne t'ai pas menti. Après avoir subi ma colère, il va être temps d'en affronter une autre, sûrement pas moins grande ; celle de tous ceux que tu as trahis, tués et qui t'attendent de l'autre côté du miroir. Mon calvaire prend fin aujourd'hui, le tien ne fait que commencer !

Sans ménagement, elle jeta de nouveau l'ex-femme de Jack au sol. Dans un sursaut d'instinct de survie, celle-ci se mit à ramper sur la pelouse dans l'espoir de se mettre à l'abri. Cependant, il était trop tard, le Soleil perçait déjà à travers la cime des arbres.

Jack regarda monter l'astre du jour, centimètre par centimètre, vers les cieux en lui adressant une prière de remerciement muette. Souvent, les loups remerciaient la mère Lune parce qu'elle les soignait, les aidait à muter, les protégeait, mais jamais le Soleil, alors même qu'il les débarrassait de leurs ennemis. Jack se promit de le faire plus souvent lorsque les rayons d'or touchèrent son ex-femme et la responsable de tous ses malheurs passés.

Celle-ci se mit à hurler et à se contorsionner violemment tandis que sa peau rougissait et fumait avant de se mettre à cloquer comme si son sang bouillait dans ses veines. Ses yeux s'écarquillèrent puis se mirent à fondre de la même manière que s'ils étaient imprégnés d'acide avant de couler sur ses joues en une mousse blanchâtre. Ses cheveux prirent feu, bientôt suivi du reste de son corps. Pas une seconde, elle ne cessa de crier. Tous restèrent à contempler la torche vivante rampant sur la pelouse. Cette scène possédait quelque chose d'incongru, de surréaliste, une véritable vision sortit tout droit de l'enfer. Toutefois, le soulagement ressenti simultanément par le couple d'alpha apaisa également la meute de façon palpable. Lorsqu'il ne resta plus qu'un tas de cendres grises sur le vert tendre de l'herbe, Jack s'approcha de Max pour la serrer contre lui et murmurer :

— C'est terminé. Le dernier chapitre de cette histoire est clos, pour toujours.

Max se contenta d'acquiescer puis ils firent demi-tour pour regagner la maison. Cyrus avait déjà quitté les lieux, ce qui était mieux ainsi.

La meute n'en avait pas terminé avec les sentences et celle qui allait suivre ne les soulagerait pas, elle les blesserait, les anéantirait de tristesse, tous.

Max regarda une nouvelle fois son portable avant de soupirer profondément. Elle avait trouvé refuge sur le banc, sous le grand chêne, afin de se vider un peu l'esprit des évènements de ces derniers jours en compagnie de Cheshire. Lui restait égal à lui-même, manger et dormir restaient ses seules préoccupations, en dehors de l'escalade de rideaux bien entendu.

Si la mort de Sakarie et Conrad ne l'avait pas le moins du monde affligé, celle de Ludwig, en revanche, était difficile à supporter. Elle avait l'impression que son retour avait brisé quelque chose, à commencer par le fragile équilibre de la meute. Pendant l'audience, Jack avait demandé à Ludwig ce qui l'avait poussé à trahir les siens. La réponse avait été simple. Comme les vampires avaient vu une possibilité d'augmenter leur pouvoir grâce à sa mort en 1692, Ludwig avait imaginé qu'il pourrait tirer parti de sa disparition aujourd'hui. Il devait livrer Max aux vampires et, en échange, ces derniers s'étaient engagés à massacrer la meute afin qu'il soit le dernier survivant et donc l'alpha puisque Miranda, de par sa condition de femelle, n'aurait pu prétendre à ce poste. Si Max ne l'avait pas montré, quelque part, elle avait été soulagée d'apprendre qu'il n'avait pas envisagé la mort de sa compagne. Sans doute ce détail représentait-il une maigre consolation, mais elle se doutait qu'elle soulagerait tout de même un peu son amie. Malgré tout, en son for intérieur, Max ne pouvait s'empêcher de se dire que rien de tout cela ne serait arrivé si elle s'était tenue éloignée de Jack et de sa meute.

Finalement, elle se leva, son chat toujours dans les bras, pour se diriger de nouveau vers la maison. Sur le perron, elle croisa Jared, qui ne paraissait pas en meilleure forme qu'elle.

— Ça va, chaton ? lui demanda-t-il, compatissant.

— Tu t'adresses à moi ou à lui ?

— Aux deux, sourit Jared.

— Vu les circonstances, je suppose que cela aurait pu être pire.

— Tu veux boire un café ou que je te prépare quelque chose à manger ? Cela fait deux jours que tu n'as rien avalé, il faut que tu reprennes des forces.

Max hocha la tête. Il avait raison, elle allait devoir mettre ça derrière elle et continuer à vivre.

— Pas maintenant, Jack m'attend dans son bureau, mais après pourquoi pas ?

— Ok, eh bien, je serai derrière le garage, nous commençons à monter la serre pour tes orchidées, dit-il dans un sourire.

Max sourit, l'embrassa sur la joue, puis entra dans la maison pour rejoindre le bureau de Jack. À l'intérieur, chacun vaquait à ses occupations. Audrey passait l'aspirateur dans le salon, tandis que Lee disparut dans la buanderie, les bras chargés de la panière à linge, après l'avoir salué. L'ambiance était encore lourde, encensée de chagrin, cependant, la vie reprenait déjà ses droits. La jeune femme stoppa devant la porte, puis inspira profondément avant de tourner la poignée et d'entrer dans le bureau.

Miranda était assise, tête baissée, face à Jack qui, les mains jointes devant sa bouche, fixait le plafond avec attention. Ils se tournèrent vers elle de concert. Max constata alors que les yeux de son amie étaient moins rouges alors qu'une peine terrible s'y inscrivait encore sans détour. Sans doute n'avait-elle plus la force de pleurer, tout simplement. Max s'approcha d'elle, déposa Cheshire sur le bureau, alors que celui-ci dormait toujours, et lorsque Miranda se leva, elle la serra contre son cœur en signe de réconfort. Cependant, elle ne dit rien. Les questions du genre : « comment te sens-tu ? Tu vas réussir à t'en remettre ? » l'avaient toujours particulièrement agacée. Qu'imaginaient les gens au juste ? Qu'on allait leur répondre : « Oh, eh bien, j'ai perdu un proche, une personne que j'aimais de tout mon cœur, mais ma foi, ça va ! Je m'en remettrai, après tout, il y a pire que ce genre d'épreuve dans la vie ! » Car non, il n'y avait pas pire chose que de perdre un être aimé. Toutes deux s'assirent de nouveau devant l'alpha, attendant qu'il parle.

— Voilà, si je t'ai demandé de venir, c'est parce que comme à l'époque, je désire que nous prenions les décisions relatives à la meute ensemble. Miranda a déposé une requête, je veux donc qu'elle te l'expose avant d'y accéder, expliqua-t-il.

Max se tourna vers Miranda, attendant qu'elle s'explique. Celle-ci gardait les yeux baissés, chose qu'elle n'avait jamais faite en présence de Max auparavant, et se tordait les doigts nerveusement.

— Je vous aime, tous, commença Miranda. Toi et moi sommes amies, c'est une certitude et je ne veux pas que tu imagines, ne serait-ce qu'une seconde, que je te tiens responsable de la mort de Ludwig. Il méritait son sort. Cependant…

— Cependant, tu souhaites quitter la meute, la coupa Max.

Elle avait parlé doucement, sans une once de colère ou de reproche.

— Oui, avoua Miranda. Comme je l'ai dit à Jack, je comprends sa décision concernant le sort de Ludwig. La meute est régentée par des règles strictes, indispensables à notre mode de vie et à notre survie, mais…

Une fois de plus, Max termina pour elle, suivant le fil des pensées de son amie comme s'il s'agissait des siennes.

— Mais vivre ici, dans cet endroit qui a été en partie le vôtre, avec vos amis communs en sachant qu'il les a trahis et qu'ils l'ont tué, dans ce même endroit, est trop difficile à supporter.

Miranda se contenta de lever enfin la tête pour regarder son amie avant de hocher la tête, une lueur de gratitude dans le regard.

— Je comprends parfaitement ce que tu ressens, dit Max. Et même si je peux t'assurer que personne ici n'a le moindre doute quant au fait que tu ne savais rien des agissements de Ludwig, je peux également comprendre que vivre ici te coûte. Comme tu l'as dit, tu as beau nous aimer, être fidèle à ton alpha et à ta meute, tu as beau te dire qu'il méritait son sort, il n'empêche que ce sont eux qui ont ôté la vie à l'homme que tu aimes. Peu importe ce qu'il a fait ou dit, tes sentiments pour lui ne peuvent quitter ton cœur du jour au lendemain et le simple fait qu'il soit à jamais vu comme un simple traître est au-dessus de tes forces.

— Oui, c'est exactement ça, convint la louve. Alors, tu es d'accord pour que je parte ?

Max hocha la tête en esquissant un petit sourire triste.

— Tu n'es pas notre prisonnière, personne ne peut te forcer à rester contre ton gré, tu n'es plus un louveteau à présent. Où comptes-tu aller ?

Elle pouvait faire le choix d'intégrer une autre meute. Cependant, étant dominante, elle ne se ferait sûrement pas que des amis si la majorité des membres étaient des mâles. Elle avait également la possibilité de vivre seule, malgré tout, rares étaient les loups qui choisissaient ce mode de vie. Leur nature les poussait, le plus souvent à vivre en groupe, en famille.

— La meute de Chicago est prête à accueillir Miranda, intervint Jack.

Ainsi que celle de La Nouvelle-Orléans. Je connais bien les deux alphas et il règne une certaine parité homme femme dans chacune d'elle.

— J'ai de la famille à La Nouvelle-Orléans, c'est une ville magnifique et magique, comme Salem, tenta de plaisanter Max.

Une fois de plus, Miranda regarda son amie, cependant, cette fois, pas de tristesse, mais de l'intérêt brillait dans ses pupilles.

— Tu t'y rends souvent ? demanda-t-elle.

— Au moins trois ou quatre fois par an. J'aime l'ambiance qui y règne et la simplicité des gens. Je ne te parle même pas de la cuisine !

Miranda sourit puis se tourna vers son alpha.

— Très bien, alors ce sera La Nouvelle-Orléans, déclara-t-elle.

— Je téléphone immédiatement à Nigel pour le prévenir de ton arrivée. Quand comptes-tu partir ?

— Dès aujourd'hui, asséna Miranda. Je préfère éviter les adieux qui s'éternisent et partir sur la pointe des pieds, sans esclandre et sans larmes. Si Max veut bien m'aider à préparer mes valises, je serais partie d'ici une heure ou deux. Je reviendrai vider l'appartement plus tard, mais pour le moment, j'ai besoin de m'éloigner de cette ville rapidement.

— Bien sûr que je vais t'aider, accepta Max en se levant. Viens, Jack se charge d'organiser ton transfère, ne t'inquiète pas.

— Attends une seconde, Max. Avant de partir, je voulais vous remercier, Jack et toi.

— Nous remercier ? s'étonna l'alpha.

— Oui, à propos de la sentence. Dans d'autres meutes, Ludwig aurait été attaqué, presque dépecé avant de mourir dans d'atroces souffrances, alors que là, même s'il savait ce qui l'attendait, il n'a mis que quelques secondes à rejoindre l'autre monde. Je sais que cela pourra vous paraitre étrange, mais je vous suis reconnaissante de ne pas vous être acharnés sur lui alors même qu'il l'aurait mérité.

En effet, alors que la meute réclamait du sang, Max avait expressément posé son véto. Ludwig avait donc simplement eu la nuque brisée et l'exécution de la sentence s'était faite en quelques secondes à peine. Si elle avait agi ainsi, ce n'était pas par mansuétude envers lui, sinon, elle l'aurait tout simplement épargné, mais pour ne pas infliger encore plus de douleur à Miranda qui avait passé la majorité de l'audience à pleurer sans pouvoir s'arrêter. Ce n'est pas pour celui qui meurt que c'est difficile, pour lui, la vie s'arrête, point. Il plonge alors dans un sommeil sans fin, sans rêve et sans douleur. En revanche, les vivants, eux, demeurent avec les souvenirs, la douleur de la perte et le désespoir de se retrouver privé d'un être cher.

— Tous les deux, vous êtes de bonnes personnes et de bons alphas. J'espère que la vie vous sera désormais plus douce qu'elle ne l'a été jusque-là et que vous aurez enfin droit au bonheur que vous méritez, vraiment.

Tour à tour, elle serra Max et Jack dans ses bras avant de regagner sa chambre pour préparer ses affaires. Quelques heures plus tard, elle avait définitivement quitté le QG. En à peine quarante-huit heures, une seconde page venait de se tourner pour le couple d'alphas.

XXX

Salem, de nos jours

Assise à côté de Jack, dans le salon de Cyrus, un café à la main, Max réfléchissait à ce que ce dernier venait de lui confier. Pendant qu'elle et Jack réglaient le problème de la meute, il avait fait le tour des sorcières de la ville pour leur demander leur aide en ce qui concernait le tombeau. Bien entendu, il avait mis en avant le fait que l'équilibre ne serait pas longtemps maintenu si ce dernier devait être ouvert un jour. Elles avaient d'abord refusé tout net d'être mêlées à ça, mais lorsque Cyrus les avait menacées de s'allier à la meute pour une nouvelle chasse aux sorcières, elles avaient accepté de revoir leurs positions. Ou tout du moins d'y réfléchir.

— Donc, si je comprends bien, vous les avez menacées, s'amusa la jeune femme.

— Pas menacées, je leur ai juste indiqué où se trouve leur intérêt, rectifia le vampire.

— En les menaçant, insista Max avec un sourire amusé.

Cyrus éluda d'un geste de la main.

— Peu importe. Les résultats sont là et c'est tout ce qui importe au final. Elles ont donc accepté de se concerter afin de trouver une solution à notre… souci.

— Oui, elles ont parfois besoin qu'on les guide, grinça Jack.

Cyrus esquissa un sourire plein d'ironie.

— Oui, j'ai constaté que vous aviez en effet remis Malika dans le droit chemin. Nous avons donc rendez-vous dans trente minutes au cimetière de Salem. Nous irons seuls afin d'éviter qu'elles ne nous préparent un mauvais tour. De cette façon, l'épée de Damoclès que représentent d'éventuelles représailles restera suspendue au-dessus de leur tête.

— Question mauvais tour, j'en dissimule quelques-uns dans ma manche également, répondit Max sur le ton de la conversation en terminant son café.

— Je n'en doute pas. Cependant, si vous avez terminé, il est temps de nous mettre en route.

Max et Jack se levèrent puis suivirent une nouvelle fois Cyrus à travers le dédale de couloirs menant à la sortie. À présent, la jeune femme commençait à se repérer dans ces lieux étranges. Cependant, elle n'y mettrait jamais les pieds sans Cyrus pour jouer les escortes. Cette fois, ils avaient eu l'occasion de croiser plusieurs vampires et si aucun ne se risqua à leur faire la moindre réflexion, leur regard en disait assez long sur la haine que Jack et elle leur inspiraient. Cependant, elle avouait sans complexe en avoir autant à leur égard. Ils s'étaient alliés dans un but commun, mais quoi qu'il arrive, jamais ils ne deviendraient amis.

Ils gagnèrent la rue puis se dirigèrent à pied vers le cimetière. Max cheminait entre les deux hommes qui s'observaient en chien de faïence à intervalles réguliers. Malgré tout, la jeune femme avait noté que l'humeur de Cyrus paraissait plus stable depuis la dernière fois qu'il s'était vu. Sans doute que la mort de Conrad l'avait soulagé d'un poids devenu trop lourd au fil des ans. À présent que la femme qu'il avait aimée avait été vengée, sûrement se sentait-il le droit de revivre.

Ce soir, la ville était étrangement calme et la nuit particulièrement noire. Halloween était enfin passée et avait entrainée loin de la ville le flot de touristes débarqués pour l'occasion, Mère Lune semblait les avoir suivis. Il faisait si sombre que s'ils n'avaient pas été des êtres surnaturels, sans doute n'auraient-ils rien vu à moins de cinq mètres, malgré l'éclairage public.

Malgré tout, Max trouvait l'ambiance du lieu moins oppressante. Les habitants avaient repris leur routine, retiré les décorations ornant les façades des maisons et rangé les déguisements. Salem était redevenu une ville de banlieue normale, ou presque, du moins jusqu'à l'année suivante. Il régnerait toujours dans cet endroit une atmosphère particulière, pleine de sombres mystères, d'énergie, de nostalgie et, bien sûrs, de magie. Son histoire l'avait marqué au fer rouge.

Lorsqu'enfin ils arrivèrent au cimetière, Max ne fut pas étonnée de ne voir aucun véhicule sur le parking. Les sorcières avaient évité d'attirer l'attention. Sans hésitation, Cyrus poussa la lourde grille de fer et se dirigea à travers les allées comme s'ils savaient exactement où les trouver. Ce qui fut le cas.

Quelques minutes à peine après être rentré dans le cimetière, ils débouchèrent devant un caveau où les attendait un groupe de femme de tout âge. Si les plus jeunes discutaient ou pianotaient sur leurs portables, les plus âgées d'entre elles avaient apporté des chaises pliantes afin d'être plus à l'aise. Prévoyaient-elles que cette réunion dure des heures ? Max espérait bien que non, parce que sa patience avait déjà été plus que mise à l'épreuve ces derniers jours. Dans l'assemblée, Max reconnut Malika, assise dans un fauteuil roulant ainsi que la vieille chouette qui était avec elle le jour où elle s'était rendue à la boutique de magie.

À leur approche toutes les discussions cessèrent. Les jeunes rangèrent leurs téléphones dans leurs poches tandis que les anciennes se redressaient, dignes et fières.

— Pile à l'heure, constata la vieille chouette.

— Oui, maudite, mais bien élevée, ironisa Max.

Les plus jeunes ricanèrent, ce qui leur valut de se faire foudroyer du regard par leurs ainées.

— Bonsoir, Lorène, la salua Cyrus.

— Bonsoir, Cyrus. Ainsi donc Anita a dit vrai, tu t'es allié aux loups. Eh bien, cette ville recèle encore de quelques surprises me semble-t-il.

— Ne me dis pas que cette nouvelle t'a véritablement surprise, rétorqua le vampire avec un sourire. C'est ce qu'elle voulait en 1660 et c'est ce qu'elle voudrait encore aujourd'hui. J'ai failli manquer à ma promesse une fois, hors de question que cela se reproduise. Les miens ont déjà causé trop de dégâts dans cette ville à cause de ce tombeau, nous savons que cela se répétera, encore et encore, si nous ne nous décidons pas à agir. Car la descendance de Wayan ne sera pas la seule menacée, la tienne aussi, ne t'y trompe pas. Après ce qui s'est produit dans cette ville, avant et pendant le procès, vous avez une dette envers elle, parce que quoi que vous disiez, vous savez qu'elle avait raison.

Max fronça les sourcils alors qu'elle se tournait vers Cyrus.

— Anita était donc une sorcière, souffla-t-elle. Et comme vous, elle voulait sceller ce tombeau afin de mettre à l'abri l'Humanité tout entière, mais… elle est tombée amoureuse de vous, asséna froidement Max en pivotant cette fois vers les sorcières. Les opinions étaient déjà divisées à propos du tombeau, mais lorsque vous avez su qu'elle était amoureuse d'un vampire, toutes sont tombées d'accord pour la chasser de la communauté, et ce, malgré le fait que sa solitude représentait un danger mortel.

— Nos histoires de famille ne vous concernent en rien ! s'agaça Lorène. Si vous n'aviez pas pris le parti de revenir à la vie, cette histoire de tombeau aurait été réglée il y a de ça trois siècles ! Nous avons statué, point !

Max avança d'un pas, sans pour autant montrer de signes d'agressivité.

— Si cela avait été si facile, vous oseriez me regarder en face, rétorqua calmement la jeune femme. Mais vous savez que je suis une victime, un dommage collatéral de vos histoires justement, comme toutes les personnes ayant perdu la vie depuis parce que vous n'avez pas réagi à l'époque. Si vous aviez scellé le tombeau lorsqu'Anita vous a révélé les risques qu'il représentait, Conrad n'aurait pas eu de raisons de rester ici, il ne l'aurait pas tué et n'aurait pas monté ce procès grotesque. De nouveaux vampires n'auraient pas vu le jour et de nombreuses vies auraient été sauvées. Wayan a sans doute commis une erreur en gardant ce cœur tout le long de son périple, je vous l'accorde, il s'est montré orgueilleux, trop peut-être, mais son seul objectif était de faire en sorte de mettre hors-jeu le Widgigo et de protéger les humains. Une fois de plus, ce sont vos sœurs qui ont scellé ce tombeau sachant pourtant pertinemment que Wayan aurait une descendance ! Alors, lorsque l'on y songe, Anita ne voulait que remettre les pendules à l'heure, faire ce qui était juste afin de préserver l'équilibre et c'est également ce que je désire aujourd'hui.

— Elle a raison, dit une jeune femme brune qui se tenait en retrait, appuyée au mur du caveau.

Elle possédait de longs cheveux noirs, tranchant sur une doudoune blanche. Elle était grande, fine et élancée, son leggins ne faisait que rehausser ses longues jambes fuselées et gainées de bottes en cuir à lacets. Ses yeux, noirs également, reflétaient une détermination farouche.

— Et rectification, tu as statué, Lorène. Cependant, je maintiens mon vote et aiderai cette jeune femme quoique vous décidiez. En comparaison des erreurs à répétition de nos sœurs, sa résurrection c'est de la gnognotte. Sans compter qu'elle a largement payé sa dette en nous débarrassant du nid de Conrad et que nous ne serions certainement pas là à jacasser pour ne rien dire si Wayan ne s'était pas également sacrifié. Nous avons une dette envers elle. Désolée si cela te déplait, mais c'est la vérité.

— Son loup a attaqué l'une des nôtres ! s'insurgea la matriarche.

La brune leva les yeux au ciel.

— Attaquer, tout de suite les grands mots ! S'il avait voulu sa mort, ta petite-fille ne serait plus de ce monde. Elle a une luxation de la hanche, elle s'en remettra. Par contre, si on ne scelle pas ce tombeau rapidement, d'autres vampires, peut-être plus cruels encore que Conrad, viendront s'installer ici. Et même si je ne raffole pas de ces créatures en général, je préfère de loin le nid de Cyrus à ceux qu'on a vu passer jusque-là. Au moins, la majorité des membres sont d'aplomb.

— Tu me vois flatté, Améza, ironisa le vampire.

— Et je confirme que si j'avais voulu que Malika meure, elle ne serait pas là ce soir, déclara Jack froidement. Et je vous rappelle que vous saviez que des vampires étaient présents dans la boutique et qu'ils risquaient de s'en prendre à Max. Cependant, vous n'avez pas levé le petit doigt. Vous ne voulez pas vous mêler de nos histoires, malgré tout, je constate que, systématiquement, vous vous placez du côté de ceux qui veulent la voir passer de vie à trépas. Alors de deux choses l'une, soit vous inversez la vapeur et dans ce cas nous vivrons tous dans cette ville en bonne intelligence, soit Cyrus et moi vous donnons la chasse, à vous et vos sœurs, jusqu'à ce qu'il ne reste rien de vos lignées respectives. Me trouvez-vous suffisamment clair ou préférez-vous que je vous fasse un dessin afin d'éclairer vos lanternes ?

Lorène se redressa encore un peu plus dans son siège, les mains posées à plat sur ses genoux joints. Plus les arguments tombaient et plus elle tentait de paraitre digne alors qu'on lui démontrait qu'elle avait tort.

— Deux à zéro pour les loups, ricana la femme.

— Comment oses-tu prendre leur défense ? s'indigna Malika qui avait gardé le silence jusque-là.

La sorcière se redressa et vint se placer à côté de Jack, face à ses sœurs.

— Comment j'ose ? Dois-je vous rappeler qui était la cible présumée du procès ?

Un murmure s'éleva du côté des sorcières les plus jeunes. Elles semblaient être d'accord avec leur jeune consœur, ce qui rassura Max. Elles devaient être une dizaine, ce qui signifiait que même si Lorène refusait de les aider, elle aurait tout de même quelques alliées à disposition.

— Oui, reprit Améza. Oui, les habitants de la région pensaient chasser de la sorcière. Nous aurions pu tenter de libérer la louve à l'époque, mais pas une seule de nos ancêtres n'a bougé. Cependant, posez-vous les bonnes questions. À qui devons-nous d'être là aujourd'hui ? Que ce serait-il passé pour notre communauté si, à l'époque, Kanda avait décidé de nous dénoncer ?

— Je n'aurais rien gagné à agir de la sorte, murmura Max en fermant les yeux. Mon sort était scellé d'avance…

— Peut-être, rétorqua la jeune femme, mais des dizaines de personnes ont été emprisonnées et tuées, tu aurais pu décider de les venger en nous dénonçant pour nous forcer à réagir et ainsi, à sortir de l'ombre, mais tu ne l'as pas fait. Pendant que tu étais enfermée dans les limbes, nous avons continué à vivre, à avoir des enfants, à profiter tandis que, malgré ce qui pourrait être interprété comme une trahison, les loups n'ont pas cessé de défendre les humains et nous aussi, par la même occasion. Jack n'a jamais lancé de représailles sur nous alors qu'il aurait eu toutes les raisons de le faire.

Une autre vague d'approbation traversa la jeunesse.

— Tu divagues complètement, ma pauvre Améza ! cracha Lorène en la fusillant du regard.

— Ah oui ? Si ce n'était pas parce que tu craignais que Conrad ouvre ce tombeau et que le contrôle de la situation t'échappe, pourquoi as-tu envoyé Malika aider la louve ? Son entité animale aurait fini par la tuer et le problème aurait été réglé comme tu le dis si bien ! Seulement, tu savais que, tôt ou tard, Conrad viendrait te trouver pour tenter d'ouvrir ce tombeau sans l'aide de Kanda. Cela est impossible, cependant, il nous aurait fait payer à toutes ce nouvel échec. De plus, en l'aidant à revenir, tu détournais son attention de nous. As-tu songé à ce qui se serait produit si jamais il avait réussi à s'emparer d'elle ? As-tu imaginé ce qu'il lui aurait fait subir ? Aucune de vous n'a donc retenu l'histoire d'Anita ! cracha-t-elle. Kanda a voulu revenir à la vie pour retrouver son amour, la belle affaire ! Encore une chose qui n'aurait pas eu lieu si nous avions accompli notre mission ! Désolée, mais si quelqu'un a malmené l'équilibre ici, c'est nous ! La seule raison qui fait que tu hésites, Lorène, c'est ta sœur, tu le sais et nous le savons aussi. Elle campe sur ses positions, aussi idiotes soient-elles et toi, malgré ton désaccord, tu te retrouves le cul entre deux chaises ! Prendre le parti de la communauté, de tes sœurs, de la majorité des tiennes, ou celui de ta sœur. Elle a aimé un loup et s'est fait larguer, pauvre choux ! C'est vrai que son orgueil vaut le coup que l'on y passe tous !

Cette fois, Lorène se leva comme un diable sortant de sa boîte malgré son âge manifestement avancé.

— Ça suffit ! Ton insolence commence sérieusement à m'agacer ! Nous avons voté, tu feras ce qui a été décidé, un point c'est tout !

Améza avança d'un pas, nullement impressionnée par le ton de la vieille femme, manifestement.

— Non, VOUS avez voté ! Ou plutôt, vous nous avez imposé votre décision après que tu as toi-même fait pression sur les autres !

Max observa alors les sept sorcières les plus anciennes. Toutes gardaient la tête baissée ou se tordaient les mains, quant à leur rythme cardiaque, que Max percevait sans problème, il était plus élevé que la normale. Elles avaient peur, toutes, sans exception.

— Ça suffit ! reprit Améza. Je suis la descendante d'Anita ! La fondatrice de cette congrégation quoique vous en pensiez ! Alors j'ai le droit à la parole dans ce cercle ! Que celles qui sont d'accord pour aider Max à sceller ce tombeau lèvent la main !

Il y eut une seconde de battement qui parut durer un siècle à Max. Cependant, une à une, toutes les jeunes sorcières levèrent la main, bientôt rejointes par les plus anciennes. Seules Malika et Lorène croisèrent obstinément les bras, même si Max soupçonnait la première de seulement craindre la réaction de sa grand-mère si elle osait s'opposer à ses décisions.

— Le cercle a voté, cette fois, précisa Améza. Nous aiderons les loups à sceller le tombeau maudit.

Pour toute réponse, Lorène se leva, puis attrapa les poignets du fauteuil de sa petite fille pour la pousser jusqu'à la sortie du cimetière. Max pivota dans leur direction à leur passage pour les suivre du regard.

— Ne vous en faites pas, ça lui passera avant que cela nous reprenne, ironisa la jeune sorcière. À présent, au travail !

Max regardait autour d'elle, dubitative. Elle avait envisagé un nombre incalculable de scénarios concernant cette nuit, mais une séance de spiritisme n'en faisait certainement pas partie. Un coup d'œil à Jack lui indiqua, qu'une fois encore, il partageait son avis. Les mains dans les poches de son jean, il contemplait les dizaines de bougies allumées autour d'eux dans le caveau avec une mimique perplexe. Cyrus, lui, hochait la tête d'un air approbateur, comme parfaitement dans son élément. *« Un mort convoquant les morts, décidément, rien ne m'aura été épargné dans cette vie non plus. »*

Sur le sol, Améza avait tracé un grand pentacle à la craie, tandis que ses acolytes déposaient ce qui semblait être des huiles sacrées dans de petites coupelles en bois pour les disposer à la base de chacune des branches.

— Nous allons commencer, déclara-t-elle.

— Nous pourrions savoir qui vous comptez faire venir au juste ? Et à qui est ce caveau ? demanda Max.

La jeune femme se tourna vers elle, un sourire sur les lèvres.

— Bien sûr. Il appartient à ma famille depuis des générations, chacune de mes ancêtres est enterrée ici, dont Anita. C'est l'endroit idéal lorsque l'on sait qu'elle s'est elle-même élevée contre ses sœurs afin de détruire ce tombeau. Elle nous soutiendra dans notre démarche, j'en suis absolument certaine.

Max jeta un coup d'œil à Cyrus qui hochait la tête, manifestement d'accord avec Améza, ce qui, elle dut le reconnaître, la rassura un peu.

— Nous allons convoquer Tituba, étant la dernière gardienne du secret du tombeau, elle sera sans doute la plus apte à nous aider à le sceller.

Le cœur de Max se serra. Elle était heureuse à l'idée de revoir son amie afin de lui faire savoir qu'elles avaient réussi, mais troubler son repos lui causait également de la peine. Tituba en avait fini avec toutes ces histoires et avait le droit de profiter de l'éternité à présent. Cependant, elle ne voyait pas d'autre solution, ce fut pourquoi elle hocha la tête pour approuver. Améza lui prit la main pour lui faire prendre place autour du cercle pendant que ses consœurs en faisaient autant. Elles se prirent la main, puis Améza commença à psalmodier une incantation. Il ne se passa rien pendant de longues minutes, quand soudain, une violente bourrasque traversa le caveau tandis que la température baissa de plusieurs degrés.

— Ne rompez pas le cercle ! ordonna la sorcière. Elle arrive !

Une sorte de tornade lumineuse se forma au centre du cercle. Max n'en fut pas réellement surprise. Ses livres de vaudou faisaient également allusion à ce genre de phénomène. Une silhouette se dessina à l'intérieure, d'abord floue, elle se précisa jusqu'à ce que la tornade se calme et que Max reconnaisse son amie. Celle-ci était vêtue d'une tunique de peau, typiquement indienne, dans ses longs cheveux de jais étaient accrochées des perles multicolores. Elle semblait jeune et en parfaite santé, ce qui rassura Max, même si cela pouvait sembler idiot. Le spectre regarda une minute autour de lui, puis son regard se posa enfin sur Max. Un large sourire illumina alors son visage.

— Bonjour, ma belle, dit-elle d'un ton enjoué. Je constate que nous avons parfaitement réussi notre mission. Si tu savais comme j'en suis heureuse ! Yuma ! dit-elle en apercevant l'alpha derrière son amie. Tu es là aussi ! Vous êtes donc enfin réunis, ajouta-t-elle dans un sourire. Mesdames.

— Bonjour, Tituba, dit Jack d'une voix où perçait l'émotion. Oui, tu avais raison, elle est revenue. Jamais je ne te remercierai assez pour cela.

— Je te l'avais dit, non ? s'amusa Tituba. Cyrus, vous êtes là aussi !

— Très chère, la salua ce dernier.

— Merci d'avoir veillé sur elle.

— De rien, tout le plaisir a été pour moi.

Tituba sourit puis se tourna de nouveau vers son amie.

— Je suppose que tu as de nombreuses questions, je me trompe ?

— Non, mais tu me connais mieux que personne, sourit Max.

— Alors je t'écoute.

— D'abord, comment as-tu fait pour transmettre le gène du loup à tes enfants ?

Tituba lâcha un petit rire en hochant la tête. Elle devait se douter que ce serait sûrement ce qui intriguerait le plus Max.

— Lorsque tu as été exécuté, j'étais en prison, alors comme Cyrus te l'a sûrement rapporté, il s'est chargé de récupérer l'amulette, mais, il a également pris une mèche de tes cheveux pour que je la garde en souvenir. Lorsqu'il me l'a dit, j'ai d'abord trouvé cette attention très gentille, puis j'y ai vu la solution toute trouvée pour faire en sorte que ta renaissance soit couronnée de succès. Je l'ai gardé précieusement jusqu'à ce que je tombe enceinte et l'Obeath s'est chargé du reste ! ricana-t-elle. Mais rassure-toi, mes filles ainsi que mes fils ont eu une belle vie, tous, sans exception, ont trouvé l'amour et fondé leur famille. Au final, c'est le plus important.

— Pourtant, je suis la seule qui reste aujourd'hui… murmura Max en baissant la tête.

— C'est vrai, admit Tituba. Cependant, ma lignée a été jusqu'à ton père et tu es là à présent alors, ma famille a perduré dans le temps si l'on y réfléchit. Et puis à présent, nous ne sommes plus seulement de la même tribu, mais du même sang.

Max esquissa un petit sourire triste.

— C'est vrai, tu as raison. Si nous t'avons fait venir, c'est que j'ai encore besoin de toi aujourd'hui, expliqua-t-elle. Cette histoire de tombeau doit cesser. Il doit être définitivement scellé ou détruit afin que jamais plus notre famille ne se retrouve en danger.

Tituba acquiesça, le regard grave.

— Je suis tout à fait d'accord sur ce point, je l'ai toujours été d'ailleurs. Aussi noble qu'ait été la cause de Wayan au départ, cette tombe laisse planer une menace trop importante sur le monde. Lui et les sorcières qui l'ont aidé ont paré à l'urgence, mais aujourd'hui, sa simple existence a déjà coûté trop cher à beaucoup d'entre nous. Cependant, étant sa dernière descendante, cette décision te revenait de droit.

— Je comprends, affirma Max. Mais seule la branche humaine de la tribu s'est transmis la légende concernant le tombeau. Du coup, j'ignore totalement comment faire pour le détruire.

— Amalia ne t'as pas formé ? s'étonna le spectre en fronçant les sourcils.

— Elle m'a formé au vaudou et à l'Obeath, mais n'a jamais fait mention du tombeau. Si j'en crois la légende, il ne pourrait être ouvert que par mon sang allié à la Tourmaline, mais je ne sais même pas comment doit s'opérer cette communion, ni même ce qui m'attend si je me risque à l'ouvrir.

— Je vois, grimaça Tituba. Il ne faut pas l'ouvrir, jamais ! Nous ne pouvons défaire ce qui a été fait, seules les sorcières qui ont elles-mêmes jeté ce sort pourraient l'annuler ou le modifier. Cependant, je ne comprends pas pourquoi tu penses avoir besoin de moi. Pour ne pas qu'une porte soit ouverte, il suffit d'en détruire la serrure, s'amusa-t-elle.

Max se sentit pâlir tandis que ses jambes chancelèrent une seconde. Si elle n'avait pas eu une sorcière pour lui tenir fermement chaque main, sans doute serait-elle tombée à la renverse.

— Ne sois pas stupide ! s'exclama Tituba en comprenant ce qui traversait l'esprit de Max. Ce tombeau comporte deux serrures indissociables, tu n'es que la seconde, si je puis dire. Il est bien entendu hors de question qu'il t'arrive quoi que ce soit, pas après ce que nous avons dû mettre en œuvre pour que la lignée ne s'éteigne pas. Détruis la Tourmaline.

Max ouvrit des yeux ronds.

— Pardon ? Mais le pouvoir de la lignée est justement concentré dans cette dernière, que va-t-il se passer si nous la détruisons ? Qui te dit que je ne redeviendrai pas un loup-garou normal, sans espoir d'une descendance, prisonnier de la Lune, ou même carrément humaine ?

Tituba se mit à rire à gorge déployée. La voir ainsi était étrange, ce n'était pas l'idée que l'on se faisait d'un spectre vieux de plus de trois cents ans. À cet instant, Max retrouva la femme qu'elle avait toujours connue, celle de 1690, toujours prête à rire et à s'amuser. Cependant, l'heure n'était pas à la plaisanterie.

— J'avais oublié à quel point ton esprit d'analyse pouvait t'entrainer loin, rit-elle de nouveau. Où vas-tu donc chercher des idées pareilles ? Si, si, si, toujours ce fameux mot. Il te freine, te fait entrevoir le côté le plus négatif des choses. La magie n'a rien de si compliqué. Une porte, deux verrous, un seul pêne. L'un des verrous disparait de la porte, le pêne reste bloqué à jamais et l'autre verrou devient par la même inutile. C'est tout. Ta capacité à muter sans l'aide de mère Lune ou d'avoir des enfants t'est propre, gravée dans ton sang, rien ne pourra jamais annuler cela, encore moins sans la pierre. La détruire, la voilà la garantie de ton avenir.

Max se détendit puis secoua la tête en souriant. Une fois de plus, son amie avait raison. Vivre, simplement, sans chercher à anticiper des choses qui de toute façon arriveront si elles doivent arriver, profiter de l'instant présent, comme s'il s'agissait du dernier. Voilà le seul objectif qu'elle devait se fixer à présent.

— Ok, dit Max. Comment devons-nous nous y prendre pour être certains que la Tourmaline soit à jamais détruite ? La réduire en cendre suffirait ?

— C'est un début, mais le mieux est de la vider définitivement de son énergie et de la rendre à la poussière. Après l'avoir réduite en poussière, jette celle-ci dans un feu sacré. Rassure-moi, tu te souviens comment allumer ce dernier ? la taquina Tituba.

— Je devrais m'en sortir, s'amusa Max.

— Parfait, alors il est temps pour moi de retourner dans l'autre monde, mais avant, je voudrais te dire une chose, ma belle. Nous sommes tous extrêmement fiers de toi. Tes parents, tes grands-parents, ta tribu ainsi que tous les loups de ta lignée. Malgré les difficultés, tu n'as jamais baissé les bras et comme tout alpha qui se respecte, tu as préféré mourir que capituler. Ne change jamais et, fais-moi plaisir, fais en sorte que la lignée perdure encore longtemps, ajouta-t-elle avec un clin d'œil.

— Je ferai de mon mieux, promis, mais Yuma a aussi sa part de responsabilité dans l'histoire, ricana Max en désignant ce dernier du menton.

— Je reste toujours fidèle à ma parole, sourit celui-ci, et je te jure d'essayer, encore et encore et encore, promit-il dans un sourire.

Tituba rit de nouveau.

— Oh, je ne doute pas que tu trouves la motivation nécessaire ! Au revoir, mes amis, soyez heureux, vous l'avez amplement mérité.

— Attends ! s'écria soudain Max.

— Oui ? demanda l'Amérindienne qui commençait déjà à disparaitre.

— Il faut que je sache, où es-tu allée après avoir quitté Salem ? Je ne sais même pas où se trouve ta tombe pour pouvoir te rendre visite de temps en temps.

Tituba esquissa un sourire indulgent.

— J'ai fait la même chose que toi aujourd'hui, ma belle. Je suis rentrée à la maison, auprès des nôtres, tout simplement.

— Tu as retrouvé la tribu ! s'écria Max abasourdie.

— Bien sûr, afin de leur expliquer ce que tu avais fait pour protéger le tombeau et notre héritage. Il était important que tous sachent que tu n'étais pas seulement partie pour échapper à tes obligations, que ta mission sur cette terre dépassait de loin ce genre de considération. Tu es la digne fille de Wayan, tu peux marcher la tête haute. Adieu, Kanda ! Et fais-moi une faveur.

— Tout ce que tu voudras.

— Soit heureuse, ma belle, vit ta vie à fond, profite et engrange autant de bons souvenirs que possible. Une fois de l'autre côté, nous aurons des milliers de choses à nous raconter !

— Je te le jure, sourit Max entre ses larmes.

Le tourbillon de lumière se forma de nouveau autour de son amie, une nouvelle bourrasque souffla, les forçant tous à fermer les yeux. Lorsqu'ils les rouvrirent, Tituba avait regagné l'autre monde. L'expérience avait demandé beaucoup d'énergie à Max, qui avait représenté le lien direct avec l'au-delà.

Résultat, ses jambes se dérobèrent sous elle. Elle n'eut pas le temps de toucher le sol que déjà elle se retrouvait calée contre le torse de Jack.

— Eh, doucement, souffla-t-il. Là, c'est fini.

Elle resta quelques minutes contre lui, sans que personne autour ne prononce le moindre mot. Ce fut Cyrus qui se décida à rompre le silence.

— Combien de temps pour préparer ce feu sacré ? demanda-t-il.

— Le temps de retourner sur le parking et de récupérer les éléments nécessaires, la Tourmaline ne sera plus de ce monde d'ici une heure, déclara Améza. J'ai toujours une petite trousse de secours pour les urgences dans mon coffre, expliqua-t-elle. Je suis d'avis de ne pas attendre davantage, Lorène et sa sœur ne vont pas apprécier que l'on se soit opposé à leur volonté. Si elles avaient eu le choix, elles auraient sacrifié Max plutôt que l'énergie monumentale concentrée dans cette maudite pierre. Le ménage a été fait chez les vampires, chez les loups, il est temps qu'il en soit de même chez les sorcières, je crois.

— Très bien, dans ce cas, je vais vous servir d'escorte, proposa Cyrus.

Pendant qu'Améza et Cyrus partirent chercher les éléments nécessaires au feu sacré et que les sorcières s'affairaient, Jack s'était assis à même le sol, Max entre ses jambes, il la berçait doucement. Elle tremblait et semblait vraiment épuisée. Revoir Tituba l'avait sans doute secouée, lui aussi d'ailleurs. Cependant, il avait été heureux de constater qu'elle paraissait totalement heureuse. Cela avait quelque chose de rassurant concernant la vie après la mort. Elle existait bien et semblait pleine de plénitude, comme promis par les livres. Soudain, Jack tourna la tête vers l'endroit où se trouvait le pentacle quelques minutes plus tôt. Une forte odeur d'herbe brûlée s'élevait dans l'air, le rendant presque irrespirable. Sans un mot, Max quitta l'étreinte de ses bras pour rejoindre le feu. Là, elle tira la Tourmaline de la poche de son jean et la considéra de longues minutes, le visage fermé. À côté d'elle, Cyrus baissa la tête, comme s'il se recueillait lui aussi. Dans un sens, c'était peut-être le cas. Il avait, lui aussi, perdu l'amour de sa vie à cause de cette pierre et de ce qu'elle était capable de déclencher. Elle était minuscule et pourtant, elle avait sauvé le monde, il y avait de cela des millénaires, et représentait depuis la pire des menaces pour ce dernier. Quelle ironie !

À présent, les flammes étaient presque rouges et aussi hautes que la jeune femme. Elle referma la main sur la Tourmaline pendant que ses yeux se paraient d'ambre. Après avoir récité une rapide incantation, elle plaça son poing au-dessus des flammes et desserra lentement ses doigts, laissant s'échapper ce qui restait de la Tourmaline. Le feu s'intensifia, les flammes grandirent à vue d'œil jusqu'à presque toucher le plafond du caveau tandis qu'elles se paraient de bleu. Le phénomène dura à peine quelques secondes, puis le feu s'éteignit de lui-même, comme aspiré par le sol.

— C'est fini, déclara Améza.

Cependant, Max ne bougea pas, figée devant le tas de cendres, les yeux dans le vide.

— Max ? l'interpella Jack.

Aucune réponse. Elle semblait déconnectée, telle une somnambule.

— Jack, je pense que vous devriez ramener Max chez vous. Elle a grand besoin de repos.

L'alpha hocha la tête, se leva puis s'approcha de sa compagne. Celle-ci ne cilla même pas lorsqu'il la souleva dans ses bras pour sortir du caveau, suivi de Cyrus. Une fois dehors, Jack se tourna vers le vampire.

— Merci pour tout ce que vous avez fait pour elle, dit-il.

— De rien, je n'ai fait que tenir une promesse et j'avais besoin d'elle pour se faire. Je ne vais pas mentir, je me suis attaché à cette tête de mule, mais à présent, ma mission est terminée. À vous de veiller sur elle.

— Je n'y manquerai pas, promit Jack.

Puis il tourna les talons pour quitter le cimetière, il était grand temps qu'ils retrouvent le monde des vivants et laissent leur passé derrière eux.

Épilogue

Max grimaça avant de repousser Cheshire qui lui mordillait le nez avec application. Elle se retourna, bien décidée à se rendormir, mais cette fois, ce fut le Soleil, entrant à flots dans la chambre, qui l'en empêcha. À regret, elle se décida à ouvrir les paupières.

Pour une fois, Jack l'avait devancé. Simplement habillé d'un boxer noir, il contemplait le jardin, appuyé contre la rambarde du balcon. Le soleil faisait danser de magnifiques reflets bleus dans sa chevelure, lui conférant quelque chose de fascinant et d'irréel. *« Un ange, mon ange, voilà ce qu'il est, »* songea Max avec un sourire.

Elle se débarrassa de la couette puis se leva enfin pour le rejoindre. Ravi, Cheshire se précipita sur l'oreiller, enfin libre, pour prendre ses aises dans un ronronnement de satisfaction. Max s'étira puis enlaça Jack. La tête contre son dos, elle murmura :

— Tu es drôlement matinal, mon amour.

Jack attrapa ses mains, les embrassa, puis se tourna vers elle pour déposer un autre baiser sur ses lèvres.

— Oui, je n'ai plus envie de gaspiller du temps à dormir, rétorqua-t-il. À présent, je désire profiter de chaque seconde avec toi. Je veux réaliser chacun de nos projets passés et en faire de nouveaux. Regarde, la serre est terminée, tu vas pouvoir faire pousser toutes les orchidées et les plantes médicinales que tu désires. J'ai loué un camion, nous allons pouvoir aller chercher tes affaires à Boston dès aujourd'hui afin que tu t'installes ici définitivement.

Max sourit en hochant la tête.

— Je vois que tu as pris les choses en main, s'amusa-t-elle. Cependant, nous allons devoir prévoir d'autres aménagements que la serre.

— Je me doute, rétorqua Jack. En attendant, nous pouvons partager le bureau, ajouter quelques étagères à la bibliothèque et puis mon ancienne chambre pourra être réquisitionnée pour stocker tes affaires en attendant.

Max sourit, acquiesça de nouveau puis fit la moue.

— Hum… pour dire la vérité, je ne songeais pas à ce genre d'aménagement, avoua-t-elle. Mais plutôt à des choses du genre : barrière de sécurité dans les escaliers, cache prise, chambre supplémentaire.

Jack se recula un peu pour regarder sa compagne, les sourcils froncés.

— Barrière de sécurité dans les escaliers ? Mais pour…

Max ne lui laissa pas le temps de poursuivre. Elle attrapa la main de l'alpha et la posa sur son bas ventre tout en lui adressant un large sourire. Jack regarda sa main puis ouvrit des yeux ronds.

— Tu veux dire que tu es… tu es… enceinte ?

Max opina vigoureusement sans cesser de sourire. Fou de joie, Jack la souleva dans ses bras pour la faire tournoyer un moment avant de la poser à terre et de tomber à genoux, la tête contre le ventre de sa compagne.

— Tu es heureux ? demanda Max, doucement.

Il leva vers elle un regard qui lui donna sa réponse. Il rayonnait de bonheur, littéralement.

— Plus que je ne l'ai jamais été. Cependant, je pourrais l'être plus encore.

— Comment ?

— Épouse-moi. Je veux que tu deviennes enfin officiellement ma femme et mon seul amour, aux yeux de tous.

Pour toute réponse, Max se pencha et scella leur alliance d'un langoureux baiser. Aujourd'hui, ils vivaient enfin le premier jour de leur seconde vie.

Remerciements

D'abord, merci à mon clan d'être là dans les bons comme les mauvais moments et de croire en moi. Croire en ses rêves est une chose, mais que vous y croyez avec moi me pousse à persévérer davantage encore pour les réaliser.

Merci à mes lecteurs qui me suivent dans ces nouvelles aventures que sont Salem et Plume Blanche. Sans vous, tout cela n'aurait pas de sens et vos messages de sympathie me touchent plus que vous ne pouvez l'imaginer. J'espère que ce roman vous aura plu et fait rêver, car je n'ai pas d'autre prétention que celle-ci.

Ensuite, un grand merci à Marion Obry, mon éditrice et amie. Tu as immédiatement cru en Salem et m'as tenu la main à chaque étape de sa création jusqu'à ce qu'il arrive entre les mains des lecteurs. D'innombrables heures au téléphone et de mails auront été nécessaires pour lever les doutes que je pouvais avoir, et rendre ce roman le meilleur possible, mais tu as tenu le coup, m'as supporté et encouragé jusqu'au bout. J'étais là le jour où t'es venu l'idée de Plume blanche, je t'ai vu griffonner le nom de cette maison d'édition sur un bout de papier, tel un rêve un peu fou. Aujourd'hui, à peine un an après, la maison d'édition est là, bien réelle et pleine de belles promesses. Je suis vraiment heureuse que Salem fasse partie des premières parutions, Plume Blanche ira loin grâce à ton professionnalisme, ta disponibilité avec tes auteurs, ta volonté de fer, mais surtout ta passion pour ton métier. Tu peux être fière, en tous cas, je le suis d'avoir signé avec toi. Je ne souhaite qu'une chose à Plume Blanche : une longue vie couronnée de succès.

Sandra Triname

Dépôt légal, Juin 2015

Achevé d'imprimer en France en Juin 2015
Par BNC Publications, 27300 BERNAY
www.bnc-publications.com
Tél : 09.54.96.89.05
Email : fb@bnc-publications.com